王觉仁◎作品

II 天刑劫

兰亭序杀局

湖南文艺出版社
HUNAN LITERATURE AND ART PUBLISHING HOUSE

博集天卷
CS-BOOKY

图书在版编目（CIP）数据

兰亭序杀局.2/王觉仁著.—长沙：湖南文艺出版社，2017.10
ISBN 978-7-5404-6100-3

Ⅰ.①兰… Ⅱ.①王… Ⅲ.①长篇小说—中国—当代 Ⅳ.① I247.5

中国版本图书馆 CIP 数据核字（2017）第 236126 号

上架建议：长篇小说

LANTING XU SHAJU 2
兰亭序杀局 .2

作　　者：王觉仁
出 版 人：曾赛丰
责任编辑：薛　健　刘诗哲
监　　制：于向勇　秦　青
策划编辑：马占国　徐　娅
营销编辑：刘晓晨　刘　迪　罗　昕
版式设计：潘雪琴
封面设计：VIOLET
出版发行：湖南文艺出版社
　　　　　（长沙市雨花区东二环一段 508 号　邮编：410014）
网　　址：www.hnwy.net
印　　刷：北京鹏润伟业印刷有限公司
经　　销：新华书店
开　　本：787mm×1092mm　1/16
字　　数：433 千字
印　　张：23.5
版　　次：2017 年 10 月第 1 版
印　　次：2017 年 10 月第 1 次印刷
书　　号：ISBN 978-7-5404-6100-3
定　　价：39.80 元

质量监督电话：010-59096394
团购电话：010-59320018

目录

兰亭序杀局

目 录

兰亭序杀局

目 录

兰亭序杀局

目录

兰亭序杀局

第一章／

追逃

黎明时分，萧君默一行进入了蓝田县境。

秦岭山脉莽莽苍苍，群峰绵延，一条驿道在崇山峻岭间蜿蜒伸展。

由于失血过多，萧君默一直昏迷不醒，楚离桑三人不敢再前行，只好在一座名为韩公坂的山岭上，找了一间破败的土地庙暂时栖身。随后三人分头行动：由楚离桑在庙中照料萧君默；辩才懂些医术，负责到庙后的山上去采止血的草药，如三七、仙鹤草、白芨之类；米满仓则负责到附近村落去跟村民买食物、衣服等急需物品。

二人回来后，和楚离桑一起捣了草药，然后脱下萧君默的铠甲，把药敷在他的伤口上，再绑上绷带，忙活了半天，总算把血给止住了。米满仓跟村民买了些煮熟的小米粥，用瓦罐装着。趁着还有些温热，楚离桑也顾不上腹中饥饿，一勺一勺地给萧君默喂了小半罐。慢慢地，萧君默脸上有了一丝血色，楚离桑悬着的心终于放了下来。

随后，三人各自脱下血迹斑斑的铠甲，换上米满仓买回来的粗布衣服，然后把剩下的粥分着吃了。收拾停当，时辰已将近中午了，三人都觉睡意袭来，于是眼睛一闭，各自倒头大睡……

萧君默迷迷糊糊醒过来的时候，夕阳的余晖正透过庙墙上的圆窗斜射进来，照在他的脸上。他扭头一看，辩才三人都还在沉睡，又环视这间神像坍塌、蛛网盘结的破庙，一时竟有些恍惚，不知自己身在何处。

他艰难地坐起来，感觉全身上下的伤口都在隐隐作痛。

旁边放着一套干净的粗布衣裳，萧君默忍着疼痛，穿上了衣服，然后慢慢爬起来，走到庙门口，在台阶上坐了下来。

在这种逃命的时候，所有人都呼呼大睡可不妙，总得有人站岗放哨。

萧君默举目四望，但见周遭群山逶迤，当是秦岭无疑。想来辩才他们定是为了给他止血疗伤，才不得不在此停留。此地离长安很近，非常危险，照理应该赶紧离开，可听着他们三人因极度疲惫而发出的鼾声，他又实在不忍心叫醒他们。

此时，一枚浑圆的落日正悬浮在黛蓝的远山之上，绚烂的晚霞把西边天际涂抹得一片猩红，天地寂静无声，景致凄美而苍凉。萧君默朝着西北方向的天空极目远眺，那里就是他曾经生活了二十多年却刚刚拼死逃离的长安。

昨天，他还是一个前程似锦的玄甲卫郎将、一个朝野瞩目的青年才俊；此刻，他却变成了一个朝不保夕的逃犯、一个人人得而诛之的乱臣贼子。

一夜之间，一切已经恍如隔世。

昨日的三千繁华鲜衣怒马，当初的踌躇满志意气风发，犹如骄阳下的冰雪刹那消融，亦似指缝间的流沙倏忽散尽，只剩这残阳夕照和荒山古庙，陪伴着他这个丧失了过去也看不清未来的一无所有的人。

这种感觉就像是从一场美妙的梦境中突然醒来，又像是从现实中突然跌入一个可怕的梦境。尽管萧君默是主动选择了这条路，可猝然发生的一切还是让他感到了一种庄周梦蝶般的恍惚和忧伤。

一只红顶白羽的鹭鸟从他的头顶低低掠过，丢下几声哀婉的鸣啭，惶惶然飞进了不远处的一片冷杉树林中。不知它是不是因为迷路而离开了同伴，但愿它能在夜色降临之前找到归巢。萧君默想，其实现在的自己比这只鹭鸟更加迷惘，因为前路茫茫，这场逃亡很可能没有归宿，但却随时随处都可能是终点。

当然，即便死亡随时可能出现，萧君默也并不会因此心生恐惧或顾影自怜，他只是希望在死神伸出冰冷的白爪攫住他之前，上苍能保佑他把该做的事情一一做完。

破解《兰亭序》之谜，把辩才送到他想去的地方，然后为养父报仇，便是他接下来必须做的事，也是他无可推卸的责任。如果说在这些责任之外还有什么令他牵挂的，那便是楚离桑了……

天色一点一点地暗淡下来，楚离桑不知何时站在了他的身后。

萧君默察觉到动静，回头冲她一笑，拍了拍身旁的台阶，示意她过去坐。

见萧君默这么快就能自行活动，楚离桑既欣慰又有些意外。想来这玄甲卫也不是白当的，身体素质果然比一般人强得多。

方才他昏迷时，楚离桑抱着他喂粥，一点也不觉尴尬，此刻与他四目相对，却忽然有些羞涩。她犹豫了一下，走过去坐在了台阶的另一端。

"总算逃出来了，你和你爹有何打算？"萧君默问。

楚离桑茫然地摇了摇头。天下之大，她现在竟不知何处可以栖身，心中只觉一片怅惘。

"你爹既然选了这个方向，心里应该是有主意了。"

长安是大唐帝京，周边有四通八达的驿道通往天下各个州县。萧君默想，辩才既然选了东南方向，必是不打算回伊阙了，而是准备出武关、下荆楚，再沿长江往中下游行去。

其实从昨夜到现在，楚离桑一直有些迷糊。昨夜他们从长安东北面的龙首原逃出后，辩才便一马当先折往东南方向，并未跟她细讲要去哪里，然后便一路疾奔至此。楚离桑从未出过远门，也搞不清哪儿是哪儿，现在听萧君默这么一说，心想父亲肯定也不会毫无目的地乱走，定然已有明确去处，顿觉心安了一些。

"那你呢？你做何打算？"楚离桑问。

"帮人帮到底，送佛送到西。"萧君默不假思索道，"既然把你们从宫里带了出来，自然要护送你们到目的地。"

"那……以后呢？"

昨夜这一番生死与共，早已拉近了楚离桑和萧君默的距离，所以她心里竟隐隐有一丝不希望他离开的感觉。

"以后？"萧君默一笑，"以后我就不知道了，也许是浪迹天涯、四海为家吧。"

"你家里，还有什么亲人吗？"

萧君默神色一黯："原来还有我爹，可他不久前……亡故了。"

楚离桑有些意外，连忙说了声"对不起"，然后不知怎么就想起了桓蝶衣，忍不住道："其实你还是有亲人的。"

萧君默不解地看着她。

"你那个师妹，桓蝶衣，她好像……挺喜欢你的。"

萧君默一愣，赶紧道："呃，她也可以算亲人吧，我和她从小一块长大，后来又一起在玄甲卫任职，所以，她就像是我亲妹妹一样。"

"是吗？"楚离桑表情怪怪的，"人家桓姑娘可是对你一往情深，你这么说，不是辜负人家了吗？"

萧君默咳了咳，不愿再谈这个话题，忙道："咱们眼下还在关中，朝廷的人随时会追过来，待会儿恐怕得把你爹和满仓叫醒，咱们得连夜赶路。"

楚离桑不无担忧地看着他："可你身上的伤……"

"我没事。"萧君默轻描淡写道，"干我们这行，受伤是家常便饭。要是受点伤就躺下，还怎么破案抓人？"

一说到这儿，萧君默马上想到自己眼下已非玄甲卫，而是玄甲卫追捕的对象，不觉苦笑了一下。楚离桑看出了他的心思，心中也觉歉然，便道："都怪我们连累了你，毁了你的大好前程，还让你变成了逃犯。"

"这是我自愿的，怎么能怪你们呢？"萧君默道，"何况我之前不也害了你们吗？这就叫一报还一报，咱们扯平了。"

"其实就算皇帝不派你来抓我爹，也会派别人来。我之前总是怪到你头上，这对你……有点不太公平。"

萧君默一笑："你现在怎么如此通情达理了？"

楚离桑眉头微蹙："听你这意思，好像我以前很不讲理似的？"

萧君默又笑了笑："以前嘛，是有点。"

楚离桑柳眉一竖："我哪儿不讲理了？"

"你自己回想一下，跟书生周禄贵打交道那会儿。"

楚离桑一听，这才想起跟那个"呆子"相处的一幕幕，顿时有些忍俊不禁："那个呆子，迂腐木讷、傻头傻脑的，我不过是对他凶一点而已，哪有不讲理了？"

"你说得也是，那家伙确实有些呆傻，也难怪你凶他。"萧君默笑，"其实别说你了，就连我自己，有时候都忍不住想抽他两下。"

二人说笑着，仿佛把周禄贵当成了一个真实存在的人，一边觉得好玩，一边又都有些说不出的怅然。萧君默一声叹息："现在想想，我倒宁可自己就是周禄贵。"

楚离桑虽然明知道那是个根本不存在的人，但不时还是会想起他，现在听萧君默这么一说，发现两人居然都有同感，不禁也叹了口气："那个呆子虽然有些迂，可他是个有情有义的人。"

"你是在夸我吗？"

"我是在夸周禄贵。"

二人相视一笑，但笑容中分明都有些无奈和伤感。

此时暮色已徐徐降临，山下忽然传来嘈杂的声音，有星星点点的火把从几个方向朝山上围了过来。二人同时一惊，立刻起身。萧君默还有些虚弱，身子晃了晃。楚离桑要去扶他，萧君默摆摆手："快把你爹和满仓叫起来，咱们得赶紧走。"

楚离桑跑进庙里叫醒了他们。米满仓迷迷糊糊地坐起来："怎，怎么了？"

"追兵到了！"萧君默步履艰难地走进来。

米满仓一跃而起，满脸惊惶："是，是玄，玄甲……"

"不是玄甲卫。"萧君默捡起地上的佩刀分别扔给三人，"应该是朝廷的海捕文书发到蓝田县了。你白天到村里买东西，肯定有人注意你了，所以县廨来人一问，马上就能猜到咱们躲在这里。"

"这，这么快？"米满仓双手紧紧抱着装满金锭的包裹，没接住萧君默扔过来的刀，佩刀当啷一声掉到了地上。

萧君默苦笑，只好帮他把刀捡起来："已经比我预料的慢了。"

楚离桑一听，才知道萧君默方才忍着伤痛坐在外面，其实是在帮大伙放哨，心里不禁颇为感动，对萧君默又增添了几分敬佩。

"他们人好像很多，咱们要往哪里跑？"楚离桑焦急。

"法师，"萧君默问辩才，"白天你到后山采药，应该顺便探路了吧？"

辩才点点头："没错，后山有一条小道，可以通往山里。我先去牵马。"说完率先从后门跑了出去。

"走！"萧君默一手抓着一把佩刀，肩上还背着包裹，行动颇为不便。楚离桑不由分说，把他身上的东西都抢了过来，然后又一把抓过米满仓怀里的包裹，没好气道："东西给我，你去背萧郎！"

"不必，我自己能走。"萧君默道。

"你都瘸成这样了，还嘴硬！"楚离桑瞪他，"你想害死大伙吗？"

萧君默只好笑笑闭嘴。

米满仓一直盯着楚离桑手上的包裹："你，可得，小，小心……"

"放心啦，丢不了你的！"楚离桑白了他一眼，"都什么时候了还磨磨叽叽，真是要钱不要命的主！"

米满仓嘿嘿一笑，这才背起萧君默。三人快步走出了破庙，辩才刚好把马牵了过来。四人各自骑上一匹，向后山驰去，很快便消失在了夜色之中。

破庙前，一群举着火把的捕吏正带着百十个青壮村民从各个方向迅速逼近……

李世民一夜未眠，睁着血红的眼睛坐在两仪殿中，听着禁军侍卫进进出出奏报，却始终没有辩才父女的消息，气得掀翻了御案。等到禁军在太极宫中折腾了一夜，次日又在禁苑内外实施了地毯式搜索，最后仍旧一无所获，李世民才无奈地意识到：辩才父女跑了！

李世勣在四更时分得到了消息，慌忙起床，赶到宫中，与李安俨等禁军将领一起组织搜捕，同时细细询问了案情经过，随即向李世民奏报：劫走辩才的宦官米满仓及另两名被诛的宦官都只是从犯，主谋另有其人；且此人胆大心细、武功高强、计划周密，很可能是禁军的人。

李世民立刻命禁军清点人头，结果很快就报了上来：除当晚被杀的禁军士兵外，所有人员全部在岗。李世民沉吟半晌，忽然问李世勣："你说主谋之人胆大心细、武功高强，难道不会是你玄甲卫的人吗？"

李世勣一惊，当即回衙署清查，发现除了外派执行任务的人员之外，唯一失踪的人竟然是萧君默！李世勣万万不敢相信萧君默会是这个劫走辩才父女的"主谋"，立刻把桓蝶衣找来，问她可知萧君默去向。

桓蝶衣一开始还强作镇定，不一会儿便眼眶泛红。李世勣心中大惊，连忙屏退左右，质问她到底怎么回事。桓蝶衣的眼泪吧嗒吧嗒地往下掉，断断续续地讲了事情经过，不过隐瞒了萧君默等人最后的逃亡方向。

李世勣听完，如遭电击，脸色唰地一下就白了，眉头拧成了一个深深的川字。

是日午后，李世勣硬着头皮入宫向李世民禀报，但只说萧君默失踪，不敢提及桓蝶衣。李世民闻言，也觉难以置信，马上命李世勣查抄萧宅。不料，玄甲卫的人赶到萧宅时，却见人去屋空，半个人影都没有。他们当然不知道，萧君默早在行动之前便给何崇九等下人仆佣全都发了遣散费，让他们各自回乡了。

如此一来，萧君默的嫌疑越发坐实。李世民雷霆大怒，立刻下令发布海捕文书，并命人画了辩才、楚离桑、萧君默、米满仓四人的画像，命驿马以八百里加急的速度传发各道州县。

蓝田县距长安不过七八十里，当地县令日落前便接到了海捕文书。他不敢怠慢，立刻命所有捕吏全部出动，到下辖各村镇走访巡查，旋即在傍晚时分发现了可疑目标……

发布海捕文书的同时，李世民也给李世勣下了死令，命他不惜一切代价将萧君默等人捉拿归案。李世勣诚惶诚恐，连声请罪。李世民脸色铁青，冷冷道："萧君默是你一手教出来的好徒儿，又是你最信任的属下，如今竟然背叛朝廷，你自然是难辞其咎！不过，眼下正是朝廷用人之际，朕暂且不治你的罪，就看你能否戴罪立功，给朕一个交代了。"

李世勣汗流浃背，连连磕头谢恩，之后匆匆回到衙署，调集了十几路人马，沿长安通往四方的每一条驿道分头追捕。桓蝶衣虽然身为队正，却被摒弃在了这次任务之外。她知道，舅父一来是担心她的安全，二来也是怕她跟萧君默的关系会影响抓捕行动。

桓蝶衣没有去求李世勣，而是瞒着他偷偷出了城，来到了龙首原。

当她策马立于昨夜站过的那片高岗之上，泪水便再次模糊了双眼。她内心万分矛盾，既想赶快找到萧君默，又不知找到他以后该怎么办。最后，她只能告诉自己：先找到人再说。

从龙首原往东，分别有三条宽阔平坦的驿道：东北方向，出蒲津关，可前往河东、河北；正东方向，出潼关，可前往洛州及中原一带；东南方向，出武关，可下荆楚，前往长江中下游地区。

桓蝶衣极目四望，最终凭直觉选择了东南方向，拍马向原下驰去……

李世勣忙了一天，回到府中，不见桓蝶衣，忙问夫人。夫人说桓蝶衣傍晚时候回来了一趟，匆匆打了一个包裹便又出门了，连晚饭都没吃，问她要去哪儿，只说是出任务。李世勣闻言，苦笑了一下，没再说什么。

孩子长大了，就只能由她去了。李世勣无奈地想，就像他万万没料到萧君默会去劫辩才一样，他同样无法阻止桓蝶衣去做她想做的事。恍惚间，他仿佛还能看到一个小男孩和一个小女孩正缠在他膝下，吵着让他教他们武艺，可一转眼，这两个孩子便都已长大成人，有了他看不透、料不到的心思，也有了他们对自身命运的考虑和抉择。对此，李世勣又能怎么办呢？

除了在心里默默祈祷上苍，让它保佑这两个孩子平安无事之外，李世勣只能望着窗外漆黑如墨的夜空，发出苍凉一叹。

山间小道，崎岖难行，几乎伸手不见五指。

萧君默四人摸黑行走了一个多时辰，确定身后没有追兵，才下马歇息，点了一堆篝火，然后围坐在一起，商量下一步行动。

"法师，"萧君默道，"您既然选了武关方向，应该是想好去处了吧？"

辩才想了想，模棱两可道："贫僧是想到荆楚一带，去见几个老朋友。"

萧君默点点头："既然如此，在下当陪同你们前往。"

辩才迟疑了一下："萧郎，你舍命救出我们父女，贫僧万分感激，可眼下你伤势不轻，还是……还是先找个安全的地方养伤吧。"

楚离桑看了父亲一眼，感觉他虽然话说得好听，其实却是想甩掉萧君默，心里老大不乐意，便道："爹，你说得对，萧郎对我们有救命之恩，咱们是该先陪他把伤养好，然后再上路。"

她故意在"陪他"二字上加重了语气。辩才一听，有些尴尬："关键得看萧郎自己是什么想法。"

萧君默早已看出辩才的心思，便笑笑道："既然法师急着要去找朋友，那在下跟着你们反而是个拖累。就照法师说的办吧，我找个地方养伤，你们抓紧上路。"

"不行！"楚离桑大声道，"你伤得这么重，我们谁也不能丢下你。"说完便冲米满仓眨了眨眼。米满仓会意，忙道："对，不，不能丢，丢下你。"

"你还是去当你的富家翁吧。"萧君默笑，"有多远跑多远，别被我给拖累了。"

"你把满仓当什么人了？"楚离桑白了他一眼，然后看着米满仓，"满仓可是很讲义气的人，他怎么可能丢下你不管呢，对不对满仓？"

米满仓被她一激，顿时挺了挺胸膛："当，当然，我这人虽，虽说爱，爱钱，却也重，重义。"

萧君默听着他们一唱一和，又看看辩才愁眉不展的样子，知道自己没必要开口，便笑笑不语了。楚离桑不悦地看着父亲："爹，你到底怎么想的？"

辩才回过神来，无奈一笑："我的本意也是如此，万事都要等萧郎伤好了再说。只是，这荒山野岭、人地两生的，上哪儿找安全的地方养伤？"

楚离桑和米满仓闻言，也都有些茫然，不约而同地看向萧君默。

萧君默略一思忖，心中便有了主意。

桓蝶衣连夜赶到蓝田县城北门的时候，恰好遇见罗彪带着一队玄甲卫正要出城。

"蝶衣？你怎么来了？"罗彪诧异。

"大将军让我来给你和弟兄们搭把手。"桓蝶衣道，"怎么，不待见我？"

"哪能呢？"罗彪嘿嘿笑道，"有桓大美女做伴，这一路不就有趣多了吗？我罗彪求之不得！"

"你们怎么出城了？要去哪儿？"桓蝶衣没心思跟他瞎扯。

"蓝田县令查到他们的踪迹了，就在西北面的韩公坂。"

桓蝶衣一听，立刻掉转马头，鞭子一甩，朝西北方向疾驰而去。罗彪摇头笑笑，带着手下紧跟了上去。

约莫两刻之后，桓蝶衣和罗彪站在了韩公坂那间破败的土地庙内。一个蓝田县的捕头把情况大致介绍了一下，结论很简单：萧君默一行在这庙里待过，然后从后山的一条小道跑了。

"那你们干吗不追？"罗彪瞪眼。

捕头赔着笑："那条山道崎岖难行，大白天都摔死过人，何况这黑灯瞎火的……"

"怕走夜路还干什么捕头？"罗彪骂道，"快走，给老子带路！"

罗彪硬逼着捕吏们打上了十几盏灯笼，快马加鞭地走了半个多时辰，终于在山道旁发现了萧君默等人歇脚的地方，地上明显有烧过篝火的痕迹。

"从这条山道可以绕过蓝田县城吗？"桓蝶衣问捕头。

"已经绕过来了，咱们现在就在县城南边。"

"这条道通往什么地方？"

"那可就数不清了。前面那些山都有村子，到处都有岔道，山连着山，道连着道，卑职虽说是这儿土生土长的，也从没弄清楚过。"

桓蝶衣眉头微蹙，望着远方黑黢黢的群山，顿时有些茫然。罗彪在一旁嘀咕："这么大一片山，得找到什么时候？"

"只要通知武关严防死守，别让他们出关，总能找到。"桓蝶衣说完，又一马当先地朝前驰去。捕头慌忙打着灯笼紧随其后。

"老大，"一个手下凑近罗彪，坏笑道，"瞧桓队正这急不可耐的架势，到底是抓逃犯呢还是追情郎呢？"

桓蝶衣喜欢萧君默，在玄甲卫早已是公开的秘密。

"闭上你的鸟嘴！"罗彪大眼一瞪，"再乱放臭屁，老子就把你嘴巴缝上！"

深夜，长安青龙坊的石桥下。

王弘义负手立在渠水旁，身后的暗处站着玄泉。

"又是萧君默！"王弘义冷笑道，"看来这小子是跟咱们铆上了。"

"属下有负重托，还请先生责罚。"玄泉依旧用一种经过掩饰的声音说话。

王弘义沉默片刻，道："责罚就免了，我知道，你已尽力。那两位牺牲的弟兄，要好生抚恤。"

"属下明白。"

"话说回来，萧君默弄这么一出，倒也不见得是坏事。"

"先生的意思是，他这么做，反而帮咱们守住了《兰亭序》的秘密？"

"正是。杀辩才是不得已的下策，他现在把辩才弄出来，其实是帮了咱们一个大忙。"王弘义转过身来，"知不知道他们往哪个方向逃了？"

"据最新情报，应该是武关方向。"

"武关？"王弘义沉吟着，似乎明白了什么，嘴角浮起一丝笑意，"很好！你要盯紧点，有任何进展随时奏报。"

"属下遵命。"

王弘义在长安的宅子，位于青龙坊东北隅的五柳巷，离石桥不远。宅子的位置很偏僻，青瓦灰墙，看上去毫不起眼，但占地面积很大，前后共有五进。这是王弘义十多年前买下的宅子，也是他在长安不为人知的主要据点之一。

将近子时，王弘义回到宅子，看见苏锦瑟已经做好了消夜在等他。

苏锦瑟这些日子都住在青龙坊，目的是照料王弘义的生活起居，尽些孝道。

她的亲生父母当年都是王弘义的得力手下，可她刚一出生，父母便在一次行动中双双身亡，王弘义遂收养了她，从此待她如亲生女儿一般，自小就派专人教她琴棋书画、歌舞诗赋。几年前王弘义要派女子到长安平康坊潜伏，苏锦瑟便自告奋勇，执意要来。王弘义怕她被那些纨绔玷污，说什么也不同意，但苏锦瑟却一再坚持，说她只卖艺不卖身，吃不了亏。王弘义拗不过她，才勉强同意。

苏锦瑟拉着王弘义在食案前坐下，给他舀了一碗羹汤："爹，您尝尝，这是我亲手做的冷蟾儿羹。"

王弘义笑着接过，舀起汤喝了一口，顿觉味道鲜美无比，不禁大赞："锦瑟，你的手艺是越来越好了！有女如此，为父夫复何求啊！"

苏锦瑟也开心地笑了："爹要是喜欢，女儿天天给您做。"

"你要是天天在这儿给我做汤，魏王岂不是要吃醋？"

"爹，您怎么说话呢？"苏锦瑟娇嗔道，"我又不是他什么人，他吃哪门子醋？"

王弘义微微一笑："锦瑟，说到这儿，爹有一句话得提醒你，跟魏王在一起，只可逢场作戏，切勿动真情，知道吗？"

苏锦瑟一怔："爹为何忽然说这种话？"

"因为，魏王只是咱们过河的一座桥，一旦到了对岸，桥也就没用了。既如此，你又岂可对他托付终身？"王弘义的口气有些冷。

苏锦瑟惊诧："爹，您不是一直说魏王博学多识、聪明能干，是所有皇子中最有资格成为储君的吗？"

"没错。"

"您不是还说过，要全力辅佐他夺嫡继位吗？"

"是的。"

"那您刚才……"

"锦瑟，看来爹有必要跟你交底了。爹的确看好魏王，也想扶持他继承皇位，但这些都只是手段，不是爹的最终目的。"

"那您的目的是什么？"

王弘义看着她，目光忽然变得森冷："复仇。"

"复仇？"苏锦瑟悚然一惊，"您要对谁复仇？"

"你暂时没必要知道，只需记住，别对魏王动心即可。"

苏锦瑟神色一黯，低下了头。

王弘义眉头微蹙："你不会是已经动了心吧？"

苏锦瑟抬起头来，勉强笑道："看您说哪儿去了，女儿跟他交往，本来便是奉您之命，又不是出于儿女之情，哪有可能对他动心？"

王弘义又看了她一会儿，点点头道："没有最好。对了，爹有一件事情，想交给你去办。"

苏锦瑟振作了一下："您说。"

"二十多年前，平康坊有一座叫'夜阑轩'的青楼，其中有一个叫徐婉娘的歌姬，你帮爹查查这个人，看她现在下落何处。"

"徐婉娘？"苏锦瑟不解，"您为什么突然要查一个二十多年前的歌姬？"

王弘义沉吟了一下，似乎在选择措辞："爹当年在长安经历了一些变故，心里始终有一个疑问未解。这个徐婉娘，便是唯一有可能知道答案的人，所以，爹希望你尽快找到她。"

"疑问？什么样的疑问？"

"你先别问这么多，等事情有了眉目，爹自然会告诉你。"

东宫，丽正殿书房。

李承乾与一名目光灼灼、相貌堂堂的中年男子相谈甚欢。

男子五十多岁，文士装扮，但言谈举止间却有一种文士所没有的豪迈之气。他就是东晋著名宰相谢安的后人、天刑盟羲唐舵现任舵主谢绍宗。起初侯君集极力推荐此人，说他胸有丘壑、权谋过人，李承乾还不太相信，没想到几天前第一次晤面，两人便一见如故，谈得十分投机。

今晚是他们第三次会面，李承乾为了跟他深入交谈，甚至破天荒地不让李元昌在场，也没邀请侯君集。李元昌对此颇为不满，叫李承乾当心，别轻易相信江湖之人。李承乾一笑，说此人有卧龙凤雏之才，认识他之后，才知道什么叫"野有遗贤"。李元昌连翻白眼，大不以为然。

前两次，李承乾跟谢绍宗都是在丽正殿的大殿上会晤，今夜却特地安排在了私密的书房，也凸显了他对此人的重视。

"如今朝中形势复杂，魏王咄咄逼人，不知先生有何对策？"谈了这么多次，李承乾已经相信了谢绍宗的实力，便不再浪费时间，直接切入了最核心的议题。

"承蒙殿下如此看重，谢某深感惶恐！"谢绍宗又客气了一下，才转入正题，"俗话说，打蛇打七寸，殿下欲对付魏王，自然也得找准他的七寸。"

"魏王这人毛病是不少，虚伪，谄媚，自大，不过真要找他的七寸，怕是也不容易。"

"是人就有弱点，魏王自不例外。"谢绍宗笑了笑，"殿下，请恕谢某直言，前不久魏王利用称心一案对您下手，又何尝不是找准了您的弱点呢？"

李承乾有些尴尬，咳了咳。虽然谢绍宗这话非常直接，似乎不给人留面子，但恰恰就是这点对了李承乾的胃口。他向来讨厌那些只会阿谀奉承的人，反而喜欢听这种难听的大实话。也许在这一点上，他算是继承了李世民的优点，所以像魏徵这种动不动就犯颜直谏的人，偏偏能够得到他们父子的倚重。

"先生所言不虚！"李承乾用爽快的口吻道，"那依先生看来，魏王的弱点到底是什么？"

"女人。"谢绍宗说得简明扼要。

李承乾不禁哑然失笑。

"殿下何故发笑？"

"喜欢女人也算得上是弱点吗？"

"喜欢一般的女人自然不是弱点，但如果身为皇子，却喜欢上了一个会触犯皇帝忌讳的女人，那便是弱点，并且是致命的弱点！"

李承乾顿时眼睛一亮，知道谢绍宗肯定是掌握魏王的什么机密了，忙问："请先生说仔细一点，到底是什么样的女人？"

"此女名叫苏锦瑟，她的公开身份，是平康坊栖凤阁的一名头牌歌姬，但她的真正身份，却是冥藏先生王弘义的养女。"谢绍宗微笑道，"想必殿下也知道，冥藏几个月前在甘棠驿劫杀辩才，前几日又在白鹿原刺杀玄甲卫。试问，若是让圣上知道魏王在跟这样的女人交往，甚至有可能金屋藏娇，魏王是不是得吃不了兜着走？！"

李承乾的眸子越发闪亮，惊讶地看着谢绍宗："为何先生对苏锦瑟的身份和冥藏的内情如此了如指掌？"

谢绍宗拈须一笑："不瞒殿下，那栖凤阁的老鸨，是谢某的眼线，尽管苏锦瑟伪装得很好，可谢某的眼线也不是瞎的；至于冥藏的内情嘛，既然同为天刑盟的人，谢某自然是略知一二。"

李承乾释然，得意一笑："如此说来，我就算在东宫藏了十个称心，也不及他魏王在府里藏一个苏锦瑟啊！"

"殿下说得是。区区称心尚且让圣上那般雷霆大怒，更何况这个苏锦瑟！"

"好！"李承乾重重一拍书案，"那依先生之见，咱们该如何打这个七寸？"

"在下已经派人盯着魏王府了，苏锦瑟的一举一动都在我的掌握之中。"谢绍宗道，"请殿下放心，谢某一定尽心竭力，想一个最周全的办法，帮殿下除掉魏王这颗绊脚石！"

正当李承乾在东宫与谢绍宗密谋的同时，李泰也正在魏王府书房里与杜楚客议事。

"你知道，你的侄子杜荷是什么人吗？"李泰用一种奇怪的口吻说道。

杜楚客不屑道："一个不学无术的纨绔子弟，一个眼高手低、外强中干的家伙，还能是什么人？"

李泰原本面色沉郁，听他这么一说，反倒忍不住笑了起来。

"怎么，我说错了吗？"

"没错，而且你还漏了一条。"

杜楚客不解："哪一条？"

"他还是东宫派来的细作！"

"什么？"杜楚客睁大了眼睛，半晌才道，"我早知这小子不地道，却没料到他竟然如此险恶！"

"是啊，知人知面不知心哪！"

"这事不简单，殿下是怎么发现的？"

李泰沉默片刻，冷不防道："你一直反对我把锦瑟接到府里来，殊不知我用心良苦啊。"

杜楚客眉头一皱："这事跟苏锦瑟有什么关系？"

李泰笑了笑："没有苏锦瑟，我也得不到这个消息。"

杜楚客大吃一惊："殿下，这个苏锦瑟到底什么来头？"

李泰沉吟半晌，这才将苏锦瑟的真实身份和盘托出。杜楚客惊得半天合不拢嘴，好一会儿才道："殿下，您走的这是一步险棋啊，怎么事先都不跟我商量一下？"

"跟你商量，你肯定是一百个不答应，我又何必多此一举？"

杜楚客摇头叹气："殿下，咱们现在跟东宫的较量正处在关键的时刻，半步都不能踏错啊！"

"正因为到了这种时刻，我才决定走这一步。"

"可是……"

李泰一抬手止住了他："别说了，我今天不是要跟你商量这个的。"

杜楚客苦笑："那殿下想商量什么？"

李泰盯着他看了一会儿，才从牙缝里蹦出几个字："干掉杜荷。"

杜楚客这一惊更是非同小可，整个人腾地跳了起来："殿下，您、您……"

"怎么，是不是我找你商量这事，算找错人了？"李泰冷冷道。

杜楚客急道："殿下，既知他是细作，与他断绝来往便罢，何须做得这么绝呢？"

"看来我还真是找错人了，没顾念到你们叔侄情深。"李泰揶揄一笑，旋即拉下脸来，"也罢，夜深了，你回去歇息吧。这件事，你就当从没听过。"

杜楚客黯然，良久后，重重叹了口气，转身走了出去。

李泰看着他的背影，又淡淡说了一句："月黑风高，路上小心。"

杜楚客闻言，冷不防打了个寒噤。

子夜时分，睡梦中的孟怀让被院子里那条大黄狗的狂吠声吵醒了。

他迅速下床，随手抄起终年放在床榻底下的一把陌刀，披衣来到了院子里。只见三个儿子分别拿着锄头、铁耙和钢叉，正如临大敌地站在院门后。

为防万一，孟怀让从小就告诉三个儿子：自己早年跟人结仇，仇家随时都可能找上门来，所以任何时候都要保持警惕。

此时，被铁链拴着的那条大黄狗越吠越凶，拼命地上蹿下跳，说明现在门外来了陌生人，而且不止一个，否则它不会如此狂躁。

孟怀让示意儿子们靠边，然后一瘸一拐地走到大门后，侧耳倾听外面的动静。突然，门上响起了不紧不慢的拍打声。

三个儿子越发惊恐，把手里的家伙高高举起。

"谁？"孟怀让沉声喝问。

门外沉寂了一小会儿，然后一个似曾相识的声音传了进来："寥朗无涯观。"

孟怀让一震，立刻示意三个儿子放下手里的家伙，旋即拉开门闩，打开了院门。

眼前是萧君默苍白如纸的脸，但脸上却是一个平静温和的笑容。

孟怀让咧嘴一笑："寓目理自陈。"

数月前，孟怀让用萧君默给他的钱盖了前后两进的五六间大瓦房，外加一个大院落，几乎一夜之间就成了夹峪沟最富有的人。原本瞧不起他的村民们个个目瞪口呆，搞不懂孙阿大怎么平白无故就发了横财。很快，给他家三个儿子提亲的媒婆便踏破了门槛，连孟怀让本人都有好几个媒婆张罗着要帮他续弦。孟怀让哭笑不得，心中喜忧参半：既因扬眉吐气而感到快意，又因蓦然暴露在众人的目光中而深感不安。

萧君默方才摸进夹峪沟的时候，一直找寻记忆中那几间破茅屋，于是在大瓦房周围来回转了几圈，引得院里的大黄狗狂吠不已。他很纳闷，觉得自己的记忆应该无误，怎么就找不到呢？旋即想起给孟怀让留了二十锭金子让他盖房子，顿时哑然失笑。

对于萧君默等人的突然造访，孟怀让着实有些意外。尤其是这四个人的组合，怎么看都有些怪异：一个伤员，一个女子，一个老和尚，一个宦官。究竟是出了什么事，才能把这四个看上去如此不协调的人凑到一起，还迫使他们大半夜跑到这山沟里来？

当然，作为天刑盟无涯舵曾经的骨干成员，孟怀让深知这样的疑问是不便主动提的，只能等对方自己解释。因此，他便以道上的规矩行事，无言而热忱地接待了他们，并把三个儿子赶到了一间屋，连夜腾出四间瓦房要给他们住。萧君默看他那三个儿子都面露不悦，赶紧说不必这么多，两间就够。

双方推让了半天，萧君默一再坚持，孟怀让只好照他的意思办，安排了一间最大的给萧君默、辩才、米满仓三个人住，另外一间给楚离桑。

安排停当，孟怀让请萧君默尽快安歇，然后返身便要回房，萧君默叫住了他："孟先生，您就不问问，我们为何深夜到此吗？"

孟怀让笑笑："夜深了，有什么话，不妨明天再说。"

"有些话不说，难以安枕。"萧君默说着，径直走向堂屋。孟怀让只好跟了过去。

二人在堂屋坐定，萧君默开门见山道："对不起孟先生，我们四个，现在都是朝廷全力追捕的要犯，走投无路，只好来投奔先生，可能会给先生惹来不小的麻烦。"

孟怀让没料到事情会这么严重，更没料到萧君默会如此直言不讳，愣怔了半晌，才道："萧郎既如此坦诚，孟某亦复何言？你能把性命托付给我，那就是把我当兄弟，孟某深感荣幸！你们就安心在此住下吧，别的都不必多想。"

"多谢先生！"萧君默拱拱手，然后想着什么，微微迟疑了一下，"先生，还有一件事，我也必须向您坦白。"

"坦白？"孟怀让诧异，"萧郎所谓何事？"

"我不是无涯舵的人，也不是天刑盟的人。我上回对先生说的话，大部分都是假的。"萧君默平静地说完这句话，顿觉心中坦然许多——对于一个不顾自身安危也愿拿你当兄弟的人，你就不能再对他有任何欺骗和隐瞒，否则不但是侮辱了他，更是侮辱了自己。

这就是萧君默待人处世的信条。

孟怀让闻言，惊愕得站了起来："你……"

"对不起先生，"萧君默苦笑了一下，"晚辈为了弄清家父被杀的原因，便追查到了《兰亭序》；而为了弄清《兰亭序》之谜，又不得已找到了先生，并且从先生手里取走了'无涯之觞'。如果先生现在想讨回，我即刻奉还。"

孟怀让呆立了好一会儿才慢慢坐回去，盯着他道："羽觞之事暂且不提，我且问你，你们四人因何被朝廷追捕？"

"不瞒先生，晚辈原来的身份是玄甲卫郎将，数月前奉圣上之命，前往洛州伊阙追查一个隐姓埋名的和尚。此人法名辩才，是天刑盟盟主智永和尚的贴身侍从，也是天刑盟的左使……"萧君默一五一十地讲了起来，从押送辩才进京，遭遇甘棠驿劫杀，到父亲因盗取辩才情报被魏王杀害，自己被迫卷入其中，然后逐步破解《兰亭序》和天刑盟的种种谜团，最后冒死营救辩才父女等，都无所讳言、不折不扣地告诉了孟怀让。

孟怀让听得目瞪口呆，片刻后才道："萧郎舍弃大好前程和荣华富贵，把自己置于九死一生之地，到底图什么？"

"心安。"萧君默淡淡道。

"心安？"孟怀让似乎不是很理解。

"就因为我抓了辩才，才导致他们家破人亡，倘若不救他们父女，我一辈子都会良心不安；家父为了守护《兰亭序》的秘密而死，我除了报仇之外，更要弄清楚他拿命守护的东西到底是什么！否则，我这辈子同样也不会心安。"

孟怀让恍然，点点头道："不错，如此看来，什么样的荣华富贵都比不得这

'心安'二字，萧郎做得对！"

"能得到先生的赞同，晚辈深感荣幸。"萧君默道，"对了，那枚羽觞……"

孟怀让一摆手："不必提了。萧郎舍命保护左使，纵然不是天刑盟的人，却比本盟的弟兄更有情义，羽觞放在你那儿正合适，总好过被冥藏那种人夺去。"

萧君默想了想："既然如此，那晚辈就恭敬不如从命了。"

萧君默回到房间的时候，米满仓已经在土炕上睡死了，呼噜打得山响，辩才则没有躺下，而是在炕上打坐。萧君默知道，很多佛教出家人都有"不倒单"的习惯，即用坐禅入定代替卧床睡眠，只要修持得法，便会对身心大有裨益。萧君默上炕之后，索性也两腿一盘，开始打坐。

对于佛教的禅定，萧君默从小便有兴趣，平时若得闲暇，便会结跏趺坐、心专一境，渐渐也能获得身心调柔、寂静喜乐的受用。可是，今日一入坐，却一直未能进入安适之境。除了身上的伤口隐隐作痛外，脑中还不断回想这几个月来经历的种种，于是越发心潮起伏、万念纷飞。

"一切有为法，如梦幻泡影，如露亦如电，应作如是观。"辩才不知何时已经出定，而且仿佛看穿了他的心境，"萧郎，佛法的禅定，不是强求无念，而是觉知念头本无自性，故而任它起伏生灭，我自湛然寂静罢了。"

萧君默闻言，微微一笑："法师倒是看得破，可也未必放得下吧？"

辩才也笑了笑，冷不防道："萧郎不简单哪，才短短几个月，就查清了那么多天刑盟和《兰亭序》的秘密。"

"法师是不是怕我知道得太多？"

"这倒也不是，贫僧只是好奇，为何萧郎会对这些事情如此感兴趣？"

"法师真的想知道吗？"

"如果萧郎愿意说的话。"

"既然法师问起了，那晚辈也不相瞒。数月前，也就是晚辈和法师一起从洛州回京的时候，家父为了守护《兰亭序》的秘密，不幸亡故。晚辈救不了家父，但至少该查清他到底因何而死。"

辩才有些诧异："敢问令尊是……"

"家父萧鹤年，公开身份是魏王府司马，真实身份是天刑盟临川舵成员，就是魏太师的手下。"

辩才恍然，忍不住叹息："这么多人因《兰亭序》而牺牲了性命，萧郎何苦还要蹚这趟浑水呢？"

萧君默一笑："很巧，魏太师也对晚辈说过这话。不过，晚辈没听他的。"

辩才闻言，不禁转过头，意味深长地看着他："即使为此牺牲性命，萧郎也在所不惜？"

"晚辈若是顾惜性命的人，现在会坐在这里吗？"

辩才点点头："是啊，萧郎宁可抛弃大好前程，冒着生命危险也要救出贫僧和小女，此情此义，令人感佩，贫僧没齿难忘！"

"晚辈只是为了弥补良心上的亏欠，义之所在，为所当为，法师不必放在心上。"

辩才闻言，有些动容，旋即定定地看着他，似乎有什么话难以启齿，犹豫多时才下定决心道："萧郎，若蒙不弃，贫僧有一事相求。"

"法师请讲，只要晚辈力所能及。"

辩才笑了笑："此事定然是你能力可及，只看你愿不愿意而已。"

萧君默不解："请法师明示。"

辩才注视着他，一字一顿道："贫僧想将小女，托付给萧郎。"

萧君默心中一震，没料到他会突然提出这样的要求，一时竟不知该如何应对。

"萧郎，贫僧也是明眼人，小女对你的心思，贫僧看得出来，只是不知萧郎意下如何？"

萧君默保持着沉默。

辩才看了看他："贫僧这话或许有些唐突，萧郎也不必现在就答应，不妨考虑一下再给贫僧答复。"

"法师，时辰不早了，您还是早点安歇吧，晚辈也睡了。"萧君默说完，赶紧躺下，背过身去。

辩才看着他的背影，微微一笑，继续闭目打坐。

萧君默万万没想到辩才会突然提出这种要求。

他在黑暗中睁着眼睛，数月来与楚离桑在一起的一幕幕不断从眼前闪过。

事实上，自从在洛州伊阙的菩提寺前第一次邂逅楚离桑，这个与众不同的女子便给他留下了深刻印象。当时萧君默已经监控她一段日子了，对她的身份和基本情况了如指掌，而当楚离桑以女扮男装的面目出现时，萧君默颇觉有趣，便临时安排了一场"邂逅"——那天他以书生的身份演戏，楚离桑以男子的身份演戏，其间的碰撞和摩擦多属意料之外，由此生发的趣味也让萧君默始料未及。楚离桑的善良、率性、纯真、任侠仗义、敢作敢为，无一不让萧君默心有所动。从那天起，他就深陷其中、难以自拔了。戏是假的，但他的用心和用情却是真的，萧君默甚至一度不想从"周禄贵"的身份中走出来,对自己玄甲卫的真实身份更是产生了前所未有的排斥和疏离。

然而,也正是从那时候起,假戏与真情在萧君默心中发生的撕扯便一刻也无法停止了,而越来越强烈的不安和愧疚之情更是日夜啃噬着他的内心。随着后来真相的揭开,楚离桑平静的生活被彻底打破,一家人天各一方,而后楚英娘又命丧甘棠驿,辩才和楚离桑相继被囚禁宫中,萧君默便再也无法承受良心的折磨,不得不放弃一切、铤而走险……

尽管成功救出他们父女极大地消解了心中的负罪感,可紧随而来的逃亡生涯却让萧君默陷入了更深的不安之中——身为一个颠沛流离、朝不保夕的逃犯,他要拿什么来保护楚离桑,更遑论给她一个平静而幸福的未来。

所以,此时此刻,当辩才蓦然提出要把楚离桑托付给他时,萧君默唯一的反应只能是逃避。说白了,一个自顾尚且不暇又身负血海深仇的人,怎么可能坦然接受这种托付?又有什么勇气拿楚离桑的一生幸福来当赌注?

现在的萧君默,深知自己是一个没有资格付出情感,更没有资格接受情感的人。

黑暗中,萧君默慢慢闭上了眼睛。

他知道,今夜注定无眠。

第二章 ╱

士族

李世民连续两天彻夜无眠。

第一晚是因辩才逃脱而震怒，整夜守在两仪殿中等候消息。第二晚，李世民冷静了下来，把迄今为止获知的有关《兰亭序》的秘密从头到尾梳理了一遍，发现自己忽略了一个重大的追查方向：士族。

既然辩才说天刑盟是王羲之等世家大族在兰亭会上成立的，那么从这些士族后人的身上查起，不就能挖出天刑盟了吗？然而，李世民转念一想，便又有些沮丧。兰亭会是东晋永和九年举行的，迄今已近三百年，这些士族早已开枝散叶，每一姓的后人都足有成千上万，如何确知哪些后人才是天刑盟成员？

李世民唯一知道的，就是智永侄孙王弘义继承了冥藏舵。此前他已命有司彻查此人，可查到的线索却少得可怜：王弘义生于隋文帝开皇年间，是越州人，但早在隋炀帝大业初年便离开了越州，不知所踪；此后又值隋末战乱，其具体行踪更是无从查考，故而从各级官府的户籍档案中根本找不到他的半点踪迹。

连有名有姓的王弘义尚且如此，其他的天刑盟成员更不必说。为此，李世民辗转反侧、苦思冥想，在床上折腾了大半宿，始终没有良策。直到天色微明，他感到头昏脑涨又腰酸背痛，气得翻身坐起，正准备叫赵德全端一盆冷水进来醒醒脑，一道灵光却在此时不期而至地闪现在他的脑中。

"德全！"李世民一声大喊，"传房玄龄、长孙无忌、岑文本即刻入宫！"

全面打压江左士族？！

两仪殿内，三省长官房玄龄、长孙无忌、岑文本乍一听皇帝表明这个意图，登时一脸惊愕、面面相觑。

"敢问陛下，"房玄龄率先发言，"您为何忽然有这个想法？"

"忽然吗？"李世民淡淡道，"朕十年前就已经让高士廉和岑文本他们修订过《氏族志》了，目的就是甄别士庶、褒忠贬奸，当时便已贬黜了一大批旧士族，你忘了吗？"

所谓氏族，就是士族，即指"官有世胄，谱有世官"的世家大族。自魏晋南北朝以来，由于受曹魏九品中正制影响，家世门第成为定品的主要条件，所以数百年间，国家政权都由一些世家大族把持，选拔官员也以郡望门第为标准，这在当时称为"尚姓"，也就是以姓氏门第为尊。豪门士族为了维护血统的纯正，严禁与寒门庶族通婚。到了隋末唐初，随着朝代更迭和历史变迁，旧士族的势力已经大为削弱，一批建立功勋的庶族崛起，然而"尚姓"的积习却不易消除——很多在李唐朝廷中身居高位的庶族，仍然争先恐后与旧士族联姻通婚，而旧士族则表现得相当傲慢，不仅索要巨额聘礼，有时还会出尔反尔，似乎仍然看不起李唐朝廷的新贵。

对此，李世民极为不满，对群臣发出了"卿等不贵我官爵耶？"的质问，遂于贞观六年，以"轻重失宜，理须改革"为由，命时任吏部尚书高士廉、中书侍郎岑文本、御史大夫韦挺等人"刊正姓氏"，重新排列天下各姓氏的等级，摒弃过去的"尚姓"积习，改为"尚官"原则，即以当下的官爵大小作为等级高下的唯一标准。为此李世民对高士廉等人一再重申："不须论数世以前，止取今日官爵高下做等级。"经过数年反复修订，一部全新的《氏族志》于贞观十二年颁行天下，共收二百九十三姓，分为九等，一等为皇族，二等为外戚，余皆以官爵大小类推，而一批旧士族则理所当然地遭到了黜落，被排在了后面。

房玄龄想起了这桩往事，却仍然没弄明白李世民旧事重提的目的，只好硬着头皮问道："陛下，既然天下各姓皆已重新排定，如今朝野皆以当朝衣冠为尊，何故还要打压当年的江左士族呢？"

"问得好！"李世民朗声道，"朕今日一大早便召诸位入宫，就是要告诉你们一个天大的秘密，待朕说完，你们心中便自有答案了。"

听皇帝这么一说，房玄龄等三人顿时好奇心大起，都睁大眼睛看着他。

"诸位可知，当年王羲之在兰亭会上干了一件什么事情？"李世民卖了个关子。

三人交换了一下目光。

房玄龄和长孙无忌早已从李世民这里得知了一些《兰亭序》的秘密，所以并未很诧异，只是不知道李世民此刻要说什么。岑文本则自始至终均未参与此事，自然一无所知，便答道："回陛下，据臣所知，兰亭会是一代书圣王羲之主持的一次文人雅集，陛下最推崇的千古名作《兰亭序》，便是王羲之在此会上以蚕茧纸、鼠须笔挥毫而成。此乃天下共知之事，臣实不知陛下此问何意。"

"嗯，朕原本也跟你一样，以为兰亭会只是王羲之召集一帮文人雅士喝喝酒、作作诗而已，可是，朕被骗了，你们也被骗了，数百年来，全天下之人都被骗了！"李世民道，"事实上，王羲之就是在这次兰亭会上，成立了一个规模庞大的秘密组织——天刑盟。"

此言一出，尽管房玄龄和长孙无忌已经略有所知，还是感到了惊诧，而岑文本更是瞠目结舌，完全反应不过来。

接着，李世民便把辩才告诉他的有关天刑盟的一切，一五一十地告诉了在场三人。

"现在，想必诸位已经明白朕的心思了吧？"

三人暗自揣摩皇帝的意图，心下已然明白，皇帝显然是准备出台一些强力举措打压旧士族，迫使隐藏在江湖中的那些天刑盟分舵现身。但房玄龄和岑文本都没有开口，因为揣摩圣意终究有些敏感，所以他们打定了主意，只等皇帝下旨，他们执行便是。只有长孙无忌多了一层外戚的关系，这种时候由他接话最合适，便道："敢问陛下，欲对哪一些士族采取行动？"

"王、谢、孙、袁、庾，以这几大旧士族为主。另外，凡是当年参与兰亭会、至今仍有一定势力的大族，都有必要加以敲打。"

"那，不知陛下准备采取什么举措？"

"这就是朕找你们来的原因。"李世民道，"都说说，该怎么做，才能达到敲山震虎的目的，既把那些天刑盟分舵都逼出来，又不至于惊扰天下，坏了我朝海晏河清的局面。"

房玄龄和岑文本仍然保持着沉默。

长孙无忌略加思忖，道："启禀陛下，臣以为，以王、谢为首的士族后人，虽经两晋南北朝以来的数百年离乱，但余势未衰，至今经营工商、家道殷实者仍为数众多，有不少人甚至家财亿万、富甲一方。常言道财大者气粗，天刑盟之所以能在隐秘状态下延续至今，且仍然有能力暗中作乱，其主要缘由，便是背后有丰厚财力为其后盾。倘若朝廷有的放矢地颁布一些法令，遏制这些士族之经营活动，打击其获利丰厚之产业，定可收釜底抽薪之效——一旦财源枯竭，这些潜伏的黑势力必然会浮出水面，到那时，陛下便可从容出手，将其一网打尽！"

李世民频频颔首："不错，是个好办法！"

房玄龄和岑文本暗暗交换了一下眼色，却仍缄口不言。

长孙无忌得了赞许，微露喜色，更趋一步道："除了釜底抽薪、断其财源之外，臣还有一策，不知当不当讲。"

"讲！"

"是。以臣看来，倘若将这些世家大族看成一棵树，那么数百年来之时势变迁，正形同四季之递嬗。如今此树虽历寒秋严冬，枝叶大多枯萎凋零，却仍复屹立不倒、生机未绝，原因究竟何在？其一便是臣方才所言，雄厚之财力恰如硕大之躯干，足以令其承受风刀霜剑之砍斫，但仅有躯干是远远不够的，还须有隐藏在土壤之下的深厚根系，方能维持其生机。而臣以为，这些士族之根，便是两个字：文脉。"

长孙无忌故意顿了顿，暗暗玩味了一下李世民聚精会神、眉头微蹙的表情，不禁对自己今日的表现颇有几分自得，旋即接着道："何谓文脉呢？古人言：遗子黄金满籝，不如教子一经。这些士族向来以诗书传家，其先人教给子孙后代的，又何止一经两经？故而臣以为，江左士族数百年来之所以生生不息，根源便是在其传承不绝之文脉……"

"无忌，"李世民忍不住打断了他的长篇大论，"有什么法子不妨直接说出来，不要扯得太远。"

"是，臣这就要说到重点了。"长孙无忌微觉尴尬，咳了咳，接着道，"陛下自登基以来，广开科举取天下士，使得无数寒门子弟拥有了公平、公正的上升之阶，此乃陛下泽被群生之盛德，亦我大唐万千子民之大幸！然则臣也发现，这十数年来的科考，寒门庶族录取的比例，还是远远低于世家大族。个中原因，首先便是臣方才所言之'文脉'：士族子弟，家有藏书学有良师，在科考应试中自然优势占尽；其次，一旦科举及第，旧士族凭其家族郡望和官场人脉，又能在此后的吏部诠选中帮子弟请托钻营，快速获取官职。据臣所知，以王、谢为首的江左士族，这些年经由此途入仕为官者不在少数。故臣之第二策，便是请陛下以维护公平、公正为由，下旨严查近年入仕的士族子弟，若涉嫌请托钻营者，便予以贬谪黜落；今后科考及诠选等事，亦复从严审查遴选。如此一来，便能阻断江左士族的上升之阶，令其再无出头之望。他们若不愿坐以待毙，必会铤而走险，自动暴露。届时，陛下不费吹灰之力，便可将其一一剪除。"

长孙无忌一席话说完，大殿上陷入了沉寂。房玄龄和岑文本显然对这个办法不敢苟同，但皇帝尚未表态，也不便立即反驳，只好一边偷眼观察皇帝的神色，一边怀着复杂的心思继续保持沉默。

李世民听完，脸上的表情居然没什么变化。长孙无忌暗暗瞄了几眼，心中顿时有些忐忑。片刻后，李世民才意味深长地笑了笑，然后并不看长孙无忌，而是对房、岑二人道："二位听了这么久，就没什么想说的吗？"

房玄龄终于没能忍住，俯首一揖，道："回陛下，臣以为长孙相公第一策尚无不可，然第二策却有待商榷。"

"哦？"李世民眉毛一挑，"说说你的看法。"

"我朝一向吏治清明，虽说吏部选官不乏请托钻营、贪赃纳贿之事，但终究是少数，若以此为由全面打压江左士族，恰恰违背了我朝公平、公正的取士原则，一来恐人心不服，二来有损朝廷威信。另外，此议若行，臣担心主事之人借机打击异己、结党营私，亦恐朝野上下人人自危、相互攻讦。若此，必致朝纲紊乱、天下不宁，故臣以为不妥。"

长孙无忌闻言，颇为不悦，正欲出言反驳，却见皇帝悄悄用眼神制止了他，便强忍下来。李世民看着房玄龄，轻轻一笑："玄龄啊，你怕有人借机结党营私，此虑甚是！朕坐在这方御榻之上，每日所虑，恐怕没有比之更甚的了。不过，话说回来，臣子若存了私心，何时不可结党？何事不能营私？不说别的，就说这几年有目共睹、愈演愈烈的夺嫡之争吧，依房爱卿看，在这件事上，大臣们有没有结党营私呢？"

房玄龄一怔，心中立时生出不祥的预感。皇帝忽然把话题扯到这上面，绝对不是无意的，可他到底想说什么呢？

"回陛下，此事臣从未虑及，亦鲜少关注，故不敢置喙。"

"从未虑及？鲜少关注？"李世民呵呵一笑，"不会吧？据朕所知，你家二郎不是跟青雀走得很近吗？莫非你想告诉朕，他们在一起从来只谈风月，不问国事？"

"这……"房玄龄的神色隐隐有些慌乱，"回陛下，犬子与魏王殿下自小便是玩伴，他们在一起谈些什么，臣虽不知情，但臣相信，犬子定然不会涉足夺嫡之事……"

"是吗？你就这么有把握，你家二郎决然不会涉足夺嫡之事？"

"臣……臣担保，犬子他……他没有这个胆量。"

"他没胆量，可你有啊！"李世民敛起笑容，身子微微前倾，"房爱卿，其实你也别急着把自己摘得那么干净。朕知道，满朝文武介入夺嫡之争的人多的是，绝对不止你们父子二人。以朕看来，如今我大唐朝廷，可谓是'文武之官，各有托附；亲戚之内，分为朋党'，大臣们老早就都选好边、站好队了。房爱卿贵为百僚之首，应该比朕看得更清楚吧？"

房玄龄的额头上早已是冷汗涔涔，却又不敢伸手去擦，神情极是狼狈。

长孙无忌看在眼里，心中不觉生出阵阵快意。

其实他和房玄龄并没有什么个人恩怨，反而有多年共事之谊——早在李世民跟随高祖起兵打天下的时候，他们二人便是李世民最为倚重的左膀右臂，后来又在玄武门之变中一起辅佐李世民夺嫡继位，一路走来也算和衷共济、志同道合。然而，恰恰因为二人都是资格最老的功臣元勋，所以近来便暗暗形成了角力之势。毕竟一山难容二虎，随着大唐国力的日渐强盛，谁最终会成为贞观一朝的首席宰相而名垂青史，就成了二人心中最大的念想。加之眼下又处在夺嫡的节骨眼上，长孙无忌一心想扶立李治，自然对拥护李泰的房玄龄父子心存敌意。今日皇帝借着讨论士族之机突然对房玄龄发难，虽然令长孙无忌有些始料未及，但却是他一直暗暗期盼的事情。

此刻，房玄龄已经不知如何答言，只好扑通一下跪伏在地，颤声道："臣细行不检，教子无方，有负圣恩，实不堪为百僚之首，还请陛下恩准，即刻罢去臣之相职。"说完，双手微颤地取下乌纱，然后端端正正地捧着，高高举过头顶。

岑文本没想到这场廷议居然会引出这个结果，慌忙躬身道："启禀陛下，房相公虽细行不检，然大节无亏，若遽然罢职，恐人心不安，还望陛下念其有功于朝，给他一个改过自新的机会。"

"罢职？朕说过要罢他职了吗？"李世民换了个舒服的姿势靠在御榻上，"你也看见了，这是他房玄龄自己想撂挑子嘛，朕还在寻思怎么挽留他呢。"

房玄龄闻言，越发窘迫："陛下，臣犯了大错，不敢再贪恋禄位，只求早日致仕、闭门思过，万望陛下成全！"

"玄龄兄，"长孙无忌不咸不淡地发话了，"圣上是就事论事，又没说要责罚你，你何必反应这么大，动辄就请辞呢？有什么话不能好好说吗？"

房玄龄当然知道长孙无忌是在猫哭耗子，遂无声冷笑，也不答言，只坚决地把乌纱又举高了一些。

"房爱卿，你真的想回家闭门思过吗？"李世民看着他。

"回陛下，臣意已决。"

"那也好。"李世民点点头，"《尚书》有言：不矜细行，终累大德。你多年高居相位，戒慎恐惧之心或许早已淡薄，所以才会忘记这句话。而今，你既然愿意反躬自省，朕也不拦着你，就给你一点时间，让你回家好好思过吧！"

房玄龄苦笑了一下："谢陛下。"

"岑文本。"

"臣……臣在。"岑文本没料到皇帝真会走这一步，一时还回不过神来。

"你即刻拟旨：经查，尚书左仆射房玄龄不矜细行，有失臣节，故暂停其职，勒归私邸，由侍中长孙无忌检校尚书省事。"

"臣遵旨。"岑文本难掩无奈之色。

长孙无忌受宠若惊，忙跪地叩首："谢陛下隆恩，臣诚惶诚恐！"

检校尚书省事，便是代理尚书左仆射一职，同时仍兼门下省侍中，就等于一人身兼二省长官之职。如此，长孙无忌不仅一跃而成首席宰相，且是大唐建国以来权力最大的宰相，自然是令他喜出望外。

"无忌，你今日所献二策，朕以为完全可行，此事就由你全权负责。你尽快拟个详细条陈上来，朕审阅之后，立即予以全面推行。"

"臣领旨。"

"另外，你一人身兼二省之责，又要推行此事，恐怕担子会很重，朕希望你推荐一人出任侍中，好帮你分忧。你看什么人合适？"

唐代的侍中、中书令，均可由一到二人出任。长孙无忌略为思忖，道："回陛下，臣以为黄门侍郎刘洎沉稳持重、勤敏于事，可任侍中。"

李世民中意的人选其实也是刘洎，却又问岑文本道："文本，你认为呢？"

"回陛下，臣亦推荐刘洎。臣与刘侍郎二十多载同僚，对其知根知底。此人老成干练，行事审慎，思虑周详，的确是侍中的不二之选。"

刘洎和岑文本当年同在南梁萧铣朝中任职，刘洎是黄门侍郎，岑文本是中书侍郎，萧铣败亡后又一同归顺唐朝。二人不仅同僚多年，且私交甚笃，所以对这项任命，岑文本当然不会有异议。

"那好，就这么定了！"李世民朗声道，"打压江左士族、迫使天刑盟现身一事，就交给你们三位了，朕希望尔等不辱使命，给朕一个满意的交代。"

一驾不起眼的马车在安邑坊摩肩接踵的人潮中穿行。

车中坐着李恪，一身商人装扮。

他闭着眼睛，看上去面无表情，可心里却是五味杂陈。从前天夜里得知萧君默入宫劫走了辩才父女到现在，李恪的内心就没有一刻平静过。他怎么也没有料到，萧君默那天出宫时莫名其妙丢下的那句话，背后的潜台词居然是这个。

"李恪，假如有一天你找不着我了，会不会闷得慌？"

这小子居然用这种方式跟自己告别，实在可恨！原来他那几日天天吵着要出宫回家，目的便是要劫走辩才父女。可他身上的多处伤口都未痊愈，如何经得起折腾？

昨天一大早听说宫里出了大事，李恪便慌忙入宫去跟父皇打听消息。赵德全说父皇彻夜未眠，这会儿正在安寝。李恪不敢打扰，便去找李世勣，正赶上李世勣在奉旨清查玄甲卫人员。当时李恪心里便有了一种不祥的预感，马上又赶到萧君默家，却见大门紧闭，敲了半天也没人来应门。

李恪的心一下就沉了。是日午后，宫里终于传出准确的消息，果然是萧君默伙同宦官米满仓劫走了辩才父女。

他这么做到底是为了什么？

李恪百思不得其解，难道他喜欢上了那个叫楚离桑的女子，为此不惜毁了自己的大好前程？倘若如此，那这家伙真是傻到家了！世上的女人千千万万，什么样的找不到？何苦为了一个女人付出这么大的代价？

想到这些，李恪就恨不得立刻找到这个浑蛋，狠狠扇他几巴掌，让他清醒过来。可是，现在萧君默到底在哪里却没人知道，甚至是死是活都不好说。听禁军说，事发当晚禁苑里发现了很多血迹，李恪想，那里头肯定有萧君默的。太医早就说了，他身上那些伤口才刚刚愈合，不能剧烈活动，可这小子居然敢在这种情况下去干劫人的事，简直是不要命了！如果不能得到及时救治，这小子现在说不定已经横尸荒野了……

就在李恪胡思乱想的时候，马车停了下来，外面御者轻声道："殿下，到了。"

李恪掀开车帘，迎面是一座富丽堂皇的酒楼，门匾上写着"醉太平"三个烫金大字。身着文士常服的李道宗从门口大步迎了出来。

"人到了吗？"李恪问。

"早到了，就等三郎你了。"

李道宗领着李恪来到二楼一间僻静的雅室，里面早已备好酒菜，身着便装的尉迟敬德正与一名五十多岁、满面红光的大汉聊得起劲。一见李恪进来，二人赶紧起身见礼。

"在下孙伯元，见过三郎。"大汉身材魁梧，一开口更是声若洪钟，一望可知是武学功底相当深厚之人。

"孙先生，远道而来辛苦了。"李恪回礼，"快快请坐。"

四人入座，略加寒暄之后，李恪便了解了孙伯元的背景。他是一个大盐商，掌控着天下各道州县的数十座盐井和盐池，在京城的东、西两市也开设了数家大盐铺，此外又经营赌场、当铺、酒楼、田庄等，家财亿万，手下伙计足有五六千人之多。这家醉太平酒楼，便是孙伯元在京城的诸多产业之一。巧的是，这家酒楼所在的安邑坊，与吴王府所在的亲仁坊只有一街之隔，又毗邻东市，所以便成了孙伯元在长安的最佳落脚处。

　　孙伯元的表面身份是富商巨贾，不过真正让李恪感兴趣的，还是隐藏在这些东西背后的真实身份——天刑盟九皋舵舵主。

　　不出李恪之前所料，这个孙伯元，正是兰亭会上东晋名士孙绰的后人。

　　孙伯元相当豪爽，一阵寒暄之后便直接向李恪表了忠心，声称愿为他赴汤蹈火，可见尉迟敬德之前已经跟他交过底了。李恪闻言，淡淡笑道："先生盛情，我心领了。不过，眼下倒不需先生去赴汤蹈火，只需帮我找一个人。"

　　"三郎尽管吩咐，孙某在京师的手下，少说也有三四百人，全听三郎调遣。"

　　"如此甚好！"李恪说着，给了李道宗一个眼色。李道宗当即取出一纸海捕文书，放在孙伯元案上。

　　"杨秉均？"

　　"对，原洛州刺史，其实是冥藏的手下。"尉迟敬德插言道，"说起来，也算是跟你同盟的兄弟。"

　　"同一个盟是没错，但兄弟二字就扯不上了。"孙伯元冷冷一笑，"自从武德九年本盟盟主下达了'沉睡'指令，大伙就各干各的了，谁跟谁是兄弟？"

　　李恪和李道宗交换了一下眼色。天刑盟盟主竟然会选择"武德九年"这个时间点命令组织沉睡，似乎颇为耐人寻味。

　　尉迟敬德哈哈一笑："这敢情好，三郎本来还担心让你去抓这家伙，会坏了贵盟的规矩呢。"

　　"坏不了，本盟现在的规矩就是猪往前拱，鸡往后刨，各寻各的活路。"孙伯元笑道，然后把目光转向李恪，"敢问三郎，这个杨秉均犯了何事？"

　　"光天化日下刺杀玄甲卫郎将。"李恪道，"我奉旨捉拿此人，费了不少力气，可他就像是凭空消失了，一点踪迹都没有。"

　　"三郎如何知道此人还在长安？万一他早跑了呢？"孙伯元问。

　　"此人犯案那天我恰好在场，便命手下追捕，结果手下追到城里才被他脱逃，随后朝廷便封锁了所有城门，严查一切过往行人，直至今日。所以，他逃出长安的可能性很小。另外，有可靠情报显示，杨秉均和冥藏舵主此次来京，主要目的绝非刺杀玄甲卫郎将，而是有更大的图谋，因而后续必然还有行动。据此可知，杨秉均一定还在长安。"

孙伯元点点头，盯着文书上的画像看了片刻，道："三郎，孙某有一个想法，不知当不当说。"

"但说无妨。"

"以三郎的身份都找不出此人，可见他藏匿的地方定不寻常。依在下之见，直接追查此人恐非上策，不如从他身边的人入手。三郎可知，这个杨秉均是否有常年追随左右的心腹之人？若有这方面的线索，便不难顺藤摸瓜找到他。"

对啊，我怎么就没想到呢？李恪不禁暗骂自己不动脑筋，同时也佩服孙伯元，不愧是老江湖，一句话便让事情有了转机。李恪回想了一下，杨秉均在洛州任上时，身边似乎有一个叫姚兴的长史，而且一同参与了甘棠驿事件，之前朝廷也曾发布对此人的海捕文书，只是时间一长，他便淡忘了。

李恪随即把姚兴之事告诉了孙伯元，然后对李道宗道："承范叔，你回头便把姚兴的画像交给孙先生。"

李道宗字承范，李恪从小就这么叫他。李道宗点头答应，看向孙伯元的目光也有了几分敬佩之色。尉迟敬德见自己的结拜兄弟一来便令李恪和李道宗刮目相看，不觉也有些得意。

"三郎，请放心，只要杨秉均和姚兴还在长安，孙某一定有办法把他们揪出来！"孙伯元信心满满地道。

李恪一笑："好，我相信孙先生。"

萧君默四人在夹峪沟安顿下来后，一晃就过了十来天。

楚离桑作为这群人中唯一的女性，责无旁贷地掌起了勺，不仅天天给萧君默做各种羹汤药膳滋补身体，给父亲做素菜，而且拿出看家本领，每天都做五六道菜给大伙吃，还花样翻新、顿顿不同。

孟怀让和三个儿子已经过了好多年没有主妇当家的清苦日子，这下可算是享福了，每顿都吃得满嘴油光、肚子滚圆。三个儿子便不自觉地围着楚离桑转，天天争先恐后到灶屋给她打下手，或者照她的吩咐到山上打野味。楚离桑也乐得支使他们，还不时跟他们打打闹闹。

萧君默在楚离桑的悉心照料下，身体恢复得很快，伤口基本上都已愈合。这些天来，萧君默都有意无意地躲着楚离桑，因为辩才那天说的事着实给了他莫大的压力，所以这些天他一看到楚离桑，心里就总是有障碍。楚离桑显然也察觉到了，却不知是何缘故，又不敢开口问，因此两人之间的关系就变得既客气又别扭。

时值初夏，正是多雨季节，连日淫雨霏霏，孟怀让腿上的旧伤复发，疼得下不了地。这日清晨，阴雨终于止歇，孟家大郎牵着一头毛驴准备出门。萧君默也起了个大早，正在院子里舒展筋骨，见状便问："大郎这是要出门？"

"到县城去给我爹抓药。"孟大郎憨憨一笑，"家里的药没剩几服了，这雨季还长，今儿好不容易放晴，我得赶紧去一趟。"

"家里怎么不备匹马？骑驴多慢啊。"萧君默注意到孟家的毛驴虽然壮实，却有些无精打采。

"别提了。"孟大郎苦笑，"原来养着两匹，一公一母，本来还寻思着下崽卖钱呢，可前阵子都被三郎那臭小子给输掉了。"

"三郎好赌？"萧君默有些意外。孟家三个儿子，就数小儿子最为精明、脑子活泛，萧君默对他印象不错，没想到却是个不上进的。

孟大郎叹了口气："为这事，那浑小子没少挨我爹的揍，每回都说要改，可每回都是放屁！这不，昨天半夜一声不吭又溜了，我寻思可能是赌瘾犯了，又跑县城去赌了，今儿也打算顺道寻他一寻。"

"要不，骑我的马去吧，反正那马闲着也是闲着。"萧君默道。他们骑来的那四匹马，这些天都在屋后的马厩里养着，天天喂着孟家自己栽种的苜蓿，明显都长膘了。

"不了不了，这头驴我使惯了，生马反而骑不来，多谢萧郎好意。"孟大郎憨笑着推辞，牵驴出了院门，抬头望了眼阴晴不定的天色，便匆匆骑上驴走了。

"山道泥泞，路上小心。"萧君默也走出院门，冲着他的背影叮嘱了一句。

孟大郎挥了挥手，然后便在坑坑洼洼的山路上晃晃悠悠地走远了。

萧君默蹙眉目送着他的背影，心头忽然浮出一丝隐隐的不安。正沉吟间，辩才悄无声息地走到他身后："今日天晴雨歇，草木清新，萧郎可愿陪贫僧到山上走走？"

雨后的秦岭山脉黛蓝如洗。群山逶迤，把夹峪沟环抱其中。远近高低的草木翠绿葱茏，空气中弥漫着泥土的腥气和花草树木的清香。

萧君默与辩才信步走在山间树林中。他闭上眼睛，翕了翕鼻翼，感觉已经很久没有与大自然如此亲近过，心中不由得泛起一种久违的安详与静谧之感。辩才站在他身边，手里摩挲着一片青翠欲滴的树叶，冷不防道："不知萧郎有否考虑过自己的未来？"

"我的未来？"萧君默睁开眼睛，笑了笑，"我的未来不是早已跟法师绑在一起了吗？"

"贫僧是黄土埋半截的人了，形同瑟瑟秋风中的槁木，可萧郎正值大好青春，生命正如这绿叶般生机盎然，何苦被贫僧拖累呢？"

"也许这就是佛说的宿业吧。从当初朝廷派我到洛州调查法师的那一天起，我的未来就已经由不得我自己了。"

"不，人生从来都是自我选择的结果。就比如萧郎冒死营救贫僧父女，难道不是一种主动选择吗？"

"但我只能这么选，因为法师一家人遭遇的不幸皆因我而起，我无法选择袖手旁观。"

"纵然如此，可你现在仍有的选。"辩才认真地看着他，"你可以选择与贫僧一起继续逃亡，过颠沛流离、朝不保夕的日子，惶惶若丧家之犬，也可以选择与贫僧分道扬镳，寻找一个可以隐居的地方，躲开一切纷争，重新过上安宁的生活。"

"法师一再要赶我走，到底是顾及我的安危，还是不想让我知道更多《兰亭序》和天刑盟的秘密？"萧君默盯着辩才的眼睛。

辩才没有躲闪，而是迎着他的目光："萧郎难道没发现，这两者是一回事吗？"

"可法师自己的安危呢？为何法师就从来不为自己考虑？"

辩才一怔，下意识地挪开目光："人活于世，各有天命，贫僧还有一些事没有做完。此去若能了却先师遗愿，再安顿好小女，贫僧也就没有任何苟活于世的理由了……"

"如果我猜得没错，法师一定是想到荆楚的某个地方与贵盟的人接头，目的是阻止冥藏重启组织。对吧？"

辩才闻言，不禁再度惊讶于这个年轻人敏锐的洞察力，就像当初在洛州屡屡见识过的一样。他苦笑了一下："不管贫僧要做什么，都与萧郎无关。"

"法师错了。"萧君默正色道，"家父为了守护《兰亭序》的秘密而死，晚辈这些日子经历的所有事情也都跟《兰亭序》之谜有关，而我的未来，无论是福是祸，一定还是与《兰亭序》纠缠在一起！法师刚才说到天命，也许，这就是我萧君默的天命。所以，不管法师要做什么，只要与《兰亭序》有关，便与我萧君默有关，我便不可能置身事外！"

萧君默说到最后有些激动，不自觉便提高了音量。他和辩才都不知道，此时，楚离桑和孟家二郎恰好从附近走过，听见了他们说话的声音。

由于前几天阴雨连绵，孟家早先储存的食材消耗一空，今日好不容易雨停了，楚离桑便早早起床，拉着擅长打猎的孟家二郎上山打野味。不消半个时辰，二人便打了十来只山珍，有狍子、山鸡、野兔、穿山甲等，肩扛手提，满载而归。二人都很高兴，一路说说笑笑，不料刚下到半山腰就撞见了萧君默和辩才。

楚离桑听他们说得有些激动，心下诧异，躲到一棵树后看了看，低声对孟二郎道："你先回吧，把这些东西处理一下，我后脚就来。"

孟二郎"哦"了一声，脚步却没有挪动，而是跟着楚离桑的目光探头探脑，见不远处是萧君默，心里不由得泛起了一阵醋意。

早在他们四人来到孟宅的那晚，第一眼见到楚离桑，孟二郎的魂就被勾走了。他觉得自己活了二十多年，还从没见过这么美丽的女子，简直就是传说中的仙女下凡。他原以为这个仙女肯定是矜持冷傲、不搭理人的，没想到那么率性随和，一来便和他们哥仨打成了一片，真是令他分外惊喜。楚离桑每次嫣然一笑，他就立刻感觉浑身酥软；若是楚离桑再瞟上他一眼，孟二郎的心就会扑通乱跳，简直要从嗓子眼里蹦出来。跟楚离桑在一起的这几天，无疑是他有生以来最幸福、最激动的日子。

然而，他很快就看出来了，这个仙女的心在萧君默那里。每天，楚离桑都会精心为萧君默熬汤煲粥、制作药膳，还殷勤备至地端到他面前，好像恨不得亲手喂他似的。而楚离桑注视萧君默的目光，就更是柔情脉脉，恍若阳光下的一江春水。孟二郎每次一见到这目光，就感觉像有一把刀剜在了自己心上。当然，孟二郎也知道自己配不上楚离桑。平心而论，他也觉得萧君默和楚离桑是男才女貌、天造地设的一对，可越是被迫承认这一点，强烈的醋意就越是啃噬着他的内心，令他痛苦不堪……

楚离桑见孟二郎呆愣着不走，催促道："想什么呢？没听见我说话吗？"

"这山里虎狼出没……"孟二郎支吾着，"我担心你一个人不安全。"

楚离桑拍拍背在身上的弓箭："刚才咱们都比试过了，你射的野味没我多吧？真要碰上虎狼，指不定还得我保护你呢！快走吧。"

孟二郎无奈，只好叫楚离桑自己小心，然后三步一回头，磨磨蹭蹭地下山去了。

楚离桑猫着腰又摸近了一些，躲到一棵树后，接着偷听二人说话。

"萧郎，"辩才一声长叹，"说心里话，贫僧劝你不要卷进来，是有一点私心的。"

萧君默一听，就知道他肯定又要提楚离桑的事了，心中的压力陡然一升，只好佯装听不懂，把头转开，假意欣赏周遭的景色。

"想必萧郎也明白贫僧的意思。"辩才看着他，"桑儿这丫头，虽然与贫僧没有血缘关系，却胜似亲生骨肉。贫僧现在，最放心不下的人便是她……"

楚离桑远远听着，眼圈蓦然一红。

"我和英娘从小就把这丫头视为掌上明珠，捧在手上怕摔了，含在嘴里怕化了，样样都宠着她、惯着她，从没让她吃过一星半点的苦，岂料世事无常、祸从天降，害她一下就吃了那么多苦头……"辩才声音哽咽，"每当想起这些，我这心里就如刀绞一般。都怪我啊，是我害了她们娘俩！如今她娘不在了，我若再不能好好保护她，还有什么脸面活在世上？日后又有何面目去见桑儿她娘？！"

萧君默听得心里阵阵难受，可又不知该说什么，只好伸手抚了抚辩才的后背，以示安慰。

楚离桑躲在树后，泪水在眼眶里打转，怕自己哭出声来，便紧紧捂住了嘴。

"对了萧郎，离桑她娘最后究竟遭遇了什么，你能否把详情告知贫僧？"辩才悲戚而恳切地望着萧君默。

楚英娘在甘棠驿松林遇害那晚，其实辩才也在甘棠驿，只可惜随罗彪先行一步，遂与楚英娘擦肩而过，从此天人永隔。忆起这些，萧君默不免伤感，但也只能如实对辩才讲述了起来……

第三章／告密

蓝田县的街头，瘦弱的孟三郎像只瘟鸡一样被两个彪形大汉从一家赌肆扔了出来，在大街上滚了几滚，吓得路人纷纷躲闪。

"小子，有多远滚多远，没钱就别在这里充大爷！"一大汉骂骂咧咧，还朝孟三郎吐了口唾沫。孟三郎闪身躲过，接着一骨碌爬起来，梗着脖子道："老子家里有的是钱，别狗眼看人低！"

"真是皮痒痒了，还敢嘴硬！"大汉一撸袖子上前要打，孟三郎撒腿就跑，嘴里兀自骂骂咧咧。两个大汉追了几步，见这小子跑得快，便咒骂着放弃了。

孟三郎在街上晃了一阵，闻到街边小吃摊飘来的阵阵香味，不禁舔了舔嘴唇，肚中咕咕作响。他昨天大半夜从父亲那里偷了几十贯钱，没想到今早一进赌肆便输个精光。他心中一恼，便借故撒泼，结果就被轰了出来，此时饥肠辘辘，可身上却半文钱都没有。

一想到回去又要挨揍，孟三郎就特别沮丧。

十字街头，一大堆人聚在一座木牌前围观着什么，嘤嘤嗡嗡。孟三郎心下好奇，凑近一看，顿时傻了眼。只见木牌上贴着四张海捕文书，上面的画像赫然正是萧君默他们四人！孟三郎这一惊非同小可，连忙细看告示上的文字，旋即弄清了原委。

乖乖，老头子窝藏的这些人居然是朝廷钦犯，这可是诛三族的大罪呀！

孟三郎一阵心惊肉跳。

"五百金啊，我的天！"旁边一人惊叹，"谁要是知道这四个人犯的下落，赏五百金啊，这得几辈子才花得完？"

孟三郎心里蓦然一动，又定睛一看，果然，海捕文书上白纸黑字写着赏格：萧君默二百金，辩才二百金，楚离桑五十金，米满仓五十金。

五百金？！

奶奶的，老子要是有这么多钱，别说进赌肆了，盘下它几家都绰绰有余！

孟三郎这么想着，心脏开始怦怦狂跳，连额角都沁出了汗珠。

不远处站着几名捕快，正一脸警惕地看着过往路人……

辩才听完萧君默的讲述，泪水早已溢满眼眶，连忙别过身去。

楚离桑虽然亲身经历了母亲惨死的一幕，但此时听萧君默重述一遍，心中结痂的伤口又被血淋淋地撕开，忍不住躲在树后潸然泪下。

"萧郎，"辩才稳了稳情绪，又恳切地看着萧君默，"贫僧别无所求，只希望能将小女托付给你。你就听贫僧一句劝，带着桑儿远走高飞吧！"

楚离桑一怔。

托付？怎么突然就要把我托付出去了？我一个有手有脚的大活人，凭什么要"托付"给谁啊？！

萧君默面露难色，犹豫了半晌才道："法师，请恕晚辈直言，如今晚辈自身尚且难保，此外还有杀父之仇未报，有什么资格应承您呢？"

"杀父之仇？"辩才诧异。他只听萧君默提过他父亲的身份，也知道其父是因《兰亭序》而死，但具体是何情由却一直未及问明。

萧君默把养父死因简要说了一下，辩才不禁愕然。躲在一旁的楚离桑也听得有些惊骇，一想象有人在水牢中被一群老鼠咬死的画面，顿觉毛骨悚然。

"杀父之仇，自当要报！"辩才道，"不过君子报仇十年不晚，萧郎大可以先躲起来避避风头，等日后时机成熟再动手。"

"这种事自然是急不来的。"萧君默苦笑，"我告诉法师这个，主要是想说，我一个身负血海深仇又见不得天日的逃犯，没有资格保护令千金。"

"说来说去，你还是不肯答应贫僧？"辩才有些失望。

楚离桑越听越不是滋味。

这两个大男人怎么回事？一个硬要把自己托付出去，另一个又不情不愿，这算什么？我楚离桑又不是什么物件，非得在你们这些男人手上倒腾不可？你萧君默有什么了不起？难不成我楚离桑离了你就不活了？

楚离桑越想越气，正想冲过去说个明白，忽又听辩才道："萧郎，贫僧想听你一句实话，你心里到底有没有小女？"

萧君默没料到他会问得这么直接，一时大为窘迫，愣怔着说不出话。

从楚离桑站的位置，恰好可以看见萧君默的神色，只见他眉头深锁，嘴唇紧绷，一副要被人拉去砍头的痛苦表情。楚离桑的心一下就凉了，而且沉沉地往下坠。没想到，这么长时间来，自己一直是自作多情，人家心里根本就没有你！

正当三人各怀心事、气氛几近凝固之际，斜刺里突然蹿出一人，把萧君默和辩才都吓了一跳。

孟二郎脸色涨红，像喝多了一样，深一脚浅一脚跑到辩才跟前，扑通一下跪倒在地，结结巴巴道："伯父，他姓萧的不要您女儿，我要！您把她托付给我吧，我一定拿命来保护她，我保证让她一辈子平平安安、快快乐乐！"

此言一出，三个人顿时都愣住了。辩才和萧君默面面相觑，躲在树后的楚离桑则哭笑不得，心想今天是撞什么邪了，怎么一出比一出更荒唐可笑？

辩才反应过来，慌忙上前搀扶："二郎，有什么事起来说，你……你这像什么话。"

"伯父，我知道我配不上您女儿，不过我是真心喜欢她的！"孟二郎执拗地跪着，同时瞥了萧君默一眼，"不像某些人，对送上门的仙女还推三阻四，好像要他答应这门亲事，就跟要拉他去宰了一样，我……我孟二郎实在是看不下去了！"

"你……"萧君默又好气又好笑，竟不知该如何跟他理论。

楚离桑再次啼笑皆非，不过孟二郎最后这句话倒是挺解气。她忽然有点感激这个愣头青，要没有他出来"仗义执言"，萧君默岂不得把尾巴翘到天上去！

"伯父，"孟二郎兀自跪着不起来，瓮声瓮气道，"您今天要是不答应，我就一直跪在这儿，哪怕跪成一颗石头！"

楚离桑闻言，蓦然有些感动，没想到这世上还会有一个男人为自己说这种话。

"听说荆州有颗望夫石，"萧君默笑道，"不知二郎想跪成什么石头？望妇石吗？"

孟二郎又涨红了脸："我……我对楚离桑是真心的，你这个薄情郎，你有什么资格取笑我？"

"我没取笑你。"萧君默道，"我是想劝你，别把求婚变成耍赖。"

"我……我怎么耍赖了？"孟二郎怒视着萧君默，"男女之间贵在真情，我……我这叫精诚所至，金石为开！"

"你开不开我不管，至少不要为难人家的爹。"萧君默道，"你喜欢的是楚离桑，要跪也得去跟她跪啊，答不答应得看人家姑娘的意思，你在这儿跟老人家较什么劲？"

孟二郎下意识地瞥了楚离桑藏身的大树一眼，道："我的真心，她……她会看见的。"

萧君默察觉他目光有异，刚把头转过去，就见楚离桑径直从树后走了出来，眼里含着深深的不忿和幽怨。

完了！萧君默在心里一声哀叹，没想到她竟然一直躲在这里，这回可解释不清了。

辩才一看，顿时也是一脸愕然。

"你们三个男人有意思吗？"楚离桑扫了他们一眼，"我楚离桑又不是一个物件，可以任由你们私相授受。今天我就把话放这儿，我楚离桑这辈子嫁不嫁、嫁给谁，都由我自己做主，不劳各位操心，更不必有谁因此为难得要死。这世上谁缺了谁不能活呢？"

辩才大为尴尬："桑儿，你听爹跟你解释……"

"行了，都散了吧，看样子又要下雨了，当心天上打雷。"楚离桑冷冷道，故意瞟了萧君默一眼，"不管哪个真心哪个薄情，都要当心被雷劈着！"

说完，楚离桑便把三个一脸窘迫的男人扔在原地，径自扬长而去。

夹峪沟的孙氏宗祠里，白发苍苍的老村正正俯首在祖宗牌位前上香。

一个嘴里镶着两颗金牙的中年村民神色慌张地跑了进来，大喊道："六叔，六叔，出事了，咱村要出大事了！"

村正不慌不忙地继续上香，然后恭恭敬敬地鞠了三个躬，这才拄着龙头拐杖转过身来，看着金牙："跟你讲过多少回了，不管遇上什么事，都要沉着冷静、宠辱不惊，可你就当耳旁风！这回又怎么啦？"

"大事不好了，孙阿大家里头住的那些人，都是朝廷钦犯啊！"

夹峪沟是个小地方，生人住进来很难不被发现，萧君默深知这一点，所以住进来的第二天便主动来到祠堂拜会了村正，以执行秘密任务为由，说要在此暂住几日，请村正务必保守秘密。村正跟萧君默也算一回生二回熟，而且对他印象还不错，于是没有多想，当即满口答应。

此刻，乍一听金牙之言，饶是老村正如何强作镇定，脸色也稍稍变了："你说什么？朝廷钦犯？你是怎么知道的？"

金牙抖抖索索地从怀里掏出了一张海捕文书。纸张被揉得皱皱巴巴，可萧君默的画像还是清晰地呈现在了村正眼前。

"我今天一早进城，就看见他们四个人的告示，在整个县城里贴得到处都是，我就偷偷撕了这一张下来。"金牙颤声道，"六叔，窝藏钦犯可是重罪啊！我原本寻思着去衙门告发，可一想这么大的事，还是得跟您老请示一下，所以就赶回来了。六叔，您说这事该咋办？"

老村正不说话，半晌才忽然反问："依你看，这事该咋办？"

金牙一愣："告发呀，这还用说！告发他们就能得五百金的赏钱，不告发咱全村的人都得遭殃！只要您老点个头，我现在立马赶回县城去！"

老村正又沉吟片刻，然后斜了他一眼："这事还有谁知道？"

"我一回来就上您这儿来了，没别人。"

老村正点点头："也好，那你现在马上就去。"

金牙大喜，转身朝门口飞奔而去。老村正眯眼看着金牙的背影，眼中闪烁着一种难以捉摸的光芒。

一队黑甲飞速驰来，停在了蓝田县廨门前。马匹不断喷着响鼻，显得疲累已极。

为首的桓蝶衣全副武装、英姿飒爽，神色却有些倦怠和烦躁。她身旁跟着一名女子侍从，名叫红玉，是桓蝶衣在玄甲卫中最要好的姐妹，也是她的副手。桓蝶衣此次瞒着李世勣偷偷出来，不算正式执行任务，所以没敢叫上红玉，不料红玉次日便赶到蓝田找到了她。桓蝶衣诧异，问她怎么来了。红玉悄悄告诉她是李大将军命她来的，以便桓蝶衣有个照应。桓蝶衣大为感动，心想无论如何舅父还是最疼自己的。

二人匆匆下马，大步跨进县廨大门。当地县令赶紧迎了出来，一看桓蝶衣脸色，就知道今天跟往常一样，又扑空了。

自从贴出海捕文书，蓝田县每天都能接到三五个线报，且都言之凿凿，不料桓蝶衣、罗彪等人率玄甲卫频频出动，到头来都被证明是假消息，害得玄甲卫诸人天天疲于奔命却又徒劳无功。

"崔明府，你的线报到底有没有准谱，三番五次让我扑空！"桓蝶衣一边大步往里走着，一边埋怨道。

唐代一般称县令为明府。崔县令在一旁紧跟，满脸赔笑："真是对不住桓队正了，本县也不想让您白跑啊。都怪那五百金的赏格太诱人，惹得一帮刁民扑风捉影、竞相告密，回头我一定抓几个重重惩办！"

“赏格是圣上定的，你自己消息不确就怪圣上，这合适吗？”桓蝶衣斜了他一眼，脚步不停。

崔县令一惊，慌忙道：“不不不，本县哪敢呢？我就这么顺嘴一说，完全是无心的……”

“看来你们县的人都喜欢顺嘴一说，那帮刁民都是跟您崔明府学的吧？”

崔县令大窘，正想再说几句奉承话，桓蝶衣已经大步走进了正堂后面的一座小院落，红玉伸手一拦：“崔明府请留步，我们队正要宽衣歇息了。”

“是是是，桓队正辛苦，是该歇歇了。”崔县令赔笑道，“本县马上命人备膳……”

红玉不理他，一转身，啪的一声关上院门。

崔县令碰了一鼻子灰，忍不住小声嘟囔：“牛皮哄哄的，不就仗着有个当大将军的舅父吗？喊！”

院门突然又拉开了，红玉直直盯着他：“崔明府还有什么吩咐？”

崔县令干笑了几声，连忙拱拱手，三步并作两步地跑了。

桓蝶衣走进屋里，把头盔和佩刀随手扔在了案上，然后也把自己重重扔在了床榻上，双目无神地盯着房梁发呆。红玉倒了一杯水，走到床边：“蝶衣姐，要不咱就歇两天吧，这蓝田县的山沟沟那么多，天天这么跑，别说人了，马都得跑死！”

桓蝶衣翻身坐起，接过水杯，咕噜噜一口气喝完，顺手就把杯子扔到了地上，哐啷一声，杯子摔成了六七瓣。红玉叹了口气，在一旁坐下：“姐，你说萧君默他们会不会早就出了武关？”

“不可能！”桓蝶衣又往榻上一倒，“武关现在就是铜墙铁壁，除非他们长了翅膀飞过去。”

红玉若有所思地看着她，嘴唇动了动，却欲言又止。桓蝶衣仍旧盯着房梁，忽然开口道：“丫头，你想问我是不是还惦记着萧君默吧？没错，我是还惦记着他，所以我现在是既想抓他又怕见到他，这么说你明白了吧？你也别问我怎么办，我也不知道该怎么办。”

红玉愣了愣，旋即扑哧一笑：“什么话都让你说了，我在你跟前就跟个傻瓜似的。”

“我倒情愿自己变成傻瓜，这样活着就不累了……”桓蝶衣说着，突然抓过枕头蒙住了脑袋。红玉看见枕头在微微颤动，鼻头不由得一酸。这时，外面响起了急促的拍门声。桓蝶衣马上背过身去，闷声道：“就说我头疼躺下了，谁来都不理他。”红玉听出桓蝶衣的声音带着哽咽，不禁轻叹一声，掀起被子盖在她身上，才走出去开门。

院门一开，满头大汗的罗彪便大步闯了进来。

"罗队正？你不是去牛头沟了吗？"红玉看他神色有异，心头一惊，"是不是……抓到人了？"

"抓个屁，又白跑了一趟！"罗彪粗声粗气道，话一出口才意识到说话不雅，赶紧歉然一笑，"对不住啊红玉，跟弟兄们糙话说惯了……"

"得了得了，我还不知道你！"红玉白了他一眼，"没抓到人你急什么？"

罗彪嘿嘿一笑，挠了挠头，旋即正色道："是这样，刚刚又得到个消息，说萧将军他们躲在夹峪沟……"

"去去去，蝶衣姐累坏了，这会儿正休息呢！"红玉没好气道，伸手就把他往外推，"管他什么破消息，叫那个崔县令自个去。"

"哎哎，你别推我呀！"罗彪急道，"这回不是崔县令的消息，是有人亲口告诉我的。"

"这不一样吗？蓝田刁民的消息哪回是真的？"

"这回真不一样！你听我说，我刚刚一进城门，一个愣头愣脑的家伙就拦住了我的马，说萧将军四个人就躲在夹峪沟。我原本不信，可听他说了些具体情况，竟然全都说中了，这可是蒙不了人的啊！"

红玉一愣："你确定？"

"千真万确！四个人的情况都说得一清二楚，我看这回十有八九没跑了！"

红玉略为沉吟，道："要不你先带人过去，蝶衣姐实在是累坏了，得让她休息一下……"

"你这不是为难我吗红玉？"罗彪愁眉苦脸，"倘若真是萧将军他们，你说我该怎么办？到底是抓还是不抓？"

红玉这才反应过来，罗彪跟萧君默情如兄弟，肯定也不想抓他，这才来找桓蝶衣商量。问题是桓蝶衣也正在为这事犯愁呢，抓还是不抓，到底该问谁去？

见红玉闷声不响，罗彪在一旁急得团团转。正在这时，里屋的门吱呀一声开了，桓蝶衣站在门洞里，面无表情道："进来说话吧。"

楚离桑径自下山后，孟二郎颇感无趣，只好从地上起来，冲辩才点了点头，然后狠狠瞪了萧君默一眼，也悻悻然下山去了。

萧君默觉得好笑，可不知为何却笑不出来。

"没想到，这孟家二郎竟是个痴情种啊！"辩才摇头感叹。

萧君默撇撇嘴："痴固然是痴，情种却未必。他若真是情种，就该在这儿跪着别起来。"

"你这要求也太高了吧？"

"他自己说的呀！您若不答应，他就在这儿跪成一颗石头，这会儿干吗不跪了？"

"他也就打一个比方，以表精诚之心嘛。"

萧君默不想再纠缠这个话题，便道："法师，说正事吧，咱们在这儿待的时间也不短了，此地恐不宜久留。我觉得，该尽快动身了。"

不知为何，从早上孟大郎离开之后，他心里就一直有种不祥的预感。

"你的伤都好了？"

萧君默舒展了一下筋骨："早就没事了。"

"也好。夜长梦多，咱们今天就走。"

"法师走蓝田、武关这条路，必是打算下荆楚。如果我所料不错，法师应该是想去荆州江陵吧？"萧君默当初追查辩才时，便已将他早年的行踪摸得一清二楚。武德初年，辩才曾跟随智永在江陵大觉寺待了几年，而当时大唐尚未统一天下，江陵仍是南梁萧铣的地盘，所以萧君默推测，当时智永和辩才肯定是在暗中辅佐萧铣，而江陵现在一定还潜伏着天刑盟的旧部。如今辩才一出长安便往东南方向走，显然正是要去江陵，目的便是寻找天刑盟的某些分舵，设法阻止冥藏重启天刑盟。

辩才对萧君默犀利的判断力早已见怪不怪了，闻言沉默片刻，便点了点头。

"可法师想过没有，从这里去荆楚，前有蓝关，中有牧虎关，后有武关，可谓关隘重重。尤其是武关，现在定然是重兵把守，咱们怎么过去？"

"萧郎所言甚是，贫僧这几日也一直为此犯愁呢。"辩才叹了口气，"不瞒萧郎，贫僧原本是打算在消息到达武关之前一鼓作气闯过去，可后来不就在这夹峪沟耽误了这些日子吗……"

萧君默一笑："那天在韩公坂，法师一意要把我甩掉，原因也正是在此吧？"

辩才尴尬："萧郎勿怪，贫僧也是不得已，不过贫僧绝不是罔顾萧郎性命，只是希望你找个安全的地方养伤……"

萧君默摆摆手："法师不必解释，我不怪您，拖着一个重伤员跑路，谁都会有顾虑。既然是因我的伤才耽误了时日，那现在就该由我想办法，把大伙带出去。"

辩才正自犯愁，闻言一喜："萧郎有何良策？"

"既然武关道走不得，那咱们就另辟蹊径。"萧君默看上去胸有成竹。

"另辟蹊径？"辩才蹙眉，"这莽莽大山，哪里有路可走？"

"世上的路，不都是人走出来的吗？"萧君默神秘一笑。

辩才看着他："莫非……萧郎识得什么秘道，可以绕过此三关？"

萧君默又笑了笑，捡起一根树枝，开始在地上比画起来："这是咱们目前所在的夹峪沟，若按正常驿道走，必须翻越七盘岭，经商州城，过龙驹寨，方至武关，自然是关隘重重。可是，如果我们不走寻常路，而是先往东南行几十里，至北渠铺便折往西南，经石门山再朝南行，不就能另辟蹊径了吗？"

辩才凝神看着萧君默在地上画出的线条，疑惑道："可石门山左右不是还有库谷关和大昌关吗？即使这两个关隘的防守没有武关严，要想硬闯也绝非易事！"

"晚辈又没说要硬闯。"

辩才又想了想，恍然道："你是想从这两个关隘的中间穿过去？"

萧君默点点头："晚辈曾经追捕过一伙江洋大盗，在这秦岭大山中闯过一回，也算蹚出了一条道，现在不妨再走一次。"

辩才不无担忧："可据我所知，库谷、大昌均是险关，关南皆为崇山峻岭，除了悬崖峭壁就是深涧湍溪，又多有猛兽出没，纵使萧郎识得秘道，恐怕也是一条千难万险之路啊！"

萧君默从容一笑："若是坦荡如砥的寻常路，走起来不就没意思了？只有那人迹罕至之处、奇崛艰险之所，才能欣赏到一般人看不到的绝美风光。法师说是吗？"

二人对视着，会心一笑。

辩才不禁在心里感叹，这个萧君默虽然年纪轻轻，但他的修为却已远远超越世俗之人，甚至让自己这个出家多年的修行人也望尘莫及——纵然是在逃亡，他也从未丢失一颗从容旷远、超然物外之心！

桓蝶衣的房间里，气氛压抑。三人面对萧君默的事情，心里都充满了矛盾和纠结。到底该不该抓，成了横亘在他们面前一道无解的难题。

罗彪看了看桓蝶衣，又看了看红玉，小心翼翼道："要不，我索性把告密的那家伙宰了，咱就当……就当从来不知道这个消息？"

"你这么做，对得起身上披挂的甲胄吗？"桓蝶衣冷冷道。

罗彪下意识低头一看，苦着脸道："那咋办？要不就先到夹峪沟把人带回来，慢慢再想法子？"

"蓝田县就在皇上眼皮子底下，你抓了人，还能想什么法子？"桓蝶衣又道。

罗彪急得跳了起来，在屋里来回踱步："左也不是右也不是，那你说个办法。"

"办法倒是有一个。"

罗彪一喜，又坐了下来："啥办法，快说！"

桓蝶衣看着他，神情冷得让人害怕："先把我杀了，你再去抓萧君默。"

"那你还不如先把我杀了！"罗彪气呼呼道。

"那也成，让红玉把咱俩都杀了，"桓蝶衣双目无神，不知看着什么地方，"这样就一了百了了。"

罗彪哭笑不得，只好眼巴巴地看着红玉。

"你别看我。"红玉没好气道，"蝶衣姐要是死了，我也绝不独活。"

罗彪哭丧着脸，又呆坐了半晌，突然站起身来："得，你们都没办法，那就照我的来，老子这就去把那个告密的宰了！"

桓蝶衣和红玉对视一眼，想说什么，却又都无言。

罗彪大踏步走了出去，猛地拉开院门，一张英俊却稍显阴鸷的脸庞倏然出现在他眼前。罗彪一惊，慌忙躬身一揖："卑职……卑职见过裴将军。"他故意提高了音量，是为了提醒里屋的桓蝶衣和红玉。

眼前这个人是长孙无忌的妻甥，名裴廷龙，年纪轻轻却身居高位，不久前刚从兵部调到玄甲卫，官任从三品的右将军，坐了玄甲卫的第三把交椅。罗彪万没料到他会在这时候出现，更不明白他为何突然到此，心里竟有些紧张。

"免礼。"裴廷龙淡淡道，面无表情地走了进来。崔县令弓着身子紧随其后。桓蝶衣和红玉听到声音，赶紧出来见礼，心中都觉诧异。

"蝶衣，才几日不见，你竟瘦了这许多。"裴廷龙走到面前，关切地看着她，"看你脸色这么差，是不是身子不舒服？"

桓蝶衣不自在地退了一步，俯首道："多谢裴将军关心，属下没事。"

"你急于抓捕逃犯是对的，但也不能太辛苦啊！"裴廷龙语气温和，却有意无意把重音落在了"逃犯"二字上，在桓蝶衣听来分外刺耳。

自从此人来到玄甲卫，就对桓蝶衣格外殷勤，每次照面都是一番嘘寒问暖，搞得桓蝶衣很不自在。作为顶头上司，此刻裴廷龙突然出现在蓝田，显然不是什么好事——尤其是在萧君默行踪刚刚暴露的这个节骨眼上，他的到来更是让桓蝶衣深感不安。

"不知将军为何突然到此？"桓蝶衣忍不住试探，"属下未曾远迎，真是失礼。"

"咱俩就不必见外了。"裴廷龙笑，"不过，听你这口气，似乎不太欢迎我？"

"属下不敢。"

"其实我早该来了，只是庶务繁忙，一直抽不开身。"裴廷龙依旧面带笑容，"加之长孙相公最近总揽尚书、门下二省大政，也交办了一些事情，我紧赶慢赶地交了差，这才得空过来。还好，总算没有来迟。"

桓蝶衣一听最后这句弦外有音，刚要发问，一旁的崔县令便媚笑道："是啊，来得早不如来得巧，二位队正忙活了十来天，也不见逃犯踪影，可裴将军刚一来，逃犯就无所遁形了，可见将军神威赫赫，连老天都垂青啊！"

桓蝶衣和罗彪闻言，不禁对视了一眼，目光中泛出了相同的惊惧。很显然，纸包不住火，裴廷龙肯定已经见过告密者，也掌握确凿消息了。

"罗队正，"裴廷龙把脸转向罗彪，"方才你走得那么急，是不是要到夹峪沟抓捕逃犯？"

罗彪无奈，只好硬着头皮说了声"是"。

"那好，事不宜迟，你即刻召集所属人马，随本官同去夹峪沟。"裴廷龙一声令下，然后看着桓蝶衣，"蝶衣，你要是身体不适，今天就不必去了。"

桓蝶衣艰难地摇了摇头："不，属下职责在身，不能不去。"

裴廷龙盯着她，若有所思地笑了笑："也好，萧君默毕竟跟你同僚一场，还是你的师兄，你最了解他，有你在，兴许有利于抓捕。"

桓蝶衣苦笑："有裴将军亲自坐镇指挥，何愁不能手到擒来？"

裴廷龙大笑："好！有你这句话，想必萧君默今日插翅难逃了！"

萧君默下山的时候，看见一片山坡上开满了五颜六色的鸢尾花，在风中款款摇摆，不禁心中一动，便让辩才先走，然后精挑细选地采了数十朵，拢成一束，快步走回山下。

方才在山上伤了楚离桑的心，萧君默只好给她送花赔罪了。

回到孟宅，刚走到楚离桑的屋门口，萧君默就听见屋里传出她和孟二郎的说话声。他眼睛一转，便悄悄挪到窗口，抻长脖子往里一探。

只见孟二郎正带着一脸又甜又腻的笑容，把一顶用鸢尾花编成的花环戴在楚离桑头上。楚离桑虽然有些羞涩，却没怎么拒绝，而是任由他戴了上去。孟二郎马上又殷勤地捧来一面铜镜，让她左照右照，嘴里还不停说着肉麻的话。

看这小子笨嘴拙舌的，没想到追姑娘倒挺有一套。萧君默看着自己手里那束花，不免撇了撇嘴。这时，米满仓恰好从屋里出来，萧君默便随手把花扔给了他。

"这，这是，干啥？"

"送你了。"萧君默道。

"送，送我花？！"米满仓丈二和尚摸不着头脑。

萧君默不再理他，径直敲门："离桑，你在吗？"

"什么事？"楚离桑答言，口气却明显不太好。

"开个门，我有话跟你说。"

屋里静默了片刻，然后门开了，不想却是孟二郎站在门洞里，手里拿着花环，一脸警惕地看着萧君默。

"什么话，说吧。"屋里的楚离桑冷冷道。

"我能进去吗？"

"不能。"

孟二郎见楚离桑对萧君默如此冷漠，不禁得意一笑。

萧君默也笑了笑，忽然回头对米满仓道："满仓，你不是想学编花环吗？你瞧，人家二郎编得多好看！"说着趁孟二郎不备，一把抢过他手里的花环，扔给米满仓，"好好跟二郎学学。"

米满仓慌忙接住，却一脸懵懂。

孟二郎一惊，赶紧朝米满仓跑过去。萧君默趁势进屋，反手把门一关，用后背抵在门板上，对楚离桑笑了笑："连门都不让我进，你好狠心哪！"

"有什么话就说。"楚离桑依旧板着脸。

"那好吧。"萧君默点点头，"我是想跟你说，二郎那个花环配不上你。"

"可人家有心哪，就冲这份心意，我就很感动。"楚离桑故意笑得很灿烂。

"那是，别说你，我看了也很感动。不过，他这花三两天就谢了，感动过后只能徒增伤感。我倒是知道有一种花，听说可以终年盛开、永不凋谢，你想不想去看看？"

"胡扯！"楚离桑道，"花开花谢是世间常理，世上哪有开不败的花？"

"耳听为虚，眼见为实。你若不信，不妨随我去看看？"萧君默面带笑意地看着她。

"去就去。"

楚离桑站起身来，心想本姑娘倒是真想见识一下，什么花会永远不败。

当楚离桑一眼看见这片盛开着鸢尾花的山坡时，顿时被眼前的美景吸引住了。她瞬间便体会到了萧君默的用心，心里不由得一阵感动。

漫山遍野的花儿在风中摇曳，楚离桑情不自禁地跑进了花海，用手轻轻抚过那些红的、紫的、蓝的、黄的、白的花瓣，感受着花瓣上的雨珠沾在指尖上的清凉之感，闻着弥漫在空气中的浓郁花香，不觉闭上了眼睛。

"这里美吗？"萧君默走到她身后，柔声道。

楚离桑依旧闭着眼睛："美是美，不过你说谎了。"

"我哪里说谎了？"

楚离桑转过身来："这里的花跟二郎采的花是一样的，都是鸢尾花，可你却说这花永不凋谢，这不是说谎吗？"

萧君默一笑："只要这些花开在你的心里，它们怎么会凋谢呢？无论时隔多久，只要你永不忘却，它们便会在你的心里一直盛开。我说得不对吗？"

楚离桑闻言，心中顿时涌起一阵温润之感，嘴上却道："你倒是会说话，可惜还是诡辩。"

"诡辩也好，说谎也罢，"萧君默淡淡笑道，"我只是觉得，唯有这一片大气磅礴、生机盎然的花海，才能配得上你，至于花环那种东西嘛，未免小气了些。"

楚离桑心中又是一动，却不愿让萧君默看出心思，旋即转过身，径直朝前走去。

两人信步徜徉在花海之中。楚离桑走着走着，蓦然想起了以前和母亲、绿袖一起到伊阙郊外踏青的情景，眼睛不由得迷蒙了起来。

"小时候常听我爹说，人间聚散无常，要珍惜和亲人在一起的每一天，可我当时顽劣无知，听不懂他的话，总觉得一家人在一起是天经地义的，没有什么能把我们分开……"楚离桑微微有些哽咽，"现在我娘走了，绿袖也不知身在何方，我才知道，原来以前的日子是那么幸福。"

"人就是这样子，往往失去以后才懂得珍惜。"萧君默劝慰道，"所以，最好的缅怀过去的方式，不是悼念过去，而恰恰是珍惜现在。我想，你娘的在天之灵，一定也不希望你活在过去。"

"是啊，你说得对。"楚离桑笑了笑，"所以我现在，就要珍惜跟我爹在一起的日子，帮他做完他想做的事，然后找到冥藏，为我娘报仇。"

萧君默看见她终于笑了，心中大感宽慰："好久没看你笑了，你一笑起来，好像整片天空都亮了。"

"你就会说好听话糊弄人。"楚离桑娇嗔地白了他一眼，"那我要是阴着脸，你的天是不是就黑了？"

"何止是天黑了？"萧君默笑道，"方才在山上，看你那么不高兴，我心里就一阵打雷一阵下雨的。"

楚离桑又白了他一眼，不过心里却很受用。

萧君默看她心情好了许多，便正色道："方才，我和你爹商量了一下，打算今天就离开这里。"

楚离桑闻言，表情凝重了起来："前有堵截后有追兵，咱们能走出这片大山吗？"

"放心吧，天无绝人之路，我们一定出得去。"

听他说得这么肯定，楚离桑顿觉心安了一些。从被他救出宫的那一刻起，只要跟他在一起，楚离桑便会有一种很充实的安全感，假如没有萧君默，她知道自己和父亲一定无法逃脱朝廷的魔爪。想到这里，心里不禁又对他涌起了感激之情。

"你的伤……都好了吗？"

"当然。"萧君默笑道，"有你这么好的厨子天天伺候着，我要再不好，既对不起那些野味，也对不起你不是？"

"你别辜负那些野味，就算你有良心了。至于我嘛，照顾你纯属报恩，你可别多想。"

"我没多想呀，我只是比较享受被人报恩的感觉而已。"

楚离桑哼了一声。

萧君默嘿嘿一笑。

午时二刻时分，在夹峪沟西北方的一座山峰上，裴廷龙负手而立，俯瞰着脚下的这座小山村，一脸志在必得之色。

十几名精干的玄甲卫在他身后站成一排。片刻后，裴廷龙的副手、郎将薛安匆匆跑过来，躬身道："禀将军，所有人员都已进入指定位置，夹峪沟的所有出口也已全部封死！"

裴廷龙没有回头，沉声道："罗彪和桓蝶衣身边，都有咱们的人吧？"

"遵将军命，已经派弟兄们盯住了。"

"嗯，这就好。此二人，一个是萧君默的兄弟，一个是他的师妹，咱们可不能指望他们会真心抓捕逃犯。"

"是的，照将军吩咐，一旦二人稍有异动，即刻拿下。"

"对桓队正要区别对待，毕竟是大将军的外甥女，何况是姑娘家，切不可粗鲁。若真有异动，把局面控制住即可，人直接带来见我。"

"是，这个也吩咐下去了，请将军放心。"

"东边那座大院落，是何处所？"裴廷龙忽然眯眼望着远处。薛安道："是该村的祠堂。"裴廷龙若有所思："安排人手了吗？"薛安一愣："咱们现在是把重兵布置在目标周围和外围的几个路口，至于这个祠堂，三面环山，估计不太可能……"

裴廷龙猛然回头，目光凌厉："别忘了咱们的对手是谁，任何疏漏都可能被他利用！"

薛安慌忙低头："是，属下这就派人过去守着。"

"那里是全村的制高点，务必放两名最好的弓手在屋顶上，其他人就近埋伏。"

"得令！"薛安领命而去。

裴廷龙重新凝视着山下，慢慢把目光聚焦到了村落的东北角——那里坐落着五六间簇新的大瓦房，孤零零地矗立在村子的一隅。

按计划，大约一刻之后，玄甲卫就要对这个地方展开围捕行动。

在裴廷龙身后不远处的一棵树下，两名甲士一左一右看守着一个人，他就是告密者。

萧君默和楚离桑回到孟宅后，立刻分头打点行囊。

萧君默在屋里拾掇着，无意中瞟了窗外一眼，心中忽然生起一丝怪异之感。他旋即走到窗前，把窗户全部打开，凝神望着周围异常宁静的一间间村舍，然后又稍稍抬高视线，注视着这些村舍的屋顶，眉头不觉渐渐蹙紧："满仓，你有没有觉得哪里不对劲？"

"咋了？"一旁的米满仓赶紧凑到窗前。

"你不觉得太安静了吗？"

米满仓左看右看，有些蒙："咋，咋说？"

"附近这些村舍都养了狗，可今天一条狗都没叫；还有，现在是午时，照理各家各户都在生火做饭，可你看房顶那些烟囱，一丝炊烟都没有，也闻不到半点烟火味；另外，平日总有些孩童在外面嬉闹，今天却一个都不见。所有这些，你觉得正常吗？"

米满仓把头摇得像拨浪鼓，困惑道："咋，咋会这样？"

"附近的狗一条都不叫，很可能是被人杀了；没人做饭，也不见孩童嬉闹，说明有人杀了狗之后，又把周围的村民全都控制了。"

米满仓瞪大了眼睛："莫非，是玄，玄……"

"没错，"萧君默神情肃然，"他们到了。"

米满仓的脸色唰地一下就白了："他们，咋，咋就来了？"

萧君默眉头紧锁："孟家三郎昨天大半夜就进城去了，到现在还没回来。他是个赌鬼，手头永远缺钱，如果我猜得没错，他肯定是在城里看见了海捕文书……"

米满仓听不下去了，慌忙抱起自己的大包裹，里面是沉甸甸的三十几锭金子和其他细软："那还，磨，磨蹭啥？快跑，跑吧！"

"来不及了。"萧君默最后看了外面一眼，关上了窗户，"看这情形，玄甲卫肯定把周围村舍和夹峪沟的所有出入口全都控制了。"

米满仓一屁股坐在了土炕上，眼神因恐惧而发直。

萧君默无言地拍了拍他的肩膀，随即叫上辩才，一起来到了孟怀让房中，把目前的形势告诉了二人，然后向孟怀让郑重致歉。孟怀让因旧伤复发卧榻多日，此时一听，却并不惊讶，只淡淡一笑："萧郎不必致歉，我既然敢收留你们，便已做好了最坏的打算。孟某这条命，是从玄武门捡回来的，多活了这些年，早就赚了！"

萧君默歉然道："话虽如此，但萧某连累了先生一家人，还是愧悔无地，而今之计，先生只有把我交出去，才能避免杀头之祸。"

孟怀让立刻拉下脸来："萧郎这么说，把我孟怀让当成什么人了？"

萧君默苦笑了一下："先生，事已至此，我也只好跟你明说了。玄甲卫突然到此，必是有知情人告密，而我怀疑，此事是三郎所为，所以先生只有顺水推舟把我交出去，并告诉玄甲卫，告密之事正是你授意的，这样才能保住先生一家老小的性命。倘若不这么做，而是跟玄甲卫硬拼，我固然逃不过，就连先生父子四人也只能白白牺牲。"

孟怀让一听告密者是三郎，顿时气得浑身发抖："这个逆子！我要亲手杀了他！"

"萧郎，"一直沉默的辩才忽然开口道，"应该自首的人不是你，而是贫僧。因为皇帝真正要抓的，其实只有贫僧一人，只要我答应把《兰亭序》的秘密全都告诉他，定然能够换取你们所有人的性命！"

"法师，请恕晚辈斗胆问一句，您这么多年守护《兰亭序》的秘密，所为何来？"

辩才一声长叹："当年先师命组织沉睡，既是为了天下安宁，也是为了让本盟的弟兄及其家人，从此都能像普通人一样，过上太平安生的日子。"

"既然如此，那您一旦供出《兰亭序》的秘密，不是把天刑盟所有人都害了吗？"

"贫僧自然不想这么做。"辩才罕见地变了脸色，"可要让贫僧眼睁睁看着你去赴死，也断断办不到！"

萧君默无奈地闭上了眼睛。

看来，这是一个无解的死局，因为每个人都打算牺牲自己保护别人，到头来就是所有人都活不成！

难道，真的只能束手待毙，再也没有别的办法了吗？

萧君默焦急地思考着对策。

他很清楚，玄甲卫一旦完成布控，很快便会发起攻击，留给自己的时间不多了……

第四章

围捕

　　桓蝶衣和红玉埋伏在孟宅斜对面的一间村舍中，窗户挑开了一条缝，二人目不转睛地注视着对面。有十名玄甲卫跟着她们，却都是裴廷龙的人。眼看时辰差不多了，为首一个叫裴三的队正催促道："桓队正，时辰已到，该行动了。"

　　"再等等。"桓蝶衣头也不回道。她现在的脑子已经乱得无法思考，只能拖一时算一时，可她也不知道要拖到什么时候。

　　"请问桓队正到底在等什么？"裴三不耐烦。

　　"让你等你就等，哪那么多废话？"红玉回头一瞪，杏眼圆睁。

　　"你！"裴三强捺怒火，"裴将军有令，午时三刻必须行动，你们若敢贻误战机，当心军法处置！"

　　"少拿鸡毛当令箭！"红玉冷笑，"依玄甲卫章程，一线行动人员向来就有临机专断、便宜行事之权，若事事都听后方长官的，那才叫贻误战机！"

　　"章程？玄甲卫何时有过这等章程？"裴三半信半疑。他们都是裴廷龙的亲兵，不久前刚刚跟随他从兵部调过来，对玄甲卫的一应规矩还不太熟悉，所以不敢肯定是真是假。

　　红玉见唬住了他，越发得意道："不懂就慢慢学！你若是肯虚心一些，本姑娘倒是可以多教教你。"

　　裴三大为恼怒，却又不敢发作。

　　就在这时，站在窗边的桓蝶衣忽然发出一声压抑不住的惊呼。红玉一惊，赶紧掉头往外看，眼前的一幕也顿时令她目瞪口呆。

萧君默策马走出孟宅，身前横放着辩才，并持刀抵在了他的脖子上；楚离桑和孟怀让各乘一骑，紧随其后；米满仓和孟二郎共乘一骑，走在最后面。六人四骑就这样在土路上一步一步朝村子的东南方向走去。

桓蝶衣、红玉等人从村舍里冲了出来，纷纷拔刀出鞘，挡在了他们面前，而罗彪则带人从他们后面包抄了上来。萧君默勒住缰绳，和桓蝶衣四目相对，彼此眼中都充满了难以名状的复杂情绪。不过，桓蝶衣的第一反应是感到欣慰，因为看萧君默的样子，他身上的伤应已大体痊愈。

"蝶衣，把路让开。"萧君默平静地道。

对于萧君默的这个举动，桓蝶衣虽然惊诧，但内心更多的则是庆幸——因为萧君默挟持了辩才，就等于拿住了皇帝最想得到的《兰亭序》的秘密，也就等于给了她一个放行的借口。为了配合萧君默演好这出戏，桓蝶衣故意冷冷道："我凭什么要给你让路？"

萧君默看着桓蝶衣的眼睛，知道她已经领会了自己的意图，遂暗自一笑。

"萧君默，识相的话就乖乖下马就擒！"裴三厉声道，"整个村子都被我们包围了，你们插翅难飞！"

"这位兄弟，新来的吧？"萧君默笑道，"知道我手上这个和尚有多重要吗？他是皇上费尽辛苦找了十几年的人，身上藏有事关社稷安危的天大机密。你们要是把我逼急了，我就一刀砍断他的脖子，大家来个鱼死网破！"

"你别唬我！这个和尚不是你冒死救的吗？你岂会杀他？"

"此一时彼一时。我当初冒死救他，是想套出他的机密；现在被迫杀他，是为了保我自己的命。怎么样，这个答案你满意吗？"

裴三闻言，顿时有些无措，下意识地看着桓蝶衣。

"不必看我。他说的话一点不假，那个和尚的确是圣上最想要的人，若有半点闪失，恐怕你我都吃罪不起。"桓蝶衣道。

"我喊三下，你们要是不让开，我立刻杀了他！"萧君默大声喊道，"一！"

裴三越发无所适从，只好央求桓蝶衣："桓队正，咱玄甲卫不是有章程吗？一线行动人员向来有临机专断、便宜行事之权，现在你是头儿，赶紧拿个主意吧。"

桓蝶衣斜了他一眼："怎么，刚才还拿裴将军来压我，这会儿就让我自个拿主意了？可我这人胆小，最怕别人动辄拿'军法处置'什么的来威胁我，所以还是你拿主意吧，我听你指挥。"

红玉在一旁窃笑。

裴三大为窘迫，讪讪道："那个……在下不是刚到玄甲卫没多久嘛，很多规矩都不懂，还请桓队正大人大量，别跟在下一般见识。"

"这可是你说的，别到时候又去裴将军那儿打小报告，说我桓蝶衣自作主张、越权行事。"

"不能不能，绝对不能！"

"二！"萧君默又是一声大喊。

裴三眼巴巴地看着桓蝶衣："桓队正，求求您快下令吧！"

"好吧，看你这么有诚意，那我就勉为其难，替你拿回主意吧。"桓蝶衣说着，环视身后众人一眼，"弟兄们听着，逃犯萧君默现挟持重要人质，我方不宜贸然攻击。为了保护人质安全，大伙向两边退开，给他们让路！"

众甲士面面相觑。

"都聋了吗？给老子让开！"裴三喊得声嘶力竭。众甲士连忙闪身让开了一条路，然后眼睁睁看着六人四骑从他们面前缓缓走过。

"弟兄们，谢了！"萧君默对着桓蝶衣粲然一笑。

桓蝶衣白了他一眼。

罗彪带人从后面赶了上来，跟红玉交换了一下眼色。罗彪暗暗竖了下大拇指，红玉俏皮地眨了眨眼。

两拨人一前一后，很快来到了祠堂附近。只要从祠堂再往南边走半里路，便可离开夹峪沟，径直驰上宽敞的驿道。萧君默双腿一夹马肚，马快步跑了起来。此时玄甲卫也有人牵来了马匹，桓蝶衣、红玉、罗彪等人跃上马背，然后拍马在后面紧跟——与其说他们是在紧追逃犯，不如说是在护送萧君默等人离开。

"法师，忍着点，咱们马上就能逃出生天了。"

当坐骑行至祠堂门口的麦场时，萧君默忍不住对辩才道。

"萧郎果然足智多谋！"辩才笑道，"也不枉玄甲卫对你的一番栽培。"

"法师谬赞了，我这纯属被逼无奈……"萧君默刚说到一半，脸色立刻变了，因为又有一大拨人马挡住了他们的去路，为首者赫然正是裴廷龙。

"萧兄，别来无恙啊！"裴廷龙高声道。

"裴将军大驾光临，萧某深感荣幸！"萧君默勒马停住，"看将军这架势，今天是不想让我走了？"

"是啊，多日不见，想请你和辩才法师回京叙叙旧。"裴廷龙露出一脸阴鸷的笑容。

"倘若萧某不愿奉陪呢？"

此刻，萧君默并不知道，在祠堂屋脊两端翘起的飞檐背后，各埋伏着一名弓箭手。两支箭已经搭在弦上，拉了满弓，正一左一右对准了他。

"萧兄若不肯赏脸，那我只能用强了。"裴廷龙暗暗瞄了一眼祠堂屋顶，知道两名弓手已准备就绪，只待他给出信号，便可将萧君默射落马下。

"将军就不怕我杀了辩才？"

"不怕。"

"为何？"

"因为你可能会死在辩才前面。"

萧君默不禁一笑："将军凭什么这么自信？"

"萧兄还不了解我吗？我裴廷龙向来自信，而且从不落空。我最后再劝你一次，把刀放下，随我回京面圣，说不定我可以跟圣上求求情，赐你一个全尸。"

萧君默知道，裴廷龙说他的自信从不落空其实并没有吹牛。他能够年纪轻轻便做到从三品的高官，首先固然得益于其姨父长孙无忌的熏天权势，其次他个人的能力也不可小觑。在长安不计其数的权贵子弟中，裴廷龙的脑子和心计绝对属于凤毛麟角，就算不靠家世背景，他也完全能够凭自己的本事上位。仅此一点，萧君默便不得不佩服他。而这样的一个人，绝对是不打无准备之仗的，此刻他既然表现得如此自信，背后肯定已经留了一手。思虑及此，萧君默立刻用眼角的余光开始扫视周边环境，搜寻潜在的威胁。

裴廷龙注视着萧君默，眼睛不自觉地眯了起来。

他蓦然意识到，自己可能说得太多了。对付萧君默这种绝顶聪明之人，多余的炫耀显然是不明智的，只会给对手制造逃生的机会。

心念电转之间，裴廷龙的右手迅速一劈。屋脊上的弓箭手看到指令，双箭几乎同时射出。而就在同一瞬间，萧君默也发现了来自祠堂屋顶的危险，情急之下，只能猛然拽起缰绳。坐骑发出一声刺耳的嘶鸣，前蹄高高扬起，成了临时挡箭牌。两支利箭呼啸而至，分别射入了马匹的前胸和脖子。

坐骑哀鸣着倒下，萧君默和辩才双双从马背上摔落，后面的楚离桑等人发出一片惊呼。裴廷龙抓住时机，大喊一声"上"，身后的数十名玄甲卫立刻蜂拥而上。裴三听到命令，也即刻带人冲了上去。桓蝶衣和罗彪交换了一下眼色，无奈之下也只能加入战团。

一场混战就此展开。

此时挟持之计已然无效，萧君默只能一边拼死抵挡，一边紧紧护住没有武功的辩才。玄甲卫虽然人多势众，但事前已得到裴廷龙命令，尽可能活捉辩才，所以有些投鼠忌器，只一味鼓噪围攻，并未使出杀招。倒是祠堂屋顶上那两名神射手，一直瞄着萧君默的手臂和腿部不时射出冷箭，企图令他丧失战斗力，给萧君默造成了不小的威胁。

另一头，楚离桑拼命想冲过来保护辩才，却被桓蝶衣和红玉给缠住了。孟怀让不顾腿伤，双手紧握一把长长的陌刀，舞得虎虎生风，让裴三等人无法近前。米满仓紧搂着包裹，一直弯腰缩头躲在孟怀让身后。孟二郎手持弓箭跳到了一座谷仓上，居高临下分别掩护孟怀让和楚离桑，瞅准时机射倒了好几名玄甲卫。罗彪则带着手下在外围装模作样，嘴里卖力喊杀，实际上一直躲在裴三他们背后。

正当众人在祠堂外杀成一团之时，没有人注意到，祠堂的屋脊上突然蹿出一道白色身影，悄无声息地干掉了两名玄甲卫的神射手。下面的萧君默顿感压力骤减，正狐疑间，却见屋脊上再次射出一支冷箭。萧君默下意识挥刀要挡，可那支箭却嗖的一声直接命中了一名玄甲卫。萧君默大为诧异。还没等他弄明白怎么回事，第二箭转瞬即至，又把另一名甲士射了个对穿。

到底是何人在暗中帮助自己？

萧君默一边奋力拼杀，一边百思不解。

此时裴廷龙也蒙了，急忙扭头望向祠堂屋顶，却什么都看不见。

"郭旅帅，"裴廷龙厉声大喊，"给我拿下祠堂！"身后一名旅帅得令，立刻带人扑向敞开的祠堂大门。可刚跑出十几步远，便有一箭破空而来，正中这个郭旅帅的喉咙。鲜血立时喷溅而出，郭旅帅捂着喉咙直挺挺向后倒去。手下甲士大惊失色，纷纷蹲伏在地，不敢动弹。

裴廷龙见状大怒，正待发飙，又一箭已破空而至，直直飞向他惊怒的瞳孔。裴廷龙来不及挥刀格挡，慌忙向右一闪，羽箭擦破他的面颊飞过，射中了身后的一名甲士。由于躲得太急，用力过猛，裴廷龙收势不住，从马上跌了下来，旁边的薛安和几名甲士赶紧冲上去搀扶。

裴廷龙右手的手肘脱臼，疼得龇牙咧嘴，忽然又觉面颊刺疼，伸出左手一摸，顿时摸了一手的血，吓得大叫了一声。混乱中，薛安等人也不知他伤势轻重，只好拥着他迅速后撤，躲进了祠堂对面的一间村舍。

趁对方阵脚大乱，萧君默飞快砍倒两名拦路的甲士，与楚离桑会合一处。方才楚离桑一人力敌桓蝶衣、红玉二人，还要防备其他甲士，早已落在下风，此时终于暗暗松了口气。桓蝶衣见萧君默过来帮楚离桑，登时妒火中烧，于是攻势越发凌厉。萧君默赶紧帮楚离桑抵挡。楚离桑救父心切,遂掉头护住辩才,无形中便与萧君默掉了个位置,也换了对手。

桓蝶衣见萧君默处处护着楚离桑,更加急怒攻心,遂不顾一切猛攻萧君默。萧君默边挡边退,低声道:"蝶衣,方才多谢你了。"

桓蝶衣柳眉倒竖:"死逃犯,别自作多情!方才是为了保护人质,我现在便取你性命!"

萧君默无奈一笑,也不答言,而是回头对楚离桑道:"快,进祠堂!"

楚离桑反应过来,遂拉着辩才往祠堂门口且战且退。

现在敌众我寡,抵挡一阵还行,硬拼下去肯定没有胜算,只有暂时躲进祠堂延缓敌人攻势才是上策。

萧君默本想再杀过去与孟怀让会合,不料却被桓蝶衣和红玉死死缠住,只好对孟怀让大喊:"先生不要恋战,快进祠堂!"

孟怀让毕竟腿上有伤,加之分心保护米满仓,在方才的拼杀中已身中数刀,全凭孟二郎在高处掩护才没被砍中要害。然而,此时孟二郎的箭囊已经空了。射出最后一箭后,孟二郎只好从高处跃下,捡起一把龙首刀,打算杀过来与孟怀让会合。

裴三方才被孟二郎死死压制,折了多名手下,早已怒火中烧,此刻见他下来,立刻带人攻了上去。孟二郎虽射艺过人,但刀剑功夫稀松,所以抵挡了没几下,便被裴三一刀刺穿了胸膛。

孟二郎身子一顿,双目圆睁,一口鲜血从嘴里喷了出来。

"二郎——"孟怀让目眦欲裂,想冲过去,却被几名甲士死死围住。

裴三得意万分,一把将刀抽出,正欲再刺,一颗拳头大的石块不知从何处飞来,正中他的鼻梁。裴三哇哇大叫,脸上登时血肉模糊,众甲士慌忙上前扶住他。就在这个间隙,一个身影从斜刺里突然蹿出,背起孟二郎就往孟怀让这边跑过来。

众人定睛一看,此人居然是孟三郎!方才那颗石头显然也是他扔的。

孟怀让又惊又疑,来不及细想,不顾一切冲杀过去,终于跟两个儿子会合一处。在他身后,米满仓骤然失去依怙,吓得手足无措,呆立原地。旁边两名甲士见状,狞笑了一下,一左一右朝他逼近,手中的龙首刀泛出森寒的光芒。

米满仓连连后退,最后被一堵土墙挡住了退路。他登时绝望,只好抱紧包袱里的金银细软,带着哭腔大喊了一句:"萧君默,你,你害,害死我了!这些金,金子,记得放老,老子棺材里!"

两名玄甲卫被他逗乐了,同时哈哈大笑,但手上却没闲着,两把龙首刀一左一右朝米满仓当头劈落。

米满仓紧紧闭上了眼睛。

萧君默有心想救，无奈分身乏术，只能狂叫一声："满仓！"

千钧一发之际，一道白色身影恍如疾风从萧君默面前掠过，紧接着两声惨叫同时响起，然后那两名玄甲卫便双双扑倒在地。等米满仓难以置信地睁开眼睛时，但见眼前站着的人居然是老村正——那个白发苍苍、拄着拐杖、连路都快走不动的老村正！

看着这一幕，萧君默顿时瞠目结舌。

很显然，方才在祠堂屋顶上箭无虚发的那个神秘射手，也是面前这个老村正。

"都愣着干什么，快进祠堂！"老村正一声大吼，声若洪钟，同时手中的龙头拐杖挥出了一片密不透风的杖影，将试图上前的众甲士纷纷逼退，连桓蝶衣、红玉、罗彪等人，也被一股异常强劲的力道逼得连退数步。趁此时机，萧君默护着孟怀让父子和米满仓，迅速与楚离桑、辩才会合，然后一起撤进了祠堂。

老村正见众人均已脱险，才且战且退，从容退入祠堂，旋即将大门訇然关上。

经此一仗，玄甲卫伤亡惨重，连裴廷龙在内的多名将官也或死或伤。郎将薛安无奈，便跟桓蝶衣、罗彪商量了一下，旋即下令停止进攻，然后命一部分人包围祠堂，其他人打扫战场、休整待命。

一退入祠堂，老村正便叫众人把伤势最重的孟二郎抬入正堂的厢房，取出金创药为他止血。楚离桑眼睛泛红，连忙和辩才一起上前帮忙。孟怀让匆忙处理了一下伤口，便怒视着孟三郎道："逆子，你竟然还有脸回来？！"

孟三郎满脸惭悚，垂首道："爹，您饶了我吧，我再也不赌了。"

"老子说的是你滥赌的事吗？"孟怀让声色俱厉，"老子是说你告了密还有脸回来！"

"告密？"孟三郎抬起头，一脸懵懂，"您说我告密？"

"不是你小子还能有谁？"

孟三郎急眼了："爹，我是那样的人吗？我承认，见到县城里的告示后，我确实动了心，可我也知道那不是人干的事……"

"你小子糊弄谁呢？"孟怀让冷笑，"从小到大，你那狗嘴里几时吐过真话？"

孟三郎急得都快哭了，可越急越说不出话。

萧君默在一旁观察着孟三郎的表情，知道他没有撒谎，便歉然道："孟先生，是我错怪三郎了，看来不是他告的密。"

"那……那还能有谁？"孟怀让大为诧异。

萧君默眉头紧锁，思忖了片刻，忽然想到什么，回头对老村正道："六叔，金牙现在何处？"知道萧君默等人藏身在此的，整个夹峪沟除了孟家人，就只有老村正和金牙了，此刻既然排除了孟三郎，那么金牙就成了最大的嫌疑人。

老村正对帮忙止血的楚离桑叮嘱了几句，然后才转过身来，看着萧君默，别有意味地笑了笑……

一个时辰前，就在这个地方，金牙对老村正说了海捕文书的事，并力主告发。老村正沉吟片刻，斜了金牙一眼："这事还有谁知道？"

"我一回来就上您这儿来了，没别人。"

老村正点点头："也好，那你现在马上就去。"

金牙大喜，转身朝门口飞奔而去。老村正眯眼看着金牙的背影，手里的龙头拐杖突然飞出，挟着凌厉的劲道重重击在他的后脑勺上。金牙闷哼一声，当即瘫软了下去。

"大金牙，对不住了，好好睡上一宿，明早就什么事都没了。"老村正念叨着，敏捷地捡起地上的拐杖，旋即恢复了老态龙钟的模样……

听完老村正的讲述，萧君默等人都相顾愕然。

"老朽本以为阻止了金牙便没事了，谁能料到……"老村正长叹了一声。

如果不是孟三郎也不是金牙，那还能有谁呢？

众人大惑不解。可几乎就在同一刹那，萧君默和孟怀让不约而同地望向对方，心里都有了一个最不可能却又是唯一合理的答案。

二人看着对方，都不愿意把答案说出口。

一旁的孟三郎蹙眉半晌，忽然弱弱地问道："爹，大哥呢？大哥上哪儿去了？"

裴廷龙神色阴沉地坐在一张破旧不堪的榻上，对面并排站着薛安、桓蝶衣、罗彪、红玉及一干将官。裴廷龙脱臼的手肘已经复位，脸上的伤也擦了金创药，却仍有些隐隐生疼。他咝咝地倒吸了几口冷气，尽量保持正襟危坐，不让手下人看出他脆弱的一面。

虽然知道自己伤情不重，裴廷龙却非常担心脸上的箭伤会留下疤痕。对于自己英俊的相貌，他向来自负，甚至有些自恋，倘若从此面对铜镜总是看见一条丑陋的蜈蚣横卧脸颊，对他来讲就是一件比死更难接受的事情。

方才薛安报告了伤亡情况，玄甲卫一共死亡十一人、重伤六人、轻伤十五人，其中还包括数名将官。这样的结果令裴廷龙颇觉懊恼，甚至深感耻辱。此次他总共带了一百来号人，仅此一仗便折损了近三成，无疑是一次惨重的失败。裴廷龙不禁暗骂自己太过轻敌了。他本以为自己兵强马壮，对手只有寥寥数人，胜负定无悬念，不必费多大力气便可将萧君默手到擒来，不料事实却给了他一记响亮的耳光。

萧君默果然是一个可怕的对手。

早在兵部期间，他便听闻了不少有关萧君默的传言，说此人足智多谋、武功高强，入职玄甲卫短短几年便屡破大案，是不可多得的青年才俊云云。对此，一向自视甚高的裴廷龙大不以为然，根本不相信这个跟自己年龄相仿的家伙真有那么神，所以他才向姨父长孙无忌主动请缨，接手这个案子，就是想亲手抓住萧君默，粉碎他的神话，没想到刚一交手就败得这么惨。不过，这反倒激起了裴廷龙的好胜心——萧君默越不好对付，这场猫捉老鼠的游戏就会越刺激，最后抓到他的时候就会越有成就感！

虽然眼下付出了一些伤亡，但只要最后完成任务，死再多人也不过是些数字而已，丝毫不妨碍自己建立大功。萧君默、辩才等人现在龟缩在祠堂内，而祠堂一面临村，其他三面都是悬崖峭壁，他们上天无路入地无门，终究逃不出自己的手掌心。

快速调整了情绪后，裴廷龙脸上恢复了自信的神色。

"薛安，把告密的那个家伙带过来。"

片刻后，薛安和两名甲士押着一个年轻人进来了。此人长相憨厚，神情腼腆，有些局促地站在那儿，不敢抬头看人。

他就是孟大郎。

"孙大郎，你和你父亲孙阿大，是不是早就串通好了，假意告密，其实是想把本官引入埋伏啊？"裴廷龙盯着孟大郎。

孟大郎惊愕地抬起头来："将军说什么？家父他……"

"没错！你父亲孙阿大，还有你的两个兄弟，适才与萧君默同谋造反，持械袭击官军，杀死杀伤多人，实属罪大恶极！你还眼巴巴想领赏金？本官实话告诉你，你非但分文拿不到，还得跟你的父亲兄弟一块杀头！"

孟大郎万万没想到会是这个结果，吓得面无人色，整个人瘫软在地。

"还有，你们村的村正孙六甲，也是萧君默的帮凶。一村之正带头造反，你知道是什么后果吗？"裴廷龙很有耐心地恐吓着，"全村十六岁以上男子，全部都要发配充军！孙大郎，看你也是个厚道人，你愿意看着你们夹峪沟遭此大难吗？"

孟大郎失神地摇了摇头。

"既然不愿意，那本官现在就给你个机会。只要你能劝你爹和孙六甲出来自首，不再当萧君默的帮凶，我可以考虑赦免你们。"

"我们？"孟大郎终于看见了一丝希望，"包括我爹、我兄弟和全村人吗？"

"当然。不过能不能办到，就看你自己的本事了。"

"我……我该怎么做？"孟大郎一脸茫然。

裴廷龙看着他，阴阴一笑。

刚才那一仗，裴廷龙虽然连老村正孙六甲的面都没见着，却深知他的可怕。这个老家伙的战斗力完全不在萧君默之下，倘若不想办法将他引出来并且除掉，强攻祠堂必然又会付出惨重的伤亡。尽管裴廷龙不是很在乎手下的死伤，可代价太大毕竟脸上也不光彩。

只要能智取孙六甲，萧君默和辩才便成瓮中之鳖了。裴廷龙不无得意地想。

鲜血犹如涌泉一般从伤口中汩汩而出。

楚离桑拼命用手按着伤口，却终究是徒劳。孟二郎的脸像纸片一样白，已经没有了呼吸。楚离桑的泪水在眼眶里打转，双手仍然不甘心地按在他的伤口上。

"楚姑娘，放手吧。"老村正神色凄然，"让二郎安安静静地走，咱们……别再打扰他了。"

孟怀让和孟三郎站在床榻旁，一人拉着孟二郎的一只手，泪水早已爬了他们一脸。萧君默、辩才和米满仓站在厢房门口，眼圈也都有些泛红。

"萧郎，"老村正肃然道，"不可再拖延了，你们得赶紧走。"

萧君默摇头苦笑："祠堂被包围了，连后山都有玄甲卫的人把守，除非插上翅膀，否则要往哪儿走？"

"老朽既然敢叫你们进来，自然有办法让你们出去。"老村正从容道。

萧君默有些惊讶，不禁和辩才对视了一眼。

今天这个叫孙六甲的老村正着实让人大开眼界——他的身手别说一般人，就连萧君默都自叹不如。谁能想到在夹峪沟这样一个犄角旮旯里，会躲藏着这样一位绝世高人？可他究竟是何方神圣？又为何会舍命帮助自己？

"三郎，劳烦你在这儿把个风，留意外头的动静。"老村正对孟三郎说道，然后扫了众人一眼，"诸位，请随我来吧。"随即迈着有力的步伐走出了厢房。

楚离桑走在众人后面。迈出厢房的一刻，她忍不住又回头看了床榻上的孟二郎一眼，泪水终于不可遏止地流了下来。

老村正带着众人来到祠堂后院的马厩里，拨开角落里的杂草，只见地面上露出了一块头角峥嵘的大石，上面长满了厚厚的青苔。由于马厩就建在后山下，靠着山岩，所以这块大石头看上去就跟整片山岩是一体的，众人都不明白为何上面还要覆盖杂草。

就在大伙困惑之际，老村正忽然扎了一个结实的马步，伸出双手抱住大石，开始慢慢运气，然后大喝一声，居然硬是将大石挪开了一尺有余。众人齐齐探头一看，石头后面竟然露出了一个可容一人钻入的洞口。

秘道？

这里竟然有条秘道？！

萧君默和众人顿时都惊讶得合不拢嘴。

"这条秘道连着后山的洞，中间有些地方又陡又窄，可能不太好爬，不过逃命是足够的！"老村正哈哈一笑，声音中透着些许自豪，"老朽当年修祠堂的时候，顺便挖了这条道，把它跟后山的洞打通了，本打算自己逃命用，结果几十年了都没用上，不承想今日倒派上了用场。"

"六叔，您……您到底是什么人？"萧君默终于问出了口。

众人也都把目光转向老村正。

"老朽不过是个老不中用的山野村夫罢了，还能是什么人？"老村正呵呵一笑，然后看见众人都用一种很不甘心的眼神盯着他，只好收起笑容，重重叹了口气，"也罢，事已至此，老朽也没什么好隐瞒的了。"

老村正静默片刻，然后便缓缓地开口了。

随着他的娓娓讲述，众人眼前慢慢浮现出一个曾经叱咤风云的草莽英雄的形象，也看见了他纵横天下、跌宕起伏的传奇一生……

老村正的本名不是孙六甲，而叫蔡建德，是距夹峪沟仅数十里的牛头沟人氏，自幼习武，仗义任侠，好打抱不平，十八岁那年杀了三个鱼肉乡民的豪门恶少，遭官府通缉，被迫流落他乡。此后正逢隋末大乱，四方群雄纷起，他便与结拜兄弟、夹峪沟人孙六甲一起投奔了瓦岗寨，一同编入魏公李密麾下，与魏徵、萧鹤年成了并肩作战的同袍，也结成了生死之交。随后，蔡建德因骁勇善战而屡建奇功，官至右骁卫将军，也成了李密最信任的侍从官。

大业十三年冬，瓦岗旧主翟让与李密争权，李密动了杀机，遂设宴款待翟让。席间，蔡建德在李密授意下亲手砍杀翟让，一举巩固了李密在瓦岗的领导权。次年秋，瓦岗主力被东都隋将王世充击溃，蔡建德随李密降唐，旋即又随李密复叛，不料行至熊州附近的熊耳山时，遭唐将盛彦师伏击——李密身死，全军覆没，蔡建德负伤逃亡。数月后，蔡建德伤愈，潜入熊州行刺盛彦师，欲为李密报仇，可惜未能成功。不久，盛彦师因故被唐高祖李渊处死，蔡建德既因仇人身死而快慰，又因未能手刃仇人而引以为憾。

此后天下渐定，蔡建德因谋反和行刺两条罪名遭朝廷全力通缉，遂四处逃亡，备尝艰辛。眼看就要走投无路之时，昔日同袍魏徵和萧鹤年向他伸出了援手，劝他以已故结拜兄弟孙六甲的身份落户夹峪沟，并帮他处理了相关户籍手续。

由于蔡建德的相貌原本便与孙六甲有几分相似，且口音差不多，加之离乡多年，孙六甲的亲朋故旧又大多作古，村里的年轻一辈几乎都不认识他，自然更不会怀疑，所以蔡建德便以孙六甲的身份在夹峪沟安顿了下来。因魏徵和萧鹤年事先赠给了他一笔重金，他便用那些钱尽力帮助村里的贫困孤寡，从而赢得了村民爱戴，加上他这么多年闯荡江湖、见多识广，于是顺理成章被选为族长，不久又当上了村正。蔡建德随后便修建了孙氏祠堂，并暗中挖了这条秘道，以备不时之需。

正是因为有着如此坎坷的身世，所以当外乡人孟怀让突然入赘夹峪沟时，蔡建德便猜出他的来历定不简单，若非逃避官府追捕便是躲避仇家追杀，心中顿生同病相怜之感，所以此后多年一直在各方面照顾孟怀让一家。

三年前，蔡建德因事进京，暗中拜会了魏徵和萧鹤年，曾远远见过萧君默一面，所以数月前，当萧君默借故来找"孙阿大"时，蔡建德一眼便认出了他，于是表面上故意跟他装疯卖傻，实际上却帮了他。此次萧君默又带着辩才等人深夜到此，他当即猜出他们遇到了麻烦，因而当金牙欲告发他们时，他便将金牙打晕并关了起来，而接下来发生的事情，便是萧君默他们都知道的了。

听完老村正的讲述，众人皆唏嘘不已，萧君默则感慨尤深。

他万万没想到，父亲虽已身故，可他当年积下的阴德却至今还在荫庇自己，并且还是在如此危急的生死关头。

"贤侄，"既然道出了真相，老村正便对萧君默改了称呼，"令尊究竟出了何事？老朽一直深感蹊跷，却又无从打问。"

萧君默简单说明了事情原委，当然隐去了与《兰亭序》有关的细节，只说父亲是因卷入夺嫡之争而遇害。老村正一脸义愤："这李唐朝廷的人，真没一个好东西！"

孟怀让对老村正也很感激，便向他说出了自己的真实身份和来历，不过也同样隐去了天刑盟的事。老村正呵呵一笑，道："没想到，咱们两个老家伙做了这么多年乡亲，今日才是头一遭认识。"二人相视一笑，眼中充满了同是天涯沦落人的感慨和惺惺相惜之情。

"好了，没时间叙旧了，你们赶紧走吧，外头的官兵随时会打进来。"老村正催促道，"你们先进秘道，我去叫三郎。"

"伯父，我们要是走了，您怎么办？"萧君默满脸担忧之色。

"老朽早就活得不耐烦了！"老村正爽朗一笑，"今日有这么多官兵陪老朽共赴黄泉，正是求之不得之事，老朽岂能错过？"

萧君默看着他，眼圈蓦然一红，单腿跪下，双手抱拳："伯父大恩大德，晚辈铭感五内、没齿难忘，请受晚辈一拜！"

楚离桑方才听了老村正的故事，早已心潮澎湃，此时见他视死如归，心中更是无比感佩，也跟着萧君默跪了下去："老英雄侠肝义胆、豪气干云，也请受小女子一拜！"

老村正一愣，旋即呵呵笑道："你们这对金童玉女，是不是做啥事都这么鸾凤和鸣、心有灵犀啊？连下拜都要一块？"

楚离桑闻言，大为羞涩，一张粉脸当即红到了耳根。萧君默也颇觉尴尬。老村正哈哈大笑着扶起他们："行了行了，都起来吧，老朽平生最怕受人恭维，更见不得生离死别的凄惨之状。大丈夫立世，活得英雄，死得磊落，切莫效仿小儿女哭哭啼啼。"

"建德兄，我也早就活够本了！"孟怀让笑道，"黄泉路上，咱老哥俩做个伴吧，一路上也好有个照应。"

"孟贤弟这就没必要了，能跑一个是一个……"老村正刚开口劝他，孟三郎突然神色惊惶地跑了过来，嘴里大喊："爹，六伯，不好了，外面聚了好多乡亲，口口声声喊你们出去，不知道要干啥……"

众人都是一惊。

孟怀让和老村正对视一眼，似乎同时意识到发生了什么。

"不好！"萧君默恍然道，"裴廷龙定是挟持了乡亲们，要迫使咱们就范。"

众人心中顿生义愤。此时此刻，断然没有舍弃村民、自顾逃命的道理，辩才当即道："咱们都过去看看，大不了就是一死，绝不能连累乡亲们。"

近百个夹峪沟的老弱妇孺在祠堂前的麦场上跪了一片，哭喊声此起彼伏，有人叫着六叔，有人叫着阿大，还有人连声抱怨二人连累了夹峪沟。

孟大郎跪在人群前面，低垂着头，面如死灰。

在众乡亲身后约莫十丈开外的地方，一众玄甲卫手举盾牌结成了一个龟甲阵，把裴廷龙、薛安等将官护在当中。裴廷龙对老村正的冷箭依然心有余悸，所以特地命手下取出盾牌结成此阵。桓蝶衣、罗彪、红玉对此自然十分不屑，便故意站在了龟甲阵外。

　　龟甲阵的两翼，各站着一排弓箭手。这些人原本都被裴廷龙安排在村子的几个出口处埋伏，现在也都被调了过来。

　　老村正、孟怀让、萧君默、楚离桑四人悄悄摸上屋顶，伏在屋脊后观察，一看到玄甲卫挟持了这么多村民，顿时心急如焚。

　　"裴廷龙这个狗贼，把老弱妇孺推到前面，他自己当缩头乌龟，算什么本事！"楚离桑气得柳眉倒竖。

　　此时，孟怀让看见了孟大郎，顿时气不打一处来，忍不住破口大骂："大郎，你这个逆子！为何要去告密？难道你稀罕那些钱吗？"

　　孟大郎一震，连忙抬起头来："爹，爹，您听我说，孩儿不是贪图赏钱，孩儿是怕您老被蒙在鼓里，稀里糊涂当了萧君默的从犯……"

　　"住口！你这个见利忘义的不孝子，老子白把你养这么大了。"

　　"爹，您别再犯糊涂了！裴将军说了，只要您和六伯出来自首，他就既往不咎，放过咱们夹峪沟的人，否则的话……"孟大郎话没说完，一支利箭突然射来，嗖地一下扎进他面前的土里，箭尾的羽杆犹自嗡嗡作响。

　　孟大郎吓得跳了起来，连退了几步。

　　"孙阿大！"村民中忽然站出一个老妇，指着屋顶大骂，"你这个杀千刀的外乡人、祸害人的扫把星，快滚出来跟官兵投降，要不咱全村的人都要被你害死了！"

　　孟怀让一箭射出后，正欲抽箭再射，闻听此言，顿时泄了气，手无力地垂落下来。

　　"孟贤弟，今日咱们不现身，看来是说不过去了。"老村正苦笑道。

　　"伯父，孟先生，裴廷龙真正要抓的人是我，要自首也该我去。"萧君默从容道，"你们保护辩才法师走吧，我来拖住他们。"

　　"我也留下！"楚离桑脱口而出，说完才想起老村正方才那个"金童玉女、鸾凤和鸣"的说法，脸颊不禁又微微一红。

　　"你俩就别再犯傻了。"老村正叹道，"现在多耽误一刻，大伙就多一分危险，到头来谁也走不脱……"

　　话音未落，裴廷龙的声音便远远传了过来："孙六甲和孙阿大听着，本官的耐心是有限的，再给你们一炷香时间，如若再不出来，夹峪沟就大祸临头了！到时候男人们都发配充军，剩下这帮老弱妇孺怎么活？你们替乡亲们想过没有？"

　　众村民闻听此言，更是哭天抢地了起来，一时间哭号咒骂之声不绝于耳。

孟怀让低垂着头，又愧又恨，猛地一拳砸在瓦片上，居然把屋顶砸了一个窟窿。

"萧郎！"老村正直视着萧君默，口气变得十分严厉，"毒蛇螫手，壮士断腕！男儿行事，理当有此气魄，似你这般妇人之仁、优柔寡断，能成什么大事！今日你若逃生，日后还能替老朽和孟贤弟报仇，何苦在这儿枉送了性命？你现在争着去自首，便自以为是侠义吗？不是，这叫愚蠢，愚蠢透顶！"

萧君默一听，顿时心乱如麻，张着嘴说不出话。

老村正二话不说，一把拉起他的手，另一手又拉过楚离桑，对孟怀让道："贤弟，你在此稍候片刻，老哥我去去就来。"说完，不由分说地拽起二人，纵身从屋顶上跃下，然后叫上辩才、米满仓和孟三郎，一口气跑回了秘道口。

方才外面的情形，辩才等人也都清楚了，知道现在已别无他法，就算留下来也只能白白送死，毫无意义。

"三郎，"老村正对孟三郎正色道，"咱这片你熟，就由你来带路，一定要把萧郎他们安全带出去。"

孟三郎赶紧点头，然后弱弱问道："六伯，那……那我爹咋办？"

"你爹跟我一样，现在都已经是死人了！"老村正突然发狠，声音就像在咆哮，"明年今天就是我们的忌日，到时候给你爹立个牌位上炷香，你小子就算尽孝了，滚吧！"说着不等孟三郎答言，拽起衣领就把他塞进了洞口，然后对萧君默等人大喊："都愣着干吗，全都给我滚！"

米满仓吓得浑身哆嗦，慌忙抱紧包裹，低头爬了进去。辩才和楚离桑神情肃然，俯身对老村正深鞠一躬，也一前一后地进了洞。最后，萧君默看着老村正，强忍着眼眶中的泪水，只说了一句："伯父，来生再见！"

"一言为定！"老村正大声说着，一把将他推进了秘道。

萧君默在洞中只爬出两步，便听身后轰然一响，眼前顿时陷入一片黑暗。

泪水顺着他的脸颊无声滑落。

男儿有泪不轻弹，只是未到伤心处。在这个伸手不见五指的地方，一个男人的悲伤无人得见，唯天地可知。

萧君默知道，随着那块大石头在身后堵上，蔡建德、孟怀让这两位父执辈的义士，便要为了保护他们四人而慷慨赴死了。在踏上逃亡之路前，尽管萧君默自认为已经做了万全的准备，包括自己随时赴死的心理准备，可还是没料到会把这么多原本毫不相干的人扯进来，并且令他们付出了生命的代价。

这一刻，萧君默感觉心上犹如压了一块巨石。

他过去一直以为，人生在世，最难面对的一件事情无非就是自己的死亡，可现在他却发现，比自己的死更难面对的，是别人为你去死。这是一笔无法偿还的债务，是用你自己的死也无法抵消的亏欠。

从小，萧君默便是一个早慧的孩子，而早慧的原因之一，便是他过早地思考了死亡这件严肃的事情。那是贞观二年一个滴水成冰的冬日，纷纷扬扬的大雪从苍旻深处不断飘落下来，几乎把整座长安城都覆盖掉了。那时候萧君默才七八岁，吵着让父亲带他到城外去看雪景。父亲拗不过，便答应了。

那一天，萧君默在大雪茫茫的白鹿原上满地打滚，欢快的笑声在雪地上传出很远，直到一大片冻僵的尸体蓦然扑入眼帘的时候，他的笑声才戛然而止。一眼看见那么多死人，他吓坏了，赶紧躲到了父亲身后。他问父亲，那儿怎么有那么多死人。父亲长叹一声，说天地不仁，以万物为刍狗。萧君默没听懂。父亲又说，那是远近四方遭了雪灾的百姓，想逃进长安城找一口吃的，却连走到城头的力气都没了，只能饿死或冻死在半途。

那是萧君默有生以来第一次目击如此大规模的死亡，那些尸体深深刺痛了他的眼睛，也在许多日子以后触发了他的思考。

这事朝廷不管吗？萧君默似懂非懂地问。

朝廷也在管，奈何管不过来啊！父亲说，长安城再大，也装不下从四面八方拥来的数十万计的灾民。朝廷头些日子还大开城门，后来就一扇接一扇地关上了；圣上一开始每天都在朝会上说赈灾的事，后来却连统计死亡人数的奏章都不敢看了。

救不了百姓的朝廷，要它何用？萧君默说。那时候他已经开蒙读书了，也模模糊糊懂得一些经世济民的道理。

父亲苦笑了一下，摸着他的头说，是啊孩子，你这话问得好啊！爹忝为朝廷命官，看着这么多百姓饿毙冻僵却束手无策，爹问心有愧啊！爹这颗心就像压了块大石头，连喘气都艰难……

萧君默没听父亲讲完，就拉着他的手朝那些死人跑去。父亲问他做什么。萧君默说您救不了他们，至少该把他们埋了。父亲哭笑不得，说这么大的雪，老天自会埋了他们。萧君默却说这不一样，老天埋是老天的事，咱埋是咱的事。

父亲拗不过，只好跟他一块挖雪埋尸。可萧君默没埋几个便累坏了，躺在雪地上呼呼喘气。父亲拍了拍他红扑扑的小脸蛋，一脸苦笑说，傻孩子，这么多人你埋得完吗？

萧君默眨巴着眼睛望着灰沉沉的天空说，爹，以后我要是当了朝廷命官，一定不让百姓饿死冻死。

父亲先是一怔，紧接着便欣慰地笑了，说，好孩子，有志气，你将来做了官，一定要替爹还债。

还债？萧君默不解。

是的，帮爹还良心债。父亲说，爹做官救不了百姓，你以后做官，就要多救一些百姓，这样就帮爹还了债了。

那要是孩儿太笨，将来做不了官呢？萧君默又问。

父亲说，不做官也可以做好事，也可以救人，只要你存着这颗心。

从那一天起，萧君默便深深记住了这句话：做不做官是不要紧的，最要紧的是存一颗做好事的心、救人的心……

是的，救人，唯有去救更多的人，才能偿还对蔡建德、孟怀让的亏欠。

此刻，地道的前方隐约露出了一线光明。

萧君默知道，尽管外面依旧是那个充满了阴谋、杀戮和死亡的世界，可同时也是一个等待着他去救人的世界。

这个初夏的黄昏，残阳如血，染红了西边天际，也染红了夹峪沟的麦场。

老村正和孟怀让现身之前，向裴廷龙提了个条件，让他先把村民们放了。裴廷龙知道目的已经达到，便放走了那些老弱妇孺。然后，老村正和孟怀让就像两只白色的大鸟从祠堂屋脊上飞了下来。落地的瞬间，老村正的龙头拐杖便爆开了一名甲士的头颅，孟怀让的陌刀也割开了另一名甲士的喉咙，于是一朵血花便像鲜花一样迎空绽放，一串血点恰如雨点一般洒向大地。裴廷龙躲在龟甲阵中，声嘶力竭地喊了一声"杀无赦"，然后众甲士便疯狂地扑了上来。

孟大郎至此才意识到，父亲和老村正是不可能放弃抵抗的，而姓裴的狗官也不可能真正赦免他们。孟大郎为自己觉醒得这么晚而深感悲哀。他努力想让父亲相信，他告发萧君默并不是贪图钱财，而真的只是因为害怕承担窝藏钦犯的罪名。可父亲并不相信，所以孟大郎决定，到黄泉路上再慢慢跟他老人家解释。于是孟大郎便赤手空拳地冲向了玄甲卫，然后一道刀光闪过，他的头颅飞向了半空，身体却诡异地往前又跑了几步才扑倒在地。

老村正和孟怀让发出两声响彻云霄的怒吼。在吼声刚刚抵达众甲士的耳膜时，龙头拐杖和陌刀便已双双而至。龟甲阵两翼的弓手试图捕捉这两名凶犯的身影，可纠缠不清的混战局面却令他们无的放矢。随后，空中的血花一朵接一朵地绽放开来，干涸的土地贪婪地吸吮着飞溅而下的串串血点。决然赴死的老村正和孟怀让就像阎王派来的两名使者，径直热烈而冷酷地宣告着生命的脆弱与无常。

两个凶神好几次试图攻击龟甲阵背后的裴廷龙，却都被铜墙铁壁般的盾牌挡回去了。裴廷龙听见他们的武器撞击在盾牌上发出咚咚闷响，一度觉得自己的心脏仿佛要从胸腔中迸裂而出。

桓蝶衣、罗彪和红玉自始至终一直站在一旁观战，起先是不愿与二人为敌，毕竟他们是萧君默的朋友，可很快就变成了不敢，因为这两尊凶神的战斗力实在骇人。光是站在七八丈外感受二人的杀气，他们就觉得惊心动魄了，更别说要冲上去跟二人交手。

当二十几名玄甲卫先后横尸麦场，老村正和孟怀让共同演绎的这场狂欢终于接近了尾声——他们自己也已伤痕累累，体力也随着鲜血渐渐流失。龟甲阵两翼的弓手不失时机地射出了在弓弦上等待已久的利箭，很快就把这两尊凶神射成了两只刺猬。

老村正和孟怀让仰天狂笑。

最后倒下去之前，老村正狂吼了一句："爷爷我不是孙六甲，我叫蔡建德！"孟怀让也吼了一句："老子我不是孙阿大，我叫孟怀让！"

裴廷龙透过龟甲阵的缝隙莫名其妙地看着他们，想不通这两个疯子临死前狂喊两个陌生的名字到底有何意义。直到老村正和孟怀让的尸体在地上躺了好一会儿，裴廷龙才下令对祠堂发起进攻。

众甲士冲进了祠堂，在正堂左侧厢房发现了孟二郎僵硬而冰冷的尸体，在右侧厢房发现了被捆成一只粽子的金牙，除此之外连个鬼影都没有。裴廷龙气急败坏，下令掘地三尺也要找出萧君默和辩才。

掘地三尺是不可能的，不过玄甲卫的确搜遍了祠堂里里外外的每一寸土地。当夜色彻底笼罩了夹峪沟，几名甲士才掌着灯笼在马厩的角落里发现了异常。随后，七八个甲士费了九牛二虎之力，才将那块大石头挪开了少许。裴廷龙闻讯赶到，盯着那个黑黢黢的洞口，简直不敢相信自己的眼睛。

桓蝶衣、罗彪、红玉站在他身后，惊愕的表情也与裴廷龙如出一辙。

亥时时分，崔县令慌里慌张地跑来向裴廷龙禀报，说他的一队手下在东南方的山岭上被杀了，唯一的幸存者坚称在那里遭遇了萧君默等人。裴廷龙阴沉着脸听他说完，才轻轻地爆了一句粗口："怎么到现在才来禀报？"

崔县令对于裴廷龙的粗口不太适应，愣了一愣才道："卑职一直按计划在原定地点埋伏，可等到天色擦黑也没半点动静，只好叫手下归队。后来发现有一队迟迟不归，便派人去找，这才知道出事了……"

"你的手下说没说萧君默往哪个方向跑了？"

"说了，说是西南方向。卑职以为那小子说胡话，可他坚持说自己没看错。"

"西南方向？"裴廷龙蹙紧了眉头，"你的人是在哪里遇袭的？"

"在北渠铺附近。"

裴廷龙思忖着，命副手薛安取来地图。二人研究片刻，薛安诧异道："从北渠铺往西南是石门山，石门山两边是库谷关和大昌关，难道……咱们之前的判断错了？他们没打算走武关，也没打算下荆楚？"

裴廷龙盯着地图，沉吟良久，缓缓道："不，咱们的判断没错。依我看，他们定是打算取道石门山，从丰阳县沿祚水、洵水南下，往东迂回至洵阳县，再沿汉水东下。所以，他们的目标仍然是荆楚，只是绕了一个大圈，避开了武关。"

薛安恍然。

"传我命令，库谷、大昌二关即刻加强防守，派出巡逻队搜索附近山林，发现任何可疑对象立刻逮捕，胆敢抗拒者，格杀勿论！"

"是！"薛安回头要去传令。

"等等……"裴廷龙抬起头来，"不必传了，集合队伍，我们连夜赶过去。"

一大队黑甲在夜色中急速奔驰。

裴廷龙一马当先，手上的鞭子疯狂地抽打着马臀。

有生以来，他还从没感受过像今天这样强烈的挫败和耻辱。这两种情绪对他而言太陌生了，而正是这种陌生加剧了他的痛感。

姨父长孙无忌曾对他说过，世家子弟入仕为官，不管哪方面都比寒门子弟有优势，唯独有一点远远不如。

裴廷龙很好奇，问到底是哪一点。

长孙无忌说：韧性。世家子弟从小养尊处优，凡事顺风顺水，往往养成骄矜自负之习，一旦时运不济、遭遇挫折，便很容易一蹶不振，说白了便是三个字：输不起。裴郎应知，这世上的成大事者，都有一个共性，便是输得起——输了再来，最后便赢了。老夫这话虽然不一定中听，但却是肺腑之言，万望裴郎切记！

裴廷龙记得当时听见这些话，便在心里笑长孙无忌迂腐刻板。类似这种戒骄戒躁、百折不挠的老生常谈，他从六岁开蒙读书的时候就懂了，何须你长孙相公耳提面命？

然而此刻，裴廷龙却发自内心地感激姨父，倘若不是他老早便给自己敲了警钟，遇上今天这么大的挫败，自己很可能便丧失勇气和自信了。

黑夜沉沉，群山莽莽，裴廷龙不知道萧君默逃向了何方，但是他已经知道：经受挫折是人生的题中之义，也是每个世家子弟必修的一课。所以，此刻的裴廷龙已决定要做一个输得起的人，不管要跟萧君默较量到什么时候，他都乐意奉陪到底。

萧君默，从现在起，我裴廷龙就是你的梦魇。

我会一直追逐你，缠绕你，直到你窒息的那一刻！

第五章

祆教

长安安邑坊，醉太平酒楼。

二楼的雅间内，李恪正与孙伯元低声交谈。

"孙先生，听说这些年，你的盐业生意做得还不错？"李恪问，眉宇间似乎隐含着什么。

"还凑合吧，养活一些弟兄是够了。"孙伯元笑道，"不过也多亏了敬德兄帮我上下疏通，否则三郎也知道，底下那帮当官的，个个狮子大开口，赚得再多也喂不饱他们。"

李恪思忖着，欲言又止。

孙伯元注意到了他的神色："三郎是不是有什么话想说？"

李恪看着他："孙先生，请恕我问一个煞风景的问题，假如有一天，你的盐业生意做不下去了，底下会有多少弟兄没有活路？"

孙伯元一怔："这个……少说也有个三四千的。"

"这么多？"李恪有些意外，"要养活这么多人，殊非易事啊！"

"可不是嘛。"孙伯元苦笑，"外人看我家大业大，总以为我风光十足，岂知这偌大一份家业，操持起来是何等劳神费力！光是这么多弟兄和他们的家人张口吃饭，就够我愁白头发了。平常风调雨顺还好，若是碰上流年不利，一年翻个几条船，几千石盐一下化为乌有，还有几十号弟兄说没就没了。我这边张罗着调货、堵窟窿都还是小事，问题是那么多弟兄的家人，上有老下有小的，我得帮老的送终，把小的养大成人，这里里外外上上下下的事情，也不知要费多少心思……"说着说着，孙伯元已经红了眼眶。

李恪不觉也有些伤感，轻叹了一声。

都说家家有本难念的经，确是至理。别说像孙伯元这种没有身份地位的商人，就是自己身为皇子、父皇身为天子，不也得天天操心劳神、忧思满腹吗？有时候想起来，还真不如当个平头百姓省心。想到这里，李恪蓦然又想起了萧君默。他记得有次跟这小子聊天，聊着聊着就说到将来的打算上。李恪说身为男儿，就是要建立一番功业，才对得起这七尺之躯。萧君默却说，人活着就图个心安理得，仰不愧天，俯不怍人，凡事对得起良心就行了，至于功业，随缘即可，没必要太过执着。

李恪笑他胸无大志，不如别干玄甲卫了，去做个田舍夫便罢，每天面朝黄土背朝天，老婆孩子热炕头，多自在！

萧君默笑，说这也不好说，指不定哪天机缘成熟，我就当田舍夫去了。

一想到这小子现在亡命天涯、生死未卜，连做一个田舍夫亦不可得，李恪便不免黯然神伤。

"三郎，三郎……"孙伯元看他愣愣出神，忍不住连声呼唤。

李恪回过神来，歉然一笑："孙先生，如你方才所说，盐业生意虽然利润还不错，但是风险也不小。不知先生有没有考虑过，把盐业这块慢慢收掉，让手下兄弟转到别的行当？"

"这么大一摊子，转行谈何容易？"孙伯元叹道，"再说了，这世上的营生，哪行哪业没有风险？只要最后的收益大过风险，就还是值得干的。"

李恪有些急了，差一点就跟他吐露了实情——昨天他刚从李道宗那儿听到风声，得知朝廷很快会出手打压江左士族，而这些士族手上庞大的产业，无疑是首当其冲的打击目标。

"先生，你还是听我一句劝吧，最好赶紧物色下家，尽快把手头的盐业生意都盘出去。"

孙伯元这才意识到不对劲，眉头一皱："三郎，到底出了什么事，您能否直言相告？"

"你还是别问了，只需照我的话去做，赶紧着手，越快越好！"

孙伯元见他不肯明说，只好作罢。

"姚兴的事情，查得如何了？"李恪转移了话题。

"三郎放心，人都撒出去了，相信这一两天就会有消息。"孙伯元道。

"这几天我一直在想，姚兴此人若还敢在长安活动，必定已经易容了，否则也不至于这么长时间，官府始终查不到他的踪迹。"

"在下的想法跟三郎一样，所以，我没让手下直接追查姚兴，而是从他的关系入手。"

"关系？"李恪有些不解，"据我所知，姚兴犯的是谋反罪，本应被诛三族，后来虽逢朝廷大赦，其妻儿老小侥幸逃过一死，但也已尽数流放岭南，他在长安还能有什么关系？就算还有些故交旧友，他也断断不敢来往吧？"

"一般的关系他自然不会来往，在下指的，是特殊关系。"

"特殊关系？"李恪来了兴趣，"比如什么？"

孙伯元别有意味地一笑："比如，姘头。"

李恪不禁哑然失笑。

这就是江湖人物，查案路数果然与官府截然不同！李恪想着什么，正待再问，外面忽然响起了有节奏的敲门声。二人的神色同时一凛。

"流风拂枉渚。"外面的敲门者轻声吟道。

孙伯元的神色缓下来，淡淡回道："停云荫九皋。"

这是九皋舵的联络暗号，出自东晋名士孙绰在兰亭会上所作的一首五言诗。听到暗号对上，李恪的神色也放松下来。外面的人推门进来，是孙伯元的族弟、九皋舵副手孙朴，四十多岁，看上去精明强干。

"属下见过先生，见过三郎。"孙朴躬身行礼。

"说吧，是不是查到什么了？"孙伯元看他的神色，便知道肯定有眉目了。

"回先生，已经查清了，姚兴的姘头叫郭艳，是个寡妇，住在城南通轨坊西北隅的桃花巷中。据弟兄们摸到的情况，姚兴五天前去过一次，想必这几日还会去。"

孙伯元和李恪闻言，不禁相视一笑。

"谢先生，我刚得到消息，朝廷打算对你们这些老牌士族动手了！"

东宫丽正殿书房中，李承乾压低声音对谢绍宗道。

"动手？"谢绍宗微微一惊，对这个突如其来的消息显然有些猝不及防，"敢问殿下，具体是何情由？"

"前些天，父皇突然召集了几个宰相密议，主要议题便是以你们王、谢为主的江左士族。据我所知，父皇现在是急于挖出你们天刑盟，却因辩才逃脱断了线索，所以才想拿你们江左士族开刀，迫使你们现身。"

谢绍宗听明白了，脸色却反而比方才沉静了许多："那殿下知不知道，圣上和朝廷打算采取哪些举措？"

"据侯君集说，朝廷打算以维护公平、公正为由，严查近年入仕的士族子弟，若涉嫌请托钻营者，便予以贬谪黜落；今后科考及诠选等事，亦复从严审查遴选。先生想必也看出来了，朝廷是想以此为幌子，把你们江左士族的子弟都从官场清理出去，一来是削弱士族的势力，二来是希望当中有天刑盟的人沉不住气，自己跳出来。"

谢绍宗拈须而笑："为了追查天刑盟，圣上和朝廷也算是煞费苦心了。"

李承乾见他表情如此轻松，有些诧异："先生难道一点都不担心吗？"

"不瞒殿下，我谢氏一族虽然有不少子弟入仕，但在下这一支，已多年未有人涉足官场，都只是平头百姓、一介布衣，所以殿下不必多虑。"

"如此甚好。"李承乾松了口气。原本他还担心，如果谢绍宗的子弟被牵扯进去，自己少不了还得出面为他奔走，这样就极易引发父皇猜忌。

"殿下，"谢绍宗思忖着，"除了从仕途方面阻断江左士族的上升之阶，朝廷还有没有别的打压之策？"

"这个目前还不太清楚，我正让汉王和侯君集他们打听着呢。一有消息，我会随时告知你。"

"多谢殿下！"谢绍宗感激地拱拱手。

"跟我就不必见外了。"李承乾说着，忽然想到什么，"对了，听说你的宅子里，立着一尊谢安的铜像？"

谢绍宗在长安永嘉坊有一座大宅，正堂前的庭院中央的确立有一尊谢安的铜像。铜像高约一丈，衣袂飘然，栩栩如生，造价相当高昂。这样的铜像别说一般人造不起，就是豪富之家也未必舍得花这个钱。可谢绍宗不一样，因为他本身就是个大铜矿主，在天下各道经营着十几座铜山，而且他对先祖谢安异常崇拜，自然是不惜血本。现在忽然听太子提起这个，谢绍宗顿时有种不好的预感："回殿下，确有此事，您的意思是……"

"如今父皇和朝廷一心打压士族后人，你们王、谢两家可谓首当其冲。"李承乾眉头微蹙，"你在家里放着那么大一尊谢安铜像，恐怕……"

谢绍宗恍然，顿时脸色一紧。

虽说作为谢安的后人，本身并不算罪过，但他的真实身份毕竟是天刑盟羲唐舵舵主，在朝廷准备全力打压江左士族的这个节骨眼上，他在自家宅院里摆着那么一尊威风凛凛的谢安铜像，肯定会引起朝廷的注意，弄不好就会惹祸上身、自取其咎。

谢绍宗略为沉吟，道："我明白殿下的意思了，明日我便命人把铜像搬走。"

"搬走？往哪儿搬？"

"自然是搬回在下的老家越州了。"话一出口，谢绍宗便感觉不妥了。要把体积那么大的东西运出城，城门吏必定检查，到时候一看是谢安铜像，岂不是不打自招，主动承认自己是谢安后人？

李承乾看出了他的犹豫，所以也不催他，等着让他自己再想个办法。

片刻后，谢绍宗叹了口气："搬回去估计也不妥，要不，我腾几间大屋子，先把铜像藏匿起来？"

李承乾仍旧皱着眉头："这倒也是个办法，不过……终非长久之计。贵府上上下下的人也不少，万一有人说漏了嘴，让朝廷知道，你想想，朝廷会不会认为你欲盖弥彰呢？"

谢绍宗大为无奈，沉吟半晌，心里忽然闪过一个念头，但是这个念头却连他自己都无法接受，于是嘴唇动了动，却什么都没说。

"谢先生，我知道这事你挺为难。"李承乾选择着措辞，"可是眼下的形势这么紧张，在我看来，凡事都必须小心谨慎，容不得半点闪失，更不能因小失大。"

"殿下所言甚是。"谢绍宗苦笑了一下，"请殿下放心，我一定想一个万全之策，妥善解决此事，不让它影响大局。"

"这就好。"李承乾一笑，"而且，要尽快。"

"在下明白。"

"还有件事，你上次提到的那个苏锦瑟，最近有何动向？"

"我的人一直在魏王府附近盯着，奇怪的是，这么多天了，苏锦瑟一直没有露面。我怀疑，她最近可能没住在魏王府。"

"不在魏王府？那她能在哪儿？"

"据我所知，这个苏锦瑟虽不是王弘义亲生，却对他颇为孝顺。所以，不排除她为了照料养父的生活起居，跟王弘义住在一起。"

"那你能不能查到王弘义的住所？"

谢绍宗摇摇头："不大可能。王弘义混迹江湖多年，老谋深算，除了他身边最亲近的人，恐怕没人知道他躲在哪里。"

"这么说，咱们岂不是一点办法都没有了？"

"也不至于。即使苏锦瑟暂时不住魏王府，可她总是会过去的，只要我的人守在那儿，迟早会发现她。"

李承乾蹙眉思索："我在想，魏王会不会给了她腰牌或者夜行公函之类的，让她在夜禁期间可自由往来。倘若如此，你的人便无论如何发现不了她。"

谢绍宗想了一下："对，也有这个可能。不过，我相信她不会总在夜里活动的。"

"上回咱们没聊仔细，我现在想知道……"李承乾忽然看着谢绍宗，"一旦发现她，你打算怎么做？"

"最好的办法是盯梢，看看她去什么地方，跟什么人接触，做什么事情。这样的话，有助于摸清王弘义的底细，甚至有可能掌握他的机密……"

"何必这么麻烦呢？"李承乾打断他，不以为然道，"依我看，与其跟踪她，不如直接把她绑了。只要她把冥藏和魏王供出来，咱们不就能把他们一网打尽了吗？"

谢绍宗笑了笑："殿下有所不知，这个苏锦瑟是王弘义亲手调教的，绝非一般的弱女子，倘若抓了她，她却抵死不招，那怎么办？那咱们岂不是把好好的一盘活棋给下死了？"

李承乾想想也有道理，便道："也罢，具体的事情你去办，我就不掺和了，不过我还是想提醒先生一句，咱们的头号目标是魏王，你可别认错了靶子。"

谢绍宗听出了弦外之音，不禁暗暗佩服太子的敏锐。

事实上，他之所以不直接绑架苏锦瑟，除了上述原因外，很重要的一点，便是他有自己的小算盘。羲唐舵是天刑盟中除了冥藏主舵外最大的一个分舵，作为羲唐舵主和谢安后人，谢绍宗其实跟王弘义一样，都有控制天刑盟的野心，所以两人很早便开始了暗中角斗。此次王弘义潜入长安，谢绍宗很清楚，他除了辅佐魏王夺嫡篡位之外，一定还有自己的图谋，因此谢绍宗便打算通过苏锦瑟摸清王弘义的更多底牌，以便在最后的对决到来时，能够将王弘义和他的整个冥藏舵全部铲除。换言之，谢绍宗暂时不动苏锦瑟，就是想放长线钓大鱼。从这个意义上说，他和太子的目标并不全然一致。

由于确实存在这样的小算盘，所以太子的这句话便显得十分犀利了。

当然，作为一个纵横江湖多年的人，谢绍宗绝不会这么轻易乱了方寸。他呵呵一笑，从容道："殿下所言极是，魏王自然是咱们的头号目标，对此谢某绝无异议！只是殿下想过没有，如今王弘义已然与魏王绑在一起，而且他的手下遍布朝野，咱们不动魏王则已，若要动，就必须有十足的把握把王弘义和他的冥藏舵一举铲除！否则的话，就有可能打蛇不死，反被蛇咬。换句话说，咱们现在跟魏王、冥藏下的是一盘大棋，在这个棋盘上，要吃掉苏锦瑟这一子并不难，难的是怎么利用这颗棋子一举奠定胜局，不让对手有任何翻盘的机会。殿下说，是不是这个道理？"

"理固然是这么个理，"李承乾摸了摸眉毛，轻轻一笑，"我只是担心先生想得太多，让煮熟的鸭子飞了。"

"鸭子要是真熟了，它就飞不了。"谢绍宗也笑道，"能飞的，恰恰是本来就没煮熟。"

"但愿你是对的。"李承乾淡淡道。

正如李承乾所料，苏锦瑟的确都是在夜禁期间往来于魏王府和青龙坊，而且手上有魏王给她的夜行公函。

昨夜，苏锦瑟便悄悄回到了魏王府。这天一大早，她便乘着马车从西边的小门出来，带着随从径直往东边行去。

她此行的目标是平康坊的夜阑轩，任务便是寻找徐婉娘。

夜阑轩前后两进，楼高三层，建筑规模并不小，内部装潢也相当考究，足以想见昔日的气派与奢华，可如今却已露出萧条破败之相。从迈下马车的那一刻，苏锦瑟便注意到夜阑轩的匾额金漆剥落、笔画缺失，变成了"夜阑干"；走进大门，一股陈年霉味的气息扑面而来，令人几欲作呕；楼梯一踏上去便吱呀作响，有几级踏步甚至凹陷开裂，让人走得胆战心惊；走廊两侧的雅间门口，照例站着一些浓妆艳抹的女人，可脸上的脂粉却很廉价。

这样的青楼，自然招徕不了有头有脸的客人，只有一些市井中的泼皮无赖和闲汉酒鬼在此厮混。苏锦瑟一路走过来，尽管头戴帷帽、面遮轻纱，可这些登徒子还是个个色眼迷离地盯着她。若不是看她身后跟着一群人高马大的随从，他们肯定就涎着脸上来纠缠了。

夜阑轩的老鸨四十多岁，名叫秀姑，扁平脸，细长眼，哈欠连天，一副没睡醒的样子。苏锦瑟用一吊铜钱才让她把眼睛睁开了一些。

一听苏锦瑟道明来意，秀姑抠了抠眼屎，又打了一个长长的哈欠，才斜着眼道："二十多年前的事？你没开玩笑吧？那么老的皇历，谁记得住啊！"

苏锦瑟又命随从取出一吊钱，扔在案上，以帮助她恢复记忆。

秀姑的眼睛终于有了点光彩："徐婉娘？这名字是有点印象，容我想想……哦，想起来了，是有这么个人，年纪跟我差不多，挺标致一人，能唱又能跳，就是有点臭美，心高气傲的，后来就走了。"

"那你知道她现在在哪儿吗？"

"这我咋知道？多少年的事了，说不定人早死了！"

苏锦瑟心里一沉，便换了个问题："你当年跟徐婉娘是姐妹吧？"她看这个秀姑也不过四十多岁，那当年顶多也就二十出头，自然不会是鸨母。

"算是吧。"秀姑点点头，"不过，我跟她不熟。"

"她是什么时候离开夜阑轩的？是有人帮她赎了身吗？"

"我说姑娘，你到底是什么人？"秀姑上下打量着她，"你打听徐婉娘做什么？听你这问话的口气，怎么跟官府查案似的？"

"我是什么人？"苏锦瑟一笑，"很简单，我就是个花钱买消息的人。"说着给了随从一个眼色，旋即又有一吊铜钱扔到了案上。"你要是知道什么消息，就卖给我；若不知道，我就上别处去买。公平交易，你情我愿，不是吗？"

苏锦瑟笑吟吟地看着秀姑。

"这么说倒也公平。"秀姑撇撇嘴，"如果我没有记错，她应该是武德四年离开的。"

"武德四年？那就是二十一年前了？"

"对。"

"是什么人帮她赎的身？"

"自然是相好的呗。"秀姑笑。

"我知道是相好的。"苏锦瑟盯着她，"我问的是，这个相好的是个什么样的人？"

"那当然是有钱人！"秀姑又捂着嘴笑。

苏锦瑟冷笑了一下，又给了随从一个眼色。随从当即走过来，从案上拎起了一吊铜钱，作势要揣回随身携带的一只牛皮袋里。那只口袋沉甸甸的，里头显然装着不少钱。

"哎哎，你这是干啥？"秀姑一看就急了，"你不是要买消息吗？咋又拿回去了？"

"对，我买的是消息，不是你的狗屁玩笑！"苏锦瑟阴沉着脸，加重了语气，"从现在起，你有一说一，有二说二，别跟我打马虎眼！听清了吗？"

秀姑慌忙赔笑："是是是，姑娘说的是，我这玩笑开得不是时候。不过说实话，我真不知道徐婉娘相好的是谁，只知道是个富家公子，神秘得很，每回都是派一辆马车来，把人接了就走，第二天再把人送回来。没人见过他的长相，也不知他是干啥的，更不知他姓甚名谁。"

苏锦瑟又看了她一会儿，知道她没有撒谎："既然你不认识此人，那麻烦你把你们东家找来，我来跟他谈。"

"找我们东家没用，你得去找当年的东家。"

苏锦瑟一怔："当年的东家跟现在的东家不是一个人吗？"

秀姑摇摇头："我们东家是十年前才盘下这儿的。"

"那当年的东家是谁？现在在哪儿？"

秀姑嘿嘿一笑，眼睛滴溜溜地盯着随从手里的钱袋。随从看向苏锦瑟，得到示意后又从袋中取出一吊，跟方才那吊一起扔在了案上。

"是个波斯人，叫……叫莫哈迪。"秀姑努力回忆着，"当年也是家大业大，不但在平康坊开了好几家青楼，在西市也做着大买卖，后来不知怎么就败落了，才把产业都盘了出去。想当年，这家伙可是挥金如土啊……"

"别扯太远，就说现在。"

"现在嘛，我就不是太清楚了，应该还是在西市，做啥营生就不知道了。"

"据我所知，在西市的胡人里面，叫莫哈迪的，没有一千也有八百，你让我上哪儿去找？"苏锦瑟口气很冷。

秀姑一怔，下意识捂住了案上的四吊钱："你容我想想，容我再仔细想想。"

"不急，慢慢想。"苏锦瑟换了个姿势坐着，"本姑娘有的是时间。"

秀姑皱着眉头想了片刻，忽然一拍额头："对了，我想起来了，这莫哈迪是信拜火教的，他有个女儿，从小就天赋异禀，好像能通神什么的，所以小小年纪就当上了他们神庙里头的祭……祭什么来着？"

"祭司。"苏锦瑟接言。

"对，祭司。你们去神庙找他女儿，一准能找到莫哈迪。"

拜火教又称袄教，是波斯国教，约在北魏年间由西域传入中原，如今在长安建有四座袄教神庙，称为袄祠。苏锦瑟在栖凰阁跟波斯人打过交道，对此略有所知。虽然这条线索有点绕远了，但至少是一个明确的调查方向。

"莫哈迪的女儿叫什么？"

"叫……叫黛丽丝。"

苏锦瑟知道秀姑所知有限，再问也问不出什么，便起身告辞，临走前又给了她一吊钱。秀姑乐得合不拢嘴，很殷勤地亲自把她送到了门口。

目送着苏锦瑟一行远去，秀姑的笑容瞬间消失，一双细眼泛出若有所思的光芒。片刻后，秀姑转过身来，正要抬腿进门，嘴巴突然被一双大手从后面捂住，然后就被拖进了一旁的小巷之中。

"别喊，否则就杀了你！"一个大汉把她死死抵在墙上，另一人站在巷口把风。

秀姑嘴被捂着，只好拼命点头。

大汉慢慢松开了手。秀姑大口喘气，直翻白眼："敢问两……两位好汉，是劫财还是劫色？"

大汉一怔，忍不住和同伴对视一眼，咧嘴笑了："你有色让我们劫吗？劫你的色，老子岂不是做亏本生意？"

秀姑嘿嘿笑着："好汉真有眼力！不过你也该看得出来，老身不但无色，而且无财啊！"

"少跟老子叽叽歪歪！我只问你一句话，方才那女子找你何事？"

秀姑有些意外，眼睛滴溜溜一转："女子？那女子也是出来卖的，想来老身这儿混口饭吃……"

"放屁！"大汉使劲扼住她的脖子，"别以为我不知道，那女子拔根毛都比你胳膊粗，你糊弄谁呢？快说实话，否则老子把你扒光了扔大街上去！"

"好汉松手，我说我说！"秀姑重重地咳了几下，"那女子，是来打听一个叫莫哈迪的波斯人。"

"莫哈迪？莫哈迪是谁？"

"以前夜阑轩的东家，十年前就走了。"

"那女子找他做甚？"

"这我咋知道？要我说，不是讨债便是寻仇呗。"

大汉正狐疑间，巷口把风的那个回头道："快点，有人来了。"大汉想了想，松开了秀姑："你要是敢撒谎，当心老子回头找你算账！"说完便跟另外那人快步跑出了巷子。

"呸，吓唬谁呢？"秀姑整了整衣领，往地上吐了口唾沫，"老娘出来混的时候，你小子还穿开裆裤呢！"

谢绍宗昨晚一夜都没睡好，今天一早便找来了本舵的几名工匠，商议处理铜像之策。可众人商讨了半天，眼看都快午时了，还是想不出一个最妥善的办法。

谢绍宗不禁在心里发出了一声长叹。

从小到大，先祖谢安一直是他最崇拜的人。遥想那内忧外患、偏安江左的东晋时代，原本高卧东山、志在林泉的谢安受命于危难之际，辅佐幼主，尽心王室，选贤任能，安定内外，先是挫败了权臣桓温的篡位图谋，继而又在决定东晋命运的淝水之战中，举重若轻，运筹帷幄，仅以八万兵马大破前秦苻坚号称的百万大军，之后又发动北伐，成功收复了黄河以南的大片地区，确保了东晋此后数十年的太平。

尤为难得的是，当谢安因功盖天下而遭皇帝猜忌时，更是急流勇退，主动让权，避免了兔死狗烹的结局。

拥有这样一位品格超卓又功业煊赫的先祖，自然是令后人备感自豪。所以从少年时代起，谢绍宗便以谢安为人生楷模，不仅要求自己涵养出一代名士的品格，更立志要成就一番轰轰烈烈的事功……

此刻，几名工匠还在争论怎样处理铜像更妥当，谢绍宗忽然平静地说了一句："都别争了，把它熔了吧。"

工匠们面面相觑，都以为自己听错了。

谢绍宗仰起头，最后看了铜像一眼，旋即袖子一拂，慢慢向内宅走去。他看上去表情沉静，实则内心却涌动着强烈的波澜——做出熔化这尊铜像的决定，对他而言并不轻松。

谢绍宗克制着内心的波澜，忽然边走边吟："伊昔先子，有怀春游。契兹言执，寄傲林丘。森森连岭，茫茫原畴。迥霄垂雾，凝泉散流……"

这是谢安在兰亭会上所作的两首诗之一，也是谢绍宗最喜欢的一首古体四言。每当心绪不宁之时，谢绍宗便会不由自主地吟咏这首诗，然后一股萧然旷达的情志自会瞬间弥漫他的胸臆。

也许，从这一刻起，先祖谢安之像，便只能铸在自己心中了。谢绍宗这么想着，轻轻抹去眼角的一滴清泪，抬脚迈进了书房。

这几日，他正在重读一些先秦经典，其中尤以《六韬》为主。尽管书中的权谋与治国理念早已了然于胸，但此番重读，犹然令他击节再三。谢绍宗在书案前坐下，翻开书卷，不觉便又吟诵了起来："夫鱼食其饵，乃牵于缗，人食其禄，乃服于君。故以饵取鱼，鱼可杀；以禄取人，人可竭；以家取国，国可拔；以国取天下，天下可毕！"

正自涵咏吟哦、其乐陶陶之时，外面响起了清晰而有节奏的敲门声。这是有要事回报的信号，但谢绍宗仿佛没有听见，连眼皮都没抬一下，目光仍然凝聚在书卷上。

门外静默少许，然后有人轻轻念了一句：

"醇醑陶丹府。"

谢绍宗这才把书卷掩上，回了一句：

"兀若游羲唐。"

这两句诗，正出自谢安在兰亭会上写的另一首五言。来人是谢绍宗的儿子谢谦。尽管是父子之间，而且是在自己家里，可谢绍宗的规矩却一贯严格——无论何人以何事来见他，都必须以敲门信号加暗号为凭，从不允许任何例外。

听见父亲的回话，谢谦才推门进来，轻声道："父亲，谢冲回来了。"

谢绍宗目光微微一亮："让他进来。"

"进来吧。"谢谦回身道。

谢绍宗的侄儿谢冲大踏步走了进来，正是在夜阑轩门口劫持秀姑的那个壮汉。

谢冲粗着嗓子道："伯父，有消息了，那姓苏的娘们……"话刚出口，谢绍宗便对他投来严厉的一瞥，谢冲意识到用词不雅，赶紧改口："那苏锦瑟先是去了平康坊的夜阑轩，据老鸨说，是打听一个叫莫哈迪的波斯人，也就是夜阑轩十年前的东家；接着便离了平康坊，到了最东边的靖恭坊，去了一座袄祠，然后横穿京城，到了皇城西边的布政坊，又进了一座袄祠，之后是隔壁的醴泉坊，还是去袄祠，最后从醴泉坊的南门出来，进了西市。伯父您也知道，西市这鬼地方是最挤的，车呀马呀人山人海，他们又在里面绕来绕去，所以，侄儿跟弟兄们一个不留神，就、就让他们给……"

"你让他们给溜了？"谢谦惊讶地看着他。

谢冲挠挠头："我让弟兄们找去了，这会儿还找着呢！我是寻思着赶紧先回来给伯父报个信……"

"都把人跟丢了，你还报什么信？"谢谦瞪着眼。

"我也没一开始就跟丢啊，这不是跟了一上午了吗？"

"你还嘴硬？！"

"行了，都少说两句。"谢绍宗发话了，"阿冲这一趟也不算全无收获，至少，他刚才说的线索还是有用的。"

谢冲咧嘴笑了，还得意地冲谢谦眨了眨眼。

"父亲，您的意思是……"谢谦不明白方才那些线索能说明什么。

"袄教在京城共有四座神庙，除了方才阿冲提到的那三个坊，第四座袄祠就在京城西北角、开远门边上的普宁坊。既然苏锦瑟一上午就走了三座袄祠，那依我看，她最后肯定会去普宁坊。"谢绍宗忽然盯着谢冲，"至于你刚才说，他们故意在西市里绕来绕去，那显然是发现了尾巴，所以才想把你甩掉。"

"不会吧？"谢冲一惊，"侄儿跟弟兄们都很小心，应该不会被他们发现呀。"

谢谦又瞪了他一眼，转过脸道："父亲，苏锦瑟一连找了这么多袄祠，是不是为了寻找那个什么莫哈迪？"

"倘若莫哈迪曾经是夜阑轩的东家，那他就不可能是袄祠的人。"谢绍宗自信地道，"因为祆教教规森严，禁止邪淫，又怎么可能接纳莫哈迪这种开妓院的人？依我看，这个夜阑轩的老鸨要么说了谎，要么是故意把话说了一半，苏锦瑟真正要找的人，也许与莫哈迪有关，但肯定不是莫哈迪。"

谢冲大怒："这臭婆娘，竟然敢耍我！"

谢绍宗冷冷扫了他一眼："去，通知咱们在普宁坊的弟兄，立刻赶到祆祠。苏锦瑟现在应该还在那儿，要密切监视，留意她的下一步行动。"

羲唐舵在长安各处均有据点，越繁华的北部里坊据点越多，仅在普宁坊便有三处，表面上都以商铺作为伪装，实际上却是堂口。

谢冲接了指令，转身要走，谢绍宗又叫住了他："你现在已经暴露了，盯梢的事就交给下面的人，你传令完立刻回来，不可擅自行动。"谢冲有些不满，但也只能答应一声，快步跑了出去。

"谦儿，马上启动咱们在波斯人中的眼线，查一查这个莫哈迪，同时查一下苏锦瑟去祆祠究竟是找什么人。另外，阿冲一回来，就让他去盯住夜阑轩的老鸨，不管苏锦瑟为何找她，此人身上都可能藏有重大秘密。有必要的话，就把这个老鸨带回来。"

"是。"谢谦答应着，忽然发现父亲眼中闪烁着一种光芒，那是只有面临大事才有的神色，"父亲，您是不是觉得苏锦瑟今天的举动很不寻常？"

"没错。苏锦瑟是王弘义最疼爱的养女，视如己出，他交给苏锦瑟的任务，又岂能是寻常小事？"谢绍宗一副洞若观火的表情，"此次王弘义入京，主要目的是帮魏王夺嫡篡位，其次，他自己定然有着不可告人的图谋。如果我所料不错，这回苏锦瑟执行的任务，恐怕便与此图谋有关。"

苏锦瑟一行在西市甩掉了尾巴后，终于在午时时分来到了位于普宁坊的第四座祆祠。

普宁坊的这座祆祠是四座当中规模最大的，可以看得出是祆教在长安的总部。

祆祠的建筑风格与周围民居迥然不同，整个建筑以白色为主基调、金色为装饰色，一看便令人心生肃穆与圣洁之感。神庙分为前后两个部分：前部是由四根浑圆石柱撑起的平顶式建筑，高约三丈，宽约八丈，宏阔的门楣上镶嵌着一个显眼的金色图腾——状似张开双翅的雄鹰，却没有头，腹部是一个凸起的圆形；神庙的后部比前部高出许多，最高处是一个巨大的金色穹顶，穹顶上还有一座火焰升腾的雕塑，高高在上，直指苍穹。

此前的三座祆祠都不如这座气势恢宏，苏锦瑟抬头瞻仰了一番，不禁有些震撼。进门的时候，两名教徒模样的波斯人很有礼貌地拦下了他们，并用夹生的长安话告诉他们：进入神庙一律不准携带武器。

三个随从都有些不悦，苏锦瑟却不假思索地命他们照办，还主动把藏在袖中的一把匕首交了出去。随后，苏锦瑟向守门人询问这里是否有一位叫黛丽丝的祭司。值得庆幸的是，守门人当即点头说有，还热情地在前面给他们领路。

穿过一条长长的走廊，众人来到神庙的后半部，眼前顿觉豁然开朗。这是一个宽广的圆形厅堂，四壁皆为汉白玉建造，上面雕刻着众多半人半鸟、深目高鼻的护法神祇；厅堂足有七八丈高，穹顶上绘有五彩斑斓的神话图案；厅堂中央是一座圆形的大理石祭台，祭台上别无偶像，只供着一个硕大的金色火坛，坛上有一团火焰正熊熊燃烧。

苏锦瑟对此略有所知：祆教认为火是光明之神"阿胡拉"的化身，便以火为崇拜对象；他们认为火的清净、光辉、活力、洁白象征着神的绝对和至善，因此不造神像，仅敬奉圣火，并且所有祆祠中的圣火都是彻夜长明、终年不熄。

此刻，一名身着白色教服的女性正跪在洁白的祭台前诵经。守门人告诉苏锦瑟，她就是祭司黛丽丝，并请他们稍候片刻，旋即离开。苏锦瑟道了声谢，站在原地耐心等候。约莫一炷香后，黛丽丝诵完经，又行了一番跪拜仪式，才缓缓转过身来。

苏锦瑟与她四目相对，顿时在心里惊呼了一声。

这是一张美得几乎毫无瑕疵的脸庞，雪肤红唇，金发碧眼，尤其是那双琉璃般的眼睛，简直可以勾魂摄魄；她的身材窈窕挺拔，站在那儿就像一尊完美的雕塑，或者说是一尊不食人间烟火的神祇，整个人散发着沉静、冷艳、高贵的气息。苏锦瑟对自己的容貌和气质向来极为自信，可跟眼前的黛丽丝一比，纵然不说自惭形秽，至少也是甘拜下风。

此刻，苏锦瑟不用回头，也知道身后那三名随从的眼睛肯定都已经发直了。其实不要说这些血气方刚的男人，苏锦瑟想，倘若自己是个男子，见到如此美艳不可方物的女子，兴许也会一眼就爱上她了。

黛丽丝迎着他们走过来，微微一笑，一开口竟然是流利的长安话："几位檀越可是来找我的？"

檀越是佛教中"施主"的意思，苏锦瑟不知道这是祆教本来的称呼，还是他们借用了佛教名词。"是的祭司，我等寻了大半个长安城，才在此把您找到了。我找您，是想打听令尊莫哈迪的下落。"

"家父？"黛丽丝微微一愣，旋即笑道，"不知贵檀越为何事寻他？"

苏锦瑟刚想说实话，可话到嘴边却改了说辞："我乃洛州人氏，家父是贵教的虔诚信徒，早年与令尊是相交甚契的教友。此次来长安，家父特地嘱咐我要来拜访一下令尊。另外嘛……"苏锦瑟回头示意，随从当即上前一步，敞开了那个鼓鼓囊囊的牛皮袋，"家父想做一些供养，以表虔敬之心。"

苏锦瑟说着，便从袋中取出三锭黄灿灿的金子，恭敬地摆在了祭台上。

无论走到哪里，钱都是最好的敲门砖。苏锦瑟想，尽管黛丽丝是个出家人，可无财不养道，相信她对黄白之物也是不会拒绝的。

黛丽丝却始终不看金子一眼，只淡淡笑道："檀越方才说，令尊是本教的信众，又与家父是教友，是吗？"

"正是。"

"那就请檀越把钱拿回去吧。"黛丽丝忽然脸色一沉，"阿胡拉的圣殿里，不欢迎言语不实之人，更不会接受别有所图的供养。"

苏锦瑟一下就蒙了，不知道自己哪里说错了话，忙道："我虔心敬奉阿胡拉，不知祭司何出此言？"

"檀越真的不知道吗？"

"请祭司把话说明白。"

黛丽丝上下打量了苏锦瑟一眼："不瞒檀越，家父莫哈迪从来不是一个信神的人，他只信金钱。可檀越方才却说，令尊既是本教信众，又是家父的教友。试问檀越，您这个谎是不是撒得太蹩脚了？"

苏锦瑟顿时惭愧无地，暗骂自己太粗心了。祆教向来禁止邪淫，而莫哈迪却是个开妓院的，怎么可能是祆教信徒？又怎么可能跟谁是教友？自己明明知道祆教的教义，无奈仓促之间却忘得一干二净。黛丽丝说得没错，自己这个谎果然十足蹩脚！

"檀越请回吧，我还有事，恕不奉陪。"黛丽丝说完，转身就走。

"祭司请留步！"苏锦瑟紧走几步，站在她身后，"我之所以那么说，是想跟您拉近距离，实在没有恶意，还望祭司谅解。说实话，我这次来找令尊，是受家父之托，想跟他打听一位故人。"

黛丽丝沉默片刻，回转身来："什么样的故人？"

"二十多年前，夜阑轩的一名歌姬，徐婉娘。"

黛丽丝闻言，眼中闪过一丝异样的光芒，不过稍纵即逝。"我能问一下，令尊为何要打听此人吗？"

"很抱歉，原因我也不太清楚，家父并未明言。"苏锦瑟怕她一走了之，不敢再隐瞒，只能实话实说。

黛丽丝直视她的眼睛，似乎在判断她这回是否诚实。不知为何，苏锦瑟明明没有撒谎，可被她那双晶莹深邃的眸子一注视，便觉不自在起来。

"找人的事可以待会儿再谈。诸位檀越想必还未用餐吧？"黛丽丝忽然露齿一笑，转移了话题，"如果诸位不嫌弃，就请随我一起，品尝一下我们祆祠的圣餐如何？"

苏锦瑟其实也早已饥肠辘辘，只是惦记着正事，无心吃饭，现在听她这么一说，顿时有些犹豫。一旁的三名随从此时却顾不上苏锦瑟了，一迭声地说不嫌弃不嫌弃，我等求之不得。苏锦瑟不悦，正想给他们一个眼色，却听黛丽丝咯咯一笑："如此甚好！请诸位随我来吧。"

三个随从一见黛丽丝笑靥嫣然、美眸顾盼，顿时浑身都酥了，一个个像着了魔般跟着她就走了。苏锦瑟大为气恼，却又不便发作，只得顿一顿脚，快步跟了过去。

反正也不差这一顿饭的时间，吃完饭再办正事也不迟。苏锦瑟一边走着，一边只能这么安慰自己。

祆祠的饭堂不知位于何处，苏锦瑟和三名随从跟着黛丽丝穿过一条走廊，走过一片庭院，然后推开一扇拱形的铁门，眼前居然出现了一排向下的石阶。这祆祠也是奇怪，怎么会把饭堂设在地底下？苏锦瑟心中狐疑，想问又觉得不太礼貌。三个随从也是左右张望，同样有些纳闷。

"诸位檀越不必奇怪。"黛丽丝在前面领路，却仿佛看穿了他们的心思，"在我们祆祠，一般的信徒都是在上面用餐的，但我们这些祭司，每个人在地下室都有单独的用餐区，大部分时候便在下面用餐。"

"为何祭司要在下面用餐？"苏锦瑟终于忍不住发问。

黛丽丝回头对她笑了笑："其因有三。第一，下面安静，在这里单独用餐可以避免不必要的闲谈，有助于静心；第二，下面有不少窖藏多年的圣酒，一般信徒是没资格品尝的；第三嘛，是每逢贵宾莅临，便专门在此款待宾客喽。"

三个随从一听有酒，而且还是跟这样一位绝世美人共饮，不禁都呵呵笑了起来。

苏锦瑟眉头微蹙。听这三条理由，头一条还让人肃然起敬，后面两条就不敢恭维了——基本跟世俗一样，都在利用等级差别获取特权享受。

"听祭司这么说，我等算是贵宾了？"

"当然。"黛丽丝笑道，"贵檀越初来乍到就向本祠供养了三锭金子，我若不把诸位视为贵宾，岂不是太不近人情了？"

　　果然未能免俗！苏锦瑟在心里一声叹息。方才黛丽丝刚刚在她心中建立起来的圣洁女神的形象，就在这一瞬间坍塌无遗。看来不管一个人信不信神、出不出家，都还是喜欢钱的。不过这样倒也好，苏锦瑟想，既然她喜欢钱，那接下来的事情就好办多了。

　　一行人边说边走，很快便步下长长的阶梯，下面是一间四四方方的酒窖，四壁的木架上堆放着一排排椭圆形木桶，看来这便是祆教窖藏的圣酒了。紧接着，黛丽丝领着他们向右一拐，走进了一条密闭的拱形走廊。两侧的石室都上着锁，一些锁头似乎已经生锈。苏锦瑟心中疑窦顿生：这些门是有多久没开启了？

　　此时，前面的黛丽丝和三个随从突然都止住了脚步，苏锦瑟差点撞到一个随从的背上。还没等她弄明白怎么回事，忽觉一阵异香扑鼻而来，只见那三个随从贪婪地吸着鼻翼，脸上出现了如出一辙的迷醉笑容。

　　不好！

　　苏锦瑟大喊一声，实际上什么声音都没发出来。她拔腿想跑，两条腿却像灌了铅似的动弹不得。紧接着，三个随从都把脸转向了她，但苏锦瑟看见的并不是脸，而是爬满了蛆虫的三团腐肉。随从们一边撕下脸上的腐肉，争先恐后地递过来，一边呵呵笑着："圣餐，圣餐，请吃圣餐……"

　　"贵檀越，赏个脸，品尝一下我们祆祠的圣餐吧！"

　　黛丽丝像只白色的大鸟一样悬浮在半空中，身上燃烧着熊熊火焰，一对瞳孔也瞬间变成了赤红色。

　　苏锦瑟感觉一股强烈的热浪袭来，下意识抬手遮挡，却见自己抬起的不是手，而是皮肉尽去的森森白骨……

第六章 坠崖

秦岭深处的黑夜就像黏稠的墨汁，连火把的光亮都很难把它撕开。

萧君默一行五人，深一脚浅一脚地走在茂密的森林中。头顶上，参天大树的树冠遮蔽了月亮和星空，让人无法借助任何东西辨明方向。众人只能凭借日落前太阳的方位，大致估摸着往某个方向爬。萧君默走在最前面，一手高举着火把，另一手用横刀不断劈开纠缠的树枝、灌木和藤蔓，强行砍出了一条路。

昨天从祠堂后山的秘道逃出后，他们便由孟三郎领路，一口气逃到了北渠铺。虽然在那里遭遇了一小队捕快，但很快就被他们解决了。之后，一行人横穿蓝田—武关驿道，朝着西南方向一头扎进了秦岭山脉的莽莽丛林。

昨夜他们在一个山洞里休息，只睡了两个时辰便又匆匆上路，经过将近一天的艰难跋涉，在黄昏时分赶到了石门山下。此地，左边六七里外是大昌关，右边七八里外是库谷关，都有重兵把守，想要硬闯是不可能的。所以，他们只能按照萧君默的计划，翻越面前这座山，找到萧君默当年曾经走过的秘道，继续往西南走四五十里，才能到达方圆数百里大山中唯一的一条驿道——义谷道，然后往南走到丰阳县，再沿祚水、洵水南下，往东迂回至洵阳县，最后沿汉水一路东下，便可直趋荆州了。

然而，眼下这座石门山却让他们举步维艰，每向上爬一小段都要耗费大量体力。走在最后面的米满仓早已叫苦连天，好几次差点没跟上队伍，萧君默只好让孟三郎去搀着他走。楚离桑和辩才则相互搀扶着走在萧君默身后，两人也已累得气喘吁吁。

此刻，汗水从额头上不断流下来，模糊了楚离桑的视线。

楚离桑抬手揩了几下。奇怪的是，汗水已经揩掉了，但眼前的一切依然模糊。是起雾了吗？楚离桑记得以前听父亲说过，深山老林中都有一种叫"瘴气"的东西，是野兽尸体和树叶腐烂后混合产生的有毒之气。一旦碰上黑雾般的瘴气，人就没命了。

"爹，"楚离桑紧张地抓着辩才的手，"是起瘴气了吗？我怎么看不清东西了？"

"不是，这里没瘴气。"辩才光顾着脚下的路，没注意到楚离桑的脸色正越来越苍白，"等往南再走个几百里，天气开始湿热的地方，才会有瘴气。"

"我、我头晕……"楚离桑刚一说完，整个人就左右摇晃了起来。萧君默恰好回头，一看不对劲，当即一个箭步蹿了上来："离桑！"

楚离桑两眼一闭，一头栽进他的怀里，瞬间没有了知觉……

等楚离桑睁开眼睛的时候，发现自己正趴在萧君默的背上。她的脸颊贴着他的肩膀，身体也跟他宽厚的背部紧紧贴在了一起。那种很踏实的安全感一下又充满了楚离桑的心房。如果他可以背着自己一直走下去，她倒情愿昏迷，不要醒来。

这么想着，楚离桑悄悄闭上了眼睛。

渐渐地，她便又什么都不知道了。

听到耳边响起轻微而均匀的鼾声，满头大汗的萧君默无声地笑了一下。

其实她刚才醒来他便已察觉，不过既然她没吱声，萧君默也就佯装不知。像楚离桑这么要强的女子，若不是晕厥，肯定不会让他背。所以，现在这样挺好的，只要她愿意在自己背上安心睡去，萧君默情愿背着她走到海角天涯……

一觉醒来，楚离桑发现自己躺在一个昏暗的山洞中，身子底下垫着杂草，旁边有一小堆篝火在毕毕剥剥地燃烧，篝火上架着一只烤熟的山鸡。

一阵饥饿感袭来，楚离桑翻身坐起，撕下一只鸡腿啃了起来。才嚼了几口，她就感觉不对劲了——整个山洞里只有她一个人，父亲和萧君默他们却都不见踪影。她赶紧爬起来，摸索着在洞里找了一圈，还是看不到半个人，只有萧君默和米满仓的包裹静静地躺在一处角落里。

楚离桑慌了，连忙捡起地上的刀，又从火堆里拔出一根烧了一半的粗树枝，开始寻找洞口的位置。还好这个洞并不太深，她摸着长满青苔、潮湿滑腻的石头，跌跌撞撞地走了四五丈，便看见了洞口处隐隐透出的光亮。

原来天已经亮了，自己居然睡了一整夜！

走出洞口的时候，楚离桑顿时傻眼，只见周围全是大雾，顶多一丈开外就什么都看不见了。她犹豫了一瞬，还是硬着头皮迈出了脚步。为了不让自己迷路，楚离桑每走十来步，便拔刀在旁边的树上刻下一个三角形记号。就这样边走边刻，小心翼翼地走了约莫一炷香时间，她却无奈地发现，眼前一棵树的树干上赫然刻着她刚刚留下的记号。

她又绕回原地了。

正彷徨无措之际，附近忽然响起了男人的说话声。楚离桑以为是萧君默他们，刚想喊一声，却见迷雾中走出了两个全身黑甲的人。

玄甲卫！

他们竟然跟踪到了这里？那父亲和萧君默他们岂不是凶多吉少？！

楚离桑闪身躲到了大树后面，心跳猛然加快。

玄甲卫既然已经出现在这里，那他们的人数肯定不少，眼下只能尽量躲开他们，绝不能跟他们硬拼。主意已定，楚离桑便尽量往树后躲，不料后脚却踩到了一根枯枝。咔嚓一声，在宁静的山林中显得分外清脆。那两名甲士闻声，同时抽出佩刀，一步一步朝这边逼近。

糟糕！

楚离桑急中生智，捡起地上的一颗石头，用力朝远处扔了出去。两名甲士闻声，迅速朝那边跑了过去。楚离桑松了口气，赶紧往斜刺里一闪，蹿进了茂密的丛林中。

片刻后，楚离桑慢慢绕过一块巨石，来到了一片缓坡。她无意中抬头一看，全身立刻僵住了。就在她面前一丈开外的地方，竟然有十几名玄甲卫正一字排开，慢慢地向山上爬去。庆幸的是，他们都只顾埋头爬坡，没有一个人发现她。

楚离桑不敢转身，怕发出响声，只能悄悄挪动脚步倒退着走。一步，两步，三步，只要再走几步，她就可以重新隐入大雾之中。可是，就在她迈出第四步的时候，突然一脚踏空，整个人仰面朝天从一个断崖上直直跌了下去……

我就要死了吗？

听着耳旁嗖嗖掠过的风声，巨大的恐惧瞬间攫住了她。

楚离桑绝望地闭上了眼睛。

就在距离地面四五丈高的地方，一道身影倏然从山崖间飞出，一把抱住她，在空中旋转了几圈，然后在下坠中噼噼啪啪地压断了许多树枝，最后一起摔在厚厚的枯叶上，又随着倾斜的山势向下翻滚。

両个人抱在一起，至少翻滚了数十圈，才撞在一株树干上停了下来。

楚离桑紧闭的双眼直到此刻才睁开，只见萧君默正被她压在身下。

"你们死哪儿去了？怎么到处都找不见你们？！"楚离桑又惊又气，带着哭腔喊了一声。

萧君默被她压着，却赔着笑脸："你能先下去吗？我有点胸闷。"

"我才胸闷呢！"楚离桑气急，"谁让你把我抱这么紧的？"

萧君默这才意识到自己的两只手还紧紧抱着她的腰，慌忙松开。楚离桑狠狠捶了他胸口一下，这才翻身爬起。萧君默为了掩饰尴尬，只好拍着胸口夸张地咳了几下。

"说，你们一个个都死哪儿去了？"楚离桑仍旧不依不饶。

"那个字最好慎用，咱们现在是在逃命，说那个字不吉利。"萧君默笑笑，拍打着沾在身上的烂树叶，"你没摔伤吧？"

方才跌在地上的时候，楚离桑是俯身朝下的，等于把萧君默当了一回肉垫，所以虽然浑身酸痛，但筋骨却没有受伤。饶是如此，她还是有些惊魂未定，便瞪着萧君默道："我爹呢？他怎么没和你一起？"

"别担心，你爹没事，他们三个都在那边呢。"萧君默往南边努努嘴。

"在那边干吗？"楚离桑不解。

"结绳子，藤绳，过河用的。"萧君默道，"昨夜下了一场暴雨，山洪很大，前面的溪涧过不去，必须找藤条来结绳子，所以我们一大早就出来了，见你还睡着，就没敢叫你。"

"把我一个人扔在山洞里，你们就不怕玄甲卫把我抓了？"

"那个洞很隐蔽，再说这么大的雾，他们很难发现。"

"你们倒是心大，万一被他们发现了呢？"

"我就是担心你，这才火急火燎赶回来的嘛。"萧君默有些委屈。

楚离桑一想起方才的生死一瞬，心里其实还是很感激他的，他要是再来迟一步，或者稍微犹豫一下，自己就没命了。"刚才从那么高的地方跳出来，你就不怕跟我一起摔得粉身碎骨？"

萧君默一笑："为了你，我何惧粉身碎骨？"

楚离桑心里蓦然一动："算你有良心！"

萧君默又笑了笑："走吧，我先送你到溪涧那边，回头再去洞里取行李。"

"咱们现在是在哪儿？"两人并肩走着，楚离桑终于想起了最重要的事情。

"已经翻过石门山了，现在在山的南面。"

楚离桑闻言，想起昨天他竟然背着自己翻过了大山，心里又是一阵感动。她偷偷瞥了一眼，见他双眼都布满了血丝，脸色也很憔悴，说明他昨夜肯定没怎么休息，今天一大早就又爬起来去找藤条了。想到这里，楚离桑不由得大为疼惜。"待会儿过了河，你可得好好休息一下，这么下去，铁打的人也吃不消。"

"现在咱们是在跟玄甲卫赛跑，一步都停不得。"萧君默道，"不过有人这么关心我，我很感动。一感动，浑身就都是力气了。"

楚离桑娇嗔道："别臭美，我可不是关心你，我是怕你累趴下会拖累我们。"

萧君默呵呵一笑："放心，要是真趴下了，我就一刀送自己上路，绝不拖累别人。"

"去去去，少说不吉利的话。"楚离桑又白了他一眼，忽然想到什么，"对了，有件事很奇怪，玄甲卫怎么来得这么快？他们怎么知道咱们要走石门山？"

萧君默想了想："也许，前天在北渠铺碰上的那队捕快，剩了活口吧。裴廷龙不是没脑子的人，只要知道咱们往西南方向走，就可以猜出咱们要翻越石门山。"

楚离桑一惊："那就是说，咱们往后要走的路，他也都猜到了？"

萧君默苦笑了一下："八成是这样。"

"那怎么办？"

"放心吧，前面非常险峻，没走过的人根本不敢走。裴廷龙顶多就是掉头去走大路，先赶到丰阳县去堵咱们。"

"那不还是有危险？"

"咱们不进县城，绕过去，直接从祚水坐船南下。"

楚离桑这才释然。

二人说着话，慢慢走出了森林。此时大雾已渐渐散去，眼前顿时豁然开朗，只见一条五六丈宽的溪涧在哗哗奔流，浑浊的山洪自上游滚滚而下，猛烈地拍打着水中的岩石。辩才、米满仓和孟三郎正躲在一堆乱石后面编织藤绳。

米满仓发现萧君默两手空空，一下就慌了："包，包袱呢？"

"包袱丢了。"楚离桑见他一副死财迷的样子，故意逗他，"方才为了引开玄甲卫，我们就把金子扔了，扔了一路。"

"啥？！"米满仓惊愕得五官都扭曲了，看上去比死还难受。

楚离桑忍不住扑哧一笑，米满仓这才发觉受骗，气道："又拿，拿我，寻开心。"

"桑儿，你没事吧？"辩才发现楚离桑的脸上和手上都有好几道细长的血痕。

那些伤痕是刚才摔下来时被树枝刮的。楚离桑一笑："没事，只是跌了一跤。"

萧君默注意到藤绳才编了三四丈，远不够用，不禁眉头微蹙。四个人中，只有他和辩才有这方面的经验，米满仓和孟三郎只能在一旁打下手，帮不上什么忙，他要是现在回山洞去取包袱，只怕绳子还没编好，玄甲卫就围过来了。

孟三郎看出他的顾虑，便道："萧大哥，你赶紧编绳子吧，我去取行李，还有我的弓箭也还在山洞里呢。"他和二郎一样，没什么刀剑功夫，但打猎厉害，所以从祠堂逃出来时带上了一副弓箭。早上出来砍藤条，嫌背着弓箭累赘，便留在了山洞里。见萧君默还在犹豫，孟三郎又道："大哥，我自小在山里长大，走惯了山路，人都说我是野猴子，你就让我回去取吧，保证误不了事。"

萧君默想了想，眼下确实只有他回去最合适，便拍了拍他的肩膀："小心点，快去快回。"

孟三郎点点头，转身飞跑，在乱石滩上跳跃了几下，眨眼间便蹿入了森林，果然灵巧得像只猴子。

此刻，裴廷龙正带着近百名玄甲卫，呈散兵队形，从森林中慢慢朝溪涧方向围了过来。孟三郎与他们反向而行，几乎是在他们眼皮子底下蹿了过去，由于森林中余雾未散，玄甲卫并未发现他。

一条足有手腕粗细、七八丈长的藤绳在萧君默的手中编成了。

这是用多股青藤拧成的，强韧结实，萧君默把藤绳的一头牢牢系在树干上，另一头绑在腰间，然后拉着藤绳就下了水。辩才、楚离桑、米满仓都紧张地注视着他。

虽然时节已是初夏，但山中的水仍旧冰凉，萧君默一下水便打了个寒战。溪涧不知道有多深，他只能试着一步步往前蹚。大约走出一丈远，突然一脚踩空，湍急的水流一下就把他淹没了。楚离桑失声叫了出来，慌忙要去拽藤绳，辩才按住她："再等等。"

楚离桑万分焦急地盯着水面，可除了一个个漩涡和偶尔漂过的浮木，唯一的活物便是一只斑羚。它在水中拼命挣扎，睁着惊恐的双眼看着岸上的三人，却很快就被汹涌的水流冲得无影无踪。楚离桑一阵难过，再也忍不住，对辩才喊："爹，不能再等了！"说着拉起藤绳就要往回拽。

就在这时，一股力量突然把藤绳拉出去一截。楚离桑一怔，感觉好像有人在一下一下扯动绳子，连忙把手松开，然后地上的藤绳就被一段一段地拉进了水中。转眼之间，一大捆藤绳便剩下没几圈了。紧接着，对岸的水面哗啦一响，萧君默整个人鱼跃而出。

"好样的！"辩才长舒了一口气。

"厉，厉害！"米满仓激动得脸都红了。

楚离桑不禁捂住了嘴，眼里隐隐泛出欣喜的泪光。

萧君默把藤绳的另一头系牢在南岸，辩才第一个抓着绳子蹚了过去。接着，楚离桑和米满仓相继下水。二人刚刚蹚到中流，身后忽然响起一大片扑棱扑棱的声音。萧君默神色一凛，只见一群又一群的黑鹳不断从北岸的森林中飞掠而出，显然受到了不小的惊吓。

玄甲卫！

"离桑，满仓，快！"萧君默厉声大喊。

楚离桑手上用劲，没几下便接近了对岸，可后面的米满仓却慌了神，一个没抓牢，左手脱开，只剩右手还抓着，整个人立马被水流冲得漂了起来，嘴里哇哇大叫。萧君默扑通一声跳进水中，疾游了几下，一把拉住楚离桑，先把她推上了岸，又回头去救米满仓。

北岸，第一批玄甲卫已经冲出森林。有三名甲士距离捆绑藤绳的那棵树最近，立刻抽刀冲了上来。萧君默的心蓦然一沉。倘若藤绳被砍断，他和米满仓就会被激流彻底席卷，尽管藤绳的另一头还绑在南岸，可他并不敢保证自己和米满仓都能溯得回去。此时米满仓还在三丈开外，他不敢耽搁，抓着藤绳飞快倒手，迅速接近中流。

一边是挥刀冲向藤绳的三名玄甲卫，一边是水中奋力挣扎的二人。辩才和楚离桑在南岸看着这一幕，紧张得屏住了呼吸。

萧君默一把抓住米满仓的时候，北岸的甲士距离藤绳已不过三丈多远了，几乎与水里二人返回南岸的距离相同。可玄甲卫是在岸上跑，萧君默却是拉着米满仓在水里走，这场比赛并不公平，胜负几无悬念。一旦藤绳断了，萧君默自己溯回南岸的可能性还是有的，加上一个米满仓就不好说了。

三丈、两丈、一丈，萧君默和米满仓终于接近南岸的时候，北岸的甲士已经一刀砍在了藤绳上。青藤强韧，一刀下去只断了一半。甲士再次挥起了龙首刀……突然，一支利箭破空而来，贯穿了他的脖颈。甲士闷哼一声，直直栽倒。另两名甲士刚刚跑到树下，见状大惊，慌忙回头。趁着这个间隙，萧君默已经把米满仓推上了岸。楚离桑蹲在岸边，拼命朝他伸直了手："快，抓住我的手！"

然而，萧君默没有伸手，因为他看见孟三郎从北岸的森林中跑了出来。他不能扔下三郎。

"君默，你干什么？"楚离桑喊得声嘶力竭。

萧君默对她笑了一下，回头又一次进入了水中。

"你疯了？！"楚离桑急得眼泪都快出来了。

孟三郎一边跑一边射出了第二箭，第二名甲士应声倒地。第三名甲士大惊失色，慌忙跑到旁边的岩石后面躲了起来。很快，孟三郎来到了树下，而萧君默也第三次来到了中流："三郎，快下来！"

孟三郎刚想下水，却猛然收住了脚步。

他不能下去，因为只要他一离开，岩石后面的甲士就会把藤绳砍断，不但他不一定过得去，连萧君默也有危险。

"萧大哥，接着！"孟三郎把两只包袱相继扔了过去。萧君默一一接住，又掷给了南岸的楚离桑。

"三郎，你快下来，就算绳子断了，咱们还是有机会！"萧君默大喊。

越来越多的玄甲卫从森林中冲出，迅速朝孟三郎包围过来。孟三郎回头看了一眼，凄然一笑，大声对萧君默道："萧大哥，你要是能活着出去，就帮我一个忙，给我爹立个牌位，要不到了地底下，六伯会骂我不孝的。"

"三郎，你别糊涂！"萧君默神色大变，"快下来，别再磨蹭了！"

孟三郎摇了摇头，捡起地上的龙首刀，对着树干上的藤绳，大喊："萧大哥，我喊三下，你马上回去，否则我砍绳子了。一！"

"你疯了三郎？！"萧君默急红了眼，额头上青筋暴起。

"二！"孟三郎话音刚落，森林方向便射来数箭，一箭命中他的肩膀，一箭射入大腿。孟三郎晃了晃，一手撑着树干，一手却仍牢牢握着龙首刀。躲在岩石背后的甲士蠢蠢欲动，却还是不敢贸然上前。

萧君默心中掠过一阵绝望。

他知道，孟三郎已抱定必死之心，同时也已身陷必死之境！

萧君默黯然回头，抓着藤绳快速回到了南岸。

就在他登岸的一瞬间，藤绳被彻底砍断。孟三郎狂笑着扔掉龙首刀，再次搭弓上箭，又一连射倒了几名玄甲卫。

南岸，萧君默四人站成一排，默默看着孤独的孟三郎在绝境中进行最后的战斗。

他最后砍断这条藤绳，不但断绝了自己的退路，也断绝了玄甲卫尾随追击的可能。

一名甲士冲到孟三郎面前几步远的地方，被一箭射穿胸膛，巨大的贯穿力令他整个人向后飞了出去。孟三郎回手去摸箭匣，可箭匣空了。岩石后面的甲士立刻冲了上去，还有五六个甲士也从各个方向围住了他。

裴廷龙大步走过来的时候，远远看见孟三郎被六七把龙首刀砍得血肉模糊，不禁皱了皱眉。他眯眼朝南岸望去，那边早已空无一人，只有一望无际的崇山峻岭和莽莽丛林。

"将军，"跟在身旁的薛安轻声道，"属下已命弟兄们去寻找藤条了。他们过得去，咱们自然也过得去。"

裴廷龙"嗯"了一声。他不确定继续追击是不是个好主意。

"将军，恕我直言，属下认为应该停止追击。"桓蝶衣跟了上来，冷冷说道。

"哦？"裴廷龙回头一笑，"说说理由。"

"前面的地势极其险恶，若强行追击，只会给弟兄们造成更大的伤亡，属下认为代价太大，不值得。"

裴廷龙不置可否，仍旧笑道："那依你之见，该当如何？"

"回库谷关，走义谷道，到丰阳县去截他们。"桓蝶衣回答得干脆利落。

裴廷龙略为沉吟，点点头："不错，是个好主意。"

薛安不悦，正待开口，裴廷龙却扬手止住了他："传我命令，清点伤亡，集合队伍，撤！"

"是。"薛安无奈，转身传令去了。

"蝶衣，"裴廷龙回过身来，微笑地看着她，"咱们跟萧君默的这场游戏，怕是没那么快结束，你确定要一路跟到底吗？"

"将军若不放弃，我桓蝶衣也断无退缩之理。"桓蝶衣一脸平静。

"哈哈，说得好！"裴廷龙笑道，"桓队正不愧是女中豪杰，这一路有你作陪，真是我裴廷龙的福分哪！"

"属下是来抓逃犯，不是来陪将军的，请将军注意措辞。"桓蝶衣冷冷道，"属下去集合队伍了，告退。"

裴廷龙望着桓蝶衣既英武又窈窕的背影，不觉眯了眯眼，嘴角浮起一丝邪魅的笑意。

外表冷漠的女人，通常内心似火。桓蝶衣，总有一天，我要点燃你内心的火，让它为我燃烧。

日影西斜，一群归巢的倦鸟在空中缓缓掠过。

长安青龙坊，五柳巷。

　　青瓦灰墙的大宅里，王弘义正在幽静的后院中练刀。韦老六从回廊上快步走来，走到近前时放缓了脚步，悄悄候在一旁。王弘义不徐不疾地练完最后几个招式，才闭目摄心，徐徐吐出一口气，然后把横刀扔给侍立一旁的手下，接过婢女递来的汗巾，一边轻轻擦脸，一边头也不回道："玄泉有消息了？"

　　"回先生，"韦老六趋身上前，"刚刚接到消息。"

　　王弘义"嗯"了一声，有意不接话，一旁的手下和婢女马上识趣地退下了。

　　韦老六接着道："玄泉称，数日前，玄甲卫在蓝田县的夹峪沟遭到重创，萧君默、辩才等四人脱逃，据说没走武关道，但具体去向不明。"

　　"哦？"王弘义转过身来，"看来这萧君默果然有点本事。"

　　"据说是有两名高手帮了他。"韦老六随后将围捕过程简要说了一遍。

　　"蔡建德？"王弘义大为意外，"这可是当年瓦岗的一员骁将，江湖上响当当的人物，想不到竟然躲在那里，还一躲这么多年。"

　　"是的，还有那个孟怀让，也是隐姓埋名躲藏在夹峪沟的，先生肯定猜不到他的真实身份。"

　　"他什么身份？"

　　"原左屯卫旅帅，就是逆贼吕世衡的部下。"

　　王弘义眉头一蹙："这就奇了，一个曾在玄武门为李世民立功的禁军将领，竟然放着好好的官不当，跑到那个穷山沟藏了起来，这是何道理？"

　　"是的先生，玄泉说他对此也很困惑。"

　　王弘义思忖着："难不成，他也是无涯舵的人？"

　　韦老六一惊："无涯舵？"

　　"当年我在吕宅遍寻不获的羽觞，会不会就是这个孟怀让带出去的？"

　　韦老六睁大了眼睛，一时反应不过来。

　　"倘若真是如此，那是不是意味着，那枚'无涯之觞'，现在已经落到了萧君默的手里？"王弘义喃喃自语。

　　韦老六被他如此跳跃的思维惊呆了："先生，这……这应该不大可能吧？"

　　"没有什么是不可能的。"王弘义道，"短短半年不到的时间，这个萧君默已经做了多少不可能的事，难道你没看见吗？"

　　"这小子确实不简单。"韦老六不得不承认，"现在又逃出了玄甲卫的重重罗网，下一步更不知道要逃到什么地方。"

　　"如果我所料不错，他和辩才的下一个目标，应该是荆州江陵。"

　　韦老六想着什么："您的意思是，他们下一步要做的事情，跟当年智永老和尚隐藏的那个秘密有关？"

王弘义点点头："我一直怀疑那个秘密就藏在江陵，现在看来，萧君默和辩才一定会帮咱们解开这个谜团。告诉玄泉，密切留意萧君默的动向，有任何情况，都必须第一时间向我禀报。必要的话，我可能要亲自跑一趟江陵。"

"是，属下待会儿就给他传话。"

"对了，锦瑟今天有没有说要过来？"王弘义抬头望了一眼渐渐昏黄的天色。

韦老六忙道："属下正想跟您禀报，大小姐今日一大早就从魏王府出去了，到现在都还没回府，也没到咱这边来……"

"怎么会这样？"王弘义霍然一惊，"你为何不早说？"

"先生别急，属下已经派人去找了。"

王弘义背起双手，在庭院里快步走了几个来回，然后停了一下，突然大步走上了回廊。

"先生，先生您要去哪儿？"韦老六赶紧跟在他身后。

"夜阑轩！"

夜阑轩的老鸨秀姑一整天都心神不宁。

自从一大清早那个神秘的女人到来之后，秀姑的心就开始怦怦乱跳了。她倒不是害怕这个寻找徐婉娘的女人会给她带来什么危险，而是因为在夜阑轩潜伏了这么多年，终于等到了开启任务同时也是结束任务的这一天，让她感到了一种莫名的兴奋和紧张。

终于可以解脱了！

整整十六年，从一个妓女熬成了一个老鸨，从一头青丝熬到了两鬓发白，秀姑就是一直在等待这个特殊的日子。然而可笑的是，这个日子完全是偶然降临的，因为没有人知道这一天会不会到来，也没有人向她保证这个奇怪的任务一定会有终结的一天。

当初，上头把她吸纳进组织的时候就告诉她：我们给你提供一切保护，必要时也会让你成为夜阑轩的老鸨，同时每月给你一笔不菲的钱，而你唯一的任务，就是要一直在夜阑轩待下去，直到有人来寻找徐婉娘，你把他或她引向该去的地方，然后你的任务就结束了。

什么人会来寻找徐婉娘？她问。

不知道。上头说，谁都有可能来。

要是有人来，会是什么时候？她又问。

不知道。上头说，随时都有可能。

如果永远不会有人来呢？

那你就得永远待在夜阑轩，直到你死了，我们负责给你送葬。

秀姑哭笑不得，感觉这个任务就像是开玩笑。

然而，组织开出的条件实在太诱人了，让她没有理由拒绝。她自幼父母双亡，无亲无故，小小年纪就被人贩子卖进了青楼，人间的一切心酸苦楚她几乎尝遍了，被人欺侮玩弄的日子她也过够了，好不容易可以有"组织"这样一个靠山，从此没人敢惹、衣食无忧，这种好事上哪儿找去？所以上头一跟她提出来，她几乎没有犹豫就答应了。

然后，一晃就是十六年。

她原以为这个莫名其妙的任务跟没有任务也差不多，不会给她造成任何压力，可随着年龄的增长，她渐渐有了做母亲的想法，想要好好嫁个人，拥有一个她从未有过的家，但是这个任务却把她死死困在了夜阑轩，让她哪儿也去不了，什么都不能做。从此她就开始期盼那个寻找徐婉娘的人赶紧出现。然而春去秋来、年复一年，连昔日繁华热闹的夜阑轩都已经渐渐败落了，却始终没有任何人来找她。秀姑觉得自己可能要老死在夜阑轩了，就为了这该死的任务。

没想到，今天一大清早，她都还没睡醒，这个寻找徐婉娘的人竟然毫无征兆地出现了。她压抑着内心的兴奋，装出一副贪财如命、认钱不认人的样子，顺利地按照计划把那个女子引向了该去的地方。接下来一整天，她都在焦急等待上头的指令，直到午后申时左右，门缝里终于被人塞进一张纸条，上面画着六条上下排列的横线，一、三、五是断开的，二、四、六是连着的。上头以前告诉过她，这是周易的一个卦象，名为"既济"，意思是已经完成，只要看到这个卦象，就意味着任务结束，她可以远走高飞了。

秀姑赶紧收拾金银细软，没跟任何人打招呼，从后门偷偷溜出了夜阑轩。正巧，后面的巷子口停着一辆待雇的马车。秀姑忙不迭地跳了上去，对车夫道："出城，往东走，去灞桥。"上头以前教过她，若有朝一日可以离开了，不要直接往要去的方向走，而要先走反方向，再掉头往回走，这就叫声东击西，可以避免被人跟踪。所以秀姑打算先到东边三十里外的灞桥，再雇车折往西南，回她的巴蜀老家益州。

车夫正在打盹，脸上盖着个破斗笠，瓮声瓮气道："二十文。"

"少废话，给你三十文，快点！"

马车很快就飞跑了起来，秀姑感觉自己的心也开始了飞翔。从平康坊往东走，只要过东市、道政两个坊区，便可出春明门前往灞桥。可让秀姑疑惑的是，马车过了东市却往北一拐，径直朝兴庆、永嘉坊方向驶去。虽然从这儿走通化门，一样可以出城，但明显是绕远了。

"停车！我要下车！"秀姑有了一种不祥的预感。

马车缓缓靠边停下。秀姑掀开车门上的帘子，一张似曾相识的脸蓦然映入她的眼帘，秀姑的身体瞬间僵硬。

"我说过，我会回来找你的，臭婆娘！"

谢冲一脸狞笑。

然而，还没等他笑完，秀姑便突然握住一把簪子狠狠刺入了自己的喉咙，鲜血立刻像涌泉一样喷出，溅了谢冲一脸。

最后倒下去的时候，秀姑感到了一种从未有过的轻松。

她觉得自己真正自由了。

王弘义匆匆出门的时候，夜禁已经开始了。从青龙坊到平康坊要经过六七个坊，路程不短，一路上他们碰到了好几队巡夜的武候卫。不过，王弘义一亮出腰牌，对方便无一例外地放行了。

腰牌是魏王给的，职务为工部郎中，官秩从五品上，一般武候卫无人敢拦。王弘义带着韦老六及一干随从风驰电掣地赶到平康坊，敲开坊门，一口气冲到了夜阑轩。尽管如此明目张胆地犯夜违背了王弘义一贯奉行的低调原则，可现在苏锦瑟下落不明，他也就顾不上那么多了。

王弘义一行凶神恶煞地冲进夜阑轩，几乎把整座青楼翻了个底朝天，可不但丝毫未见苏锦瑟的踪影，连老鸨秀姑都无端消失了。韦老六揪住一个龟公的衣领，命他把东家叫出来。龟公颤抖地说秀姑既是老鸨也是东家，夜阑轩没有别的东家。

王弘义的心蓦地一沉。他知道，秀姑在这个时候突然消失，肯定与锦瑟寻找徐婉娘的事有关。现在看来，自己让锦瑟来找徐婉娘，绝对是一个不可饶恕的错误！

尽管韦老六再三逼问，夜阑轩的龟公和妓女们始终说不出个所以然，只知道早上的确有个漂亮女人来找过秀姑，其他事情便一概不知了。

王弘义最后叹了口气，对韦老六道："留几个人在这儿守着。明天一早，把所有弟兄都放出去，无论如何，要把锦瑟给我找回来！"

王弘义回到青龙坊的时候，看见魏王李泰正万般焦急地在正堂上来回踱步。

今日夜禁开始后，发现苏锦瑟仍然没有回府，李泰便有些担心。他本以为她回青龙坊了，可又一想，锦瑟每次回青龙坊都会事先跟他打招呼，为何这次却没有呢？李泰越想越不安，便立刻赶了过来，却听下人说王弘义方才匆匆出门了，不知道去哪儿。李泰料到他肯定是找苏锦瑟去了，只好等着。

一看到王弘义回来，李泰迫不及待地迎了上去："锦瑟呢？你没找着她吗？"

王弘义阴沉着脸，半晌才道："锦瑟失踪了。"

李泰犹如五雷轰顶，大声质问王弘义到底怎么回事。

王弘义没有理会他的无礼，黯然道："都怪我，不该让她去做这件事。"

李泰惊问到底何事。王弘义又沉默半晌，才简要说了事情经过，但没提徐婉娘的名字，只说是他过去的一位红颜知己。

李泰满心狐疑，道："你要找的这位，恐怕不只是红颜知己那么简单吧？"

王弘义缄默不语。

两人僵持了好一会儿，李泰冷冷道："先生，别怪我说话不中听，锦瑟若有什么三长两短，咱俩之间怕是不好相处了。"说完便拂袖而去。

王弘义一动不动，仿佛没有听见，直到李泰走了许久，嘴角才泛起一丝苦笑。

苏锦瑟迷迷糊糊睁开眼睛，感觉周遭一片黑暗，身下的泥地潮湿冰凉，空气中弥漫着一股刺鼻的腥气和霉味。

这是什么地方？

我死了吗？

莫非这就是人死之后的阴间？

苏锦瑟慢慢支起身子，觉得浑身乏力、四肢酸痛。她伸手摸索了一会儿，终于触到一片石壁，便挪过去靠坐在壁上，然后吁了一口长气，仿佛方才这几个动作就把她累坏了。她努力回想了片刻，才渐渐忆起自己遭遇了什么。

徐婉娘，夜阑轩，老鸨，袄祠，黛丽丝，地下室。很明显，有人精心布了一个局，或者说织了一张网，一旦有猎物靠近"徐婉娘"，就会一步步落入这张网，直到被困在这个恍若阴间的地牢里。

父亲显然没有预料到寻找徐婉娘会是这么危险的一件事，否则也不会让自己涉险。徐婉娘到底是什么人？为什么时隔多年之后，还有这么多人围绕着她在布设迷局、引人入瓮？父亲和徐婉娘是什么关系？他找徐婉娘的目的又是什么？黛丽丝真的是袄教的祭司吗？长安又不是法外之地，她为什么就敢明目张胆地劫持自己？她这么做，是在保护徐婉娘吗？那她接下来会干什么，杀了我吗？

种种迷惑就像眼前这浓密的黑暗一样紧紧包裹着苏锦瑟，让她有一种喘不过气的窒息之感。不知道过了多久，黑暗中忽然响起一阵丁零当啷开锁的声音，紧接着便倏然一亮，有人走了进来。

昏暗的烛光对此刻的苏锦瑟来讲就像刺目的太阳一样无法直视。她连忙抬手遮挡，同时把脸别了过去。

来人站在了她的面前："贵檀越，本祭司招待不周，让你受委屈了。"黛丽丝的声音温柔悦耳，就像是布道的开场白。

苏锦瑟用了好一会儿才适应了亮光："不，祭司的招待很特别，让人印象深刻。"

黛丽丝蹲下来，冲她粲然一笑："既然贵檀越如此赏光，那咱们就可以好好聊聊了。"

"是啊，祭司可以跟我聊聊，你们祆教何时干起了绑架杀人的勾当？"

黛丽丝咯咯笑了起来，声音依旧那么动听："本教只对付恶人。你要想证明自己不是恶人，就得告诉我你是谁，什么人派你来的，找徐婉娘的目的是什么。"

苏锦瑟随口扯了个名字，接着道："我就是个普通人，家父与徐婉娘是故交，托我看望她一下，别无他意。"

"你没说实话。"

"信不信由你。"

"既然贵檀越这么不坦诚，那我就爱莫能助了。"黛丽丝站了起来，"只能留你在这儿多住些日子。"

"祭司就不怕我的家人找上门来，跟你们要人？"

"本教既然敢留你，就不怕任何人上门。"黛丽丝冷笑道，"对了，我还不妨告诉你，我今天来见你，是给你一个机会。你若执意不说实话，那也没关系，你那三个随从会说的。"

"他们还活着？"苏锦瑟有些诧异。

"当然。你昨天看到的景象，只是本祭司小露一手罢了，难道你还真以为他们变成三团腐肉了？"

苏锦瑟恍然。

原来她昨天目睹的恐怖景象，就是祆教的幻术。

之前她只是对此略有耳闻，可万万没想到会那么恐怖，又会逼真到那种程度，简直令人匪夷所思。她又想起那天目睹异象之前，似乎先是闻到了一阵异香，或许正是那个东西迷惑了人的心智，让人产生了种种可怕的幻觉。

"黛丽丝，我劝你别白费力气了，我的人不是孬种，不管你用什么手段，也休想让他们开口。"这几个随从都是父亲精心挑选出来的，无论勇气、忠心还是意志力，皆非常人可比，所以苏锦瑟很自信，一般的严刑拷打对他们肯定无效。

"我知道你在想什么，我也知道，刑罚对他们没用。"黛丽丝看穿了她的心思，得意一笑，"所以，我没打算对他们用刑。恰恰相反，我会用心款待他们，给他们喜欢的东西。"

"你用钱也收买不了他们。"

"谁说我想用钱收买了？"

苏锦瑟看着黛丽丝，忽然明白了，她指的是美色。

"等你的人臣服在我们波斯女人的石榴裙下，他们自然会知无不言、言无不尽，到那时候，你想说都没机会了。"

黛丽丝扬长而去。然后，有人把一盘黏糊糊的食物扔在苏锦瑟面前，像对待一只狗一样，紧接着关门落锁，地牢就重新陷入了黑暗。

孙伯元的手下孙朴带人在通轨坊桃花巷蹲守了几日，终于逮住了姚兴。

孙朴把姚兴关在了一处隐秘的宅子里，对他用了刑，想逼他供出冥藏和杨秉均的情报，不料这家伙居然只字不吐。孙朴无奈，只好上报孙伯元和李恪。李恪决定亲自出马，来会一会这个姚兴。

第一眼看见姚兴的时候，李恪几乎认不出他来。

姚兴已经与从前判若两人：一道长长的刀疤从右边额头掠过眼角，爬过脸颊，一直延伸到上唇；以前唇上留着两撇八字胡，现在却刻意沿着下巴留了一圈络腮胡；原本浓密的眉毛则拔掉了大部分，变成了稀稀疏疏的扫帚眉。

姚兴变成今天这副模样，自然是拜冥藏先生王弘义所赐。

那道刀疤便是王弘义亲手给他留的，分寸拿捏得很好，既足以让他破相，又不至于伤筋动骨。王弘义这么做，首先是对姚兴在甘棠驿行动中的无能所做的惩罚，其次是通过毁容让他"改头换面"，以防被人认出。

看着眼前这个换过脸的姚兴，李恪不禁有些唏嘘，若不是孙伯元查到了姚兴的姘头，然后在姘头处将他逮着，想靠海捕文书上的画像捉拿姚兴，恐怕就是缘木求鱼了。

孙朴用一桶水泼醒了昏迷的姚兴。李恪走上前，微笑地看着他："姚兴，知道我是谁吗？"

姚兴抬起眼皮，失神地瞟了他一眼，又把头耷拉了下去。

"不认识？那就自我介绍一下。我姓李，名恪，吴王爵，曾任安州都督，目前闲居在京，没事的时候就帮朝廷抓一两个逃犯，这也是你此刻被关在这里的原因。"

"吴王？"姚兴再次抬起眼睛，有些意外，"你是吴王殿下？！"

"如假包换。"李恪仍旧笑道，"说说吧，杨秉均现在藏在哪里，冥藏又在何处？你们到长安来，究竟想做什么？"

姚兴冷笑："殿下就省省心吧，我是不会说的。"

"为何不说？冥藏和杨秉均把你害到这个地步，人不像人鬼不像鬼，你难道不恨他们吗？要论罪，他们是主犯，你不过是胁从，凭什么你落到这步田地，却任由他们逍遥快活？"

姚兴仰头，直直地盯着房梁："尽管如此，可他们终归对我有知遇之恩，我不想出卖他们。"

"这么讲义气？"李恪呵呵一笑，"可我要是出个好价钱呢？你卖不卖？"

姚兴冷哼一声："落到你手里就是个死，再大的价钱我也没命花。"

"没错，到了我手里，你肯定是活不成了。不过，我相信咱们还有交易的机会。"

"死都死了，我还跟你交易个屁！"

啪的一声，孙朴重重甩了他一巴掌："在殿下面前，你小子放尊重些！"

姚兴横眉怒目，挣扎了一下，可他的身子却被铁链牢牢锁着，丝毫动弹不得。

李恪赶紧抬手止住孙朴，对姚兴道："姚兴，你虽然快死了，可我知道，你在这世上，还有在乎的人。我说得对吧？"

姚兴一怔，猛然睁大了眼睛："你什么意思？我的妻儿老小都流放岭南了，该遭的罪也都遭了，你不能拿他们来要挟我……"

李恪哈哈一笑："姚兴，请你不要以小人之心度君子之腹好吗？我堂堂皇子，会干那种下三烂的事情？我说的这个人，你心里清楚，她虽然不是你的家人，可在你心中，或许胜似家人。"

说完，李恪不等他做何反应，给了孙朴一个眼色。孙朴转身出去，片刻后便带了一个四十来岁、白白胖胖的妇人进来，她就是姚兴的姘头郭艳。

郭艳与姚兴四目相对，眼中立刻噙满了泪花。姚兴也当即红了眼眶，用力挣扎了一下，嘴里嗫嚅着，却说不出话来。

事前，得知姚兴在长安有这个姘头后，李恪便命人暗中调查了二人的关系。让李恪没想到的是，姚兴与郭艳之间竟然有着多年的感情，而且还是真情。

郭艳早年曾混迹平康坊的青楼，与当时在长安任职的姚兴相识，两人起初只是逢场作戏，后来却动了真情，姚兴甚至想过替郭艳赎身，娶回家里做妾，可毕竟身在官场，名节为重，终究还是没有勇气。这次他像条丧家之犬一样潜回长安，千方百计打听到了郭艳的下落，原本只是抱着试试看的心态去找她，没想到郭艳一点都不嫌弃他，不但待他跟从前一样，而且嘘寒问暖，更不要他一文钱。

世人都说戏子无义婊子无情，可落难的姚兴却在郭艳身上感到了雪中送炭般的温暖和真情。他在心里暗暗发誓，有朝一日一定要带郭艳远走高飞，让她有一个幸福安稳的后半生。无奈姚兴自己却被王弘义牢牢控制着，根本没有这个机会，所以他只能在心里祈祷上苍，希望像郭艳这么善良又有情有义的人，将来能有一个好的归宿……

李恪注视着姚兴的表情，知道效果已经达到，便示意孙朴把郭艳带了下去。

许久，姚兴才看着李恪："不知殿下想拿郭艳怎么样？"

"你别误会，我不是想用她要挟你。恰恰相反，只要你把该说的东西都说了，我向你承诺，我可以保她平安，让她后半生衣食无忧。"

"如果……"姚兴艰难地选择着措辞，"如果她想嫁人，我希望她能找一个对她好的男人，安安稳稳地过下半辈子。"

李恪点点头，拍了拍他的肩膀："姚兴，就凭这句话，我就敬你是条汉子。你放心，我一定帮你转达，倘若她有需要，我也会尽力帮她。"

"多谢殿下！"姚兴的神色忽然平静了许多，"不过，关于冥藏先生的事情，我还是不能告诉殿下。"

"怎么又绕回来了？"孙伯元脸色一沉，"殿下都答应你照顾郭艳了，你还这么死心眼？"

姚兴苦笑了一下："我固然放心不下郭艳，可我也放心不下被流放岭南的家人。兄弟，我知道你也是天刑盟的人，你就不想想我出卖冥藏的后果？他那种人什么事干不出来？如果让他知道是我出卖了他，我在岭南的家人还有活路吗？"

孙伯元身为天刑盟的人，一听也觉得不无道理，便沉默了。

李恪沉吟半晌，笑了笑："也罢，我不难为你，别的不说就算了，你现在只需告诉我一件事：杨秉均到底藏在什么地方？"

姚兴黯然良久，最终吐出了三个字："魏王府。"

李恪和孙伯元相顾愕然。

第七章 / 陷阱

秦岭山脉深处，重峦叠嶂，沟深谷狭。

萧君默四人越过溪涧后，进入了对岸的森林，然后费了好大一番功夫，才找到了当初追捕江洋大盗时走过的山道。这条山道论路程并不长，只有四十多里，却异常奇崛险要，其间多有悬崖峭壁，只能把身体贴在崖壁上，手脚并用地攀着岩石走过；还有些地方是深达数十丈的幽谷，只能靠藤绳一点一点地往下缒；行走在暗无天日的深谷中，更会不时遭遇虎、狼、黑熊、猎豹等猛兽，稍不留神就可能成为它们的美餐。因此，四人不得不小心翼翼，走得很慢，每天只能走五六里，其间好几次还迷失了方向，走了不少冤枉路。

就这样步履维艰地走了七天，一行人终于奇迹般地从莽莽群山中穿越而出，在第八天晌午时分爬上了一座山头。四人一起站在山峰上俯瞰，只见一条可通车马的道路就横卧在山脚下。萧君默和辩才如释重负地笑了，而楚离桑和米满仓则忍不住发出了欢呼。

这就是义谷道，又称秦楚古道，是由秦入楚的咽喉要道，自古乃兵家必争之地。

看见它，就意味着最艰辛的一段路程结束了。顺着它往南走三十余里，就可到达丰阳县，然后乘船沿祚水、洵水南下，顶多一天就可以走出秦岭山脉抵达汉水了。

四人在山脚下的一个小村落里歇脚吃饭，顺便跟村民买了一些干净衣服，换掉了身上充斥着汗臭味的破衣烂衫，然后又每人戴上了一顶箬笠，乍一看便与本地乡民完全无异了。午后，他们沿着与义谷道平行的山路一直走了三四十里，绕过了丰阳县，然后潜行至县城南面，于黄昏时分来到了祚水旁的一个小渡口。

夕阳下，缓缓流淌的祚水泛着金色的波光，两岸的村舍炊烟袅袅，几只苍鹭拍打着翅膀低低掠过水面，远处归家的牧童正骑在牛背上吹响悠扬的竹笛……

连日来疲于奔命的四个人站在渡口旁，看着这宁静祥和、美得恍若图画的乡野景致，不禁都有些呆了。萧君默蓦然想起跟吴王李恪的那次闲谈。李恪笑他胸无大志，说他不如去当个田舍夫，他半开玩笑说：指不定哪天机缘成熟，我还真当田舍夫去了。

此时此刻，萧君默恨不得放下一切，就此终老在这青山绿水之间。然而他知道，这对他而言纯粹是一种奢望。问题倒不是他现在是在逃亡，而是因为他还有杀父之仇未报，还有身世之谜未解，同时放不下的，还有与他纠缠不清的《兰亭序》之谜，以及对辩才、楚离桑父女的深深亏欠，连同对蔡建德和孟怀让父子所欠下的良心债……

一个人背负着这么多沉重的东西，又怎么可能逍遥于山水之间呢？

萧君默苦笑。

“几位客官上船不？老汉这就摇橹开船啦！”渡口停着一艘橹船，船上的老艄公一声大喊，拉回了萧君默的思绪。

“老丈这船行到何处？”萧君默问道，锐利的目光却迅速扫过船上的十几名乘客，然后又回到老艄公身上。乘客有男有女，有老有少，看上去都是纯朴乡民，没什么异常；老艄公须发斑白，脸膛黑红，袖子和裤管高高挽起，手臂和小腿的肌肉都很结实，一副常年行船、风吹日晒的模样，身份应该也没问题。

“去洵阳。”老艄公道，“上了老汉的船，今夜便可到归安镇，几位客官寻个客栈打尖过夜，明日一早再上船，晌午便可到洵阳了。”

萧君默与辩才交换了一下眼色，彼此都觉得目前的情况是安全的。萧君默随即率先踏上艞板，辩才、楚离桑、米满仓紧随其后。此时前面也有人正在登船，艞板上一下站上了七八个人，顿时有些晃晃悠悠。一个穿着红色长裙的妙龄女子走在萧君默前面，似乎被晃荡的艞板吓到了，下意识往后一退，恰好踩到了他的脚。萧君默吃痛，忍不住“嗞”了一声。女子越发慌乱，又踩到了自己的曳地长裙，顿时发出一声惊叫，身子往旁边一歪，眼看便要落水。萧君默赶紧伸手，一把扶住了她。女子脚下发软，无意间整个人便靠在了他的怀里。

一阵奇异的清香混合着年轻女性特有的体香扑面而来。萧君默脸色一红，连忙抓着她的双肩把她推开了一些："姑娘小心！"

女子回头，娇羞地看了他一眼："多谢郎君出手相助！"

后面的楚离桑看着这一幕，心里顿时不是滋味。出于直觉，她感到这个红裙女子好像是假装摔倒，故意躺进萧君默怀里的。而且看她那种娇滴滴的狐媚劲，楚离桑本能地就有一种反感。

红裙女子站稳后，终于袅袅婷婷地上了船，然后若有若无地瞟了萧君默几眼，这才和侍女一块在右边船舷坐下。此时左边船舷已坐满了人，只剩右边还有几个位子，女子便拍了拍身旁座位，对萧君默道："郎君请到这边来坐。"

还没等萧君默反应过来，楚离桑便一把拉过米满仓，把他推到女子身边坐下，接着又叫辩才坐下，然后才搂住萧君默的胳膊，柔声道："来，我们坐这里。"这么一安排，萧君默和那女子之间便隔了三个人，不但没坐到一起，而且彼此都看不到。楚离桑暗暗得意，探头瞥了红裙女子一眼，却见她冷然一笑。

见船已客满，老艄公喊了一声："开船喽！"然后便要去撤舢板。就在这时，岸上忽然有人大声呼喝，叫艄公等等。萧君默抬眼一望，只见三个腰间挎着佩刀的壮汉正从岸边的土坡上飞奔而下，朝渡口跑来。老艄公面露惧色，慌忙要将舢板收起，可还是被那三人抢先一步跳了上来。

"老东西，耳聋了吗，叫你等你咋听不见？！"为首一名虬髯大汉瞪眼怒骂。

老艄公点头哈腰，连声赔不是。

三人骂骂咧咧走进船舱，凶巴巴地扫了众人一眼，旋即把萧君默对面的四五个乡民轰了起来，占了他们的位子。那些乡民不敢反抗，只好坐在船舱中的地板上。萧君默见状，不禁心头火起，但一想到目前处境，实在不宜沾惹是非，便强忍了下来。身旁的楚离桑显然也看不惯，正要起身，被萧君默一把按住："忍一忍，眼下不是打抱不平的时候。"

船行水上，两岸青山徐徐后退。

暮色降临，四周渐暗，只剩下船舱顶棚的一盏油灯发出昏黄的光芒。船舱在单调的摇橹声中轻轻摇晃，连日疲累的楚离桑和米满仓乍一放松下来，便都迷迷糊糊打起了瞌睡，萧君默和辩才则坐着闭目养神。不知过了多久，船速忽然慢了下来，一个破锣嗓子大声喊道："乡亲们，别睡了，都醒醒！"

萧君默倏然睁开眼睛，只见船正在缓缓靠岸，可四下里一片漆黑，显然还没到归安镇。

"哥几个最近手头紧，想跟乡亲们借几个钱花花。"虬髯大汉手里抓着一个小男孩，拿刀逼着，"把你们身上值钱的东西都交出来，赶紧的，别逼哥几个动手。"此时，另一个大汉正站在船尾，用刀逼着老艄公，还有一个站在船舱中，一手提了只空麻袋，另一手拿刀逼着乘客们。

楚离桑赶紧看向萧君默。萧君默摇摇头，暗示她不要轻举妄动。

乘客们都吓傻了，纷纷把身上的铜钱和金银首饰扔进了麻袋里，连同那名红裙女子和她的侍女在内。提麻袋的大汉按顺序走到米满仓面前："小子，轮到你了。"

米满仓脸色煞白，抱紧了包袱，拼命摇头："不，不给。"

大汉怒道："你小子要钱不要命是吧？"

米满仓扭头，眼巴巴地看着萧君默。萧君默忽然站了起来，主动把自己的包袱扔进了麻袋里，然后不由分说抢过米满仓的包袱，也扔了进去。米满仓万般错愕，腾地站了起来，一张脸都涨成了猪肝色。萧君默把他强行按了下去，笑着对大汉道："钱算什么东西，不就是身外之物吗，哪有命重要，对吧兄弟？"

大汉嘿嘿一笑："算你小子识相。"说着扫了辩才和楚离桑一眼，见他俩身上既没行李也没首饰，便把麻袋的袋口一扎，往背上一甩，对虬髯大汉使了个眼色。

虬髯大汉示意船尾那人放开老艄公，然后对众人道："多谢各位乡亲江湖救急，哥几个先走一步，各位都老实在船上待着，谁也别动。"说完便放了那男孩，然后三人一起跳上了岸。

"三位别急着走，我有话说。"萧君默见老艄公和小男孩都已安全，便决定出手了。楚离桑想跟他一块下去，萧君默低声道："三个小毛贼而已，你就不必下船了。"

三个大汉闻声，诧异地回过头来。虬髯大汉盯着萧君默："小子，乖乖在船上待着，别逞英雄！"

萧君默哈哈一笑，纵身跳下船，迎着三人走了过去："我没别的意思，就想跟三位说几句话。"

虬髯大汉见他毫无惧意，知道不是善茬，便道："你想说什么？"

"就三句话。第一，找穷老百姓打劫，是很没种的，有种就去找贪官污吏和土豪劣绅；第二，打劫的时候挟持老人和孩子，是很不要脸的，有本事你们就该挟持我；第三，你们连这么没种又不要脸的事都干得出来，到底还是不是男人？"

船上的乘客听萧君默说得既有理又有趣，不觉忘掉了恐惧，发出一阵大笑。那妙龄女子闻言，也不禁咯咯一笑。楚离桑微微皱眉，扭头朝她看去，不料这女子也正看着她。二人四目相对，顿时有点较劲的意味，谁也不愿先收回目光。

虬髯大汉和两个手下从未遭人如此羞辱，登时勃然大怒，同时抽刀扑了上来。萧君默连刀都懒得拔，左右闪避了几下，猛地一拳击中一个大汉的脸，把他打倒在地，接着左腿一踢，把另一个大汉也踹飞了出去，那只麻袋脱手掉到了地上。虬髯大汉见状，情知碰上高手了，连忙往斜刺里蹿，企图夺路而逃。萧君默纵身跃起，在空中一个翻身，然后稳稳落地，挡住了他的去路。

虬髯大汉慌忙后退。萧君默笑着朝他步步紧逼。

这家伙一连退了十几步，一只脚已经踩进了水里。眼看萧君默就要逼到面前，虬髯大汉眼珠子一转，猛然掉头，在水边的岩石上一蹬，纵身飞向了船，显然又要故技重施，挟持乘客。

萧君默岂能容他得逞，顺手捡起脚边的一颗石头飞掷而出，正中其后脑。虬髯大汉脑袋一歪，脖子也怪异地扭动了一下，然后整个人直直栽入水中，溅起了一大片浪花。

此人虽然可恶，但罪不至死，总不能让他就此溺水送命。萧君默想着，便把他从水里拖了出来，扔到了岸上的草丛里，然后伸手摸了一下他的颈部，发现他只是晕厥而已，便不再理他，抓起那口大麻袋回到了船上。

老艄公见状，连声道谢，然后赶紧摇船，继续上路。

众乘客各自取回了自己的财物，对萧君默千恩万谢。那红裙女子取回首饰时，更是一脸崇拜地看着他："郎君英武神勇，正气凛然，就跟戏里演的古代侠客一样，真是令奴家敬佩得五体投地！"

萧君默被夸得不好意思，忙道："小事一桩，无足挂齿，姑娘谬赞了。"

"此去不远便是归安镇，不知郎君今夜是否在镇上的客栈下榻？"

"那是自然。"萧君默笑道，"总不能睡在船上。"

"既如此，奴家有一个不情之请，不知当讲不当讲。"

"姑娘请讲，只要是在下办得到的，一定义不容辞。"

"郎君一定办得到的。"女子大喜，"是这样，奴家的家便在镇上，可下船之后要走一段夜路，奴家有些害怕，想请郎君送奴家一程。郎君若不嫌弃，也可顺便在奴家家里暂住一宿，就不必另寻客栈了，此乃一举两得之事，不知郎君意下如何？"

"这个……"萧君默没想到是这种要求，一时踌躇了起来。

"不可！"楚离桑忽然走了过来，冷冷道，"我们与姑娘素昧平生，没有义务送姑娘回家，更不敢厚着脸皮到陌生人家里住宿。"

红裙女子没有理会她话中的讥讽，笑着道："这位妹妹真是急性子。奴家问的是这位郎君，又不是你，可与不可都要郎君说话，妹妹这么做，岂不是越俎代庖了？"

楚离桑冷笑："首先，我不认识你，请别自作多情叫我妹妹；其次，他跟你也素不相识，你也别郎君长郎君短的叫得那么亲热；最后，我替我们郎君拿主意，是很正常的事情，请你不要少见多怪！"

红裙女子闻言，非但不怒，反倒捂着嘴笑："这位姑娘好生厉害，奴家又不是要抢你的郎君，怎的说话如此不饶人呢？奴家只是怕走夜路，想请郎君送奴家一程，若不方便住宿便罢了，可送一程路，总不是什么大不了的事吧？"说完，一双水汪汪的大眼睛便直视着萧君默。

萧君默左右为难，顿时大为尴尬。

楚离桑见这女子如此厚颜，越发来气，正想再说些狠话，辩才忽然走上来，轻轻拉了她一下："桑儿，这位姑娘的要求也不算过分，不就是送她一程吗？出门在外，谁没个难处？能帮的就尽量帮一下。你要是担心二郎的安全，大可以跟他一块送这位姑娘回家，这样回来的话，你俩不就有伴了吗？"

萧君默之前已叮嘱过辩才他们，只要有外人在的场合，便以"二郎"称呼他，以免暴露真实身份。

红裙女子闻言大喜，连忙敛衽一礼："这位伯父真是古道热肠，奴家感激不尽！"

就你嘴甜！见谁跟谁亲热，一点不拿自己当外人，脸皮比城墙还厚！楚离桑心里极不情愿，可父亲都发话了，她也不好再坚持，只好瞪了女子一眼，扭头走到一边。

萧君默被辩才解了围，终于松了口气，对女子道："那便照伯父所说，待会儿下船，我们便送你一程。"

"多谢郎君！"女子嫣然一笑，媚眼如丝。

萧君默不禁心头一荡，赶紧道了声"失陪"，走到楚离桑身边，小声跟她说着什么。楚离桑不理他，又走到另一边船舷去了。红裙女子看着二人，然后跟自己的侍女对视一眼，嘴角泛起了一丝若有似无的笑容。

船在漆黑的夜色中航行。

渐渐地，远处出现了零零星星的灯火。萧君默站在船头，料想前面一定就是归安镇了。方才一路上，楚离桑都不理睬他，反而是那红裙女子，总是不时拿眼瞅他，目光中似乎脉脉含情。萧君默既无奈又尴尬，索性离开座位，来到船头吹风。

鼻子有点痒，萧君默伸手挠了一下。忽然，他闻到了一阵淡淡的香味。

这是哪儿来的香？

他嗅了嗅自己身上，一切如常，然后又抬手闻了一下，发现香味是在自己右手的食指和中指上。可是，自己手上哪儿来的香呢？

他略一思忖，旋即恍然。方才把虬髯大汉拖上岸的时候，自己正是用这两根指头探了他的颈部一下，香味肯定是打那儿来的。可奇怪的是，一个打家劫舍、五大三粗的汉子，身上怎么会有香味呢？

岸上的灯火越来越多，行人车马也隐约可见。老艄公喊了一声："诸位客官，归安镇到喽！"

众人下船后，萧君默先是陪辩才和米满仓找了家客栈，然后借了一盏灯笼，便与楚离桑一起送那红裙女子和侍女回家。一路上，女子不断没话找话，自称姓华，名叫灵儿，然后又打听萧君默姓名。萧君默随口说自己叫周禄贵。华灵儿一听，不禁莞尔："看周郎气质如此脱俗，不想这名字倒起得十分家常。"

萧君默淡淡一笑，没说什么。

"家常不好吗？"楚离桑冷冷接过话，"我倒觉得这名字不错，朴实敦厚，平易近人。倒是你华姑娘说话有些不知分寸，一听人家的名字便出言取笑，这便是你的待人之道吗？是不是令尊小时候没教过你？"

"姑娘这张嘴真是可以杀人了！"华灵儿咯咯笑道，"这一路有姑娘做伴，不但热闹有趣得紧，而且让人走起夜路来都不害怕了。"

"你什么意思？"楚离桑不解。

"你身怀利器呀！"华灵儿道，"不管这路上是碰见坏人还是恶鬼，姑娘只要利嘴一张，那是人来人死、鬼来鬼亡啊，奴家还有什么好怕的？"

一旁的侍女闻言，不禁掩嘴哧哧而笑。

"是啊，诚如华姑娘所言，"楚离桑也呵呵一笑，"我这利器厉害，可惜这世上却有一物，我还是刺它不穿。"

"敢问何物？"华灵儿饶有兴致地看着她。

"华姑娘的脸皮呀！"楚离桑笑道，"此物之厚，堪比城垣，世上还有什么利器能把它刺穿呢？"说着又看向萧君默，"你说是吧，禄贵？"

萧君默心里哭笑不得，只好含糊地"嗯嗯"两声，继续埋头走路。

华灵儿终于想不出什么反击之词，便冷笑作罢。萧君默走着走着，但见道路两旁灯火渐稀，感觉越来越荒僻，而脚下的道路也慢慢陡了起来，抬眼一望，不远处都是连绵起伏的群山。萧君默心中疑窦顿生：难道华宅是在山上？

"华姑娘，你不是说贵府就在镇上吗？可这眼看就要出镇子了，怎么还没到？"萧君默停住了脚步。

"马上就到了。"华灵儿忙道，"敝宅是个独门独户的大院，就在那边的山脚下，绕过前面那棵娑罗树就到了。"

萧君默顺着她指的方向望去，只见前方三五十丈外，果然有一棵枝繁叶茂的大树矗立在清朗的月光下，正是极为罕见的娑罗树。

"既然前面就是了，那我们就送到这里吧。"楚离桑冷冷道，"华姑娘请自便，我们告辞了。"说完拉起萧君默的胳膊，扭头就走。

"哎哎……"一路上都不曾说话的侍女慌忙拦住去路，急道，"回我们家的路就数这一段最黑，我们娘子最害怕的就是这一小段。都说帮人帮到底、送佛送到西，两位既然都送到这儿了，还请劳驾再走几步吧！"

华灵儿也是一脸忧惶，走上前道："周郎，姑娘，不怕二位笑话，我们这归安镇的后面有一座乌梁山，山上有一个千魔洞，洞里盘踞着一伙山贼。虽然他们自己号称行侠仗义的英雄好汉，但也不时会到山下抢人，前不久便有几个镇上的人在娑罗树那儿被劫走了，所以奴家才会害怕，就劳烦二位再送奴家一程吧！"

萧君默低声对楚离桑道："反正也没几步路了，就送她们过去吧？"

楚离桑见她们可怜巴巴的样子，终于也有些不忍，便道："走吧走吧，真是上辈子欠你们的！"

华灵儿大喜，连声道谢。

片刻后，四人来到了那棵有着巨大树冠的娑罗树下。萧君默抬头一看，此树约莫有十丈高，树干粗大，至少要四个成人才能合抱，树龄当在七八百年以上。时逢夏季，正是娑罗树开花的季节，只见满树盛开着洁白的花朵。花如塔状，又似烛台，而叶子则如手掌一般托起宝塔，在柔美的月光下隐隐透着一种安详与圣洁之感。

"这树好大，这些花儿好美啊！"楚离桑不禁赞叹，"这叫什么树？"

"娑罗树。"萧君默道，"这种树也被佛教誉为圣树，在天竺很多，在我们这儿却非常罕见。"

"为什么叫圣树？"

萧君默对佛教素有研究，便道："相传，当年佛陀的母亲摩耶夫人便是在一棵娑罗树下诞下了佛陀，而佛陀最后又是在娑罗双树之间入了涅槃。因为有此渊源，娑罗树在佛教中便获得了极大的尊敬，与佛陀成道时的菩提树并誉为佛教的两大圣树。"

"原来如此。"楚离桑道，"可惜我爹没来，要不他一定也会欢喜赞叹。"

两人光顾着欣赏这棵树，却没注意到华灵儿与侍女的神情已然有些异样。

清风吹过，一阵清冽的异香扑鼻而来。

"怎么这么香？"楚离桑吸着鼻翼。

"娑罗树的树脂和木材可做熏香，果实和种子则可入药或作为香料……"萧君默说着，猛然想到了什么，神色一变，又下意识地把右手的食指和中指凑到鼻前，顿时恍然大悟，凌厉的目光立刻射向华灵儿，眼中已有强烈的警惕和怀疑。

华灵儿没有躲避，而是带着一种意味深长的笑容与萧君默对视。

萧君默似乎明白了什么，苦笑了一下："华灵儿，你的家根本不在这里，对吗？"

楚离桑闻言，这才发觉不对劲，诧异地看着萧君默，又看向华灵儿。

华灵儿嫣然一笑："没错，可惜你到现在才明白，已经晚了。"

这时，十几条黑影正从镇子方向慢慢朝他们围了过来，而更多的黑影则从附近的树林中拥出，快步朝这边逼近——两拨人马显然对娑罗树形成了合围之势。

萧君默意识到一场恶战已无可避免，刚想开口叫楚离桑准备应战，华灵儿与侍女同时右手一扬，两道银光便闪电般分别射向二人。"离桑小心！"萧君默闪身躲避的同时厉声一喊，但楚离桑根本没料到对方会突然发出暗器，猝不及防，一道银光当即没入了她的脖颈。楚离桑两眼一闭，晃了一下，旋即软软地倒了下去。

"离桑！"萧君默怒目圆睁，想要冲过去，但华灵儿的第二枚银针转瞬即至。他不得不拔出佩刀，锵的一声将银针撞飞。可当他再度想冲向楚离桑的时候，却见华灵儿的侍女已经抢先一步抓住了晕厥的楚离桑，一把匕首抵在她的喉咙上。

萧君默生生刹住了脚步。

与此同时，第三枚银针不偏不倚地射入了他的后颈。

华灵儿在他身后发出了一串银铃般的笑声。

此时，来自两个方向的数十条黑影已经全部聚拢了过来，将萧君默团团包围。

萧君默用刀拄地，身体开始左右摇晃。他感觉周围的一切都缓缓旋转了起来，大地、天空、娑罗树、星星……迷迷糊糊中，他看见从镇子方向慢慢走来十几个黑影。他们越走越近，面目逐渐清晰。最后，萧君默看见了老艄公和船上那些"乘客"的脸。

为什么他们会出现在这里？

萧君默这么想着，一头栽倒在了地上。

失去最后的知觉前，萧君默恍惚听见华灵儿附在他耳旁温柔地说："奴家已经在千魔洞为你铺好了床榻，萧君默。"

苏锦瑟失踪后，王弘义和李泰便同时启动了遍布长安的所有眼线，花了好几天时间，各自得知了一些零星消息，最后汇总了一下，终于拼出了一条完整的线索：那天苏锦瑟离开夜阑轩后，曾一连走访了四座祆祠，目的是寻找祆教的一位女性祭司黛丽丝；而苏锦瑟最后失踪的地方，便是祆教在长安的总部——普宁坊的祆祠。

王弘义与李泰商量了一下，决定亲自前往祆祠一探究竟。

随后，李泰通过朝廷专门负责管理祆教的官员"萨宝"，与祆教在长安的大祭司索伦斯打了招呼。于是这一天，王弘义来到了普宁坊的祆祠，自称姓许，以仰慕祆教为由拜会了索伦斯。

索伦斯留着一把大胡子，头裹白巾，面目慈祥，一口长安话说得十分地道。他在一间净室接待了王弘义一行。一番寒暄后，王弘义便直奔主题："听闻贵祠有一位叫黛丽丝的祭司，具有不可思议的神通异能，在下仰慕已久，不知大祭司可否请她出来一见？"

索伦斯捋着大胡子，淡淡笑道："真是不巧，黛丽丝目前不在本祠。"

王弘义暗暗和韦老六交换了一个眼色。既然他承认了有黛丽丝这个人，那接下来的事情就好办了。

"哦？那她现在何处？"

"黛丽丝从小在本祠长大，缺乏对市井生活的了解，故一直想到外面游历，以便增长见闻，所以老夫便派她到江淮一带传教去了。"

王弘义一听就知道他在撒谎，便追问道："请问大祭司，这是什么时候的事？"

索伦斯回忆了一下："大概……一个月前了吧。"

"是吗？这就奇了！"王弘义故作惊讶。

"许檀越何故惊讶？"

"不瞒大祭司，在下也有几位祆教的朋友，听我那些朋友说，他们几天前还在贵祠见过黛丽丝啊！"王弘义说完，便注视着索伦斯的脸。

索伦斯的表情却没有丝毫变化，只摇摇头道："不可能，许檀越的朋友一定记错了。"

王弘义又看了他一会儿，才笑笑道："那或许是他们记错了吧。看来，在下想一睹黛丽丝祭司的神迹，得等她从江淮回来之后了？"

"真是抱歉，让许檀越失望了。"索伦斯道，"日后黛丽丝回来，老夫一定及时通知许檀越。"

"那就多谢了!"王弘义拱了拱手,"对了,素闻贵祠宝相庄严,在京师四座祆祠中首屈一指,在下神往已久,不知大祭司能否领着在下四处瞻仰一番?"

"如果是一般人,那是不允许的。不过,许檀越是萨宝介绍来的朋友,自然另当别论,老夫肯定要给这个面子。"索伦斯微笑着站了起来,"诸位请吧。"

王弘义、韦老六等人跟着索伦斯在祆祠里走了一圈,做出一副虔诚恭敬之态,不时问东问西,其实目光却四处打量,试图找到一些蛛丝马迹。索伦斯似乎毫无察觉,非常耐心地向他们讲解了祆教的历史和相关教义。最后,众人来到一片庭院之中,索伦斯道:"本教是北魏年间才传到贵国的,迄今不过两百多年,与源远流长的佛、道二教无法比拟,寺院规模更是远远不及。因此,本祠虽说是京师四座祆祠中最大的,但其实也就这么大而已,剩下的已无甚可观……不知许檀越还有什么需要?"

这便是下逐客令之意了,王弘义却佯装没听懂,依旧饶有兴致地四处观望着。忽然,他注意到庭院北边有一排平房,平房东侧有一扇略显生锈的拱形铁门,便开口问道:"大祭司,不知那扇铁门后面是何所在?"

"哦,那下面是个酒窖。"索伦斯平静地道,"除了窖藏圣酒,还堆放一些杂物,有专门人员负责打理,连老夫也很少下去。"

不知道为什么,看着那扇铁门,王弘义忽然有种强烈的直觉,他觉得苏锦瑟一定来过这个地方。

"听说,贵教的圣酒窖藏之法与众不同,在下慕名已久,却无缘得见,今日承蒙大祭司盛情,不知可否让在下一睹为快?"王弘义颇有些得寸进尺的架势。

索伦斯面露难色:"这个……不瞒许檀越,本祠的酒窖,从未有让外人参观的先例……"

王弘义闻言,笑而不语,只暗暗给了韦老六一个眼色。韦老六会意,便上前道:"凡事总有第一回嘛。我家先生只是想看一眼罢了,别无他意,更何况有萨宝替我家先生作保,大祭司还怕我等把贵教的圣酒抢了不成?"

"这位檀越说笑了,老夫怎会这么想呢?"索伦斯勉强挤出一丝笑容,"只是本教规矩如此,实在不宜破例,想必诸位檀越也不会强人所难吧?"

这话已经有点不客气了,但王弘义寻女心切,又岂会跟他客气?于是仍旧闭口不言。韦老六便接着道:"大祭司,区区一个酒窖,您便如此为难,这不免让人心生疑窦啊!"

"檀越此言何意?"

"在下的意思是，不知贵祠这酒窖里面，除了藏酒，是不是还藏着别的什么？"

"老夫方才说了，除了圣酒便是杂物，还能有什么？"

"既然没有什么不可告人的东西，那让我等看一眼又有何妨？"韦老六直视着索伦斯，不论目光还是语气都咄咄逼人。

饶是索伦斯脾气再好，此刻也忍不住动气了："这位檀越，请你把话说清楚，何谓不可告人？老夫是看在朝廷萨宝的面子上才敬你们三分，请你们不要得寸进尺、逼人太甚！"

"老六，这就是你的不对了！"王弘义做出呵斥之状，"咱们是客人，正所谓客随主便，哪能这么强迫人家？还把话说得那么难听，简直是无理取闹！还不赶紧跟大祭司道歉？"

韦老六配合默契，当即出言致歉。索伦斯无奈，也只能摆手作罢。王弘义笑了笑，道："今日有幸瞻仰贵祠，又聆听大祭司教诲，在下十分感激！虽然与黛丽丝祭司缘悭一面，连贵祠酒窖也无缘一睹，有些美中不足，但毕竟来日方长，说不定很快，许某便会再来叨扰，想必大祭司不会拒绝吧？"

"当然不会，当然不会。"索伦斯一边随口敷衍，一边寻思着他的言外之意——这个"瘟神"显然是在暗示他不会善罢甘休，今日见不到酒窖，明日便会想别的法子，总之便是缠上你祆祠了，看你能奈他何？

"在下叨扰多时，这就告辞，咱们改日再见。"王弘义拱了拱手，便带着韦老六等四五个手下转身离去。

"且慢。"索伦斯终于叹了口气，"既然许檀越这么有心，老夫怎么能让你失望而归呢？请随我来吧。"

王弘义停住脚步，无声一笑。

铁门开处，一条石阶径直通向地下，旁边的石壁点着一盏盏长明灯。众人步下阶梯之后，却见这里果然是个四四方方的酒窖，除了一些杂物之外，四壁都是多层的高大木架，架上放着一排排椭圆形的木桶，桶里装的显然就是祆教的"圣酒"了。王弘义看了半天，却没有丝毫发现，又见韦老六等人也都是一脸失望之色，只好干笑几声，对索伦斯道："多谢大祭司让在下得偿所愿，这圣酒如此精心窖藏，其味必然馥郁醇厚，改日得闲，一定要跟大祭司讨几杯尝尝。"

"干吗改日呀？若许檀越想喝，今日便可开它几桶，让老夫陪诸位畅饮一番。"索伦斯淡淡笑道，笑容里却有一丝不想掩饰的嘲讽。

王弘义连忙推辞，然后拱拱手便告辞了。出了祆祠，韦老六悻悻道："先生，这家伙就是个老狐狸，我看这祆祠一定有鬼！"

"我也知道它有鬼，可鬼在哪儿呢？"

韦老六语塞，挠了挠头，道："要不，索性让属下带上一些兄弟，今晚就把他们祆祠给端了！"

"不能蛮干，事情闹大了对咱也没好处。"

"那怎么办？"

王弘义沉吟半晌，回头盯着祆祠金色的穹顶："如果黛丽丝还在长安，她就不可能永远躲着，总有抛头露面的一天。"

"先生的意思是……"

"我的意思你还不懂？"

韦老六反应过来："是，属下这就安排人手，十二时辰盯着这个地方！"

"不只是这个地方，四座祆祠都要给我盯着。"

自从得知杨秉均躲藏在魏王府，李恪便陷入了思索。

如果把这个情报如实向父皇禀报，李泰立马完蛋，可在如今的形势下，李泰完蛋对自己有好处吗？

思前想后，李恪还是给了自己一个否定的回答。为了审慎处理此事，他特意把李道宗和尉迟敬德约到了府中。此刻，二人听说魏王居然敢藏匿杨秉均，不禁相顾愕然。

"依我看，倒一个算一个！"尉迟敬德粗声粗气道，"反正扳倒东宫之后，回头也得对付魏王，不如趁这个机会把他扳倒，也省得日后费劲。所以，我的意见很简单，如实禀报圣上，让魏王见鬼去吧！"

"我未尝没有这么想过。"李恪缓缓道，"只是，如果魏王倒了，咱们和东宫马上就是对决之势，虽说父皇现在不太喜欢我这个大哥，可他终归还是太子，咱们若主动跳到台前与他对决，恐怕胜算不大。此外，在太子与魏王势同水火的这个节骨眼上，除掉魏王，就等于帮太子巩固了储君之位，我又何苦做这种傻事呢？"

"殿下所虑甚是。"李道宗接言道，"眼下不论是圣上还是朝野，都不知道殿下有夺嫡的心思，一旦魏王垮掉，殿下就得在明处和东宫过招，别的不说，首先便会引起圣上的猜忌和防范。"

尉迟敬德想了想："你们说的倒也是。那依你之见，该当如何？"

李道宗想了想："依我之见，不如暂时留着魏王，让他跟东宫去斗，不管最后胜负如何，对咱们都有两个好处：一、帮咱们除掉了一个障碍；二、有道是伤敌一千自损八百，无论太子和魏王谁赢了，都得付出代价。所以，只有放过魏王，殿下才能坐收渔人之利。"

"照你这么说，这杨秉均就不抓了？"尉迟敬德斜着眼问。

"这个嘛……"李道宗看向李恪，"这就得看殿下的意思了。"

"抓，当然得抓！"李恪不假思索，"杨秉均贪赃枉法、鱼肉百姓，不仅制造了甘棠驿血案，还差点杀了萧君默，实属罪大恶极！于公于私，我都不能让这家伙逍遥法外。"

"那该怎么办？"尉迟敬德不解，"你们既说要放过魏王，又说要抓杨秉均，这不是自相矛盾吗？"

"表面上的确是个矛盾，"李道宗呵呵一笑，"不过以殿下的智慧，想必不难解开这个矛盾。"

"我是有个想法，"李恪也笑了笑，"二位不妨帮我参谋参谋。"

"殿下快说！"尉迟敬德急不可耐。

"我打算，亲自去拜访我这个四弟，跟他摊牌。"

"你的意思是，让他主动交出杨秉均？"尉迟敬德又问。

"正是。"

"可魏王要是抵死不认呢？"

李恪冷然一笑："那他就是找死。我想，他没那么傻。"

尉迟敬德想了想，便没再说什么。

"对了殿下，姚兴这个人，你打算如何处置？"李道宗忽然问。

"我今日便将他交给刑部，然后入宫向父皇禀报。"

"这家伙不会乱说话吧？"李道宗不免担心，万一姚兴向朝廷供认杨秉均一事，那不但魏王跑不掉，连李恪也得背上包庇的罪名。

李恪知道他的顾虑，淡淡笑道："放心，我跟姚兴做了个交易，他什么都不会说。"随后便将郭艳一事告诉了二人。

李道宗和尉迟敬德闻言，不禁相视一笑。

随后，李恪便亲自带人把姚兴押解到了刑部，办理了交接手续后，立即入宫向李世民奏报。李世民龙颜大悦，自然是一番勖勉，然后又赏赐了不少金帛。末了，李世民问李恪："这个姚兴，有没有交代出杨秉均的下落？"

"回父皇，姚兴虽然交代了，但杨秉均极其狡猾，可能是听到了什么风声，所以儿臣昨日带人搜捕他的藏身之处时，却已然人去屋空，又让他给溜了。"

李世民眉头一蹙："这么说，线索又断了？"

"父皇放心，儿臣既然找到了他的落脚点，便不难顺藤摸瓜挖出一些有用的线索。"李恪胸有成竹道，"儿臣敢担保，十日之内，必能将杨秉均缉拿归案。"

"好！"李世民大喜，"恪儿，朕曾经说过你'英武类我'，果然没有说错！可惜啊，你大哥和四弟，要都能像你这样替朕分忧就好了。"

"多谢父皇夸奖，儿臣愧不敢当。"李恪露出有节制的喜色，"大哥和四弟其实各有所长，只是父皇对他们的期待更高，所以要求也更高而已。"

"是啊，期望越高，失望就越大呀！"李世民微微苦笑，"不过话说回来，朕对你的期望也不低嘛，你不就让朕失望吗？"

李恪赧然一笑："失望的事也是有的，比如儿臣在安州游猎无度、滋扰百姓之事，便是一例。"

"朕又没说你，你就这么急着自贬自抑了？"李世民含笑看着他，"是不是朕罢了你的安州都督一职，你心里还是有些不乐意啊？"

"父皇明鉴！"李恪赶紧跪下，"儿臣明白父皇的良苦用心，无论父皇怎么做，都是对儿臣的历练。"

"哦？那你说说，朕对你是何用心？"

"回父皇，您授予儿臣官职，那是在锻炼儿臣的能力，促使儿臣奋发有为；您罢去儿臣的职务，则是在磨炼儿臣的心性，砥砺儿臣沉潜自省。父皇的用心就是要告诉儿臣：身为皇子和藩王，上有屏藩社稷之任，下有抚驭万民之责，各方面的修为都是不可或缺的。正因为儿臣明白这些，所以非但不会心存怨怼，反而对父皇充满感激。"

听完这番话，李世民的眼睛亮了亮，却很难说是赞许还是别有深意："恪儿啊，你能有这样的体认，朕心甚慰，但愿这些都是你发自内心的诚实之言，而不是说来让朕高兴的。"

"请父皇明鉴，儿臣所言句句发自肺腑，绝不敢有丝毫矫饰。"

"嗯，朕相信你。若无别事要奏，你就去忙吧，朕等你的好消息。"

"是，儿臣告退。"李恪行礼退出。

不知为什么，自己方才的表现明明无懈可击，但李恪内心还是生出了一丝隐隐的不安。从甘露殿出来后，李恪一直在思考这样的不安来自何处，差不多快走到承天门时，他才猛然醒悟——自己的问题不在于表现得不够完美，而恰恰在于表现得太过完美！

这就叫过犹不及，结果很可能就是适得其反。

李恪暗暗告诫自己，从今往后，在父皇面前说话一定不能用力过猛，得学会适可而止，否则即便不是阿谀谄媚，也有刻意迎合、急于邀宠之嫌。

苏锦瑟的突然失踪打乱了谢绍宗的计划。

他原本想通过对苏锦瑟的跟踪，摸清冥藏的秘密，同时拿住魏王的七寸，却没想到突然所有线索全都断了。

首先，他让谢谦启动波斯人眼线追查莫哈迪，可一问才知道，在长安的波斯男人中至少有上千个叫莫哈迪的，这样的"线索"显然没有任何价值。紧接着，他让谢冲去盯住夜阑轩的老鸨，说必要时可以把她抓回来，没想到谢冲给他带回来的却是一具满身血污的尸体。最后，他在普宁坊的手下也没有带回任何消息，那天手下在袄祠外盯了很久，却始终没看到苏锦瑟的马车，不知是根本没去，还是早已离开，所以苏锦瑟这条线也断了。

尽管整件事情扑朔迷离，且貌似已经山穷水尽，可谢绍宗并未气馁。他还是命谢谦、谢冲继续追查夜阑轩，看十年前夜阑轩的东家到底是谁，并尽快找到此人，弄清苏锦瑟去夜阑轩的目的。

所幸，几天之后，谢谦便找到了有价值的线索。

谢谦称，夜阑轩的老东家的确是个波斯人，不过不叫莫哈迪，而叫西赛斯。此人十年前便把夜阑轩盘给了老鸨秀姑，然后举家迁移到了广州，后来据说又漂洋出海了，从此下落不明。正当谢谦一筹莫展之际，谢冲却从夜阑轩的一名妓女那里得到了一个非常有价值的消息——这个妓女透露说，那天苏锦瑟找到秀姑时，她出于好奇，在隔壁偷听了一会儿，得知苏锦瑟是在打听一个二十多年前的歌姬，名叫徐婉娘。

凭直觉，谢绍宗便认定这个徐婉娘身上很可能藏有重大秘密，而这个秘密正是冥藏想要的。意识到事态重大，谢绍宗立刻赶到东宫向李承乾做了禀报。

听完他的讲述，李承乾也颇为讶异："冥藏找一个二十多年前的歌姬做什么？"

"这个目前还无法判断。"谢绍宗道，"但有一点可以肯定，她身上的秘密一定非同小可，否则王弘义也不会时隔这么多年还想寻她。"

李承乾蹙眉思忖："这个徐婉娘的具体情况，你查到了没有？"

"查到了一些。据说，此人当年是夜阑轩的一个头牌，天姿国色，能歌善舞，不料在武德四年就忽然离开了，好像是被相好的富家公子给赎了身。不过此事搞得很神秘，到底是什么人给她赎的身，后来下落如何，一概没人知道。"

李承乾冷冷一笑："若是一般人替歌姬赎身，便没必要遮遮掩掩，既然刻意遮掩，那便说明，帮徐婉娘赎身的这个所谓'富家公子'，定然是不寻常的人物。依我看，与其说是富家公子，还不如说是世家大族的'贵公子'，因为只有家教森严、身份尊贵之人，才会担心这种风月之事被宣扬出去，败坏了家风。"

"殿下言之有理。"谢绍宗点点头，"所以，在下接下来要做的事，便是查找这个徐婉娘的下落，同时弄清这个贵公子的真实身份。如此一来，咱们便能搞清王弘义的图谋。"

"这件事固然要查，不过当务之急还是得找到苏锦瑟。"李承乾看着他，有些不悦，"谢先生，还记得我上次说过的话吗，我劝你别瞻前顾后，把煮熟的鸭子弄飞了，你却跟我说飞不了，现在怎么样？"

谢绍宗终于面露愧色，叹了口气："是啊，人算不如天算，谢某办事不力，有负于殿下，真是惭愧无地！"

"罢了，现在说什么都没用了，还是赶紧找到苏锦瑟，亡羊补牢吧。"

"是，在下一定尽力去找。"

"记住，这次别再自作聪明玩什么盯梢的把戏了，找到人之后，直接把她给我绑回来！"

尽管谢绍宗至今也不认为这是个好办法，但自己已经棋失一着，眼下也确实没有底气再跟太子说什么"下一盘大棋"了，只好诺诺称是。

祆祠，地下室。

索伦斯从高高的石阶上缓步而下，走到四四方方的酒窖中间，先是慢腾腾地收拾了一会儿杂物，然后绕着酒窖的木架走了一圈，不时摸一摸、拍一拍架上那些椭圆形的橡木酒桶，最后才来到阶梯右侧的一具木架前，静静地站着，像是在等候什么事情发生。

片刻后，木架突然晃动了一下，震落了少许灰尘，然后整具木架便嘎吱嘎吱地向下沉陷，后面渐渐露出一个一人多高的拱形门洞，洞里是一条长长的走廊。紧接着，黛丽丝那张精致无瑕的脸便露了出来。她冲着索伦斯嫣然一笑，索伦斯微微点头。很快，那具木架便完全沉入了地下，看上去与地面严丝合缝，不细看根本察觉不出异样。

黛丽丝跨前一步，恭敬地行了一礼："大祭司。"

"那三个人怎么样？"索伦斯问道。

"刚刚招了。"黛丽丝显得有些兴奋，"属下正想上去跟您禀报，您赶巧就来了。"

"我估摸着也差不多了。"索伦斯向来对自己敏锐的直觉很自信，"说说吧，他们什么来头？"

"是天刑盟冥藏舵的手下，那女的叫苏锦瑟，曾是平康坊栖凰阁的头牌歌姬，真实身份是冥藏舵主王弘义的养女，被他视为掌上明珠。此女现在正与魏王李泰打得火热，大部分时间住在魏王府里，而冥藏舵主王弘义在长安的据点，则位于青龙坊东北隅的五柳巷。"

"冥藏舵主王弘义？"索伦斯若有所思地一笑，"看来昨天那个人便是他了。"

"他找到这儿来了？"黛丽丝微微一惊。

"以他的身份和势力，找到这儿来不足为奇。"

"他是不是已经察觉到了？"

索伦斯点点头："肯定察觉到了，昨天他还坚持要到酒窖里来参观，就在我这个地方站了一会儿。"

黛丽丝意味深长地一笑："咱们等了这么多年的人，终于出现了。"

"如今看来，先生的担忧果然并非多虑。他说，尽管当年王弘义不太清楚徐婉娘的事情，却很可能猜到徐婉娘身上的那个重大秘密，所以不管时隔多久，他迟早会来找徐婉娘，以证实他的猜测。"索伦斯回忆着往事，目光幽远。

"假如王弘义找到徐婉娘，知道了那个秘密，他会做什么？"黛丽丝不解。

"他必然会利用这个秘密，在长安掀起一场惊天动地的波澜！"索伦斯神色凝重，"这也正是先生最担心的地方。"

"那个秘密……果真会有那么大的作用吗？"

"会，"索伦斯很笃定地点点头，"尤其是当它落到王弘义手中的时候！先生对这个人的野心太了解了，所以才会事先做出这么多安排，目的便是防患于未然。"

"既然事关重大，那属下现在就把情报送出去吧？"

"不，情报由我来送，我亲自去见先生。"索伦斯说着，忽然意味深长地看着她，"黛丽丝，现在你有一个新的任务。"

黛丽丝神色一凛："什么任务？"

"转移。"

"转移？"黛丽丝一怔，"可在这个紧要关头，属下怎么能走呢？"

"你必须走！"索伦斯沉声道，"当初我和先生制订这个计划，其中很重要的一条，便是每个环节的人员一旦启动就必须转移，这不但是为了保证你们的安全，也是为了这个计划的安全，所以你必须走！"

"可现在不光是我有危险，王弘义不是也怀疑您了吗？"

"没错，所以按照计划，我也必须转移，不过要慢你一步，而且是把情报送出去之后。"

黛丽丝看着索伦斯，眼中忽然泛出了泪光。

她是流落西域的波斯人，出生在疏勒，两岁丧母，父亲很快又找了个后娘。这个后娘一口气给父亲生了三个儿子，所以她在家里就成了多余的人。后娘把她当用人使唤，动辄又打又骂，黛丽丝气不过，索性从家里逃了出来，跟着一支骆驼队稀里糊涂来到了长安。那一年她才八岁，在街上乞讨，衣不蔽体，食不果腹，有一天下着大雪，她又饿又冻，晕倒在一户人家门口。醒来的时候，眼前是一个女人美丽而慈祥的脸庞。

这个女人就是徐婉娘。

徐婉娘收留了她，待她有如亲生女儿，她便喊徐婉娘姨娘。让她感到害怕的，是徐婉娘的丈夫，那是一个又丑又矮的男人，整天阴沉着脸，一天说不了三句话。那时候黛丽丝已经懂事了，就说姨娘你长这么好看，为什么嫁给了那么丑的男人？徐婉娘一听，眼神就变得空洞而忧伤，说姨娘也不知道。

她和徐婉娘在一起生活了三个月，那几乎是她一生中最快乐的时光。可惜好景不长，有一天，一群腰间挎刀的壮汉突然闯进他们家，不由分说地带走了姨娘。姨娘的男人要跟他们拼命，被壮汉一推，头撞在石磨上，当场就咽了气。那天壮汉也把她带走了，却没和姨娘一起，而是把她送到了普宁坊的祆祠，然后她就遇见了索伦斯。

一开始黛丽丝还有些抗拒，可没过几天她就温顺了，因为索伦斯比亲生父亲待她更好。从此她就成了祆教的一员，开始学习祆教的历史、教义和幻术。黛丽丝天资聪颖，很快便学有所成，渐渐声名鹊起。索伦斯很高兴，说她一定是光明之神阿胡拉派来的使者。十六岁那年，她成了祆教的一名祭司，在圣火面前立誓终身不嫁，愿把一生献给阿胡拉，把无限光明带给人间。成为祭司的那一天，索伦斯带她见了一个人。让她万万没想到的是，这个人竟然是徐婉娘。多年不见的二人抱头痛哭，互诉思念之情。也是在同一天，索伦斯让她进入了这个保护徐婉娘的任务，然后一直到了今天……

这么多年来，在黛丽丝的心目中，徐婉娘早就成了她的母亲，而索伦斯也早就成了她的父亲。所以此时此刻，当她得知自己就要跟他们分离，而且这一生不知何时才能再见，泪水便浮出她的眼眶，并且不可遏止地流了下来。

"黛丽丝，我们只是各自转移、暂时分开，等几年后风头过了，咱们还是要回来的，到时候你跟徐婉娘、跟我，大家都还是在一起。好孩子，坚强一点，祈祷光明之神给予你勇气和力量吧！"索伦斯极力安慰她，可他自己的眼圈分明也红了。

黛丽丝很想扑进索伦斯的怀里大哭一场，可她没有，而且很快止住了眼泪。"好吧，大祭司，属下听从您的安排。"

索伦斯的眼中露出欣慰之色，轻轻抹去她脸上的最后一丝泪痕："好孩子，简单收拾一下，过几天，你会有一个新的身份，有人会把你送到焉耆的祆祠，那儿离你的家不远，如果你想的话，也可以回去看看……"

"长安就是我的家。"黛丽丝决绝地说。

"好吧，好吧……"索伦斯完全能理解她的心情，"等风头一过，我就派人通知你，然后你就回家来。"

"对了，那四个人该如何处置？"黛丽丝忽然想起了苏锦瑟和她的三名随从。

索伦斯沉吟片刻，叹了口气："那三个随从只能消失，这是没办法的事，何况他们出卖了王弘义，就算放他们走，他们也活不了。至于苏锦瑟嘛……"

"大祭司，我看这个女子对这件事根本不知情，咱们关了她这么多天，她也吃够苦头了，不如……放了她吧？"黛丽丝不知道自己为何要替苏锦瑟求情。

索伦斯一笑："你放心，我不会杀她，我会把她交给先生处置，想必先生也不会要她性命的。"

黛丽丝闻言，暗暗松了一口气。

第八章 ／

浪游

萧君默醒来的时候，发现自己正躺在一张软玉温香的绣榻上，身上盖着一件大红缎面的锦被。移目四望，这里居然是一个异常宽敞的山洞，洞里到处点燃着明晃晃的灯烛，所有陈设一应俱全，许多家具看上去甚至有些奢华。

这里应该就是华灵儿口中的千魔洞了，可她既然费尽心思把自己绑了来，为何不把自己关在牢房，反而如此优待？

萧君默翻身下床，看见自己居然穿着一身名贵的丝绸薄衫，显然是晕厥之后被人换掉了，也不知是男人还是女人动的手，不禁摇头苦笑。

"郎君醒了！"珠帘外忽然响起一个女子的声音。紧接着便有一些细碎的脚步声走来走去，然后珠帘被哗啦一下掀开，四名侍女鱼贯而入，手上捧着衣衫鞋帽等物，毕恭毕敬地跪在他面前，为首一人道："恭请郎君更衣。"

萧君默顿时浑身不自在，愣了愣才道："更衣做什么？"

那侍女道："大当家有令，若郎君醒了，便伺候郎君更衣，然后带郎君到议事厅去见大当家。"

"大当家？谁是大当家？"萧君默蹙眉。

"郎君去了便知。"

萧君默无奈，摆摆手："行了，你们下去吧，不必伺候了。"

"大当家有令，奴婢们必须好生伺候郎君……"侍女坚持道。

"我一个大男人换衣服还得你们伺候？"萧君默不悦，"都退下，否则我哪里也不去！”

四个侍女面面相觑，最后只好放下手上的东西，躬身退下。

萧君默穿戴完毕，随侍女走出所住的洞室，惊讶地发现外面竟然是一条洞中河，早有一叶轻舟在恭候他，另有数十名黑衣武士各乘数艘小船负责押送。

船行河中，一路所见更是令萧君默大为惊诧。这个千魔洞竟然是个大得令人难以想象的溶洞，洞顶倒挂着无数千姿百态的钟乳石，其中多数形态狰狞、状似鬼怪，萧君默想这一定便是“千魔洞”之名的由来。一行人坐船在蜿蜒曲折的河道中走了小半个时辰，随后弃舟登岸，又在迷宫一般的洞中走了至少二刻，最后登上数十级石阶，才来到了一座宫殿般的巨大洞室中。萧君默放眼望去，只见堂中有一座石砌的高台，高台上有一张铺着虎皮的石榻，一个身披戎装、英姿飒爽的女子，正端坐石榻之上，听着台下十几名黑衣壮汉在奏事。

她就是华灵儿。

看着眼前的一切，萧君默真有点不敢相信自己的眼睛——谁能想到在秦岭的苍莽群山之中，会藏着这样一个别有洞天的所在？谁又能想到，橹船上那个千娇百媚、娉婷袅娜的弱女子，竟然就是眼前这个威风凛凛、霸气逼人的女贼首？！

华灵儿显然已经看见了他，却视若无睹地继续与那些黑衣人议事。萧君默被一队武士押着，只能站在一旁干等。他百无聊赖地观察四周，但见这个洞至少有七八丈高，深度和宽度也都有三十多丈，简直可以媲美长安的太极殿了。华灵儿所坐石榻的后方，有一幅宽大的屏风，上面龙飞凤舞地写着几十个草书大字，看上去像是一首诗。

他刚想认真看看诗文写着什么，却听华灵儿大声道：“就这么定了！吩咐下去，各堂口全部遵照此议执行，其他事改日再议，散了！”

随后，那十几名黑衣人依次从萧君默面前走过，退出了厅堂，领头一人赫然正是老艄公。他面无表情地瞥了萧君默一眼，便大步走了出去，仿佛船上的那一幕根本不曾发生。此刻想来，萧君默倒宁愿那一幕就是一场梦。可是，楚离桑、辩才和米满仓现在都生死未卜，丝毫容不得自己在此多愁善感。眼下必须打起精神来，好好跟这个女魔头周旋，看她到底想干什么！

“萧郎昨夜可休息得好？”华灵儿从石榻上起身，面带笑容地看着他，声音又恢复了昨夜的温柔娇媚，与方才的威猛霸气判若两人，“干吗在下面站着？上来说话吧。”

身后武士闻言，立刻一人一边抓住萧君默的胳膊，要把他带上去。萧君默两手一甩，把二人震退数步：“不必了，这儿挺好。”

华灵儿又笑了笑，抬脚走下高台，身后紧随一人，正是昨夜那个侍女。华灵儿径直走到萧君默面前，笑盈盈地看着他："萧郎现在一定有满肚子问题想问奴家吧？"

萧君默迎着她的目光："你是谁？为何抓我们？"

"奴家是华灵儿啊，行不改姓，坐不改名。至于为何抓你们，答案很简单，五百金的赏格太诱人了，而我恰好又是个见钱眼开的人！"

果不其然，这个女贼首早就知道他们的身份了，所以才精心设下这个陷阱诱捕他们。照此看来，昨夜他和楚离桑在娑罗树下被抓的同时，辩才和米满仓肯定也在客栈里被擒了。萧君默不禁暗暗懊悔：自己终究还是太大意了！

其实，昨天他们沿着义谷道旁的山路潜行至丰阳城南渡口，一路走来都太过顺利了，顺利得超乎想象，同时也令人不安。萧君默很清楚，裴廷龙肯定早就赶到丰阳县等着他们了，所以一路上不可能不设下明卡暗哨层层堵截，可事实上一路走来，萧君默都没有任何发现。当时他便感觉不太对劲，但终究心存侥幸，于是没有多想便在渡口匆匆上了船。现在看来，华灵儿与裴廷龙定然早已合谋，因此玄甲卫才会毫不设防，让他们自己跳进华灵儿设下的陷阱，从而以最小代价抓获他们。

"看来萧郎已经猜到了，那我便直言相告吧。"华灵儿敛起笑容，恢复了干练果决的神情，"早在两天前，我便与裴廷龙达成了一个交易，我负责抓捕你们，把你们四人完好无损地交给他；他把五百金赏钱给我，同时默许我在自己的地盘上活动。然后，玄甲卫从此与我两不相犯，我不招惹他们，他们也不得找我麻烦。"

"好一个两不相犯！"萧君默冷笑，"他是官，你是匪，你们的交易只能是暂时的。等着吧，一旦你把我们交给他，回头他就会把你这千魔洞给剿了。"

"剿我？"华灵儿也冷冷一笑，"暂且不说剿我千魔洞得付出多大代价，就算裴廷龙剿得了我，他也断断不会剿。萧郎知道为什么吗？"

"知道。你的意思不就是裴廷龙跟你蛇鼠一窝、沆瀣一气吗？"

华灵儿咯咯笑了起来："瞧萧郎这话说得，太难听了！应该叫官民一家亲！当然，你想叫官匪一家亲也可以。不过自古以来不都这样吗？官和匪表面上势不两立，可只要有共同的好处，背地里不都是你来我往的吗？萧郎也是混过官场的人，不会连这个都不懂吧？"

"我懂，我当然懂。可你别忘了，今天裴廷龙可以为了这个好处跟你狼狈为奸，明天他也可以为了别的好处杀你个片甲不留。说到底，生杀大权还是在他手上，你不过是他利用的一颗棋子罢了。"

"对，你说得没错。他利用我，我利用他，人跟人打交道不就这么回事吗？其实被人利用不可怕，可怕的是你连被人利用的价值都没有。”

"既然如此，你为何不直接把我交给裴廷龙，趁我现在还值二百金的时候？"

"因为，我改主意了。"华灵儿忽然直勾勾地看着他，然后靠近两步，柔声道，"不瞒萧郎，从昨天看见你的第一眼起，我就动摇了，之后又见你是个扶危济困、有情有义的男人，我便彻底改主意了。说起来，你得感谢那几个小毛贼，要不是他们误打误撞横插一杠子，奴家也不知你是个什么样的男人。"

萧君默闻言，不禁苦笑。

昨夜在归安镇的那棵娑罗树下，他之所以到最后关头忽然对华灵儿产生了警觉，起因便是那三个毛贼。当时他去探虬髯大汉的脉息，手上便沾了某种香味，却又想不通一个粗汉为何会在身上使用香料，直到在娑罗树下闻到花香，他才猛然想起：在渡口登船之时，华灵儿靠在他怀里，身上散发的便是这种香味。于是，萧君默瞬间便把所有残片拼接到了一起：他以石子击打虬髯大汉时，华灵儿恰巧同时出手发射了银针，怪不得萧君默当时便注意到大汉的脖子怪异地扭动了一下，只是没顾上去细究；而华灵儿平时所用的香料，便是采自娑罗树，所以她身藏的银针暗器无形中便染上了香气；然后萧君默把掉进水中的虬髯大汉拖上岸，用手去探其脖颈，恰好摸到了银针射入的部位，因此香气便沾到了手上。

至此，萧君默才弄清虬髯大汉突然落水的原因，从而意识到华灵儿身怀武功，由此便知她此前的所有表现都是假的，而再三央求他送她回家自然也是一场骗局。可是，等萧君默明白这一切时，为时已晚，因为他和楚离桑已经落入了华灵儿精心设计的陷阱……

此时，华灵儿几乎是贴着他的脸颊在说话，媚眼如丝，呵气如兰。萧君默窘迫，下意识地退了两步："你不就是为了钱吗，我是什么样的人跟你又有何关系？"

"当然有关系！因为奴家不仅贪财，而且好色呀！"华灵儿眼波流转，笑靥嫣然，"像你这么好看又这么有男人味的人，自然是比金子更能吸引奴家！"

萧君默哭笑不得。世上竟然有人用"贪财好色"形容自己，而且还是一个女人！倘若不是现在亲眼所见、亲耳所听，他真是打死也不会相信。楚离桑说这个华灵儿的脸皮之厚堪比城墙，还真是一针见血，丝毫没冤枉她。

"不瞒你说，萧郎，"华灵儿又接着道，"当初在海捕文书上看到你的画像，我便觉得这个男子好生英俊，昨天在渡口看见你，越发觉得你的真人比画像英俊百倍，所以奴家便喜欢上你了，之后又见你正气凛然、重情重义，奴家就越发喜欢了……"

"那你打算拿我怎么办？"萧君默冷冷打断了她。

"跟我成亲，做奴家的压寨郎君！"华灵儿回答得十分自然。

萧君默脑子里轰地一声，差点没晕过去。华灵儿这个女魔头，已经远远超越了他对"女人"的认知极限，让他几乎不知道该如何应对。

"你留下我，裴廷龙那儿怎么交代？"萧君默现在真心觉得宁可死在裴廷龙手上，也好过在这儿当什么该死的"压寨郎君"。

"让裴廷龙见鬼去吧！"华灵儿咔咔笑着，"我华灵儿喜欢的人，谁也别想跟我抢。"

萧君默苦笑："可你想跟我成亲，也得问我愿不愿意吧？"

华灵儿看着他万般无奈的表情，笑道："倘若萧郎觉得自尊心受不了，那也好办，你来做千魔洞的大当家，奴家做你的压寨夫人！"

萧君默啼笑皆非，便道："听上去是个不错的主意。不过，婚姻大事非同儿戏，你得容我好好想想。"

华灵儿一听他松了口，登时大喜过望："没问题，反正咱俩有的是时间。"

萧君默一边敷衍着，一边稳住心神，开始思考对策。然后，他的目光无意中落到了高台的屏风上，那是他刚才来不及读的二十来个龙飞凤舞的大字草书。才读了几个字，他便怔住了，眼中闪现出一种绝处逢生的光芒。

"东晋永和九年的徐州西曹华平，是不是你的先祖？"萧君默忽然问道。"徐州西曹"是个官名，乃徐州刺史佐官。

华灵儿正自眉飞色舞，闻言不由一愣："萧郎何出此问？"

"你只需回答我是与不是。"

"是又如何？不是又如何？"他的口气让华灵儿有点不舒服。

"如果是的话，咱们就有必要谈下去；如果不是，那你趁早把我交给裴廷龙。"

"跟我成亲很委屈你吗？"华灵儿不悦，"所以你宁可去死？"

"请你先回答我的问题。"

"是，华平是我的先祖。你到底想说什么？"

萧君默眸光聚起，重新打量了她一眼，缓缓道："我想说，倘若你把我们四人交给裴廷龙，那你便是背叛了你的先祖，愧对了你的身份！"

华灵儿莫名其妙，眉头一蹙："你这话什么意思？"

"我的意思很简单，我是天刑盟的人，跟你一样！而且与我同行的其他三人也都是！"

萧君默之所以敢肯定华灵儿是天刑盟成员，是因为他终于看清了屏风上的那首诗文：

> 愿与达人游，解结遨濠梁。狂吟任所适，浪游无何乡。

这是王羲之的密友之一、徐州西曹华平在兰亭会上所作的五言诗。根据萧君默此前掌握的相关线索来看，只要是在兰亭会上作了诗的人，便一定加入了天刑盟，并且代表自己的家族成立了一个分舵。尽管萧君默并不清楚华平这个分舵的名号，但他完全可以确定，华灵儿便是这个分舵的传人。

华灵儿闻言，浑身一震，不可思议地看着他："你也是天刑盟的人？这怎么可能？！"

"昨夜你的人去客栈抓我那两个同伴的时候，应该同时也取回了两个包裹，你现在马上叫人去拿来，里面的东西足以证明我的身份。"

华灵儿见他说得如此笃定，便给了旁边武士一个眼色。武士快步跑了出去。片刻后，两个包裹便都取来了。"打开！"华灵儿下令。两个包裹当即打开来，一个里面全是金银细软，另一个里面除了少许铜钱、一卷《兰亭集》、一枚玉佩、火镰火石等物外，便是那只左半边的青铜貔貅——无涯之觞！

"那是本舵的羽觞，华舵主不妨验证一下，如假包换。"萧君默淡淡道。

华灵儿赶紧拿起那只青铜貔貅，翻来覆去地看了几下，不得不相信了眼前的事实。

"这么说，你是'无涯'？"华灵儿用一种陌生的目光看着他。

"正是在下。"萧君默很庆幸自己一直把吕世衡的这个羽觞带在身边，本来并没打算用它做什么，没想到现在却靠它救了命。"敢问贵舵名号？"

"浪游。"华灵儿答道，旋即想到什么，忽然有些紧张，"那其他三位是什么人？"

"两个年轻的是我的属下。"萧君默随口说道，"不过严格说来，我们三人都是那位长者的属下。倘若你也承认你是天刑盟的一员，那么自然，你也是他的属下。"

华灵儿越发惊愕："他是谁？"

"本盟的左使，也是当年盟主智永离世后唯一委以重任的人。"

华灵儿大惊失色，禁不住喃喃道："完了，完了……"

萧君默突然意识到了什么，猛地抓住她的手臂："你已经把他们交出去了？"

华灵儿的脸色瞬间苍白，黯然地点了点头。

萧君默双目圆睁，木立当场。

　　

裴廷龙站在娑罗树下，抬头看着满树白花，鼻翼不时翕动，然后闭上了眼睛，一脸惬意而安适的神情。

薛安、桓蝶衣、罗彪等将官站在他身后，更后面是数十名玄甲卫，四周的树丛中则埋伏着多名弓手。

裴廷龙跟华灵儿约定好了，今日午时在这棵娑罗树下交易——华灵儿把萧君默等四人交给他，他则当场把五百金赏钱交给华灵儿。

眼看时辰就快到了，裴廷龙不禁有些兴奋。他很想知道，作为失败者的萧君默，待会儿出现在他面前时会是一副什么表情，又会说一些什么话；他更想知道，当这个昔日玄甲卫的"神话"就在他裴廷龙的手中破灭时，桓蝶衣、罗彪及所有追随过萧君默的人，脸上会做何表情，心中又会做何感想。

"蝶衣，你看，"裴廷龙指着树上那些洁白如玉的花朵，对桓蝶衣笑道，"这些花开得多美，咱们能在这儿跟萧君默做一个了结，真是上天最好的安排。"

"将军，不是属下煞风景，"桓蝶衣冷冷道，"跟萧君默这个人打交道，不宜过分乐观，在尘埃落定之前，任何变数都可能存在。所以请恕属下斗胆说一句，将军还是别高兴得太早了，以免希望越大，失望越大。"

裴廷龙一听，脸上登时有些挂不住，便讪讪道："看来，时至今日，在桓队正的心目中，萧君默仍然是一个不可战胜的神话啊！"

"属下不懂什么神话，只是根据以往对他的了解，实话实说而已。"

"实话也好，神话也罢，"裴廷龙望着远处的乌梁山，不自觉地眯起了眼睛，"再过片刻，答案自会揭晓。蝶衣，就让我们共同期待这一刻的到来吧！"

　　

老艄公姓庞，千魔洞的人都叫他庞伯。此刻，庞伯正带着一队人手，策马行走在乌梁山的山道上。队伍中间有一辆囚车，车上关着五花大绑的楚离桑、辩才和米满仓。

从昨夜昏迷之后，楚离桑便再也没见到萧君默了，也不知他现在下落何处、是生是死。回想起这些日子在逃亡路上和他生死相依的一幕幕，楚离桑心里便充满了温情和感伤。就在昨天，她还在幻想着某一天，自己能和萧君默相拥着坐在明媚的阳光下，坐在某个远离阴谋、杀戮和纷争的地方，听萧君默说着"执子之手，与子偕老"的古老情话。然而现在，一切都变成了梦幻泡影，即便她只想和萧君默死在一起，都已经变成了一种奢望。

而一手撕碎她全部幸福的人，便是那个厚颜无耻、卑鄙阴险的华灵儿！

一想到她，楚离桑便气得浑身发抖，恨不得把她碎尸万段。

自从昨天在渡口见到华灵儿的第一眼起，楚离桑就对她颇为反感。首先固然是因为这个女人总像个骚狐狸一样，在萧君默面前发嗲撒娇，让楚离桑心生醋意；其次则是华灵儿的眼睛里似乎藏着一种让人不安的东西——楚离桑说不清那是什么，但还是凭着女人的直觉感受到了。只可惜，萧君默和父亲这两个大男人，却总是顾念着什么做人的道义，对这个华灵儿丝毫没有防备，才落到了现在这步田地……

时节已是夏天，明晃晃的太阳高悬中天，周遭热气蒸腾，囚车中的三人不免大汗淋漓，神志渐渐昏沉了起来。米满仓耷拉着脑袋，随着囚车的晃动左右摇摆，紧接着头往下一勾，整个人便瘫倒了。楚离桑和辩才同时一惊，连叫了几声，可米满仓却双目紧闭，一动不动。

"停车，他晕过去了，快拿点水来！"楚离桑大喊。

庞伯勒住缰绳，回头看了看，给了手下一个眼色。

车队停了下来。一个武士打开囚车，爬了上去，一手拿着一只鼓鼓囊囊的水袋，另一手扶起米满仓的脑袋，咕噜咕噜给他灌水。突然，楚离桑挣脱绳索，唰地一下抽出武士腰间的佩刀，飞快砍断米满仓身上的绳子，然后横在了武士的脖子上。米满仓翻身坐起，对着武士嘿嘿一笑，随即解开了辩才。

庞伯等人大吃一惊，纷纷抽刀，将囚车团团包围，可手下被楚离桑挟持着，他们一时也不敢轻举妄动。

楚离桑厉声道："牵三匹马过来，再加三袋水，然后你们全都退到十丈外，快点！"

庞伯不慌不忙道："楚姑娘，老夫很好奇，你是如何挣脱的？"

楚离桑冷笑，左手一扬，一个东西飞了过来。庞伯接住一看，居然是一根铁钉。

"这是你们车上的，现在还给你。"

庞伯恍然，想必楚离桑是生生拔出了囚车上的钉子，然后一点一点地割断了身上的绳索。"楚姑娘身手不凡，老夫佩服。不过，你刚才的要求，请恕老夫难以从命。"

"难道你就不怕我杀了他？"楚离桑手上加了一分劲，刀刃陷入武士的皮肤中。

"老夫当然怕，毕竟是出生入死的兄弟。不过，倘若是为了顾全大局……"

"为了所谓的大局你就可以让他死吗？"楚离桑大声打断他，"如此罔顾他的性命，还算什么兄弟？"

"楚姑娘误会了。"庞伯正色道，"不是谁罔顾谁的性命，而是我们当中的每一位弟兄，都有慷慨捐生、宁死不屈的气节。所以，你要杀他，老夫会怕，但他自己却不怕。"

楚离桑一怔，还没反应过来，便听武士道："姑娘要杀便杀，不必废话。我若皱一下眉头，便不算英雄好汉！"

此言一出，连旁边的辩才也颇感诧异，不禁和楚离桑对视了一眼。他们都没想到，华灵儿手下的这伙山贼竟然会有如此视死如归的勇气。辩才立刻意识到，这绝非一般打家劫舍的山贼。可是，他们明明占据着乌梁山，盘踞在千魔洞，不是山贼又会是什么人呢？

手上的人质不怕死，楚离桑倒犯了难。她本来就是虚张声势而已，并不想杀他，现在人家挺着脖子让她杀，她反倒不知该怎么办了。

正僵持间，山顶方向突然传来一阵急促的马蹄声。楚离桑扭头一看，只见十几骑正从山道飞驰而来，当先一人居然是萧君默，不禁又惊又喜。可等她定睛细看，却见萧君默穿着一身锦衣华服，显然没被当成囚犯对待，心里大为狐疑，然后又见那个华灵儿竟然与他并辔而驱，顿时气不打一处来。

"离桑，放手，大家都是自己人！"萧君默远远大喊。

楚离桑闻言愈怒，没想到他这么快就向华灵儿屈服了，还不如自己手上这人来得有气节。

"萧君默，你要把她当自己人是你的事，别扯上我！"楚离桑恨恨地喊了回去。

转瞬间，十几骑便已疾驰而至。萧君默翻身下马，走到她面前："离桑，你听我说，他们跟咱们一样，也是天刑盟的人。"说着暗暗朝她眨了一下眼。

楚离桑没想到有这种事，一时愣住了。辩才迅速反应过来，忙道："桑儿，把刀放下，看来的确是一场误会。"楚离桑无奈，这才把刀放了下来，可看向华灵儿的目光却犹如一把更锋利的刀。随后，萧君默跟他们大致讲述了事情原委，而华灵儿也对庞伯做了解释。众人尽皆释然，旋即决定仍分两路：华灵儿带萧君默四人暂回千魔洞，庞伯依旧下山去见裴廷龙，不过任务已有所不同。

楚离桑一听还要回去，顿时不悦："咱们被骗得还不够惨吗？为什么还要回去？"

"现在裴廷龙和玄甲卫就在山下等着咱们，自然得先回山上再做打算。"萧君默道。

华灵儿走了过来，一脸歉然道："楚姑娘，真是对不住，我不知道大家都是自己人，这才大水冲了龙王庙……"

"谁跟你自己人？"楚离桑余怒未消，"别跟本姑娘套近乎，鬼知道你是不是又憋什么坏心眼！"

华灵儿赧然一笑，拱拱手道："是，楚姑娘骂得对，在下的确做错了事，还请原谅。"说完转向辩才，单腿跪下，双拳一抱："属下浪游分舵华灵儿，拜见左使！"辩才赶紧扶起她："华姑娘快快请起，贫僧只是一介方外之人，早就不是什么左使了。"

楚离桑见此刻的华灵儿言行磊落、举止豪爽，与昨夜那个搔首弄姿、阴险诡谲的女子完全判若两人，不禁大为诧异。

华灵儿最后环顾四人，再度抱拳，朗声道："昨夜一事，是在下犯了大错，让诸位受委屈了，我已在山上略备薄酒，给诸位压惊，也权当向各位赔罪！"

裴廷龙万万没想到，他在大太阳底下等了足足有一个时辰，最后等到的，竟然是一个白胡子老头给他捎来的口信，说昨夜行动不慎，让萧君默四人给跑了。

"华灵儿自己怎么不敢来？"裴廷龙强压着内心的万丈怒火，死死盯着庞伯，"就派你这么个老东西来敷衍本官，她是不是活腻了？"

庞伯不卑不亢，抱拳道："裴将军息怒，敝当家有重要的事情要办，特命老朽全权代表，向将军致以十二分的歉意！敝当家说了，改日一定亲自登门，专程向裴将军谢罪。日后不论将军有何吩咐，凡我千魔洞上下人等，定当赴汤蹈火、万死不辞！"

"就这么几句屁话，便想把本官打发了？"裴廷龙猛然揪住庞伯的衣领，"说，华灵儿是不是私自把人犯给放跑了？"

"回将军，绝无此事！的确是萧君默等人太狡猾，所以才没有上钩……"话音未落，庞伯便被裴廷龙当胸一脚踹飞了出去，跌到了两丈开外，一口鲜血吐了出来。身后十几名武士见状，纷纷拔刀要冲上来。庞伯伸手一拦，厉声道："都给我退下！把刀收起来！"众武士不得不止住脚步，收刀入鞘，却一个个义愤填膺。玄甲卫这边，薛安和众甲士也尽皆拔刀在手，十分警惕地盯着对方。

"上啊！干吗不上了？"裴廷龙大笑了几声，笑得一脸狰狞，"本官就站在这里让你们杀，来啊，全都上来！"

庞伯捂着胸口站起来，抹了抹嘴角的鲜血："裴将军，老朽既然奉敝当家之命前来，便一切听从将军发落，若将军要治罪，请冲老朽一个人来！"

"冲你来？你算老几？"

"回将军，老朽虽然不才，但也忝列千魔洞第二把交椅，华大当家不在的场合，老朽说话还是算数的。"

"是吗？"裴廷龙斜眼打量着他，"你是千魔洞的二当家？那本官岂不是失敬了？"

"不敢。将军有何吩咐，还请示下。"

裴廷龙又盯了他一会儿，忽然笑了笑："很好！既然你可以代表千魔洞，那你现在就跪下，给本官磕十个响头，自打十个嘴巴，之后本官再告诉你该做什么。"

庞伯没料到他会这么说，顿时愣住了。

一旁的桓蝶衣原本便已看不过眼，此时更是忍不住了，便走上前来："将军，杀人不过头点地，您没必要这样羞辱一位老者。倘若千魔洞触犯了朝廷律法，该剿还是该抓，自可交给当地官府处置，本卫的职责是抓捕萧君默等人，属下认为不必在此跟他们纠缠。"

庞伯知道她是在帮自己解围，不禁投给了桓蝶衣感激的一瞥。

裴廷龙沉默半晌，脸上的肌肉微微抽搐了几下，无声一笑："嗯，桓队正言之有理。二当家的，还不赶快谢谢桓队正？"

庞伯连忙向桓蝶衣致谢。

"二当家，不知你平时用哪只手拿刀？"裴廷龙面带笑容问道。

庞伯一怔，不知他葫芦里卖的什么药。

"我想应该是这只吧？"裴廷龙忽然抬起庞伯的右臂，"举着别动。"

庞伯正自纳闷，裴廷龙突然抽刀，凌空劈下。伴随着一声惨叫，庞伯的右臂瞬间飞离躯体，鲜血喷溅而起，一串血点喷到了裴廷龙脸上。后面的众武士大惊失色，慌忙冲上来扶住庞伯，同时拔刀出鞘，摆出了一副拼命的架势。薛安及众甲士也立刻挥刀冲了上来，双方形成了对峙之势。

桓蝶衣被这突如其来的一幕惊呆了，不觉捂住了嘴。

裴廷龙阴阴地盯着庞伯："断你一臂，只是一个小小的警告。回去告诉华灵儿，不管萧君默是不是她放跑的，本官只给她三天时间；三日之内，必须把萧君默四人亲自绑到本官面前，否则的话，本官就踏平你们千魔洞，一个不饶！"

说完，裴廷龙转身，示意薛安撤退，然后走到桓蝶衣身边，附在她耳旁道："蝶衣，我不喜欢你当众令我难堪，今天的事，就当是最后一次，我希望下不为例。"

桓蝶衣看着他满是血污的脸，忽然觉得毛骨悚然。

夏季的清晨，天亮得特别早。

最后一通晨鼓余音未绝，索伦斯便乘坐马车离开了普宁坊的祆祠，车后跟着四名波斯护卫。他先是来到了西市北边的醴泉坊，带着护卫进入了该坊的祆祠，与该祠的祭司和教徒略加攀谈后，便从后门出来，登上早已准备在此的另一套车马；接着，一行人又来到醴泉坊东边的布政坊，同样是进入祆祠，与祭司简单交谈后从后门出来，又换了车马；然后，他们又穿过大半个长安城，来到了靖恭坊的祆祠，仍旧进行了这套动作，最后才向北边的永兴坊，即索伦斯今天真正的目的地行去。

表面上，大祭司索伦斯就像是在巡回视察，实际上是在尽可能摆脱跟踪者。

果不其然，尽管王弘义和韦老六早就在四座祆祠的前后门都安排了人手盯梢，最后还是让索伦斯给溜了。因为出入每座祆祠的信徒都很多，其中不乏富商大贾，所以前后门都是车马云集，王弘义的手下很难认出索伦斯换乘了哪辆马车，就算侥幸跟上了，也很容易在下一座祆祠被甩掉。

日上三竿的时候，索伦斯一行才缓缓进入永兴坊的东门。他们又故意在坊门边停了一会儿，确认身后没有尾巴，才继续前行，最后来到了忘川茶楼。

昨天下午索伦斯便已命人发送了紧急会面请求，所以此刻，二楼东边第一个雅间的窗台上，赫然摆着三盆醒目的山石。同时，一辆熟悉的马车也已经停在了茶楼门口。索伦斯想见的那个人，显然已经到了。

伙计领着索伦斯径直来到了二楼雅间的门口。对过暗号后，索伦斯推门而入，魏徵带着一脸和煦的笑容起身相迎："大祭司，好久不见。"

索伦斯也笑着拱拱手："让太师久等了。"

他和黛丽丝前些天在密室中提到的"先生"，正是临川先生魏徵。不过，索伦斯并不是天刑盟临川舵成员，而是魏徵多年的密友。

二人落座，魏徵亲自为索伦斯煮茶，一番叙旧之后，索伦斯便有些急切地道："太师，果然如你所料，冥藏舵的王弘义出现了。"

魏徵不慌不忙地为索伦斯的茶碗又添了一勺热茶，才淡淡道："是为徐婉娘来的？"

"正是。"

"这么多年了，他还是一心想窥破那个秘密啊！"

"太师，你曾经说过，一旦那个秘密被掀开，长安必然会有一场动荡，如今你是否依然这么认为？"

"是的，毫无疑问。如果这个秘密被王弘义所利用，再跟当下的诸王夺嫡搅在一起，局势将会更加复杂，最坏的结果，怕是玄武门的血腥一幕又将重演。"

"斗转星移，一晃就是十六年，可当年隐太子及五位皇孙罹难的惨状，至今还是历历在目啊！"一想到武德九年的玄武门之变，索伦斯便立刻伤感了起来。

魏徵也被他感染了，眼圈微微泛红："大祭司如此重情重义，想必隐太子的在天之灵也会感到欣慰的。"

索伦斯把目光转向窗外，陷入了回忆："想当年，我教面临劫难，若非隐太子挺身而出、力挽狂澜，我教早已不复存在了。所以，隐太子对我教的大恩大德，我索伦斯万死难报；我教在大唐的数万信众，更是要世世代代传颂他的恩德……"

索伦斯所言的"恩德"，缘起武德八年。那一年上元灯会，当朝宰相裴寂的族人在观灯时，车马冲撞了几名祆教徒，双方起了争执，继而发生肢体冲突，裴寂族人悍然打死了两名教徒，结果被一群祆教徒抓住，绑送到了万年县廨。不料，次日那几个族人便被无罪释放了。祆教徒们义愤填膺，聚集了数千人到朱雀门下伏阙请愿。裴寂趁机禀报高祖李渊，称祆教徒聚众作乱。李渊大怒，不但命武候卫驱散了请愿人群，而且听从裴寂之言，准备下诏取缔祆教，拆毁天下各道的所有祆祠，全面禁止百姓信仰祆教。

此令若行，对祆教无异于一场灭顶之灾。危急时刻，太子李建成得知消息，立刻入宫面奏李渊，据理力争，陈述利害，终于让李渊收回了成命，随后又命万年县廨依法处置了裴寂族人。濒临灭亡的祆教就此躲过一劫，索伦斯及万千教众无不对李建成感恩戴德……

"大祭司，斯人已逝，往事已矣，你也不必过于伤感。"

听到魏徵之言，索伦斯才慢慢收回思绪，歉然道："太师说得对，是我失态了，差点误了正事。"随后，他便将黛丽丝获取的有关王弘义的情报一一告诉了魏徵。

魏徵听完，眉头紧锁："王弘义居然搭上了魏王，果然是来者不善哪！"

"眼下的局面，与武德九年何其相似！"索伦斯苦笑，"我教崇信善恶果报，以如今的情势看来，当年秦王造下的杀孽之债，恐怕就要由他的儿子们来偿还了。"

魏徵微微不悦："大祭司此言差矣！今上自登基之后，虚怀纳谏，励精图治，一手造就了当今国泰民安的太平盛世，要说有什么债，他不是也已经还了吗？在这世上，还有什么比让老百姓安居乐业更大的善呢？大祭司对隐太子的情义，老夫完全理解，但你若是把对隐太子的敬重和追思，化成对今上的仇恨和诅咒，那跟王弘义这种人又有什么分别？"

索伦斯大为惭悚，连忙拱手道："太师所言极是，是我太过狭隘了，缺乏太师着眼天下、心系万民的胸怀，惭愧惭愧！"

"大祭司也不必自责，如今你冒着危险完成了当初咱俩共同制订的计划，便是对社稷安宁做出了贡献，已然是功德一件；另外，你今天提供的情报也非常及时且至关重要，老夫应该向你表示感谢才对。"

索伦斯摆摆手，这才露出了欣慰的笑容。

当年，为了保护徐婉娘以及她身上的秘密，魏徵和索伦斯便联手编织了一张"罗网"。这张网一头挂在夜阑轩，一头挂在祆祠，最外圈是秀姑，第二圈是黛丽丝，第三圈是索伦斯，网中央则稳坐着魏徵。一旦有人想追踪徐婉娘，就会自投罗网，变成他们的猎物。当初魏徵便做了预判，最有可能撞在这张网上的人就是王弘义。就此而言，这张网便不仅是徐婉娘的保护网，更是魏徵精心布置的一张警戒网：一旦王弘义触网，就等于自动暴露并触发警报，魏徵便可以掌握主动，从容应对。

"黛丽丝是否已安全转移？"魏徵问道。

索伦斯点点头："太师放心，今天一大早，我便派人护送她出城了。"

"那大祭司自己是否也已安排？"

索伦斯一笑："这就更无须太师操心了，我已决定去广州，那里商贾云集、融通四海，正是传教的好去处。"

"为了徐婉娘之事，让大祭司和黛丽丝不得不避祸远行、离开长安，老夫心里真是过意不去啊！"

"太师切莫这么说，这是我和黛丽丝的自愿选择，也是对隐太子的在天之灵所做的微不足道的报答，我们心甘情愿。"

魏徵有些动容，又给他添了些热茶，然后端起茶碗："来，老夫以茶代酒，祝大祭司和黛丽丝一路顺风，更祝愿你们能够早日归来！"

二人喝完茶，索伦斯正待告辞，忽然想起什么："对了，有件事差点忘了，那王弘义的养女苏锦瑟，眼下还关在我祠，依太师看，当如何处置？"

魏徵略微沉吟："你再辛苦一趟，把她带过来，我自有主张。"

长安西城墙最北的一座城门，名为开远门，是隋唐丝绸之路的起点。

从开远门出发西行，经河西走廊，出敦煌玉门关，便可到达高昌、焉耆、龟兹、疏勒、于阗等西域诸国，再往西行，可远抵波斯、大食、拂菻等。通过开远门外的驿道，一支支驼队把唐朝的丝绸、瓷器源源不绝地运往西域，而西域的胡商则把大量的香料、珠宝、药材等运到长安，所以在这条大道上，一年到头驼铃叮当、车马骈阗，来往商旅络绎不绝，交通极为繁忙。

这天清晨，晨鼓响过，坊门刚刚开启，一支胡人商队便从普宁坊的西坊门匆匆出来，径直穿过开远门，走上了通往西域的驿道。一个头戴帷帽、面遮薄纱、身着白衣的波斯女子策马行走在商队中，不时环顾四周，神色显得十分警觉。

她就是黛丽丝。

普宁坊的祆祠除了前后门外，还有一条地下秘道通到了隔壁街的一个货栈。黛丽丝正是通过这条秘道离开了祆祠，然后以商人身份跟随商队从货栈出来，神不知鬼不觉地踏上了前往西域的道路。纵使祆祠四周埋伏了无数双眼睛，也无从发现她早已金蝉脱壳。

从货栈出来的这支商队，表面上与其他胡人商队没什么区别，也用驼马拉了不少货物，实际上却是索伦斯专门安排的一支护卫队，唯一的任务便是把黛丽丝隐秘而安全地送到焉耆。

随着商队向西愈行愈远，黛丽丝心中的警觉和不安渐渐退去，取而代之的却是越来越强烈的眷恋和不舍。

就像前些天向索伦斯表露的一样，黛丽丝虽然是一个出生在西域的波斯人，却早把大唐长安视为自己唯一的家。从八岁之后，她便再也没有离开过这座繁华富庶、雄伟壮丽的城市，如今突然要与它分别，黛丽丝觉得自己的心好像一下就空了，空得就像此刻头顶上没有一丝云彩的天穹。

当然，比这座城市更让黛丽丝难以割舍的，就是那个被她唤作姨娘的女人。

黛丽丝对自己的生母完全没有记忆。从记事起到八岁前，"娘"这个称呼就是恐怖的代名词，就是呵斥、鞭打、羞辱、凌虐的混合物，直到遇见了徐婉娘，她才生平第一次体验到了被呵护、被疼爱的感觉，才知道什么是安全、温暖和无忧无虑。在她心目中，美丽慈祥的徐婉娘早已是自己的母亲，可她每次开口称呼，却都没有勇气把"姨娘"前面的那个"姨"字拿掉。

从十六岁成为祭司之后，差不多十年以来，黛丽丝每个月都要到怀贞坊那座幽深僻静的二层小楼中，和徐婉娘一起住上几日，跟她聊一些家长里短，讲一讲坊间趣闻。她看着姨娘眼角的鱼尾纹一年比一年深，看见淡淡的白霜渐渐染上姨娘的双鬓，但她那美丽而娴静的神情，还有那慈祥而温暖的笑容，却依旧是黛丽丝八岁那年第一次睁开眼睛时看见的那样。

昨天黛丽丝央求索伦斯，允许她最后去一次怀贞坊，再帮姨娘梳一次头，再跟她讲一回坊间的趣闻逸事，可索伦斯却异常严厉地否决了："倘若你不顾惜自己和徐婉娘的性命，那你就去吧！"索伦斯说完这句话便拂袖而去，把黛丽丝扔在原地愣了好久。

那一刻，黛丽丝拼命忍住才没让眼泪掉下来，可此时此刻，不争气的泪水却早已在面纱后面爬了一脸。

当雄伟的长安城在身后的地平线上渐渐变成一抹灰黄，黛丽丝在毫无征兆的情况下突然掉转马头，向来路飞驰而去。护卫队的十几个人瞬间傻了眼。为首护卫反应过来，赶紧命几个手下把驼马队带到前面的驿站待命，然后带着其余手下掉头追赶。

看着身下的坐骑风驰电掣地朝着长安飞奔，听着两旁的风声从耳畔呼啸而过，黛丽丝觉得自己肯定是疯了。

从成为祭司的那一天起，她便一次也没有违抗过索伦斯的命令。可这一次，她却义无反顾地违背了。

现在，她只想回到怀贞坊的那座二层小楼，再帮姨娘梳一次头发，再陪她说会儿话，而当最后告别的时刻到来时，她一定要把"姨娘"前面的那个"姨"字拿掉，只叫出后面那个字……

第九章／易容

断了一臂、鲜血淋漓的庞伯被抬回乌梁山后，整个千魔洞就炸开了锅，浪游舵上上下下一千多号弟兄群情激愤，纷纷表示要剁了裴廷龙为二当家报仇。

然而，短暂的激愤过后，一种务实的声音便冒头了：就为了萧君默他们几个便公然与玄甲卫为敌，值得吗？虽然他们是天刑盟的人，但如今的天刑盟早已四分五裂、互不统属，犯得着为了他们而把千魔洞的一千多号弟兄置于险境吗？

这样的声音一冒头，很快便有许多人附和，于是无形中就分成了两个对立的阵营：以三当家、四当家为首的人认为与玄甲卫翻脸是不明智的，不如把萧君默他们交出去；而华灵儿和庞伯则坚持要把他们留下，且断然表示不惜任何代价。

双方为此吵得不可开交，三当家和四当家便纠集了一伙心腹，强迫华灵儿到议事厅聚议，要求她做出最后决定。

然而双方激辩多时，仍旧相持不下。华灵儿冷冷道："总而言之，我还是那句话，不管付出多大代价，我都不会出卖天刑盟的兄弟，谁要是怕死认尿，就不是我千魔洞的人。"

四当家是个黑脸汉子，闻言便从座位上跳了起来，粗声粗气道："大当家，你这话也说得太绝情了吧？咱千魔洞的弟兄都是当初跟着老爷子出生入死的，个个劳苦功高，眼下为了几个外人，你就要跟弟兄们翻脸？"

他说的老爷子便是华灵儿的父亲华崇武，是华平的九世孙，原浪游舵舵主，一年前病故，临终前把位子传给了华灵儿。这一年来，像三当家、四当家这些舵里的老人，表面上对华灵儿还算尊重，背地里却还是把她当黄毛丫头，平时没什么事权且听她号令，可一旦碰上眼下这种生死攸关的大事，对她的真实态度便暴露出来了。

"四当家，你别拿我爹说事。"华灵儿道，"以我对他老人家的了解，今天要是他坐在这儿，也不会允许任何人因贪生怕死而出卖天刑盟的兄弟。"

"不见得吧？"瘦得像根麻秆的三当家忽然悠悠开口，"老爷子固然侠肝义胆，可他老人家更懂得审时度势、趋利避害，否则咱们浪游舵，早在大业年间便亡了，又怎么可能活到今天，还能如此兵强马壮？"

"三当家这话不假。"华灵儿淡淡笑道，"可据我所知，当年咱跟天刑盟的其他分舵，也并非老死不相往来，若不是互相帮衬着，又怎么会有今天？做人不能忘本，咱生是天刑盟的人，死是天刑盟的鬼，绝不能干出卖本盟弟兄的事！"

"大当家，请恕属下说句不好听的话。"四当家看着华灵儿，暧昧地笑了笑，"你嘴上说是为了天刑盟的弟兄，心里其实是为了那个白脸郎君吧？照理说大当家看上谁，属下无权过问，可你若是为了他一个人，便要押上一千多号弟兄的性命，我却不能答应。"

华灵儿闻言，先是一怒，紧接着忽然咯咯笑了起来："没错，我是喜欢萧君默，这没什么不敢承认的，不过一码归一码，留下他们是出于道义，不是出于儿女私情。反正信不信由你，你四当家若是有意见，那我也不强留，你随时可以带上你的人离开，不必被我连累。"

"大当家，天下的男人多的是，你又何必非在一棵树上吊死？"三当家斜着眼问。

"这是我的私事，轮不到你们说三道四！"华灵儿脸色一沉，"我今天就把话撂这儿，不管我喜不喜欢萧君默，他们四个人我都救定了！不同意的马上走人，我绝不拦着！"

"华灵儿，这事恐怕你一个人说了不算吧？"四当家也变了脸，"这千魔洞是我们一帮弟兄拼死打下的基业，凭什么让我们走？要走也该是你走吧？"

"四当家说得没错！"三当家也从座位上站了起来，盯着华灵儿，"我们这帮老弟兄喊你一声大当家，那是看在老爷子的面上，倘若你只顾儿女情长，执迷不悟，一意孤行，就休怪我们翻脸不认人！"

话说到这儿，双方就算是撕破脸了，还没等华灵儿发飙，她手下一帮心腹便纷纷站起来，指着三当家、四当家的鼻子开骂。对方的人也都跳起来大声回骂，有人甚至拔了刀。形势急转直下，原本在养伤的庞伯也被人急急忙忙地抬了过来，试图劝解，可混乱之中根本没人听他的，反倒被人推搡了几下，差点从肩舆上掉下来。

就在双方剑拔弩张之时，萧君默忽然出现在了议事厅的洞口。几名守卫要拦他，都被他推开了，然后萧君默大踏步走了进来，径直走到了两拨人中间。方才还一片喧嚣的山洞顿时安静了下来，所有人都不约而同地看着他。

"诸位，都别争了。"萧君默环视众人，淡淡道，"你们可以把我交出去，不过，必须把左使和楚姑娘他们三个放了。"

华灵儿一惊，赶紧从石榻上站了起来，难以置信地看着萧君默。

闻听此言，在场众人无不面面相觑。三当家率先开口道："萧郎此言当真？"

"你看我像是在说笑吗？"萧君默的语气很平静。

三当家和四当家交换了一下眼色。这应该算是一个合乎情理的解决方案，虽然裴廷龙要的是他们四个人，但只要抓到为首的萧君默，想必他也不会再为难千魔洞。退一步说，就算到时候裴廷龙还不满意，也大可以把那三人再抓回来。

四当家放声大笑："好，一人做事一人当，是条汉子！"

"先让左使他们走，我得慢一步，等裴廷龙给你们限定的最后时辰到了，才能跟你们走。"萧君默仿佛看穿了他们的心思，所以要争取这宝贵的三天时间，让辩才他们逃得远一点。

"没问题！"三当家当即胸脯一拍，"既然萧郎这么爽快，我们也不磨叽，我现在就让人把他们三个放了。"

"慢！"华灵儿快步走下台阶，径直来到三当家面前，"三当家，我和二当家都还没死呢，这个千魔洞什么时候轮到你当家做主了？"

三当家讪讪一笑："大当家，你也看见了，这可不是我做主，是萧郎自己的决定。你想留他，那也得人家愿意不是？"

华灵儿冷冷地扫了他一眼，把脸转向萧君默："萧郎，你没必要这么做，我浪游舵就算只剩下最后一个人，也不会眼睁睁看着你去送死。"

"大当家，你的好意我心领了。"萧君默淡淡一笑，"事已至此，我不愿再连累别人。你和三当家、四当家他们，也不该为了我拔刀相向。我干玄甲卫的时间虽然不长，但鬼门关也算走过几回，这条命本来就是捡回来的，现在死，我已经赚了。"

"不，我不能让你死。"华灵儿丝毫不顾忌在场众人，火辣辣的目光直视着他。

萧君默赶紧避开，对三当家道："三当家，事不宜迟，赶快放了他们。另外，裴廷龙现在肯定还在山下守着，烦请你安排一个向导，带他们从后山离开。"

三当家大喜："好，我亲自送他们走。"说完便快步朝洞口走去。

华灵儿看着他渐渐远去的背影，眸光一闪，像是做出了什么重大决定，旋即沉声一喝："站住！"

三当家回过身来。

"你不必去了，我送他们走吧。"华灵儿说完，又转头对萧君默道，"你也走，咱们一道走。"

萧君默不解："什么意思？"

其他三个当家也都面面相觑，不知道她想干什么。华灵儿道："三当家，四当家，你们方才不是说应该走的人是我吗？那好，我现在就走，不过萧郎他们得随我一道走，这样你们就清净了。"

众人闻言，全都丈二和尚摸不着头脑，萧君默更是不明所以。庞伯赶紧道："大当家，方才三当家和四当家他们说的都是气话，你切莫当真……"

"不，这件事与他们无关，是我自己想走的。"华灵儿笑了笑，表情忽然变得很轻松。她说完，低声对侍女耳语了一下，侍女匆匆离开。片刻后，侍女回来，手里捧着一个铜匣。华灵儿把铜匣打开，拿出一个东西。

萧君默一看，那是一只左半边的貔貅，赫然正是浪游舵的羽觞。貔貅背面有四个阳刻文字"浪游之觞"，萧君默注意到了，其中"之"字的写法，果然与"无涯之觞"的"之"字完全不同。这无疑进一步证实了他此前的推测：王羲之在《兰亭序》真迹中写了二十个不同的"之"字，然后把它们分别用在了一枚盟印和十九枚分舵印上面。

"庞伯，"华灵儿拿着羽觞走到庞伯面前，"你是我爹最信任的兄弟，现在我把羽觞交给你，也把千魔洞的一千多号弟兄交给你，我想，我爹的在天之灵一定不会反对的。"说完，华灵儿便不由分说地把羽觞塞进了庞伯手里。

庞伯不敢接，但华灵儿却根本不容他推拒。紧接着，华灵儿环视在场众人，朗声道："弟兄们，能与诸位一道出生入死，是我华灵儿的荣幸，可天下没有不散的筵席，今日我已决定离开，请你们从即刻起，遵从二当家……不，是大当家的号令，我华灵儿在此谢过诸位！"说完两手抱拳，向所有人躬身一拜。

三当家和四当家一脸惊愕，还是反应不过来。

"三当家，四当家，我走之后，你们可以跟裴廷龙实话实说，就说我带着萧君默等人潜逃了，所有事情都是我一个人做的，与千魔洞无关。"华灵儿神情坦然，甚至面带微笑，"如果他还是想找千魔洞麻烦，就有劳二位与庞……与庞大当家一块，带着兄弟们转移。反正乌梁山这么大，到处都是溶洞，何处不可栖身？留得青山在，不愁没柴烧，我相信，咱们浪游舵的弟兄不管到哪里，都照样可以把旗号竖起来。拜托二位了！"说完又是躬身一揖。

"大……大当家，你听我说。"三当家这才意识到华灵儿是来真的，"方才我和四当家是情急之下，口不择言，你别往心里去，这……这个家还是得你来当，你不能说走就走啊……"

"不必说了，我意已决。"华灵儿笑了笑，又朝他们和众人拱拱手，"诸位保重，我这就告辞。"说完，不顾萧君默的反应，拉起他的手就往洞口走。

萧君默回过神来，赶紧要把手挣开。

"别动，给个面子。"华灵儿低声道，"我连大当家都不干了，若是连你的手都牵不着，岂不是让人笑掉大牙？"

萧君默哭笑不得，为了给她这个面子，只好忍着没抽回手。"我说华灵儿，你不会是玩真的吧？"

"我华灵儿向来说一不二，何况羽觞都交出去了，还能有假？"华灵儿瞟了他一眼，"我现在可是一无所有了，你可不能对不起我。"

"我又没把你怎么着，什么叫对不起你？"萧君默跟她打了两天交道，早就知道跟她这个人说话不能太客气，"从一开始就是你绑架的我，后来又要把我强留在此，现在又是你硬拉着我走，到头来反而像是我把你怎么着了！我说你这人到底讲不讲理？你做事向来就不顾别人感受吗？"

"你说对了，我这人向来如此。"华灵儿嫣然一笑，"你最好趁早习惯，往后咱们在一起的日子还长着呢！"

"你要跟着我也行，不过咱们得约法三章。"萧君默道。

"成，只要你答应带我一起走，别说三章，三十章都成！"

"一、别动不动就拉拉扯扯。"萧君默眼看已走到了洞口，脱离了身后众人的视线，猛地把手抽了出来，"男女授受不亲，你一个姑娘家更要自重。二、我只拿你当天刑盟的兄弟，带你一块走是为了护送本盟左使，一旦任务完成，你就回来做你的大当家，别的什么都不准瞎想……"

华灵儿嘟起嘴，刚想说什么，萧君默脸色一沉："别插嘴，听我说完！第三，一路上凡事都必须听我的，不得擅作主张。还有……"

"你不是说约法三章吗？怎么还有？"华灵儿大为不悦。

"你不是说三十章都成吗？现在就后悔了？"萧君默停下脚步，笑了笑，"没关系，现在后悔还来得及。"

"我……我不后悔！"华灵儿噘起嘴，白了他一眼，"你说。"

"第四，看年纪，你比我小，比楚姑娘大，所以你得尊老爱幼……"

"啥啥啥？尊老爱幼？你有多老？楚离桑有多幼？"

"我今年二十五，比你老吧？楚姑娘年方二十，比你小吧？"萧君默信口胡诌。

华灵儿哼了一声，不说话了。她今年二十三，的确没啥好争的。

"所以说，你要尊老爱幼，别跟我拉拉扯扯、没大没小，跟楚姑娘说话也别老是话里带刺，不能随便欺负她，听见了没有？"

华灵儿满脸不悦，却又无可奈何，只好嘟囔了一句："行了行了，别啰里啰唆的，跟个老太婆似的。"

二人边说边在山洞里走远，片刻后，楚离桑从一处岩石后走了出来。

方才他们说的"约法三章"的话，她全都听见了。原本她心里对华灵儿多少有些醋意，现在终于释然——萧君默对华灵儿根本没那意思，纯粹是这个"女魔头"自作多情。既然如此，自己还有什么醋好吃呢？

这一路走来，其实她早已感觉到了，萧君默心里还是有她的，只是不知出于什么原因，总是点到为止，不肯向她表白。楚离桑自忖也不是那种卿卿我我的小女人，但就是希望萧君默能亲口说一句表白的话。

楚离桑想，倘若能听他说一句，她也就心满意足了。就算日后不能和他在一起，自己也会了无遗憾。

自从王弘义打探了普宁坊的祆祠之后，他便断定黛丽丝一定还藏在祆祠之中。所以，他不但在祆祠周围布下了大量耳目，而且还在祆祠附近找了处宅子落脚，亲自坐镇指挥。

昨夜，他命韦老六抓回了两个祆祠的波斯执事，连夜拷打，逼问黛丽丝的下落。不过，他没有对两个人一起用刑，而是采用了一个特别的办法：对其中一个用刑，让另一个在旁边看。

被用刑的那个直到被打死之前，还是一口咬定黛丽丝早就离开了长安，而旁观的那个则在吓尿了几次之后终于崩溃，承认十来天前还曾在祆祠里看到过黛丽丝，但这些日子确实没见过她。

王弘义知道他没有撒谎，所以这么问下去没用，便换了一个问题："你们祆祠除了前后两个门，还有没有秘密通道？"

那人摇了摇头，说就算有他也不会知道。

王弘义想想也对，这种机密除了大祭司和祭司，一般人肯定无从得知，于是又换了一个问题："你们祆祠在附近几条街内，还有没有什么别的产业？"

那人又摇摇头，说据他所知没有。

王弘义有些失望，正想再问，那人忽然说，附近倒是有几家商铺和货栈，平时与大祭司的关系不错。

王弘义眸光一闪。

与此同时，承天门上的晨鼓忽然擂响，不知不觉天已经蒙蒙亮了。

王弘义和韦老六随即带上此人一家一家查了过去。他出示了工部郎中的腰牌，以稽查违禁物品为由细细盘问，可连续走了几家商铺都没发现异常。最后，他们来到了与祆祠仅一街之隔的一家波斯人货栈。王弘义刚刚出示腰牌，表明来意，就发现货栈几个伙计神色惊慌，于是断然动手，命韦老六强行关闭了货栈大门，然后一边审问掌柜和伙计，一边对货栈展开了地毯式搜索。

很快，一个十分隐蔽的秘道口便在一座仓库的角落里被发现了。王弘义亲自下去探查，结果不出所料，秘道的另一端便是祆祠的地下室。王弘义立刻折回，杀了几个伙计，然后把刀架在了掌柜脖子上。掌柜见事已败露，只好如实招供，承认这家货栈其实是祆祠的秘密据点，大祭司索伦斯数日前便交代他备好人手，护送黛丽丝前往焉耆——而这支护卫队就在今天一大早出发了。

王弘义又问他是否知道苏锦瑟的下落，掌柜摇头说根本没听过这个名字。王弘义料想，苏锦瑟被绑之事肯定只有索伦斯和黛丽丝少数人参与，以掌柜的级别，估计不太可能知情。随后，王弘义不敢耽搁，立刻与韦老六等人挟持掌柜出了普宁坊，然后快马加鞭地驰出了开远门。

按掌柜交代的时间计算，黛丽丝一行肯定没走多远，快马加鞭的话，顶多一个时辰便能追上。

出开远门，向西大约一里半的地方，有一座夕月坛立于道路北侧。此坛始建于隋朝开皇初年，隋文帝杨坚每年秋分都会在此举行祭月仪式，唐朝沿袭了这一制度。此刻，当王弘义一行疾驰至夕月坛的时候，没有人注意到，对面一人一骑正风驰电掣地与他们擦肩而过。

马上是个白衣女子。

这条驿道上来来往往的商旅行人太多了，很多人为了赶时间都会使劲驱赶车马，所以没有谁会去特别留意一个策马飞奔的女子。

王弘义一行又向西驰出了十几丈，迎面只见七八个腰挎波斯弯刀的胡人正飞速驰来。这回王弘义终于留意了一下，直觉告诉他这些人有点反常，然后他立刻勒住缰绳，回头用目光询问被韦老六挟持在马上的那个掌柜。掌柜脸色煞白，黯然点了点头。

所料不错，这伙胡人果然是那支波斯护卫队。

可是，他们为何忽然掉头，还跑得这么急呢？

直到此刻，王弘义脑中才瞬间闪过方才被他忽略的那名白衣女子。

王弘义立刻掉头，飞快跟上了那队波斯护卫。韦老六也明白了怎么回事，随即一刀抹了掌柜的脖子，把他扔下马背，然后拍马紧紧跟了上去。

从开远门到城南的怀贞坊，路程并不短，沿途要路过普宁、休祥、辅兴三个坊，然后右拐向南，行经皇城西墙及太平、通义、兴化、崇德四坊。黛丽丝进入开远门后仍旧一路狂奔，很快便来到了辅兴坊南面的一座石桥。

桥下是潺潺流淌的永安渠，渠水从城南一路向北流经十几个坊，然后流入禁苑。由于此处毗邻皇城和达官贵人聚居的坊区，加之南面二坊之外便是西市，所以交通十分拥挤，石桥之上更是堵满了行人车马。

黛丽丝不得不放慢了马速，在人流中焦急前行。那七八个护卫就在这时追上了她，拦住她的马头，为首护卫道："黛丽丝，大祭司有令，你不可擅自行动。"

"让开！我只是去向姨娘告别，随后就跟你们走。"

"不行！现在形势很危险，你哪儿都不能去，必须立刻跟我们走……"话音未落，一枚细长的飞镖突然呼啸而至，倏地没入这名护卫的太阳穴。一串血点溅上了黛丽丝的面纱，护卫当即从马上栽了下去。

黛丽丝和其余护卫瞬间惊住了。

桥上拥挤的人群一见有人竟然在光天化日之下行凶，纷纷尖叫着抱头鼠窜。

与此同时，王弘义、韦老六已带人飞驰而至，方才的飞镖正是王弘义所发。紧接着，韦老六从马上跃起，像一只凶猛的兀鹫一样俯冲下来，右手如同钢爪抓向黛丽丝。

黛丽丝一声娇叱，双足在马背上轻轻一蹬，凌空飞起，同时袖子一扬，一团淡紫色的粉末撒向韦老六面门。韦老六只觉一阵异香扑鼻，落地之后竟感胸中奇痒难耐，便控制不住地呵呵笑了起来。一旁的王弘义情知不妙，连忙捂住口鼻，大叫手下们小心。

此时两边人马已杀成一团。王弘义旋即掀起衣衫下摆，撕下一截蒙住口鼻，然后径直冲向黛丽丝，右手一扬，又是两枚飞镖激射而出，分别射向她的面门和胸口。黛丽丝急忙下腰，堪堪躲过。但等她翻身立起时，又有两枚飞镖已直冲她下盘而来。

黛丽丝刚刚稳住重心，已来不及跃起，只能急旋闪避，一枚飞镖擦身而过，另一枚却射入了她的腿部。此时，一旁的韦老六正眯眯笑个不停——从他的眼睛看出去，周遭并不是两拨人在厮杀，而是一大群波斯美女在翩翩起舞。他看见一个美女摇摆着从身边晃过，抓了一把，没抓到，紧接着又是一个美女跑了过来。韦老六大喜，便朝她扑了过去。

　　王弘义眼见韦老六直直扑来，知道他中了西域的迷魂香，产生了幻觉，立刻闪身躲过，随手给了他一记耳光，想把他打醒，不料韦老六竟浑然不觉，还抓住他的手亲了一口。

　　黛丽丝跌跌撞撞退到一旁的石栏杆，咬牙拔下了飞镖，但腿部却不觉疼痛，反而感觉一阵酸麻。她知道飞镖一定抹了重度麻药，只要进入血液，不消片刻便会到达脑部，致人晕厥。还好王弘义暂时被韦老六缠住，脱身不得，给了她逃离的时机。黛丽丝举目四望，发现大部分马儿受惊之后已奔逃一空，只有自己的坐骑没有跑远，正孤零零地站在街心。黛丽丝拖着伤腿，一步步朝它走去。

　　王弘义见打不醒韦老六，又被他缠着，急怒不已，索性狠狠一拳打在他胸口上。韦老六向后飞出，重重摔在地上，昏死了过去。此时黛丽丝已走过石桥，唤了马儿几声，那马似有灵性，闻声跑了过来，黛丽丝伸手抓住了缰绳。王弘义见状，一个箭步冲了上去，同时又是一枚飞镖射出，正中马匹头部。马儿一声嘶鸣向旁歪倒，恰好把黛丽丝压在身下。

　　王弘义狞笑了一下，大步朝她走过去："黛丽丝，要见你一面可真不容易啊！"

　　黛丽丝被坐骑死死压着，拼命挣扎，却丝毫动弹不得。

　　王弘义走到她身边，蹲了下来，一把扯掉她的帷帽，但见一张令人惊艳的美丽脸庞蓦然扑入眼帘。尽管他向来不是一个好色之人，可还是禁不住呆了一瞬。

　　黛丽丝抓住这一瞬间的机会，袖子一扬，一团淡紫色粉末又飞了出来。不料王弘义的反应异常敏捷，衣摆一撩，便把大部分粉末扇了开去，虽然还有少许扑向面门，但他毕竟蒙着口鼻，所以丝毫没有中招。

　　"黛丽丝，我要用你换回我女儿。"王弘义把她拖了出来，从她袖中搜出迷药香囊，远远扔了出去，又把她的双手反扭到背后，"不过在此之前，你必须告诉我，你都对我女儿做了什么，这样我才好报答你！"

　　此刻，两边的手下也已分出了胜负：黛丽丝这边的护卫全部被杀，王弘义的十几名手下则有一半死伤。此处离皇城很近，拖延太久必有武候卫杀到，王弘义急忙命手下牵来马匹，然后抬起韦老六等伤员，准备撤离。

就在这时，一驾马车突然从西边疾驰而来，两旁跟着四名胡人护卫。看到地上横七竖八的尸体，又看到黛丽丝被人劫持，护卫们惊愕万分，慌忙对马车里的人说了什么。车帘随即掀开，索伦斯走了出来。

他是按魏徵的要求，准备把苏锦瑟送到忘川茶楼，不料竟然在此撞上了这一幕。

索伦斯与黛丽丝四目相对，不禁在心里一声长叹。

女人毕竟是女人，紧要关头还是让情感冲昏了头脑，居然为了跟徐婉娘告别，连命都可以不要！自己费尽心思安排的转移计划，终究还是前功尽弃了。

"许檀越，没想到这么快又见面了。"索伦斯站在马车上，脸上泛起一个笑容，就像看到了一位老朋友。

"索伦斯，快把我女儿交出来，否则黛丽丝也活不了！"王弘义大声喊道。

索伦斯无奈一笑，侧了下身子，掀开车帘，只见苏锦瑟正坐在车里，脸色异常苍白，但眼中仍有一丝倔强的光芒。

"锦瑟……"终于见到失踪多日的女儿，王弘义眼圈一红，当即哽咽。

"许檀越，换人吧！"索伦斯扶着虚弱的苏锦瑟走下马车，来到了石桥中间。四名护卫拔刀跟随在两侧。

王弘义也把黛丽丝推到了石桥中间。双方相距三丈开外时，同时放开了人质。两个女子相向而行，擦肩而过，彼此目光对视，却仿佛两把兵刃相交。

苏锦瑟走近王弘义时，强忍了多日的泪水终于无声而下，然后一头扑进了王弘义的怀中。"好女儿，回来就好，回来就好……"王弘义轻抚着她的后背，看向石桥那端的目光瞬间变得无比寒冷。

"大祭司，对不起……"黛丽丝走到索伦斯面前，咬着嘴唇，再也说不出别的话。

"走吧，有什么话，回去再说。"索伦斯宽容地笑笑，正要去拉她的手，忽然身子一顿，下意识低头一看，一枚飞镖正插在他的心口上。

"大祭司……"黛丽丝和众护卫大惊失色，慌忙上前把他扶住。

此刻，长街的东边传来了急促而杂沓的马蹄声，显然是皇城里的武候卫出动了。

王弘义把苏锦瑟交给了一名手下，然后抽刀在手，带着其余手下又扑了过去。

既然已经开了杀戒，便不能留下一个活口！

这是王弘义行走江湖多年从未改变的信条。

转眼间，王弘义等人已杀到眼前，四名波斯护卫只稍稍抵挡了一阵，便相继被砍倒在地。黛丽丝从地上抓起一把刀护在索伦斯身前，但她只会幻术，不会武功，所以那把刀一下就被王弘义挑飞了。

黛丽丝不自觉地往后退了一步。索伦斯见状，反而挺身挡在了她身前——尽管他的身体一直在摇晃，几乎已站立不住。

"敢伤害我女儿的人，只有死路一条！"

王弘义怒吼着，手中横刀划出一道弧光。

索伦斯看见眼前白光一闪，然后便觉自己飞了起来，天地在眼中不停旋转。

我怎么变得如此轻盈？索伦斯想，一定是光明之神阿胡拉来接我了，他一定是要带我去永生的天堂吧？

黛丽丝紧紧捂住自己的嘴，睁着惊恐的双眼看着索伦斯的头颅飞离肩膀，慢慢飞向空中，然后急速地向桥下的渠水坠落。

王弘义再度挥刀的刹那，黛丽丝毅然翻身跃过了栏杆。

远远望去，黛丽丝就像一只追逐猎物的白色飞鸟，紧随着索伦斯的头颅没入了碧绿的渠水之中。

一小一大两朵水花依次绽放。刹那之后，水面便恢复了平静。

黛丽丝在水中拼命游动，终于赶在索伦斯的头颅沉入水底之前，把它紧紧抱在了怀中。然后，她用一只手使劲划水，两条腿也像鱼尾一样用力摆动，试图尽快游离石桥，并且找地方上岸。

然而，腿部却在这时开始麻痹了。先是受伤的那条腿再也无法摆动，紧接着另一条腿也越来越僵硬。

慢慢地，黛丽丝感觉自己的下半身一点一点失去了知觉。

她整个人在往下沉，只剩下一只手在徒劳地划动，可她却始终不愿放弃另一只手上的头颅。

随着身体的下沉，水中的光线越来越暗。黛丽丝索性放弃了任何挣扎，任由自己的身体仰面朝天地向黑暗的水底沉下去、沉下去……

在最后一丝光明消失之前，黛丽丝看见了一张美丽而慈祥的脸庞，那是她八岁那年见到的徐婉娘的脸庞。

黛丽丝脸上泛起了一个平静的笑容。

娘。

她在心里喊了一声。

翌日清晨，华灵儿拎上一只包裹，告别了三个当家和千魔洞的徒众，便与萧君默四人一起离开了。她走得很干脆，仿佛只是下山兜一圈就要回来似的。

乌梁山大大小小的溶洞足有数百个，而且很多都彼此连通。华灵儿领着萧君默四人在迷宫般的溶洞里穿来穿去，约莫花了一个时辰才走出乌梁山，来到了山下的一处河岸。华灵儿打了一声呼哨，很快便有一只橹船摇了过来。

很显然，船上的艄公也是浪游舵的人。

五人上船后，沿祚水南下走了一个时辰，便见水面渐渐宽阔，两岸的山脉也逐渐平缓。萧君默知道，这里便是汉水的支流洵水了，沿洵水往东南方向再走一个时辰，便可到达洵水与汉水交汇处的洵阳县。到了此处，就算彻底走出秦岭了，之后再沿汉水一路东下，不消五六天便可直抵荆州江陵。

虽然现在暂时摆脱了裴廷龙，但他们四个人的海捕文书早已传遍天下，上面都有画像，而从这里到江陵的沿途州县，肯定都会有官府设卡盘查，所以待会儿一到洵阳县，当务之急便是要化装易容，并弄到假过所，才可能顺利走到江陵。

倘若是在长安，萧君默要找一两个黑道的人来办这些事一点不难，可眼下人生地不熟，这种事也只能找"地头蛇"华灵儿了。

萧君默把此事跟众人一说，华灵儿当即说没问题，这事包在她身上。

洵阳县位于洵水与汉水的交汇处，北倚关中，西接巴蜀，东连襄樊，也算是一处水陆要冲之所，舟车辐辏，四方商贾往来频繁，故当地县廨在城南码头上设有税关，凡过往船只及货物，均须靠岸查验，课以相关税费。

此刻，码头和税关上除了税吏和捕快之外，竟然又多了一些玄甲卫的身影，税关门前的告示牌上更是赫然张贴着萧君默四人的海捕文书。

橹船在距码头三四里外的地方靠上了北岸。

五人上岸后，拣了条偏僻无人的小径往县城北郊走。华灵儿对萧君默道："这一带有个绰号千面狐的家伙，化装易容是把好手，也能弄到假过所，就住在北郊麻溪村。"

"千面狐？听这名字就透着股邪气啊。"辩才插言道。

"干这营生的，哪能不邪？"华灵儿道，"这家伙原本姓胡，因为易容术厉害，江湖上人称千面胡，后来叫着叫着就成狐狸的'狐'了。"

"他最快多久能弄到过所？"萧君默问。

"据我所知，他有个表亲在洵阳县廨里当差，若是顺利的话，应该今天就能弄到手。"

"这个千面狐靠得住吗？"楚离桑插了一句。

"放心吧，黑道上的人，不就图个财吗？只要咱出得起价钱，别的都不必担心。"

萧君默听她这么说，眉头微微一蹙，若有所思。

麻溪村不大，看上去也就百来户人家，坐落在秦岭南麓的山脚下。千面狐住在村西头，一进村就到了。萧君默等人跟着华灵儿来到一户独门独院的农舍前，只见外面一溜五六尺高的土墙，墙头崩塌了几处，也未修补，里面一个小杂院，四五间旧瓦房，看上去很普通。

这个千面狐倒是个谨慎低调之人，赚到钱也不露在明处。萧君默想。

华灵儿拍了拍黑漆剥落的院门。片刻后，里头传出一个男人嘶哑的声音："谁？"

"合吾，不是威武窟的马子。"华灵儿不假思索道。

楚离桑、辩才、米满仓都听不懂黑道切口，顿时一脸迷惑。楚离桑忙扯了扯萧君默的袖子，低声问："她说什么？"

这些黑话对萧君默来讲当然不是问题。他笑了笑，给她翻译道："都是道上的朋友，不是衙门来的官吏。"

楚离桑、辩才、米满仓这才恍然。

"所自何来？"里头的人又问。

"千魔洞开山立柜，坐底子来的。"

"地盘在千魔洞，坐船来的。"萧君默又低声翻译。

"所为何事？"

"扇面子，扯活。"

"扇面子是脸，扯活是跑路。"萧君默又道，"意思就是易容和过所的事。"

"几根？"

"五根。三根孙食，两根尖斗，全是火点，老元良放心，赶紧亮盘吧。"

"五个人。三个男的，两个女的，全是有钱人，老先生放心，赶紧露面吧。"

里头静默了一会儿，萧君默隐约听到了一声什么动静，却不是很确定。接着，院门打开了一条缝，一个五十多岁、尖下巴、吊梢眼的干瘪老头从门缝里警觉地往外扫了一眼，看见华灵儿，似乎颇为诧异，赶紧把门打开："华大当家？你怎么来了？"

"这几位都是贵客，我当然要亲自送他们来了。"华灵儿说着，径直走了进去。

千面狐的堂屋里一片凌乱，地上堆满了杂物，一张硕大的案几摆在屋中，案上乱七八糟地堆放着假发、假胡子、妆粉、糨糊、木梳、刷子、毛笔、铜镜等物。靠墙还摆着一张长条案，上面陈列着一排造型奇特的木架，架子的下部是底座，上部是一颗颗椭圆形的木球，状似人的脑袋。而最让众人感到惊异的，便是披挂在那些木球上的一张张"脸皮"——无论从颜色还是质地来看，这些"脸皮"都极其逼真，也不知是用什么东西做的。

这样一间杂乱不堪的屋子，五六个人一起拥进来，连下脚都困难，更别说要找地方坐下了。"诸位请随意吧。"千面狐用力踢开案几四周的杂物，总算腾出了一些空地，示意众人席地而坐，"寒舍就是个垃圾堆，朋友们别嫌弃。"

萧君默一笑，率先坐了下来："胡先生果然名不虚传，一看您府上这模样，就知道您的手艺肯定不赖。"

"不敢当，都是江湖朋友抬举罢了。"千面狐淡淡答道，同时犀利地扫了他一眼。

众人陆续坐了下来。楚离桑很不适应，却也只能挑个相对干净点的地方坐下。

"胡先生，我就不绕弯子了。"华灵儿一坐下便道，"今天来，是请你帮我们五个人易容，再弄五份过所，今天就要，价钱你说话。"

千面狐有些诧异："五个人？"

"没错，包括我在内。"华灵儿坦然道。

千面狐略微沉吟了一下："今天就要，恐怕……"

"若不是今天要，我们何须劳您千面狐大驾？"萧君默忽然笑道，"隔几天能拿到的，外面一抓一大把。"

"要得这么急，这价钱……"

"价钱好说，你开个价。"华灵儿很干脆。

千面狐的手在案上敲了敲，然后下意识地摸了一下颈部："那就四金吧。按说要得这么急，至少得每人一金，可既然华大当家亲自出马，你这份就算我送的。"

"成交！"华灵儿二话不说，从包裹中取出两锭黄灿灿的金子，啪地放在案上，"这是定金，事成之后……"

"且慢。"萧君默看着千面狐，"先生这价也要得太狠了吧？据我所知，五个人易容加上过所，充其量也就一金，就算加急，两金也绰绰有余了，何须四金？"

"二郎，这都什么时候了，你还……"华灵儿觉得他真是聪明一世糊涂一时，在这逃命的节骨眼上，岂能去计较价钱？

辩才和楚离桑也有些意外。他们所认识的萧君默，似乎不是对金钱锱铢必较之人。五人中只有米满仓一个赞同，偷偷冲萧君默竖了个大拇指。

"在下觉得，两金足够了。"萧君默很不客气地接着道，"胡先生就算手艺再好，也得讲个行情不是？岂能看我们着急便漫天要价？"

华灵儿心里暗暗叫苦，估计今天这交易要黄。千面狐是个非常自负又极度精明之人，听到这种话岂能不下逐客令？倘若跟他交易不成，这说要就要的五份过所，一时半会儿还真不知上哪儿去弄。

可是，出乎华灵儿意料的是，千面狐闻言，非但不怒，反而点点头道："也罢，两金就两金吧，就当跟这位郎君交个朋友了。"

萧君默一笑："好，胡先生这么给面子，你这个朋友我交定了！"

城南码头，张贴海捕文书的木牌前，一个姓丁的捕头正警惕地观察着过往商旅和行人，不时又回头看一眼木牌，似乎在拿路人的相貌与上面的画像做比对。

昨天，玄甲卫郎将薛安奉裴廷龙之命，专程赶到洵阳县廨，召集了县令、县尉和众捕头训话，说萧君默等四名钦犯这几日可能会在此出现，命洵阳县加强戒备，并投入所有力量在各个水陆要道设卡盘查。此刻，薛安就亲自坐镇在税关中，码头上则站着不少玄甲卫。

对于薛安的到来，丁捕头颇有些不悦，问题倒不是他给大伙带来了额外的任务，而是他的到来无异于是在抢功。说白了，假如今天真的在这里抓了萧君默等人，五百金的赏钱算谁的？那铁定是被这姓薛的捞了去！

所以，丁捕头早就跟县令、县尉等人商量好了，要是真的抓到萧君默等人，就绕开薛安，直接送到县廨，由县令立刻上表奏报朝廷，等他薛安反应过来，他们早把功劳和赏金收入囊中了……

就在丁捕头浮想联翩之际，一个手下捕快急匆匆跑了过来，附在他耳旁说了什么。

"果真是萧君默他们？"丁捕头激动得声音都在颤抖。

"千真万确！"

"快，召集弟兄们，跟我来！"丁捕头拔腿欲走。

"老大，那……咱不跟玄甲卫通个气吗？"

"通你个屁！就是不能让他们知道。"

捕快不解："可，可就凭咱们兄弟几个……"

"怕啥？老子早就安排好了。"丁捕头胸有成竹道，"不费吹灰之力，便可把人犯手到擒来。走！"

很快，丁捕头便带着七八个捕快匆匆离开了码头。

价钱谈妥后，千面狐依次给华灵儿、楚离桑、米满仓化装。他先是把他们白皙光滑的皮肤处理得暗黄粗糙一些，然后分别给他们粘上了两撇小胡子，另外又在他们脸上随机点了一些色斑或黑痣，转眼就把他们变成了三个其貌不扬的男子。

随后轮到萧君默，千面狐把他白皙的皮肤变成了古铜色，然后给他粘上了一副美须髯，立马把他变成了另外一个人，看上去粗犷英武，似乎还更有男人味。华灵儿不禁在一旁连声赞叹："二郎，没想到你留了胡须更是一位美髯公啊！"

萧君默嘿嘿一笑，跟千面狐打听茅厕在哪儿。千面狐正在给辩才化装，闻言站起身来："我带二郎去吧。"

"不必不必，您就告诉我在哪儿，我自个去吧。"

千面狐似乎迟疑了一下："就在后院，从堂屋后门就可以过去。"

萧君默道了声谢，当即转身离开。一进后院，他的目光立刻四处逡巡，很快便发现了他想找的东西——在后院角落的一棵桃树上，挂着一个鸟笼，而且正如萧君默事先意料的一样，鸟笼是空的。

他走过去，往笼子里看了一眼，旋即蹲在地上，捡起什么东西看了看，嘴角滑过一丝冷笑。

站起身来的时候，萧君默的神色忽然变得异常凝重。

随后，他故意磨蹭了一会儿才回到堂屋，此时千面狐已经给辩才戴上了假发，正在把他原本的短须变成络腮胡。萧君默随口问道："胡先生是不是在后院养鸟了？"

千面狐一愣："呃，是，养了一只八哥，不过前几天便死了。"

"我说呢，怎么笼子是空的，真可惜。"萧君默道，若有若无地看着他。

"是啊，是有点可惜……"千面狐笑着，腭肌却紧了紧，手不知怎么滑了一下，把胡子粘到了辩才脸上，顿时惹得华灵儿笑了几声。

萧君默看着千面狐，眸中寒光一闪。

很快，五个人便全部易容完毕。他们各自凑到铜镜前，发现镜中的自己完全变成了一个陌生人，不得不佩服千面狐的手艺。

"那个……时辰不早了，各位想必饿了吧？我到灶屋给大伙下点汤饼去。"千面狐道。

"胡先生，我看就不必了吧？"楚离桑开口道，"我们赶时间，您还是先弄过所吧。"

"是啊，吃饭是小事，先弄过所要紧。"华灵儿难得与楚离桑意见一致。

"过所是小意思。"千面狐呵呵一笑，"不瞒诸位，我表弟早弄了一摞盖了戳的空白过所在我这儿，待会儿往里头填几个字便成，不耽误工夫。"

"我们不饿，多谢胡先生好意，还是先办正事。"辩才也道。

千面狐下意识地摸摸鼻子："那……那要不我去烧点水，喝口水总不耽误时间吧？"

"喝什么水啊，这都啥时辰了？你们不饿我都饿了。"萧君默摸了摸肚皮，"人是铁饭是钢，一顿不吃饿得慌，还是先吃饭要紧，有劳胡先生了。"

"没事没事。"千面狐呵呵笑着，忙不迭地走出了堂屋。

楚离桑、华灵儿和辩才都不约而同地看向萧君默，觉得他今天似乎有些反常。

与此同时，萧君默也正看着他们，眼中射出了一道冷峻的光芒。

丁捕头带着七八个捕快匆匆赶到胡宅的时候，里面悄无声息，正与他预想的一样。他按捺着心头的狂喜，依事先的约定，在门上拍了两短一长重复三次的暗号。

片刻后，屋里传来千面狐的声音："进来吧，都迷倒了，一个不剩。"

丁捕头忍不住哈哈一笑，回头道："弟兄们，咱的好日子到了！"随即一把推开院门，带着捕快们一拥而入。

堂屋的门虚掩着，丁捕头大笑着推开门："表哥，咱这回可发了，八辈子也赚不到这么多……"话没说完，他便蒙了，只见千面狐正被一个美须髯的男人用刀挟持着，一脸沮丧，那个男人则面带微笑。

还没等丁捕头反应过来，身后的院子里便响起一阵噼里啪啦的打斗声。他飞快转身，却见他手下的那些饭桶没两下就被两个小个子男人全都打趴在了地上。

这两个"男人"就是楚离桑和华灵儿。

丁捕头唰地抽出佩刀，却犹豫着不敢上前。正没计较处，后脑忽然被人重重一敲，整个人瘫软了下去。

萧君默收回刀柄，冷然一笑。此时千面狐被他拎着后脖领子，由于身材矮小，整个人几乎离地。萧君默微笑地看着他："胡先生，把你的空白过所拿出来吧，咱赶紧把该填的字填上。"

千面狐面如死灰，冷笑了一下："想不到我千面狐在道上混了这么多年，最后却栽在你萧君默手上。"

"栽我手上很冤吗？"萧君默笑，"你可知道，在我手上栽过多少朝廷大员和江洋大盗？不是我嘚瑟，能栽在我手上，是你的荣幸。"

千面狐哈哈大笑了几声："你的名头我也听说过，平心而论，你这么说也不算嘚瑟。也罢，我千面狐认了！"

这时，辩才和米满仓在外头望风，楚离桑和华灵儿走了进来。楚离桑没好气道："少废话，快把过所拿出来！"

千面狐无奈一笑："萧郎不把我放开，我怎么拿？"

萧君默随即放开了他。千面狐走到墙角的一口大木箱前，掏出腰里的钥匙串，挑了把钥匙打开了木箱，然后从最下面取出一只黑乎乎的铁匣，又挑了一把小钥匙，摸摸索索地找到铁匣的锁眼，慢慢插了进去。

萧君默、楚离桑和华灵儿都站在他身边，注视着他的一举一动。

千面狐鼓捣了一会儿也没打开，嘀咕道："这匣子好久没开，八成是生锈了。"

楚离桑不耐烦，靠近一步道："一边去，我来！"

就在这时，千面狐下意识地舔了下嘴唇，接着又迅速抿紧了。萧君默一瞥，蓦然惊觉，大喊一声"小心"，同时一把推开了楚离桑。几乎在同一瞬间，那只铁匣啪嗒一声被千面狐打开了，三根飞针从里面射了出来，擦着萧君默的鬓角飞了过去，居然全都没入了墙中，可见其速度之快和力道之强。

紧接着，千面狐又连连按动铁匣开关，飞针不断射出，三人只好左闪右避。

这只铁匣居然是个装满飞针的暗器！

萧君默闪避了几下，瞅个空当，一个箭步冲上去，一脚将千面狐手中的铁匣踢飞。此时恰好有三根飞针射出，随着铁匣在空中翻了一圈，竟然齐齐射入了千面狐的眉心。

千面狐身子一顿，双目圆睁，眼球凸起，慢慢歪倒在了地上。

萧君默赶紧走到楚离桑面前，下意识地抓住她的肩膀："你没事吧？"

楚离桑惊魂甫定，摇了摇头："我，我没事。"

华灵儿见状，撇了撇嘴："行了，别恩爱了，赶紧找找过所在哪儿吧。"

萧君默见楚离桑无恙，这才松了一口气，同时放开了手。

"想找过所？做梦……"千面狐冷笑了一声，居然还没死。

三人闻言，同时一惊。华灵儿一把揪住千面狐的衣领："你不是说你表弟把一摞空白过所放在你这儿吗？"

"这种话，你们也信……"千面狐想笑，却没笑出来，然后脑袋一歪，彻底咽气了。

华灵儿站起身来，和萧君默、楚离桑面面相觑。

"不会的，这老家伙肯定是骗咱们的，他一定有过所。"华灵儿念叨着，开始在屋子里翻箱倒柜。

"别忙了，他没说谎。"萧君默淡淡道。

"你怎么知道？"华灵儿还不甘心。

"我能看出来，就像之前能看出他有诈一样。"萧君默说着，转头看着外面的小院，神情若有所思。

"这该死的浑蛋！"华灵儿恨恨地踢了尸体几脚，"没有过所，那咱们不白忙活了吗？光化个装有什么用！"

萧君默盯着横七竖八晕倒在院子里的那些捕快，嘴角忽然浮起一丝笑意："谁说没过所？这不是自己送上门来了吗？"

"啥意思？"华灵儿不解。

楚离桑想了想："你的意思是……劫持他们？"

"不，"萧君默道，"是变成他们。"

第十章 伏法

长安，夏蝉嘶鸣，暑热难当。

一大早，李恪便乘上一驾不起眼的马车，离开了亲仁坊的吴王府，沿着东市南面的横街往西直行。此行的目的，是要前往延康坊的魏王府拜会李泰。

亲仁坊与延康坊只相隔四个里坊，马车很快就来到了魏王府的西门。李恪昨日派人给李泰递了信，说要来拜访他，收到的答复是欢迎之至，但务必走西边的小门。李恪很理解李泰的谨慎——如今局势敏感，而他和李泰又是两个夺嫡呼声最高的皇子，所以他们二人的交往，自然是越低调越好。

马车进了沿街的小门，停稳后，李恪刚一掀开车帘，亲自站在内门等候的李泰便笑容满面地迎了上来，朗声道："三哥，你可是稀客啊，怎么突然想起来看我了呢？"

"瞧四弟说的。"李恪笑道，"咱兄弟有多久没见了？互相走动走动，不需要什么理由吧？"

"那是那是。"李泰哈哈笑道，"我巴不得三哥天天来！"

二人说笑着，并肩走进了内门。

在正堂坐定后，李泰屏退了下人。二人又寒暄了一阵，话题便转到了追捕钦犯上面。"三哥不简单哪！"李泰道，"听说前几天，你把逃亡数月的前洛州长史姚兴逮着了？"

自从得知朝廷抓获姚兴的消息，李泰便惶惶不可终日，立刻去找了王弘义，让他赶紧把杨秉均弄走，可王弘义却很自信地告诉他："姚兴什么都不会跟朝廷说，殿下不必紧张。"李泰问他凭什么这么自信。王弘义说："姚兴跟随我多年，知道我这个人恩怨分明，他要是敢随便说话，就不怕他流放岭南的家属有什么闪失？"李泰释然，可又不太放心，旋即命杜楚客去打探情况，没想到果真如王弘义所料，姚兴被刑部严刑拷打多日，却始终只字未吐。

李泰刚刚放下心来，昨日便又接到了李恪消息，说要来拜访他。李泰的心顿时又提了起来——天知道姚兴在被李恪交出去前，有没有跟他说什么呢？

所以此刻，李泰便迫不及待地出言试探了。

"四弟的消息可真灵通。"李恪笑，"这朝中的事情，怕是没有什么你不知道的。"

"三哥这么说就抬举我了。"李泰也笑道，"我只是偶然听说罢了。"

"那关于这个姚兴，四弟还听说了什么？"

"也没什么，好像说这家伙骨头还挺硬，在刑部吃了不少苦头，却愣是一个字都没说。"

"姚兴在刑部是没说，不过……"李恪故意卖了个关子。

"不过什么？"李泰强忍着内心的紧张。

"他之前倒是跟我说了件事，把我吓了一跳。"

李泰顿时有了一种不祥的预感，紧盯着李恪："他跟三哥说什么了？"

李恪迎着他的目光："杨秉均的下落。"

李泰的心脏开始狂跳，却仍装糊涂："杨秉均？就是原来姚兴的上司、前洛州刺史杨秉均？"

"正是。"

"三哥方才说吓了一跳，是怎么回事？"

"四弟，假如有人突然告诉你，说杨秉均藏在我的府上，你会不会吓一跳？"

饶是李泰再怎么强作镇定，此时也不禁变了脸色。他眯起眼睛："三哥，你说这话是什么意思？"

李恪微微一笑："四弟这么聪明的人，还需要我把话挑明了吗？"

李泰沉下脸来："三哥，这里就咱兄弟俩，有什么话不妨明说。"

"好吧，那我便明说了，姚兴告诉我，杨秉均就藏在你的府上！"

李泰腾地一下从榻上跳了起来，厉声道："诬陷，这完全是诬陷！三哥怎么能听信这种人的话？！"

"四弟，别激动。"李恪淡淡笑道，"你刚才不是说了吗，这里就咱兄弟俩，又没外人，你这么激动干吗？"

李泰紧盯着他，胸膛一起一伏："三哥，你明说了吧，你今天来究竟想干什么？"

"你说我来干什么？"李恪微笑反问，"我要是真想干些什么的话，不是应该入宫去见父皇吗？"

"你少拿这种无稽之谈来威胁我，像姚兴这种狂悖之徒说的话，父皇是不会相信的！"

"四弟，照你这意思，我今天是来错了？"李恪冷冷道，"你是不是认为，我应该把这个消息禀报给父皇，让他老人家来决断？或者让他老人家直接派玄甲卫到你府上搜一搜，看姚兴到底是不是诬陷？"

李泰愣住了，额头上瞬间沁出了冷汗，片刻后才木然坐回榻上："三哥，那你告诉我，你为何不向父皇禀报？"

这就等于是默认了。李恪一笑："我跟你又没有过节，干吗害你呢？你要是出了事，不就让承乾称心快意了吗？"

李泰听出话外之音，眉头一蹙："三哥，听你这话，好像对大哥有看法？"

"实不相瞒，我对他是有看法。"李恪道，"我认为他不是一个合格的储君，未来也绝不会是一个好皇帝。相反，我更看好你，四弟。"

李泰大感意外，同时满腹狐疑："三哥，这种话，可不敢随便讲……"

"四弟！"李恪骤然打断他，"事到如今，你还跟我见什么外？我若不是真心这么想，今天何苦到你这儿来？你要是不愿意跟我说心里话，那我现在就走。"说完便站了起来。

"三哥留步。"李泰连忙阻拦，"我不是不想跟你掏心，只是……只是感觉有些突然。"

李恪笑了笑，重新坐回去："我这几年都在安州，咱哥俩走动得少，所以你才觉得突然，并不等于我今天才有这个想法。"

李泰点点头："既然话都说到这儿了，那……杨秉均的事情，三哥有何良策？"

"很简单，你把他交给我，我把他交给父皇，这事情就过去了。"

"万万不可！"李泰一惊，"就这么把他交出去，他一开口，我不就全完了吗？"

李恪轻轻一笑："我又没说要交给父皇一个能开口的杨秉均。"

"三哥的意思是……"

"我的意思你还不懂？"

"我当然懂，可是……"李泰现在巴不得杨秉均马上变成一具尸体，问题是杨秉均如果就这么死了，冥藏那边该如何交代？

对于李泰的心思，李恪洞若观火——杨秉均既然会藏在魏王府里，那就说明李泰早已跟冥藏联手了。事已至此，李恪索性跟他打开天窗说亮话："四弟，若我所料不错，你是在顾虑那个天刑盟的冥藏吧？"

李泰一怔，下意识要否认，可转念一想，现在李恪什么都知道了，跟他撒谎既没必要又显得太没诚意，于是迟疑了一下，便沉默了。

"我不知道你跟冥藏是什么关系，对此我也不感兴趣。我只想说，你若是顾虑冥藏的话，我倒是有一个办法。"

"什么办法？"

"让杨秉均去青楼，我派人在那里把他解决掉，然后把他的尸体交给父皇，你回头就跟冥藏说，是杨秉均瞒着你偷跑出去寻花问柳的，这样他便怪不到你头上，而我也能跟父皇交差了。"

李泰想了想，脸上终于露出笑容："三哥此计，确是一举两得的好办法！"

"好，既然你也同意了，那就尽快去办。"李恪说着，站起身来，"安排好了之后，把时间地点告诉我，剩下来的事情，你就不必操心了。"

李泰也赶紧起身，看着李恪，眼里涌起了感激之色："三哥，这回可多亏了你，小弟我……我真是感激不尽！"

"瞧瞧，又跟我见外了不是？"李恪笑着走过来，用力拍了拍他的臂膀，"三哥我也不求别的，来日你若坐了天下，就让我继续当一个闲云野鹤、衣食无忧的逍遥王爷，别把我兔死狗烹了就成！"

"看三哥这话说的。"李泰笑道，"若承三哥吉言，真有那么一天，小弟我愿与三哥共坐天下！"

"哦？"李恪意味深长地一笑，"你真的愿意跟我共坐天下？"

李泰马上抬起右手："三哥若是不信，我可以对天发誓……"

李恪哈哈大笑着压下他的手："行了行了，发什么誓啊，我跟你闹着玩呢！我说过了，当一个逍遥王爷足矣！好了，我还有事，这就告辞，你不必送了。"说完又拍拍李泰的肩膀，转身走了出去。

李泰紧跟了几步："三哥我送送你……"

"说了不送就不送，还跟我客气？！"李恪回头瞪了他一眼。

李泰笑笑止步："那三哥走好，改天我做东，咱哥俩好好喝几杯。"

"好说。"李恪挥挥手,大步流星地走出了正堂,步伐轻快而有力。

看着李恪远去的背影,李泰的眉头慢慢拧紧了,脸上浮起一丝阴云。

不知何时,苏锦瑟已经站在了他的身后。李泰惊觉,转过身来:"锦瑟,你……你怎么出来了?"

苏锦瑟没有搭话,而是看着门口,悠悠道:"这个吴王,非等闲之辈啊!"

自从几日前被王弘义救回来后,苏锦瑟便一直在魏王府中休养,此刻脸色依旧有些苍白,显然身体还未完全恢复。

"锦瑟,方才的话,你……你都听见了?"

苏锦瑟点点头:"殿下恕罪,奴家昨日听说吴王要来,便觉来者不善,今天忍不住就在屏风后听了听,果不其然……"

李泰叹了口气:"杨秉均的事,我也实在是没办法……"

"殿下不必说了。"苏锦瑟苦笑了一下,"说实话,当时让他躲在这里,奴家心里便不是很赞同,如今既然消息泄露了,那肯定只能采用吴王的办法。杨秉均的事情,都由奴家来安排吧,殿下就不必过问了。我爹那里,回头我也会跟他解释的,殿下无须担心。"

李泰一听,心里大为感动,情不自禁地拉起她的手:"锦瑟,我李泰上辈子是修了多少功德、做了多少好事,今生才能遇见你啊!"

苏锦瑟仰头看着他,目光顿时有些潮湿:"殿下,能听您这么说,奴家这辈子便无憾了。"

"锦瑟,我向你保证,来日我若坐了天下,一定册封你为皇后!"

苏锦瑟脸上泛起幸福的笑容,可旋即想到什么,笑容黯淡了下去:"殿下,你可知道,要想坐这个天下,你真正的对手是谁吗?"

李泰转头看着李恪离去的方向,冷冷一笑:"你说的,是我三哥吧?"

"殿下是聪明人,按说奴家也无须饶舌,只是有一言望殿下记取,吴王此刻与你联手,无非是想借你的手扳倒太子,回头再对付你。此人的心机,比太子深沉太多了。"

"我都知道。只不过,在太子倒台之前,我也只能跟他联手,或者说,只能跟他互相利用。至于日后嘛……"李泰眼中闪过一道寒光,"鹿死谁手,犹未可知。"

洵阳码头,樯帆林立,舟船云集。

午后的阳光洒在江面上,整个码头一片热气氤氲。

十几名玄甲卫散立在岸边的阴凉处，神色倨傲地观察着上上下下的过往商旅，同时也盯着那些正在盘查过所的捕快。郎将薛安早就交代下来，说这些地方上的捕快怠懒颟顸，大多靠不住，要提防他们偷奸耍滑，别让人犯从眼皮子底下溜了。

这时，丁捕头带着五名捕快大摇大摆地走上了码头。一名捕快打招呼："丁大哥，这是要去哪儿？"

"奉明府之命，到郧乡县办个差。"丁捕头道，"帮我找条船，要马上起锚的，我这差事急，得赶时间。"

捕快答应了一声，马上回头去帮他找船。不远处树荫下的两名玄甲卫闻声，往这边瞥了一眼，见是丁捕头，便把目光挪开了。旁边一个三角眼的捕快见丁捕头身后这几个面生，便走了过来："这几位兄弟是哪儿的，咋没见过？"

"丰阳县的。"一个美须髯的捕快应道，"奉上头命令，跟老丁一起到郧乡办事。"三角眼"哦"了一声，目光却在他身后的两名小个子捕快身上扫来扫去。

美须髯忽然低低骂了一声。三角眼不解，回头看着他。美须髯吐了口唾沫，朝那些玄甲卫努努嘴："兄弟，这世道真不公平，咱们在这大太阳底下忙活，那帮浑蛋可倒好，一个个都在树底下躲清闲。"

"可不是嘛。"三角眼深有同感，"那帮孙子，仗着是朝廷来的，个个牛皮哄哄、人模狗样的，老子也看他们不顺眼。"

"玄甲卫有什么了不起？"美须髯又道，"脱了那身黑甲他们屁都不是！"

发牢骚骂娘，是在两个陌生男人之间建立好感的最快办法。萧君默深谙此道，便跟三角眼你一句我一句，没两下就热络得跟老熟人似的。片刻后，刚才那名捕快帮他们找来了一个船老大，说是艘去江陵的大帆船，马上就起锚了。

丁捕头赶紧用目光询问萧君默，萧君默点点头，对三角眼道："兄弟，公务在身，不跟你聊了，回头办完差事，我请你喝酒，咱哥俩好好唠唠！"

"好嘞！一言为定！"

这时，薛安忽然从税关中走了出来，手搭凉棚朝码头上看。楚离桑和华灵儿顿时有些紧张。她们虽然易过容了，但终究不脱女人的身段和形貌，三角眼的目光又忍不住往她们身上瞟来。萧君默赶紧一把搂过他的肩膀，低声道："喂，你看我这两个小兄弟，像女人不？"

三角眼一乐："别说，还真有点像。"

萧君默哈哈一笑："这是我俩徒弟，刚出来当差，细皮嫩肉的，弟兄们都说他们一个是我大老婆，一个是我二老婆。"

三角眼咮咮笑了起来："那兄弟你可真艳福不浅啊！"

萧君默嘿嘿笑着,捶了他一下:"行了,不跟你废话,先走一步了!"

"兄弟慢走,一路顺风啊!"

薛安远远望着一伙捕快勾肩搭背说说笑笑,定睛一看,是丁捕头和三角眼等人,顿时不屑,对随从道:"瞧瞧这帮窝囊废,抓人不行,拉呱扯皮倒挺能耐!走,上别处看看。"说完便信步朝码头另一边走去。

楚离桑和华灵儿暗暗松了口气,赶紧跟着萧君默和丁捕头朝江面的泊船处走去,一旁的辩才和米满仓也快步跟上。一行六人很快走过一条长长的艞板,跳上了一艘正在起锚的三桅帆船,萧君默还不忘回头朝三角眼挥了挥手。

三角眼也抬手挥了挥,自语道:"大老婆,二老婆……嘿嘿,这口味还真不是一般的重!"

风正帆悬,三桅帆船迅速驶离了洵阳县,在宽阔的汉水江面上劈波斩浪,朝东疾行。

丁捕头瑟缩地蹲坐在船舷一角,神情沮丧,辩才和米满仓一左一右看着他。萧君默、楚离桑和华灵儿则迎风站在船头。三人聊起了适才在千面狐家里的惊险一幕。

楚离桑问萧君默是怎么识破千面狐有诈的,萧君默道:"最初,是还没到他家的时候,华姑娘说,千面狐有个表亲在洵阳县廨里当差,接着又说黑道上的人只图财。把这两句话放在一起想,我心里便有了一种不祥的预感,既然千面狐有亲戚在当差,那他对咱们的情况肯定一清二楚,若说要图财,还有什么财比五百金的赏格更诱人呢?当然,这些都只是我的胡乱猜测,还算不上真正的疑点。"

"那真正的疑点是什么?"楚离桑问。

萧君默道:"第一个疑点,是刚到他家,华姑娘跟他对完暗号之后。当时屋里安静了一会儿,紧接着屋后便传出了一点动静,我怀疑那是鸟拍打翅膀的声音。是什么鸟早不飞晚不飞,却在那当口飞了起来?于是我产生了怀疑。"

"然后呢?"楚离桑又问。

"然后就是砍价的时候了。按说他要价四金,也不算很离谱,而我却故意砍掉一半,并且口气很不好听,就是故意要激怒他。如果他心里没鬼,以他在道上的身份,定然会跟我翻脸。但恰恰相反,他不但没有翻脸,反而还爽快地答应了,这不正常。所以我产生了第二点怀疑。"

楚离桑和华灵儿同时恍然。怪不得他要那么砍价,原来是因为这个。

"第三点,就要说到那鸟儿了。"萧君默接着道,"我假装要上茅厕,就是要确认之前飞出去的到底是什么鸟。然后我到了后院，看见桃树上挂着个空鸟笼，笼子里有水有鸟食，看上去都很干净，说明这鸟刚才还在，是千面狐有意放飞的。那他放的是什么鸟呢？最有可能的答案，便是信鸽。我在树底下发现了一根羽毛，证实了我的猜测。接着我问他养了什么鸟，他说是八哥，还说几天前就死了，明显是在撒谎。到这一步，我基本上可以确定，他事先已经跟什么人设计好了，就是要专等我们到来，然后放走信鸽报信。"

"这个人就是他表弟丁捕头？"华灵儿插言道。

"没错。丁捕头肯定早就垂涎那五百金的赏钱，他料定咱们很可能会去找千面狐易容、买过所，所以事先设了这个局。但是要顺利抓捕咱们，也没那么容易，因此在他们的计划中，最重要的一环，便是要设法把咱们迷倒，这也是千面狐那么殷勤要请我们吃汤饼的原因。"

楚离桑和华灵儿再度恍然。

"之后，千面狐进了灶屋，刚把一锅水烧开，就从袖子里掏出了一小瓶迷药，全都撒进了锅里。我猜那些迷药的量，足以让咱们五个人睡上一天一夜。可惜，他放迷药的时候，我就站在他身后。"萧君默说完笑了一下，看着二人，"还有什么不明白的？"

"你说千面狐撒没撒谎你都能看得出来，这又是为何？"华灵儿依旧困惑，"难道你有佛教所说的'他心通'？"

"我没那么神。"萧君默笑，"我干玄甲卫这几年，审过很多人犯，经过仔细观察和反复验证，慢慢就能从人的细微表情和肢体动作中，大致窥破他们内心的秘密。这是一点点积攒起来的经验，不是什么神通。"

"在我看来，这已经很神了！"华灵儿大感兴趣，"那你说说，千面狐都是啥表情让你窥破了秘密？"

"他有四次不寻常的表情和动作。第一次，是在他思考价钱的时候，他用手在颈部摸了一下，这说明他不太自信，或者心里有压力。第二次，是我询问他养什么鸟的时候，他做出了微笑的表情，可他下腭的肌肉却紧绷着，这出卖了他，说明他很紧张。第三次，是他说要去下汤饼和烧水的时候，用手摸了一下鼻子，这说明他心里想的和嘴上说的不一样，他是在掩饰和撒谎。第四次，就是他在开那个铁匣的时候，楚姑娘说要帮他开，他舔了舔嘴唇，然后便把嘴唇绷紧了，这说明他正处在高度的担忧和紧张之中，所以我才意识到铁匣可能有问题。"

萧君默说完，楚离桑脸上露出了敬佩之色，而华灵儿的表情则已近乎崇拜。

"乖乖，怎么会有这么多学问呢！啥时候你教教我，我拜你为师了！"华灵儿一脸兴奋，有意无意地揽住了他的胳膊，似乎有点撒娇的意味。

萧君默轻轻把手抽了出来，笑了笑："雕虫小技，岂敢为师？"

"这个丁捕头，该怎么处置？"楚离桑不想让华灵儿缠着萧君默，赶紧帮他解围。

方才在千面狐家里，他们扒下五个捕快的衣服后，华灵儿本来要把丁捕头和他们全都杀了灭口，萧君默拦住了她："这些人虽然不是什么好人，但想必也无甚大恶，还是饶他们一命吧。更何况，这个丁捕头，咱们还用得着。"

"那就留着丁捕头，把其他人杀了！"华灵儿不假思索，口气就跟踩死几只蚂蚁一样。

萧君默在心里苦笑，这个华灵儿虽说是个任侠仗义之人，只可惜太不把人命当回事。尽管萧君默自己从任职玄甲卫以来也没少杀人，可都是在自卫或万不得已的情况下才杀。儒家说"上天有好生之德"，佛家讲杀生会造下极重恶业，所以他每次迫不得已杀人后，心里都是很不好受的。在萧君默看来，世上没有比生命更值得敬畏的东西，所以一个人有没有力量，并不是看他杀了多少人，而要看他救了多少人。

"只要能让他们闭嘴，就不用杀。"萧君默道。

"那你说，怎么让他们闭嘴？"

"你不是千魔洞的大当家吗，这个还需我教你？"萧君默笑。

华灵儿想了想，走过去一把揪住丁捕头的衣领："知道我是谁吗？"

丁捕头惊恐地摇了摇头。

"听着，我是千魔洞的大当家华灵儿。你跟你的手下要是把今天的事都忘掉，我就让你们的脑袋在肩膀上多待两年，要是敢胡说八道泄露半个字，我们千魔洞的兄弟随时会来取尔等狗头，包括你们的妻儿老小。听明白了吗？"

"明白明白，今天啥都没发生，我……我们啥都没看见。"

"你表兄的尸体，你得负责处理。"

"好，好，我处理，全都交给我，你们放心。"

随后，萧君默命那些捕快把千面狐下了迷药的水全都喝了，然后互相把对方捆结实，最后把他们关进了屋子，才带着丁捕头来到了城南码头……

"到了下一个码头，就把他放了吧。"萧君默看着丁捕头，回答了楚离桑方才的问题。

"你确信他和那些手下，都不会把咱们的行踪泄露出去？"楚离桑问。

"华灵儿都跟他说到那份上了，他肯定不敢拿一家老小的性命来赌。"萧君默很有把握，"千魔洞的人说得出做得到，这一点丁捕头很清楚。"

楚离桑闻言，这才放下心来。

长安皇城，朱雀门城楼上。

李世民负手站在城垛边，正眯眼望着四五丈外的一根旗杆。李恪站在他侧后，更后面站着李世勣、赵德全等人，所有人的目光也都聚焦在了旗杆上。

城楼外的这根旗杆，此刻挂的不是旗，而是人头，两颗血淋淋的人头。

一颗是杨秉均的，一颗是姚兴的。

数日前，按照李恪的计划，苏锦瑟派人把杨秉均骗到了平康坊的一家青楼，接着孙伯元带着孙朴等人及李恪的亲兵进入青楼，故意虚张声势闹出动静，迫使杨秉均夺路而逃并持刀拒捕，然后轻而易举地干掉了他。随后，李恪便将杨秉均的尸体交给朝廷，并禀报李世民，称杨秉均在拒捕时被手下不小心格杀了。

虽因没抓到活口而感到遗憾，但李世民还是嘉奖了李恪。很快，李世民便下旨，命刑部将关押许久却一直拒不交代的姚兴正法，并将杨秉均和姚兴的首级同时挂在了皇城的朱雀门前示众。

随着二人的伏法，震惊朝野的甘棠驿血案总算告一段落。

然而，该案主犯、冥藏舵主王弘义至今仍逍遥法外，还是让李世民颇为不快。此外，萧君默、辩才等人又屡屡逃脱玄甲卫的追捕，朝廷对天刑盟的追查也一直未能取得进展，所有这些更是让李世民郁闷不已。

"恪儿，你说说，以你的判断，冥藏眼下是否还在长安？"李世民头也不回地问。

李恪一怔。他当然知道冥藏肯定在长安，因为此人正与李泰联手，但这件事是他和李泰之间的秘密，自然不能告诉李世民。"回父皇，关于冥藏这个人，儿臣尚未掌握与他有关的任何线索，故而……故而不敢妄论。"

李世民冷哼了一声，也不知是对李恪的回答不满意，还是在表达对冥藏的厌恶之情。他俯视着脚下这座繁华富庶的帝京，眺望着远处街市熙来攘往的人群，自语般道："要朕说，这家伙肯定还在长安。他像是一条毒蛇，就藏在这座城市的某个角落，正咝咝地吐着舌芯，随时准备蹿出来咬朕一口。可恨的是，这条蛇明明就在朕的眼皮底下，可朕却看不见它，而满朝文武、衮衮诸公，也没人有本事抓住它，朕每思及此，都备感无奈啊！"

皇帝的话说到最后，明显已经是在责备了。

李恪、李世勣、赵德全等人闻言，立刻哗哗啦啦地跪伏在地，脸上皆是惶恐之色。

"父皇，都怪儿臣无能，未能替君父分忧。"李恪伏在地上道。

其实他这话也不全是违心之语，因为向父皇隐瞒真相的确让他心生愧疚。李恪现在只希望能尽快扳倒太子，到时候就可以名正言顺地对付李泰和冥藏了。他在心里暗暗发誓，有朝一日必亲手把冥藏抓到父皇面前。

"这事不能怪你，你不必自责。"李世民淡淡道，"杨秉均和姚兴不都是你抓的吗？你已经尽力了。"

"谢父皇！"

李世民看着他，忽然道："对了，你回京也有些时日了，一个堂堂亲王总是无官无职也不像话，朕也许该赏你个官职了。"

李恪心中一喜，这显然是最近的表现博得了父皇的赏识。他抑制着喜色："儿臣只想为朝廷做事，为父皇分忧，至于有没有官职，儿臣并未放在心上……"

"你也不必推辞了，不在其位不谋其政，要做事也得有个职位嘛。"李世民沉吟了一下，对赵德全道，"德全，传朕口谕，命中书省拟旨，即日拜吴王为左武候大将军。"

"老奴领旨。"赵德全笑眯眯的，也替李恪感到高兴。

"谢父皇隆恩！"李恪赶紧伏地磕了三个头。

左武候大将军是正三品，专掌皇宫宿卫及京城昼夜巡查等职，并在帝驾出幸、畋猎时负有警戒、扈从之责，是一个非常重要的职务。李世民的这项任命，已经充分表明了他对李恪的器重和信任，自然是令李恪喜出望外。

这边厢李恪喜上心头，那边厢的李世勣却是愁容满面。

身为玄甲卫大将军，皇帝方才那番指责首先便是针对他的，所以他责无旁贷、不容推脱。其实刚才他就想主动请罪了，只是一直插不上话，现在终于找了个空当，赶紧道："陛下，迟迟未能破获天刑盟、抓获冥藏，是臣的罪责，臣甘愿领罪。"

"说到你，朕倒是想恭喜你一下。"李世民回头瞥了他一眼，眼底满是嘲讽。

李世勣越发惶恐，知道皇帝接下来肯定是要说萧君默了，所以一点都不敢接茬。

"你教出了一个好徒弟啊！三番五次突破玄甲卫的重围，还杀死杀伤数十位昔日同僚，现在又逃得无影无踪。你当初一直夸他是不可多得的青年才俊，还有意培养他接你的班，如今看来都没错呀，这小子果然厉害，确实深得你的真传哪！"

李恪一听父皇如此痛恨萧君默，心里大不是滋味。

听着皇帝的冷嘲热讽，李世勣惭悚得无地自容，遂摘下乌纱，双手捧过头顶："罪臣尸位素餐，失职渎职，愧对朝廷，有负圣恩，请陛下即刻罢去臣之大将军一职，再治臣失职渎职之罪。"

"这就想撂挑子了？"李世民斜了他一眼，"别急，那顶乌纱先在你头上寄着，等抓住了萧君默和辩才，再来治你的罪不迟。"

李世勣知道皇帝的目的只是鞭策一下他，其实还是信任他的，心里不由得一阵感激。

这些日子，萧君默的事情让他伤透了脑筋。论公，他当然希望玄甲卫尽快抓住萧君默，可论私，他却又暗暗祈盼这小子能逃出生天。这样的矛盾和纠结几乎时时刻刻伴随着他，让他食不甘味、寝不安枕。昨日，他有些心烦意乱，随手拿起萧君默数月前调查辩才的一份奏表，无意中发现了一条重大线索，顿时把自己吓得一个激灵。

其实这份奏表他此前便已看过，只是那时还没出这些事情，所以看过就忘了，如今再看，意义便全然不同。也就是说，循着重新发现的这条线索，便很有可能一举抓获辩才和萧君默。为此，他昨晚彻夜难眠，一直在犹豫要不要将此事禀报皇帝。到最后，私情还是战胜了公心——毕竟，萧君默是他最得意的弟子，而且在他心目中，早已把萧君默当成了自己的儿子，所以无论如何也下不了狠心。

然而此刻，面对皇帝的宽容和信任，李世勣顿觉万分愧疚。

他蓦然想起了去年发生的一件事。当时他忽得暴病，卧榻多日，医师嘱咐须有一物做药引，才能药到病除。李世勣问何物，医师说是"龙须灰"，也就是用龙须烧成的灰。他顿时哭笑不得，世上根本连龙都没有，哪儿来的龙须？医师却低声告诉他，真龙天子的胡须便是"龙须"。李世勣大惊失色，连忙叫医师不许胡言乱语。不料数日后，李世民不知从哪儿听说了这件事，竟然真的剪下自己的胡须，烧成粉末，命赵德全送到了李世勣府上。

李世勣万分惊愕，同时又感激涕零。神奇的是，服下这一剂用"龙须灰"做引的药后，他的病居然真的好了。李世勣当即入宫，向皇帝泣涕以谢……

回忆这桩往事，一股热流顿时在他的心里急剧涌动。正当李世勣再次犹豫着要不要向皇帝禀报那条线索时，李世民忽然道："世勣，朕昨日翻阅萧君默当初呈上的奏表，似乎有了一个重要的发现。"

李世勣一怔，心跳骤然加快。

皇帝的发现不会恰好跟自己的发现一样吧？世上竟然会有如此巧合之事？

"敢问陛下，不知是何发现？"

李世民刚想开口，忽然下意识地瞟了李恪一眼，对李世勣道："此事三言两语也说不清，先回宫吧，朕慢慢跟你说。"说完回头对李恪道："恪儿，朕对你的任命即刻生效，去左武候府候旨接任吧，不必陪朕了。"

"是，儿臣遵旨。"

"都平身吧，回宫。"李世民大踏步向城楼下走去。

赵德全赶紧起身，拉长声调："圣上起驾——"

"儿臣恭送父皇。"李恪目送着父皇和李世勣等人匆匆离开城楼，心里骤然生出一丝不祥的预感。

凭直觉他便断定，父皇方才提到的"发现"一定与萧君默的行踪和去向有关。

看来，这小子这回是凶多吉少了！

一想到亡命天涯的萧君默现在不知身在何方，更不知能否逃过此劫，李恪的心便揪紧了，方才拜官的喜悦瞬间消失得无影无踪。

夜，魏王府书房。

李泰静静坐在书案前，案上摊着一卷书。他的目光停留在书上，思绪却早已飘远。

杨秉均事件虽然有惊无险地过去了，但李泰仍旧心有余悸，要不是李恪出于自己的利益计算，在客观上帮了他，他现在肯定是身败名裂了。

就杨秉均这件事而言，李泰心里还是感激李恪的，尽管他也知道，在接下来的夺嫡之争中，李恪迟早会成为自己的劲敌，可这也是太子倒台之后的事。最起码现在，二人的目标还是一致的，就是如何扳倒太子。

跟太子斗法这么久，双方互有胜负，一直未能决出雌雄，让李泰颇感抑郁。因为太子是防守方，李泰是进攻方，若久攻不下，太子不赢也算是赢了，李泰没输也等于输了，所以这些日子，李泰异常焦灼，一直在思考一个一劳永逸的办法。

几天前，李泰忽然鬼使神差地想到了杜荷，然后一个近乎完美的计划便渐渐在他的脑中成形，令他喜不自胜。李泰随即找苏锦瑟商量，苏锦瑟也认为计划可行，并愿意在关键的环节上提供助力。

此刻，一想到这个计划一旦成功，自己便极有可能入主东宫，李泰的嘴角就忍不住泛起了笑意。

门外，一名宦官轻手轻脚地进来，低声道："启禀殿下，杜长史到了。"

"让他进来。"李泰笑意一敛，头也不抬道。

片刻后，杜楚客走了进来，刚要行礼，李泰便摆了摆手："坐吧。"

杜楚客坐下，表情略有些尴尬。自从上次李泰提出要干掉杜荷，他明确反对之后，两人之间便有了一层微妙的隔膜。

"今天找你来，是有一件事情商量。"李泰开门见山。

"请殿下明示。"杜楚客小心翼翼，观察着李泰的神色。

"楚客，我先问你个题外话。你下围棋的时候，倘若有一子被对手围困，基本上必死无疑，你会扔掉它不管吗？"

杜楚客微微蹙眉，琢磨着李泰的言外之意："当然不会。我会把死棋当成活棋来走，迫使对方接招，这样我便能抢到先手，让对方按照我的步调来下。说白了，就是利用这颗弃子之死，来换取我的最大利益。"

李泰一笑："没错。明明一颗棋子要弃而不用了，也不能随随便便扔掉，而是要拿它来干扰对手，乃至击败对手，这才是高明的博弈之道。"

杜楚客狐疑地看着他："不知在殿下的棋盘上，谁……谁是这颗弃子？"

"你懂的。"李泰仍旧微笑着，"咱们前不久才聊过他。"

杜楚客一下就明白了，苦笑道："殿下还是不想放过他。"

"你错了，不是不放过他，而是要让他发挥一颗弃子该有的作用，让他死得其所。"

"死得其所？"

"是的。你想想，如果这颗弃子之死，能在日后给你换来一顶宰相乌纱，那不就是死得其所吗？"

杜楚客一怔，旋即恍然。李泰的意思明摆着：只有他成功夺嫡，将来当上皇帝，他杜楚客才能一展平生抱负，成为宰相。可问题是，这事跟杜荷有什么关系？

"殿下的意思是，要利用杜荷来对付东宫？"

"聪明。"

"那殿下打算怎么做？"

"你不是一直反对我干掉杜荷吗？"李泰揶揄道，"我还以为你们叔侄情深呢，现在你这么问，我是不是可以理解为，你改主意了？"

杜楚客尴尬："若是有助于殿下正位东宫，那……那我自然不会反对。"

李泰呵呵一笑："你心里想的，应该是有助于你当上宰相吧？"

杜楚客越发窘迫："我生是殿下的人，死是殿下的鬼，若不能辅佐您位登大宝，属下又岂敢奢望宰相之位？"

"这么说，咱俩达成共识了？"

杜楚客叹了口气："反正这小子也不是个东西，属下就当……就当大义灭亲吧！"

"好，这才是做大事之人！"李泰拍了下书案。

"那，敢问殿下，到底有何计划？"

"计划说起来也不复杂，派人刺杀杜荷，然后把刺客抓了，让他反咬东宫。你想想，杜荷虽然不是什么朝廷重臣，但好歹也是父皇的女婿，堂堂驸马都尉、国朝郡公，一旦证实是被太子所杀，那太子的储君之位还能保得住吗？"

杜楚客微微一惊："这倒是个不错的计谋，可收一石二鸟之效，只是说起来简单，真要下手实施，恐怕也不容易啊！"

李泰矜持一笑："那你且说说，怎么个不容易法？"

"首先，要把刺杀案做得像，就得帮太子寻找动机——他为何要刺杀杜荷？"

"杜荷当初为了骗取我的信任，曾经透露过一些太子的问题，比如东宫车驾的规格、内饰等，很多细节有逾制之嫌，我明天便让刘洎把这些事上奏父皇，并指明消息来源是杜荷。杜荷是尚乘奉御，本身就是管这些事的，所以父皇看到奏章后也不会怀疑。把这一层先铺垫好，然后再动手。到时候杜荷被杀，朝廷一查，发现他曾在这件事上得罪过太子，这不就是太子报复杜荷的合理动机吗？"

"这的确是一个动机，只是……感觉力度还不太够。"

"除此之外，还有一个动机是现成的。如今朝野上下，谁都知道杜荷是我的人，连父皇也这么认为。既然如此，太子就有理由对杜荷怀恨在心。有了这一条，再加上刘洎的奏章，那便是新仇加旧恨，所以太子一怒之下便派人刺杀了杜荷，这不是顺理成章吗？"

"看来殿下对此已是深思熟虑了。"杜楚客思忖着，"还有一点，就是咱们抓捕刺客的过程必须很自然，否则就容易露出破绽。"

"这我当然想到了，所以抓捕刺客这事，咱们不必自己动手，就交给我三哥了。"

"吴王？"

"对啊，最近他接连抓捕姚兴和杨秉均，又刚刚官拜左武候大将军，风头正健，交给他最合适，这样父皇也不会起疑。"

杜楚客点点头："最后的问题就是，有什么样的人甘愿为殿下赴死，并且无论碰到什么情况都能死咬东宫而不松口？"

李泰又是一笑："这样的人当然有，他们的名字，就叫死士！"

"莫非，殿下已经有人选了？"

"我之所以跟冥藏联手，不就是为了今天吗？像天刑盟这样的江湖组织，最不缺的，便是死士。"

"那殿下打算如何实施？"

"找个地方，约杜荷过来喝酒，然后在宴席上干掉他。"李泰停了一下，看着杜楚客，"为了把这场戏演得更逼真一些，我觉得，你或者我，也有必要挂点彩。"

杜楚客一惊："苦肉计？"

"是的，这一环必不可少。"

杜楚客眼睛一转，微微苦笑："如果非这么做不可的话，那也只能是属下挂彩，殿下万金之躯，岂能有所损伤？"

其实李泰想听的就是这句话，却装作不以为然，道："话是这么说，不过本王自幼练习弓马，身子也没那么娇贵，受一两刀还是不成问题的。"

"万万不可！"杜楚客连连摆手，"刀剑无眼，殿下绝对不可冒这个险，此事还是交给属下吧，殿下就别争了。"

李泰做出一脸不忍之色，叹了口气："既如此，那就委屈你了。"停了停，又补充道："我会嘱咐他们，务必拿捏好分寸，顶多就是受点皮肉之苦，不会让你伤筋动骨的。"

杜楚客苦笑："属下说过，这条命就是殿下的，只要能帮殿下成就大业，属下就算赴汤蹈火也在所不辞！"

李泰闻言，顿时有些感动。他这回的感动是真的。

"楚客，本王向你保证，来日我若坐了天下，一定拜你为相！"

第十一章／夜杀

三桅帆船从洵阳县出发，沿汉水东下，一路顺风顺水，于六日后抵达了荆州江陵。

萧君默一行五人既易了容，又穿着一身捕快行头，所以顺利通过了沿途十几个州县的关卡盘查。比起之前在秦岭经历的千难万险，这五六日的行程就像是在游历大唐的壮丽山河，颇有几分轻松和惬意。

江陵县是荆州治所，自古便是一座历史文化名城，最早为楚国国都郢。从春秋战国到隋唐年间，先后有三十余位帝王在此建都，历时近五百年。江陵西控巴蜀，北接襄汉，襟带江湖，指臂吴越，乃东西交通之枢纽，也是连接中原与岭南之要冲，历来为兵家必争之地。隋末唐初的南梁政权萧铣，便于此建都称帝。

萧君默判断，当初智永和辩才驻锡江陵大觉寺，一定是在暗中辅佐萧铣，而此次辩才到江陵来的目的，定然是联络潜伏在此的旧部。

一行人由北门进了城，找了一家名叫"云水"的客栈落脚，然后脱下捕快行头，换回了普通装束。楚离桑和华灵儿依旧女扮男装，不过二人都嫌扮相太难看，于是不约而同都把胡子摘了，妆容也洗了，露出了细腻白皙的皮肤，看上去就像两个英俊的白面小生。

五人为了方便，各自开了一个房间。萧君默在自己房间匆匆洗了把脸后，便来到辩才房中，趁没有旁人在场，向他提出了一个埋藏在心中许久的问题：

"法师，事到如今，您是不是该跟晚辈交个底了，您到江陵来到底是要做什么？"

辩才沉吟片刻，点了点头："萧郎这一路走来，虽九死一生，却初心不改，贫僧十分感佩！你说得没错，事到如今，是该把一切都告诉你了。正如你之前预料的一样，贫僧来此，是想联络天刑盟的分舵，目的你肯定也猜到了，便是阻止冥藏重启天刑盟。"

果然不出所料！萧君默又问："那您具体要做些什么，才能阻止他？"

辩才闻言，忽然眯起了眼睛，像是被强光照射到一样，可现在他们是在客栈的房间中，辩才也背对着窗户，根本看不见阳光。凭经验，萧君默一眼便能看出，辩才是在抗拒自己内心的某个想法。

"毁掉《兰亭序》真迹，毁掉天刑之觞！"

辩才仿佛用了极大的力气才说出这句话，说完后，他的肩膀便塌了下去，就好像这一句话便耗尽了他的全部精神。

萧君默一听，心也猛地揪了一下。他完全能理解，作为天刑盟的左使，辩才说出这句话需要付出多大的勇气和决心。

"除此之外，就没有别的办法了吗？"萧君默问。

辩才失神地摇了摇头："冥藏现在所做的一切，就是要得到《兰亭序》和盟印，有了这两样东西，他便能号令所有分舵，重启整个组织，然后与朝廷对抗，甚至是……颠覆大唐社稷！"

"您说的天刑之觞便是盟印？"

辩才点头。

"那《兰亭序》真迹里面到底隐藏了什么，能够让他获得重启组织的力量？"这个问题已经困扰萧君默太久了，他迫不及待想知道答案。

辩才苦笑了一下，却没有正面回答他的问题："萧郎若愿意陪贫僧做完这些事，自然有一天会见到《兰亭序》真迹。到那时候，所有的谜底便揭晓了，你也就什么都明白了。"

萧君默稍感遗憾，但辩才不说，他也不便再追问，于是换了一个问题："《兰亭序》真迹和天刑之觞，都藏在江陵吗？"

"不，不在这里。"

"那在何处？"

辩才迟疑了一下，轻声道："在越州。"

"既然是在越州，那我们为何来江陵？"

"因为要取出真迹和盟印，需要……需要一些物件。"

萧君默想了想：“那您的意思，这些物件是在江陵的分舵手上？”

“是的。”

“那法师介意告诉我是哪几个分舵吗？”

“都到这会儿了，我还介意什么？”辩才笑了笑，“一个是东谷分舵，一个是回波分舵。”

东谷？回波？

萧君默迅速在记忆中搜索兰亭会上的那些诗。很快，有两首诗便浮现在了他的脑海中。他先念了其中一首：“温风起东谷，和气振柔条。端坐兴远想，薄言游近郊。这是当年王羲之的友人、时任散骑常侍的郗昙所作的诗。这么说，现在这个东谷分舵的舵主，便是郗昙的后人了？”

辩才点头：“没错，如今的东谷先生，正是其后人郗岩。”

“踪畅何所适，回波萦游鳞。千载同一朝，沐浴陶清尘。”萧君默又念出了第二首，“这是时任会稽郡五官佐谢绎的诗。如今的回波先生，便是这个谢绎的后人了？”

“是的，他叫谢吉。”

“那法师所谓的物件，到底是什么？又为何会在他们手上？”

“萧郎既然能背诵兰亭会上的所有诗文，想必也能背出王羲之本人所作的那首五言诗吧？”辩才不答反问。

“当然。晚辈还记得，王羲之的那首五言诗最长，足有二百六十字。”

辩才不禁哈哈一笑：“连字数都记得，萧郎果然是下了一番苦功啊！”

萧君默淡淡一笑：“晚辈说过，无论如何，也要查清家父拿命守护的东西到底是什么。”

辩才收起了笑容，意味深长地看着他：“萧郎不愧是年轻人中的翘楚，你的胆识和意志，实在非常人可及！”

“法师言重了，晚辈不过是生性执着一些，凡事总想弄个水落石出罢了。”萧君默道，“法师提起王羲之的五言诗，到底是何意？”

“你刚才问的那个物件，就藏在其中一句诗文里。”

萧君默眸光一闪：“哪一句？”

“藏有‘天刑’二字的那一句。”

萧君默迅速思索了一下：“三觞解天刑？”

辩才一笑，随口吟道：“‘体之固未易，三觞解天刑。方寸无停主，矜伐将自平。’刚才说的那个物件，便是这‘三觞’！”

萧君默顿时恍然大悟："三觞解天刑，意思便是只有用'三觞'才能'解'开天刑盟，重启组织？"

"没错。"

"那这个'三觞'到底是什么东西？"

"准确地说，三觞是三个物件。"辩才略显神秘地笑了笑，"萧郎若想一睹为快，不妨今夜随贫僧走一趟大觉寺。"

"您的意思是，这三觞分别在东谷先生郗岩、回波先生谢吉和大觉寺这三处，今晚便是要先取出大觉寺的这一觞？"

"正是。"

杜荷跟魏王已经有些日子没联系了，这一日忽然收到了李泰亲笔所书的请柬，盛情邀请他明日午时到崇仁坊暗香楼赴宴。杜荷颇为狐疑，犹豫了半天也没个主意，最后只好来东宫找太子商量。

"不就是喝个酒吃个饭吗，有什么好怀疑的？"李承乾觉得杜荷未免过于胆小了。自从把他安插到李泰身边，这小子就一直没提供什么像样的情报，这个酒局正好是个刺探的机会，没想到他还疑神疑鬼。

"殿下有所不知，李泰好长时间没找我了，这回忽然这么殷勤，我总觉得不太对劲啊！"杜荷向来很相信自己的直觉。

李承乾摇头笑笑："那你说说，他这回找你，是什么由头？"

"说是要让我跟叔父多亲近亲近，还说一家人该彼此包容、互相体谅什么的。"

"这没错呀。"李承乾道，"杜楚客是你的叔父，是长辈，你这个做侄子的本来就该尊重他。可你呢，总是对他不理不睬，一见面就给他脸色看，这成何体统？李泰撮合你们也是一片好意嘛！"

杜荷冷哼了一声："这老家伙是打心眼里瞧不起我，逢人必说我不学无术、骄纵轻狂，还说什么朽木不可雕、烂泥扶不上墙，反正什么难听的就骂什么。殿下您给评评理，碰上这么个刻薄寡恩的老家伙，我怎么尊重他？我惹不起总还躲得起吧？"

李承乾呵呵一笑。

事实上，他觉得杜楚客对杜荷的评价并没有错，这小子本来就是个一无所长的纨绔子弟，除了纵情声色、飞鹰走马，就没见他干过什么正经事。他能当上驸马，成为自己的妹夫，全凭乃父杜如晦之余荫，若不是想利用他去刺探李泰情报，李承乾连正眼也不会瞧他一下。

　　"二郎啊，这俗话说得好，一个巴掌拍不响，你跟你叔父的关系搞得这么僵，这问题也不全在他身上吧？你自己难道就一点毛病没有？"

　　杜荷撇撇嘴："我就算有什么毛病，也轮不到他来教训。"

　　"你这话就不对了。"李承乾沉下脸来，"令尊早逝，杜楚客身为叔父，怎么就不能教训你？他之所以骂你，那不是爱之深责之切吗？要我说，你就该利用这次机会，好好跟你叔父握手言和，顺便摸摸李泰的情况。"

　　杜荷绷着脸不说话。

　　李承乾看了他一会儿，冷然道："二郎，就算你心里不想跟他和好，做做戏总会吧？你得清楚，杜楚客是李泰的头号谋臣，肚子里的机密多的是，你要是能得到他的信任，就不难刺探到有价值的情报。所以说，小不忍则乱大谋，你若是一味意气用事，又如何帮我呢？"

　　杜荷仍旧一脸忧色："可万一……明日的暗香楼是场鸿门宴呢？"

　　李承乾忍不住哈哈大笑："鸿门宴？我说二郎啊，你以为自己是斩蛇起义的沛公呢？李泰若真想搞鸿门宴，那他邀请的人也得是本太子吧？"

　　杜荷想想也对，却仍不放心，道："殿下，要去也成，不过我有个请求。"

　　"说。"

　　"您能不能，从谢先生那儿找几个高手，明日做我的随从？"

　　太子与羲唐先生谢绍宗联手一事，杜荷、李元昌、侯君集三人都是知情的。尽管李承乾不太愿意让谢绍宗与杜荷有何瓜葛，可一想杜荷毕竟对自己还有用，真出了什么事也是一个损失，再说谢绍宗手底下有的是人，找几个给他当保镖也没什么大不了的，便道："行，你先回去，我回头就给你安排。"

　　杜荷大喜，连声道谢，旋即告辞离去。

　　片刻后，谢绍宗从屏风后面走了出来。李承乾笑道："先生都听见了吧？这个绣花枕头，真是中看不中用，你说我用这么个人当细作，是不是找错人了？"

　　谢绍宗却没有笑，而是眉头微蹙："殿下，说句实话，我也觉得杜荷的担心不无道理。"

　　李承乾诧异："何以见得？"

　　"正如杜荷所言，魏王前一阵子还跟他打得火热，过后便突然断了联系，现在又无缘无故主动邀他，您不觉得蹊跷吗？"

　　"没什么蹊跷的，父皇前不久停了房玄龄的相职，起因便是房遗爱、杜荷这帮权贵子弟跟李泰走得太近，引起了父皇猜忌。你想，出了这种事，李泰还敢不收敛吗？"

"既如此，那魏王就该从此跟杜荷断交，为何现在又主动攀扯？"

"他可能觉得风头过了吧。当初为了让杜荷接近李泰，我故意让他泄露了一些不痛不痒的情报，估计李泰不死心，还想从他嘴里再掏点什么东西。"

"这是一种解释，但依在下看来，也许还有另一种解释。"

"说说看。"

"不排除，魏王已经识破杜荷是您安插的细作，所以想利用他做个什么局。"

李承乾一惊，阴森森地看着他："做局？像杜荷这种无足轻重的人物，李泰能拿他玩什么花样？"

"杜荷虽然不是什么大人物，可好歹也是堂堂驸马、国朝郡公。"谢绍宗沉吟，"至于魏王能做什么局，在下目前还无法猜透，总之明日肯定不会是一场普通的酒宴。"

"那依你的意思，杜荷就不要去了？"李承乾面露不悦，"我花了好大功夫才把他安插到李泰身边，难道就这么弃而不用？"

谢绍宗瞥了眼太子的脸色，暗暗叹了口气。

近来，太子越来越听不进他的意见了，原因当然就是前些日子的苏锦瑟事件。太子想直接绑架苏锦瑟，他却坚持要放长线钓大鱼，结果苏锦瑟突然失踪，无异于打了他一记耳光；后来太子叫他亡羊补牢，可他还没来得及补救，苏锦瑟就让王弘义给抢回去了，连袄教的索伦斯和黛丽丝也都被杀了，线索就此断得一干二净。苏锦瑟旋即躲进魏王府再也没有露面，令谢绍宗无计可施，同时更是让太子对他生出了几分失望。

这几日，谢绍宗明显感觉太子对他冷淡了许多，此刻他要是再违背太子之意，不让杜荷去赴宴，彼此之间恐怕就更不愉快了。

思虑及此，谢绍宗便道："殿下勿虑，杜荷自然要用，而且恰恰是因为魏王没安好心，才更有必要让杜荷去刺探一下，看看他到底玩什么花样，正所谓不入虎穴，焉得虎子嘛。"

"没错，咱们总算想到一块了！"李承乾这才露出笑意，"你马上安排几个可靠的人手，明天陪杜荷走一趟。"

"是，在下这就安排。"

从洵阳到江陵的一路上，楚离桑一直在私下追问辩才一件事。

那就是她的身世。

　　既然辩才只是她的养父，那她的亲生父亲到底是谁？他还活着吗？

　　自从楚英娘在临终前语焉不详地提过一次后，楚离桑心里就一刻也没有放下这个问题。之前在夹峪沟，她便不止一次问过这件事，可辩才似有难言之隐，始终避而不谈。前几天舟行汉水，楚离桑在饱览大唐壮丽山河之余，更是不停追问，最后辩才被她逼急了，只好勉强答应，说到了江陵之后再告诉她一切。

　　现在终于到了江陵，所以辩才必须给出答案了。

　　此刻，在辩才房中，楚离桑正目光灼灼地望着辩才。

　　辩才一声长叹，笑笑道："桑儿，你想问什么就问吧，爹今天把一切都告诉你。"

　　"我娘临终前告诉我，说她是在江陵怀上我的，那我的亲生父亲当时一定也在江陵吧？"楚离桑迫不及待地问。

　　"是的。"

　　"那我的亲生父亲是谁？他还活着吗？"

　　"你的生父叫虞亮，是当初南梁萧铣一朝的禁军大将。武德四年萧铣覆灭时，你父亲他……他就战死了。"

　　"我父亲也姓虞？"楚离桑觉得有点奇怪，因为母亲临死前说她的真名叫虞丽娘，"他和我娘同姓？"

　　辩才略微迟疑了一下，道："据我所知，你娘和你父亲本来便是同族之人。"

　　"那他们跟《兰亭序》有何关系？莫非他们也都是天刑盟的人？"楚离桑又问。母亲一直说《兰亭序》是个不能碰触的秘密，但事到如今，似乎已经没有什么是不可碰触的了。

　　辩才点点头："你父亲和你娘都是东晋镇军司马虞说的后人，他们继承了天刑盟的濠梁分舵。"

　　楚离桑恍然。怪不得母亲自幼习武，果然是有家学渊源。忽然，楚离桑想起了甘棠驿的那个面具人。母亲说他是仇家，可他那晚的表现却根本不是仇家的样子，而且还在占据绝对优势的情况下放过他们并主动撤离了，世上有这样的仇家吗？

　　楚离桑向辩才提出了自己的困惑。

　　辩才沉默片刻，似乎是在回忆："我记得，你娘好像提起过，她说嫁给你父亲之前，那个人曾经追求过她……"

　　楚离桑一怔，旋即释然。如此说来，似乎便讲得通了。这个人喜欢母亲，曾经追求过母亲，对母亲还有旧情，所以才会在甘棠驿放过他们，但母亲肯定不喜欢他，因此才会把他称为"仇家"。

"那个人被称为冥藏先生，那他的真名叫什么？"

"王弘义。他是盟主智永先师的侄孙，也是王羲之的九世孙。"

"这个王弘义企图在甘棠驿劫持您，也是为了夺取《兰亭序》吗？"

"是的。"

"为什么这么多人都想找到《兰亭序》？皇帝不惜一切代价要找到它，王弘义不择手段要得到它，您和娘对这个东西也一直讳莫如深，而萧郎他父亲更是因它而死，这一切到底是为什么？《兰亭序》到底藏着什么可怕的秘密？"

辩才苦笑了一下："你一定要知道这些事吗？"

"对，我一定要知道。"

"好吧，爹告诉你。"辩才无奈道，"《兰亭序》的真迹里藏着天刑盟最重大的秘密，谁掌握了这个秘密，谁就能重启组织，号令整个天刑盟。冥藏舵主王弘义之所以一心想得到它，原因正是在此。"

"那他重启组织的目的是什么？"

"对抗朝廷，祸乱天下，颠覆大唐社稷，篡夺最高权柄，以图恢复他王氏一族的昔日荣光。"

楚离桑一惊："他有这么大的野心？"

辩才苦笑不语。

楚离桑思忖着，似乎明白了什么："那您现在要做的事情，便是阻止他重启组织，对吗？"

辩才看着她："你会支持爹吗？"

"那当然！"楚离桑不假思索。

辩才欣慰一笑。

尽管辩才本意并不想让楚离桑卷进来，可他很了解这个养女，从小就疾恶如仇、爱憎分明，想让她置身事外是不可能的。既然拦也拦不住，辩才也只能顺其自然了。

亥时时分，见华灵儿和米满仓均已睡下，辩才、萧君默、楚离桑便悄悄离开客栈，前往位于县城西北角的大觉寺。江陵不同长安，晚上没有夜禁，可自由行动。客栈离大觉寺不远，三人步行了约莫两刻，便来到了寺院的山门前。

夜已深，周遭一片寂静，只有不远处的池塘不时传来阵阵蛙鸣。

辩才在寺院的大门上敲出了一串有节奏的声音，显然是某种事先约定的暗号。

片刻后，有一个年轻的声音在门后问道："何人深夜敲门？"

"佛说八万四千法门，敢问宝刹开哪一门救度众生？"辩才不答反问。

萧君默一听就知道，这貌似禅宗机锋的问答，肯定是接头暗号。楚离桑在一旁则听得一脸懵懂。

门后的人似乎察觉了什么，但又对不上话，沉默了一下，道："施主请稍候，容小僧去禀报知客师。"然后便有脚步声快步离开。过了一会儿，有四五个人的脚步声匆匆传来，停在门后，一个明显老成得多的声音道："《金刚经》云：若人言如来有所说法，即为谤佛。哪里来的附佛外道，竟敢在此班门弄斧，妄言八万四千法门？还不速速离去！"

"这人说话好不客气，哪像个出家人？"楚离桑眉头一皱，忍不住嘀咕。

萧君默轻轻"嘘"了一声，示意她少安毋躁。

果然，辩才闻言一笑，朗声道："《楞严经》云：归元性无二，方便有多门。贫僧只求一门深入，解佛微密，还望法师慈悲为怀，行个方便。"

话音一落，寺门骤然打开，一个三十多岁的和尚大步跨出门外，一看到辩才，顿时双目一红，扑通一下跪倒在地，哽咽道："师伯，您……您可来了！"

辩才也红了眼眶，连忙一把将他扶起："慧远师侄，快快起来，不必行此大礼！"辩才武德四年离开江陵时，这个慧远还只是一个十三四岁的小和尚，没想到一晃二十余年过去，现在的他已然是一位堂堂大知客了。

慧远起身，犹自激动不已，嘴唇颤抖着竟说不出话来。他身后站着四个年轻的知客僧，手上都提着灯笼。萧君默注意到他们的表情不太一致：其中两个见此一幕也有些动容，可另外两个却神情漠然，看样子可能是刚出家不久，对老一辈的出家人似乎没什么感情。

"你师父可还安好？"辩才急切地问。

"师父他……他老人家好着呢。"不知是激动还是什么，慧远结巴了一下，然后赶紧侧过身子，"师伯快里面请！"

"这两位是我的俗家弟子，跟在身边照料我的。"辩才向他介绍萧君默和楚离桑。二人当即向慧远合十行礼。慧远还礼："二位施主辛苦了，快快有请！"

一行人进了寺院，辩才和慧远边走边叙旧，心情都颇为激动。萧君默和楚离桑走在后面，四名知客僧提着灯笼在两旁照路。

这是一座数百年的古刹，始建于三国曹魏年间，寺内古槐森森，幽暗静谧。萧君默对这座大觉寺略有所知，便低声给楚离桑介绍了起来，说此寺之所以名闻遐迩，不仅是因为历史悠久，还因为寺里供奉着一件世所罕见的镇寺之宝，令天下人都极为仰慕。

"什么宝贝这么稀罕？"楚离桑问。

"佛指舍利。"萧君默道，"这是释迦牟尼佛涅槃之后留给世人的无上圣物。"

楚离桑也曾听辩才讲过佛门的舍利，说此物五色晶莹、坚固无比，而且还会放光，甚为神奇，此时不禁好奇心起："这里供养的佛指舍利，真的是佛陀留下的吗？"

"真的。佛陀当年荼毗，也就是火化之后，弟子们从灰烬中拣出了众多佛舍利，大致分为两类：一类为遗骨舍利，如佛顶骨、佛指、佛牙等；另一类是珠状舍利子，有骨舍利、肉舍利、发舍利等。前类稀有，后类居多。此寺所供养的，正是稀有难得的佛指舍利。"

"这些舍利是怎么传到我们中土来的？"

"这个嘛……"萧君默迟疑了一下，忽然问身边一个知客僧，"请问法师，贵寺的佛指舍利有什么渊源和来历？"

知客僧一怔，支吾道："呃，这个……小僧不太清楚，施主还是去请教我们大知客吧。"

萧君默看着他，若有所思地一笑，旋即对楚离桑道："据说，佛陀灭度后二百余年，天竺出了一位雄才大略的阿育王，他统一天竺后皈依佛教，为弘扬佛法，便派遣僧团，将佛舍利传送天下四方，其中一部分在此后数百年间陆续流入中土。到了前朝，隋文帝杨坚笃信佛教，便于仁寿元年，他六十岁生辰那天，下诏在三十个州修建三十座舍利塔供养佛舍利，其中一处便是这大觉寺。"

楚离桑恍然，旋即又问："传言佛舍利坚固无比、不可摧坏，且有种种灵异感应之事，是真的吗？比如大放光明之类？"

"兴许有吧，只是我没有见过，不敢妄论。"萧君默道，"不过佛舍利的尊贵和稀有，倒不在于感应、放光什么的，而是在于它的'表法'作用。"

"什么叫表法？"

"就是它的象征意义。佛经中称，'舍利者，是戒、定、慧之所熏修，甚难可得，最上福田。'可见佛舍利的真正价值，是在提醒世人勤修戒定慧三学，而不是追求神通感应。至于说舍利子坚不可摧云云，也只是一种象征，象征佛法犹如金刚石一般不可败坏。说到底，世间万物都是无常生灭的，佛舍利岂能例外？真正不可摧坏、不生不灭的，其实不是佛的身骨舍利，而是法身舍利。"

"法身舍利又是什么？"

“法身舍利就是佛陀遗教，就是由三藏十二部经典所承载的佛法。”

楚离桑再度恍然，忍不住瞥了他一眼：“你懂的东西还真不少。”

“略懂皮毛而已。”萧君默淡淡笑道，“若真要谈论佛法，那还得请教你爹。”

说话间，不知不觉已过了天王殿、大雄宝殿、法堂三重殿阁，来到了藏经阁前。慧远领着众人往左一拐，穿过一道月亮门，进入了一处幽静的院落，此处便是方丈室了。

大觉寺的方丈玄观五十多岁，看上去比辩才年轻少许，脸膛红润，精神矍铄，一见到辩才，似乎比慧远还要激动，一时竟愣在那儿说不出话。辩才走上前，握住了他的手：“师弟，别来无恙。”

玄观颤抖着握住辩才的手：“师兄，一别二十余年，你和师父是不是早把我忘了？”

辩才眼圈一红，叹了口气：“相濡以沫，不如相忘于江湖……人世聚散无常，一切只能随缘啊！”

玄观请众人落座，旁边有一胖一瘦两个年轻侍者给客人奉上清茶，慧远和那四名知客僧退了出去。辩才仍旧以俗家弟子的名义，把萧君默和楚离桑介绍给了玄观。随后，二人一番叙旧，足足谈了半个多时辰，心情都十分感慨。辩才眼见聊得差不多了，便微微咳了几下，拿眼瞧着那两个侍者，暗示玄观让他们离开，显然是准备谈正事了。

玄观却好像没有察觉，仍旧兴致勃勃地谈着那些陈年往事。萧君默看在眼里，觉得有些奇怪，看这位玄观方丈也不像是糊涂之人，怎么会看不懂这么明显的暗示呢？

辩才又强打精神聊了一阵，终于明言道：“师弟，时辰不早了，咱们还有一件事情要谈，能否请两位小师侄先下去歇息？”

两个侍者下意识地对视一眼，神情都有些漠然，既不看辩才，也不看玄观，仍旧侍立于玄观的禅床两侧，微微垂首，一动不动。

萧君默一看，更觉意外，连忙留意玄观，看他做何表态。只见玄观微微一怔，旋即笑道：“师兄有事尽管说，他们两个是我的贴身侍从，都是……都是信得过的自己人，师兄但讲无妨。”

辩才诧异，不禁和萧君默交换了一下眼色，又看了看那两个面无表情的侍者，只好开口道：“既如此，那我便明说了。我此次来，是奉师父他老人家遗命，想从师弟这里取回那个物件。”

玄观忽然蹙眉，似乎陷入了思索。此时那两个侍者也不约而同地看向了他。萧君默观察着三人的表情，心中越发狐疑——玄观与这两个侍者之间的关系很不正常，好像他有什么把柄落在他们手上，以至尊卑易位、主从颠倒了。

　　"师弟，你在想什么？"辩才很纳闷。当年师父智永把三箴分别交给玄观、郗岩和谢吉时，便已对他们言明：这是组织最重要的东西，必须用生命守护，日后组织若要取回，务必随时交还。而眼下玄观却犹豫了起来，他到底在犹豫什么？

　　玄观竟然想得出神了，根本没听见辩才的话。

　　"师父，师伯他在问你话呢。"站在左侧的瘦瘦的侍者提醒道。

　　玄观这才回过神来，无奈一笑，忽然站起身来，仿佛下了很大的决心道："师兄，两位师侄，请随我来吧！"说完便大踏步走出了方丈室。两名侍者一左一右，紧紧跟在他身后。

　　辩才、萧君默和楚离桑对视一眼，赶紧跟了出去。

　　目睹这个玄观方丈的种种奇怪表现，萧君默心中的疑惑更浓了。直觉告诉他，有一种诡谲的气氛正在周遭弥漫，今夜的大觉寺恐怕不会平静。

　　汉传佛教寺院，进门的第一殿通常都是天王殿，也称弥勒殿。殿中供奉一尊弥勒像，左右分塑四大天王，弥勒背后是韦陀菩萨像。萧君默和辩才都没有想到，玄观走出方丈室后，竟然领着他们直接来到了天王殿。

　　"师弟，来此做甚？"辩才不解地看着玄观。

　　玄观不语，径直走到一尊天王像下面，抬头定定地看着，神情颇有几分怪异。

　　楚离桑扯了扯萧君默的袖子，低声问："这尊是什么像？"

　　"这是佛教的护法神，四大天王之首，北方多闻天王。"萧君默道，"其他三尊是东方持国天王、南方增长天王、西方广目天王。"

　　楚离桑抬眼望去，只见四尊天王像均有两丈来高，身着甲胄，威风凛凛，皆手执长矛、刀剑、绳索、宝珠等物，而玄观面前的那尊多闻天王，则左手执长矛拄地，右手高擎一座黑色宝塔。楚离桑发现，玄观的目光似乎一直盯在宝塔上面。

　　此时，辩才也注意到了玄观的目光，心里意识到了什么，遂不再多问。片刻后，玄观命那两个侍者搬来一架竹梯，靠在了多闻天王的塑像上。萧君默发现，玄观爬上竹梯之前，回头看着辩才，嘴唇嚅动了一下，像是要说什么，却终究没说出来，回头便爬上了梯子。

　　梯子很高，人踏在上面发出了吱呀吱呀的声响，那两名侍者一左一右扶着梯子，仰着头，死死盯着玄观的一举一动。萧君默意识到，辩才要取的那个"物件"，很可能被玄观藏在了那座高约尺许的宝塔里面。

这确实是一个聪明的做法，因为最危险的地方就是最安全的——谁又能想到，对于天刑盟如此重要的一个东西，竟然就放在平日里来来往往的无数香客的头顶上？！

玄观一步一步往上爬，慢慢接近了宝塔，下面五个人全都目不转睛地看着他，不自觉地屏住了呼吸。

就在这个时候，萧君默忽然走神了。

因为他脑中闪过了"多闻"两个字，也就是生父留给他的那枚玉佩上的字。一直以来，他都想当然地认为生父留给他这两个字，是勉励他要博学多闻的意思，可此时站在多闻天王的塑像下，他却蓦然想到，这玉佩上的"多闻"二字，为什么不能是指多闻天王呢？

刹那间，萧君默眼前又闪过一个画面，那是他离开长安前去跟魏徵告别之时，拿着那枚玉佩追问身世，魏徵一边翻看着玉佩，一边道："这'多闻'二字，首先当然是勉励你广学多闻；其次，这两个字好像是佛教用语，这会不会是在暗示，你生父的身份跟佛教有关呢？"

跟佛教有关？！

萧君默还记得，当时自己想起了武德九年的一桩往事，即高祖李渊因故想要取缔佛教，多亏了太子李建成劝谏才收回成命。而当他向魏徵提起这桩往事时，魏徵脸色大变，立刻岔开了话题。现在看来，"多闻天王"和那次劝谏，一定是寻找自己生父最重要的两条线索！可是，从这两条线索能推出什么结论呢？

此刻，竹梯上的玄观已经掀开了宝塔的塔身，从底座上取出了一个青铜质地的圆状物。下面的五个人中，除了陷入沉思的萧君默，其他四人无不睁大了眼睛。尤其是辩才，眼中更是射出了惊喜和激动的光芒。

没错，此时玄观手上拿的，正是天刑盟三觚之一的"圆觚"，也就是武德四年冬，辩才随智永一起离开江陵前，智永亲手交给玄观的东西！

正当辩才万分惊喜之际，一个头戴面罩的黑影突然从多闻天王塑像的背后蹿了出来，手中匕首寒光一闪，在玄观左胸刺了一下，同时一把抢过他手中的圆觚，然后嗖地从众人的头顶飞过，瞬间便飞出殿门，消失在了殿外的黑暗中。

下面五人除了萧君默外，同时发出了一阵惊呼。两名侍者不顾竹梯上摇摇晃晃的玄观，立刻拔腿追了出去。楚离桑刚追出几步，便见玄观从二丈来高的梯子上直直栽了下来，大吃一惊，慌忙回身要救，此时萧君默已经在众人的惊呼声中回过神来，当即纵身跃起，在半空中接住玄观，稳稳落在了地上。楚离桑见状，又赶紧回头冲出殿外，追那凶手去了。

"师弟！"辩才大喊一声，抓住躺在萧君默怀中的玄观，又惊又急，"到底是怎么回事？！还有谁知道你把圆觞藏在此处？"

玄观脸色苍白，双目紧闭。方才那个凶手一刀刺中了他的左胸，也就是心口的位置，此刻鲜血正从伤口处汩汩流出。萧君默顿感无比懊悔和自责，在取出圆觞的这个节骨眼上，自己竟然因为身世之事而走神，实在不可原谅！

"师弟，你怎么样？"辩才万分焦急地看着玄观。

玄观慢慢睁开眼睛，嘴唇颤抖着："师兄，危险……快，快离开江陵……"

辩才和萧君默同时一惊。

"你说什么？什么危险？到底发生了什么？"辩才一头雾水。

玄观抽搐了一下，嘴里涌出一口鲜血，刚要再说什么，适才慧远身边的两个知客僧突然冲进殿中，其中一人恨恨道："你们是何人？怎么一来我们师父便出事了？快快闪开！"说完便一把推开了辩才和萧君默，背起玄观，与另一人一起匆匆朝寺内跑去。

"法师，你赶紧去照看方丈，我去追凶手！"萧君默说着，迅速冲出了天王殿。

现在懊悔已经没用了，当务之急便是抓住凶手，把圆觞夺回来。

变故来得如此突然，且所有人又一下子全都跑开了，辩才顿时愣在原地，好一会儿才回过神来，然后重重一跺脚，朝寺内方向追那两个知客僧去了。

天王殿外栽种着许多高大的槐树，树冠浓密，连月光都被遮挡住了。萧君默追出来的时候，只觉周遭一片黑暗，正自焦急，忽听左前方传来打斗声，赶紧冲了过去。

有三个黑影正在一棵槐树上缠斗，打得枝杈拼命摇晃、树叶沙沙作响。萧君默料想一定是那两名侍者缠住了凶手，立刻纵身跃上大树，定睛一看，其中两个身影果然是那两个侍者。他刚想加入战团擒凶，不料第三个人却发出了娇叱之声，分明是个女子，却又不像是楚离桑。

这是哪儿来的女子，怎么会跟两个侍者交上手了？

正迷惑间，一个侍者中了那女子一刀，发出一声惨叫，从树上跌了下去，重重摔在地上。另一个侍者急攻那女子，两人身手都很快，转眼便同时中招，女子砍中那侍者肩膀，侍者也猛击了她一掌。

　　负伤的侍者不敢恋战，转身逃逸，女子则从树上掉了下去。情急之下，萧君默也顾不上对方是敌是友，连忙飞身扑救，在落地前的一瞬间接住了她，然后就地一滚，把她稳稳抱在了怀中。

　　二人四目相对，萧君默顿时哭笑不得。

　　眼前的人竟然是华灵儿！

　　"怎么是你？！"

　　"怎么不能是我？"穿着一身夜行衣的华灵儿顺势用双手环住他的脖子，娇嗔道，"你们这些人真不讲义气，竟然把我一个人丢在了客栈！"

　　"哪是一个人，不是还有米满仓陪着你吗？"萧君默要去掰她的手，却被她死死箍住，竟掰不动。

　　"谁要他陪？他又不是男人！"华灵儿媚眼如丝，索性把头靠在了他怀里。

　　眼下得赶紧去追那个凶手，可不能被这个"女魔头"缠住。萧君默心中焦急，捏住她手腕一使劲，华灵儿哎哟一声，松开了手。萧君默不再理她，噌地一下便蹿了出去。华灵儿从地上爬起来，气呼呼地喊："喂，你就这么扔下人家不管？"

　　话音刚落，便见一个黑影从旁边的树后走了出来。华灵儿吃了一惊，凝神细看，却是楚离桑。华灵儿知道，刚才被萧君默抱在怀里的一幕肯定被她瞧见了，心中不免得意，正想说两句气气她，不料楚离桑只冷冷盯了她一眼，便转身没入了黑暗中。

　　华灵儿撇了撇嘴，顿觉无趣。

　　萧君默一口气跑到寺门附近，便见一个黑影被六七个手持棍棒的和尚团团围住，双方打得正凶。此人定是那个刺杀玄观、抢夺圆觞的凶手无疑了，这回绝不能再让他逃掉！萧君默抢身上前，猛地一掌劈向那人后颈。那人将头一缩，灵巧躲过，反手一刀当胸刺来，手中所握正是方才刺杀玄观的那把匕首。萧君默冷笑，左手擒住他的手腕，用力一扭，那人吃痛，匕首当啷落地。萧君默顺势一把揭下了他的面罩。

　　一张并不陌生的面孔蓦然映入萧君默的眼帘。

　　慧远！

　　这个刺杀玄观、夺走圆觞的凶手竟然是慧远？！

　　趁萧君默惊愕愣神的间隙，慧远猛然挣脱开来，飞快踢倒了旁边的两个和尚，夺路而逃。奇怪的是，他竟然不是往寺门外跑，而是回身朝寺内跑去。萧君默未及多想便奋起直追。此时楚离桑和华灵儿也从右前方相继赶了过来，慧远急忙往左一闪，蹿过塑有十八罗汉的回廊，进入了天王殿后面的庭院。

萧君默脚下发力，越追越近，眼看只剩下两三步便可再次将其擒获，慧远忽然纵身一跃，跳入了放生池中。萧君默毫不犹豫，也紧跟着跳了下去。时节虽然已近盛夏，可半夜的池水还是有些凉意，萧君默微微打了个寒战。

池中漆黑无光，而且慧远一进入水中便是潜泳，萧君默只能凭借听觉追踪。好在他的水性比一般人好得多，所以没游多远便一把抓住了慧远的脚踝。慧远蹬了几下没挣脱，顿时慌乱了起来。不料就在这时，方才那六七个和尚也已追至，竟然一个个扑通扑通跳了下来，其中一个碰巧撞上了慧远，一下就把他给撞开了。

萧君默又好气又好笑，只好凭感觉往前捞了几把，却都捞空了。接下来局面变得一团混乱——大觉寺的放生池虽然不小，但架不住七八个男人在里面扑腾，这彻底扰乱了萧君默的听觉。他连抓了几次，抓到的却都是那些帮倒忙的和尚。萧君默又气又急，只好浮出水面换气，强迫自己冷静下来。

此时，楚离桑和华灵儿正守在池子边，可见慧远并没有离开。而放生池就这么大，他能跑到哪里去？

最重要的问题是，慧远本来是往寺门方向跑的，为何却突然折往寺内，还一头跳进了放生池中，他就不怕被人瓮中捉鳖？而且，看他刚才的样子，也不像是慌不择路，更像是冲着放生池来的。难道，这池子里面有什么蹊跷？

一个念头忽然闪过萧君默的脑海。

他想起了魏王府的地下水牢。

思虑及此，萧君默马上一个猛子扎进水底，然后沿着水池下面的圆形石壁摸了一圈，果然在西北角上发现了一个洞口——很显然，这个放生池连接着外面的某处水渠。

萧君默心中焦急，顾不上重新换气，两腿一蹬便游进了洞里。在弯曲的洞中游出了十几丈远，萧君默感觉两边豁然开阔，且头上依稀透进几缕微光，便一头跃出了水面。

这的确是寺外的一条水渠，只见渠水宽可行船，两岸都有人家，但岸上却阒寂无人，丝毫不见慧远的踪影。

萧君默有些懊恼，狠狠地在水面猛击一掌，哗地激起了一大片水花。

第十二章

行刺

　　玄观盘腿坐在方丈室的禅床上，脸色苍白如纸，双目垂下，身体一动不动，已然没有了呼吸。他面容安详，看上去一点都不像遇刺，倘若不是胸前衣服上那一摊血迹，倒更像是安然坐化。禅床后面有一扇屏风，上面画着达摩在少林石窟的面壁图，更是给此刻的方丈室平添了一丝肃穆和悲凉。

　　浑身湿漉漉的萧君默走进来时，看见禅床下已经跪满了老老少少几十个和尚，大多数神色哀伤。萧君默留意了一下，发现背玄观回来的那两个知客僧，还有跳进放生池的那些和尚也在其中，可他们的神情却看不出半点哀伤，有的只是沮丧和懊恼。

　　辩才怔怔地站在禅床旁，眼圈泛红。萧君默走过去，附在他耳边说了慧远的事，辩才万分惊愕，半晌回不过神来。

　　片刻后，一个年长的和尚从地上起来，自称是大觉寺的监院，冷冷对辩才道："这位法师，本寺几百年来一向安宁，可你一来，便出了这么可怕的事情……恕我无礼，趁眼下官府还未介入，法师和几位施主还是赶紧走吧。"

　　辩才愕然良久。

　　他知道，这个监院虽然下了逐客令，但本意却是为他们好，因为方丈遇刺身亡可不是小事，一旦寺院报案，官府必然介入，到时候可就麻烦了。思虑及此，辩才只好跟监院说了一番好话，最后又伤感地看了玄观一眼，才和萧君默一起退出了方丈室。

楚离桑和华灵儿在外面等候。四人相顾无言，随即快步离开大觉寺，匆匆回到了云水客栈。萧君默建议大伙先别睡，把今晚发生的一系列诡异事件从头到尾捋一捋，看能不能捋出点头绪。辩才深表赞同，于是四人便在他的房间里讨论了起来。

"我先说说我发现的一些疑点。"萧君默开口道，"第一，刚一到大觉寺，知客师慧远在门内说的那句话，虽然是在跟法师对暗号，但他叫法师'速速离去'的语气，听上去却有一种担忧和急迫之情，仿佛他真的希望法师赶紧离开一样。第二，慧远和法师见面的时候，彼此都动了感情，我发现慧远身后那四名知客僧，其中两个也有些动容，反应正常，可另外两个却神情漠然。我当时以为他们可能是刚出家不久，对年长的僧人没什么感情，可后来我便发现，应该不是这个原因，而是这两个知客僧有问题。"

"有什么问题？"辩才问。

"我怀疑，他们可能是假和尚。"

"假和尚？"楚离桑和华灵儿一惊，同时脱口而出。

"不仅是他们，还包括玄观身边那两个侍者，以及在寺门附近截住慧远的那些和尚。"

此言一出，辩才三人无不愕然。

"理由呢？"辩才又问。

"首先，我在去方丈室的路上，随口问了一个知客僧，大觉寺的佛指舍利有何渊源和来历，可他却支支吾吾答不上来……"

"就像你刚才说的，"楚离桑插言道，"有可能是他刚出家不久，不懂这些呀。"

"不可能。佛指舍利是大觉寺的镇寺之宝，作为该寺的知客僧，一出家便要先了解相关知识，以便向香客和信众介绍，所以他没有理由不知道。"萧君默看向辩才，"这一点，法师作为出家人，应该比我更清楚。"

辩才点点头："萧郎所言非虚。"

"其次，玄观身边那两个侍者，神情倨傲，态度冷漠，对长者全无尊敬之心，甚至对方丈本人都不太尊重，这不但可以证明他们是不合格的侍者，还可以证明他们是不合格的和尚。为了确认这个判断，当我们从方丈室出来，走向天王殿时，我又问了一名侍者一个问题。我问他，佛教中常说的'上报四重恩，下济三途苦'是何意，他居然也答不上来……"

"这话是何意？"华灵儿一脸懵懂。

萧君默一笑："请法师开示一下吧。"

辩才道："上报四重恩，意思是每个学佛之人，都要回报父母恩、师长恩、国土恩、众生恩；同时还要下济三途苦，就是要拯济饿鬼、畜生、地狱三恶道的苦难众生。"

华灵儿恍然。

"我故意问他这个问题，就是暗讽他对师长不尊，如果是真的出家人，怎么听都听得出来，至少也该明白这句偈语的意思。可那个侍者的表现，却全然不是如此，由此我便断定，这两个侍者一定也是假和尚。"

"那堵截慧远的那些人呢？"楚离桑问，"我追过去的时候，看见你跟他们连话都没说，你凭什么断定他们也是假和尚？"

"因为他们拿棍棒的手法，都像是拿惯了长矛的人。"萧君默道，"虽说大觉寺的僧众平时也可能练武，但出家人以慈悲为怀，练武纯为强身健体，因此通常对拳脚和棍棒功夫都很娴熟，却对刀剑和长矛等兵器相对陌生。而那些人则恰恰相反，挥舞棍棒毫无章法可言，总是不自觉地使出长矛的突刺动作，完全是无的放矢，此其一。其二，他们一边打还一边口吐脏话，而且一听就知道是平时说惯了脏话的人。所以我更加确定，他们是假和尚。"

"这么说，这些人的确都不是真和尚。"辩才深以为然，旋即蹙眉道，"可问题是，为何会有这么多人在大觉寺假冒和尚？他们是谁？目的是什么？玄观又为何甘愿受他们胁迫？"

"法师别急，容我先说完剩下的疑点，咱们回头再讨论这些问题。"

辩才歉然一笑："萧郎请说。"

"第三个疑点，是法师对玄观暗示三缄一事时，玄观却一直在刻意回避，这也从侧面证实他是受到了那两个'侍者'的胁迫，所以很不愿意触及这个话题。当法师跟他挑明了之后，他陷入了深深的思索，似乎在考虑如何应对，最后他又什么话都没说，直接带我们去了天王殿，仿佛做出了一个重大抉择。由他的这些反常态度来看，加之后面的突然遇刺，你们是否觉得，这其中可能有所关联？"

辩才和楚离桑面面相觑，都不知该怎么接话。华灵儿对这些事毫不知情，更是只有听的份，什么话都插不上。

"以我个人的看法，"萧君默见众人无语，便自问自答，"玄观之前之所以那么反常，是因为他已经知道，或者预见会有重大事情发生。换言之，在我们看来那么突然的刺杀，在他自己，却很可能早已有了心理准备。"

此言一出，辩才和楚离桑更觉惊讶。

"这完全没道理啊！"楚离桑蹙紧了眉头，"他若是早有预见，干吗要去送死？就算他出于什么目的，一心要赴死，也没必要把圆觞取出来让人抢走啊！除非……除非他已经背叛了组织，本来就是要把圆觞交给慧远，然后他自己以死谢罪。"

华灵儿忽然扑哧一笑。

"你笑什么？"楚离桑不悦。

"楚姑娘说的这些事，我虽然没有参与，不太知情，不过光听你这几句话，就很有问题了。"

"什么问题？"

"玄观若想把那个什么觞交给慧远，八百年前就可以给了，又何必等到今天？难道他故意要死给你们看？他有病啊？！"

"你！"楚离桑想反驳，却又想不出反驳之词。

"离桑有一点说对了，玄观肯定早就做好了赴死的准备，不过我相信他并没有背叛组织，这可以从第四个疑点得到佐证。"萧君默道。

"第四个疑点是什么？"楚离桑问。

"就是玄观遇刺之后说的那句话。当时你去追慧远了，并未在场，玄观对法师说有危险，让我们赶快离开江陵。既然他临死之前还在担心我们的安危，那就足以说明他并未背叛组织。至于说他明明已经预见危险，却为何还要去赴死，原因可能就在华姑娘刚才说的那句话中。"

"我说的话？"华灵儿有些惊喜，"哪句话？"

"你刚才说，他故意要死给我们看。不过，这句话只说对了一半，在我看来，他不是要故意死给我们看，而是要死给那些胁迫他的人看，也就是那些假和尚。"

其他三人闻言，都有些恍然，可更多的却是困惑。楚离桑思忖着，忽然道："这么说，慧远行刺玄观，其实不是意外，而是早有安排？说得更明白些，这很可能都是玄观自己一手策划的？"

"聪明！"萧君默赞赏地点点头，"把我们刚才说的第一个疑点和第四个疑点结合起来看，不管是慧远还是玄观，都在告诉我们江陵有危险，叫我们赶快离开，这足以说明，他们俩其实是一头的。所以，你的判断没错，慧远刺杀玄观，很可能正是玄观自己的安排。"

华灵儿见风头被楚离桑抢了，不禁撇了撇嘴："世上还有这种人？故意安排别人来杀自己，他图什么呀？说他有病，没想到他还真有病！"

"华姑娘，玄观法师是我的师弟，更何况死者为大，请你注意说话的口气。"辩才有些不悦。

"对不起左使，我不是有意的。"华灵儿吐了吐舌头，"我只是觉得奇怪，玄观这么做到底是为什么呀？"

"我们刚才已经说了，玄观受到了某种势力的胁迫。"萧君默道，"我想，他之所以主动选择死，就是为了摆脱这种胁迫。"

"可是，这世上有什么东西比命还重要啊？既然他连命都可以不要，别人还怎么胁迫他？"华灵儿越发不解。

楚离桑想着什么，忽然目光一亮："我知道了，一定是那个东西。"

萧君默又投给她赞赏的一瞥："没错，对玄观而言，那个东西绝对比他的生命更宝贵。"

华灵儿莫名其妙，看看这个，又看看那个，搞不懂他们在打什么哑谜。

此时，辩才也想到了，不禁沉沉一叹："没想到，这个镇寺之宝竟然会给他带来杀身之祸！"

华灵儿终于忍不住了："哎，你们到底在说什么呀，能说点让我听得懂的话吗？"

楚离桑一笑："说了你也不见得听得懂。"

华灵儿大为不服："你别门缝里看人，说来听听！"

楚离桑又笑了笑，却闭口不言，把华灵儿气得直跺脚。

"佛指舍利。"萧君默接过话，"那是大觉寺的镇寺之宝，有人肯定是以这个东西来胁迫玄观。如果玄观不听他们的，他们就威胁要毁掉或夺走此物，所以玄观最后只好以死相抗。人一死，他们也就威胁不着了。这很可能是玄观在万般无奈之下所能想到的唯一办法。"

华灵儿一听，果然不大明白。虽然她也听说过佛指舍利，可就是想不通为什么有人会把这东西看得比自己的命还重。为了不让楚离桑笑话，华灵儿只好避开这个问题，道："倘若如你所说，那么那些人胁迫他的目的是什么？是不是为了你们刚才说的那个什么觚？那到底是个什么东西？"

见话已说到这儿，且华灵儿对天刑盟也是忠心耿耿，所以辩才便不再隐瞒，把三觚一事原原本本地告诉了她。

华灵儿恍然大悟，旋即惊讶道："您真的想毁掉《兰亭序》和天刑之觚？"

辩才一声长叹："为了阻止冥藏祸乱天下，贫僧只能出此下策。"

华灵儿思忖着："左使，请恕属下无礼，我是觉得，应该还有别的办法。"

"还能有什么办法？"

华灵儿又想了想，忽然眸光一闪："比如说，咱们可以推举一位有勇有谋、有胆有识之人继任盟主，让他带领那些仍然忠于本盟的分舵，一起联手对抗冥藏！"

此言一出，辩才顿时一震，仿佛有一种豁然开朗之感，旋即把目光转向了萧君默。楚离桑和华灵儿也不约而同地看向萧君默。

萧君默莫名其妙："你们都看着我干吗？"

辩才意味深长地笑笑："华姑娘所言，确是一个很好的提议，而且我发现，眼前就有一个最合适的人选。"

华灵儿忍不住拍掌，笑得眼睛都弯了："妙极妙极！萧郎的确是不二之选！"

楚离桑也用一种赞同和期待的目光看着萧君默。

萧君默猝不及防，愣了一下，赶紧道："现在不是讨论这个话题的时候，还是想想接下来该怎么办吧！那股胁迫玄观的势力，看样子来头不小，而且摆明了是冲着咱们来的。咱们一进江陵，很可能就被他们盯上了，正如玄观所言，咱们现在的处境很危险，诸位还是商议一下应对之策吧。"

三人一听，顿时脸色一黯，全都蹙紧了眉头。

"法师，"萧君默接着道，"现在可以回到你刚才的问题了，咱们必须弄清楚，到底是什么人在胁迫玄观，他们的目的又是什么。"

"照你适才的分析来看，这伙人的目的肯定是想夺取三觞。"辩才道，"若我所料不错，他们应该也是本盟的人。"

萧君默点点头，此言显然与他的判断一致："法师，当年智永盟主托付三觞的事，有多少人知情？"

"除了玄观、郗岩、谢吉三个当事人外，便只有先师和我了，此外再无旁人知情。"

萧君默眉头微蹙："如此看来，郗岩和谢吉便都有嫌疑。"

辩才沉吟了一下："按说这也不可能啊，当年先师把三觞分别托付给三人，前提便是他们三人互不知情，彼此甚至都不认识。既如此，郗岩或谢吉又如何得知其中一觞在玄观手上？"

"他们虽然不能确定，但可以推测。当年您和智永盟主驻锡大觉寺，天刑盟的人想必都知道，其中就包括郗岩和谢吉。倘若他们其中一个别有用心，必然会从大觉寺入手，找上玄观。即使玄观不承认，他们也可以派人在大觉寺守株待兔。就比如今晚，咱们自动撞上门，他们之前的猜测不就得到证实了吗？"

辩才苦笑："假如郗岩或者谢吉真有问题，那依萧郎之见，该如何应对？"

"照原计划。"萧君默不假思索道，"明日就去会会他们二人，只要他们肯出现，狐狸尾巴迟早会露出来。"

"可现在慧远失踪了，圆觞也下落不明，"楚离桑一脸愁容，"就算郗岩和谢吉肯交出其他二觞，对咱们又有什么用？"

"现在看来，慧远盗取圆觞的目的，肯定是奉玄观之命把它保护起来，以免被胁迫之人夺去。"萧君默道，"倘若这个判断没错，那么我相信，慧远迟早会跟咱们联系。"

华灵儿插言道："若果真如你所说，慧远是在保护圆觞，那你今晚追他的时候，他就可以把圆觞交给你了，何必等过后再联系？"

"今晚大觉寺那么乱，里头不知有多少人假扮和尚，而且我们在明他们在暗，我们的一举一动都被他们监视着，慧远怎么敢冒险把东西交给我？"

华灵儿想想也对，便不说话了。

辩才接着方才的话题问："你刚才的意思是说，慧远会主动把圆觞送还？"

萧君默点点头，然后想着什么，又补充了一句："当然，前提是他没出什么意外。"

萧君默等人断然不会想到，就在他们刚刚离开大觉寺的时候，方丈室的屏风后面便转出了一个锦衣华服、神色倨傲的年轻人来。

这个人居然是裴廷龙。

一见裴廷龙出现，那些跪在地上的假和尚立刻站起身来，恭敬而整齐地行了军礼。一旁的监院则战战兢兢地趋前几步，朝他点头哈腰，余下的和尚仍旧跪在地上，原本哀伤的表情全都化作了畏惧。

裴廷龙看都不看他们一眼，背着手走到玄观面前，盯着他看了半天，然后把手放在他的心口按了片刻，接着又摸了摸他的脉搏、探了探他的鼻息，最后才自语般道："这个玄观，就这么死了？"

"启禀将军，"那个扮作知客僧的手下道，"方才卑职背他进来时，他还有一口气，可卑职刚帮他把血止住，这老和尚便没有呼吸了……"

"凶手抓到了没有？"裴廷龙头也不回道。

手下刚要回答，全副武装的薛安和几名玄甲卫便架着湿漉漉的慧远走了进来。慧远的额头上血肉模糊，脑袋耷拉着，似乎已经没有了生机。"禀将军，"薛安有些沮丧道，"属下无能，刚把他包围时，这个和尚便……便撞墙自尽了。"

早在辩才和萧君默他们进入大觉寺前，整座寺院的四周便都已埋伏了玄甲卫，所以当慧远通过放生池的秘道自水渠中逃出时，便一头撞进了薛安的包围圈。在被捕前的最后一刻，慧远毅然选择了自尽。

"都死了？！"裴廷龙回过身来，定定地看着薛安，"他身上的东西呢？"

薛安惶恐低头："浑身上下都搜遍了，没……没找到。"

裴廷龙冷笑了一下："把高队正带过来。"一个玄甲卫领命出去。裴廷龙又转头对监院道："你留下，其他人全都下去。"跪在地上的那些真和尚忙不迭地退了出去，薛安命手下把慧远的尸体也抬了下去。片刻后，那个肩膀受伤的瘦瘦的"侍者"被带了进来。

"说吧，方才在天王殿，究竟发生了什么？"裴廷龙盯着他。

两名假扮的侍者中，另一人已被华灵儿所杀，眼下这个姓高的队正便是玄观遇刺的唯一目击者。他一五一十地讲述了事情经过。裴廷龙听完，眯了眯眼睛："那个圆圆的青铜状的东西，具体是什么样子，上面有什么文字或图案，你看清了吗？"

"回将军，玄观刚取出那东西，便被慧远夺去了，属下……属下实在没看清。"

"废物！"裴廷龙从牙缝里蹦出了两个字。

高队正慌忙下跪，一脸惶恐。

"你说慧远一逃，你和手下便追出去了，结果人没追上，你们反倒一死一伤，到底怎么回事？"

"属下追出去的时候，看见树上有个黑影，以为是慧远，便出手了，没想到那人竟是个女子，属下想脱身，却反被她缠住了，然后就……"

"女子？"裴廷龙诧异，"看清是谁了吗？"

"一开始没看清，后来才看出来，是……是千魔洞的女贼首华灵儿。"

裴廷龙哑然失笑，旋即不耐烦地甩了甩手。高队正连忙退了出去。裴廷龙又静静地站了一会儿，忽然对监院道："法师，带本官去瞻仰一下贵寺的镇寺之宝吧。"

监院嗫嚅了一下，勉强挤出一丝笑容，躬身道："将军请，将军请。"

大觉寺的佛指舍利供奉在藏经阁后面的舍利塔中。舍利塔下面有个地宫，裴廷龙、薛安带着多名甲士随监院进入了地宫，很快便来到供奉佛指舍利的石室内，只见四周石壁点着数十盏长明灯，把不大的石室照得亮如白昼。

室内中央是一座四四方方、雕有莲瓣的石刻须弥坛，坛上放置着一个方形的盝顶铁函，函盖上有一把铁锁。监院从腰间掏出钥匙，颤颤巍巍地开了锁，掀开函盖，从里面小心翼翼地捧出一只同为方形、体积较小的盝顶铜函。函身的雕工极为精致，下沿錾刻"奉为皇帝敬造释迦牟尼真身宝函"字样。

随着铜函的开启，裴廷龙惊讶地发现，铜函内还有更小的银函，银函内还有一个玉函，玉函内则是一只檀木宝盒，盒内有九层彩绢，绢内包裹着一具鎏金银棺，棺内还有一只水晶椁，掀开嵌有宝石的椁盖，最里层是一座单檐四门、精致小巧的的纯金塔，佛指舍利就珍藏在这座金塔之内。

裴廷龙细数了一下，供养这枚佛指舍利的器具共有八重之多，实在是令人叹为观止！

看到这一幕，他身后的薛安和众甲士也无不惊叹。

监院对着那座小金塔一番跪拜，嘴里念念有词，然后才毕恭毕敬地取下塔身。至此，那枚至尊无上的佛指舍利赫然出现在众人眼前。

佛指舍利有一寸多高，柱状，中空，表面呈淡黄色，看上去别无稀奇，但无形中却有一种摄人心魄的庄严和圣洁之感，令人肃然起敬。尽管并不是佛教徒，可裴廷龙还是情不自禁地双手合十，深深地鞠了三个躬。后面的薛安和众甲士见状，也连忙跟着他合十鞠躬。

裴廷龙静静地注视了佛指舍利片刻，忽然袖子一拂，一言不发地走出了石室。

"将军，您不打算将此物请回长安了吗？"跟着裴廷龙步出地宫的甬道时，薛安忍不住问。

"玄观人都死了，还有必要拿它来说事吗？"裴廷龙冷冷道，"眼下要做的，是密切监视萧君默等人，看他们会跟什么人接头，看江陵到底潜伏着多少天刑盟的分舵，然后把他们一个个都给我挖出来！"

"是，属下都安排好了，请将军放心。"

数日前，也就是裴廷龙坐镇在乌梁山下，命薛安前往洵阳设卡堵截的时候，他接到了皇帝御笔亲书的一道手诏。李世民在诏书中称，根据玄甲卫之前掌握的情报，辩才曾于武德初年在江陵大觉寺住过一段时间，如今辩才既然往荆楚方向逃窜，很可能便是要重回大觉寺，并与天刑盟在江陵的分舵取得联系。这是李世民与大将军李世勣不谋而合得出的判断，准确性应该很高。因此，李世民强调，裴廷龙接下来的任务，不仅是要抓捕萧君默和辩才，更要顺藤摸瓜，挖出潜伏在江陵的所有天刑盟分舵。为了达到这一目的，就不能打草惊蛇，而是要放长线钓大鱼，等到把辩才的同党全部摸清之后，再将他们一网打尽。

裴廷龙接诏后，立刻改变部署，带着薛安等部众马不停蹄地赶来江陵，并抢在萧君默他们到达的两天前来到了大觉寺。裴廷龙一到，便以佛指舍利要挟方丈玄观，说如果他不配合朝廷的行动，就把他们的镇寺之宝佛指舍利请回长安供奉，还说这是皇上旨意。玄观无奈，问他该怎么配合。裴廷龙说，你只要若无其事便可，辩才到后，不管找你做什么，你都照做，不要节外生枝，余下的事情，本官自会处置。

玄观显得挺识时务，听完便连连点头，表示全力配合。裴廷龙随即命十几个手下剃了光头，假扮和尚潜伏在寺中，一心等着辩才和萧君默送上门来。可他万万没想到，辩才和萧君默虽然来了，却半路杀出了一个慧远，不但刺杀了玄观，还抢走了那个重要的"物件"。眼下慧远又死了，那个物件也下落不明，它对天刑盟究竟有什么意义也就搞不清楚了，这让裴廷龙着实有几分懊恼。

不过，令他庆幸的是，现在萧君默和辩才已经处在玄甲卫的密切监视之下，无论如何也逃不出他的手掌心。接下来，只要他们一跟天刑盟的人接头，玄甲卫立刻便能将那些人锁定。此刻裴廷龙唯一担心的，便是今晚发生的事情让萧君默产生警觉——倘若他和辩才因此而不敢跟同党接头，那放长线钓大鱼的计划便落空了。

适才在方丈室，监院叫辩才等人赶紧走，其实正是裴廷龙授意的。他这么做，便是为了稳住萧君默他们，让他们自以为脱离了危险，以便放心地与同党接头。至于事情能不能按照裴廷龙的设想进展，就只能看天意了。

"慧远抢走的那个东西，你觉得最有可能藏在何处？"走出地宫后，裴廷龙忽然问跟在身后的薛安。

薛安想了想："依属下看来，放生池和秘道的可能性很大。"

裴廷龙停住了脚步："传我命令，所有水性好的弟兄，全部给我下水去搜！"

"是。"薛安想到了什么，"敢问将军，那个监院和寺里的和尚，该如何处置？"

裴廷龙沉吟了一下："现在看来，玄观和慧远定是天刑盟之人无疑，可见这个大觉寺就是个贼窝，这帮人一个也逃不了干系！明天把他们押到荆州府廨，好好审一审，同时以人命案为由，把这地方封了。"

"遵命。"

暗香楼位于崇仁坊的西南角，紧挨着坊墙，与皇城隔街相望。

坊墙外就是春明门大街和启夏门大街的十字路口，此时太阳正高悬中天，街道上车马辚辚、行人熙攘。

李泰、杜楚客、杜荷三人，坐在暗香楼二楼的一个雅间中，各人面前的食案上都摆满了酒菜。雅间门外，谢冲带着三个人高马大的手下站在房门两侧，警惕地看着走廊上来来往往的伙计和客人。

李泰给自己斟上酒，端起酒盅，笑容满面道："来，楚客，二郎，为你们叔侄从此化干戈为玉帛，干一杯！"

杜楚客和杜荷也举起酒盅，笑笑干了，但笑容中都掩藏着几分不自然。

"殿下，说心里话，我跟叔父，其实也没什么过节，只是有些误会罢了。"杜荷干笑了几声，"感谢殿下给了我们这个机会，让我和叔父尽释前嫌。"

"说得好！"李泰一拍食案，朗声大笑，"那你还不敬你叔父一杯？"

杜荷赶紧自斟了一杯，遥敬杜楚客。

杜楚客端起酒盅，淡淡笑道："二郎啊，你爹去世得早，临终前把你们兄弟俩托付给了我，让我一定要严加管教，尤其是对你。所以说，这些年我对你的要求可能是严苛了一些，希望你能谅解，不要怪我。"

"叔，从今天起，过去的事咱们都不提了，好不好？"杜荷把酒盅举高了几分，很豪爽地道，"话在酒中，侄儿先干为敬！"

二人相继把酒干了，亮出杯底。

"好，看你们叔侄二人能够不计前嫌，把酒言欢，我真是替你们高兴啊！"李泰在一旁打着哈哈，也把自己的酒一饮而尽。

"殿下，有句话，我不知该不该问？"杜荷夹起一块羊肉扔进嘴里，边嚼边道。

你小子还真沉不住气，这么快就想套我的话了。李泰在心里冷笑，嘴上却道："瞧瞧，跟我见外了不是？有什么话尽管说，不必吞吞吐吐。"

杜荷身子前倾，压低声音："我是想问，殿下跟东宫斗了这么久，怎么就没想个一劳永逸的办法呢？"

"我倒是想啊，可这种事情又谈何容易？"李泰叹了口气，斜眼看着他，"二郎你脑子灵光，要不，你替我想一个？"

"殿下说笑了。"杜荷赶紧摆手，"我杜荷哪有那本事？我充其量就是您的马前卒，替您通个风报个信什么的没问题，可要说出谋划策，那还得是我满腹经纶的叔父啊！"

杜楚客笑了笑："看来二郎长进不少嘛，都变得这么谦虚了。"

"叔，如果我没记错，这可是您头回夸我，侄儿深感荣幸。来，侄儿再敬您一杯，我干了，您随意。"杜荷说着，又自饮了一杯。

"对了二郎，"李泰忽然扫了门口一眼，"你什么时候出门也带保镖了？在咱这皇城根、首善之区吃个饭，有必要搞这么大阵仗吗？"

为了事后让人觉得这就是场普通的聚宴，所以李泰故意不带保镖，只带了几个车马随从，此刻都留在酒楼门外。可让李泰没想到的是，杜荷今天竟然足足带了四名保镖，而且看那四个人的样子，身手似乎都不弱，这对于待会儿的刺杀行动无疑会造成阻碍。不过，尽管有这个突发情况出现，李泰却并不是很担心，因为今天安排的三名死士都是王弘义亲手挑选的，个个武功高强，尤其是一个叫厉锋的，据王弘义讲，更是他麾下最厉害的杀手之一。有这样的人出手，李泰相信，不管杜荷今天带多少个保镖，他都是必死无疑了。

杜荷闻言，不自然地咧嘴一笑："哪是什么保镖啊，不过是几个听差随从罢了。您也知道，我这人好面子，感觉多带几个人出门比较威风，让殿下见笑了。"

这样的解释显然是牵强的，杜荷肯定事先便嗅到了什么危险的气息。李泰想，看来没必要再跟他东拉西扯了，成败在此一举，必须立刻行动。

主意已定，李泰对着门口喊了一声："伙计。"

一个伙计应声而入。

"把你们的招牌菜'象鼻炙'端上来。"

伙计答应着，躬身退出。

这便是行动开始的暗号了。李泰暗暗跟杜楚客交换了一个眼色。杜楚客会意，便笑着对杜荷道："二郎，吃过这家酒楼的象鼻炙吗？"

杜荷摇头："别说吃，连菜名都是头回听说。以'象鼻'为名，不知何意？是形状做得像大象的鼻子吗？"

"不是像，这道菜就是用大象的鼻子做的。"

杜荷皱眉，露出一个恶心的表情："这……这能吃吗？"

"瞧你这话说的，"杜楚客笑，"要是不能吃，这暗香楼不早就关张了吗？这可是人家的招牌菜。"

"那是侄儿孤陋寡闻了。不过这肯定是新花样吧？以前咋没听说呢？"

"二郎啊，我过去批评你不读书，其实也没冤枉你。"杜楚客保持着笑容，"《吕氏春秋·本味篇》中早有记载，里面提到的'旄象之约'，说的便是大象的鼻子。这个菜式早在春秋战国便已有之。岭南之人捕捉野象，把象体的肉分成十二部分，其中，象鼻之肉口感最佳，以烘烤之法烹之，加上葱、姜、蒜等各种作料，便成了一道肥脆甘美的象鼻炙。我相信，你只要品尝过一回，便会终生难忘！"

听杜楚客说得头头是道，杜荷也不禁来了兴致："是吗，那我还真得好好尝尝了。"

二人说话间，三个扮成伙计的杀手各端着一个托盘，从走廊另一头走了过来，盘子里各有一盆滋滋冒油、香气四溢的象鼻炙。三人来到房间门口，被谢冲拦住了。谢冲冷冷打量着他们，命手下搜身。三个手下把他们从头到脚搜了一遍，对谢冲摇了摇头，示意没有凶器。

谢冲却不死心。因为走在最前面的这个伙计，看上去虽然低眉俯首，却让他隐隐感到了一种杀气。

这个伙计就是杀手厉锋。

谢冲盯着他的脸，沉声道："你看上去面生啊，是新来的吧？"

厉锋扑哧一笑："客官真会说笑，小的在暗香楼都快十年了！客官您是头一次来吧，所以才觉得小的面生？"

谢冲一怔。他本想唬一唬对方，不料反被人家将了一军。谢冲尴尬，只好甩了甩手。厉锋哈哈腰，赔了个笑脸，旋即带着两个伙计迈进了房门。

这时，杜楚客还在大谈岭南各种匪夷所思的"美味"。杜荷听得津津有味，丝毫没注意到，厉锋把菜放在食案上后，顺手握住了案上的一根筷子。

对于真正的杀手来讲，很多东西都可以成为杀人的武器，比如现在的这根筷子。若能以足够的力道和速度刺入人的咽喉，那么它的杀伤力就绝对不亚于任何兵刃。

当厉锋握住筷子的时候，李泰和杜楚客眼中同时闪过一道光芒。

李泰眼中的光芒纯然是兴奋，而杜楚客眼中的光芒则复杂得多，除了紧张和兴奋之外，似乎还夹杂着几缕愧疚和无奈。毕竟，杜荷是他的亲侄子，无论他再怎么厌恶杜荷，血缘关系总是无法改变的，也不是他想抛就能立刻抛开的。

刹那间，厉锋下腭的咬肌紧了一紧，右手的筷子闪电般刺向杜荷的喉咙。

厉锋仿佛已经看到杜荷的喉咙被破开后鲜血喷涌的情景。可就在这一瞬间，门口突然响起一声暴喝："二郎小心——"

杜荷也算灵敏，闻声即刻向右一闪，那根利刃般的筷子便向左移开了一寸多，噗的一声刺穿他喉咙左侧的皮肉，鲜血立刻涌出，却并未像厉锋想象的那样呈喷溅状。

谢冲放厉锋等人进来的时候，仍不放心，于是没把门关紧，而是留了一道缝隙，然后死死盯着厉锋的一举一动。所以当厉锋一抓住筷子，他便立刻发声示警，同时踹开房门，抽刀在手，直扑厉锋后背。

厉锋一击失手，正欲抽出再刺，突觉背后一阵劲风袭来，被迫撒手，回身迎战谢冲。杜荷万般惊恐，坐在地上连连后退，左手紧紧捂着伤口，而那根筷子仍然插在他的脖子上。

杜荷的第一反应就是李泰想杀他，可当他看到另外两名杀手也同样手握筷子在攻击李泰和杜楚客时，一下子却蒙了。

这到底怎么回事？！

李泰和杜楚客装模作样地左闪右避，那两个杀手也煞有介事地左刺右刺。转眼间，杜楚客的肩膀和手臂便被刺了几个洞，鲜血直流。

谢冲的三个手下，一个跟他一起夹攻厉锋，另外两个则对那两名杀手发起了攻击。

一时间，三个杀手全被缠住，谁也腾不出手来杀杜荷。

行动脱离了李泰的掌控。他万没料到，杜荷带来的这几个保镖都这么猛，竟然跟厉锋等三人打成了平手。他脑中忽然闪过一个念头：这些保镖会不会是天刑盟的人？既然他自己可以跟冥藏联手，太子和杜荷为什么就不能跟天刑盟的其他分舵联手呢？

一转眼，双方便厮杀了十几个回合。杜荷的两个保镖一个被筷子刺穿了喉咙，另一个被刺穿了眼窝，而厉锋的两个手下同样也被对方砍倒在了血泊之中，四人相继同归于尽。

与此同时，厉锋也已捡了一把横刀，以一敌二，砍杀了谢冲的第三个手下。

至此，只剩下厉锋和谢冲二人在对打。

杜荷瞅了个空当，起身想往外跑，却被厉锋一脚踢飞，整个人重重撞在墙上，又弹回去摔在地上，半天爬不起来。谢冲利用厉锋分神的间隙，一刀砍中他的右臂，厉锋的刀当啷落地，手臂登时血流如注。

李泰万分焦急。

现在杜荷死不死已经不重要了，厉锋却千万不能死，否则反咬东宫的计划便会功亏一篑。

该死的李恪，你为何还不出现？！

此时，李恪正带着一队武候卫骑兵，自皇城东边的大街策马而来。事前，他便与李泰约定好了，他带队"巡逻"至此，"恰好"听见暗香楼上传出打斗声，便从临街的窗户中突入，活捉杀手厉锋。

不过，李恪故意比约定的时间晚到了一会儿。

他有自己的算盘。毕竟，他手下的这些武候卫是朝廷的兵，不是他自己的亲兵，如果他巡逻到暗香楼下的时间，正好就是刺杀行动开始的时间，如此巧合难免会让手下人生疑，日后追查起来更有可能引起父皇的怀疑。

所以，此时李恪明明已经带队走到了暗香楼下，却佯装没有听见楼上的打斗声。

身旁的一名副将闻声，惊愕道："大将军，崇仁坊内有人闹事！"

"哪儿呢？"李恪缓缓回头。

"听声音，是暗香楼。"

"暗香楼？"李恪手搭凉棚，往左首望了一眼，这才神色一凛，大声道："反了！光天化日竟敢在皇城边上闹事，弟兄们，跟我上！"

李恪一马当先，冲向坊墙，然后在距坊墙三步开外，从马背上腾身而起，在墙头上用力一踏，借力跃上了暗香楼二楼的窗户。副将和十几名骑兵也如法炮制，分别借助坊墙跃起，从几扇敞开的窗户中跳了进去。

看到李恪从窗外跃入的一刹那，李泰不禁在心里喊了声谢天谢地。

此时，厉锋因兵器脱手和右臂受伤，已然落了下风，在谢冲的凌厉攻击下频频闪躲。忽然，他脚下绊到一个倒地的花架，整个人跌坐在地。谢冲狞笑，使出一记杀招，手中横刀直劈他的天灵盖。眼看厉锋已避无可避，这一刀下去必死无疑，可谢冲却在此刻遽然顿住了。

因为，李恪的刀已经抢先一步刺穿了他的身体。

谢冲睁着血红的双眼，直直向前栽倒，重重扑在了厉锋身上。

至死，他都不知道自己死于谁人之手。

武候卫骑兵们纷纷冲上来，七手八脚地把厉锋按在地上。

厉锋的脸被死死地按在地板上，嘴角却掠过一丝不易为人察觉的笑意。

作为冥藏先生王弘义手下最忠诚、最优秀的一名死士，他很清楚，自己的使命是在诬陷东宫之后死于刑场，而不是毫无意义地死在这里。

第十三章 / 接头

　　萧君默没想到，辩才与东谷先生郗岩的接头方式，竟然是通过城南的一家棺材铺，而随后的接头地点，竟然是在江陵西郊的一处墓地。

　　墓地坐落在一处山脚下，旁边有一条小河潺潺流过，依山傍水，景色倒是不错，风水也属上佳，可站在这种地方等人，感觉终究有些阴森和诡异。

　　萧君默和辩才按照约定，站在河边的一株独柳下等候郗岩到来。闲着没事，萧君默就问辩才，在这种地方见面，是否有什么说法。辩才笑了笑，说这是郗岩当年执意提出的要求，先师智永想想也没什么大碍，便答应了。

　　萧君默闻言，更觉奇怪："他执意这么做，有什么理由吗？"

　　"当然有。"辩才道，"他说，只有死人能保守秘密，所以在这种地方见面最安全。"

　　萧君默哑然失笑，心想这种说法虽然怪异，却也不无道理，看来这个东谷先生郗岩定然是个与众不同之人。

　　日上三竿的时候，一个瘦长的身影沿着河岸朝他们走来。辩才道："来了。"萧君默手搭凉棚一看，来人五十多岁，穿着一身黑衣黑裤，皮肤也异常黝黑，若是晚上，恐怕走到跟前都认不出是个人。随着郗岩一步步走近，萧君默慢慢看清了他的相貌，顿时有种不寒而栗之感——只见他脸颊和眼窝凹陷，额头和颧骨凸出，下巴尖得像一把锥子，身上也瘦得仿佛只剩下一副骨架。世上竟然有人奇丑若此，萧君默也算是开了一回眼界。

这样的人，一定经常被邻居拿来恐吓调皮捣蛋的孩子。萧君默忍不住想。

郗岩不仅相貌奇丑，生性似乎也颇为傲慢，跟辩才照面时只微微作了一揖，道了声"见过左使"，然后便背起双手，俨然一副居高临下之态。

"东谷，一晃二十余年不见，家中一切可还安好？"辩才微笑问道。

"还好。"郗岩说了这两个字之后，就把嘴闭上了，显然不准备跟辩才寒暄叙旧。

辩才无奈一笑，遂直言道："东谷，想必你也知道贫僧此次来江陵的目的，闲话不多说，东西带来了吗？"

"带了。"郗岩仍旧冷冷道，"只是不知左使取回方觞，意欲何为？"

萧君默一听"方觞"二字，料想这枚觞的形状定是方形，正如玄观手中的圆觞是圆形一样，却不知谢吉手中那枚觞又是何等形状。

"不瞒东谷，贫僧取回此物，是为了完成先师遗命……"

"属下最后一次接到盟主指令，是武德九年的事情了。"郗岩打断辩才，"如今左使突然说有盟主遗命，不知有何凭据？"

辩才没料到他会这么说，顿时一怔："盟主当年把方觞交给你时，便已下了命令，来日无论是盟主本人还是贫僧前来，你都要无条件交还，怎的还要什么凭据？"

"属下说的凭据，指的是左使所言的盟主遗命，请左使听清楚。"郗岩的口气十分傲慢，"看样子，左使似乎拿不出来。也罢，你权且说说，盟主究竟有何遗命吧。"

饶是辩才修行多年，此时也不免有些怒气，但仍强忍着道："本盟的宗旨是'邦有道则隐，邦无道则现'，而大唐自建元以来，国运日益昌盛，百姓安居乐业，是故盟主才会在武德九年向所有分舵下达沉睡指令，且盟主在圆寂之前嘱咐过贫僧，若大唐从此太平，便要择机解散天刑盟……"

"你说什么？"郗岩非常震惊，"解散天刑盟？！"

"是的，这正是盟主遗命。"

郗岩冷笑："李唐天下现在貌似太平，可谁知道李世民一旦驾崩，会是什么人上去当皇帝？万一是个暴君或昏君，天下岂不是又乱了？这时候解散本盟，不是愚蠢之举吗？"

萧君默万没想到，这个郗岩竟然对今上直呼其名，还好这是在墓地，身边只有死人，否则一旦被人听了去，那可是大逆不道之罪！看来这个人对今上并无好感，连带着对大唐朝廷也毫无尊崇之心，才会如此强烈地反对解散天刑盟。

一听郗岩竟然出言不逊，还把盟主遗命说成"愚蠢之举"，辩才顿时脸色一沉："东谷，你讲出这种话，还算是天刑盟的人吗？本左使今天可不是来跟你商量的，这是盟主遗命，你必须执行！"

"左使不必拿职位来压我，我郗岩向来忠于本盟，但绝不愚忠，若盟主的命令错了，请恕我难以从命。"

"你！"辩才气得脸色煞白，说不出话。

"东谷先生，"萧君默知道自己不能再保持沉默了，遂淡淡笑道，"在下欣赏你的耿直，可你方才这句话，在下却认为值得商榷。"

"你是何人？这里轮得到你说话吗？"郗岩眉毛一挑，斜了他一眼。

辩才刚想介绍，萧君默便抢先开口道："在下无涯，此次专程护送左使前来江陵，目的便是执行盟主遗命。所以，这里不但轮得到在下说话，而且东谷先生若抗命不遵，在下也可以遵照左使号令，执行本盟家法。"

郗岩一听，知道对方不是善茬，这才意味深长地打量了他一眼，旋即冷冷一笑："你就是那个玄甲卫郎将萧君默吧？你才多大年纪，竟敢说自己是无涯？"

萧君默的画像早已随海捕文书传遍天下，此刻尽管易了容，可仔细看还是可以认出来，加之他现在跟辩才在一起，任谁都不难猜出他的身份。

听了郗岩的话，萧君默哈哈一笑："东谷先生此言差矣！秦朝甘罗，十二岁出使赵国，官拜上卿，位同丞相；汉朝霍去病，十七岁封侯，十九岁拜将，二十一岁荡平匈奴、官任大司马。萧某虽不敢自比古代英杰，但做这个无涯舵主，自忖还是绰绰有余的，不知东谷先生有什么好怀疑的？"

萧君默阅人无数，知道对付这种傲慢狂放之人，你就要比他更傲气，如此才能镇住他。果然，郗岩闻言，态度便缓和了一些，道："既如此，那是在下失礼了。只是不知无涯先生要与我商榷什么？"

"你刚才说，若是盟主的命令错了，你便不从命，萧某对此不敢苟同。"萧君默道，"国有国法，家有家规，若本盟兄弟人人都如你这般，那还成个什么组织？恐怕不必等到解散，就先各自散伙了吧？你既然声称忠于本盟，那首先便不能坏了本盟的规矩，否则你所谓的忠又从何谈起？"

郗岩顿时语塞，想了想才道："是我出言唐突，考虑欠周，请左使原宥。"说着对辩才拱拱手。"不过，左使说要解散组织，我还是不能答应。"

"倘若左使做什么事却要你来答应，那干脆让你来当盟主好了。"萧君默讥笑道。

"我不是这意思……"郗岩一窒，"我是不能眼睁睁看着咱们这个几百年的组织毁于一旦。"

"那你以为不把方觚交给左使，组织便能保全吗？"萧君默直视着他，"要是哪一天冥藏找上你，让你把东西交给他，你交是不交？要是交，你和组织就会变成他手里的一把刀，最终害人害己；若是不交，冥藏一定会把你和你的分舵铲除掉。试问，到那一天，你如何保全组织？又如何保全你自己和分舵所有弟兄的性命？"

郗岩浑身一震，呆在原地说不出话，半晌才道："若真有那么一天，郗某宁可玉碎，不为瓦全。"

"好一个宁可玉碎不为瓦全！"萧君默一笑，"萧某佩服东谷先生的勇气。不过，你刚才也说你不愚忠，可现在怎么又逞匹夫之勇了？凡事预则立，不预则废。左使取回三觚的目的，是要阻止冥藏利用组织，从而保住本盟万千弟兄及其家人的性命；而你口口声声不想看组织毁掉，却只能等着冥藏上门再跟他拼一个玉碎。萧某只想问，愚蠢的到底是左使，还是东谷先生你呢？"

郗岩无言以对，却仍执拗地道："你说得固然有道理，可……可我还是无法接受自毁组织这件事。"

辩才哭笑不得。

萧君默也没想到，自己明明把利弊都摆在他眼前了，这家伙还是如此固执。

"左使，萧郎，郗某理解二位的想法，但委实不能赞同，所以，请恕我难以从命。二位保重，郗某告辞。"郗岩说完，也不等二人反应，拱拱手便转身离去。

"东谷！"辩才气得脸色涨红，要追上去，被萧君默一把拉住："法师，事缓则圆。以东谷的性子，一时半会儿恐怕很难想通，就给他一点时间吧。"

"可我们还有时间吗？"辩才一向沉稳，很少动怒，这回实在是沉不住气了，"圆觚下落不明，方觚拒不交还，咱们自己又身处险境，再这么下去，事情该如何收拾？"

"法师别急，总会有办法的。"萧君默安慰着他，其实自己心里也是无计可施。

"萧郎，你看东谷如此推三阻四，是不是有什么问题？"辩才狐疑道，"大觉寺的事，会不会就是他干的？"

萧君默望着郗岩远去的背影，没办法简单地回答是或不是。他只是觉得，这江陵的水要比自己原本想象的深得多……

辩才与回波先生谢吉的接头地点，是在江陵城东一家富丽堂皇的酒楼。

酒楼的名字就叫富丽堂，是谢吉自己的产业。

他开了一个最豪华、最宽敞的雅间接待辩才和萧君默，除了美酒佳肴之外，居然还准备了一群陪酒的美女。这阵仗，跟上午在墓地与郗岩接头恰成鲜明对照。萧君默一边感受着这种冰火两重天的境遇，一边不免在心里觉得好笑。

辩才一看到满屋子美女，顿时皱紧了眉头，连连示意谢吉让她们退下。

谢吉大腹便便、油光满面，脸上似乎随时挂着一个笑容，见辩才如此局促不安，不禁哈哈大笑道："左使早就不是出家人了，何必墨守那些清规戒律呢？让她们先陪您喝酒，完了咱们再谈正事。"

"你的好意，贫僧心领了。"辩才冷冷道，"贫僧虽不住寺，但始终以出家人的身份要求自己，已戒除酒色多年，还望回波能够理解。"

"理解理解。"谢吉连忙用笑声掩饰尴尬，"左使如此洁身自好，真是令属下万分敬佩啊！"说完便甩了甩手，把一屋子美女都赶了出去。

雅间一下安静了下来，辩才不想再浪费时间，便开门见山道："回波，想必你也知道，贫僧此来，只为一事，便是你手中的角觿。"

原来谢吉手上这枚称为"角觿"，看来形状又与之前两枚截然不同。萧君默这么想着，暗暗观察谢吉的反应。

"哎呀，左使您早就该来了！"谢吉一脸如释重负的表情，"不瞒左使，这么多年来，属下手里拿着这个东西，那真叫一个寝食难安哪，天天都盼着盟主和您赶紧来拿回去。这回好了，属下终于可以睡一个安稳觉了！"

辩才闻言，原本惴惴不安的心终于放了下来。三觿之中，总算有一觿可以顺利取回了。

萧君默若有所思地看着谢吉，忽然笑道："回波先生，当年盟主把角觿交给您，是对您的信任，可听您这话的意思，怎么像是在埋怨呢？"

"不知这位是……"谢吉拿眼打量着他。

"在下无涯。"

"哦，原来是无涯先生，失敬失敬！"谢吉满脸堆笑，连连拱手，"没想到无涯先生这么年轻，真是自古英雄出少年啊！"

"回波先生客气了。在下有些好奇，盟主不过是让您保管一个物件，怎么就像是把您给害了似的？"

"没有没有，我不是这意思。"谢吉笑了笑，"主要是这物件太重要，重启组织都靠它，我不敢掉以轻心哪！这么多年来，我一直战战兢兢，总觉得这东西放哪儿都不安全，成天提心吊胆的，都快吓出病来了……"

辩才微觉诧异，似乎想到了什么，暗暗看了萧君默一眼。萧君默却不动声色，淡淡笑道：“这么说，回波先生真是辛苦了，那您赶紧把东西交给左使吧，这样今晚就高枕无忧了。”

“当然当然，我何尝不是这么想呢，只不过……”谢吉欲言又止。

“不过什么？”辩才一惊，刚刚放松的心情立刻又紧张起来。萧君默却好像已经预料到了，只是静静地看着谢吉。

“这东西非同小可，我不敢放在身边哪。”

“那你把它放在何处？”辩才大为焦急。

“不怕左使笑话，为了确保角觚的安全，三年前家父过世，我便把它……把它放在我爹的棺木里头了。”

“你说什么？！”辩才腾地站起身来，难以置信地看着谢吉。

萧君默顿时在心里苦笑：又是墓地！这三觚怎么总是跟死人和墓地纠缠不休？！

“左使放心，过几天，过几天属下一定派人把它挖出来。”

“不行，你明天就得把东西交给我。”

“明天？”谢吉面露难色，“明天，不……不成啊！”

“怎么不成？”

“今天是六月初十……”谢吉掐着指头念念有词，“这几日，破土、动土、行丧、安葬，都是大忌，属下怎么敢去动家父的坟呢？让我算算……对了，十七可以，那天祭祀、坏垣、动土、破土都行，您就等我几天，六月十七，属下保证把东西交到您手上！”

辩才颓然坐了回去，一脸无奈。

“左使，既然回波有难处，那咱们就等等吧，反正也就六七天时间，误不了事。”萧君默道。

“对对对，无涯所言甚是！”谢吉大喜，“这二十多年都等了，也不差这几天不是？”

从富丽堂酒楼出来，刚一登上雇来的马车，辩才便迫不及待地问萧君默：“你方才是故意套他话的？”

萧君默一笑：“是的。”

“你是怎么看出问题的？”辩才很是好奇。

“您刚一跟他提角觚的事，他的表情和言语便显得很夸张，似乎是在掩饰什么，所以我就引他尽量多说话。正所谓言多必失，他那句‘这物件太重要，重启组织都靠它'，果然就把尾巴露出来了。以我的估计，当年盟主把角觚交给他的时候，绝对不会告诉他这东西的用途，对吧？"

"自然不会。不管是谢吉、郗岩还是玄观，虽然都知道手里的东西很重要，但没人知道它的具体用途。"

"所以，谢吉能说出'重启组织'四个字，显然是有人告诉他的。"萧君默道，"法师，关于三觚的用途，冥藏肯定知情吧？"

辩才一惊："你的意思是，谢吉跟冥藏是一伙的？"

"这是唯一合理的解释，除非此事还有其他知情人。"

辩才不假思索道："没有，除了先师、冥藏和我，再无旁人知情。"

"由此可见，谢吉就是冥藏的人。他故意拖延七天时间，正是想通知冥藏，让他赶到江陵来。"

"可只有七天，他要把消息送出去，又要等冥藏赶过来，时间够吗？"

"江陵到长安一千四百多里地，若是训练有素的信鸽，最多两天便能飞到，剩下五天时间，冥藏马不停蹄赶过来，绰绰有余。"

辩才苦笑："如此看来，胁迫玄观的人，定是这个谢吉无疑了，昨夜埋伏在大觉寺的那些假和尚，也都是他的人。"

这个结论是显而易见的，可不知为什么，萧君默却不敢轻易下这个结论。他总是隐隐觉得，昨晚大觉寺发生的事情，似乎没这么简单。有某些不寻常的细节就像黑暗中的蛛丝一样，在他眼前飘忽来去，却又让他无从把捉。

萧君默闭上了眼睛。

昨晚发生在大觉寺的一幕幕，开始在他脑中慢慢闪现，或者准确地说，是一幕一幕在他的脑中回放和重现。

从小，萧君默便有一种特殊的本领——只要是他目睹过的场景，都会如同画像一般刻在脑子里，一旦需要，他就能把那些画面一一调取出来，然后反复重现，寻找某些至关重要却被遗漏的细节，最后再把碎片般的细节一一拼接，获得隐藏在事物背后的真相。萧君默在玄甲卫待的时间并不长，之所以能够屡破大案，一定程度上便是得益于这项本领。

此刻，马车的颠簸和晃动，丝毫没有对萧君默造成影响。在犹如禅定一般的高度专注中，他回到了昨夜的大觉寺，在一幕幕定格的场景中穿行、停留、观察、思考……

在快速穿过许多无关紧要的场景后，萧君默进入了天王殿，画面定格在慧远持匕刺中玄观的一瞬间：锋利的匕首准确刺入玄观的左胸，也就是心脏部位。这与萧君默最初的观察一致，似乎没什么疑点。

萧君默伸出右手食指，在眼前划了一下，瞬间进入了第二个定格画面：脸色苍白的玄观无力地躺在他怀中，鲜血从左胸的伤口汩汩流出。萧君默凝视着那个伤口，眉头微蹙，若有所思。

萧君默又划动食指，进入第三个定格画面：玄观盘腿坐在方丈室的禅床上，面容安详，看上去一点都不像遇刺，倘若不是胸前衣服上那一摊血迹，倒更像是安然坐化。萧君默站在禅床前注视着玄观。忽然，他弯下腰，把耳朵贴在玄观的左胸上，片刻后，又把耳朵挪到了右胸。刹那间，一片疑云浮现在了他的眼中……

第四个定格画面，他们四人已回到客栈，正在辩才房间中讨论着。萧君默划动食指，画面快进，然后在某一处定住，华灵儿的声音响了起来："难道他故意要死给你们看？他有病啊？！"紧接着是萧君默的声音："在我看来，他不是要故意死给我们看，而是要死给那些胁迫他的人看。"

萧君默再度划动食指，画面继续快进，然后萧君默对辩才道："当年您和智永盟主驻锡大觉寺，天刑盟的人想必都知道……"

萧君默脸上露出了惊恐之色，连忙反向划动食指，画面迅速退回到夹峪沟的后山上，萧君默对辩才道："法师走蓝田、武关这条路，必是打算下荆楚。如果我所料不错，法师应该是想去荆州江陵吧？"

……

马车中，萧君默倏然睁开眼睛，神色一片惊恐。

辩才吓了一跳，忙问："你怎么了？"

"胁迫玄观的人，很可能不是谢吉。"萧君默的声音冷得像冰。

"不是他还能有谁？难道是郗岩？"辩才看着萧君默的表情，身上不觉起了鸡皮疙瘩。

萧君默摇了摇头。

"那到底是谁？"辩才完全迷惑了。

萧君默沉默片刻，才从牙缝里蹦出了三个字：

"玄甲卫。"

裴廷龙坐在荆州府廨的正堂上，听完了薛安的奏报，嘴角泛起一丝得意的笑容。

今日，萧君默和辩才在江陵城的一举一动，都没有逃脱他的掌控。据薛安奏报，上午，萧君默和辩才到城西墓地与一个叫郗岩的棺材铺老板接头；下午，二人又到了城东的富丽堂酒楼，与老板谢吉接头。加上之前已经挖出来的大觉寺玄观，截至目前，裴廷龙已经成功破获了天刑盟在江陵的三个分舵。

接下来，萧君默和辩才还会跟多少个分舵接头，真是让裴廷龙充满了期待。他不得不佩服，皇帝这个放长线钓大鱼的计划确实英明，这比直接抓捕萧君默和辩才的收获大多了。眼下，唯一美中不足的是，他派了数十名水性好的手下进入放生池和秘道寻找那个东西，却始终一无所获。裴廷龙无奈，最后只好查封了大觉寺，并把监院等寺里的和尚全都抓到了荆州府廨，希望能通过严刑拷打，挖出一些有价值的线索。

"那帮和尚招了吗？"裴廷龙问。

"回将军，不知这些家伙到底是真不知情还是太能扛，属下用尽了手段，他们还是一口咬定什么都不知道。"

裴廷龙沉吟了一下："继续审。记住，我只有一个要求：宁枉勿纵。"

"是。"薛安领命，匆匆退下。

此时，桓蝶衣恰好与薛安擦肩而过，面色不悦地走了进来，大声道："裴将军，自从进了江陵城，您就把属下和罗队正晾在一边了，到底是什么意思？"

裴廷龙笑了笑，温言道："蝶衣，你和罗彪这一路上都辛苦了，我是想让你们多歇息两天，没别的意思。"

"多谢将军好意！不过我们已经歇息够了，也该跟第一线的弟兄们调换一下了吧？"

"不急不急，咱们到江陵这才几天呢？"裴廷龙仍旧笑道，"你要是觉得闷，不如我陪你去外面走走？这江陵可是个好地方，听说当年的楚国王宫……"

"将军，属下是来执行任务，不是来游山玩水的。"桓蝶衣冷冷打断他，"还是请将军分配任务吧。"

"好，我就欣赏你这种巾帼不让须眉的气概！"裴廷龙打着哈哈，"任务自然是会有的，不过你得容我安排一下。这样吧，你先下去，回头我就让薛安通知你们，好不好？"

"将军，请恕属下说句冒犯的话，倘若您一意要排挤属下和罗队正，那属下只好直接给圣上和大将军上表，将情况如实禀报了。"桓蝶衣毫不客气道。

"言重了言重了，你们都是玄甲卫的老将，我怎么可能排挤你们呢？你这完全是误会我的好意了嘛……"

"是不是误会，就得看将军怎么做了。属下这就下去，等候将军命令。"桓蝶衣说完，拱了拱手，大步走了出去。

裴廷龙眯眼望着她的背影，心头蹿起阵阵怒火，却愣是发不出来。

他这辈子从没怵过谁，唯独拿这个女子一点办法都没有。首先固然因为她是顶头上司李世勣的外甥女，但最主要的，还是因为自己喜欢她，没来由地喜欢。

裴廷龙有时候也会骂自己没出息，何必为了一个女子，屡屡丧失上司应有的尊严？可每回一看到她，他的心马上就又软了。

桓蝶衣，你真是我的冤孽！

太极宫，两仪殿。

李世民端坐御榻，脸色沉郁。长孙无忌和刘洎站在御榻两侧，下面站着李泰、杜楚客、杜荷三人。杜荷脖子上包扎着纱布，形状有些滑稽，而杜楚客身上的多处伤口虽然也都包扎了，此刻却仍隐隐生疼。

昨日发生在崇仁坊暗香楼的这起刺杀案，让李世民既震惊又愤怒，因为性质实在太过恶劣——一个堂堂皇子，一个当朝驸马，还有一个三品尚书，竟然在皇城边上遇刺！如若不能尽快破获此案，抓住幕后真凶，朝廷威信何在，天子颜面何存？！

所以，李世民对此案特别重视，今天特地把三个当事人传召入宫，亲自询问了整个案发经过。此刻，三人都已禀报完毕，李世民皱着眉头沉吟半晌，对长孙无忌道："那个刺客审得如何？"

"回陛下，吴王和李大将军正在审，一有消息便会立刻入宫禀报。"

昨日案发后，李世民便命李恪把现场逮住的刺客押到玄甲卫，与李世勣一起会审。到现在为止，已经审了一天一夜了，刺客却仍未供出幕后的主使之人。

"青雀，"李世民盯着李泰，"你不是答应朕不再涉足风月场所了吗，这回怎么又忘了？"

"回父皇，"李泰一脸委屈，"儿臣昨日去的暗香楼不是风月场所啊，只是普通的酒肆罢了，还望父皇明察。"

李世民用目光咨询长孙无忌，对方暗暗点头。皇帝在位已久，多年来鲜少出宫，对于民间的这些情况自然知之不详。得到肯定答复后，他便没再说什么，转而对杜荷道："杜荷，据朕所知，你平日出门并未带保镖，为何昨日赴青雀之宴，却要带上四名保镖呢？而且据说身手还都不弱，你是不是事先便察觉什么了？"

"回陛下，这……这纯属巧合啊，那四名武师是微臣最近刚刚聘任的，主要是闲暇之时陪微臣练练拳脚，并非有意要用他们做保镖。昨日微臣一时兴起，便带他们一块出门了，也并未事先察觉什么，完全是碰巧赶上了而已。"

杜荷心里清楚，谢冲四人的真实身份绝对不能引起皇帝的怀疑，更不能被查出真相，否则别说他会遭殃，连太子也得完蛋，所以他现在只能轻描淡写地遮掩。

"碰巧？"李世民目光狐疑，"真会有这么巧的事？"

杜荷心中一凛，忙道："是啊陛下，微臣对此也深感庆幸，兴许……兴许是家父的在天之灵保佑微臣躲过了一劫吧。陛下有所不知，微臣近来时常思念家父，每每念及家父英年早逝，未能目睹如今的太平盛世，微臣便会悲从中来、痛彻心扉，乃至终日茶饭不思。"说着说着，话音便哽咽了。"前几日，微臣还跪在家父灵位前涕泪横流，向他老人家诉说种种思念之情。说不定，正因微臣的这一点孝心，感动了家父的在天之灵，所以……"

李世民摆摆手，打断了杜荷的喋喋不休。

他当然知道这个女婿是个什么货色，如此当众表演的孝心，委实也太过肤浅和廉价。想当初，若非念在其父杜如晦是佐命功臣、有大功于朝，他绝不会把女儿城阳公主许配给杜荷。此刻听着杜荷啰啰唆唆，李世民虽然有些反感，但终究还是被触动了心绪，蓦然回想起了当初与杜如晦的君臣之情，眼睛不觉便湿润了。

杜荷偷眼观察皇帝的神色，知道自己的煽情达到了转移其注意力的目的，遂暗暗松了口气。

果然，李世民没再追究他的保镖之事，转而问杜楚客："楚客，据你刚才所述，刺客的首要目标是杜荷，其次便是你和魏王，那么有没有这样一种可能——此事的主谋是与你们杜家有宿仇之人？或者说，是当年如晦在世之时得罪过的人？"

杜楚客佯装思忖了一下，道："回陛下，臣以为这个可能性很小，因为家兄待人处世皆以仁义为先，为官秉政更是清廉无私、公正贤明，此乃陛下熟知，无须臣来赘言。退一步讲，即便家兄曾在官场上得罪过人，那也绝非私仇，更何况家兄去世多年，假使真有什么人心怀怨恨，那也早该淡忘了，能有什么样的深仇大恨让他记到今日呢？"

李世民略为沉吟，点点头道："如晦一生坦荡、情怀磊落，朕也相信他并未与人结仇，但是……楚客你呢？"

杜楚客微微一笑："臣之修为，固然不及家兄甚远，可说到与人结仇，似乎也不至于。再者说，若是臣之仇人指使，昨日那名刺客就该先对臣下手，但实情并非如此，故而臣以为，这个幕后黑手，当是对杜荷怀恨在心之人。"

杜荷好不容易才把皇帝的注意力引开，不想又被杜楚客给绕了回来，心中暗骂，脸上却不敢流露丝毫。

"嗯，言之有理。"李世民又把目光转向杜荷，"说说吧，朕知道你交游甚广，近来在朝野是否得罪什么人了？"

"没有啊陛下，微臣一向安分守己，何曾得罪过什么人？"

"杜荷，你仔细想想。"杜楚客微笑地看着他，"常言道祸从口出，会不会是你平时口无遮拦，无意中说了些什么，得罪了哪个朝中权贵？"

杜荷一愣，虽然觉得这话听着不爽，但不得不承认这种可能性还真有，当即蹙眉寻思了起来。

李泰抬眼，暗暗跟刘洎交换了一个眼色。

话题铺垫到这儿，便是万事俱备，只欠李恪那头的"东风"了。李泰不无得意地想，只要李恪把刺客的口供呈上来，父皇自己便会把所有事情联系到一起，然后得出那个显而易见的结论。

就在这时，殿外的宦官小步趋入，躬身道："启禀陛下，吴王殿下、李世勣大将军求见。"

"快传！"李世民大为振奋，看来一定是刺客招了。

很快，李恪和李世勣匆匆上殿。行过礼后，李恪从袖中掏出一份奏章，双手捧过头顶，朗声道："启奏父皇，暗香楼一案的凶犯厉锋已经招供，供词皆记录在此，恭请父皇御览！"

终于等到这一刻了！

李泰心中掠过一阵狂喜。

侍立在御榻旁的赵德全赶紧跑过来，接过奏章，呈给了李世民。李世民打开，目光才扫了几行，整个人就僵住了，脸色猝然变得一片死灰。

一旁的长孙无忌吓了一跳，连忙凑近皇帝，低声问："陛下，出……出了何事？"

李世民置若罔闻，脸上的肌肉微微抽动，半晌才把奏章递了过去，不料却因手抖而掉到了地上。赵德全从未见过皇帝这副模样，心中又惊又忧，慌忙捡起奏章，递给了长孙无忌。

长孙无忌接过来一看，霎时也变了脸色，然后万般惊愕地看着李恪："吴王殿下，这真是刺客的口供？"

"是的，长孙相公，千真万确。本王一开始也不信，但再三讯问之下，人犯却未再改口，本王只好据实禀报。"

长孙无忌又把目光转向李世勣，对方微微颔首，证实了李恪的话。长孙无忌叹了口气，只好又回头看着皇帝。

李世民强行压抑着内心的万丈波澜，盯着杜荷道："杜荷，你自己想想，最近有没有做什么事、说什么话，牵涉到……牵涉到了东宫？"

此言一出，李泰、杜楚客、杜荷、刘洎、赵德全皆面露惊愕之色。当然，其中只有杜荷与赵德全的表情是真的。

杜荷瞠目结舌，完全反应不过来。

他现在的脑子全乱了。听皇帝的口气，刺客供认的主谋显然是东宫，可这怎么可能呢？纵然太子已经不想用他，也不至于杀人灭口吧？再说了，太子若真想这么干，又何必派谢冲等高手来保护他？

杜荷越想越乱，一时竟愣在那儿说不出话。

此时，刘洎不失时机地开口了："启禀陛下，臣有一言，不知当不当讲。"

"讲。"

"是。不知陛下是否还记得，臣数日前曾经上过一道奏表，其中所言之事，便涉及东宫。而臣当时也在奏表中如实向陛下禀报了，臣的消息来源正是杜荷。"

李世民猛然想了起来，刘洎日前确实上奏过，称东宫部分车驾的规格、内饰等，很多细节有逾制之嫌。李世民当时便批复了，命东宫立刻整改，并下诏对太子进行了一番批评教育。不过事情一过他便忘了，没有放在心上，因为东宫的逾制并未逾越到天子之制，只是过于豪奢罢了，并非什么了不得的大事。然而此刻，这件事分明构成了太子报复杜荷、买凶杀人的动机。

杜荷一听刘洎之言，更是一脸懵懂。他当初为了获取李泰的信任，确实曾奉太子之命假意泄露过一些对东宫不利的消息，可这种无足轻重的情报，怎么就跟刺杀案扯上关系了呢？

"刘洎，照你的意思，东宫是得知了你这份奏表的内容，所以对杜荷怀恨在心，这才悍然买凶杀人？"李世民斜着眼问。

"回陛下，臣不敢如此妄断。"刘洎平静地道，"臣只是在陈述事实而已，至于该事实与此案究竟有何关联，不在臣的职责范围之内，故臣不敢置喙。"

"朕再问你，东宫车驾逾制一事，是杜荷亲口对你说的吗？"

"这倒不是。"

"那你又是听谁说的？"

"这个……"刘洎故意面露犹豫之色。

"怎么，"李世民有些讥嘲地看着他，"方才还说得头头是道，现在就有难言之隐了？"

还没等刘洎开口，李泰便趋前一步，抢着道："启禀父皇，此事是儿臣听闻杜荷所言，之后才告诉刘侍中的。"

刘洎和李泰的这番表演，其实都是事先商量好的，无非是做给李世民看而已。因为李泰很清楚，要把一个谎言包装成真相，其中必然要有一些真实的东西，尤其是某些关键性细节，更是越真实越好。正如现在，李泰故意表现出一副私下说太子坏话的样子，就是为了把这个局做得更真实一些——说白了，我都已经承认对我自己不利的东西了，你还会怀疑我说的话吗？

李世民闻言，脸色一沉："青雀，你何时也学会长舌妇那一套飞短流长、搬弄是非的本事了？"

"冤枉啊父皇！"李泰委屈道，"儿臣对刘侍中说这个事，只是为了让父皇您掌握下情，以便及时纠正臣子的不当行为而已。儿臣的出发点，一方面是维护朝廷纲纪，另一方面也是为了督促大哥，让他成为一个更有德行的储君嘛！"

李世民心里冷哼一声，知道李泰所言都是些言不由衷、冠冕堂皇的大话，可偏偏这些话在场面上又都是对的，令人难以反驳。

"青雀，那你说说，就为了杜荷曾向你言及东宫车驾逾制之事，你大哥便会指使厉锋等人报复杀人吗？"

李世民的这个问题很有诱惑性，假如李泰顺着杆往上爬，那就把自己暴露了。他当然没那么傻，而是很镇静地道："回父皇，儿臣认为不大可能。"

"理由呢？"

"就算大哥为此事记恨杜荷，但也不到杀人的地步，况且昨日那几个刺客不光要杀杜荷，也想杀儿臣与杜尚书，这至少可以证明，这个主谋的动机并不仅仅是报复杜荷那么简单。"李泰此言，是典型的欲擒故纵之法，表面上好像在替太子说话，其实是引诱李世民的思路往"夺嫡之争"上靠。

果不其然，李世民闻言便蹙紧了眉头。

杜荷以前跟太子关系不错，后来却转而跟李泰走得很近，这是朝野共知的事实，要说太子对此早已怀恨在心，那也是合乎常理之事，再加上杜荷向李泰泄露东宫内情，导致刘洎上表参奏，太子便更有理由对杜荷恨之入骨了。

另外，从夺嫡的角度上看，太子现在最忌惮的人便是李泰，其次便是魏王府长史杜楚客。这就等于说，昨日暗香楼宴席上的三个人，全都是太子最忌恨的，假如他事先得到了情报，遂断然派出刺客，欲一举除掉这三人，不也是顺理成章的吗？

如此看来，暗香楼一案最大的幕后嫌疑人，当非太子莫属了。首先，他有充分的杀人动机；其次，现在又有刺客的供词。看上去，这似乎已经是一桩板上钉钉的铁案。然而，凭借多年权谋政争的经验，李世民知道，一件事情表面上越是显得天衣无缝，实际上就越有人为设计的嫌疑。所以，现在下什么结论都还为时过早。

"德全。"

"奴才在。"

"传朕口谕，召太子即刻入宫，暂居百福殿，没有朕的允许，不许离开殿庭半步。"

"奴才遵旨。"

皇帝这么做，相当于把太子软禁了。在场众人闻言，各自的表情都有些复杂。软禁就是废黜的前奏，看来这回太子是凶多吉少了。李泰压抑着内心的兴奋，仿佛看见东宫的大门正在向自己豁然敞开。

此刻，蒙了半天的杜荷也终于醒悟了。

虽然他还没完全弄清整个真相，但太子被软禁的结果却是明摆着的。而太子出事，最大的得益者自然就是魏王李泰。由此可见，这场暗香楼刺杀案，完全有可能是李泰一手策划的阴谋，目的便是既杀了他杜荷又嫁祸给太子！

可是，虽然悟到了这一点，杜荷也只能是哑巴吃黄连，有苦说不出。因为他绝对不可能向皇帝主动承认，自己是太子派到魏王身边的细作。

"恪儿，"李世民沉吟片刻，对李恪道，"明日把人犯带进宫来，朕要亲自审问。"

"儿臣遵旨。"

无论太子是否清白，现在唯有进一步提审厉锋，才可能弄清事实真相。

第十四章／三筋

江陵，大觉寺的寺门上贴着荆州府廨的封条。

深夜子时，一道黑影敏捷地翻过院墙，悄无声息地进入了寺内。黑影先是来到天王殿后的放生池旁站立了片刻，然后返身折回到天王殿前，蹿上了一棵茂密的槐树，未久又跳到了另一棵槐树上。随后，黑影花了好一会儿工夫，摸遍了庭院里的七八棵槐树，这才跳下来，径直朝寺院后部奔去。

因寺院被封，庙里的和尚全被抓走，此时的大觉寺显得寂静而阴森。

黑影迅速来到大雄宝殿后面的法堂，挑开一扇长窗，翻身而入。

黑暗中，一根蜡烛被火镰点亮。黑影举着蜡烛，绕过讲经台，来到了法堂的后部。借着蜡烛的微光，可以看见角落里堆放着一些杂物。黑影扫视了一下，似乎没找到想找的东西，便来到另一边的角落。很快，在一扇破旧屏风的后面，黑影发现了目标——墙角里放着一口两尺多高的椭圆形陶缸，上面盖着缸盖；缸体表面是一层黄绿色的青釉，上面绘有荷花、祥云、仙鹤等图案，还有"佛光普照"的字样。

这就是佛教寺院特有的"坐化缸"，也叫和尚棺。一些得道的和尚盘腿坐化后，便被置入这种缸中，遗体四周通常会放入木炭、石灰、香料等物，用来除湿防腐，然后用缸盖密封，最后再将整个坐化缸埋入土中安葬。

黑影将缸盖取下，举烛一照——果然不出所料，这正是玄观的坐化缸！

此时，玄观正端坐缸中，与昨夜在方丈室所见的情状无异。黑影发现，缸中居然没有放入木炭、香料等物，显然是寺里的和尚们被仓促抓走，来不及放入这些东西。

黑影举着烛火静静地看了玄观片刻，回身到讲经台那儿取来一副铜磬，然后在玄观的耳边敲了一下：叮……

磬声清脆悠长，在空旷的法堂中久久回响，余音绕梁。

在黑影的注视下，玄观慢慢有了轻微的呼吸，苍白的脸色也渐渐转成红润，最后倏然睁开眼睛，与黑影四目相对。

"方丈这一坐，打算坐到什么时候？是弥勒下生的龙华三会吗？"黑影笑道，正是萧君默的声音。

"龙华三会"是一个著名的佛教预言，指的是佛陀入灭后五十六亿七千万年，弥勒菩萨自兜率天下生人间，出家学道，坐于翅头城华林园中龙华树下成正等觉，前后分三次说法；昔时于释迦牟尼佛的教法下未曾得道者，至此会时，可悉数得道。

"贫僧倒是想啊，只可惜没那份功力。"玄观也淡淡笑道。

"方丈的功力已经很惊人了，否则裴廷龙那么精明的人，岂会被你骗过？"萧君默对佛教禅定素有研究，他知道，一些禅定功夫特别深的修行人，一旦入定，呼吸和脉搏都会停止，只靠全身的毛孔进行呼吸。玄观显然就有这种功夫，所以才能骗过裴廷龙。

"骗过了裴廷龙不假，却还是没能瞒过萧郎的火眼金睛啊！"玄观说着，轻盈地跳出了陶缸，"朝野盛传，说萧郎目光如炬、断案如神，如今一见，果然名不虚传！"

"方丈谬赞了，晚辈到现在才察觉，实属迟钝，还谈得上什么目光如炬？"

"萧郎是如何发现贫僧有诈的？"玄观颇为好奇。

萧君默将之前在客栈里讨论的种种疑点简要说了一遍，最后道："发现遇刺一事很可能是你一手策划的之后，我原本以为，你是想以死摆脱胁迫，可后来却发现，你既然可以设计一场如此逼真的刺杀，又何必轻易捐生弃命呢？于是我便把昨夜之事仔细回顾了一遍，终于发现漏掉了一个重要的细节。"

"什么细节？"

"你流的血太少了，而且凝固得太快，这不合常理。"萧君默道，"一般人如果是心脏中刀，不但流血量大，并且根本无法止住，可你却一转眼便止了血，这就说明，你中刀的地方根本就不是心脏。可问题是，那把匕首明明刺入了你的左胸，看你伤口的位置，不偏不倚正是心脏，这又如何解释？我为此困惑多时，最后才忽然想到：为什么人的心脏都必须长在左边呢？多年以前，我曾听家父说过，这世上有极少数人，心脏位置与常人相反，不是在左边，而是长在了右边。于是我便断定，玄观方丈你，便是这种世间少有的异人之一。所以，你并不是要死给裴廷龙看，而是要以假死来诈他，让他不再打佛指舍利的主意，对吗？"

玄观闻言，不禁拊掌而笑："妙极，妙极！萧郎实在聪明，贫僧佩服！可是，你又怎么知道胁迫我的人是玄甲卫的裴廷龙呢？"

萧君默神色一黯，苦笑道："按说我早就该发觉了，到今天才想到，其实是一个很愚蠢的失误，实在不可原谅！"

"萧郎何出此言？"玄观不解。

萧君默随即解释了原因。他告诉玄观，数月前他调查辩才时，便已将辩才早年的行踪摸得一清二楚，知道他曾于武德初年随智永在江陵大觉寺住了几年。之前在夹峪沟，萧君默便是根据这份情报，判断出辩才的逃亡方向正是江陵。可问题是，皇帝和玄甲卫也都知道这份情报，既然萧君默猜得出来，那么皇帝和玄甲卫自然也能猜到，所以裴廷龙便完全有可能提前赶到大觉寺，坐等他和辩才上门。而萧君默直到今天才恍然意识到这一点，的确是个不可原谅的错误，至少对他本人来讲。

"除此之外，还有一点，也能够说明，胁迫你的人不大可能是其他人，而最有可能的是玄甲卫。"萧君默道。

"哪一点？"

"佛指舍利。"

"哦？愿闻其详。"

"我原本怀疑，用佛指舍利胁迫你的是天刑盟的人，可后来一想，他们办不到。一来，佛指舍利供奉在地宫中，他们无法染指；二来，他们若想用武力胁迫，你完全可以报官。而如果是裴廷龙来，情况就截然不同了。首先，玄甲卫权力很大，连地方官府都无法抗拒，更别说寺院；其次，裴廷龙还可以假传圣旨，拿皇帝来压你，让你不得不就范；最后，只有面对这种无法抗拒的压力，你才会选择假死的办法来摆脱胁迫。是故我便得出结论，昨夜那些假和尚，都是玄甲卫，而胁迫你的人，便是裴廷龙。"

"萧郎思维果然缜密！"

"只是我还有一事不明。"

"何事？"

"按说这个假死计划，应该只有你和慧远知情，监院和其他法师肯定都没有参与，那么方丈入定之后，就不怕其他法师真的以为你已圆寂，把你给埋到土里面去？"

玄观一笑："我寺僧人圆寂之后，通常会在入土之前做七天法事，在此期间，我自会出定。"

萧君默点点头，想着什么："方丈这个计划，一来是为了保护佛指舍利，二来是想把圆觥安全转移，可谓苦心孤诣，令晚辈十分佩服！只是，这个计划还是有一个薄弱环节。"

玄观苦笑了一下："萧郎所指，是慧远能否把圆觥安全带走吧？"

"正是。玄甲卫既然已经控制了贵寺，那么外围肯定也早有伏兵，尽管慧远法师可以从放生池的秘道出逃，可晚辈还是担心，外面的水渠仍在玄甲卫的布控范围之内。"

玄观神色一黯，长叹了一声："萧郎所虑甚是。当初贫僧计议之时，也曾想过先把圆觥交给左使，再让慧远动手，可我又担心，你们已然处在玄甲卫的监视之下，再把圆觥交到你们手上，岂不是更危险？无奈之下，只能希望慧远先把东西带出去，过后再见机行事，至少把你们和圆觥分开，对彼此都会安全一些。可正如你所说，贫僧的确存在侥幸心理，就是想赌一把，赌玄甲卫的布控范围没有那么广。结果没想到，贫僧这一把，终究还是……还是赌输了！"

萧君默听到最后一句，察觉有异，忙问："方丈此言何意？"

玄观黯然良久，才缓缓道："慧远没能逃脱玄甲卫的魔爪，昨夜他……他便已遇害了。"

虽然此事没有超出萧君默的意料，但乍闻噩耗，他的心里还是感觉被剜了一下。没想到昨夜第一次见到慧远，便已是最后一面——为了守护《兰亭序》和天刑盟的秘密，又一位义士像父亲那样付出了生命的代价。

"方丈，晚辈昨夜离开之时，你已经入定了，慧远法师罹难之事，你如何得知？"萧君默有些不解。

"当时贫僧刚刚入定，对外界的动静还有所觉知，他们把慧远的尸体抬了进来，我听得一清二楚……"玄观眼眶泛红，神情凄然。

"事已至此，无力挽回，还望方丈节哀。"萧君默劝慰道。

玄观点点头，强忍住悲伤："慧远一死，圆觥也下落不明，贫僧愧对左使，更有负盟主重托啊！"

"方丈先别忙着自责，慧远法师虽然牺牲，但他很聪明，事先便把圆觥藏起来了。"

玄观诧异地看着他："萧郎怎么知道？"

"方丈想知道，慧远法师把圆觥藏在何处吗？"萧君默似笑非笑地看着他。

"当然！"

萧君默忽然把手伸进怀里，掏出了一样东西。虽然烛光昏暗，但玄观还是一眼就认出来了，这个上面铸刻着行书"觞"字的青铜圆状物，正是圆觞无疑！

玄观万分惊愕："萧郎是在哪里找到的？又是如何找到的？"

萧君默淡淡一笑："这得从慧远法师昨晚的出逃路线说起。方丈应该还记得，慧远夺了圆觞之后，是从天王殿门口出去，然后往寺门方向去的吧？"

"我当然记得。"

"慧远跑到寺门附近时，被一伙玄甲卫给截住了。当时晚辈还不知内情，便上去与他交手，然后慧远便折回寺里，一口气跑到天王殿后面，跳进了放生池。这个事情一直让晚辈不解，既然放生池中有秘道，慧远法师为何不直接进入池中，而是要先往寺门方向跑，然后再折回呢？我原本以为他是遇到拦截，不得已才回头。可后来一想，我才终于明白，慧远法师早已料到他不一定逃得出去，所以故意制造一个左冲右突、慌不择路的假象，借此迷惑玄甲卫，实际上在这个过程中，他早已把圆觞藏了起来。"

玄观蹙眉思忖："你的意思是，他往寺门方向跑的时候，就已经把东西藏起来了？"

萧君默点头："方丈现在应该能猜出他把东西藏哪儿了吧？"

玄观又沉吟片刻，忽然眼睛一亮："难道……是那些老槐树？"

萧君默一笑。方才他在天王殿前的那些槐树上摸了半天，便是在寻找可以藏东西的树洞，后来果然在其中一个树洞里摸到了圆觞。

"可你为何会想到槐树呢？"玄观仍然有些困惑。

"这就要感谢我的一位同伴无意中给我的提示了。"萧君默笑了笑，"昨晚我们三人来拜会方丈，却没有发现，另一个同伴也一路跟了过来。慧远从天王殿跑出来跳上一棵槐树时，她正巧躲在另一棵槐树上。随后，假扮侍者的那两个玄甲卫追出来，却错把她当成了慧远，和她打了起来。我之前并未多想，直到方才来的路上，才突然意识到，那两个玄甲卫之所以误会，肯定是看到慧远跳上了槐树。可照理来说，当时慧远急着逃脱，何必借槐树藏身呢？这显然不合情理。所以，唯一合理的解释便是：慧远并不是在借树藏身，而是在借树藏物！"

玄观恍然大悟，忍不住啧啧赞叹："当世神探，非萧郎莫属啊！"

"很多事只是机缘巧合，又恰好让我联系到一起罢了。"萧君默摆摆手，旋即正色道，"方丈现在已经没有了身份，接下来有何打算？"

"正所谓出家无家处处家，"玄观苦笑，"一介方外之人，何处不可栖身？天下丛林寺院这么多，总有贫僧的落脚之地，何况本舵还有不少兄弟散落各处，走到哪儿都不怕没人照应。"

"这就好。"萧君默颇感欣慰,忽然生起了好奇心,"能否请教,方丈是哪个分舵?"

"照组织的规矩,贫僧是不便告知的,不过,对萧郎倒不妨破一次例。"玄观一笑,"在下重元。"

萧君默迅速在记忆中搜索了一下,脱口吟出一句:"仰咏挹遗芳。"

玄观接言:"怡神味重元。"

"您是东晋尚书吏部郎王蕴之的后人?"

"正是。"

方才这两句,正出自王蕴之在兰亭会上所作的一首五言诗,全文是:"散豁情志畅,尘缨忽以捐。仰咏挹遗芳,怡神味重元。"至此,萧君默一共已经知道了天刑盟的八个分舵:冥藏、临川、无涯、玄泉、浪游、东谷、回波、重元。

"方丈,贵寺的监院和其他法师,是不是重元舵的人?"萧君默忽然问。方才看见寺门上的封条,他便已料到这些人被裴廷龙抓了,不免替他们担心。

"他们只是单纯的出家人,不是本舵兄弟。"玄观有些不解,"萧郎为何问这个?"

萧君默叹了口气:"他们被裴廷龙抓了。"

玄观不知此事,顿时一震,懊恼道:"都怪我,是我连累了他们。"

"方丈也不必太过担心,既然他们不是天刑盟的人,裴廷龙就审不出什么,迟早会把他们放了,顶多受一些皮肉之苦。"萧君默道,"倒是您自己,得赶紧离开了,此地不宜久留。"

玄观闻言,稍觉心安,旋即又面露忧色:"贫僧今晚就可以离开江陵,但是你和左使怎么办?眼下裴廷龙已经盯上了你们,你和左使该如何脱困?"

萧君默略为沉吟,然后从容一笑:"方丈就放心走吧,晚辈自有脱困之法。"

江陵城南的郗记棺材铺是方圆数百里内最大的一家,所经营的棺木品种齐全、货真价实,在江陵乃至荆州一带有口皆碑。为便于打理,郗岩就住在铺子后面。

这天深夜,约莫子时三刻,郗岩在睡梦中被一阵奇怪的声音吵醒。他凝神细听,似乎有人在庭院中有节奏地敲击棺木,声音不大,但很清晰。大半夜听到这种诡异的响动,饶是郗岩胆子再大,也不觉有些头皮发麻。

他披衣下床,一手持刀,一手掌灯,开门走进了庭院。这个庭院很大,院中堆满了大大小小的半成品棺木。声音是从一具已经完工、尚未上漆的楠木棺椁后面发出的。郗岩一步步靠近棺木,在六七步远的地方站定,沉声喝问:"何方朋友,竟敢夜闯私宅，意欲何为？"

敲击声停了下来，一道黑影从棺木后走出。郗岩定睛一看，竟然是萧君默。

"抱歉了东谷先生，"萧君默面带笑意道，"深夜前来，扰了你的清梦了。"

郗岩有些不悦："萧郎有什么事，非得这么三更半夜鬼鬼祟祟的吗？"

萧君默一笑："我有两个消息，一个是坏消息，还有一个是更坏的消息，东谷先生想先听哪一个？"

"我要是都不想听呢？"

"那我只能告辞，你继续回去做你的好梦。不过，我走之前，得问你一个问题。"

"什么问题？"

"你这辈子卖了那么多棺材，有没有给自己留一副好的？"萧君默摸着身边的那具楠木棺椁，"这副好像还不错，建议你自己留着。"

郗岩一怒："萧君默，我敬你是左使身边的人，才对你客气，你可别不知好歹！"

"别生气，萧某绝无戏弄之意。"萧君默仍旧笑着道，"我这么说，只是想告诉你：被玄甲卫盯上的人，通常都活不了多久。"

"你什么意思？"郗岩一头雾水。

"我的意思很简单，现在你这个铺子的周围，至少有十名玄甲卫，外加三十名荆州府廨的捕快，要不是我熟悉玄甲卫的布控手段，方才进来时肯定就被盯上了。"

郗岩知道萧君默没必要骗他，想了想，道："这么说，玄甲卫是跟着左使和你，才盯上我的？"

"对此我只能表示抱歉。"萧君默道，"今天上午跟你接头的时候，我还没有觉察，直到晚上才意识到，所以现在便赶来通知你了。"

"这就是你说的坏消息？"

"不，这是更坏的。"

"那坏消息是什么？"

"现在想听了？"

"说。"

"过几天，冥藏便会到江陵来，自然是为了三觞。虽然目前他还不知道你，但也不能低估他的手段，加上他在江陵的内应，要找到你，恐怕也是迟早的事。"

郗岩微微一惊："谁是他的内应？"

"回波。"

"回波？"郗岩眯起了眼。他只知道天刑盟中有这个分舵，可并不知它就在江陵，更不知舵主是什么人。"能告诉我，这个回波是谁吗？"

"现在告诉你自然是无妨了，城东富丽堂酒楼的老板，谢吉。"萧君默道，"而且我还不妨告诉你，他跟你一样，也是持有三觚的人之一。"

此人贪财好色，唯利是图，江陵城无人不知，郗岩没想到他竟然是天刑盟的人，更没想到他手上也有三觚。

"你怎么知道他投靠了冥藏？"

"若要人不知，除非己莫为。只要心里面有鬼，总会露出马脚。萧某毕竟当了几年玄甲卫，这方面还是有点经验的。"

"那你现在把什么都告诉我，就不怕我心里也有鬼？"

"你说你是忠于本盟的，这一点我丝毫没有怀疑过。"萧君默正色道。

"即使我违抗了盟主和左使的命令？"

"你之所以抗命，初衷也是为了保护组织。我相信，一旦你意识到你的想法再也保护不了组织，你就会改变立场。我说得对吗？"

萧君默目光犀利地直视着他，仿佛能看到他的心里。

无言之中，郗岩深切感受到了来自萧君默的信任和理解。对于郗岩这种孤傲执拗的人来说，这样的信任和理解显然比任何劝说都更有说服力，也更能让他回心转意。

谢吉猝然惊醒的时候，看见床榻边站着一高一瘦两条黑影。

睡在身边的小妾也同时惊醒了，刚要发出尖叫，就被那个瘦瘦的黑影一巴掌打晕了过去。谢吉苦笑。他很清楚，这两人能够解决掉外面十几个守卫，悄无声息地摸到他的床边，就证明他们的本事不小，所以他现在怎么做都是徒劳，唯一能保命的方法便是乖乖合作。

"两位朋友，深夜到访，不知有何见教？"谢吉微笑道。毕竟是天刑盟回波分舵的舵主，临危不乱的定力多少还是有的。

一旁的灯烛被点燃了，谢吉终于看清，面前的人一个是下午在酒楼见过的自称无涯的年轻人，另一个居然是城南郗记棺材铺的老板郗岩。三年前他给父亲办丧事，所用的那具名贵棺木正是从郗岩处订购的。谢吉不明白这两个人怎么会凑到一起，又为何深夜到此，他唯一知道的是——这两个家伙来者不善！

"回波先生，还认得我吧？"萧君默找了个圆凳坐下，跷起二郎腿。郗岩则面目阴沉地站在他身旁，一动不动，那张原本便奇丑无比的脸，此刻看来越发令人不寒而栗。

"自然认得。"谢吉满脸堆笑，"无涯先生光临寒舍，怎么也不提前打个招呼？看我连个衣服都没穿，实在太失礼了！"

"回波先生不必客气。"萧君默也笑了笑，"反正我们也不是来做客的。"

"那二位这是……"

"想必回波先生已经把信鸽放出去了吧？趁冥藏先生还没到，咱们有些事得先聊聊。"

谢吉眼中掠过一丝惊惶，虽然稍纵即逝，却已被萧君默尽收眼底。

"无涯先生此言何意？我怎么一句也听不懂呢？"

萧君默冷然一笑，转头对郗岩道："郗老板，我的话他听不懂，要不你来跟他说？"郗岩"唰"的一声抽出佩刀，那寒光闪闪的刀刃上竟然还沾着鲜血，显然是外面那些守卫的。谢吉一看便蔫了，苦笑了一下："也罢，二位想聊什么？"

"想聊聊你目前的处境。"萧君默道，"首先我不得不告诉你，你已经被玄甲卫盯上了，以我的估计，恐怕冥藏还没到江陵，你就进了玄甲卫的牢房了。当然，你可以不信，不过你最好跟郗老板先预订一口棺材，以免到时候忙乱；如果你信，那咱们就接着往下聊。你看怎么样？"

谢吉闻言，顿时一脸惊恐。玄甲卫的威名他早有耳闻，一旦落到他们手里，那绝对是求生不得求死不能。看萧君默的样子，也不像是在吓唬他。谢吉转了半天眼珠子，最后才颓然说了两个字："我信。"

"很好，那接下来，咱们就可以聊聊你的选择了。你现在有两条路：一、把角觿交给我们，然后你带上金银细软赶紧跑路，有多远跑多远；二、坚持不交，然后跟郗老板订一口上好的棺材，等着玄甲卫来抓你，你就能尝到生不如死的滋味了。"萧君默说完，笑了笑，"好了，路摆在面前，该怎么选，你看着办，我绝不强迫。"

"这哪是两条路？"谢吉笑得比哭还难看，"这分明只有一条。"

"听你这么说，是想选第一条喽？"

谢吉苦笑不语。

"你可得想好了。"萧君默煞有介事道，"你不是把角觿埋在你爹坟里头了吗？这几天都不是黄道吉日，你随便刨祖坟，那可是犯大忌的呀！"

"我……我那不是随口一说吗？"谢吉窘迫，"谁会那么傻，真把那玩意埋进祖坟？"

萧君默和郗岩相视一笑。

他当然知道角觿不可能真的埋在墓地里，可他故意不拆穿，就是想让谢吉自己说出来。

鸡刚叫了头遍，天还没亮，萧君默就回到了云水客栈。

当然，他没走寻常路——为了避开遍布四周的玄甲卫的监控视线，萧君默是猫腰从屋顶上摸回来的，跟他昨夜离开的时候一样。

辩才在房间里打坐，听到敲门声，还以为萧君默起了个大早。开门一看，却见他眼中布满血丝，显然一夜未眠，但脸上却挂着一个喜悦的笑容。

"你昨晚没睡？"辩才把他让进房间，赶紧倒了杯水给他。

萧君默嘿嘿一笑，咕噜咕噜把水喝光，抹了抹嘴角："睡不着，就去外面走了一圈。"

"走了一圈？"辩才狐疑地看着他，"你去哪儿了？"

"去见了几个人，顺便带回了几样东西。"萧君默说着，便从怀里掏出他说的"几样东西"，在案上一字排开。

辩才一看，简直不敢相信自己的眼睛。

三觿？！

三枚巴掌大小的青铜牌子放在案上，一块圆形，一块方形，一块六角形，上面有一个相同的阳刻文字：觿。三个"觿"字都是行书，字形很相近，不过细看还是可以看出差别。

辩才万万没想到，短短一夜之间，萧君默竟然会像变戏法一样，把几乎不可能拿到的三觿完整无缺地摆在他的面前！

"这……这怎么可能？我不是在做梦吧？"辩才睁大了眼睛，激动得语无伦次，"你是怎么办到的？"

萧君默笑了笑，轻描淡写道："其实也没想象中那么难，只不过动了些脑筋罢了。"

接下来，萧君默便把自己如何发现疑点，又如何取回三觿的经过详细说了一遍。辩才听得目瞪口呆，尤其是听说玄观的心脏居然长在右边，并利用这一点成功实施了"假死"计划时，更是惊喜莫名，连连称叹不可思议，同时对记忆力、洞察力和推理能力超强的萧君默越发佩服得五体投地。

此时此刻，辩才蓦然想起了前天夜里华灵儿说的那句话："咱们可以推举一位有勇有谋、有胆有识之人继任盟主，让他带领那些仍然忠于本盟的分舵，一起联手对抗冥藏！"

是啊，与其消极退让，任由冥藏为所欲为，还不如把组织凝聚起来，交给眼前这个年轻人，让他去挫败冥藏的野心和图谋。辩才相信，只要萧君默愿意，他一定能够办到，但现在的问题却是：怎么才能让他答应？

"萧郎，有一件事，我想征求一下你的意见。"辩才忽然正色道。

"法师请说。"

"现在三觚已然取回，只要咱们赶到越州，便能取出《兰亭序》真迹和盟印。"辩才看着萧君默的眼睛，"也就是说，这是决定天刑盟命运的时刻。咱们可以按原计划，把这两样东西销毁，让组织从此消泯于江湖；也可以借此机会唤醒组织，让它重新守护天下！依萧郎之见，该怎么做更好呢？"

萧君默没料到辩才会抛出如此重大而严峻的问题，一时怔住了，半晌才道："法师之前不是已经想好了吗？取回三觚的目的就是要解散组织，以免让冥藏利用，况且这也是盟主的遗命，为何现在又犹豫了？"

"原因很简单。"辩才道，"因为你。"

"我？！"萧君默哑然失笑，旋即明白辩才的意思了，"法师，所谓推举谁来当盟主之事，纯属华灵儿那个疯丫头的异想天开，您怎么也糊涂了？这简直就是开玩笑嘛……"

"不，这不是玩笑。"辩才一脸严肃，"如果萧郎愿意，贫僧愿意辅佐萧郎，重振天刑盟，对抗冥藏，守护天下！"

萧君默看着辩才，眼前忽然浮现出贞观二年那个大雪苍茫的冬天，还有白鹿原上那一具冻僵的尸体。当时的萧君默多么想拯救那些灾民，可别说是一个七岁的孩子，就连父亲、朝廷，甚至是皇帝，都是心有余而力不足……

"不瞒法师，守护天下、拯济苍生也是晚辈平生所愿，但愿望与现实往往相距甚远，更何况天刑盟这么大的担子，也不是晚辈之力所能负荷的，请恕晚辈难以从命。"

辩才叹了口气："萧郎先别忙着拒绝，反正从这里到越州还得走一段时间，这些时日，萧郎大可以认真考虑，倘若你到时候还是不愿意，贫僧自然也不会勉强。"

萧君默本来想说"我是不会改变主意的"，可一想又觉得太冷酷，便沉默了一下，旋即转移了话题："法师，眼下客栈周围全是玄甲卫和捕快，当务之急，还是得考虑怎么脱困，您说是吧？"

辩才并不担心，反而笑了笑："萧郎连拿回三觚这种不可能的任务都完成了，想必也一定有办法脱困。"

"您就这么信任我？"

"当然。萧郎都救过贫僧和小女多少回了，不信任你，贫僧还能信任谁？"

萧君默闻言，心头微微一热，同时也感觉到了一份沉甸甸的责任。

太极宫，承庆殿。

承庆殿亦名承乾殿，位于两仪殿之西。武德年间，李世民曾居住此殿，太子李承乾便是在此殿出生的，故而以"承乾"命名。贞观之后，此殿便成了李世民受朝听讼和"录囚"之所。所谓录囚，是对在押囚犯的复核审录，以防止冤假错案的发生。该制度源于汉代，至唐代趋于完备。

此刻，厉锋正披枷戴锁跪在殿中，李世民端坐御榻，李恪和赵德全侍立两侧。厉锋身后，站着一队全副武装的武候卫。

"厉锋，你是哪里人？"

今日提审之前，李世民已经详细阅览了厉锋的口供，可现在他还是想再亲自确认一遍。

"西域，高昌人。"厉锋的声音很平静，听不出任何感情色彩。

"为何到了长安？何时来的？"

"小民曾在高昌军队服役，两年前，侯君集攻打高昌，小民被俘，侯君集看小民身手不错，便把小民带回长安，送入了东宫。"

贞观十四年，侯君集率部平灭高昌，随后唐朝在此设立了西州。李世民很清楚，侯君集平定高昌时共俘虏了一万七千多人，至于他私下送了多少"身手不错"的人给太子，李世民就不得而知了。昨日，他召侯君集入宫责问，侯君集吞吞吐吐说总共送给了东宫近百人。李世民问他是否还认得厉锋，侯君集苦着脸说人太多，他记不住。

"你进东宫是做什么？"李世民当然知道这个问题的答案，不过还是想听他亲口回答。

"陪太子练武。"

"昨日你在暗香楼行刺，是受谁指使？"

"太子。"

"太子是当面向你授意的吗？"

"是。"

"他怎么说？"

"他给小民看了杜荷、杜楚客、魏王三人的画像，嘱咐小民以刺杀杜荷为主，有机会的话，把另外两人也杀掉。"

"太子有没有说为什么要杀他们？"

"没有。太子的事，小民不敢打问。"

"那他叫你做这件事，给了你什么好处？"

"小民在高昌还有一些家人，太子答应会照顾小民的家人。"

"可你现在把太子供出来了，就不担心家人吗？"

厉锋忽然苦笑了一下："吴王说过，会保我家人平安，否则小民怎么可能招供？"

李世民用目光问询李恪，李恪点了点头。

讯问至此，似乎已经没必要再问下去了，因为厉锋的回答几乎与口供毫无二致，根本问不出什么有价值的东西。

此时的李世民当然不知道，厉锋之所以能够对答如流，是因为事前王弘义和李泰便把所有需要回答的东西都教给了他，早已让他背得滚瓜烂熟了。此外，由于厉锋实际上并未到过东宫，也没见过太子本人，所以李泰还特地找了一幅东宫的平面图让他记熟，并且给他看过太子的画像。

王弘义此次之所以选中厉锋执行任务，除了他武功高强、绝对忠诚之外，还因为厉锋本身的确是高昌人，且真的有家人在高昌，这些都是事实，不怕朝廷追查。

此刻，李世民用一种森寒的目光盯着厉锋。虽然厉锋的回答毫无破绽，但李世民还是觉得他在撒谎。

"恪儿，你相信这家伙说的话吗？"李世民低声问。

李恪微微一愣："父皇，儿臣心里是不愿相信的，但事实俱在，儿臣又……又不敢不信。"

这话说得很巧妙，李世民闻言，嘴角掠过一丝苦涩的笑意，没再说什么。

"厉锋，朕现在问你最后一个问题。"李世民道，"这两年来，你一直在东宫陪太子练武吗？"

"是。"

李世民沉默了。许久，他才轻轻地挥了挥手，示意李恪把人带下去。

李恪带着手下将厉锋押出承庆殿的时候，一直在思索父皇最后一个问题的用意。这个问题之前已经问过了，为何父皇还要再问一遍？

李恪百思不解。

他唯一知道的是，无论在任何情况下，父皇都不会问一个毫无意义的问题。

第十五章 / 脱困

　　身着便衣的桓蝶衣坐在一家茶肆靠窗的位置，眼睛死死盯着斜对面的云水客栈。

　　昨天她找裴廷龙撂了几句狠话之后，裴廷龙便不得不给她和罗彪安排了这个监视任务。此刻，红玉坐在她旁边，罗彪带着几个弟兄坐在不远处，另一边则坐着裴廷龙的家将裴三等人。很显然，桓蝶衣他们在盯着客栈，而裴三等人则是在盯着他们。

　　桓蝶衣一动不动地坐着，心绪却焦灼难安。

　　自从萧君默他们一进江陵城，其一举一动便都在裴廷龙的掌握之中。尽管桓蝶衣从不怀疑萧君默的本事，可这回裴廷龙已经给他布下了天罗地网，他还能有机会逃脱吗？

　　从昨天到现在，桓蝶衣有好几次想要暗中给萧君默通风报信，可一想到自己玄甲卫的身份，却又不得不强忍冲动。就这样，身为女人的桓蝶衣与身为玄甲卫的桓队正在内心不停地搏斗，几欲将她撕裂……直到此刻，桓蝶衣仍然不知道该怎么办。

　　一个茶博士跪坐在食案边磨粉煮茶，弄出了一些响动。桓蝶衣不耐烦地瞥了他一眼。旁边的红玉见状，对茶博士道："行了，你下去吧，我们自己煮。"

　　"您几位是贵客，掌柜的特意吩咐要帮客官煮头碗茶。"茶博士一边赔笑，一边继续摆弄着，丝毫没有要走的意思。

"掌柜的好意我们心领了，你下去吧。"

"客官有所不知，这是我们江陵特产的南木茶，'火、水、炙、末'都有讲究，这样煮出来的味道才中正，客官不熟，还是让小的伺候吧。"

"让你下去就下去，哪儿那么多话？"红玉板起了脸。

"算了，人家也是好意。"桓蝶衣回头道，"就让他煮完头茶吧。"

红玉这才悻悻闭嘴。片刻后，茶水沸腾，茶博士从茶釜中舀了一碗，放在红玉面前的食案上，然后又舀了一碗，恭恭敬敬地捧到桓蝶衣面前，道："这位客官，南木茶要趁热喝，放凉了，这精华便随热气散尽了。"说完才郑重地放下茶碗。

桓蝶衣觉得今天这个茶博士有些多话，刚想赶他走，却见茶博士对她使了个眼色，然后盯了茶碗一眼，这才躬身退下。桓蝶衣心中狐疑，伸手去端碗，忽然摸到碗底有什么东西，抓在手中一看，居然是一张折得四四方方的小纸条。

桓蝶衣的心怦怦跳了起来。她背着红玉，悄悄把纸条展开，上面只写了两个字：后巷。虽然只有寥寥两个字，也没有落款，但是桓蝶衣的心瞬间便已提到了嗓子眼，因为这个笔迹她太熟悉了！

桓蝶衣不动声色地站起来，低声对红玉说了什么，便朝后院走去。裴三一看，立刻起身："桓队正这是要上哪儿去？"

桓蝶衣一笑："我上茅房，你要不要跟着来啊？"

裴三大窘，一旁几个手下都忍不住窃笑，罗彪和他的手下则发出哄堂大笑。

桓蝶衣丢给裴三一个冷笑，随即走了出去。

茶肆的后面是一条偏僻的小巷，桓蝶衣从茶肆后院翻墙而出，刚一落地，便见不远处的一株梨树下站着一个身形高挑的须髯男子，正是易了容的萧君默。

刹那间，各种复杂纠结的情感一齐涌上了心头。桓蝶衣强抑着内心的波澜，走到萧君默面前，冷冷道："你是来自首的吗？"

萧君默一笑，伸出双手，做出束手就擒之状："倘若命中注定难逃此劫，我情愿死在你的手上。"

"你也知道难逃此劫了？"桓蝶衣眉毛一扬，"就为了那个楚离桑，你觉得这一切值得吗？"

"我只是听从自己的内心，做自己认为对的事，不单纯是为了哪一个人。所以，就算是死，我也无怨无悔。"

"既然这么不怕死，你还逃什么？"

"时时可死，步步求生。"萧君默道，"我不怕死，不等于我就不惜命。何况还有许多事等着我去做，我为什么不逃？"

"那这一回，你觉得你还有希望逃生吗？"

"当然，否则我何必约你出来？"

桓蝶衣冷笑："你是想求我放你一条生路？"

"严格来讲不能叫'求'。"萧君默笑了笑，"我今天约你出来，是想跟你做个交易。"

"交易？"桓蝶衣一怔。

"是的。我手里有个情报，可以让你逮住一个人，这个人对朝廷和圣上来说都很重要。"萧君默道，"我可以把情报给你，让你立一大功。"

"对圣上来说，现在还有什么人比你和辩才更重要？"桓蝶衣冷哼一声，"抓住你们，功劳不是更大吗？"

"此言差矣！"萧君默摇摇头，"你想想，圣上为什么要抓我和辩才，不就是为了破解天刑盟的秘密吗？而他破解这个秘密，目的不就是阻止天刑盟危害社稷、祸乱天下吗？"

桓蝶衣想了想："是又怎么样？"

"那你再想想，现在最有可能危害社稷的人是我和辩才吗？都不是，而是那个一手制造了甘棠驿血案，又授意杨秉均在白鹿原刺杀我的幕后元凶，对不对？"

"你是说冥藏？"

"正是。"

桓蝶衣一想，萧君默之言确实有道理，于是面色缓和了一些："你手里有冥藏的情报？"

"没错。六月十七，冥藏很可能会到江陵来，跟城东富丽堂酒楼的老板谢吉接头，谢吉的情况你们反正也掌握了，就在富丽堂守株待兔，便有机会抓到冥藏。"

"那你告诉我这个情报，是想从我这里得到什么？"

"想麻烦你办件小事。"萧君默粲然一笑，凑近她，低声说了什么。

"就这么简单？"桓蝶衣狐疑。

"当然。所以这个交易，对你很划算。"

桓蝶衣白了他一眼："你就不怕我翻脸不认人，现在便抓你？"

萧君默呵呵一笑："这里只有咱俩，你又打不过我，我怕什么？"

桓蝶衣看着他，往日两人打打闹闹的一幕幕不断从眼前闪过，呆了半晌，眼圈忽然红了。萧君默看到她的样子，心中也是五味杂陈，却故意嬉笑道："瞧你那样！多大的人了，还跟小时候似的，动不动就哭鼻子……"

没想到这话一说，更是牵动了桓蝶衣的记忆，两行清泪顺着她的脸颊无声而下。

萧君默有些慌神，下意识抬手要去帮她抹泪，又蓦然想到两人目前的身份，便把手缩了回去。小时候，每当桓蝶衣耍小性子、撒娇哭闹，萧君默时常会在指头上偷偷蘸些墨汁或胭脂，假装帮她擦泪，把她弄成大花脸，再拿镜子给她照，最后满世界跑着让她追……

此刻，两人四目相对，儿时那天真烂漫、两小无猜的情景仿佛犹在眼前。

"帮我把泪擦了。"桓蝶衣哽咽着，以命令的口吻道。

萧君默笑笑，伸手擦干了她的眼泪，然后晃了晃自己的手指："这回是干净的，没墨汁，没胭脂。"

桓蝶衣想笑，却没有笑出来，然后意味深长地看了他一眼，转身离开了。

萧君默望着她离去的背影，眼中忽然有泪光闪动。

夜，玄甲卫监狱，烛光昏暗。

厉锋戴着手铐脚镣，披头散发地坐在一间单人牢房中，双目微闭。这间牢房位于一条走廊的尽头，与其他牢房相隔甚远，显然是为关押重犯所设。

牢房门外，站着一胖一瘦两名年轻甲士。

这时，一个较为年长的甲士从走廊那头走了过来，两名甲士躬身行礼："郑旅帅。"

郑旅帅瞥了牢房中一眼，对二人道："二位兄弟辛苦了，先下去歇会儿，我要单独问人犯几句话。"

厉锋闻声，抬眼瞄了一下，旋即又闭上了。

两个甲士对视一眼，面露为难之色。瘦甲士道："对不起郑旅帅，大将军有令，没有他的允许，任何人不得单独接近人犯。"

郑旅帅一笑："怎么，两位兄弟还信不过我？"

"不敢。只是大将军下了死令，属下不敢违抗。"

话音刚落，郑旅帅忽然亮出了一张公函："这是大将军的手令，看仔细了。"瘦甲士赶紧接过，凑到一旁的烛光下。胖甲士也凑了过来，两人一起仔仔细细看了三遍，上面的确是李世勣的命令，而且加盖了大红官印。

"看清楚些，免得说本官作假。"郑旅帅揶揄道。

"不敢不敢。"两名甲士奉还手令，然后打开了牢门，返身退到了走廊的另一头。

郑旅帅确认二人已经走远，才进入牢房，走到厉锋的面前蹲下，压低声音道：

"兄弟，让你受苦了。"

厉锋不动声色地抬起眼皮，看了他一会儿："你认错人了，我不是你兄弟。"

郑旅帅笑了笑："兄弟，我知道你信不过我，不过事情紧急，我也不能跟你解释太多。总之，是先生让我来的，他让我告诉你，今夜太子可能会来找你对质，你一定得咬死了，千万别松口！"

厉锋依旧面无表情："抱歉，我听不懂你在说什么。"

"你懂不懂没关系。"郑旅帅不以为意，"先生让我再嘱咐你一句，只要你顺利完成任务，你的家人便会富贵无忧。"

最后这句与其说是承诺，不如说是威胁。厉锋心里微微一颤，脸上的表情却毫无变化，甚至索性把眼睛都闭上了。

"厉锋，如今像你这样的忠义之士已经不多了，兄弟我打心眼里敬佩你。"郑旅帅动情地说着，拍了拍他的肩膀，"我告辞了，请你一定记住先生的话。"

厉锋静静坐着，听见郑旅帅走出了牢房，然后那两名甲士走了回来，重新关门落锁，接着又听瘦甲士问道："厉锋，方才郑旅帅跟你说什么了？"

厉锋充耳不闻，一动不动仿若石雕。

"都到这份上了，还充哪门子好汉！"胖甲士骂道。

"厉锋，实话告诉你吧，我们是吴王殿下的人。"瘦甲士道，"吴王让我们盯在这儿，就是想防止有人暗中耍花招，其中也包括李世勣。所以，方才郑旅帅跟你说了什么，你必须如实招来，否则的话，吴王恐怕就保不住你家人的平安了。"

厉锋暗暗一愣，没想到这些当朝权贵之间的关系这么复杂。既然自己一直假装要让吴王来保护他的家人，现在丝毫不表态恐怕会露出破绽。思虑及此，厉锋便淡淡道："二位，我只是一个阶下死囚，搞不懂那些贵人在玩什么把戏，你们既然这么关心郑旅帅跟我说了什么，那就直接找他去啊，何必来问我呢？"

"死到临头还嘴硬，找抽是吧？！"胖甲士骂骂咧咧。

"算了算了，这家伙反正也没几天好活了。"瘦甲士劝道，"今晚之事，咱们如实上报就行了，该怎么做殿下自有分寸，咱们犯不着跟一个死人置气。"

说话间，走廊那头忽然传来一阵杂沓的脚步声。

厉锋心里咯噔一下：莫非方才那个郑旅帅真是先生派来传话的？太子果然找自己对质来了？

正自狐疑不定时，几名铠甲锃亮的军士拥着一个锦衣华服的年轻人来到了牢门前。那一胖一瘦两名甲士似乎吓了一跳，慌忙跪伏在地："叩见太子殿下。"

果然是太子！

厉锋眯眼望着牢门外的年轻人，可惜光线昏暗，看不大清楚他的长相，但脸部轮廓依稀便是自己见过的画像上的模样。此外，这个人右腿微跛，手上挂着一根金玉手杖，这些特征也跟冥藏先生的描述完全一致。

"都下去。"太子沉声道。

那两名甲士面面相觑，都不知该怎么办。

"滚！"太子忽然一吼，两人吓得一骨碌爬起来，嗵嗵嗵跑了出去。

太子转过身子，面朝牢房。他的脸一半落在黑暗中，一半落在昏暗的烛光下。厉锋努力想看清他的五官，可惜总是看不真切。

"你就是厉锋？"太子声音不大，却隐隐透着一股倨傲和威严。

"才几天不见，殿下就把我忘了吗？"厉锋淡淡一笑。

"是谁指使你来诬陷本太子的？"

"殿下，现在演这出戏还有意义吗？反正我已经招了，当着天子的面一五一十都说了，生米已经做成了熟饭，你还是省省力气吧。"

"厉锋，不管是谁派你来害我，他能给你的，本太子都能十倍百倍地给你！只要你跟圣上说实话。"

"我说的都是实话呀！"厉锋又是一笑，"你给我看了杜荷、魏王和杜楚客的画像，让我干掉他们三个。这不是你亲口说的吗？你还想让我说什么实话？"

"厉锋！"太子显然动怒了，"别跟我装疯卖傻，本太子从来没见过你，怎么可能指使你杀人？！本太子今天来，是给你一个迷途知返的机会，你可别不识好歹！"

厉锋哈哈一笑："那我可能要让你失望了。我向吴王和皇上坦白一切，正是因为我后悔做了你的杀人刀，所以我现在想弃恶从善了。"

太子冷哼一声："你以为吴王承诺要保你的家人，就真的保得住吗？实话告诉你，本太子的势力比他大多了！整个西域，上自官府下至江湖，都有我的人，包括你的家乡高昌。说白了，我要让你的家人三更死，他们绝对活不过五更！吴王算什么东西，他怎么斗得过我？我劝你还是别指望他了，好好替你的家人想想吧！"

厉锋心里频频冷笑，因为他的家人根本不需要什么吴王保护，真正能保他家人平安的其实是冥藏先生王弘义。当然，太子不可能知道这些。这个目空一切的太子看来是骄横惯了，自以为能够掌控别人的命运，殊不知这回已经掉进了一个死局！也亏得他三更半夜还跑到牢里来威胁自己，只可惜把劲使错了地方。事到如今，不管他再怎么垂死挣扎，都逃不脱被废黜的命运了。

"殿下，事已至此，你还是去跟皇上忏悔吧，别在这儿浪费时间了。"

厉锋说完，再次闭上了眼睛。

"呵呵，该忏悔的人恐怕不是本太子，而是你的主子吧？"一个陌生的声音忽然响起。

厉锋感觉不对劲，猛然睁开眼睛，只见另一个与"太子"服饰相同、体貌相近、同样挂着一根金玉手杖的年轻人正站在牢门前，之前的那个"太子"和几名侍卫同时跪地："叩见太子殿下。"

"都起来吧。"后面来的这个太子邪魅一笑，"瞧瞧，咱这一会儿一个太子的，都把厉锋给弄糊涂了。"

他正是李承乾。

厉锋瞠目结舌地看着眼前的一幕，意识到自己被耍了，而眼看就要完成的任务也功亏一篑了。

那名假太子退了下去。

李承乾笑吟吟地看着厉锋："喂，姓厉的，你从没见过本太子，却敢玩一场这么大的赌局，你和你的主子，胆子也是够大的。"

"殿下，这里太暗，所以我才会认错人，但是我刚才说的都是实话，你指使我杀人的事情还是赖不掉的。"厉锋还在尽最后的力量垂死挣扎。

"厉锋，都到这一步了，你还在狡辩！你到底是在侮辱朕的智慧呢，还是在卖弄自己的愚蠢？"李世民淡淡说着，从暗处走了出来。太子和几名侍卫要跪地行礼，被他一抬手止住了。

厉锋瞬间明白了一切，遂苦笑不语。

"厉锋，就算朕相信你刚才认错了人，可声音你也认不出来吗？"李世民微笑道，"昨日朕问你的最后一个问题，你还记得吧？朕问你这两年来，你是否一直在陪太子练武，你说是。可现在你不但认不出太子，连声音都听不出来，这可能吗？"

厉锋知道一切已经无从挽回，反而感觉轻松了，笑笑道："陛下的连环计果然高明！先是让郑旅帅假装给我传话，给我植入了一个太子会来的念头，然后假太子出现的时候，我便下意识地相信了他。没错，这么看来，我确实愚蠢。"

"你的愚蠢还不止于此。"李世民一笑，"让郑旅帅给你传话，有两个目的，一个你刚才说了，还有一个，就是要测试你的反应。结果，你便一连犯了好几个错误，你知道都是些什么错误吗？"

厉锋摇头："愿闻其详。"

"第一，假如你真是太子派出的杀手，而没有别的主子，那么当一个陌生人突然代表主子来给你传话，你的正常反应绝不会是冷淡和克制，而应该是莫名其妙，把对方当成疯子才对。可你却异常冷静地听他说完了那些话，尽管表面上说你听不懂，实际上你的态度早把你出卖了。换言之，只有一个执行秘密任务的人，才有可能耐着性子听一个暗桩给你传话，对不对？就算你不太信任他，可你心里却会想——不管他说的是真是假，反正听一听总没有坏处，万一他真是你主子派来的呢？"

厉锋哑然失笑。

皇帝居然把自己的心思摸得这么透，真是令他既惊且佩。

"第二，就算你是生性极其克制的人，但如果你心里面没鬼，那么当那两名看守问起的时候，你便没有理由对他们隐瞒了。因为对一个并未负有特殊使命的人来讲，郑旅帅那番话完全是不知所云的东西，你至少应该觉得诧异，觉得郑旅帅很可笑，然后把这样的想法表露出来。可你没有，你依然还在克制。这只能证明，你心里有鬼。"

厉锋心里很服气，能够败在这么厉害的皇帝手下，他也没什么好怨恨的了。

"再说第三，无论之前如何，当那两名看守告诉你他们是吴王的人时，你就更没有任何保守秘密的理由了。如果你真是太子派出的杀手，在你已然招供，只有吴王可以保你家人平安的情况下，你肯定会把郑旅帅告诉你的话全都吐出来，因为只有这么做，对你才有好处。可你没有，这只能证明，在你心里，真能保你家人平安的并不是吴王，而是你真正的主子，即郑旅帅口中的'先生'，也就是策划了这一整场阴谋的那个幕后主使！对不对？"

厉锋无话可说，脸上唯有苦笑。

"实际上到这个时候，朕已经有充分的理由断定，这个刺杀案就是一场彻头彻尾的阴谋，目的便是构陷太子！所以，后面的假太子这场戏，其实完全可以不必演，可朕一时来了兴致，还想看看你会如何演戏，于是才让假太子出场，结果你便再次中计了。"李世民一脸讥嘲，"厉锋，你可能是一个不错的杀手，只可惜，想跟朕玩心眼，你还不够资格。"

厉锋无奈地点点头："陛下高明，我厉锋愿赌服输。"

"既然你也心服口服了，那现在是不是该告诉朕，你真正的主子是谁了？"

"很抱歉，陛下，虽然我很敬佩你，但这事我是不会说的。"

"厉锋！"李承乾怒道，"你这么替你主子卖命，就不怕朝廷灭你三族？"

厉锋呵呵一笑，却并不答言。

李世民知道，此刻他的家人一定早被主谋之人控制起来了，美其名曰保护，其实是扣为人质，以确保厉锋不会出卖他。

"你还笑得出来？！"李承乾气得踹了牢房的栏杆好几脚，把牢门上的铁链踹得叮当乱响，"灭族是很好玩的事情吗？"

"承乾，少安毋躁。"李世民沉声道，然后看着厉锋，"厉锋，只要你如实招认，朕不但可以免你死罪，还可以授你一官半职。另外，朕还可以答应你，不管你的家人如今身在何处，朕都可以尽全力帮你找到他们，怎么样？"

厉锋听罢，眼中闪现出一丝光芒，似乎心有所动，但瞬间便又黯淡了下去。

冥藏的手段他很清楚，一旦他这边招供，冥藏那边立刻会让他的家人死无葬身之地，根本等不到朝廷出手相救。

"陛下，多言无益，你杀了我吧。"厉锋淡淡说完，再度闭上了眼睛，又变成了一动不动的石雕模样。

"父皇！"李承乾又急又怒，"不必跟他啰唆了，其实这事很明显，就是四弟在背后搞的鬼。"

"住口。"李世民脸色一沉，"没有任何证据，岂能胡乱猜疑？！"

李承乾愤愤不平，却又无话可说。

"时辰不早了，回东宫歇息吧，此事朕自会处置。"李世民说完，转身走了出去。

这就是解除对李承乾的软禁了，可他无端被摆了这么一道，胸中的怒火又岂是解除软禁可以消弭的？

李承乾又狠狠踹了牢门一脚，门上的铁链又是一阵叮当乱响。

此时的李承乾隐隐觉得，虽然父皇表面上也在尽力追查制造这个阴谋的幕后黑手，但又显得过分冷静。换言之，父皇内心的真实意图，很可能是要将此事大事化小、小事化了了。

倘若如此，那我只能用自己的方式来讨回公道了！

李承乾在心里说。

夜里戌时二刻左右，江陵县的云水客栈突然烧起了大火。

这场火烧得十分蹊跷：客栈里的两三百个住客先是听到有人大喊"走水了"，于是纷纷拎着行李跑出房间，却没发觉哪里有火，愣了片刻之后，才看见后院马厩、前院灶屋和二楼的几间客房同时起火，而且一烧起来便极为迅猛，仿佛有人事先给它们泼了油一样。

不管是不是人为纵火，反正大火是烧起来了，几百个客人惊恐万状，争先恐后地拥向客栈的前门和后门。

场面顿时一片混乱。

此刻，埋伏在客栈周围的玄甲卫和捕快们同时从暗处冲了出来，却都手足无措，不知该怎么办。客栈对面的茶肆里，裴三望着冲天而起的火光，大叫道："一定是萧君默他们故意纵火，制造混乱！"

"这还用你说？"桓蝶衣扫了他一眼，"快想想该怎么办吧，否则人犯就趁乱逃了。"

裴三一下没了主意。眼下裴廷龙和薛安都在荆州府廨，若是派人去请示，一来二去客栈里的人就全跑光了。无奈之下，裴三只好堆起笑脸："桓队正，您是咱玄甲卫的老将了，处置这种突发情况最有经验，您下令吧，该怎么做，我听您的。"

"这你可别问我。"桓蝶衣冷冷一笑，"您是裴将军的家将，他不在的时候，我们不都得听您的吗？我怎么敢擅自做主呢？"

裴三急得抓耳挠腮，忽然有了主意："要不，咱索性冲进去，把客栈里头的人全都抓起来，这样萧君默他们就一个也跑不掉了，你看怎么样？"

桓蝶衣点点头："嗯，是个好主意，我听裴队正的。"

裴三大喜，立刻拔出佩刀，对手下道："弟兄们，跟我来！"

桓蝶衣暗自一笑，带着红玉、罗彪等人，紧随裴三冲向了对面的客栈。

众人冲进客栈的时候，只见里面火光熊熊、黑烟滚滚，几百个住客狼奔豕突、四处乱窜，场面极度混乱，虽然玄甲卫在门口拼命阻拦，还是有不少人逃了出去。桓蝶衣忙对裴三道："裴队正，依我看，得赶紧派人去通知各城门紧急关闭，以防人犯逃出城去。"

"对对对，还是桓队正想得周到。"裴三连连点头。

"咱们分头行动吧。"桓蝶衣又道，"你在这里抓人，我去通知各城门。"

"那就有劳桓队正了。"裴三对她的高度配合十分感激。

桓蝶衣旋即对红玉和罗彪道："你们协助裴队正进去抓人，绝不能再放跑一个！"

红玉和罗彪面面相觑，不明白她今晚怎么变得如此卖力。桓蝶衣见他们都愣着，顿时脸色一沉："没听见我说的话吗？快去！"二人无奈，只好跟着裴三冲了进去。

桓蝶衣随即分派手下前往北门、西门和南门，然后又对一旁正在抓人的四五名甲士道："别抓了，跟我去东门，快！"

几名甲士闻令，立刻跟她快步走出了客栈大门。临出门时，桓蝶衣还对守在门口的玄甲卫和捕快道："都给我守住了，出来一个抓一个，要是让人犯跑了，我唯你们是问！"

众甲士和捕快诺诺连声。

桓蝶衣带着那四五名甲士来到茶肆后巷，有六七匹马正拴在几棵梨树下。众人解开缰绳，翻身上马，飞快朝东门驰去。

片刻后，一行人风驰电掣地到了东门。桓蝶衣一马当先，掏出腰牌对守门士卒晃了晃，大声道："我是玄甲卫队正，方才有没有四五个人从这里出城了？"

众士卒相顾愕然，为首队正忙道："时辰还早，进进出出的人很多，不知您问的是哪些人？"

"一群笨蛋！"桓蝶衣大怒，回头对手下甲士道，"你们快出城去追！"

这四五个甲士得令，立刻拍马驰出了城门。桓蝶衣看着他们呼啸而去，对守门队正道："立刻关闭城门，任何人不得出入！"

"是！"众士卒赶紧去关城门。

那四五名甲士驰出一丈开外后，其中一人忽然勒住缰绳，回过头来，用一种复杂的目光望着城门。

他就是萧君默。

其他几个身披黑甲的人，是辩才、楚离桑、华灵儿和米满仓。

白天在茶肆后巷，萧君默请桓蝶衣帮忙的"小事"，便是让她找五套玄甲卫铠甲，外加五把龙首刀、五匹焉耆马。这些对桓蝶衣而言自然是小事，不过她却有些诧异，不知道光凭这些，萧君默如何在玄甲卫的监视和包围下走出云水客栈的大门。直到今夜大火突然烧起来，桓蝶衣才恍然大悟，不得不佩服他的聪明。

萧君默的这个脱困计划很简单，却非常奏效。他唯一要确保的，便是这场大火不能伤害任何一个无辜，所以才会在点火之前把房间里的所有客人全都叫了出来。此外，他事先也估算过这个客栈的价值，所以硬是从米满仓那里"借"了二十金，提前放进了客栈老板的柜台里。他知道，老板逃生之前一定会发现那些金子。

萧君默料定，大火一起，玄甲卫肯定只顾着控制客栈里的数百号客人，绝对没想到他们早已假扮成玄甲卫，所以在该计划中，萧君默的打算是趁乱就逃，并没有让桓蝶衣送出城门的这个环节。但是，桓蝶衣为了确保他们顺利逃走，也为了多送萧君默一程，才故意大声提醒裴三要封闭城门。当时萧君默已经混进了玄甲卫当中，正忙着装模作样地抓人，一听桓蝶衣之言，便明白她的意图了，于是很默契地跟她配合了一把。

此刻，两扇城门正慢慢合上，萧君默和桓蝶衣遥遥相望，谁都不愿把目光挪开。直到城门之间只剩下一道缝隙时，萧君默才抬手做了个帮她抹眼泪的动作，然后晃了晃手指。远处的桓蝶衣凄然一笑，旋即掉转马头，疾驰而去。

城门彻底关闭，萧君默慢慢放下了手。

"喂，"华灵儿凑近楚离桑，碰了碰她，不无醋意道，"那黑甲女子是什么人？好像跟萧郎关系不一般啊！"

"你刚才不都听见了吗，玄甲卫队正。"楚离桑冷冷道。看见这种场面，她自己也没什么好心情，更懒得回答她的问题。

"这我当然知道，我问的是她和萧郎私底下的关系。"

"那你该去问萧郎，干吗问我？"楚离桑旋即拍马，自顾自先走了。

华灵儿讨了个没趣，又问米满仓："哎，他俩的关系你知道吗？"

米满仓一整天都在心疼被萧君默强行"借"走的二十金，所以也没心思搭理她，一提缰绳也走了。

华灵儿翻了个白眼，刚想问辩才，辩才忽然嘟囔了一句："这丫头，跑那么快干吗？"说着便追楚离桑去了。华灵儿愣了愣，索性对着萧君默的背影喊："喂，萧大情圣，人家美女甲士早走了，城门也关了，你还舍不得走吗？"

萧君默缓缓掉转马头，看都不看她一眼，猛地一拍马臀，噌地一下从她身边飞驰而过，转眼便没入了夜色之中。

"这帮家伙，一个个都吃错药了？！"华灵儿大为懊恼，赶紧拍马追了上去。

太极宫，西海池。

丽日当空，池上波光潋滟，岸边柳绿花红。

一艘装饰华丽的画舫静静泊在岸边的树荫下。李世勣匆匆走过来的时候，看见赵德全和一群宦官宫女都站在岸上，唯独不见皇帝。

一大清早，李世勣就接到了宫中内使的传召，说圣上在西海池召见他。李世勣一听就知道，皇帝要跟他谈的事情肯定非同小可，连忙赶了过来。

"内使，圣上他……"李世勣低声问赵德全。

赵德全朝画舫努努嘴："大家在船上。"

"圣上他……有心事吧？"李世勣心里有些惴惴。

赵德全叹了口气，凑近他："大家昨晚一夜没合眼。"

李世勣微微一惊。

前几天皇帝设计识破厉锋之后，便把这事搁下了，再没有旨意下来，李世勣也没敢问。现在看来，皇帝要谈的事一定与这个构陷太子案有关。换句话说，这个案子到底要不要彻查，或者该如何了结，皇帝心里肯定有答案了。

李世勣轻轻踏上画舫，刚要在船头跪下行礼，舱中便传出皇帝的声音："在这种地方，就不必拘礼了，进来吧。"李世勣推开舱门，走了进去，看见皇帝正盘腿坐在一张锦榻上，双目赤红，脸色憔悴，看上去绝不仅是一夜没合眼，而更像是几天几夜不眠不休了。

皇帝这几天到底经历了什么？

李世勣的心情越发沉重。

"知道朕为何约你到海池来吗？"李世民道，示意李世勣坐下。

"臣驽钝，还请陛下明示。"李世勣小心道。

李世民呵呵一笑："你不是驽钝，你是太谨慎了，怕朕说你是揣测圣意，对吗？"

李世勣咧嘴笑笑："皇上圣明。"

"皇上圣明？"李世民忽然苦笑，"人人都会说皇上圣明，可又有几人能知这当皇帝的苦衷？这世上终归有些事情，是连朕也圣明不起来的！"

"臣惭愧，未能替陛下分忧……"

"有些忧你也分不了。"李世民袖子一拂，起身下榻，走到一扇敞开的舱窗前，望着外面的景色，"就说眼下这兄弟阋墙的忧吧，你能帮朕分吗？"

兄弟阋墙？！

这四个字在此时的李世勣听来，犹如平地一声惊雷。看来，皇帝已经认定魏王李泰就是这起案件的幕后黑手了，所以才会陷入一个两难之境：若要还太子一个公道，就必须处置魏王；若要放过魏王，则又对太子不公。俗话说掌心是肉，掌背也是肉，夺嫡之争发展到今天这个地步，任何一个当皇帝、当父亲的人，都没有办法轻松面对，更难以找到一个两全其美的解决之道。李世勣不禁想，若换成自己，恐怕早就愁白头了。

"陛下，此案尚未深入调查，到底是谁指使厉锋构陷太子，现在还不好说……"

"你不必安慰朕了。"李世民又苦笑了一下，"明眼人都看得出来是谁。"

李世勣沉默了。

"朕今天找你来，是想跟你商量一下结案的办法。"李世民转过身来，看着他。

皇帝居然用"商量"这个词，把李世勣吓了一跳。他慌忙站起来，俯首躬身道："请皇上下旨。"

"如果只是下一道旨这么简单，朕早就下了，又何必找你来？"李世民道，"这个案子，朕必须给太子，也给朝野上下一个交代，但是厉锋又只字不吐，看样子是什么都不会说了，所以，最后就只能由朝廷来给出一个说法。你明白朕的意思吗？"

李世勣迅速听出了言外之意，略为沉吟，道："陛下，太子生性直爽，喜欢凭性情做事，这些年也得罪过不少人，故臣以为，想要设局构陷太子的人，似乎也不太难找。"

李世民对他这么快就领会了自己的意图感到满意，点点头道："嗯，那你说说，什么人具有构陷太子的动机？"

李世勣思忖了一下，道："前伊州刺史，陈雄。"

李世民哑然失笑："就是那个娶了十二房妻妾、小舅子多如牛毛的家伙？"

"正是。"

数月前，太子李承乾以陈雄的几个小舅子为突破口，设计让陈雄自动暴露，朝廷随后便将陈雄判了斩刑，家产全部抄没，妻儿均流放岭南。如此看来，陈雄一家人的确具有报复太子的动机。

"可是，陈雄已死，亲属也都已流放，还有谁能做局构陷太子？"李世民问。

"陈雄之子陈少杰。"

"他不也在流放之列吗？"

"是流放了。不过陛下，请恕臣直言，这些年来，从岭南逃走的流刑犯，并不在少数。陈少杰当然也有可能从岭南逃回，潜入长安，暗中策划这场构陷太子的阴谋。"

李世民思忖着："那，陈少杰是怎么找上厉锋的？"

"陈少杰在伊州，厉锋在高昌，两地距离并不太远，如果说他们之前就认识，也是合理的。此外，陈雄的小舅子曾被抓入东宫陪太子练武，所以陈少杰就利用这一点，让厉锋以此身份诬陷太子。这也能说得通。"

李世民微微颔首："还有一点，厉锋凭什么替陈少杰卖命？"

李世勣想了想，道："陈少杰既然是前伊州刺史之子，在西域经营日久，自然会有一些势力，而且可能还会有一些隐秘的财产，是朝廷未曾发现和抄没的。因此，陈少杰便可以利用金钱和江湖势力对厉锋软硬兼施或直接绑架他的家人，迫使他听命。"

"这倒也说得通。"李世民淡淡一笑，"如此一来，作案动机有了，作案手段也算合理，可还有最后一点，就是作案时间。"

李世勣明白皇帝的意思，道："这一点也请陛下放心，臣只要跟岭南当地官府知会一声，让他们统一口径，说陈少杰三个月前便已潜逃，那他便有充分的时间可以筹划这些事了。"

李世民点点头，旋即想着什么："朕还是有一个顾虑……"

"敢问陛下顾虑什么？"

"这个陈少杰，为人怎样？"

李世勣听懂了，皇帝这是担心把一个好人给害了，道义上会有亏欠。

"陛下勿虑，据臣所知，这个陈少杰也是一个恶少纨绔，当时陈雄那些小舅子干的伤天害理之事，此人一概有份。说难听点，这种人活在世上就是个祸害，死不足惜。"

李世民又沉吟片刻，终于下定决心："好吧，就这么办，具体事宜，由你全权处置。"

"臣遵旨。"

"你把手头的事情都放下，先办这件事，做完之后，便将厉锋、陈少杰二人斩首示众，并将案情真相布告天下，以安朝野人心。"

"是，臣即刻去办。"

至此，李世民才稍稍舒了一口气。他重新转过身去，久久凝望着窗外妩媚秀丽的夏日景致，眼神忽然有些迷离，旋即自语般道："朕辛辛苦苦打下的这片江山，到了朕百年之后……还能太平吗？"

李世勣保持着沉默，仿佛没有听见。

亲耳听见皇帝发出这种感慨，对人臣来讲可不是什么好事；尤其是当这种感慨已经在某种程度上暴露了皇帝原本深藏的脆弱和感伤时，人臣更是必须装聋作哑。

这是一个臣子不可或缺的自我修养。

李世勣深谙此道。

第十六章 / 真迹

　　萧君默一行五人离开荆州江陵后，连夜驰出了近百里，然后在长江北岸的一处渡口雇了一艘大帆船，把五匹焉耆马都牵了上去，之后沿长江东下，经岳州、鄂州等地，七八天后在彭蠡湖北面的江州舍船登岸，继而一路晓行夜宿，途经黄山、歙州、睦州等地，最后横渡之江，终于在十余天后抵达越州山阴。

　　虽然一路上关卡众多，但因五人都穿着玄甲卫制服，加之萧君默本来就是玄甲卫，能够应对裕如，所以每次都能顺利过关。这一路走来，基本上也算畅通无阻，萧君默的心情放松了许多，唯一让他感到困扰的，便是辩才每天都要拉着他和大伙商讨新盟主之事。

　　华灵儿对此表现得最为积极，总是跟着辩才一唱一和，还口口声声叫他"盟主"，把萧君默搞得哭笑不得。楚离桑对此显然也是赞同的，只是表现得比较含蓄矜持，不像华灵儿那么夸张。米满仓对此也很支持，不过他的理由可不是什么"对抗冥藏、守护天下"，而是萧君默当上盟主之后，比较有能力偿还欠他的二十金。

　　这些日子，萧君默也不是没有深入考虑过这件事，但终究觉得自己太过年轻，又缺乏江湖经验，没有足够能力领导这样一个古老而庞大的组织。抵达山阴的这天夜里，在城南的一处客栈中，辩才又把大伙召集了起来，再度旧事重提。萧君默只好如实表达了自己的顾虑。辩才一听便道："萧郎，贫僧不是讲过很多次了吗？你怕没经验，我可以辅佐你啊！"

　　"是的盟主，我们都可以辅佐你，做你的左膀右臂！"华灵儿眉飞色舞道。

萧君默沉默片刻，忽然看着辩才道："法师，我倒是有一个想法。"

"什么想法？"

"您来当盟主，我来辅佐您。"

辩才一愣，旋即苦笑："贫僧都这把年纪了，要论经验，多少还是有一些，可哪有那个本事当盟主呢？"

"法师过谦了。"萧君默道，"您是左使，天刑盟的二号人物，照理说没有人比您更有资格继任盟主。"

"左使有什么用？真要论资排辈的话，王弘义是冥藏舵主，又是王羲之的后人，他不是比我更有资格吗？"

萧君默语塞。

"萧郎啊，道理其实你也都明白，只有德才兼备之人，才有资格做这个天刑盟的盟主。贫僧虽然自忖德行不亏，怎奈才干实在有限啊！"

萧君默又想了想："法师，天刑盟有那么多分舵，难道咱们就不能找到一个既忠诚又能干的人？"

"不行，我现在就认你是盟主了，其他人我都不认！"华灵儿插言道。

萧君默苦笑："华姑娘，你的看法大伙都知道了，现在先让左使说话好吗？"

华灵儿撇了撇嘴。

"法师，您好好想想。"萧君默对辩才道，"天刑盟的舵主里面，还有哪些既可靠又不乏才干之人？

辩才沉吟了一会儿，道："仔细想起来，倒也不是没有。"

萧君默眼睛一亮："您快说，都有谁？"

"扬州有一个分舵，舵主叫袁公望，为人忠义，生性沉稳，当年盟主交办的事，都做得挺不错，要论德才兼备之人，他倒可以算一个。"

"这个分舵叫什么？"

"舞雩。"

萧君默迅速回想了一下，脱口而出："遐想逸民轨，遗音良可玩。古人咏舞雩，今也同斯欢。此人是东晋龙骧将军袁峤之的后人？"

"正是。"

袁峤之属于陈郡袁氏家族，在东晋也是著名的世家大族之一，他在兰亭会上分别写了一首四言诗和一首五言诗。方才萧君默引用的，只是其中那首五言诗的一半，全文是：

四眺华林茂，俯仰晴川涣。激水流芳醪，豁尔累心散。

遐想逸民轨，遗音良可玩。古人咏舞雩，今也同斯欢。

"法师，除了这个袁公望，还有谁？"萧君默问。

辩才又想了想："齐州，虚舟分舵，庾士奇。此人精明强干，对盟主也很忠诚。"

"仰怀虚舟说，俯叹世上宾。朝荣虽云乐，夕毙理自回。"萧君默随口吟了出来，"此人是庾友、庾蕴兄弟的后人？"

辩才点点头："准确地说，是庾蕴的后人，庾蕴是虚舟分舵的第一任舵主。"

庾友、庾蕴兄弟属于颍川庾氏家族，也是东晋煊赫一时的世家大族，与王氏、谢氏、桓氏并称为东晋的四大士族。庾友在兰亭会上写了一首四言诗，庾蕴写了一首五言诗。萧君默方才所引，正是庾蕴的诗。

"法师，还有吗？"萧君默又问。

辩才摇摇头，叹了口气："历经几百年离乱，一些分舵后继无人，已然消泯于江湖，还有的如今在朝中身居高位，就不提了。"

在朝中身居高位？

萧君默蓦然想起了魏徵的临川分舵，还有那个潜伏在朝中、至今尚未暴露的"玄泉"。他刚想跟辩才打听这个玄泉的真实身份，可转念一想，眼下还不是打听这个的时候，便道："够了，法师，有此二人足矣！晚辈以为，咱们取出《兰亭序》和盟印之后，应该去会一会舞雩和虚舟二位先生。倘若他们至今仍然忠于天刑盟，并且本人也愿意的话，不妨从中推举一位，继任盟主。"

"我不同意！"华灵儿大声道，"我跟他们素不相识，凭什么要推他们当盟主？"

萧君默苦笑："华姑娘，咱俩之前不也是素不相识吗？你又凭什么一定要推我呢？"

"可现在认识了啊！不但认识，我还非常了解你，知道你是一个有勇有谋、重情重义的大丈夫，还是一个风度翩翩、英俊潇洒的美男子，这还不够吗？"

楚离桑冷冷一笑："华姑娘，咱们这是在推举盟主，又不是在挑选夫君，跟风度翩翩、英俊潇洒有什么关系？"

"当然有关系了！"华灵儿眼睛一瞪，"让我听一个美男子的号令，我乐意；要是让我听一个糟老头的，那我可不干！"

在场四人闻言，除了米满仓听得呵呵直乐，其他三人都不免皱了眉头。

"华姑娘，"萧君默忍不住脸色一沉，"左使在此，谁更适合当盟主，要以何种标准来选人，也该由他老人家定夺，不应该由你来定吧？"

"我……"华灵儿语塞，转脸问辩才，"左使，那您说，到底该怎么办？"

辩才一声长叹，看着萧君默："萧郎，你真的不愿意承担这个责任吗？"

萧君默苦笑了一下："法师，晚辈的确难当大任。退一步说，就算晚辈不揣浅陋应承了，那也得下面的分舵拥戴支持吧？否则一个空头的盟主又能做什么事？如今既然还有袁公望和庾士奇这两个合适的人选，咱们就应该去找他们，跟他们一块商议这件事，即使到头来他们都不愿意，但只要他们的看法跟您一致，也能表态支持晚辈，那到时候由晚辈来做这个盟主，不就更为名正言顺，晚辈也能做得心安一些吗？"

辩才闻言，不禁泛起笑容，频频点头："还是萧郎思虑周详啊！你说得有道理，是贫僧疏忽了。"

"左使，请恕属下不敬。"华灵儿又发话了，"我觉得萧郎这话根本就没道理。"

萧君默笑了笑："那就请华姑娘说说，我怎么没道理了？"

"萧郎，我说你好歹也是混过官场的人，怎么就不懂人心呢？这世上有几个人不喜欢权力的？何况还是白白送上门的权力？要照你说的，咱们把盟主的大印屁颠屁颠地给人送过去，我看这姓袁的和姓庾的不抢破头才怪，怎么可能不愿意？"

"华姑娘，别把世人都想得那么不堪嘛。"萧君默淡淡笑道，"世上固然有很多争权夺利的小人，但也不乏淡泊名利的君子。如果袁公望和庾士奇都是左使说的忠义之士，那么我相信，他们就会从组织存亡和天下安危的角度来考虑这件事，而不是像你说的，一看到盟主的大印就开抢。"

"哼！"华灵儿一声冷笑，"依我看，也就你是淡泊名利的君子，别人可都精着呢，不像你这么傻！"

"是啊，我就是不够精明嘛，所以我说我不适合当这个盟主啊！"萧君默一笑，抓住她的话柄，以己之矛攻己之盾，"可你还硬要让我当，这不是既害了我又害了天刑盟吗？"

"你……你不是不够精明，而是聪明一世，糊涂一时！"华灵儿觉得自己明明有理，可不知道怎么就有些词穷了。

"这不还是很危险吗？"萧君默两手一摊，"万一我一糊涂起来，恰好把组织害了怎么办？"

"我……我说不过你。"华灵儿气得跺脚，"反正我就认你是盟主，别人来我都不认！"说完，气呼呼地转身出去，砰的一声把门重重带上了。

众人面面相觑，萧君默不觉苦笑。

翌日清晨，曙光初露，萧君默一行五人身着便装从客栈出来，在辩才的带领下，策马朝西南方向驰去。

今日，他们便要完成此行最重要的一件事——取出《兰亭序》真迹和天刑之觞。

辩才告诉他们，这两样东西都埋在兰渚山上。一想到历经千难万险之后，终于要一睹《兰亭序》真容，进而窥破隐藏在它背后的种种秘密，萧君默的心情不禁有些激动。

兰渚山位于山阴县西南二十多里处，众人不消片刻便来到了山脚下。萧君默此前调查辩才时便已知道，这里就是当年王羲之与众友人举行兰亭会的地方。在盛夏的阳光下，萧君默举目四望，但见满山草木翠绿葱茏，间或有一两道飞瀑如同白练一般挂在山崖，果然正如王羲之在《兰亭序》中所描绘的那样：此地有崇山峻岭，茂林修竹，又有清流激湍，映带左右，引以为流觞曲水……

辩才一马当先，带着众人策马走上蜿蜒曲折的山道。

"法师，据我所知，您和智永法师当年离开江陵回到越州，便是隐居于此山吧？"萧君默问。

辩才一笑："贫僧的事情，还有什么是萧郎不知道的？"

"晚辈所知道的，也就到这里为止了。"萧君默道，"对了，说到这个，我倒想起来了，几年前魏王修纂《括地志》，似乎派了不少人到这里来，也不知道在找什么。"

"事到如今，他们找什么，萧郎还猜不出来吗？"

萧君默笑了笑："现在自然是可以猜到了。我想，他们定是要寻找智永法师的墓穴，或者是舍利塔之类的。"

"萧郎猜得没错。只可惜，他们就算是把这座山刨一个遍，也断断找不到。"

"依我看，智永法师圆寂之后，肯定都没有修墓起塔吧？"

"还是萧郎聪明。"辩才苦笑了一下，"先师若是修墓起塔，那么世间所有觊觎《兰亭序》之人，不管是魏王、皇帝还是冥藏，不就能一个个按图索骥找过来了吗？"

说话间，众人来到了一片茂密的竹林前，马儿进不去，众人便将马匹系在山道旁，随辩才走进了竹林。这片竹林很大，幽深静谧，此时外面已是艳阳高照、暑气蒸腾，竹林中却是一片清凉。山风徐来，拂过面颊，吹动竹叶沙沙作响，更是令人心旷神怡。

约莫走了一刻钟，辩才领着众人走出竹林，眼前是一片山坳中的空地。让萧君默没想到的是，这里居然藏着一片塔林，放眼望去，足有近百座高矮不一、造型各异的墓塔坐落其间。在萧君默的印象中，似乎只在嵩山少林寺见过如此壮观的塔林。

"法师，这里为何有这么多墓塔？"萧君默诧异。

"此地山清水秀，远离尘嚣，不正是出家人最好的埋骨之地吗？"辩才淡淡道，"自魏晋南北朝数百年来，历代多有名僧归葬此处，就比如王羲之的方外好友支遁法师。"

萧君默知道，支遁是东晋年间的一代高僧，精通老庄，深研佛法，于剡县立寺行道，常与王羲之、谢安、许询、孙绰等当时名士游处，出则渔弋山水，入则言咏属文，曾奉诏入京宣讲佛法，后来圆寂于剡县，却不知他的墓塔竟然是在此处。

众人来到塔林中央，辩才指着一座三丈多高的砖塔道："这座便是支遁法师的灵塔。"萧君默依言望去，但见一座单层密檐的六角形砖塔，上有塔刹，中间是塔身，下面是须弥座，叠檐七重，看上去很有气势。

一般而言，墓塔之下都会建有墓室或地宫。萧君默想，今日要找的东西，想必便是藏在某座墓塔的下面。

片刻后，辩才领着众人来到塔林的西北角，在一座造型普通的墓塔前停了下来。

萧君默立刻意识到，这座墓塔下面一定建有地宫，且面积不小。因为它坐落在整片塔林的边缘，会有足够的地下空间修建地宫。这么想着，萧君默便仔细打量了起来：此塔为方形，高度不足两丈，单层单檐，砖石混合，塔门、塔刹和塔铭皆用青石雕成，塔身则是砖砌。萧君默留意了一下铭文，上面依稀刻有"上道下隐法师"的字样，圆寂的时间是晋穆帝升平四年，即兰亭会七年后，王羲之去世的前一年。

道隐法师？

萧君默眉头微蹙，尽力回想，当初王羲之的方外友人中是否有一个叫道隐的，结果想来想去却一无所获。他只记得，王羲之的方外好友除了支遁之外，还有一位竺道潜，但从未听说过这个道隐。

"萧郎可是在想，这位道隐法师是什么人？"辩才看穿了他的心思。

"是的，晚辈孤陋寡闻，对这位法师一无所知。"

辩才呵呵一笑："不是你孤陋寡闻，而是世上从来没有这个人。"

萧君默一怔，旋即哑然失笑。

很显然，这是一座掩人耳目的假墓塔。王羲之在去世之前，专门修造这样一座假墓塔来藏匿《兰亭序》和天刑之觞，无疑是很高明的做法。因为所谓的道隐法师根本就不存在，自然也就没人知道他跟王羲之的关系，因而也就不可能怀疑这座塔有什么问题。所以，即使之前魏王的人找到这片塔林，他们也绝不会料到这两样东西会藏在这座墓塔之中。

辩才吩咐楚离桑等人去捡一些粗树枝来当火把，然后绕到墓塔的侧面，蹲下身来，在一尺余高的地方摸索着。萧君默注意到，似乎有一块砖石松动了一下，接着便看到辩才把那块砖抽了出来，然后把手伸进了砖洞中。忽然，塔门传出一声闷响，只见那扇沉重的石门慢慢向左移动，直到露出一尺来宽才停住，可供一人侧身进入。萧君默一看，门后是下行的石阶，石阶上和两侧的石壁都因久未见光而长满了青苔。

众人用火镰火石点着了火把，然后由辩才打头，一人一支火把鱼贯而入。

石阶不太长，只有十几级，下到一半的时候，辩才又在右侧石壁上摸索着，找到一个小洞，照旧把手伸进去，摸到了一个机关，用力一扳，身后的塔门便轰轰隆隆地关上了。

众人下到石阶底部，迎面是一扇青铜门，用火把一照，只见上面铸刻着四个巴掌大的反写的字：流觞曲水。萧君默一看，立刻明白这几个字便是铜门的机关所在，而他们从江陵取回的三觞，无疑便是开启铜门的钥匙。

准确地说，开启面前这扇铜门的钥匙是圆觞，因为"流觞曲水"四个字外面都凿出了一个规整的圆形，大小正与圆觞一致，而且萧君默还记得，圆觞上那个字的写法，与眼前铜门上的这个"觞"字一模一样。

果然，辩才从怀中掏出圆觞，拿着刻字的那一面扣在了铜门的"觞"字上——圆觞是阳刻文字，铜门上是阴刻文字，扣上去正好严丝合缝。紧接着辩才用力一摁，把圆觞向右旋转了一圈，铜门便发出一阵沉闷的声响，缓缓向左移开了，照旧露出一尺来宽的门洞。

楚离桑、华灵儿和米满仓对视一眼，都觉得大开眼界。

众人进了铜门，走过一条又窄又长的甬道，尽头处又是一扇铜门，上面铸刻的文字是"一觞一咏"，每个字的外框都是规整的方形，对应的钥匙当然就是方觞了。

萧君默看着铜门上的字，忽然意识到，"流觞曲水"和"一觞一咏"都出自

《兰亭序》，说明王羲之是取前一个"觞"字铸刻了圆觞，后一个"觞"字铸刻了方觞，但是萧君默仔细回忆了一下，"觞"这个字在《兰亭序》中一共只出现了两次，那么角觞上的"觞"字又是取自何处呢？

此时，辩才已经用方觞开启了第二扇铜门，手法跟之前一模一样。门开后，眼前出现了一间四四方方的墓室，只见门对面的石壁上凿了一个佛龛，里面供奉着一尊三尺来高的地藏王菩萨的石雕立像，底部是一个双层莲花座，上层座沿刻着"地狱未空，誓不成佛"，下层刻着"众生度尽，方证菩提"。

萧君默环视整间墓室，发现除了这尊菩萨像之外别无他物，不禁有些纳闷：剩下的那枚角觞要做何用？真迹和盟印又藏在何处？

楚离桑等人也疑惑地看着辩才。

辩才看出众人的困惑，淡淡一笑，走到石像前，跪下去拜了三拜，然后起身，把手伸到了莲花座的后面。也不知他在哪里动了一下，便听得一声闷响，下层莲花座居然动了起来，接着慢慢向左移开。

萧君默和众人都大为诧异，本以为最下层的莲花座肯定是承重用的，没想到居然可以跟上层莲花座和整尊菩萨像分离。萧君默举着火把探头一看，才发现菩萨像和上层莲花座的后部其实是与后面的石壁连成一体的，怪不得不需要承重。如此出人意料的设计，足以看出当初王羲之为了藏匿《兰亭序》和盟印是何等煞费苦心。

莲花座完全移开之后，底下赫然露出了一个洞口。辩才一弯腰，从里面费力地抱出了一口长方形的盝顶铜函。萧君默连忙帮他把铜函一起放在地上，然后便看见函盖上铸刻着五个字"三觞解天刑"，且文字的边框正是六角形。

毫无疑问，这只铜函需要的钥匙便是角觞。

方才萧君默一直在想，《兰亭序》中只有两个"觞"字，那么第三个"觞"字取自何处？现在终于知道了，最后这个"觞"字便出自王羲之的五言诗。也就是说，王羲之在兰亭会上一共写了五六百字，其中不多不少就写了三个"觞"字，两个出自《兰亭序》，一个出自五言诗，写法和字形各有不同，然后用这三个字分别铸刻了三觞。

辩才取出角觞，仍按相同手法，将阳刻的"觞"字扣在阴刻的反写"觞"字上，接着用力一摁，又向右旋转了一圈，函盖便啪嗒一声打了开来。辩才掀开函盖，深吸了一口气，萧君默等人都拿着火把围过来，只见铜函中铺着好几层的五彩绢帛，想必真迹和盟印便包裹其中。

辩才环视众人一眼，然后郑重其事地掀开一层层绢帛，从中取出了一只完整的青铜貔貅。但见貔貅的身体左侧刻着"天刑"二字，右侧刻着"之觞"二字，这便是天刑盟的盟主令牌了。接着，辩才又取出了一只黑色帙袋，忽然抬头对众人道："把火拿开一些。"

萧君默等人连忙将火把拿远了些。

辩才凝视了一会儿帙袋，才慢慢解开袋口，从中抽出了一卷法帖，法帖以暗黄色云纹绢帛裱褙，看上去庄重而古朴。然后，辩才解开卷轴上的丝绳，怀着异常肃穆的神色，缓缓将字帖展开——天下第一行书《兰亭序》的庐山真面，就此袒露在萧君默和众人面前。

看着那一个个飘若游云、矫若惊龙的文字，领略着这位书圣纵横恣肆、遒媚飘逸的笔意，萧君默仿佛看到了逸兴遄飞的王羲之正手执鼠须笔，面对蚕茧纸挥毫泼墨的情景，而今上李世民对王羲之书法的评价也在此刻浮出脑海：

> 详察古今，精研篆素，尽善尽美，其惟王逸少乎！观其点曳之工，裁成之妙，烟霏露结，状若断而还连；凤翥龙蟠，势如斜而反直。玩之不觉为倦，览之莫识其端……

除了欣赏书法之美，萧君默最关注的，莫过于真迹中那些洋洋洒洒的"之"字。事实果然不出他当初所料，王羲之在《兰亭序》中所写的二十个"之"字，的确个个不同！按萧君默之前的推测，冥藏很可能是因为手中没有各分舵的阴印，所以才千方百计要找到《兰亭序》真迹，以便用这些不同的"之"字复制各分舵阴印，从而号令它们。所以萧君默当时便已断定，这二十个具有防伪功能的"之"字，很可能就是《兰亭序》的核心秘密，至少也是核心秘密之一。如今看来，这些推断应该都是对的。

见萧君默凝神不语，辩才道："萧郎，见到千古书圣的墨宝，有何感想？"

"翩若惊鸿，婉若游龙，荣曜秋菊，华茂春松。仿佛兮若轻云之蔽月，飘飘兮若流风之回雪。"萧君默随口吟道，"晚辈觉得，曹植在《洛神赋》中的这一佳句，用来形容书圣的法帖，最合适不过。"

辩才哈哈一笑："萧郎历经九死一生，护送贫僧至此，应该不只是为了欣赏王羲之的书法吧？"

萧君默也笑了笑，便将此前对《兰亭序》秘密的推测和现在得到的证实一一说了。辩才闻言，不禁笑道："萧郎果然睿智过人，连这个也能猜到。没错，这二十个'之'字正是《兰亭序》的秘密之一。也正因此，冥藏才会不择手段想得到它。"

"爹，"楚离桑好奇道，"既然这只是秘密之一，那说明《兰亭序》还有别的秘密，到底是什么？"

辩才瞟了萧君默一眼，微微笑道："除非咱们选出了新的盟主，爹才能说，否则……这个秘密就只能是秘密了。"

"盟主！"华灵儿忍不住对萧君默道，"你快答应了吧，别再磨磨叽叽了！男子汉大丈夫，就不能拿出点当仁不让的气概吗？亏我还一直把你当英雄呢！"

"那是你认错人了，我可不是什么英雄。"萧君默淡淡道，"更何况，咱们之前在客栈不是说好了吗，取出这两样东西后，便去找袁公望和庾士奇，跟他们商议之后再做定夺？"

"那是你们说的，我可没答应。"华灵儿翻了下白眼。

萧君默忽然想到了什么，便没再理她，对辩才道："法师，关于天刑盟，晚辈还有一些疑问未解，不知您能否赐教？"

辩才一笑，撩起衣袍下摆，竟盘腿坐在了地上："萧郎，怎么说你现在也是新盟主的候选人，本盟的事情，理应让你知道，还说什么赐教不赐教呢？"

"那就多谢法师了。"萧君默也跟着席地而坐。其他三人见状，也都围着铜函坐了下来，无形中便坐了一圈。

"萧郎想从哪里问起？"

"万事皆有缘起，就请您从头开始吧。"萧君默道，"首先，晚辈最想知道的是，王羲之为何要成立天刑盟？"

"萧郎熟读史书，应该也知道，晋穆帝永和九年，正是东晋王朝内忧外患之时，外有强敌窥伺，内有将相争权，王羲之虽任会稽内史、右军将军，且心忧天下，但对时局却是有心无力，遂借兰亭之会，召集当时各大士族代表，商议如何拯救天下。而最核心的议题，便是讨论是否建立一个不为朝廷控制、不被权力斗争左右，又能暗中守护天下的秘密组织。所幸，此议得到了大多数与会者的支持，于是天刑盟便应运而生了。"

辩才所言，与萧君默此前在秘阁查阅史料时所做的判断完全一致。然而，天刑盟成立之后，究竟做了哪些"守护天下"的事情，萧君默却一无所知。想到这里，他当即提出了疑问。

"晋孝武帝太元八年，东晋与前秦爆发了淝水之战，想必萧郎耳熟能详吧？"辩才反问。

"当然。"萧君默道，"这是历史上一个以弱胜强的经典战例，东晋仅以八万兵力，大破前秦苻坚号称百万实际亦有八十余万之大军，令前秦元气大伤，随后乘胜北伐,一举收复黄河以南的大片故土,堪称挽救晋室危亡的关键一战。"

"没错。那萧郎应该知道,东晋一方指挥此战的人是谁吧？"

"是谢安、谢玄叔侄。谢安是后方主帅,谢玄是前方大将。"

"那你知道,除了公开身份之外,谢安、谢玄叔侄是什么人吗？"

萧君默不假思索道:"谢安既然参加了兰亭会,并且作了诗,那自然是天刑盟的人。"

辩才点头:"兰亭会上,谢氏家族成立的分舵,名为羲唐,谢安便是首任羲唐舵主,谢玄是羲唐右使。淝水之战爆发时,王羲之已去世二十多年了,所以当时天刑盟的实际决策者,便是谢安。"

萧君默恍然:"如此说来,淝水之战的胜利定然与天刑盟有关了？"

"正是。毫不夸张地说,倘若没有天刑盟,淝水之战绝对是另外一种结果。"

萧君默少时读史,便对淝水之战印象深刻,同时也发现其中有不少事情难以用常理解释,现在知道有天刑盟参与其中,那么一切谜团便都可迎刃而解了。

辩才似乎看出了他的心思:"对于这段历史,萧郎是不是曾有许多疑问？"

萧君默点点头:"晚辈当初读史,读到这一段时,的确疑窦丛生,首先感到疑惑的,便是谢安在战前的态度。据说当时前秦大兵压境,建康震恐,可谢安在大战前夕却气定神闲、泰然自若。谢玄前去请示这一仗该怎么打,他只说了四个字:'已别有旨。'当时我就看不懂谢安这话什么意思,更不明白他面对强敌为何如此镇定。现在看来,谢安显然已经将天刑盟秘密部署完毕,才会如此从容。'已别有旨'的表面意思是朝廷已有另外的旨意,但真正的含义应该是在暗示谢玄:他已经对天刑盟做好了安排。之后,谢安又故意离开京师建康,跑到了山中别墅,据史书称是'亲朋毕集',并与友人下围棋赌别墅。依照常理,这也是无法解释的。大战在即,你却在山中呼朋引伴,聚会赌棋,这像什么话？可现在就解释得通了,谢安此举,显然是把天刑盟下属各分舵的舵主召集到一起面授机宜。之所以离开京师跑到山里面去,正是为了避开朝廷耳目,而所谓'围棋赌墅',也是掩人耳目之举。"

辩才闻言,微笑颔首。

楚离桑、华灵儿和米满仓虽然对历史不熟,但也都听得津津有味。

"萧郎,你这些分析,都与事实相符。"辩才道,"除此之外,还有什么疑问？"

"当然有。"萧君默接着道,"我的第二点疑惑,便是淝水之战中,东晋一方的战术。据史书称,当时前秦大军紧逼淝水西岸列阵,与晋军隔岸对峙,谢玄却派人去对秦军前锋主将即苻坚的弟弟苻融说，请秦军往后退一点，晋军要渡河与他们在西岸决战。这从兵法上来讲，显然是犯了大忌。其一，由于秦强晋弱，秦军的战略肯定是力求速战，而晋军的最佳战略应该是避敌锋芒，坚壁清野，利用淝水天险与敌人打持久战。可事实恰好相反，谢玄居然主动求战，这完全不合常理，令人匪夷所思。其二，历史上很多战役，都是趁对手'半渡'之时发动攻击，从而取得胜利。苻坚和苻融正是打算采取这个战术，才会同意谢玄要求，主动后撤。照理说如此一来，晋军渡河渡到一半，秦军完全可以发动攻击，落败的肯定是晋军一方，可最后的事实又恰好相反：谢玄居然率领八千骑兵成功渡过了淝水，并一举击溃秦军，还斩杀了苻融。如此轻而易举便赢得了胜利，看上去也太奇怪了，总让人感觉很不真实，倘若不是史书所载，我恐怕会认为这是个杜撰的故事。"

辩才呵呵一笑："那萧郎是否还记得，有哪些具体细节让你感觉像是杜撰？"

萧君默回想了一下，道："我记得，史书说到秦军后退的时候，用了这么八个字：'秦兵遂退，不可复止。'意思就是秦军主动后撤的时候，忽然就乱了，而且乱得一发不可收拾。这样的记载就很可疑，秦军既然是主动后撤，苻融也不是等闲之辈，岂会一撤就乱了呢？"

"是，萧郎的怀疑很有道理，现在贫僧就可以给你答案：秦军之中，其实早就打入了天刑盟的细作，而且人数不少，所以虽然苻融是主动率部后撤，但关键时刻却被潜伏的天刑盟成员打乱了阵脚。正是因为谢安早就埋下了这颗棋子，才会授意谢玄主动邀战。若非如此，便真如你所说的，犯了兵法之大忌了。"

"怪不得！"萧君默恍然，旋即又想到什么，"还有，史书记载，秦军阵脚乱了之后，苻融'驰骑略阵，欲以帅退者，马倒，为晋兵所杀'。这样的细节也令人怀疑，苻融亲自上前压阵，他骑的马居然会被乱兵挤倒，现在看来，定然也是潜伏在他身边的天刑盟细作干的吧？"

辩才一笑："据我所知，在大战前夜，我盟的细作早就给苻融的坐骑偷偷喂过巴豆了。"

萧君默哑然失笑。

巴豆是很厉害的泻药，倘若苻融的马真的被喂食了巴豆，那肯定是"一泻千里"、四蹄发软，难怪被乱兵一挤就倒了。可是，天刑盟的人又是如何打入秦军内部的呢？并且还能潜伏到苻融身边暗施手脚，级别肯定不低，这样的人会是谁呢？

萧君默极力回忆着当初读过的史料。忽然，一个名字跃入了他的脑海。

"法师，这个潜伏在秦军内部的天刑盟成员，会不会是……原晋军襄阳守将朱序？"

"萧郎如此判断，根据是什么？"辩才饶有兴味地看着他。

"据我所知，这个朱序曾经困守襄阳一年，最后城破被俘，投降了苻坚，此后颇受苻坚赏识，被任命为度支尚书。淝水之战，朱序也随苻坚、苻融到了前线。如果我没记错的话，这个朱序至少在战场上发挥了两次至关重要的作用。"

"哦？说来听听。"

"第一次，是大战前夕，苻坚、苻融攻占寿阳，与谢安之弟谢石所部对峙，彼此都还摸不清对方的虚实。因此，苻坚便派遣朱序前往晋军大营劝降，而朱序恰恰就在这时向谢石提供了秦军的重大情报。他告诉谢石：秦军虽然号称百万，但大部分兵力还在行军途中，尚未抵达前线，晋军应抓住战机主动进攻，击溃敌军前锋，挫其锐气。谢石得到情报，即命谢玄派遣猛将刘牢之率五千精兵奔袭洛涧，果然大败秦军前锋，史称'洛涧大捷'，从而赢得淝水之战首战的胜利，极大地鼓舞了晋军士气……"

"这个苻坚就这么信任朱序？"楚离桑插言道，"派他去劝降，结果人家非但没劝降反倒送出了情报，事后苻坚就压根没怀疑他？"

"就是！"华灵儿也道，"我看这个苻坚真是脑子坏掉了！"

萧君默一笑："说实话，当初我看书看到这一段时，也跟你们抱有同样的疑问，可现在看来，这个朱序之所以能博得苻坚的赏识，在前秦朝廷中身居要职，并且能在两军对峙时得到这个所谓劝降的机会，顺利送出情报，最后又能安然无恙，没有引起苻坚的怀疑，原因就在于他是天刑盟的人。换言之，这些事情，作为一名普通的将领恐怕是做不到的，只有受过秘密组织长期训练的间谍，才有可能胜任。所以，我甚至怀疑，这个朱序本来便是肩负特殊使命，主动打入秦军内部的……"

辩才朗声大笑："萧郎果然犀利！你说得没错，朱序正是天刑盟羲唐舵的重要成员。当初他坚守襄阳达一年之久，内无粮草，外无救兵，原本已做好了殉国的准备，却在最后关头接到了谢安的密令。谢安告诉他：将计就计，放弃抵抗，假意投降苻坚，借此打入秦军内部，以便在日后发挥作用。"

"谢安这个人当真不简单！"萧君默不禁赞叹，"此计既保住了朱序一命，又趁机在苻坚身边埋下暗桩，为日后的胜利打下了坚实基础，实在是高明之至！就此而言，晋朝能够在淝水之战中以弱胜强，绝非偶然！也难怪谢安在战前会那么镇定自若、胸有成竹。"

"对了君默，"楚离桑道，"你方才说这个朱序发挥了两次关键作用，还有一次是什么？"

"这一次就更厉害了！"萧君默道，"据史书记载，就在决战当天，谢玄刚刚率部渡过淝水，秦军阵脚稍微有点乱的时候，这个朱序竟然在秦军阵后大喊：'秦兵败矣！'于是秦军一下就全乱了，各自奔逃，互相践踏，谢玄乘胜追击，秦军全线溃败。毫不夸张地说，朱序在紧要关头这一声喊，作用抵得过十万大军！"

辩才抚须颔首："萧郎所言甚是，朱序在敌营卧薪尝胆整整四年，这一声喊，自然是振聋发聩、响彻云霄！"

"那苻坚号称百万的大军就这么败了？"华灵儿一脸诧异，"我怎么觉得这仗输得有点稀里糊涂啊！"

"这就是暗战的力量。"萧君默道，"表面上看，是谢玄与秦军在淝水对峙交战，实际上，却是谢安在建康运筹帷幄，指挥天刑盟的人在隐蔽战线上打了一场神不知鬼不觉的暗战。如果不是左使今天揭开了谜底，我们谁也不会知道淝水之战的幕后真相。"

"爹，"楚离桑问辩才，"淝水之战中除了朱序，天刑盟还派出了什么人没有？"

"这是当然！"辩才道，"不瞒你们说，当时谢安把天刑盟的十九个分舵全都派出去了，一个也没落下。"

萧君默闻言，迅速思忖了一下，忽然道："法师，如果我所料不错，洛涧大捷应该就少不了天刑盟的人。"

辩才一笑："萧郎又是怎么看出来的？"

"据史书记载，当时驻守洛涧的秦军先头部队有五万人，而进攻洛涧的刘牢之只有五千人，本来便是以寡敌众，可据说刘牢之还分兵一部迂回到了秦军的后方，这样的打法显然违背常理。在兵力只有对方一成的情况下还要分兵，这不是更容易被敌人各个击破吗？现在看来，我敢断定，刘牢之绝对没有分兵，从秦军后方发动突袭的，肯定是谢安早已安排的伏兵，也就是天刑盟的人。"

"没错。天刑盟战前便在洛涧埋伏了五个分舵，总计不下三千人，而且个个都有以一当十之勇。"

"那我再猜一猜。"萧君默接着道，"史书记载，洛涧大捷之后，苻坚登上寿阳城头，遥望淝水东面的八公山上草木摇动，以为都是埋伏的晋兵，因而心中大惧，于是后世便有了'草木皆兵'这个成语。可现在看来，苻坚当时看到的并不是草木，而是真的伏兵，只不过不是晋朝军队，而是天刑盟的分舵，对不对？"

"哈哈！"辩才不由得大笑，"萧郎又猜对了。当时在八公山上，至少埋伏了本盟的七八个分舵。现在，'草木皆兵'这个成语被你窥破了，还有一个成语，恐怕也难逃萧郎法眼了。"

"还有哪个成语？"楚离桑问。

"风声鹤唳。"萧君默脱口而出。

"'风声鹤唳'又怎么讲？"华灵儿抢着问道。

"据史书称，秦军在淝水全线溃败后，'自相蹈藉而死者，蔽野塞川。其走者闻风声鹤唳，皆以为晋兵且至，昼夜不敢息，草行露宿，重以饥冻，死者十之七八'。这便是'风声鹤唳'的由来。而今来看，如果说'草木皆兵'真的有伏兵的话，那么'风声鹤唳'也就绝不只是单纯的风声和鸟叫。"

"一语中的！"辩才抚掌而笑，"大战之前，谢安便已经预判了秦军的溃逃路线，故而把天刑盟的其余分舵埋伏在了沿途，之后便对溃兵进行了反复袭扰，加上当时天寒地冻，最终使得苻坚的八十几万大军死了十之七八，回到洛阳时只剩下十余万人。"

"但是，即便天刑盟在此战中居功厥伟，它的存在却无论如何不能让世人知晓。"萧君默接过话茬，"出于这个考虑，淝水之战后，谢安便极力掩盖天刑盟在此战中的种种蛛丝马迹，所以晋朝史官也只能模糊记载。职是之故，后世之人如我辈阅读这段历史时，才会心生疑惑，觉得其中许多事情难以用常理解释。我说得对吗，法师？"

"对，谢安事后的确进行了掩盖，这也是不得已的。"

"爹，那除了淝水之战，天刑盟后来又做了什么守护天下的事？"楚离桑问。

"后来，谢安主导北伐，收复了黄河以南的大片故地，天刑盟自然也是功不可没。只可惜，谢安功高遭忌，不得不急流勇退，主动放权，之后天刑盟便暂时沉寂，但守护天下的志愿从未改变。此后二百余年，每逢天下易主、改朝换代之际，背后其实都有天刑盟的参与并推动，若遇重大且危急的时刻，天刑盟更是不惜动用遍及朝野的力量进行干预，乃至操纵王朝更迭，决定君权归属，左右历史走向。天刑盟这么做，目的只有一个，那便是辅佐明主、澄清海内，让天下的老百姓都能够安居乐业，不再受战乱与苛政之苦。诸如南朝各开国之君宋武帝刘裕、齐高帝萧道成、梁武帝萧衍、陈武帝陈霸先，在其成就帝业的过程中，都曾得到天刑盟的鼎力支持。说白了，这两百多年间，南朝君王走马灯似的换来换去，看似风云变幻、乱象纷呈，其实背后有一种力量始终未曾改变，那便是天刑盟对历朝政局的干预和掌控。

"然而，也许是历任南朝君王才干不够，抑或是天意使然，天刑盟一直盼望的天下一统始终没有在这些人的身上实现。直到北周末年，北朝的权臣杨坚代周立隋，短短数年便在北方建立了一个繁荣强大的大隋王朝，俨然有一代雄主之姿，时任盟主的先师智永才蓦然意识到，天刑盟翘首以盼了两百多年的天下一统，很可能会在杨坚的手上实现。于是，在此后隋朝攻灭陈朝统一天下的进程中，历来奉南朝为正朔的天刑盟，便毅然抛弃了荒淫无道的陈后主，转而支持北朝，给予了杨坚、杨广父子不遗余力的帮助。

"此后，分裂了数百年的天下终归一统，隋文帝杨坚也不负众望，励精图治，缔造了国泰民安、河清海晏的'开皇之治'。对此，智永先师无比欣慰。遗憾的是，这个盛世只维持了二十多年，隋炀帝杨广继位之后，便横征暴敛、穷兵黩武，以致四方群雄纷起，天下再度分崩离析。秉承'邦有道则隐，邦无道则现'的本盟宗旨，智永先师当即调动天刑盟的力量，重新展开守护天下的行动，把一部分分舵派到瓦岗辅佐李密，同时亲率冥藏、羲唐等分舵前往江陵，辅佐南梁萧铣……"

听到这里，萧君默发现，当初魏徵果然对他隐瞒了实情，实际上魏徵加入瓦岗之前便已是天刑盟的人，包括自己的养父萧鹤年也是。思虑及此，萧君默忍不住打断了辩才："对不起法师，晚辈打断一下，听您这意思，天刑盟是故意把宝分开押在了几个枭雄身上是吧？"

辩才笑了笑："押宝这说法倒也有趣。没错，每逢乱世，天刑盟都是这么干的，从来不把宝押在一个人身上，因为那样风险太大。除非天下大势已经明朗，天刑盟才会全力支持某一个人。"

"那李密降唐之后，魏徵和家父转而辅佐当时的太子李建成，应该是奉盟主智永的命令吧？"

"是的，当时盟主便已看出，在四方的割据政权中，李唐势力大有后来居上之势，所以对魏徵下达了命令。"

"那无涯分舵的吕世衡辅佐当时的秦王，也是奉了盟主之命吗？"

"吕世衡是盟主很早便放在秦王身边的一颗闲棋冷子，不是辅佐，只是放在那儿盯着，以备不时之需。"

萧君默想着什么，忽然有些困惑："据我所知，冥藏离开江陵之后，也是去长安辅佐隐太子，那他为何不知道魏徵临川舵的存在呢？"

"这正是盟主的苦心所在。因为当时冥藏的野心已经暴露，盟主担心他会越轨，所以没把临川的事情告诉他，目的便是让魏徵暗中监视冥藏，以防他做出什么出格的举动。"

"但是冥藏却知道吕世衡无涯舵的存在？"

"那是当然。无涯是暗舵，本来便负有拱卫冥藏主舵之责，所以冥藏不仅知道它的存在，而且可以直接号令吕世衡。"

这个情况与萧君默之前掌握的一致。他又想了想，道："法师，是不是可以说，自李密败亡、萧铣覆灭之后，盟主实际上已经把宝全押在了隐太子李建成身上？"

"可以这么说。因为当时天下大势基本已经明朗，李唐胜局已定，况且李建成又是大唐储君，没有理由不押他。"

"只是盟主和世人都万万没料到，会有武德九年的玄武门之变？"

"实际上自武德四年之后，秦王依仗其扫灭群雄的盖世战功，夺嫡野心便日渐膨胀了。随后数年，秦王与太子明争暗斗，任谁都看在眼里，盟主自然也是洞若观火。但是在盟主看来，有冥藏、临川两个分舵保护太子，又有无涯这个暗桩安插在秦王那边，即使到最后双方刀兵相见，胜算一定也是在太子这边。"辩才停了片刻，又接着道，"不瞒萧郎，当时盟主已经给临川和无涯分别下达了命令，一边命临川魏徵敦促太子先下手为强，一边又命无涯吕世衡寻找机会刺杀秦王……"

萧君默不觉一惊。

倘若当时无涯奉了盟主之命，那大唐王朝的历史便会是另一番模样了。

"然而盟主没想到，太子李建成却一直优柔寡断、举棋不定，从而坐失良机；更让盟主没想到的是，吕世衡非但没有听从盟主之令刺杀秦王，也没有及时发出秦王准备动手的情报，反而在武德九年六月四日临阵倒戈，帮助秦王杀害了太子……"

"这么说，吕世衡此举是同时背叛了冥藏和盟主？"

"是。"

"那后来冥藏将吕世衡灭门，是他自己的主意，还是奉了盟主之命？"

辩才一怔，旋即苦笑："看萧郎想到哪里去了，先师智永不仅是天刑盟盟主，更是一代得道高僧，他怎么可能下这种残杀无辜的命令呢？"

萧君默赧然一笑："对不起法师，是晚辈失言了。"

"再者说，玄武门之变爆发后，先师便已经认清了现实，并且重新考量了一下秦王这个人。先师发现，尽管秦王弑兄逼父、篡位夺权的做法令人不齿，可你却不得不承认，他的谋略、胆识和才干都在隐太子之上，假以时日，他完全有可能成为一个雄才大略的帝王。事变之后，秦王采取了怀柔之策，以既往不咎的宽仁姿态接纳了太子、齐王旧部，此举进一步证明他具有圣主明君的潜质，来日极有可能缔造一个媲美于'开皇之治'的太平盛世。职是之故，先师智永经过反复思考、权衡利弊之后，终于对天刑盟所有分舵下达了沉睡指令，并在圆寂之前嘱咐贫僧，一旦秦王实现天下大治，便要我取回三觞，然后销毁《兰亭序》真迹和盟主令牌，从此让天刑盟消泯于江湖。"

"促使盟主下定这个决心的，应该还有冥藏的因素吧？"

"是的。武德九年，隐太子罹难后，冥藏便回到越州，逼迫先师交出盟主大权，准备集结整个天刑盟的力量对付李世民，替隐太子报仇。先师极力劝阻，告诉他本盟的使命并不是维护某个人或某支势力，而是维护天下太平和百姓安宁，纵使李世民得位不正，可只要他能够心系百姓、安定天下，天刑盟就不应该与他为敌。然而，冥藏根本听不进去。无奈之下，先师只好下达了沉睡指令，同时销毁了各分舵的阴印，并将《兰亭序》和盟印藏进了这个墓穴，最后安然坐化。贫僧处理完先师的后事，便悄悄离开越州，隐姓埋名躲到了洛州伊阙，此后发生的事情，萧郎就都知道了。"

萧君默恍然。

至此，有关《兰亭序》和天刑盟的诸多谜团终于一一破解，连同养父萧鹤年为何要拿命守护这些真相，萧君默也总算找到了答案——事实上，不管是智永、辩才，还是魏徵和父亲，以及许许多多天刑盟的人，他们不惜一切代价，乃至用生命守护的东西，既不是《兰亭序》真迹，也不是天刑盟本身，而是天下的太平和百姓的福祉！

萧君默蓦然发现，天刑盟守护天下的使命，与自己从小就萌生的济世救人的志向，几乎可以说是不谋而合。从这个意义上说，萧君默觉得自己之所以会卷入《兰亭序》之谜，并经历千难万险一步步走到今天，其实冥冥中早有安排……

现在，关于《兰亭序》还剩下最后一个谜团，就是除了二十个不同的"之"以外，它到底还藏着什么秘密？

萧君默预感到，这个秘密一定干系重大，甚至有可能决定天刑盟的生死存亡。

第十七章／生父

萧君默一行取出《兰亭序》真迹和盟印后，片刻不敢停留，当日便离开越州，欲北上扬州拜会袁公望。从越州到扬州，最快的方法是走水路，也就是从杭州下运河，乘船经苏州、常州、润州，过了长江便到了，全程六七百里，顺利的话三四日即可到达。

杭州在越州西北，距山阴一百余里，萧君默一行策马疾驰，当天夜里便到了杭州。众人在东门外找了家客栈住下，萧君默当即要去运河码头联系船只，以便明日一早启程，不料辩才却叫住了他，让他延迟一日，联系后天的船只。

萧君默不解："法师，现在玄甲卫肯定在后面咬着咱们，您何故要拖延一天时间？"

辩才看了看他，欲言又止。

萧君默看着他的神色，知道他一定是有什么重要的事情非办不可，却又担心节外生枝，故而犹豫不决。这么想着，萧君默也就不催促他，等他自己说。

辩才又沉默半晌，才一声长叹，道："萧郎，今日在兰渚山上，咱们曾谈及，先师圆寂之后未曾起墓造塔，那你可知，先师的遗骨到底埋在何处？"

萧君默略微沉吟："晚辈料想，为了不让盟主遗骨被觊觎《兰亭序》的人搅扰，您当初料理盟主后事之时，一定做得非常隐秘。至于这具体的埋骨之处嘛，晚辈虽然无从猜测，但有一点还是敢大胆推断。"

"哪一点？"

"盟主的遗骨肯定不会埋在兰渚山上，甚至……不在越州境内。"

辩才笑了笑："聪明。不瞒萧郎，先师的遗骨就埋在离此不远的天目山上。"

"天目山？"

"是的。"

萧君默知道，天目山在杭州西面一百多里处，钟灵毓秀，是名闻天下的东南名胜，相传为韦陀菩萨道场，历来有"龙飞凤舞，俯控吴越；狮蹲象立，威镇东南"之称。辩才将智永遗骨埋于此地，想来也是顺理成章之事。

"法师，您延迟一日出发，是不是想到天目山去祭拜盟主？"

辩才点点头，神情有些伤感："贫僧自武德九年流亡他乡后，便一次也没有回来祭拜先师，心中常感愧疚，如今既然经过这里，若不去看一看先师，贫僧难以心安哪……"

萧君默完全能理解他的心情，可现在是在逃亡，多耽搁一日便可能生出变数，一时也犹豫起来，不知该怎么回应。

"贫僧已年近六旬，半截子入土了，这回要是再错过，这辈子恐怕都没机会了……"辩才的语气近乎恳求，"萧郎，往返天目山，一日足矣，想必也不会出什么岔子。"

萧君默蹙眉思忖："法师当初把盟主遗骨埋在天目山，还有什么人知道？"

"绝对无人知晓！"辩才忙道，"只有我和桑儿她娘两个人知道，先师遗骨也是我俩亲手安葬的。"

"您能确定，除了你们，再也没有第三人知情了吗？比如说……冥藏？"

辩才微微一惊，摇摇头道："不可能，冥藏不可能知道。当年他逼迫先师交权，先师和我便躲进了兰渚山的洞窟之中，冥藏也没找到我们。未久先师便圆寂了，此后荼毗、安葬等事，他都没有参与，更不可能知情。"

萧君默又沉吟了片刻，尽管还是有些莫名的担心，可终究不忍看辩才如此痛苦，便道："既然如此，那咱们明日便去祭拜一下吧。"

辩才大喜，旋即又想到什么："萧郎，你要是实在不放心，就跟桑儿他们暂时留在客栈，贫僧一个人去就行了。"

"不妥，您单独行动更危险，要去大伙就一块去，互相也有个照应。"

辩才看着萧君默，眼里充满了感激之情。

翌日中午，一行五人策马来到了天目山。

天目山峰峦叠翠，有东西两峰遥相对峙，两峰之巅各有一池，长年不枯，宛若双眸仰望苍穹，故而得名"天目"。萧君默等人策马行走山间，只见古木森然，流水淙淙，峭壁突兀，怪石嶙峋，虽然时值正午，烈日当空，却因林木茂密而不觉炎热。

智永的坟茔在"东天目"的逍遥峰上，山路不通，众人便把马儿系在峰下，从南面徒步攀爬。这座山峰不高，约莫小半个时辰后，众人便爬上了峰顶。顶上生长着一大片高大的柳杉，站在树林边缘举目四望，眼前是一片豁然开朗的峡谷，脚下是一泓碧绿澄澈的深潭，左着是一望无际的繁茂竹林，右着有一道瀑布自山崖上飞奔而下，但见水流飞溅，雾气氤氲，竟然在阳光下形成了一道彩虹，令人恍如置身仙境。

目睹如此罕见的人间美景，楚离桑和华灵儿都忍不住欢呼起来，连米满仓也激动得啊啊直叫，引得对面的山峰传来阵阵回声。

辩才告诉萧君默，左边的胜景便是名闻遐迩的"十里竹海"，右边这道瀑布源自东天目的白龙溪，脚下的深潭便是白龙潭。"此地云蒸霞蔚，藏风聚水，是块稀有难得的宝地。"辩才感慨道，"当年先师偶然到此，一眼便喜欢上了这里。"

萧君默听着，忽然意识到了什么，眉头微蹙："这么说，长眠于此是盟主本人生前便有的心愿？"

"也不算很明确的遗愿，不过确实有此心迹，所以贫僧便做主把先师葬在了此处。"辩才说着，注意到他的神色，"萧郎怎么了？"

"哦，没什么。"

萧君默敷衍着，目光却敏锐地扫了四周一眼。忽然，郁郁葱葱的竹海深处似乎有一点白光闪了一下，等他再定睛细看时，却又什么都没有，仿佛只是他的错觉。

时隔十六年，智永的坟冢早已荒草没膝，不复辨识，辩才好不容易才在一株巨大的柳杉下找到了它。当年为了掩人耳目，辩才不敢给坟墓立碑，只在坟边的柳杉上刻了个记号，如今柳杉粗壮了许多，树干上的记号也已变形，所幸还是依稀可见。

五人抽出龙首刀，花了好一会儿工夫把坟墓上的杂草和藤蔓清除干净，萧君默又捡来几块石头垒在坟头上，一座坟冢的大致轮廓才浮现了出来。

接着，众人轮流上香，并拿出早已备好的祭品摆在坟前，俯身跪拜。辩才红着眼圈长跪坟前，嘴里一直轻声念叨着，似乎在向师父诉说这十几年来的心境和遭遇，又像是在向盟主禀报这些年的天下大势和天刑盟现况。楚离桑看见父亲如此伤感，也不禁红了眼眶。

萧君默惦记着方才瞥见的那点白光，便走到树林边缘，跳上高处的一块岩石，手搭凉棚，仔细观察那片碧波万顷的竹海。

"看什么呢？"华灵儿在坟前待着无聊，便也跟了出来。

"欣赏美景啊！"萧君默随口道，"这么好看的景色，不多看几眼岂不可惜？"

"我看你是在放哨吧？"华灵儿道，"别这么紧张盟主，玄甲卫早被咱们甩了，跟不到这儿来。"

"想找咱们的，可不光是玄甲卫。"

"那还有谁？"

萧君默仍然目视前方，淡淡道："冥藏。"

"冥藏？！"华灵儿一惊，"他不是在长安吗？"

"如果我所料不错，他半个多月前就应该到江陵了，而且遭了玄甲卫的伏击。"萧君默道，"不过冥藏狡猾，多半只是死一些喽啰，他本人肯定在后面一路追着咱们，眼下究竟到了哪里，还真不好说。"

华灵儿下意识地环视周遭："这么说，咱们应该赶紧去扬州呀，留在这儿岂不危险？"

"左使要来祭拜盟主，这也是应该的。十六年了，无人扫墓无人祭拜，连坟冢都荒凉若此，我辈于心何安？"萧君默说着，故作轻松地一笑，"行了，别被我吓着，我也就随口说说，兴许冥藏早就被玄甲卫抓了也不一定。"

"喊！我能被你吓着？"华灵儿白了他一眼，"我华灵儿是什么人？从小到大，我什么阵仗没见过？冥藏算什么东西？他要是敢来，本姑娘倒真想跟他过过招！"

"嗯，有志气，不愧是千魔洞的女……女英雄。"

"你刚才想说什么？"

"没什么，就是女英雄。"

"你是想说女贼首、女魔头吧？"华灵儿叉腰看着他。

"这可是你自己说的。"

萧君默笑着，然而笑容却瞬间凝结在了他的脸上。

远处那片竹海又闪出了白光，而且不止一处，是十几个星星点点的白光同时闪烁——那分明是兵刃在烈日下的反光！

华灵儿察觉他神色有异，刚想循着他的目光望去，身后的柳杉树林中突然射出两支冷箭，分别朝二人飞来。萧君默大喊一声"小心"，拔出龙首刀格挡，铿的一声撞飞了一支，同时伸手抓住华灵儿往旁边一拽，另一支箭擦着她的面颊飞了过去。

与此同时，数支冷箭也射向了坟前的辩才等人。辩才猝不及防，被射中左臂；楚离桑反应敏捷，闪身躲过；米满仓站在一旁，被射中右腿。

萧君默和华灵儿见状大惊，立刻从岩石上纵身而下，迅速朝他们靠拢，可刚冲出两三丈远，数十个黑衣人便从树林中蹿了出来，挡住了他们的去路。萧君默一看，为首一人正是在甘棠驿交过手的韦老六。

他一直担心冥藏会找到这儿来，没想到他真的来了，而且还来得这么快！

萧君默在心里咒骂了一声，未及多想，便挥刀直取韦老六。他现在必须撕开对方的防线，跟辩才他们会合一处，因为他们三人中只有楚离桑会武功，必定凶多吉少。

韦老六明显知道他的意图，迅速后退了几步，指挥手下将他和华灵儿团团围住，目的就是要缠住他们。

智永坟前，也有十几个黑衣人围住了辩才三人。楚离桑拔刀在手，护着辩才和米满仓且战且退。由于黑衣人是从树林中杀出，留给他们的退路只有竹林方向，所以三人只能往那边退却。萧君默远远看见，情知竹林中的敌人更多，很可能冥藏本人就在那里，心中万分焦急，大喊道："离桑，往山下去，别走竹林！"

然而，敌众我寡，加之事发突然，纵然楚离桑想往山下撤，也丝毫没有机会。很快，三人便被对方逼进了十里竹海。

萧君默奋力砍倒了面前的两个黑衣人，朝竹林方向飞奔，可身后又射来数支冷箭，不得不回身格挡。就这么迟滞一下，韦老六和十几个黑衣人便又追上来缠住了他。华灵儿也极力想跟萧君默会合，却同样被十来个黑衣人死死咬住，脱身不得。

楚离桑护着受伤的辩才和米满仓进了竹林，才跑了没多远，便不得不停下脚步，因为冥藏带着二十来个黑衣人堵住了他们的去路。后面的十几个黑衣人也追了上来，将三人团团围在当中。很显然，方才他们故意不出狠招，目的就是要把他们逼到冥藏面前。

冥藏依旧戴着那张诡异的青铜面具。他定定地看着辩才三人，然后呵呵一笑："辩才，咱俩有十多年没见了吧？今日久别重逢，竟然是在盟主墓前，说起来也是缘分哪！"

"你怎么知道盟主埋在此处？"辩才非常困惑。

"盟主曾经跟我提过，他喜欢天目山，说此地钟灵毓秀、别有洞天，所以我猜他的墓一定在这里。只可惜，这么多年我来这里找了无数次，却始终没找到。这回从江陵过来，我就想顺道再来看看，不巧就遇上你们了。辩才，你说这是不是天意？"

正如萧君默判断的那样，冥藏在长安接到谢吉的飞鸽传书后，迅速带人赶到了江陵，然后派人去富丽堂酒楼接头，不料谢吉没找到，反而落入了玄甲卫的伏击圈，还好他谨慎，没有亲自出马，只是损失了一些手下。事后，冥藏意识到辩才等人很可能已经离开江陵前往越州，遂昼夜兼程在后面追赶。走到歙州时，他忽然心生一念，想再到天目山碰碰运气。岂料运气果真这么好，一来就听到逍遥峰上发出了欢叫声，于是便兵分两路，悄悄从两翼包围了峰顶。

辩才听罢，不禁对自己的大意懊悔不迭，同时下意识地抓紧了肩上的包袱。

冥藏犀利地扫了他一眼："辩才，我猜你们已经把真迹和盟印取出来了吧？呵呵，这可倒好，省了我不少事。"

"冥藏，就算你夺了这两样东西，天刑盟的弟兄也不见得会听你的。"

"你这么认为吗？"冥藏一脸自得，"我是堂堂琅琊王氏的后人，王羲之是我的先祖，他们不听我的，难道要听你这个一无所长、只会念经的和尚的？"

"你是王羲之的后人不假，可弟兄们认的是道义，不是血统。"

"道义？！"冥藏扑哧一笑，"辩才，说你只会念经，果然没冤枉你，你到底还是迂腐啊！正所谓'天下以智力相雄长'，能在这世上称雄的人，拼的都是权谋和实力，什么时候拼过道义？道义这东西，不就是胜利者拿来装点门面的吗？只要我赢了，道义自然就在我这边，这么简单的道理，你不懂吗？"

"冥藏，"楚离桑忽然冷冷插言，"你玩了这么多年权谋，可你得到什么了？据说当年你辅佐过萧铣，可萧铣败了；后来你又辅佐隐太子，隐太子也败了；这么多年你一直想当盟主，可时至今日你连《兰亭序》真迹都没见过，这就是你说的权谋和实力吗？一个六岁的开蒙儿童尚且知道，人若是不讲道义，连做人的资格都没有，可你活到这么一大把年纪了，却还不懂道义为何物，你不觉得可耻吗？连做人都不会，你凭什么当盟主？怪不得你出门总要戴个面具，是不是连你自己都觉得没脸见人啊？"

听完这一番冷嘲热讽，冥藏先是一愣，旋即哈哈大笑，转头对辩才道："辩才，你说你这个破戒的野和尚，还有什么资格跟我讲道义？当年你不但拐跑了我妻子，还跟她生了这么一个牙尖嘴利的野种！世上有你这样的和尚吗？你就不怕玷污了佛门、辱没了佛祖？"

"你说什么？"楚离桑本来骂得正解气，闻言顿时一震，万分惊愕地看着辩才，"爹，他在说什么？我娘什么时候变成了他的妻子？！"

楚离桑分明记得，辩才不久前在江陵告诉过她，说冥藏当年追求过她娘，但她娘没有答应，可冥藏现在为什么突然说这种话？

辩才一阵窘迫，忙道："桑儿，你别听他胡说八道，他是在羞辱你娘呢！"

楚离桑闻言，顿觉血往上冲，遂不顾一切，挥刀直扑冥藏。冥藏一声冷笑，后退了几步，两旁的手下迅速上前，围住了她。楚离桑的功夫原本便不弱，加上此时义愤填膺，每一出手都是杀招，转眼间便砍倒了三四个黑衣人。

　　然而她一扑上去，本已受伤的辩才和米满仓便失去了保护，冥藏手下立刻冲上来，要抢他们身上的包袱。二人利用密集的竹子左闪右躲，可还是险象环生，好几丛碗口粗的竹子都被削断，哗啦哗啦地倒了下来，把米满仓吓得大呼小叫。旋即又有一黑衣人挥刀砍来，米满仓见无处躲闪，情急之下，抢起包袱一甩，里面的十几锭金子和各色珠宝顿时四散飞奔，落了一地。

　　那些黑衣人见状，顿时一个个眼睛放光。虽然有冥藏在场，但俯拾即是的金银珠宝终究令他们无法抗拒，于是拼命争抢，顷刻间乱作一团。

　　此时，楚离桑已意识到自己太过莽撞，赶紧回身来救二人，准备趁乱带他们往山下逃。一直在冷眼旁观的冥藏终于出手，纵身跃起，右手一扬，三枚飞镖相继射出，分别飞向三人。楚离桑迅速转身，挥刀格挡，撞飞了射向辩才和米满仓的两枚，可收刀不及，被第三枚飞镖射中了右臂，顿觉一阵酸麻。

　　几乎与此同时，冥藏已飞身掠过楚离桑，手中横刀直刺辩才胸口。千钧一发之际，米满仓突然挺身，挡在了辩才身前，雪亮的刀尖瞬间刺入他的心脏，并穿透了他的胸膛。

　　"满仓！"辩才和楚离桑同时发出一声悲怆的嘶喊。

　　冥藏抽回横刀，正待再刺辩才，楚离桑已挥刀向他脑后劈来，冥藏不得不回身接招。

　　米满仓捂着胸口，鲜血从他的嘴里喷出，然后整个人直直向后倒去。辩才在后面扶住了他，慢慢把他放在了地上。

　　米满仓双目圆睁，看着从繁密竹叶间洒下的缕缕阳光，凄然一笑，断断续续道："法，法师，告诉萧，萧郎，他还欠，欠我、二十金。"

　　辩才泪湿眼眶，哽咽着说不出话。

　　"跟他说，我下，下辈子，找他，还……"米满仓说着，慢慢声如蚊蚋，最后头往旁边一歪，停止了呼吸。

　　此刻，冥藏的手下已经弹压住了那些争抢珠宝的家伙，然后分成两拨，一拨人跟着他围攻楚离桑，剩下的四五个拿刀逼住了辩才，并抢下了他身上的包袱。

　　楚离桑以一人力敌冥藏等五六人，原本便已落在下风，加之手臂中了抹麻药的飞镖，酸麻胀痛，很快便无力招架，被冥藏一刀砍中肩膀，手中的龙首刀当啷落地。

　　"小野种，受死吧！"冥藏狞笑着，高高举起了横刀。

　　楚离桑捂着伤口，绝望地闭上了眼睛。

　　就在这时，辩才突然厉声大喊："冥藏住手，她是你女儿！"

　　此言一出，冥藏和楚离桑不禁同时看向辩才，脸上写满了相同的震惊与错愕。

柳杉树林里，萧君默已经砍杀了六七个黑衣人，自己则身中数刀，左肩也中了一支冷箭。他砍断了箭杆，但箭镞和一小截箭杆仍然插在身上。

韦老六和剩下的四五个手下依旧死死缠着他，双方大致打成平手，谁也占不了上风。

华灵儿那边的情形也差不多，虽然砍倒了几个对手，但身上多处负伤，所幸都是轻伤，战斗力并未减弱，依然与围困她的五六个黑衣人死斗。

萧君默记挂着楚离桑他们，意识到不能再这么跟对手纠缠下去，遂纵身跃上身边的一棵柳杉，紧接着又蹿了几下，眨眼间便攀到离地六七丈高的树上。

天目山的古木年深日久，这片柳杉树林更是异常高大，最高的足有十几丈，最矮的也有七八丈。冥藏一方的弓箭手正是借助这些大树藏身，才得以屡屡施放暗箭。萧君默要破局，最好的办法便是甩开地上的敌人，直取这些弓箭手。

"华姑娘，快上树！"萧君默在树上一声大喊。随着喊声，一名隐藏在树丛中的弓箭手被他一刀砍中，重重摔在地上，当场毙命。

华灵儿反应过来，也紧随着跃上大树。

韦老六等人当然也明白萧君默的意图，但他们刀剑功夫还算拿手，轻功却根本不行，所以只有韦老六带着三四个手下蹿上了大树，其他人要么在树下干瞪眼，要么爬个两三丈就摔了下来。

战术一变，局面顿时改观。萧君默在大树之间穿梭跳跃，片刻工夫便解决了三四个埋伏的弓箭手。韦老六等人虽然死命追赶，无奈轻功远不及他，加之华灵儿又反过来缠上了他们，于是只能眼睁睁看着那些弓箭手被一个接一个干掉。

竹林中，辩才喊过那句话后，场面便瞬间凝固了。

虽然冥藏的手下都把刀分别架在了楚离桑和辩才脖子上，但没有冥藏的命令，谁也不敢轻举妄动。

然而此刻，冥藏却什么命令都下不了了，因为他已经像被闪电击中一般木立在那儿，久久回不过神来。

半晌后，冥藏才道："辩才，你给我说实话，这小野……这姑娘到底是谁的女儿？"

"当然是你的女儿。"辩才苦笑了一下，"你仔细看看她的脸，有哪一点像我吗？"

冥藏闻言，睁大眼睛凝视着楚离桑，果然如辩才所言，楚离桑的长相一点也不像他，倒是跟自己有几分神似。

"爹，你疯了吗？！"楚离桑怒视辩才，声嘶力竭地喊道，"你就算要救我，也不能这么侮辱我娘啊！"

辩才垂下头，避开了她的目光，嘴唇颤抖着，却说不出话。

"爹，你不是跟我说，我的亲生父亲是虞亮吗？"楚离桑大喊着，眼眶泛红，声音嘶哑。

"虞亮？"冥藏困惑地看着她，"虞亮是丽娘的亲哥哥，他是你的舅父！"

楚离桑又是一震，难以置信地看着辩才："爹，他在撒谎是不是？你快告诉他，虞亮不是我舅舅，他……他是我的父亲，你快告诉他！"

辩才摇了摇头，却不敢看她："桑儿，事到如今，爹不能再瞒你了，他说得没错，虞亮的确是你娘的大哥，你的舅父。"

楚离桑想起来了，那天在江陵客栈，得知自己的父母都姓虞时，她便觉得蹊跷，可辩才却解释说她父母本来便是同族。如今看来，辩才之所以说谎，目的便是隐瞒冥藏是自己生父的真相。

"辩才！"冥藏沉声道，"你别以为这么说我便会信你，你今天要不把话说清楚，我还是会杀了她！"

辩才苦笑："当初英娘离开江陵的时候，便已经怀上你的骨肉，只是你不知道罢了。"

冥藏眼中掠过复杂的神色，忽然把面具摘了下来，深长地看了楚离桑一眼，才对辩才道："说下去。"

楚离桑下意识地与冥藏对视一眼，遽然惊觉，他的相貌果然与自己有几分相似，尤其是眼睛和眉毛！

意识到这一点，楚离桑不禁惨然一笑。

接下来，辩才开始了对这段悲情往事的诉说：

隋朝末年，天下大乱，梁武帝萧衍的后裔萧铣割据一方，在江陵称帝。智永了解到萧铣是个爱民如子之人，便带着冥藏、羲唐、濠梁等分舵来到江陵共同辅佐萧铣。当时，楚离桑的舅父虞亮，秘密身份是濠梁舵主，公开身份却是萧铣一朝的禁军大将。起初，虞亮与王弘义都是萧铣倚重之人，但是随着南梁地盘的扩张，王弘义居功自傲，野心逐渐暴露，萧铣也开始对他防范猜忌，二人嫌隙日深，矛盾愈演愈烈。

在这个关头，虞亮便成了萧铣和王弘义都要争取的人。王弘义当时与虞丽娘两情相悦，已经成婚，他自认为大舅子虞亮肯定是他的人，于是暗中授意虞亮刺杀萧铣。虞亮深感震惊，随后便将此事禀报给了盟主智永。智永严词训斥了王弘义，并准备将他调离江陵。王弘义表面上自责忏悔，说服智永收回了成命，实则怀恨在心。

不久，萧铣也秘密召见了虞亮，同样要求他对王弘义下手，并许以高官厚禄。虞亮没有当场答应，但也没有直言拒绝，只表示此事干系重大，得从长计议。很快，王弘义便通过自己的眼线探知了这个消息，遂对虞亮动了杀机。

事实上，虞亮根本不想对王弘义动手，他只是碍于人臣的身份，不得不跟萧铣虚与委蛇而已。稍后他便找到妹妹虞丽娘，让她规劝王弘义，要么忠于萧铣，要么干脆离开江陵，否则迟早会酿成大祸，对谁都没好处。虞丽娘当即将此意转达给王弘义，王弘义却连声冷笑，说虞亮胳膊肘朝外拐。虞丽娘一直好言相劝，王弘义却压根听不进去。当时虞丽娘便有了不祥的预感，警告他不要胡来。王弘义见她似有察觉，立刻换了态度，笑称无论如何都是一家人，他不会对虞亮怎么样的。虞丽娘半信半疑，从此便多留了一个心眼。

转眼到了武德四年，唐军开始进攻南梁，一路势如破竹，南梁一朝人心惶惶。萧铣担心王弘义趁机反水，再度催促虞亮动手，虞亮表面答应，实则按兵不动。然而，王弘义马上又得到了眼线的密报，遂下定决心，派出多名刺客潜入虞亮府中，将他本人和妻儿全部刺杀，又一把火烧了虞府。随后，王弘义又命人将刺客一一灭口。

虞丽娘得到消息，悲痛欲绝，于是暗中调查，很快便从一个死里逃生的刺客口中得知了全部真相。当时虞丽娘已经怀上了楚离桑，可她却无法原谅王弘义的欺骗，更不能原谅他对亲人的残忍，遂找到智永，禀报了所有事情，并称这一辈子都不想再见到王弘义。智永无奈，只好把她托付给了辩才，叮嘱他无论如何都要保护她们母子。

随后，江陵被唐军团团围困，萧铣为了保阖城百姓平安，主动出城投降，南梁王朝就此覆灭。虞丽娘瞒着王弘义，带着濠梁舵的少数亲信，跟随智永和辩才离开江陵，来到了越州山阴的兰渚山隐居，并生下了楚离桑。

自始至终，王弘义都不知道虞丽娘有了他的孩子，更不知道她跟随智永躲到了越州。即使后来他赶到越州逼迫智永交权，虞丽娘母女也一直躲着没有见他。智永圆寂后，辩才和虞丽娘将其遗骨埋在天目山，旋即隐姓埋名，以夫妻名义到洛州伊阙过起了寻常百姓的生活，但这么多年，他们一直是有夫妻之名而没有夫妻之实……

听完辩才的讲述，王弘义已经泪流满面。

楚离桑有些吃惊地看着他。

尽管她深深地恨着这个突然冒出来的亲生父亲，可此刻她却分明感受到：他的眼泪是真诚的。

"丽娘，我对不起你，对不起你们娘俩……"王弘义仰面朝天，哽咽不能成声。

当年虞丽娘突然失踪之后，王弘义便像疯了一样，命人找遍了整座江陵城，却始终一无所获。由于当时唐军已经入城，江陵一片兵荒马乱，王弘义查找无果，只能黯然离开。此后数年，他多次派人找遍了江南、岭南的多个州县，仍旧是音信全无。再后来，王弘义虽然慢慢放弃了寻找，但心中却一刻也没有忘掉她，所以这么多年一直没有续弦。冥冥中他相信，总有一天，他还会见到虞丽娘。可王弘义万万没想到，在不久前甘棠驿的那场劫杀中，他竟然真的与虞丽娘重逢了，而更让他没想到的是，此时的虞丽娘早已成了别人的妻子，并且有了一个这么大的女儿。

当时，他多么想质问虞丽娘当年为何不辞而别，又多么想告诉她，自己这么多年来是如何疯狂地寻找和思念她，可当他看见虞丽娘那双刀剑般饱含仇恨的目光，终究还是没有勇气说出口。

那一夜，王弘义悲欣交集，却又万般无奈。

打斗中虞丽娘重重击了他一掌，把他伤得不轻，可那一夜的王弘义知道，自己真正受伤的并不是被她重击一掌的胸口，而是被命运无情戏弄后那颗鲜血淋漓的心……

此刻，王弘义把自己这些年的心路历程都一一告诉了楚离桑，并请求她的原谅。

"你就是这么请求别人原谅的吗？"楚离桑一脸讥嘲地看着他，"把刀架在别人的脖子上，然后叫人原谅你？"

王弘义赶紧示意手下把刀放了下来。

"桑儿，能告诉我，你娘她……她后来怎么样了吗？"甘棠驿那一晚，王弘义只知道虞丽娘被韦老六刺了一刀，估计伤势不轻，却不知后来的结果究竟如何。

"拜你所赐，"楚离桑盯着他的眼睛，"我娘她走了。你想不想知道，她临走前对我说了什么？"

虽然早已预感虞丽娘很可能已不在人世，但真正听到这个消息，王弘义还是止不住心如刀绞。"她……她说什么了？"

"她说，你是她的——仇人！"

王弘义又是一震，眼前忽然有些发黑。倘若自己这辈子唯一心爱的女人是带着对自己的仇恨离世，那王弘义将永远无法原谅自己。

"冥藏，不管你是不是我的亲生父亲，我觉得都已经不重要了，把我养大的人是他。"楚离桑一指辩才，"在我娘最无助的时候，守护在我娘身边的人也是他，所以，他才是我真正的父亲！"

辩才闻言，大为动容，眼中泛出了泪光。

此刻，五六个黑衣人仍然拿刀架着辩才的脖子。王弘义酸涩一笑，挥了挥手，那些手下只好把刀放了下来。

"桑儿，我对不起你娘，也对不起你，你们……走吧。"王弘义一声长叹，"不过，必须把《兰亭序》和天刑之觚留下。"

"我听不懂你在说什么。"楚离桑冷冷道。

王弘义给了手下一个眼色。几个手下这才赶紧解开辩才的包袱，却见里面只有几件衣服，别无余物。王弘义眉头一紧，眯眼望着柳杉树林的方向。他知道，东西若不在辩才这里，那便一定在萧君默手上。

就在此时，一支冷箭突然射来，射倒了旁边的一个手下，还没等他们反应过来，又是一箭呼啸而至，另一名手下应声倒地。

王弘义勃然大怒，抬眼望去，赫然看见萧君默正背着箭囊，手持弓箭，双足横跨在两根五六丈高的大竹子上，身体随着竹子的弹性一晃一晃，还似笑非笑地看着他。

方才，萧君默利用过人的轻功游走在一棵棵高大的柳杉树上，把冥藏手下的十几名弓箭手全部清除掉了，然后反过来朝下面的那些黑衣人放箭，一转眼，十几个黑衣人便或死或伤，全都倒在了他的箭下。韦老六和几个会轻功的手下一直在大树间追着他，无奈却被华灵儿死死缠着，只能眼睁睁看着那些手下被萧君默收拾得一干二净。

"杀了他！"

王弘义一声怒喝，便带着十来个手下蹿上竹子，对萧君默展开了攻击。这些人的轻功显然比韦老六那边的人好得多，萧君默不得不背起弓箭，挥刀迎敌。此时，华灵儿与韦老六等人也杀进了竹林。一时间，几十条身影在茂密的竹子间飞来飞去，一丛丛竹枝被哗哗啦啦地砍落下来，纷纷扬扬的竹叶在阳光中簌簌飘飞。

楚离桑大声叫辩才赶紧先走，然后捡起地上的龙首刀，准备加入战团，可没跑出几步，忽然一阵眩晕，身体也紧跟着摇晃了起来。

她肩膀上的伤口一直在流血，另外，王弘义飞镖上那足以致人晕厥的麻药也开始起作用了。

辩才连忙跑过来："桑儿，你怎么样？"

"我……我没事。"话音未落，楚离桑便一下晕了过去。

辩才慌忙把她扶住。

此时萧君默正与王弘义等人杀得难解难分，一看楚离桑突然晕倒，大为焦急，遂不再恋战，一个急攻将王弘义等人逼退少许，然后收刀入鞘，返身抓住两株竹子，利用身体下坠的重力将竹子掰弯，接着突然松手。王弘义等人不知是计，恰好迎上前来，只听砰砰几声，王弘义和六七个手下同时被竹子弹回的巨大力道撞飞了出去。

萧君默轻盈落地，正要跑向楚离桑，却蓦然看见了躺在地上一动不动的米满仓。

刹那间，他的心口一阵绞痛。

这一路走来，萧君默与这个原本并不熟识的年轻宦官早已成了生死弟兄。虽然他开口闭口总是钱，看上去一副守财奴的嘴脸，可萧君默知道，这家伙骨子里头其实比谁都仗义！从被迫营救辩才父女、跟着他逃亡的那一天起，米满仓就把命交给了他，对他付出了毫无保留的信任，可今天，他却把这个兄弟的命丢在了这座大山之中……

眼下情势危急，已经没有时间让他悼念和感伤了。萧君默强忍悲伤跑到了楚离桑身边，观察了一下她的伤势。还好，两处伤口都是轻伤，并无大碍，他稍稍松了口气。此时华灵儿也跑了过来，萧君默把身上的箭囊和弓箭扔给她，然后背起了楚离桑。辩才和华灵儿想往山下的方向跑，萧君默忙叫住二人："现在不能往开阔的地方跑，只能往山里面去，利用复杂地形甩掉他们。"

说完，萧君默便背着楚离桑往竹林深处跑去，辩才和华灵儿紧随其后。

王弘义和手下们被那两株竹子打落在地，纷纷咯血，都伤得不轻。韦老六等人手忙脚乱地扶起他们。王弘义喘着粗气，沉声道："快追，东西肯定在萧君默手上，把东西和我女儿抢回来，其他人格杀勿论！"

"您女儿？"韦老六一脸懵懂。

"就是楚离桑！"

韦老六大为惊愕，仍然反应不过来。

"还愣着干什么？快追呀！"王弘义厉声道。

韦老六这才清醒过来，随即带上十几个手下追了过去。

萧君默背着楚离桑在竹林中狂奔。

他身上多处负伤，血一直在流，加之方才拼杀了好一阵，体力消耗不少，所以此刻虽然拼尽了全力，速度却快不起来。

辩才和华灵儿紧跟在后面。华灵儿一边跑，一边不断搭弓射箭，阻击追兵，片刻间便又射杀了三四个。韦老六心存忌惮，只能在后面死死咬着，不敢逼得太近。

约莫奔跑了三刻，萧君默忽觉眼前一片明亮，竟然已经跑到了竹林的尽头。眼前地势陡峭，怪石林立，右边的山上是一片茂密的松树林，左边的山下则是一片银杏树林。萧君默回头对辩才和华灵儿道："继续往山上走，你们还撑得住吗？"

二人气喘吁吁，话都答不上来，显然体力都已接近透支。

萧君默意识到再这么下去可能谁都逃不掉，必须有个决断了。他迅速观察了一下四周，用最快的语速道："现在只有一个办法，你们和离桑躲到那边的岩石后面，我把他们往山下引，只要他们一进银杏树林，你们就赶快往山上跑，尽量找个山洞躲起来。"

辩才苦笑了一下："萧郎，现在只有你可以保护桑儿，你不能丢下她。"说完，意味深长地看了他一眼，立刻朝山下跑去。

"法师！"萧君默大惊，慌忙对华灵儿道，"灵儿，离桑交给你了，你们先躲起来，我去追法师。"说完转身背对着她，示意她把楚离桑背过去。

华灵儿却后退了两步，凄然一笑："萧郎，左使说得对，只有你可以保护楚姑娘。你放心，左使就交给我了。咱们……就此别过吧。"说完，华灵儿忽然凑过来，在他的脸颊上吻了一下，然后紧追辩才而去。

萧君默全身陡然一僵，脑子完全凌乱了。直到竹林中传来韦老六等人奔跑的脚步声，他才不得不跑到附近的一块岩石后面躲了起来。

韦老六带人冲出了竹林，停下来拼命喘气，同时左看右看，不知该往哪个方向追。这时，左边突然射来一箭，嗖的一声从韦老六耳旁擦过。韦老六抬眼一望，看见了华灵儿和辩才的背影，随即右手一挥，领着手下追了过去。

萧君默从岩石后面探出头来，远远望着辩才和华灵儿一前一后没入了银杏树林，忍不住狠狠一拳砸在了石头上，一簇鲜血瞬间染红了岩石。

他知道，辩才和华灵儿选择把敌人引开，也就等于选择了牺牲，就像他刚才提出这个办法时，就已经做好了死亡的准备一样。

太阳不知何时已经沉到了西边天际，殷红的晚霞涂满天空，恍若一大片流血的伤口。

萧君默重新背起楚离桑，朝山上的松树林跑去。一滴泪珠从他的眼角悄然滑下，落到岩石上摔得粉碎……

第十八章 矾书

东宫，丽正殿书房。

李承乾和李元昌默默坐着，两人都阴沉着脸，气氛极度压抑。

数日前，皇帝突然向朝野公布了厉锋一案的结案报告，称玄甲卫通过一番艰辛的调查，终于查出该案主谋便是前伊州刺史陈雄之子陈少杰。随后，皇帝下旨将此人与厉锋一起斩首示众，就这样了结了这桩震惊朝野的构陷太子案。

当然，为了安慰太子，皇帝日前专程命内侍总管赵德全来东宫慰问，并赏赐了一大堆金帛。李承乾表面不敢说什么，心里却根本不买皇帝的账。

拉一个陈少杰来当替死鬼，或许可以瞒过天下人，却无论如何瞒不过他李承乾。

可是，即使明知道父皇是在袒护李泰，李承乾也没有办法。就在刚才，他发了一大通牢骚，顺带把父皇也给骂了。李元昌不敢火上浇油，只好打圆场，替皇帝说了几句。李承乾遂拿他撒气，指着鼻子让他滚。于是场面就这样僵掉了，两人便各自坐着生闷气。

许久，李元昌才咳了咳，道："承乾，虽然咱俩一般大，但论辈分，我毕竟是你的七叔，所以有些话你不爱听我也得说。皇兄这回替魏王遮掩，固然有些偏心，可你也得站在他的立场想想啊，你和魏王是一母同胞，掌心掌背都是肉，你让他怎么忍心对谁下手呢？假如这回事情是你做的，我相信皇兄也一定会替你遮掩，你说是不是？"

李承乾沉默片刻，才叹了口气，道："道理我也明白，可就是咽不下这口气。"

"要我说，你也别光想坏的一面，得想想好的一面嘛！"

李承乾冷哼一声："我都差点被李泰玩死了，还有什么好的一面可想？"

"当然有啊！你得这么看，皇兄这回虽然没有把魏王怎么样，可魏王干出如此卑鄙龌龊的事情，你想皇兄会不会心寒？会不会对他彻底失望？这不就是好的一面吗？就算皇兄过去还存着把你废掉另立魏王的心思，可眼下魏王搞这么一出，伤透了皇兄的心，你说皇兄还会立他当太子吗？绝对不可能嘛！"

李承乾一听，顿时觉得有道理，脸色遂缓和了一些："照你这么说，我就得吃这哑巴亏，什么都不做？"

"这倒也不是。我的意思是君子报仇，十年不晚，等将来你即了位，要把魏王卸成八块还是八十块，不都是你一句话的事吗？"

"即位？"李承乾又冷笑了一下，"父皇身康体健、没病没灾，你说我这口气要忍多久？是二十年还是三十年？"

说到这么敏感的话题，李元昌便不敢接茬了，挠了挠头道："总之，该忍的还是得忍。"

李承乾盯着他，忽然眉毛一挑："哎七叔，我怎么觉得你突然转性了呢？前阵子魏徵让我忍，你不是骂他老不中用，还骂我没有血性吗？现在你反倒劝我忍了，我真怀疑你是不是魏王派来的细作！"

李元昌哭笑不得："这不是此一时彼一时吗？当时皇兄正宠魏王，那小子夺嫡势头那么猛，咱们当然要反击了。可现在魏王栽了跟头，对你的威胁小多了，咱犯得着再跟他硬拼吗？你就把他当成一条死鱼得了，你甭理它，它自个就烂了。"

"也罢，魏王这条死鱼我可以暂时不理他，可问题是……"李承乾眼中寒光一闪，"父皇现在又有了新宠，他的威胁，可是比魏王有过之而无不及。"

"你是说……吴王？"

"我以前就跟你提过。你瞧瞧他现在，成天在父皇面前蹦跶，又接二连三地立功，现在父皇把皇宫和京城的禁卫大权都交给了他，你说说，这小子的威胁是不是比魏王更大？"

"这倒是。"李元昌眉头微蹙，"最近吴王的确蹿得有点快。"

"我甚至怀疑，吴王那天出现在暗香楼，绝非巧合！"

李元昌一惊："不会吧？你是觉得他跟魏王事先串通好了？"

"否则怎么会那么巧？厉锋在暗香楼一动手，他就带人巡逻到了崇仁坊？"

"倘若如此，那还真得防着他点了。"

"所以说，咱们眼下的处境就是前门拒虎，后门进狼，你还叫我忍？！"李承乾白了他一眼，"再忍下去，到时候怎么死的都不知道。"

"我让你忍，意思是别理睬魏王，又不是叫你不必跟吴王斗。"

"那你倒是说说，我该怎么跟他斗？"

李元昌一怔："这……这就得好好筹划筹划了。"

"依我看呀，跟你是筹划不着了。"李承乾拉长声调，"这种事啊，我还是得跟侯君集商量。"

李元昌眉头一紧："我说承乾，现在可还不到图穷匕见的时候，你可千万别冲动。"

李承乾冷笑不语。

正在这时，一个宦官进来通报，说侯君集尚书求见，李承乾一笑："哈哈，说曹操曹操就到，快请他进来。"

片刻后，侯君集愁容满面地走了进来，心不在焉地见了礼，一坐下便唉声叹气。李承乾和李元昌交换了一下眼色。李元昌赶紧问道："侯尚书这是怎么了？"

"完了，完了……"侯君集喃喃道，"我老侯辛辛苦苦积攒的家业，这回算是彻底玩完了！"

李承乾看着他，忽然明白了什么："侯尚书，是不是你和谢先生合伙的铜矿出问题了？"

侯君集黯然点头。

这十几年来，侯君集和谢绍宗联手在天下各道州县买下了数十座铜矿，谢绍宗负责在台前经营，侯君集负责在幕后疏通各级官府，两人都赚得钵满盆满，不料自从朝廷开始打压江左士族后，登记在谢绍宗名下的这些铜矿就被悉数盯上了。尚书省一纸令下，便要将这些铜矿全部收归官营。尽管侯君集提前一步得到了风声，立刻上下奔走，可各级官员没人敢帮他，都苦着脸说这事是目前总揽尚书、门下二省大权的长孙无忌亲自督办的，叫侯君集要找就直接去找长孙无忌，侯君集遂彻底傻眼。

"事情有多严重？"李承乾关切地问。

侯君集苦笑："总共二十七座铜矿，其中三座以涉嫌侵占郊祠神坛为由，由朝廷强行收回，分文不给；还有八座，说是妨碍了樵采耕种，有违律法，仅以市场价一成的价格，象征性收购；剩下的十六座，实在找不出什么名目了，就硬生生把富矿评定为贫矿，也仅以市场价三成收购。殿下说说，这不是巧取豪夺吗？"

有唐一代，矿业采取公私兼营的政策，"凡州界内，有出铜铁处，官不采者，听百姓私采"，也就是允许矿业私营，但对私营矿业有着相应的管理措施，如规定"凡郊祠神坛、五岳名山，樵采、刍牧，皆有禁"；此外，一般储量高、成色好的富矿都由官府垄断经营，能落到私人手里开采的，大多是零星矿或贫矿。

不过，谢绍宗和侯君集买的这些矿就另当别论了。身为朝廷高官，侯君集的权力自然要派上用场。当年，他通过关系打点了各级官府，把那些富矿一一评定为贫矿，然后名正言顺地获取了开采权，所支付的成本自然也远低于市场价。这些年来，谢、侯二人正是以这种方式大发其财。如今，长孙无忌恰恰以其人之道还治其人之身，依旧以贫矿价格把这些铜矿都收归朝廷，这对谢、侯二人来讲，无疑是成也萧何，败也萧何。

"侯尚书，事已至此，你就想开一点，该放手就放手吧。"李元昌很清楚这其中的猫腻，便笑笑道，"反正这么多年，你也赚了不少了，朝廷现在给你的收购价，也不比你当时的买价低多少吧？"

"鬼扯！"侯君集怒道，"我当时买这些矿，上上下下花了多少钱打点，卖了几回老脸，欠了多少人情，这些都不用算吗？"

李元昌被他吼了一下，也来气了："你要是不甘心，那就找长孙去啊，又没谁拦着你。"

"你！"侯君集勃然大怒，眼看就要发飙。

"侯尚书，消消气，消消气。"李承乾连忙安抚，同时白了李元昌一眼，"七叔，你也少说几句风凉话。现在的事情明摆着，真正要给士族放血的人是父皇，你就算去找长孙无忌也没用。"

"殿下，若只是私底下的营生出问题，我也不至于如此大动肝火，现在的问题是连我的乌纱帽都快保不住了！"

"怎么回事？"李承乾大为诧异。

"还不是我这两年往你这儿送人，被那个厉锋给捅破了？加上最近在严查士族子弟诠选请托的事情，我也牵扯了几桩，所以圣上就越发不信任我了。这两天，他把我部里的两个侍郎召进宫谈了好几次话，明摆着就是把我架空了，依我看，接下来随时可能免我的职。"

侯君集说完，观察着李承乾的脸色。

他今天来的主要目的其实并不是诉苦，而是要通过诉苦让太子感受到眼前的危机，从而下定决心迈出关键性的一步。准确地说，就是迈出从东宫到太极宫、从太子到皇帝的一大步！

李承乾蹙眉不语，显然也意识到了问题的严重性。

侯君集作为开国元勋和当朝重臣,对维护自己的储君之位很有帮助,且日后不论是以逼宫手段还是以正常方式即皇帝位,侯君集都能发挥稳定朝局、笼络大臣的作用,倘若他现在倒了,自己无疑将失去一条最重要的臂膀。

见李承乾表情凝重,侯君集决定继续加压:"殿下,厉锋的案子竟然以那种方式了结,谁都看得出圣上是在袒护魏王,您难道咽得下这口气?"

"侯尚书,这事你就不必操心了。"李元昌插言道,"殿下心里跟明镜似的,魏王现在就是条死鱼,不足为虑!"

"即便如此,可吴王呢?"侯君集冷笑,"现在吴王的风头一时无两,比之当初的魏王可是不遑多让啊!王爷难道不担心他觊觎东宫?"

"吴王是庶子,能成什么大事?"

"庶子?"侯君集又是一声冷哼,"自古以来,庶子当皇帝的多了去了!汉文帝刘恒、汉武帝刘彻、北周武帝宇文邕,哪个不是庶子?这些庶子出身的皇帝哪个又弱了?"

李元昌语塞。

李承乾淡淡一笑:"侯尚书,别把话题扯远了,依你看,咱们该如何对付吴王?"

"殿下,要我说的话,您也不必劳神费力去对付什么吴王了,像这样一个一个对付,何时才是了局?您现在要考虑的,恐怕应该是釜底抽薪、一劳永逸的办法了。"

李承乾心中一震。

他当然知道,侯君集的意思就是劝他直接对皇帝动手了。

李元昌吃了一惊:"我说侯尚书,局势还没坏到这个地步吧?吴王现在虽然得宠,可皇兄也没有废立之意啊,你这么怂恿太子,到底是在替他着想呢,还是在打你自己的算盘?"

这话说得相当直接,几乎不给对方留任何面子,可侯君集闻言,非但不怒,反而哈哈笑了起来:"汉王殿下,说句不好听的,咱们几个现在可都是一条绳上的蚂蚱了。大事若成,大伙跟着太子共享富贵,否则的话,到头来谁也捞不着好。你说,我侯君集还有什么小算盘可以打?你讲这种话,是不是想离间老夫跟太子殿下的关系?"

侯君集这番话,隐然已有威胁之意:别的先不说,仅仅是他们三人现在坐在一起讨论这种话题,本身就已经是涉嫌谋反的行为了,所以这个时候,不管是太子还是汉王,都已经不可能跟他侯君集撇清关系。说白了,他就是在警告李元昌——既然大伙都蹚了这趟浑水，那就谁也别想把自己摘干净。

李元昌受不了这种要挟，正要回嘴，被李承乾一抬手止住了。

"侯尚书，兹事体大，你容我再仔细考虑一下。"

"这是当然。我不过是给殿下您提个醒而已，该如何决断，自然得您来拿主意。"

李承乾眉头紧锁，陷入了沉思。

夜色降临的时候，萧君默在山顶上找到了一处隐蔽的山洞，把昏迷的楚离桑安置在洞中，马上又出去寻找止血的草药。黑夜沉沉，群山寂寂，萧君默打着火把，深一脚浅一脚地行走在山涧中，感觉天地之间仿佛只剩下自己一个人。

当初在玄甲卫任职时，他便学习过药理，加之天目山植被丰富、草木众多，所以没花多长时间，萧君默便采到了紫珠草、墨旱莲、血见愁等一堆草药。回到山洞后，他把草药放在嘴里一口一口嚼烂了，待要给楚离桑敷药时却犯了难——要处理伤口并止血，就必须撕开她的衣服，这可如何是好？

犹豫了片刻，萧君默还是硬着头皮动手了。

救人要紧，他只能告诉自己不要多想。

给她敷完药，又处理完自己身上的伤口，萧君默终于感觉倦意袭来，浑身疲惫。他就地躺了下去，但却睡意全无。

短短一天时间，一行五人便只剩下他们两个。想着死去的米满仓和下落不明的辩才、华灵儿，强烈的悲伤便盈满了萧君默的胸膛，让他根本无法入眠。

直到洞口露出熹微的曙光，疲累已极的萧君默才不知不觉睡了过去……

重新睁开眼睛的时候，天光已经大亮，一束阳光从洞口斜斜地照射进来。楚离桑已换了一身干净的衣裳，正背对着他坐着，用一把木梳轻轻地梳着一头长发，阳光勾勒出她美丽动人的脸部线条，令萧君默一时竟看得呆了。

"你醒了？"楚离桑察觉动静，忽然转过脸来。

萧君默回过神，支吾了一声，因自己的"偷窥"而心中尴尬。

"我爹他们呢？"楚离桑一脸急切地看着他，丝毫没去在意他的表情。

萧君默神色一黯，把实情告诉了她。楚离桑顿时红了眼眶，赶紧别过脸去。

"我这就去找他们。"萧君默站起身来，"还有米满仓，也得让他……让他入土为安。"

"我也去。"楚离桑跟着站了起来。

萧君默想劝她留在洞里养伤，可话到嘴边却咽了回去，因为她的眼神中有一种不容置疑的坚定。面对这种眼神，任何劝告都是苍白无力的。

二人简单地吃了一些干粮，便离开山洞，循着记忆回到了十里竹海。但见竹林深处一片宁静，如果不是那几十具黑衣人的尸体依旧横陈于地，很难让人相信昨天曾在这里发生过一场血腥的厮杀。萧君默不知道王弘义是不是已经离开了天目山，但他任这些手下暴尸荒野的做法却让萧君默十分鄙夷。

"这些人替王弘义卖命，可曾想到有一天会死无葬身之地？"萧君默苦笑，"天刑盟要真的落到王弘义手上，不知还会死多少人。"

楚离桑一听，神情忽然有些复杂。

萧君默敏锐地捕捉到了她的神色。他猛然想起，昨天他从柳杉树林杀过来的时候，王弘义和他的手下似乎已经跟楚离桑"休战"了。当时到底发生了什么？像王弘义这么心狠手辣的人，为什么会对辩才和楚离桑手软？这么想着，萧君默立刻又忆起了甘棠驿的一幕，当时王弘义与楚英娘之间的关系似乎很微妙，而且王弘义还在占据优势的情况下主动撤离，这些都让萧君默一直很困惑。

"离桑，我想问你件事，如果不方便，你可以不回答。"

楚离桑似乎察觉了他的心思，不自然地笑笑："没什么不方便的，你问吧。"

"这个王弘义，跟你和你娘，是不是……有什么特殊的关系？"

"也不算什么特殊关系，他跟我娘，还有我的……我的生父，都可以算是旧交，当时在江陵共过事，仅此而已。"

萧君默感觉她没说实话，但也知道她肯定有什么难言之隐，遂没有再问。

随后，两人一起把米满仓的尸体抬到了智永的墓旁，然后从不远处的山洞中捡来了一些石头，很快便在尸身上垒起了一个坟堆。二人在坟前默哀，神情凄怆。萧君默眼里含着泪光，忽然笑了笑："我还欠他二十金呢，将来到了九泉之下，这家伙一定会连本带利让我还。"

楚离桑看着他："君默，生死有命，你也别太难过。"

"走吧。"萧君默又勉强笑笑，"该去找你爹和华灵儿了。"

这一天，从清晨到日暮，二人找遍了附近的好几座山峰，却丝毫不见辩才和华灵儿的踪迹。天目山的天气变化很大，早上还风和日丽，午后便下起了暴雨，等到两人拖着疲倦的身躯回到山洞时，从里到外已经全湿透了。

萧君默在洞里生了一堆火，两人坐在火边烤着，内心既伤感又茫然。

"咱们接下来……该怎么办？"楚离桑开口问道。

"再找两天，要是实在找不到，就按原计划，往北走，去找袁公望和庾士奇。"

"事到如今，你还不愿意当盟主吗？"

萧君默一怔："你认为我应该当吗？"

"应该。其实我一直都是这么认为的，就跟华灵儿一样，只是她说在嘴上我想在心里而已。"楚离桑现在已经知道自己是王羲之的后人了，所以无形中便感觉肩上多出了一份责任，尤其是现在养父辩才又下落不明，多半已经遇难，她更是觉得自己和萧君默必须责无旁贷地扛起天刑盟这面大旗，同时接过守护天下的使命。

"谢谢你这么信任我，可我……信不过我自己。"萧君默淡淡苦笑。

"为什么？"

"因为这世上有很多事情，不是你想做就能做到的。"

"事在人为，不去做怎么知道做不到？"

萧君默又苦笑了一下，避开楚离桑灼灼的目光，叹了口气，道："我给你讲个故事吧。"

一瞬间，他的思绪又回到了贞观二年那个滴水成冰的冬天。

随着萧君默的讲述，楚离桑也仿佛走进了大雪纷飞的白鹿原。

她看见，一个个衣衫褴褛的灾民正扶老携幼、步履维艰地跋涉在茫茫的雪原上，而矗立在道路前方的长安城，离他们是那么近又那么远。无数的人饿死冻毙在这条路上，变成了一具具僵硬的尸体。还有一些人终于走到了，但迎接他们的却是一扇又一扇紧闭的城门。

她看见，童年的萧君默正跪在雪地上，用那双冻得通红的小手拼命挖雪，试图埋葬那些尸体，可没过一会儿，这个孩子便累得气喘吁吁，仰面朝天地躺在了雪地上。他那双清澈无瑕的眼睛直直地盯着铅灰色的苍穹，眼中隐隐闪动着泪光……

"天地不仁，以万物为刍狗。"萧君默缓缓道，"面对那场灾难，不论是我爹还是朝廷，甚至是皇帝，谁不想向那些灾民伸出援手？谁不想多救几个人？可偏偏他们就是做不到。虽然从那一天起，我心里便立下一个誓愿，长大后要救很多很多的人，但真的长大以后，尤其是进入了官场，我却发现，比天灾更可怕的，其实是人祸。多少身居高位、有权有势的人，为了满足自己的贪欲，便可以视人命如草芥。我曾经办过一个案子，一个刺史和手下几个县令联手贪墨了朝廷发放的修缮河堤的款项，结果那年就发了大水，十几个县的良田和村庄一夜之间变成了泽国，无数百姓被大水吞噬。所以后来，越是看清世道人心，我便越不敢相信自己有那个本事去救人……"

"正因为世上还有这么多人在受苦受难，你才更应该站出来。"

"我站出来就能改变什么吗？"萧君默自嘲一笑，"别的不说，就说米满仓吧，他把自己的命交给了我，可我还是没能保护他，不但弄丢了他的钱，还弄丢了他的命。还有你爹和华姑娘，现在也是生死未卜……"

"君默，你不能这么责怪自己。"楚离桑急道，"这一路上，若不是你，我和我爹早就没命了。你已经尽了最大的努力保护我们，可是生死自有天命，你怎么能把所有责任都揽到自己身上呢？"

"不，"萧君默摇头，"我还不够尽力。我当时就该狠心一点，不要答应你爹来天目山。"

"可事情已经发生了，你自责有用吗？如果你觉得对不起满仓、我爹和华姑娘，就该站出来救更多的人，而不是在这里自怨自艾。"楚离桑直视着他，"你刚才不也说了吗，要是天刑盟落入冥藏手里，还会有多少人死于非命？现在只有你能对抗冥藏，只有你能保护天刑盟成千上万的弟兄！更何况，冥藏的野心绝不只是控制组织，他还想颠覆社稷，祸乱天下！你说，要是你不站出来阻止他的话，一旦天下大乱，又会死多少人？！"

萧君默沉默了。

他知道，楚离桑说的都有道理，可他更清楚，一旦接过天刑盟的重担，就会有许许多多的人把身家性命交到他的手上，他真的有能力保护他们吗？如今皇帝和朝廷一心想摧毁天刑盟，冥藏及其追随者一心要控制天刑盟，如果当了这个盟主，就会陷入朝廷与江湖这两大超强势力的夹攻之中，他有这个本事在夹缝中生存并且带领组织杀出一条血路吗？如今的天刑盟早已四分五裂，要重新凝聚它又谈何容易？万一失败，他自己的性命固然在所不惜，但会有多少人跟着自己遭受灭顶之灾？在如此错综复杂的形势下，自己真的能够挽狂澜于既倒、扶大厦之将倾吗？

一时间，萧君默的内心陷入了痛苦的挣扎之中。

许久，他才轻轻说了一句："这几天，咱们还是先养伤吧，明天再去找找你爹他们，这事过后再说。"

楚离桑见他就是不肯应承，颇感无奈，旋即想到了什么："对了，我心里一直有个疑问，天刑盟已经存在几百年了，又有那么多分舵，各个分舵也不知道传了多少代，现如今各分舵到底在什么地方？它们的舵主是谁？不管谁来当盟主，总得掌握这些机密，否则一切无从谈起，可这些机密又藏在什么地方？"

萧君默眉头微蹙："我想，这些机密应该就藏在《兰亭序》里面。"

"可《兰亭序》咱们不是看过了吗，除了那二十个写法各异的'之'字，就是一幅很寻常的字帖，什么都没有啊！"

萧君默想了想，从包袱中取出那只黑色袂袋，又小心翼翼地拿出《兰亭序》法帖，然后缓缓展开，再一次仔细端详了起来。楚离桑也凑到他身边，一块凝神细看。

《兰亭序》三百二十四个字、二十八行，在他们面前一览无余。

可是，看了许久，还是什么都没发现。

萧君默下意识地把字帖往火堆靠近了一些，楚离桑赶紧道："别太近，小心烧着。"

忽然，萧君默想起了取出《兰亭序》那天的一个细节。他记得，辩才刚一从铜函中拿出黑色帙袋，便叫众人把火拿开一些，当时萧君默并未多想，以为他就是怕烧着了法帖，可现在萧君默不禁怀疑：辩才是不是有别的用意？

换言之，隐藏在《兰亭序》里面的最后这个秘密，会不会与火有关？

这么想着，萧君默又故意往火堆靠近，洞里有风吹过，一条火舌蹿了一下，差点烧着法帖的底部绢帛。楚离桑一声惊叫，慌忙把他的手拉了回来："你疯啦？靠那么近干吗？"

萧君默蹙眉不语，将法帖拿开了一些，片刻后又凑了过去。

"哎，你到底搞什么名堂？"楚离桑大惑不解。

萧君默却置若罔闻，眼睛死死盯着面前这张略显发黄的蚕茧纸。忽然，他无声地笑了，因为他发现，在这卷法帖的字里行间，有某些细如发丝的褐色线条正若隐若现——只要把法帖靠近火堆，线条便明朗起来；一拿开，线条便又隐匿不见。

准确地说，这些线条并不是无意义的东西，而是笔画，是构成一个个文字的笔画！

"你听说过矾书吗？"萧君默微笑地看着楚离桑。

楚离桑摇摇头，一脸懵懂。

"就是用明矾水书写的隐形文字，平常看不见，遇到高温便会显形。"萧君默一边说着，一边把《兰亭序》法帖最大限度地靠近火堆。

片刻后，楚离桑便惊讶地发现，在这卷法帖行与行之间的空白地方，竟然慢慢浮现出一个个蝇头小楷写就的文字。

至此，《兰亭序》真迹中隐藏的终极秘密，终于彻底暴露在二人面前。

"这些用明矾水书写的隐形文字，正是《兰亭序》最核心的机密。"萧君默道。

"那上面写着什么？"楚离桑眯着眼睛。那些蝇头小楷实在太小了，一时根本看不清是什么字。

"还能是什么，自然是天刑盟的世系表了。"

"世系表？"

"对，就是你刚才提到的各分舵传承——哪个分舵在什么时间传给了什么人，以及某个时代主要在哪个地方活动，这上面写得清清楚楚。也就是说，天刑盟一盟十九舵的所有机密，都相应记录在了《兰亭序》二十个'之'字的旁边。"萧君默说着，指着法帖的某个地方，"你看，这个'暮春之初'的'之'，是第一个'之'字，在它旁边，便记载着历任盟主的名字，其实也就是王羲之及其后世直系子孙的名字。"

楚离桑靠近一看，果不其然，上面写着"王羲之""王徽之""王桢之""王翼之""王法兴"等，最后一个名字是"王法极"。

"王法极便是智永盟主的俗家姓名。"萧君默解释道，"你再看，这个'山阴之兰亭'的'之'字旁边，便是历任冥藏舵主了，看得出来，他们有些是盟主兼任，有些则不是。"

楚离桑看见，那上面的第一个名字是王羲之，最后一个名字则是王弘义。

"还有这个地方，'虽无丝竹管弦之盛'的'之'，是第三个'之'字，旁边便是羲唐舵历任舵主之名。"萧君默直接把名字念了出来，"谢安、谢玄、谢瑍、谢灵运、谢凤、谢超孙、谢苏卿、谢施、谢华、谢绍宗。这个谢绍宗，是谢安的九世孙，应该便是现今在任的羲唐舵主了。"

"有了这个世系表，整个天刑盟的架构、传承与核心成员，便都了如指掌了！"楚离桑不禁有些兴奋。

"是啊，这也正是当今皇帝和王弘义千方百计要得到它的原因。"萧君默说着，目光转动，便看见在"感慨系之矣"的"之"字旁边，赫然记载着临川分舵的历任舵主名字，第一个便是魏澹，而最后一个当然是魏徵了。

看到这里，萧君默脑中忽然闪过两个字：玄泉。

这个长期潜伏在朝中，且迄今尚未暴露的人到底是谁，答案就在面前了。

萧君默迫不及待地寻找了起来，很快便在《兰亭序》文末的最后一句话，即"后之览者"的"之"字旁边，看见了历任玄泉舵主的名字。

他迅速找到了最后一个名字，一看之下，顿时心头一颤。

怎么会是他？！

可是白纸黑字就在眼前，令人不容置疑。

这个人在朝中的官位之高，完全超出了萧君默的预料。按照他之前对天刑盟的了解，玄泉暗舵是直接听命于冥藏主舵的，也就是说，这个在朝中位高权重的人物，其实一直都是王弘义安插在皇帝身边的细作。从这一点来讲，如今的天子和朝廷显然已经面临极大的危险，一旦王弘义决定发难，天子必有性命之忧，社稷亦必有倾覆之虞！

至此，萧君默才更为真切地感受到了王弘义的野心，以及他即将给大唐天下和万千百姓所带来的可怕灾难——在目前夺嫡之争愈演愈烈的情况下，倘若皇帝突然驾崩，各个皇子及朝廷各派势力之间必将爆发你死我活的斗争，再加上冥藏及天刑盟各分舵的强力操纵和彼此角斗，长安必将成为群魔乱舞、刀兵横行的修罗场，天下也将随之分崩离析。到那时候，大唐王朝就极有可能重演前隋二世而亡的悲剧，而即将在这场灾难中付出最大代价的，无疑还是千千万万的老百姓！

　　刹那间，萧君默仿佛又看见了白鹿原上那一具具冻僵的尸体，还有那一眼望不到头的逃难人群。如果说一次雪灾就要死这么多人，那么一场社稷覆亡的灾难，一场改朝换代的大动荡，又要死多少人？！

　　如果，必须有一个人站出来阻止这一切，那他应该是谁？

　　此刻，萧君默感觉自己的心脏正一下一下、雄浑有力地撞击着胸膛，就像是战场上擂动的鼓点。与此同时，周身的血液也仿佛在瞬间沸腾了起来，在他体内汹涌奔突。

　　即使有一千条逃避的理由，此时的萧君默也不得不承认，没有谁比自己更适合站出来阻止王弘义，也没有谁比自己更有责任挽回这场即将降临的劫难……

　　"离桑，你知道我几岁就开始读佛经了吗？"

　　萧君默转头，面带微笑地看着楚离桑。

　　楚离桑当然不知道此时他的内心发生了什么，于是诧异地摇了摇头。

　　"八岁。当时我在佛经里，看到了佛陀说的一句话。那句话深深震撼了我，也影响我直到今天。"

　　"是什么话？"楚离桑大感好奇。

　　萧君默看着她，淡淡一笑：

　　"我不入地狱，谁入地狱？"

　　不需要太多的语言，楚离桑便立刻明白了他的意思。她知道，这个勇敢的男人终于走出了贞观二年那个滴水成冰的冬天，走出了那片大雪茫茫的白鹿原，承担起了属于他的使命。

　　君默，我替天下的百姓谢谢你。

　　楚离桑在心里说。

　　此后的日子，萧君默和楚离桑就像隐士一样，在天目山过起了与世隔绝的生活。他们一边养伤，一边每天都出去寻找辩才和华灵儿。然而，让他们牵肠挂肚的这两个人仿若掉入水中的两粒盐，毫无半点踪迹可寻。就这么找了许多天后，萧君默只好安慰楚离桑，同时也自我安慰说：兴许他们逃出去了，所以我们才找不到。

楚离桑笑了笑，说我也相信他们一定是逃出去了。

其实他们两个人心里都知道，这样的希望极其渺茫。

在这些朝夕相处、不被任何人打扰的日子里，他们起初还有些许孤男寡女独处时在所难免的羞涩和不自然，但没过多久，一直深藏在彼此内心的真实情感便自然而然地流淌了出来，让他们同时感觉两个人相守一处是如此天经地义的一件事，仿佛相遇之前的那些时光反而是不真实的，仿佛他们很久以前就已经在一起了。

渐渐放弃寻找辩才和华灵儿后，他们有了很多闲暇，于是便一起在林中打猎，一起在小溪里抓鱼，一起漫步山间，一起徜徉竹海，一起在初升的朝阳下习武，一起坐在悬崖边凝望天边的落日……

因为无力向楚离桑承诺一生的幸福，所以萧君默特别珍惜眼下的每一寸时光。十来天的时间倏忽而过，但萧君默感觉其中的每一刹那，都已深深镌刻在自己心中，化成了永恒。虽然这一生他可能无法陪伴楚离桑走到白头，但他相信，只要珍藏着这些记忆，他一定会在来生的某一天与她重逢。如果真有那么一天，他一定会在熙熙攘攘的人群中一眼认出这个美丽动人又侠骨柔肠的女子，然后告诉她：我就是那个前世亏欠你的人，这辈子就让我用一生来偿还，好吗？

这些日子，楚离桑不止一次想起了伊阙庙会上与萧君默的初遇。当时她被一出皮影戏吸引住了，戏里的女子对那个书生说："山无陵，江水为竭，冬雷震震，夏雨雪，天地合，乃敢与君绝！"楚离桑曾经幻想过对萧君默亲口说出这句话，也曾幻想过萧君默附在她耳旁，轻声说着"死生契阔，与子成说，执子之手，与子偕老"的古老情话，然而现在她已经知道，自己和萧君默之间的情感，早已无须透过任何山盟海誓来表白。因为当一个人的心灵可以和另一个人的心灵直接相通的时候，任何语言都将是苍白的，甚至是多余的。况且，这个男人肩上已经背负了太多东西，她更不会自私到再用承诺和誓言去把他捆绑。

她相信，如果两个人的灵魂真正相爱，那么世上就没有任何力量可以把他们分开。

生命会终结，肉体也会消亡，但在灵魂的世界里，她和萧君默却可以不离不弃，生死相依。

从今生，到来世。

从此刻，到永远。

第十九章

舞雪

十余天后，萧君默和楚离桑养好了伤，便离开天目山，从杭州雇船，沿运河北上，三四天后到达了扬州。一路上，萧君默仍旧留着那副美须髯，楚离桑也依旧女扮男装。

有唐一代，扬州是天下首屈一指的赋税重镇，商业繁荣，民生富庶，大街上车马辐辏、人流如织，两旁的商铺鳞次栉比，各种货物琳琅满目。二人都是头一回到扬州，不禁感慨这扬州的繁华比起长安也不遑多让。

据辩才讲，袁公望是扬州最大的丝绸商，富甲一方，其总号坐落在扬州城的城中心，也是最热闹的地段。萧君默和楚离桑顺利找到了这家商号，只见门楣上挂着一块紫檀木横匾，上书"袁记丝绸庄"五个烫金大字。整个商铺是三层高的歇山重檐式建筑，看上去大气巍峨、富丽堂皇。

萧君默和楚离桑刚一进门，便有伙计上来招呼："二位客官，有什么需要？"

萧君默背起双手，用一种倨傲的神情道："请你们东家出来，我有一笔生意跟他谈。"

伙计一怔，上下打量了他一下，只见他衣着普通，看上去也不像是有钱的主，但神情却颇为威严，更像是乔装的公门中人，似乎来头不小，便赔着笑脸道："抱歉客官，我们东家不在，您有什么需要，不妨吩咐小的，小的一定给您办。"

"跟你说不着。"萧君默依旧端着架子，"少在这儿磨蹭，找你们东家来。"

伙计有些不爽，可瞧对方一副高高在上的架势，又不敢得罪，只好说了声"客官稍等"，便麻利地跑到柜台后面，对着一个面貌清癯的中年人耳语了起来。

楚离桑碰了碰他的胳膊，朝柜台那边努努嘴："哎，那个就是袁公望吧？"

萧君默犀利地扫了一眼："不是。"

"你怎么知道不是？"

"理由很多，我就说一点好了，一个小小的柜台伙计跟东家说话，绝对不敢把嘴凑那么近。那个人，充其量就是门店掌柜。"

楚离桑点点头，对他细致入微的观察力大为佩服。

正说着，柜台后的中年人已经迎了过来，脸上挂着职业性的笑容："这位客官，在下敝号掌柜，有什么事，您可以跟我谈。"

"跟你谈？"萧君默斜了他一眼，"我要谈的事，你恐怕做不了主。"

掌柜矜持一笑，指了指二人身后的店门："不瞒客官，只要您进了这个门，便没有什么事情是在下做不了主的。"

"真的吗？"

"当然。"

萧君默盯着他看了一会儿，点点头："那好，跟你谈也行。"说着扫了周遭一眼，"只不过，贵号接洽客商，就是站在这门厅里谈吗？"

掌柜不慌不忙地笑笑，道了声"见谅"，便请二人上了二楼，进了一个雅间，还命下人点起了熏香，又奉上了清茶，这才微笑地对萧君默道："客官，这回可以谈了吧？"

萧君默呷了口茶，慢条斯理道："在下从长安来，素闻贵号出产的绫锦乃扬州一绝，不仅织工上乘，而且花色繁多，在下很想亲眼见识一番，就是不知道有没有这个眼福？"

掌柜眉头微蹙，吃不准他葫芦里卖的什么药："客官千里迢迢从长安来，就为了看一眼敝号的绫锦？"

"正是。"

"看完之后呢？"

"若果真名不虚传，咱们就接着谈，可要是言过其实，那就是浪费在下的时间。"萧君默说着，露出近乎戏谑的一笑，"在下的时间可金贵得很。"

掌柜眯眼看着他，一时看不透此人到底是何方神圣，言行竟敢如此傲慢。他强忍着怒意，冷冷道："阁下云山雾罩，才是在浪费你我的时间吧？有什么事，阁下不妨直言。"

楚离桑忍不住看了萧君默一眼，也看不出他到底想做什么。

"这么说，掌柜是不打算让我看贵号的绫锦了？"

"除非阁下说得出正当的理由。"

"说得好。"萧君默呵呵一笑，他等的就是掌柜这句话，"那我就给你个正当的理由。武德七年，朝廷曾下诏，命各级官府禁断民间织造的'异色绫锦，并花间裙衣'等，称其'靡费既广，俱害女工'，想必贵号也接到扬州府的禁令了吧？还有，贞观三年，朝廷再度下诏，对绫锦的花纹做出了严格规定，称'所织蟠龙、对凤、麒麟、狮子、天马、辟邪、孔雀、仙鹤、芝草、万字'等，皆不许民间私造私营，并严令地方官府予以禁断。那么在下想问，贵号依令禁断了吗？"

掌柜听罢，顿时惊出了一身冷汗。

大唐自建元以来，为了避免重蹈隋炀帝穷奢极侈导致亡国的历史覆辙，便自上而下厉行节俭，反对奢靡之风，于是朝廷三令五申，禁止民间在绫、锦等高级丝织品上织造繁复工巧的图案，更不允许销售。而朝廷和官府所需，则由官营织造坊生产提供。禁令颁行之初，民间确实一度不敢从事，但随着时间推移，相关禁令渐渐废弛，地方官府在收取了织造商的贿赂后，一般也都睁一眼闭一眼。然而这种事情，不追究则罢，一旦要较真，那便是违禁之罪，主事之人轻则罚款抄家，重则锒铛入狱。袁公望旗下的织造坊，这些年产销的违禁绫锦数不胜数，若真要追究，那麻烦就大了。

掌柜虽然到现在也猜不透萧君默的身份，但至少知道他来者不善，更知道得罪不起，便勉强笑道："阁下到底是什么人，来此有何贵干，可否打开天窗说亮话？"

萧君默无声一笑，从腰间掏出一个东西，扔给了掌柜。

掌柜接住一看，赫然正是玄甲卫的腰牌，吓得整个人跳了起来，旋即趋前几步，躬身一揖，颤声道："原来阁下是玄甲卫的官爷，小的有眼无珠，多有得罪，还望官爷包涵。"

萧君默当时在江陵找桓蝶衣讨要玄甲卫装备时，自然也包括了腰牌。这一路走来，这块腰牌在通关过卡时可帮了不少忙，眼下萧君默要见袁公望，正好又拿它来做敲门砖。

"我不早说了吗？"萧君默淡淡道，"我要谈的事，你做不了主，可你还偏不信。"

"小的现在信了，现在信了。"掌柜一脸惶恐，诺诺连声。

"既然信了，那还不赶紧请你们东家出来？"

"是是，请官爷稍候，我们东家马上就到。"掌柜说着，恭敬地奉还了腰牌，赶紧退了出去。

见萧君默把掌柜吓成那样，楚离桑有些好笑，又有些不忍，便道："哎，我说，你一副找碴的样子来见袁公望，合适吗？"

萧君默一笑："不这副样子，岂能见得着这位扬州头号丝绸商？"

"头号丝绸商有什么了不起？"楚离桑不解，"一介商贾而已，说到底不还是末流吗？"

"你有所不知，在这种商业繁盛的地方，大商贾的实际地位向来很高，说是说士农工商，商贾排在末流，可像袁公望这等身家的商人，别说一般官吏，就是扬州刺史也得给他几分面子。"

"这是为何？"楚离桑从小到大都待在伊阙，很少出来见世面，自然不太懂这些。

"官商交易呗。官员用权力换取金钱，商人用金钱谋求权势，各取所需，自古皆然。"

楚离桑恍然，不禁眉头一皱，对这种龌龊的交易心生嫌恶。

片刻后，一位脸庞方正、衣着华贵的六旬老者推门而入，目光炯炯，直射萧君默。萧君默起身，面含笑意与他对视。

二人无声地对峙了一会儿，老者率先开言："老朽便是袁公望。听说阁下是长安来的，专程到敝号来谈大事，可否请教阁下尊姓大名、官居何职啊？"

"在下姓萧，名逸民，忝任玄甲卫郎将。"萧君默微笑着，又介绍楚离桑，"这位是我的同僚，姓楚，名遗音。"

"逸民"和"遗音"，都是萧君默刻意从袁峤之五言诗中的"遐想逸民轨，遗音良可玩"化用而来，目的便是暗示并试探袁公望，看他做何反应。

袁公望当然一下就听出来了，心中微微一惊，脸上却不动声色道："原来是萧将军，失敬了。不知萧将军此来，是要查案呢，还是要抓人呢？"

"袁先生误会了。"萧君默察觉到了对方表情的细微变化，淡淡笑道，"萧某此来，一不查案，二不抓人。"

"既然不是办案，那老朽怎么听下人说，萧将军方才颇有些咄咄逼人呢？"

萧君默哈哈一笑："先生见谅，萧某若不如此，您岂肯现身？"

"如你所愿，老朽现在现身了。"袁公望有些不悦，"敢问萧将军到底想做什么？"

"邦有道则隐，邦无道则现。"萧君默忽然悠悠道，"萧某说的'现身'是何意，想必袁先生应该懂吧？"

听到对方居然道出了天刑盟的绝对机密，袁公望瞬间变了脸色："你到底是何人？！"

"舞雩先生，"萧君默终于正色道，"实不相瞒，在下是前玄甲卫郎将萧君默，我这位同伴是本盟左使之女楚离桑。数月前，在下冒死营救了左使和楚姑娘，一路上被朝廷和冥藏追杀，历经九死一生才逃亡至此。这些事情，想必先生也有所耳闻吧？"

通缉他们的海捕文书传遍天下，袁公望当然不会不知道，只是绝没想到他们二人会突然出现在他面前。

愣怔了半晌，袁公望才道："那左使现在何处？"

萧君默神色一黯："日前在天目山，我等遭遇冥藏伏击，左使失踪，目前仍下落不明。"

袁公望沉吟片刻："萧郎，请恕老夫直言，仅凭你这几句话，让我如何相信二位便是本盟之人？"

萧君默笑笑，给了楚离桑一个眼色。

楚离桑从包袱中取出了天刑之觞，走到袁公望面前。袁公望定睛一看，顿时一脸肃然。

"袁先生，您看仔细了。"楚离桑道，"这是不是本盟的盟印？"

袁公望仔细端详一番后，意味深长地点了点头。

"那本盟有一条规矩，见此盟印，便如亲见盟主，想必先生也知道吧？"楚离桑曾听辩才说过这事，现在自然是要加以强调了。

"我知道。"袁公望笑了笑，"那你们二位，谁是盟主？"

"当然是萧郎了，他便是家父亲自指定的新任盟主。"

袁公望转向萧君默，刚要行大礼，萧君默赶紧上前扶住："先生不必多礼，萧某此次冒昧前来，是想跟先生商讨一下本盟的大计，咱们还是议事要紧。"

袁公望随即恭请二人重新入座，感慨道："自从当年智永盟主下达沉睡指令后，老夫便一直在等待唤醒的命令，只是一等就是这么多年。老夫本以为天刑盟从此要消泯于江湖了，想不到有生之年，还能亲眼见到本盟复兴之日，真是令人欣慰啊！"

萧君默淡淡苦笑："袁先生，恕我直言，本盟能否复兴，恐怕还不好说。"

"为何？"

"因为本盟内部有个极大的障碍。"

袁公望蹙眉思忖："盟主所说之人……可是冥藏？"

"正是。冥藏一直想利用组织颠覆社稷，窃夺朝权，掌控天下，以图恢复琅琊王氏的昔日荣光。日前在天目山，盟印和《兰亭序》真迹便差点落到了他的手中，左使正是为了保护这两样东西才失踪的。"

说者无心，听者有意。楚离桑听着"琅琊王氏"四个字，想到自己其实也是王氏后人，但生父王弘义的所作所为却又令她深恶痛绝。置身于这样的矛盾中，她的内心不由得感到了一种撕裂般的疼痛。还好萧君默正专注于交谈，没有注意到她的脸色。

袁公望对冥藏也略有所知，闻言更为义愤，慨然道："本盟的使命是守护天下，岂能变成他冥藏实现个人野心的工具？盟主尽管下令吧，若还用得上我这把老骨头，老夫定当赴汤蹈火、万死不辞！"

萧君默一听，心头顿时涌过一阵热流。

辩才说得没错，这个袁公望果然是一位忠义之士。

太极宫，安仁殿。

天上骄阳似火，热烈地炙烤着大地，夏蝉刺耳的嘶鸣声响成了一片。

李治站在偏殿前的一株榆树下，手里拿着一把弹弓，仰着头，认真地寻找着什么。忽然，他似乎发现了目标，赶紧举起弹弓，拉长了皮筋瞄准。嗖的一声，一粒石子飞出，旋即便有一只蝉啪嗒落地，却只剩身体，头部都被射飞了。

"雉奴，"身后蓦然传来长孙无忌的声音，"这么大热天不在屋里头躲着，跑这儿玩弹弓来了，当心我去跟你父皇告状。"

李治回头一笑："舅父来了？"

长孙无忌看着地上那只被射得身首异处的蝉，眉头微皱："上天有好生之德，你要玩弹弓，也不必找活靶子嘛。"

"您不知道，这些该死的东西从早到晚叫个不停，烦死了，不杀不足以泄我心头之恨！"

长孙无忌看着他："人人都说你仁厚，可依我看，你杀心还蛮重的嘛。"

"杀几只蝉而已，怎么就不仁厚了？"李治一笑，"舅父言重了吧？"

"你不是跟我说过，你的弹弓，是专门用来射黄雀的吗？"长孙无忌意味深长道，"这么早把蝉射下来，你就不怕惊走了螳螂、吓飞了黄雀？"

"呵呵，舅父还记着呢？"李治笑道，"可我这安仁殿里既没螳螂也没黄雀，我只好拿蝉来练练手喽，等哪天黄雀真出现了，我才能一射一个准。您说对吧？"

二人说着话，回到了偏殿书房。李治接过宫女递来的汗巾，擦了擦脸，便把下人都屏退了。

"舅父如今总揽门下、尚书二省大政，可谓日理万机，怎么还有空来看我？"

"政务就像家务，只要你想做，永远都做不完。"长孙无忌叹了口气，"所以啊，上你这儿来走走，我也算偷一回闲了。"

"舅父来找我，恐怕不只是偷闲那么简单吧？"

"算你小子聪明！"长孙无忌一笑，"我是想问你，最近朝中出了那么大的事，你有什么想法？"

"想法当然有。"李治眨了眨眼，"要我说，这螳螂捕蝉、黄雀在后的大戏，其实已经开场了。"

"哦？"长孙无忌饶有兴味地看着他，"说来听听。"

"杜荷遇刺案，从一开始我就看出来了，其实就是螳螂做了一个局，想把蝉给装进去。为了把这个局做得像，螳螂又找黄雀帮了忙。只不过父皇圣明，生生把这个局给破了，结果蝉平安无事，螳螂反倒差点玩火自焚。依我看，现在这只蝉肯定憋着劲想反扑。您说，这好戏算不算是开场了？"

长孙无忌先是一怔，接着哈哈大笑："雉奴啊，你连安仁殿都很少踏出去，却对朝中大势如此洞若观火，跟舅父说说，你是怎么办到的？"

"舅父谬赞了，洞若观火谈不上，只能说略知一二罢了。"李治话虽谦虚，脸上却露出不无得意的笑容，"我在这安仁殿里，除了读书之外，闲来无事便喜欢瞎琢磨。您也知道，这世上的事情，很多都是经不起仔细琢磨的，一琢磨便皮破馅露，啥都看清楚了。当然，话说回来，要看透这些事情，光靠在屋里瞎琢磨也不够，得时不时出去转转。"

"你都上哪儿转去了？"

"舅父忘了？我除了您一位师傅外，不是还有另一位吗？"

长孙无忌恍然："你是说，李世勣？"

李治笑着点点头。

长孙无忌知道，李世勣可以算是李治的"旧部"，也可算是他的另一位"师傅"。

早在贞观七年，年仅六岁的李治就被授予并州大都督一职。这么小的毛孩子当然不可能实际到任，只能"遥领"，所以皇帝便任命李世勣为并州大都督府长史，由他代替李治行使职权。在并州任职期间，每次回朝述职，李世勣总要依例向李治汇报并州军务，虽然早些年李治听不懂，但一来二去，便加深了二人的关系和感情。随着李治慢慢长大，开始学会咨询和思考，李世勣便无形中成了他的"师傅"，教会了他很多东西。贞观十五年，李世勣调回朝中担任兵部尚书，李治依旧跟他时有走动，两人虽算不上过从甚密，但关系不疏。

"李大将军政务之余，也会来安仁殿坐坐，我闷得慌的时候，就去南衙找他说说话。"李治道，"所以，该知道的消息，我通常都会知道，而且还会比一般人早一些。"

长孙无忌拈着下颌短须，若有所思道："听你的意思，就算不该知道的消息，李世勣也会透露给你喽？"

"那不能。"李治赶紧摇头，"我这位师傅是多谨慎的一个人，您又不是不知道。不该说的话，他一个字也不会说。"

"你这话蒙蒙别人就算了，还骗得了我？"长孙无忌笑道，"李世勣生性谨慎我当然知道，不过，再怎么谨慎，话里话外总是能漏点口风的，对不对？"

李治嘿嘿一笑："什么都瞒不过舅父。对，他确实漏了一些口风给我，可是都很隐晦，不仔细琢磨啥也听不出来。"

"那经过你琢磨之后，接下来的局势又会如何呢？"

"我刚才不是说了吗？螳螂没把蝉咬死，这蝉肯定得反扑。"

"那依你看，它会如何反扑？"

"这就不好说了。"李治思忖着，"或许，它会孤注一掷也不一定。"

"孤注一掷？"长孙无忌微微一惊，"何以见得？"

"您想啊，本来只是螳螂和蝉的争斗，蝉只要把螳螂弄死就赢了，可现在黄雀也进来了，而且暂时还是跟螳螂一头的，那蝉得怎么想？它要是一个一个对付，那得多麻烦？所以说喽，它就有可能想要一劳永逸地解决问题。"

长孙无忌沉吟片刻，摇摇头道："依我看，东官不会就这么铤而走险。不管怎么说，眼下他仍是储君，只要什么都不做，老实待着，到头来他就是最后的赢家。既如此，他又何必冒险呢？"

"舅父说的也没错，可这是您的想法。因为您了解父皇，您知道大哥若不犯什么大错，父皇便不会轻易废黜他。可大哥他就不一定这么想。他现在坐在储君的位子上，比谁都患得患失，稍有风吹草动，他便会草木皆兵。就比方说这次吧，杜荷遇刺案刚一发生，出现了对大哥不利的证据，父皇首先就把大哥给软禁了。您说说，他会不会担心，万一再出个什么事，父皇索性便把他废了呢？"

长孙无忌听罢，不禁暗暗惊讶于李治心思的细密。他不得不承认，这个表面仁弱、与世无争的外甥，其实比他的那几个兄长更工于权谋。从夺嫡的角度讲，这当然是好事，但若是将来夺嫡成功、顺利即位，这么聪明的皇帝却不是自己能轻易掌控的。职是之故，长孙无忌就觉得有必要敲打敲打他，以免他把尾巴翘得太高。

"雉奴啊，你很聪明，这是你的优点，可你知道自己的劣势是什么吗？"

"请舅父明示。"

"你太年轻，没有半点从政的资历和经验，所以即使太子和魏王在这场争斗中两败俱伤，最后得利的'渔翁'也不会是你，而是你的三哥吴王。前几天圣上还跟我提过，说吴王英武睿智，具有雄主的潜质，只可惜是个庶子。你猜我对圣上怎么说？"

李治见长孙无忌的表情忽然严肃起来，心中不免惴惴，轻声道："舅父怎么说？"

"我说，问题其实不在于吴王是不是庶子，而是未来的大唐不一定需要雄主。圣上很诧异，问为什么。我说，自陛下登基以来，励精图治，虚怀纳谏，对内宽仁治国，对外开疆拓土，缔造了海晏河清的太平盛世，成就了彪炳千秋的不世之功。是故未来的大唐，真正需要的，便是一位能够保住陛下基业、延续贞观政风的天子，而不是所谓的雄主。因为既是雄主，便不会满足于守成，而会着意于开拓。正如前朝的隋炀帝杨广一般，一心缔造属于自己的帝王功业，结果却走上了一条野心膨胀、穷兵黩武的不归路。所以，我最后便对圣上说，相比于雄主，未来的大唐其实更需要一位仁厚有德、谦恭谨慎的守成之君。"

"那，父皇的意思呢？"

"圣上当然是赞同我的话了。"

李治听明白了。

长孙无忌说了这么一大堆，核心的意思只有一个：在这场夺嫡之争中，他李治再聪明都没用，因为他年纪太小了，父皇根本不会考虑他；但父皇现在却很重视长孙无忌的意见，所以，只有老老实实听长孙无忌的话，才有机会在这场夺嫡大战中笑到最后。

"舅父，我懂您的意思了。"李治恭敬道，"那接下来，我该怎么做？"

"继续读你的书，除了我以外，尽量少跟朝中的大臣接触，尤其是你那位李师傅。"

"舅父是担心，父皇知道了会有想法？"

"正是。李世勣既是开国元勋，又是圣上现在最信任的当朝重臣之一，他的身份非常敏感，如果让圣上知道你跟他来往过多，对你没有半点好处。"

"是，雉奴谨记。"

看着李治温顺恭谨的样子，长孙无忌心中颇为满意。

他现在必须牢牢控制住这个年轻人，才能紧紧抓住自己后半生的功名富贵。

萧君默和楚离桑找到袁公望的当天，袁公望便决定追随萧君默，但他表示需要几天时间安顿生意上的事情，于是萧、楚二人便暂时在丝绸庄的后院住了下来。

一连三天，袁公望每天都命下人好酒好饭盛情款待，本人却再也没有露面，只让掌柜作陪。萧君默心中狐疑，问了几次，掌柜都说东家在忙着处理生意。到了第四日傍晚，袁公望终于再次露面，告诉萧君默事情都处理完了，翌日便可随他一同启程。

萧君默闻言，这才把心放了下来。

当晚袁公望亲自作陪，请二人吃饭，并连连向萧君默敬酒。萧君默不便推辞，便多喝了几杯，连楚离桑也被劝着喝了不少。酒过三巡，萧君默忽然感觉脑子有些昏沉，心跳也陡然加快。就在他疑惑自己为何变得如此不胜酒力时，坐在他身旁的楚离桑扶着脑袋摇晃了几下，便一头栽在了食案上。

被下药了！

萧君默大为惊愕，努力想让自己恢复清醒，但眼前的一切却剧烈地摇晃了起来。他看见袁公望的脸上露出了一丝狞笑。萧君默十分困惑：凭自己的经验判断，袁公望应该不是居心叵测之徒，可他为何要对自己和楚离桑下黑手？

紧接着，萧君默眼前一黑，颓然栽倒在了食案上，然后便什么都不知道了。等他被一桶冷水泼醒时，发现自己已经被五花大绑地捆了起来，袁公望和五六个手下正站在面前。

"楚姑娘呢？你们把她怎么样了？"

萧君默甩了甩满头满脸的水珠，焦急问道。

"放心，那丫头还睡着呢，不到明天早上她醒不了。"袁公望冷冷道。

萧君默心中稍安，瞟了袁公望一眼："袁先生，你是不是这两年生意不好，手头缺钱了？"

袁公望不解："什么意思？"

"朝廷悬赏二百金要我人头，你若不是想要赏金，为何给我下药？"

袁公望冷哼一声："不是老夫自夸，那点钱我还真瞧不上眼。不过，倘若让老夫知道你是不轨之徒，顺手赚个二百金我倒也不会拒绝。"

"不轨之徒？"萧君默哈哈一笑，"袁先生经商多年，又是舞雩舵主，这辈子阅人无数，怎么会这么没眼力，把我看成不轨之徒了呢？"

"正因为老夫阅人无数，才不会轻易相信你这个素昧平生之人。"

萧君默苦笑："没错，咱们之前是不认识，可朝廷的海捕文书你不会没见过吧？我营救左使父女之事，难道还有假吗？"

"这事我可以相信。不过，谁敢保证你之后不会对《兰亭序》真迹和盟印心生觊觎？万一你为了窃夺盟主之权而暗害了左使呢？"

萧君默闻言，总算稍稍松了一口气。看来自己还是没有看走眼，这个袁公望的确是忠于天刑盟之人，他只是不相信自己罢了。

"袁先生，如果我真的像你说的这么不堪，是我杀害了左使，那楚姑娘怎么会跟我在一起呢？"

"你有什么证据证明她真是左使之女？"

萧君默哑然失笑。是啊，若真的需要证据证明，自己还真拿不出来，就连楚离桑她自己都拿不出来。萧君默思忖片刻，忽然想到什么，旋即一笑："袁先生，其实证据不需要我们自己提供，你这几天不是一直都在找吗？"

袁公望一怔："你怎么知道？"

"是你的肤色告诉了我。跟四天前相比，你明显晒黑了。"

"这种热死人的三伏天，我晒黑不是很正常吗？"

"不正常。因为像你这样的大商人，平常出行一定是乘坐马车，根本晒不着太阳。这回晒得这么黑，唯一的解释就是你急着要赶到某个地方，又嫌马车太慢，只好骑马在大日头底下奔跑。那你这几天到底在奔波什么呢？鉴于你现在这么对我，可知你所谓的安顿生意纯属谎言。既然不是为了安顿生意，那自然就是在寻找证据了。"

袁公望一听，心里暗暗佩服："不愧是玄甲卫出身，让你猜对了。"

"只可惜，你奔波了这些天，却仍旧没找到能证明我和楚姑娘身份的东西，是吗？"

"很遗憾。"袁公望摊了摊手，"萧君默，说实话，老夫也很想证明你是左使指定的新盟主，可你除了盟印之外，却拿不出任何别的证据。就比方说，号令分舵所用的阴印，你就自始至终没有出示过，这你怎么解释？"

"智永盟主在武德九年向组织下达沉睡指令前，便已将所有分舵的阴印悉数销毁，你不知道吗？"

"这我当然知道，这是本盟在非常情况下的一个自保措施，但与此同时，本盟也有重启组织的相应办法……"

"你说的办法就藏在《兰亭序》里，这一切我也知道。"萧君默打断他，"可眼下冥藏和朝廷都在追杀我，我怎么有时间去重新铸造一枚阴印，然后再来跟你接头？"

"还不只是阴印的问题。"袁公望道，"就算你重新铸造了阴印，可要是没有人能证明你新盟主的身份，我还是不能听从你的号令。"

萧君默苦笑了一下："那你想怎么办？"

"说实话，老夫也没什么办法。或许，你和楚姑娘只能在老夫这里长期作客了。"

萧君默陷入了思索。

他知道，这是一个几乎无法破解的僵局，因为除了辩才，没有任何人可以证明他的身份。想到自己刚刚下定决心要接过天刑盟的这副重担，便落入了如此尴尬的境地，心里不免有些自嘲。看来自己终究还是太年轻了，空有一腔济世救人的热血，却连袁公望的一个舞雩分舵都没办法收服，又如何去领导天刑盟这样一个古老而庞大的组织？

如果无法破局，自己和楚离桑都会变成袁公望的囚徒，而且几乎没有被释放的可能。因为唯一的知情人辩才十有八九已经不在人世，又有谁能来证实他们的身份？

当然，暂时接受这个境遇，过后再伺机脱逃也是一个办法，但萧君默稍一思忖便打消了这个念头。原因有二：一、要想脱逃必然要冒很大的风险，假如只有他一个人，他不会担心太多，问题是现在还有楚离桑，倘若她在脱逃过程中有什么闪失，萧君默将永远无法原谅自己；二、即使脱逃成功，他们也会与袁公望变成敌人，如此非但不能凝聚组织、对抗冥藏，反而会加剧天刑盟的内部分裂，这就违背了自己的初衷，也有负于辩才的嘱托。

所以，无论是为了保护楚离桑还是顾全大局，萧君默眼下都只剩下一个选择——牺牲自己。

如果牺牲自己可以换取楚离桑的自由，还可以让袁公望挺身而出去对抗冥藏，萧君默想，那么自己的死便是值得的。

主意已定，萧君默平静地看着袁公望，道："袁先生，事到如今，也许只有一个办法可以让我自证清白了。"

"什么办法？"

"很简单，把我交给官府。"

袁公望一愣，不禁和手下对视一眼，然后又看着萧君默："此话当真？"

"难道我会拿自己的性命开玩笑？"萧君默语气淡然，却隐隐透着一种坚定，"不过，你必须答应我三个要求，如果你还自认为是天刑盟义士的话。"

“好，你说。”

“一、放了楚姑娘，不许为难她，给她自由；二、妥善保管《兰亭序》和盟印，千万不可让它们落入冥藏手中；三、你要是还记得本盟的宗旨和使命，那就当仁不让地站出来，凝聚本盟弟兄，对抗冥藏，守护天下！”

袁公望看着他，似乎有些动容：“萧君默，其实你不一定非走这一步，你和楚姑娘完全可以留下来，容老夫查明真相……”

“让我们当你的囚徒？”萧君默冷笑，“在查明真相之前，你会给我们自由吗？如果你永远查不出真相，那我和楚姑娘岂不是要被你关一辈子？算了吧袁先生，咱们没必要这么为难彼此。把我交出去，让楚姑娘走，《兰亭序》和盟印归你，这不是最好的结局吗？”

袁公望语塞。

他不得不承认，萧君默说得没错，从组织安全的角度考虑，他的确不会轻易放了他们。

萧君默看着他，从容一笑：“袁先生，除非你选择相信我，或者有什么更好的办法，否则就没必要再犹豫了。”

袁公望又沉吟片刻，遂下定决心，给了手下一个眼色。几个手下立刻上前，押着萧君默出了屋子，走进了庭院。

院中月色如水，一株枝繁叶茂的桂花树立在庭院中央。萧君默走到树下，抬头望着满树淡黄色的花蕾，忽然笑了笑：“再有十来天，这满树的桂花就都开了吧？”

袁公望走在他身后，脸色有些怪异，道：“萧君默，其实老夫也不希望你死，你可以再考虑一下，暂时留下来，虽然不得自由，但总好过白白送死吧？”

萧君默回头，淡淡一笑：“你错了。我的死，一能自证清白，二能让楚姑娘自由，已经很值了，怎么能算白死呢？”

袁公望轻叹一声，不说话了。

“对了袁先生，”萧君默又道，“我走之前，可否最后见楚姑娘一面？”

袁公望若有所思地瞟了桂树一眼，心不在焉道：“当……当然可以。”

“够了袁老哥，咱们别再玩了！”突然，桂树上响起一声暴喝，紧接着一条黑影从树上飞下，同时一道刀光闪过，萧君默身上的绳索便全都被砍断了。

萧君默万般惊诧地看着眼前的这个黑影，尽管月光被树叶遮挡了大部分，可他还是一眼认出了对方。

郗岩。

这个突然出现的人居然是东谷分舵的郗岩！

还没等萧君默反应过来，郗岩便大步上前，单腿跪地，双手抱拳，朗声道："属下东谷分舵郗岩，拜见盟主！"

与此同时，袁公望也带着一脸复杂的神色走上前来，同样跪地行礼："属下舞雩分舵袁公望，拜见盟主！"然后，袁公望的那些手下也纷纷跪地，高喊"拜见盟主"。

面对这突如其来的一幕，萧君默愣了一下，旋即心念电转，瞬间明白了一切。

他不禁哑然失笑。

方才还是一个心如止水、万念俱灰的赴死之人，顷刻间便成了人人拥戴、名副其实的天刑盟盟主，萧君默心中顿时涌起了万千感慨。

"弟兄们，为了考验我，你们可真是煞费苦心了。"萧君默一脸苦笑，"如此别具一格的盟主加冕仪式，我一定会终生难忘。"

袁公望和郗岩对视一眼，表情都十分尴尬。

"盟主，请恕我等无礼。"郗岩窘迫道，"这，这实在是没有办法的办法……"

接下来，郗岩和袁公望一五一十讲述了他们这么做的缘由。

一个多月前，郗岩从萧君默那里得知自己处境危险，已被玄甲卫监控，便带着一批精干手下逃出了江陵。由于他与舞雩分舵的袁公望有私交，遂来到扬州，在此暂住了一段日子，其间对袁公望粗略讲过左使和萧君默的事。不久，郗岩因惦记一些多年未见的老友，便离开扬州，前往滁州、和州、庐州等地寻访友人。

就在他离开十来天后，也就是四天前，萧君默和楚离桑来到扬州找到了袁公望。尽管袁公望已经从郗岩口中大致得知了萧君默的情况，知道他很能干，且颇受左使器重，可毕竟从未跟他打过交道，加之他和左使离开江陵之后到底发生了什么，袁公望更是一无所知，所以不敢贸然相信萧君默，只好一边稳住他，一边赶紧去找郗岩商量。

费了九牛二虎之力，袁公望终于在和州的当涂县找到了郗岩，把事情跟他说了。郗岩一听也犯了难。他告诉袁公望，虽然他跟萧君默打过交道，知道这是个有勇有谋、侠肝义胆的年轻人，但萧君默现在是以盟主的身份出现，且左使又下落不明，在这种关乎天刑盟生死存亡的大事上，他也断断不敢给萧君默打包票。

袁公望无奈，只好拉着郗岩一块回了扬州。一路上，二人反复商量，最后才想出了这个不是办法的办法，也就是把难题抛给萧君默自己，看他如何应对，同时考验一下其为人：倘若萧君默是暗害左使、企图窃夺天刑盟大权的不轨之徒，那他在压力之下势必会露出马脚；反之，如果萧君默胸怀坦荡，应对裕如，且不计个人得失，能够顾全大局，那便能证明他的确是左使指定的新任盟主。退一步说，即使还是无法证明这一点，袁公望和郗岩也会乐于追随这样的人，而不必在乎他到底是不是左使指定的。

而方才发生的一幕，则确凿无疑地表明了萧君默正是后者，正是宁愿牺牲自己也要保护他人顾全大局的人，所以袁公望和郗岩便彻底解除了顾虑，并完全相信了他。

此刻，听完二人的讲述，又看着环跪在身边的这些人，萧君默却没有马上叫他们起身，而是淡淡道："诸位，你们考验过我了，接下来，就该轮到你们接受考验了。"

袁公望、郗岩等人面面相觑。

"盟主，"袁公望慨然道，"虽说我等是不得已才出此下策，但终究是冒犯了盟主，此事所有的责任都在我，请盟主责罚！"

"不，此事是属下跟老袁一块商量的，属下也有罪责！"郗岩也抢着道。

萧君默呵呵一笑："说什么呢？我说过你们做错了吗？我的意思是你们一旦跟随我，从此就得抛家舍业，面对千难万险，随时会有性命之忧。这才是我说的考验，听懂了吗？懂了就都起来，不懂就继续跪着。"

"谢盟主！"众人嘿嘿笑着，站起身来。

"老袁，跟我走之前，是否需要给你几天时间安顿生意？"萧君默似笑非笑。

"盟主就别取笑我了。"袁公望嘿嘿一笑，"我那点小生意还安顿什么呀，随时跟您走！"

"那好，"萧君默环视众人一眼，"明日一早出发，目标——齐州。"

楚离桑醒来的时候已经是丑时了。

她翻身坐起，感觉脑子一片昏沉，两边的太阳穴还隐隐作痛。她晃了晃脑袋，忽然从半开的窗户瞥见，萧君默正静静站在院中的那棵桂树下，不知在想些什么。

楚离桑出了屋子，走到萧君默身后："哎，你大半夜的不睡觉，站这里干吗？"

"睡够了。"萧君默回头一笑，"从傍晚睡到现在，哪还睡得着？"

"你也醉倒了？"楚离桑揉着发痛的太阳穴，蹙眉道，"我说，这袁公望不会是在酒里下药了吧？"

"哪能呢？"萧君默笑，"你想多了，那是老袁好客，给咱喝了他珍藏二十多年的陈酿，比较上头罢了。怎么，现在头还疼吗？"

楚离桑满腹狐疑，点了点头。

"我去灶屋，给你弄点酸梅汤醒醒酒。"萧君默刚要走，被楚离桑一把拉住，"不用了，我有话问你。"

"真的不用？"萧君默一脸关切。

楚离桑心头涌起一股暖意，笑道："被盟主这么关心，我一感动，头就不疼了。"

"早知道盟主的身份还有如此功效，我就早答应你爹了，真后悔当初干吗要推三阻四。"萧君默笑道。

"说你胖你还喘上了？"楚离桑娇嗔地白了他一眼，"哎，说真的，你还别高兴得太早，袁公望是不是真心认你这个盟主，我看还很难说。"

"不会吧？"萧君默装糊涂，嬉笑道，"像我这种文武双全又德才兼备之人，他打着灯笼都难找，怎么会不认呢？"

"跟你说正经的，严肃点！"楚离桑板起脸。

"好好，严肃严肃。"萧君默忍住笑，"你想说什么，我洗耳恭听。"

"袁公望也是老江湖了，你觉得，他能这么轻易就相信咱们？"

"这就是你多虑了。"萧君默指了指头上的桂树，"不瞒你说，刚刚就在这棵树下，袁公望和他的手下跪了一圈，向我宣誓效忠了。对了，还有咱们之前在江陵碰到过的东谷先生郗岩，也带人赶过来了。咱们眼下，已经有了两个分舵的力量。"

"有这回事？"楚离桑一脸诧异，"他们这么快就向你效忠了？"

"当然！"萧君默负起双手，一脸得意之色，"你也不看看你爹选中的是什么人？他要不是觉得我这个人既能干又可靠，岂能把你和天刑盟全都托付给我？"

楚离桑暗地里满心喜悦，却故意撇了撇嘴："你吹就吹呗，干吗又扯上我？我爹托不托付是他的事，我可没答应要跟你怎么着。"

"是是是，你爹怎么说是他的事，要赢得你楚姑娘的芳心，我萧君默自然还得努力。"萧君默笑嘻嘻道，"你说，要让我怎么献殷勤？酸梅汤你不喝，要不我给你揉揉？"说着便伸手要给她揉太阳穴。

"别别别，劳您盟主大驾，小女子可消受不起。"楚离桑躲了躲，可萧君默还是有力地按住她的两边太阳穴，开始揉了起来。

楚离桑又故作矜持地挣扎了一下，然后便下意识地闭上眼睛，由他去了。

萧君默的手指温暖、轻柔又有力。这一刻，一阵似曾相识的温润之感再度弥漫了楚离桑的胸膛。她蓦然想起了甘棠驿那个阳光明媚的早晨，她因为娘的遽然离世哭得几近晕厥，就是这双温暖而有力的手轻轻揽住了她，让她情不自禁就想依偎在他的怀中；她又想起了秦岭深处那个伸手不见五指的黑夜，她趴在他的背上，脸颊贴着他的肩膀，身体也跟他宽厚的背部紧紧贴在了一起，那一刻她真想一直昏迷下去，再也不要醒来……

楚离桑想着想着，眼中忽然有些湿润。

为了不让自己失态，楚离桑赶紧找了个话题："咱们下一步怎么办？"

"按原计划，去齐州找庾士奇，明天一早就走。"

"然后呢？"

"然后……"萧君默略一思忖，决然道，"回长安。"

"回长安？"楚离桑忍不住睁开眼睛，"你的意思是，去对付冥藏？"

"是。有这三个分舵的力量，我想足够咱们对抗冥藏了。"萧君默说着，手上的动作却没有停止。

一想到要去面对那个既是恶人又是生父的王弘义，楚离桑的心立马又揪成了一团，却强忍着不让这种痛苦流露在脸上。

"把眼睛闭上。"萧君默忽然柔声道。

"你……说什么？"楚离桑回过神来。

"我叫你把眼睛闭上。"

"为什么？"

"不为什么。"萧君默声音很轻，却像是在下命令，"还有，把嘴巴也闭上。"

楚离桑看着他，忍不住一笑："你是在命令我吗？"

"不是命令，是请求。"

"就算是请求，也得给我个理由吧？"

萧君默忽然停下手里的动作，但双手仍然抱着她的两鬓，目光灼灼地直视着她："楚离桑，值此花前月下、夜阑人静的时刻，你觉得咱们在此讨论天刑盟大计，是不是有些不合时宜？"

"有什么不合时宜？我不觉得。"楚离桑显然已经察觉了什么，脸颊微微发热，躲避着他的目光。

"你不觉得辜负了这良辰美景吗？"萧君默凑近了她，很自然地伸出双手拇指，慢慢抹过她的眼睛，把她的眼皮合上了。

楚离桑感觉到他的气息丝丝拂过脸庞，心怦怦直跳，脸唰地红了。她刚想开口说什么，萧君默"嘘"了一声，同时用食指轻轻覆在了她的嘴唇上。

楚离桑的心狂跳起来，感觉脑子发涨、身体僵硬，好像四肢百骸都已经不听使唤。紧接着，萧君默按住她的双肩，轻轻把她往后一推，楚离桑整个人就靠在了树干上。她心里喊了声"你想做什么"，脑子也发出了把他推开、撒腿逃跑的命令，可事实上，她的嘴唇连张都没张，双手双脚更是一动不动。

几乎在同一瞬间，萧君默吻上了她的唇。

楚离桑听见自己的脑袋轰地一声，然后就什么都无法思考了。她感觉自己的身体变得无比轻盈，仿佛立刻就要飞起来一样……

萧君默忘情地拥吻着她，却不知道自己是哪里来的勇气。

他只知道，几个时辰前他决然赴死之时，最遗憾的事情，就是从未向楚离桑表白。而当那一幕有惊无险地过去之后，恍如重生的萧君默便忽然有了一种无比强烈的表白的冲动。

其实这一路走来，萧君默和楚离桑早已心心相印，可他总是囿于一个男人的责任感，担心无法给她一生幸福，所以一直不敢捅破最后的这层窗户纸。

然而，就在几个时辰前，萧君默意识到自己错了——如果直到死亡，自己都还不能向心爱的女人表达内心真实的情感，那既是对她的辜负，也是对自己的残忍。

还有，更重要的是，真正爱一个人是藏不住的——就算嘴上不说，眼睛也会说话；就算眼睛不说，身体也会说话。

所以今夜，当萧君默如此近距离地面对楚离桑时，他便再也无法抑制自己的情感了。

即使这一瞬间的相拥只能像烟花一样短暂，他也要留给她一个烟花般灿烂的记忆。

即使死亡就在明天降临，他也要让她在白发苍苍的时候犹然记得，曾经有一个男人，在她生命中最娇艳的年华，为她留下过如此美丽而令人心动的吉光片羽。

无论能陪楚离桑走多远，萧君默都希望，自己能够像夹峪沟山坡上那片盛开的鸢尾花一样，纵然转瞬凋零，也会在她的心中永远绽放……

第
二
十
章

盟
主

翌日清晨，袁公望带上了十几个精干手下，连同郗岩和他的人，一行共三十余人，打扮成商旅，簇拥着萧君默和楚离桑朝齐州进发。

一行人从扬州的运河乘船北上，约莫两天之后到达楚州，转入泗水，七八天后在兖州登岸，换乘马匹。这一天，就在兖州城北的官道旁，他们救下了一个正被地痞欺负的年轻姑娘。这个姑娘衣衫褴褛、蓬头散发，楚离桑觉得她可怜，便从马背上取了一些钱和干粮要给她。可当楚离桑透过肮脏蓬乱的鬓发看见这个姑娘的脸时，整个人却惊呆了，钱和干粮失手掉到了地上。

这个姑娘竟然是绿袖！

绿袖愣了短短的一瞬，便哇的一声扑进楚离桑的怀中，旁若无人地大哭起来。楚离桑紧紧抱着她，眼泪也如涌泉般潸然而下。

看着这一幕，萧君默、袁公望这群大男人不禁也都红了眼眶。

当晚投宿客栈，楚离桑和绿袖在房中聊了整整一宿，互诉离别后的遭遇。绿袖说，自从楚离桑被玄甲卫抓走后，她把自己关在屋子里哭了好几天，最后冷静下来想想，知道这么哭也没用，日子总得过下去，便带着当初萧君默给她们的钱离开伊阙，前往滑州的白马县投奔一个远房表舅。表舅想收留她，可舅妈却直翻白眼，说什么都不答应，直到她拿了几贯铜钱出来，舅妈才转怒为喜。

她就这样住了下来，每天帮他们干活做家务，本以为可以安心过日子了，可还不到一个月，舅妈便陆续找各种借口"借"走了她剩下的五六贯钱，然后就张罗着要把她嫁人，对方是一个五十来岁的鳏夫。绿袖气不过，就在一天夜里把被舅妈骗走的钱又偷了回来，然后连夜逃走了。从此，她举目无亲，只好到邻县一大户人家当了婢女，不料才干了几天，男主人便企图非礼她，绿袖只能再度出逃。

此后好几个月，她便在濮州、曹州等地四处漂泊，到处给人当仆佣，却都干不长久。直到十几天前，她听说兖州有一家官营的织锦坊在招收织女，便往兖州而来。怎奈祸不单行，几天前路过大野泽，又碰上了一伙盗匪，身上剩下的最后三贯钱也被抢走了，幸亏她跑得快，一头跳进了水里，才没被凌辱。

然后，她便像乞丐一样流落到了兖州。那家织锦坊见她这副模样，二话不说就把她轰了出来。绿袖走投无路，只好四处跟人打听哪里有尼姑庵，打算遁入佛门，了此残生。昨天，有个好心人给了她两个馒头，告诉她城北就有一家尼寺。于是她一大早便找了来，不料又在路上被几个地痞调戏。她身上藏着一把剪刀，准备拼不过就自尽，所幸就在这个时候，楚离桑一行恰好路过……

听完绿袖的讲述，楚离桑早已哭得眼睛红肿。她紧紧抱住绿袖，喃喃道："好绿袖，都过去了，感谢老天爷让你回到了我身边。从今往后，咱们姐妹再也不分开了。"

这天夜里，她们相拥而眠，泪水悄然打湿了二人的枕巾。

次日，一行人策马北上，于是日黄昏来到了泰山脚下。按路程，只需再走一天，他们便可到达齐州了。

夕阳西下，一条笔直的驿道在坦荡如砥的平原上伸展，"五岳独尊"的泰山就矗立在道路的右前方，于苍茫的暮色中愈显雄浑。

萧君默与袁公望并辔而行，跟他打听起了庾士奇的情况。

"老庾比我年轻几岁，是个精明强干之人。"袁公望道，"当初智永盟主交办了几件差事，都是我跟老庾一块干的，我俩也算是过命的交情了。"

"这么说，庾士奇应该不用再考验我一回了吧？"萧君默笑道。

袁公望哈哈一笑："不能不能，有我证明您的盟主身份，老庾绝没二话。"

"庾士奇做何营生？"

"跟我是同行，也是做丝绸生意的。"袁公望道，"我估摸着，这老哥们最近的日子八成也不好过喽。"

"这是为何？"萧君默听到他用了"也"字，有些奇怪。

袁公望意识到失言，支吾了一下："呃，我是说，这两年，年轻后生做这行的多起来了，很多人不讲行规，为了抢生意就以次充好、胡乱杀价，搞得整个行当乌烟瘴气……"

"老袁，"萧君默一听就知道他没说实话，"咱们现在也算是一口锅里吃饭的兄弟了，你就不能对我开诚布公吗？"

袁公望赧然一笑，叹了口气："不瞒盟主，前不久，我差点吃了官司。"

"为什么？"萧君默诧异，"吃什么官司？"

"就是违禁绫锦呗。您也知道，虽然朝廷在这方面早有禁令，但日子一长就形同虚设了。对我们来说，只要客人喜欢，给得起价钱，官府那边打点一下，啥图案我们都织。本来一直做得好好的，可两个月前，扬州刺史突然来找我，说朝廷下了死令，要全面清查违禁绫锦，叫我赶紧把市面上在售的全部回收，连同库存一并销毁。我一听就傻眼了，这两者加起来可是十几万段，价值上千金呀！我赶忙给刺史送了一大笔钱，请他帮忙。他这才跟我道明内情，说朝廷有意打压江左士族的后人，而我袁公望便是主要打击对象之一，还说朝廷给他的命令是直接抄家拿人，他是看在多年交情的分上才替我挡了，说只要我尽快把违禁货品全部销毁，再拿点钱堵住本道监察御史的嘴，他便会设法应付朝廷……"

萧君默蹙紧了眉头："那你都销毁了吗？"

袁公望苦笑："那可是我一大半的身家，你叫我怎么忍心？我只能做做样子，烧了一部分，然后把大部分都藏起来了。"

萧君默想着什么，歉然一笑："抱歉老袁，我根本不知道这些事，那天却凑巧拿违禁绫锦说事逼你现身，可把你吓坏了吧？"

"可不是嘛！"袁公望一脸余悸未消的表情，"我以为私藏之事被告发了，还听说是朝廷玄甲卫的人找上门来，当时就如五雷轰顶啊！不瞒盟主，那天去见你之前，我已经跟手下都打好招呼了，万一用钱买不了你，我就绝不会让你再走出袁记半步！"

"哈哈！"萧君默大笑，"还好那天我及时亮明了钦犯的身份，否则岂不是被你乱刀砍了？"

"是啊，差点就大水冲了龙王庙了。"袁公望笑了笑，"对了盟主，有件事我一直挺纳闷，朝廷为何突然要打压江左士族呢？"

萧君默敛起笑容："依我看，原因也很简单，我救出左使之后，皇帝无从破解天刑盟的秘密，只好想了这一招，目的便是敲山震虎，逼迫本盟的人现身。"

袁公望恍然。

萧君默又接着道："假如那天真的是玄甲卫找上你，又被你干掉了，那你就等于自动暴露了。这正是皇帝和朝廷想要的。"

袁公望神情凝重，连连点头。

萧君默遥望着远处的地平线，若有所思："老袁，如果庚士奇遭遇了跟你相同的打压，以你对他的了解，他会怎么做？"

袁公望思忖片刻，只说了一个字："反。"

萧君默和他对视一眼，二人的目光中露出了相同的忧色。

泰山山麓西北面的驿道上，一队人马狂奔而来，在身后扬起了漫天黄尘。

当先一骑妇人装扮，头戴帷帽，面罩黑纱，一边策马疾驰一边频频回头，样子似乎颇为惊恐。她身旁紧跟着十余名黑衣骑士，个个身形魁梧，应是随行保镖，但每个人的脸上也都难掩恐惧之色。

嗖嗖连声，十几支羽箭从身后的滚滚黄尘中穿出，挟着破空的锐响追上了他们。

黑衣骑士纷纷回身，挥刀格挡，挡飞了大部分羽箭，可还是有两名骑士被利箭射中，当即栽下马背。

与此同时，二十多名身着灰衣的蒙面骑士从后面飞速驰来，嘚嘚马蹄从两名黑衣骑士的身上无情踏过，即使他们中箭未死，也难逃被众马践踏而死的悲惨结局。

从半个时辰前，后面的刺客便死死咬住了这队黑衣骑士，前后已有十多人被射落马下。如果在这片无遮无拦的平原上继续这么逃下去，等不到夜幕降临，剩下的这些人恐怕都会成为身后追兵的活靶子。

终于，一片茂密的柏树林出现在道路的左前方。

为首的一名黑衣骑士目光一瞥，立刻对身边的两名骑士道："你们两个，护送客人进树林，快！"然后勒住缰绳，掉转马头，高举手中横刀，对余下的六七名骑士厉声道："弟兄们，为朝廷尽忠的时刻到了，跟我上！"

此刻，后面的蒙面骑士已蜂拥而至。黑衣骑士们嘶吼着扑了上去，两拨人马瞬间杀成一团。趁此间隙，两名骑士护送着那个被称为"客人"的骑者朝树林飞驰而去。

就在这场厮杀发生的同时，萧君默一行刚好来到泰山脚下的一座客栈前。身下的坐骑刚一踏进客栈外围土墙的大门，萧君默便忽然收住了缰绳。

原野的大风呼呼从耳旁吹过，但风声中挟带的一丝杂音却被他敏锐地捕捉到了。在玄甲卫几年，萧君默早已练就了远优于常人的听力。

"怎么了盟主？"

一行人都随着萧君默勒住了缰绳，袁公望不解地问。

萧君默眉头微蹙，下意识地望着柏树林的方向。从这里可以居高临下地俯瞰到树林一角，但大部分林子和更远的驿道都被客栈的围墙挡住了。

"你们没听见什么吗？"萧君默道。

众人凝神细听，都没听出什么，一时面面相觑，然后又看着萧君默。

"老郗，桑儿，你们先进客栈。"萧君默说着，又对袁公望道，"老袁，咱们过去看看。"说完一提缰绳，掉头朝客栈边的一片土坡驰去。袁公望带着手下紧随其后。

从扬州那个令人难忘的夜晚之后，萧君默对楚离桑就改了称呼，从"离桑"变成了"桑儿"。这个细微的变化让楚离桑感觉很温暖。而在此刻的绿袖听来，这声称呼蕴含的意义则令她兴趣盎然。

"桑儿……"绿袖玩味着这两个字，用一脸促狭的笑容看着楚离桑，"娘子，萧郎是怎么把你从楚姑娘变成桑儿的，你能跟我说说吗？"

"死丫头！"楚离桑笑着白了她一眼，"就你事多，回头再跟你讲行了吧？"

昨夜，楚离桑把分别后的遭遇都告诉了绿袖，唯独略去了她和萧君默之间的情感故事。

"娘子，这可是你说的，说话可得算话。"绿袖得意，"回头得老老实实跟我讲，一个字都不许隐瞒。"

"行了行了，别贫了。"楚离桑有点心不在焉，抬眼望着不远处的高坡，萧君默正策马立在上头。

"怎么，萧郎才离开一会儿，娘子就魂不守舍啦？"

楚离桑闻言，又好气又好笑，正想伸手掐她一把，却见萧君默和袁公望等人突然策马朝坡下飞奔而去，像是出了什么事。她神色一凛，顾不上理会绿袖，缰绳一提便要追上去，郗岩忽然伸手一拦："楚姑娘，盟主有令，咱们得待在这儿。"

"你没看他们跑得那么急？肯定是出什么事了，你就不怕盟主有危险吗？"楚离桑策马想绕开他，却被他死死挡着。

"对不起楚姑娘，除非盟主下令，否则咱们哪儿也不能去。"

对于萧君默他们的突然离去，郗岩其实也颇有些担心和纳闷，可盟主的命令他还是得不折不扣地执行。这就是郗岩。一旦认定要追随一个人，他就会死心塌地，没有任何保留。

楚离桑无奈。

这一路走来，她早知道郗岩是个特别死心眼的人，可楚离桑也不得不承认，他对萧君默的忠诚无人能及。

也许正因为这一点，萧君默才会让郗岩时刻不离地保护她。

想到这里，楚离桑心里不觉又有些感动。

方才在高岗上，萧君默等人遥遥望见了驿道上的那场厮杀，同时看见三骑迅速没入了坡下那片茂密的柏树林。

"是个女子？"

萧君默眯眼望着驰入树林中的那三个人。尽管此时已然暮色四合，且相隔甚远，可他还是一眼就做出了判断。

"盟主好眼力，那至少是一里开外呢。"袁公望不得不佩服。

就在他们说话的当口，驿道上的厮杀已见出了分晓：人少的那一方显然寡不敌众，有几骑先后坠地；人多的一方一边围攻仅剩的几骑，一边迅速分兵朝树林追来。

"蒙面？"

萧君默又有了一个发现。

袁公望努力睁大了眼睛，却什么都看不见。

"那三人危险了。"萧君默微微蹙眉，直视前方，"老袁，一伙蒙面人追杀一个女子，你说咱们该不该救？"

"这个……"袁公望本来想说事不关己，没必要惹麻烦，可话到嘴边又咽了回去，生生改口道，"路见不平，拔刀相助，向来也是本盟的规矩。"

他知道，这是萧君默心里的想法。

"好，那咱们就过去凑个热闹。"

萧君默策马扬鞭，率先朝坡下飞驰而去。袁公望带人紧紧跟上。

从岗上看，下面的柏树林并不大，可进来才知道这片林子着实不小。袁公望命手下燃起了火把，跟随萧君默在林中奔驰。

在林中驰了数十丈远，便听见不远处传来了羽箭破空的锐响。萧君默迅速辨别了一下方位，又一马当先冲了过去。

"盟主小心。"袁公望赶紧跟了上来，"那帮家伙不是善茬，还是让弟兄们先过去探一探吧？"

"你忘了我是干哪一行出身的？"萧君默淡淡一笑，"有好戏上场，我岂能落于人后？"

说话间，众人又驰出了十来丈，蓦然听见左手边的一棵大树后传出几声痛苦的呻吟。萧君默立刻翻身下马，从一个手下那里接过一支火把，快步跑了过去。

方才逃命的那三人此刻都已躺在了地上，其中两名骑士已经没有了声息，发出呻吟的正是那个头戴帷帽、面罩黑纱、一身女子装扮的人。

不过，刚才听到第一声呻吟的时候，萧君默便已知道，此人并非女子，而是一个男人。

萧君默把火把递给手下，蹲下去轻轻扶起了伤者，然后撩开了他的面纱。

一支利箭从他的后颈射入，自喉咙穿出，鲜血汩汩地往外冒。他瞪着血红的双眼盯着萧君默，似乎想说什么，但嘴里只能发出咕噜咕噜的含混声响。

萧君默看着眼前的这张脸，忽然觉得似曾相识。他命手下将火把靠近一些，瞬间认出了此人：

"权长史？！"

此人便是安州都督府的长史权万纪，也就是屡次上呈密奏弹劾吴王李恪之人。萧君默曾在两年前见过他一面，却万万没想到会在这里碰上他，而且是在这种情况下。

权万纪又徒劳地挣扎了几下便咽气了，自始至终都没能说出半个字。

萧君默帮他合上了圆睁的双目，面色沉重地站起身来。

"盟主，你认得此人？"袁公望问道。

萧君默点点头，说出了他的身份。

"安州长史？"袁公望大为困惑，"那他怎么会跑到齐州来，还……还被人给射杀了？"

萧君默蹙眉思忖："也许，他现在的身份并非安州长史。"

"那是什么？"

"齐州长史。"萧君默道，"如果我所料不错，他现在应该是齐王李祐兼齐州都督府的长史。"

齐王李祐是李世民的第五子，武德八年封宜阳王，同年晋封楚王，贞观二年徙封燕王，任豳州都督，但因年幼并未就藩，只是遥领。直到贞观十年，年满十六岁的李祐才改封齐王，授齐州都督兼齐州刺史，并正式赴任。

据萧君默所知，齐王李祐是个典型的纨绔，性情乖戾，喜怒无常，从小在宫里就经常无端打骂下人，长大后也是不学无术。自从来到藩地，这个一手总揽齐州军、政大权的五皇子便一件正事也没干过，只学会了飞鹰走马、游弋射猎，而且动不动便虐杀下人。为此，长史薛大鼎屡屡劝谏，但齐王只当耳旁风，始终我行我素。

萧君默当初在玄甲卫时，对这些事情早有耳闻。他还知道，薛大鼎因管束无方颇让皇帝失望。如今看来，这个生性严苛、擅长打小报告的权万纪，一定是在成功弹劾了吴王李恪之后，受到了皇帝器重，因而调任齐州，取代了薛大鼎的长史之职——其任务，便是代表皇帝管教这个不成器的齐王李祐。

然而此刻，权万纪却男扮女装地躺在了这个地方，死得如此凄惨和不堪。

作为一个堂堂的从三品大员，这样的死法无疑是一种莫大的耻辱。到底发生了什么，才会让权万纪以这种令人匪夷所思的方式暴毙在这个荒郊野外？

"盟主，这……这到底是怎么回事？"袁公望一脸困惑，"倘若这个权万纪真是齐州长史，那他怎么会男扮女装出现在此处，又被一路追杀呢？"

"一个堂堂的长史竟然要以这种方式出逃，只能说明一点，他触犯了某个神通广大的人物。"萧君默淡淡道。

"神通广大的人物？"袁公望蹙眉，"在齐州，比长史更大的人物，不就只有齐王吗？"

"没错。只有跟齐王闹到了不共戴天的地步，权万纪才会出此下策。"萧君默道，"依我看，他一定是想回长安，亲自向皇帝弹劾齐王。"

"可是，若权万纪想回长安，他应该往西走，怎么会往南逃呢？"

泰山位于齐州的南面，要去长安，正常的走法的确不该走这个方向。

萧君默一笑："如果你明知有人会追杀你，你还会走寻常路吗？不管是男扮女装还是走南边，都是权万纪的障眼法罢了。只可惜，他千算万算，还是没逃过齐王的魔爪。"

说着话，萧君默走到另一名骑士的尸体边，蹲下来仔细观察。袁公望赶紧打着火把在一旁照亮。跟权万纪一样，此人也是被箭射杀，一支利箭从后背贯胸而出。

此人所用的兵器是一把普通的横刀。萧君默拿起横刀看了看，丢到一旁，然后又翻起死者的手掌。

忽然，萧君默眉头一紧，像是发现了什么。

袁公望察觉他神色有异，连忙凑近去看，可除了看见尸体的手掌上有几块厚厚的老茧之外，别无其他。他刚想开口发问，却见萧君默迅速在尸体的腰部掏了一下，便摸出了一块东西来。

那是一块亮闪闪的铜腰牌，上面印着三个字。

袁公望定睛一看，失声叫道："玄甲卫？！"

萧君默蹙紧了眉头。

"盟主，你……你是怎么看出来的？"

很显然，萧君默只看了一眼死者的手掌便已断定其是玄甲卫了，所以才直接掏出了他的腰牌。

萧君默摊开自己的手掌，让袁公望看了一眼："看见了吗？死者手上的老茧，无论位置还是大小都与我相似，这足以证明，他平常使用的兵器跟我一样，都是龙首刀，只是为了隐藏身份，才改用了横刀。但是龙首刀的刀柄比横刀略宽，所以起茧的位置也会略有不同。"

袁公望恍然，不禁对萧君默的观察力佩服得五体投地。

"能在这么短的时间内，在这么暗的树林里，射杀三个人又全身而退……"萧君默神色凝重，"这帮杀手不简单哪！"

袁公望深以为然。

萧君默又迅速走回权万纪的尸体旁，折断了他脖子上的箭杆，拿起箭镞端详了起来。袁公望也凑过来看。方才都在注意权万纪，没留心杀手留下的箭，此刻袁公望凝神细看，心中顿时发出了一声惊呼。

拿在萧君默手上的是一枚青铜制的三棱箭镞，镞身呈三角形，镞体近似流线型。跟一般的两翼镞比起来，这种箭镞在飞行时阻力更小，方向性更好，而且具有更强的杀伤力。

让萧君默感兴趣的，并不是这枚箭镞的形制，而是它的材质。青铜箭镞流行于春秋战国时期，至西汉初年便基本被钢铁制的箭镞取代。时至今日，是什么人还在使用这种箭镞呢？

袁公望显然已经看出了什么，却忍着没有说出来。

萧君默瞟了他一眼，把箭镞收进袖中，若无其事道："走吧，去驿道那边看看。"

众人策马驰出柏树林，来到了驿道。此时夜色已经笼罩了原野，空气中弥漫着刺鼻的血腥味。八具黑衣骑士的尸体静静地躺在驿道上，但对方却没留下半具遗体。

当然，萧君默很清楚，这并不是因为对方没有伤亡，而是他们从容不迫，在撤离时把己方的死伤人员也带走了。

毫无疑问，这是一帮训练有素的杀手。

萧君默对袁公望说出了这一判断，然后他看见对方的目光闪烁了一下。萧君默没再说什么，下马一一检视那些尸体。当看到为首的那名黑衣骑士的面孔时，他怔住了。

"怎么了盟主？"袁公望问。

"这是我昔日的部属。"萧君默叹了口气，"姓段，是一名队正，没想到会命丧于此。"

萧君默分明记得，在裴廷龙率部追杀自己的一路上，这个段队正也是其麾下一员，之前曾打过几次照面。既然连他都到了齐州，那显然意味着，裴廷龙和桓蝶衣他们很可能先自己一步来到了这里。倘若如此，那他们又是因何而来？

无论他们抱着什么目的来齐州，萧君默想，都必定与齐王李祐脱不了干系。

"盟主，如今看来，这齐州城恐怕要出大事啦！"袁公望道。

"这不是已经出了吗？"萧君默苦笑，"堂堂齐州长史仓皇出逃，连同护送他的整队玄甲卫全部被杀，这事还不够大吗？"

"当然。我的意思是说，接下来的事恐怕会更大。"

"老袁，"萧君默忽然看着他，"在你看来，是什么人杀了权万纪和这些玄甲卫？"

"照盟主方才的判断，此人应该便是齐王吧？"

"齐王肯定是主谋。我问的是，齐王是命什么人来做了这件事？"

"这个老朽就说不上来了。"袁公望干笑了几声，"这齐王就是个土皇帝，手底下还不得豢养一帮死士？"

"死士只是悍不畏死而已。可今日这帮杀手，行动果决，进退自如，分明训练有素，你难道不觉得，他们更像是某个纪律严明的组织吗？"

袁公望的目光再度闪烁了一下，没有接话。

萧君默看着他，轻轻一笑："假如现在有人告诉我，这帮杀手就是咱们天刑盟的人，我肯定不会怀疑。"

袁公望一震，嗫嚅着说不出话。

萧君默掏出袖中的那枚箭镞，在手中轻轻旋转着："老袁，你实话告诉我，你是不是早已认出它的主人了？"

袁公望终于绷不住了，躬身一揖，惶然道："盟主恕罪，老朽……老朽绝非故意隐瞒，只是……"

"这么说，它的主人果然是庾士奇了？"

袁公望一脸惶悚，不得不点了点头。

"那你能不能告诉我，庾士奇为何要使用这种罕见的青铜箭镞，而且居然不怕被人认出来？"

"回禀盟主，此事……此事说来话长。"

"没关系，你慢慢说。"

袁公望尴尬地咳了咳："不瞒盟主，庾士奇这个人，对青铜器物向来情有独钟。在他看来，青铜承载的是春秋时代的文化与精神。那时候的古人，既有优雅雍容的君子之风，又有慷慨悲歌的侠义精神，他们重然诺，轻生死，尊道义，尚气节，不似今人这般见利忘义、卑劣猥琐。所以，凡古代青铜器物，庾士奇皆有收藏，且爱屋及乌，铸造了不少青铜箭镞，但只做观赏之用，或在礼射活动中偶尔用之，平时鲜少示人……"

"听你这么说，我倒很想结识一下这位虚舟先生了。"萧君默笑了笑，"当今之世，还有人如此追慕古风，实属难得。不过话说回来，春秋时代虽然有很多值得后人崇仰的精神，但也是个诸侯争霸、礼崩乐坏的时代，也没他认为的那般高尚优雅。"

"是。正如盟主所言，庾士奇恰恰也厌恶春秋的另外这一面，所以……所以对今上，他一直颇有微词。"

"今上？"萧君默有些诧异，"你指的是玄武门之事？"

"是的。庾士奇一直认为，今上为了皇位不择手段、弑兄逼父，正是以霸道争胜、以诈术上位的典型，可谓礼崩乐坏的当世样板，因而老庾时常替当年的隐太子抱屈，总觉得坐天下的应该是隐太子……"

"如此说来，他和冥藏在这一点上倒是不谋而合了。"

"是的盟主。正因为此，适才在路上你问我，如果庾士奇遭到朝廷打压会怎么做，老朽才会直截了当地用那个字回答你。"

萧君默恍然。

当时袁公望略加思索便说了一个"反"字，他还有些不解，觉得这样的推测未免过于草率。此刻这么一听，才发现袁公望的推测果然有道理。

"你刚才说，庾士奇铸造的青铜箭镞一般不用，可现在他却敢拿出来杀人，他就不怕别人以此为证据查到他头上？"

"盟主有所不知。"袁公望苦笑了一下，"庾士奇曾亲口对我说，假如有一天他不愿再隐忍，一定会揭竿而起，而他举义时射出的第一箭，必然是这象征着春秋精神的青铜箭。"

"我懂了。"萧君默不无感慨地点点头，"他非但不怕人知道，反而还要以此明志。"

"对。"

"如此看来……"萧君默凝视着手中的青铜箭镞，"庾士奇已决意要反了，权万纪不过是他拿来祭旗的牺牲品而已。"

"没错，看这情形，老庾应该是和齐王联手了。"

萧君默又看了一眼青铜箭镞，重新把它收回袖中，然后遥望着齐州城的方向："老袁，咱们必须阻止庾士奇。如今天下晏然、四海升平，起兵造反就是无道之举，到头来只能是自取灭亡，而且一旦朝廷发兵镇压，不仅虚舟分舵的弟兄们会白白送死，就连齐州和附近州县的老百姓也得跟着遭殃。"

袁公望表情沉郁，重重一叹："盟主下令吧，咱们该怎么做？"

萧君默沉吟了一下："派个弟兄回客栈，告诉郗岩，让他们暂时在客栈住下，哪儿也别去，保护好楚姑娘，没我的命令，不许他们离开客栈半步。还有，让郗岩带几个人过来，把权万纪和这些玄甲卫的兄弟埋了，让他们有个葬身之所。"

"是。"袁公望当即叫了一个手下回去传令，手下拍马而去。

"那，咱们呢？"袁公望问。

"连夜赶往齐州，一刻耽搁不得。既然这事被咱们撞上了，咱们就没有理由置身事外。不管付出什么代价，都要阻止齐王和庾士奇造反！"萧君默说完，狠狠一拍马臀，身下坐骑仿如离弦之箭飞驰而出。

袁公望带着手下紧随其后。

一行人在驿道上疾驰。前方夜色漆黑，浓得就像化不开的墨汁。

齐州城位于鲁中丘陵与华北平原的交接带上，南临泰山，北倚黄河，自古便是民生富庶之地、人文荟萃之所。

萧君默一行马不停蹄地奔驰了一夜，于次日辰时从南门进入了齐州。

此时的齐州城外松内紧。萧君默注意到，虽然城门口的防守看不出什么异常，但城内却有不少成群结队的士兵往来巡逻，更有不少便衣暗探四处游弋。尽管后者都伪装得很好，可萧君默还是一眼就看穿了。

庾士奇住在城西，当众人来到城中的十字路口时，萧君默忽然勒住了缰绳。袁公望不解："怎么了盟主？"

萧君默沉吟片刻，道："老袁，咱们可能得分头行动了。"

"为何？"

"眼下形势紧迫，我估计齐王随时可能动手，咱们若是一块去见庾士奇，只怕会耽误工夫。"

"盟主的意思是……"袁公望不解。

"你去见庾士奇，我去见齐王。"

"什么？！"袁公望大吃一惊，"你要去见齐王？那……那你要用什么身份见他？"

"我自有主意。"萧君默无声一笑，掏出袖中的青铜箭镞，递给袁公望，"你见到老庾之后，尽可跟他打开天窗说亮话，告诉他，跟着齐王造反只有死路一条。他能听劝最好，倘若仍执迷不悟，你也别跟他翻脸，找个借口赶紧离开，切勿在他那儿久留。"

"那，之后呢？"

萧君默略微思忖了一下，压低声音道："明日此时，咱们在城南的城隍庙碰头，如果到时候我没有出现，你便立刻离开齐州，回头跟老郗和楚姑娘他们会合……"

袁公望感觉他像是要交代后事，心里很不是滋味，抢着道："盟主，不管发生什么，老朽都不能丢下你一个人……"

萧君默一抬手止住了他："不必多说。我有两件事嘱咐你，你听仔细了。"

袁公望无奈："是，属下听命。"

"一、尽你所能，照顾好楚姑娘，并请转告，我希望她从此远离江湖，去过安稳平静的生活。二、你和老郗要肩负起本盟的使命，尽可能联络其他分舵，凝聚更多力量，阻止冥藏祸乱天下。"萧君默说完又补充道，"对了，盟印和《兰亭序》，我已经交给老郗了，你们俩要共同保护这两件圣物，同担盟主之责。只要冥藏一日野心不死，你们便一日不能放弃使命。"

离开扬州之时，萧君默便已暗中把盟印和《兰亭序》交给了郗岩，因为放在他自己身上目标太大——虽然他丝毫不怀疑袁公望的忠诚，但却不敢保证袁公望手底下的人不会动歪脑筋。当时郗岩吓了一跳，连连摆手不敢接。萧君默告诉他这是命令，并说现在只有他是自己最信任的人。郗岩大为感动，这才把东西接了过去。

袁公望听完萧君默交代的"后事"，颇有些动容，慨然道："盟主放心！老朽即便粉身碎骨，也绝不敢有辱使命。"

"好，那就拜托了，咱们就此别过吧。"

萧君默拍拍他的肩膀，又回头看了众手下一眼，旋即拍马朝东边的大街驰去。

袁公望目送着他消失在远处的人群中，眼睛不觉有些湿润。

第二十一章 做局

齐王府位于齐州城东面的一条大街上，重檐复宇，气势巍峨。

萧君默在来的路上，顺便揭了街边布告榜上绘有自己画像的海捕文书，然后找了一口泉水，彻底洗掉了脸上的古铜色，并摘掉了那副粗犷英武的美须髯。

看着倒映在水中的本来面目，萧君默忍不住对这张脸说了声："好久不见。"

齐王府的门口站着十几名全副武装的府兵，当他们看见一名骑士径直策马来到府门前时，立刻抽刀上前，将他团团围住。为首队正厉声喝问："来者何人，竟敢在王府门前走马？你吃了豹子胆了？！"

马上骑士笑了笑，不慌不忙地从怀中掏出一张海捕文书，抹了抹上面的皱褶，然后展开来高举在自己的头顶："诸位，我是何人，你们自己看吧。"

"萧君默？！"队正定睛一看，顿时满脸惊愕，下意识地退了几步，如临大敌般用刀指着他，"你……你这个朝廷钦犯，为何擅闯王府？"

"多此一问！我这不是跟你们齐王殿下自首来了嘛。"萧君默呵呵一笑，跨下马背，把海捕文书又小心地收进怀里，像是在珍藏什么宝贝，"走吧，有劳老兄带个路。"

"把他拿下！"队正又惊又疑，大声喝令。

萧君默坦然一笑，张开双手任由士兵们卸下他的佩刀，又任由他们把他按在了地上。

"我说老兄，"萧君默咧嘴笑道，"我都自动送上门来了，你们有必要这么紧张吗？"

"带进去！"队正大手一挥，和四五个手下一起押着萧君默走进了齐王府。

当齐王李祐听说前玄甲卫郎将、现正被朝廷全力追捕的钦犯萧君默竟然主动前来自首，顿时丈二和尚摸不着头脑，愣了好一会儿。

"你没搞错？"

李祐盯着前来禀报的王府典军曹节，满腹狐疑。

"千真万确！"曹节道，"这个萧君默为了证明自己的身份，还随身带着通缉他的海捕文书。"

李祐哑然失笑，半晌才道："世上竟有这种事？！你说，这小子的脑袋是被门夹了还是被驴踢了？"

"这家伙的脑袋好使着呢。"曹节道，"听说以前破过不少大案。这回玄甲卫给他布下了天罗地网，可最后损兵折将也没逮着他。"

"哦？"李祐眉毛一扬，饶有兴味道，"这么说，本王倒真想会会他，走！"

李祐和曹节大步走进王府正堂的时候，早已被五花大绑的萧君默正站在堂上，几个府兵七手八脚要把他按跪下，却始终按不下去。

"一帮废物，都给我滚！"李祐沉声一喝，那些府兵赶紧退了出去。

李祐绕着萧君默走了一圈，然后站定在他面前，斜着眼道："体格不错，长得也不难看，可惜就快变成死人了。"

萧君默一笑："殿下，我又不是来相亲的，你管我长得好不好看。"

李祐一怔，旋即哈哈大笑，对曹节道："这家伙有点意思，我都快对他一见钟情了！"

萧君默也忍不住笑了起来："既然殿下跟我这么投缘，那一定不舍得让我死了？"

"要不要让你死，得看我的心情，跟投不投缘无关。"

"那殿下现在心情如何？"

"不错。"

"那我就不用死了？"

"不对！通常我心情好的时候，都会杀一两个人来庆祝一下。"

"那心情不好呢？"

"心情不好，我也会杀一两个人来泄愤一下。"

萧君默看着他，呵呵一笑："殿下，你这人还挺有趣的，没让我失望。"

"是吗？等我杀你的时候，你可能就不这么想了。"

"你不会杀我的。"

"为什么？"

"因为，我对你有用。"

"有用？"李祐哧哧笑了起来，"你一个朝廷钦犯，能对我有什么用？若硬要说用处，那也只有一个，就是你把脑袋主动送上门来，可以让我在父皇那儿立一功。"

"殿下这么说就很无趣了。"萧君默摇头叹气，"我原以为殿下是个真性情的人，没想到也这么虚伪，当真是无趣得紧！"

"虚伪？"李祐眉头一蹙，"此话怎讲？"

萧君默面含笑意地看着他："殿下若真的想在皇上那儿立功，又怎么会杀了他老人家亲自任命的长史呢？"

李祐不由得一震，下意识地跟曹节对视了一眼。

曹节大怒，狠狠踹了萧君默一脚："你小子活腻了，竟敢在此大放厥词！"

萧君默踉跄了一下，稳住身形，回头打量了曹节一眼："看你这身装束，应该是王府的典军吧？可你身为掌管一府军事的武将，腿部力量却很弱，这说明你平时疏于练武，身手很差，不太称职。"

曹节顿时暴跳如雷，唰地一下抽出了佩刀。

"干吗干吗？"李祐眼睛一瞪，"他说错了吗？就你那两下子，连我都打不过，你还耍什么威风？"

曹节大为尴尬，只好收刀入鞘。

萧君默方才那句话的确戳到了他的痛处。其实曹节几天前还只是府兵中的一个小小旅帅，压根不是什么典军，只因擅长逢迎巴结，经常陪着李祐飞鹰走马，所以颇受青睐。齐王府的原任典军韦文振是朝廷任命的，数日前因察觉齐王有异动，暗中与权万纪商议对策，不料却被曹节告发。李祐遂命曹节杀了韦文振，并取代了他的典军一职。韦文振被杀后，权万纪彷徨无措，不得已才仓皇出逃。

"得了得了，一边去。"李祐不耐烦地冲曹节甩甩手，转脸对萧君默道，"喂，姓萧的，你刚才放什么狗屁？不把话说清楚，本王现在就把你脑袋拧下来！"

"殿下是聪明人，还要我把话都挑明了吗？"萧君默笑道，"堂堂从三品的齐州长史，连同一队玄甲卫，都被殿下派出的杀手给收拾了，你说皇上会怎么想？就算我萧君默有十个脑袋都让你拧下来，恐怕也不够你将功补过吧？"

李祐盯着萧君默，眼中杀机顿炽："你是怎么知道的？"

"我运气好，他们被杀的时候，赶巧被我撞上了。"

"就算被你撞上了，可你怎么知道他们的身份，又怎么知道杀手是我的人？"

"殿下别忘了，我过去是干什么的。"萧君默淡淡一笑，"再大的案子我都办过，这些事情，对我来说就是小菜一碟。"

李祐阴森森地盯着他："你又给了我一条杀你的理由。"

萧君默哈哈一笑："殿下是想灭口吗？可你怎么就不问问，为何我千辛万苦躲过了玄甲卫的追杀，却又主动上门来找你？难道我就这么喜欢送死？"

"这还用问？"李祐冷笑，"你不就是走投无路了，想来投靠本王吗？"

"通透！"萧君默大声道，"殿下果然是聪明人！"

李祐冷笑不语，径直走到锦榻上坐下，找了个舒服的姿势靠着："你想投靠，那也得看本王愿不愿意收留。萧君默，你自己说说，本王凭什么要收留你？"

"因为殿下要做大事，眼下正是用人之际。"

"大事？"李祐嘴角上扬，似笑非笑，"那你说，我要做什么大事？"

"潜龙在渊，君子待时而动。"萧君默淡淡笑道，"依我看，殿下也不想在齐州这口小水塘里困一辈子吧？"

"你这是在怂恿我造反吗？"

"我只是实话实说。"

"你应该清楚，就凭你刚才这句话，朝廷便可以诛你三族。"

"这我当然清楚。不过我也知道，如果我能够辅佐殿下龙腾于天、位登九五，那我萧君默必将一辈子富贵无忧，并且光宗耀祖。"

李祐的嘴角再次上扬，目光炯炯地直视萧君默。

萧君默面含笑意，自信从容地迎接着他的目光。

两人就这么一动不动地对视了许久，一旁的曹节好几次想开口，却又生生忍住了。

忽然，李祐爆出了一阵大笑，萧君默也紧跟着朗声大笑，令原本就有些莫名其妙的曹节越发懵懂。

"曹节，给萧郎松绑！"李祐大声道。

曹节一愣："殿下，这，这可使不得……"

松开了萧君默，十个曹节都不是他的对手，万一他要对齐王不利，谁人能挡？

"你小子再磨磨叽叽，当心我把你的典军乌纱摘了，给萧郎戴。"李祐一脸不悦。

　　曹节无奈，只好悻悻地给萧君默松了绑。

　　"多谢殿下！"萧君默躬身施了一礼。

　　"坐吧。"李祐摆了摆手，"萧君默，说实话，本王挺佩服你的胆识，不过你凭什么认为，本王一定能够龙腾于天、位登九五呢？"

　　"殿下既然如此开诚布公，那我也就跟殿下敞开心扉了。"萧君默坐了下来，"实不相瞒，我并不敢认定殿下必能成功，但无论如何，我都觉得咱们可以赌一把。"

　　"你就是个走投无路的钦犯，你当然想赌了！"李祐脸上又恢复了玩世不恭的笑容，"俗话说光脚的不怕穿鞋的，你反正是贱命一条，赢了就是一生富贵，输了也没失去什么。可本王一个堂堂皇子，要风得风要雨得雨，日子过得这么滋润，万一输了那就是万劫不复，连当个庶民都不可得。你说，我为什么要赌？"

　　萧君默淡淡一笑："殿下，说句不恭敬的话，你眼下的日子，恐怕没你自己说的这么滋润。"

　　"哦？这话怎么说？"

　　"殿下杀了长史权万纪，皇上迟早会拿你是问，就算你能隐瞒这件事，皇上终究还会再给你派个长史，如此殿下就仍然不得自由，处处要受人管束。试问殿下，这样的日子谈得上滋润吗？"

　　李祐蹙眉不语。

　　"还有，恐怕也是殿下最担心的，便是眼下扎在你肉中的那根刺！"

　　李祐眸光一闪："你指什么？"

　　"殿下明知故问。"萧君默又笑了笑，"据我所知，玄甲卫右将军裴廷龙早已率部潜入了齐州城，权万纪出逃便是他派人护送的，可眼下裴廷龙和他的人到底藏在何处，殿下却一无所知。他们在暗，殿下在明，不管殿下要做什么，都会受到掣肘。我刚才来的路上，看见很多巡逻队和便衣暗探在四处游弋，若我所料不错，他们应该就是殿下派出去搜捕玄甲卫的，只可惜到现在为止，他们都还一无所获。我说得对吗，殿下？"

　　李祐不语，眉头却皱得更深了。

　　"而且，更麻烦的是，玄甲卫的暗桩无处不在，很可能殿下身边就有他们的人，万一裴廷龙与暗桩来个里应外合，殿下岂不是很危险？所以，如果不把裴廷龙和他的暗桩连根拔掉，别说要做什么大事了，殿下恐怕连安生日子都不可得。"

　　李祐听罢，心中对萧君默已是大为叹服，脸上却不动声色，道："你过去在玄甲卫的职位也不低，本王身边是否有玄甲卫的细作，你应该知道吧？"

"抱歉殿下，玄甲卫安插在各处的暗桩，只有大将军和左、右将军知情，我只是郎将，级别还不够。"

萧君默撒了个谎。

事实上，玄甲卫安插在各亲王府中的暗桩，只有李世勣知情，裴廷龙根本一无所知。而巧合的是，一年前萧君默经手过一个案子，因案情涉及河南道的一批高官，所以李世勣曾跟他透露过这一带的几名暗桩，其中就包括齐王府这位。

不过，尽管萧君默知道这名暗桩是谁，也知道如何启动他，却还是什么都做不了。因为萧君默现在的身份是逃犯，很难获取对方的信任，稍有不慎就会把自己和对方都害了。所以，要想顺利启动这名暗桩，进而挫败齐王李祐的造反图谋，萧君默就必须采取迂回战术，下一盘大棋。

眼下取得李祐的信任，只是他在这个棋盘上落下的第一子而已。

李祐略显失望："既然你连本王身边有没有细作都不知道，那还能帮我什么？"

萧君默笑了笑："殿下，物有本末，事有终始。您目前的心腹大患首先是裴廷龙，其次才是细作，不是吗？我能帮你的，自然是更主要的事情。"

李祐听出了他的言外之意，眼睛微微一亮："你想说什么？"

萧君默笑而不语，站起身来，走向李祐。曹节慌忙一个箭步拦在他面前，右手紧握刀柄："你要干吗？"萧君默一笑："我有些话只能对殿下一个人说，劳驾让让。"曹节正要发作，忽听李祐在后面冷冷道："曹节，他要真想杀我，你拦得住吗？"

曹节一脸愤然，却又不得不挪开了身子。

"多谢。"萧君默依旧面带笑容，径直走到李祐面前，俯下身，凑到他耳边低声说了什么。

李祐听罢，盯着他看了片刻，忽然一拍书案："好！萧君默，如果你真能帮本王做成这件事，本王不但可以收留你，还可以任命你为长史。从今往后，咱们有福同享，有难同当！"

萧君默做出大喜之状，当即双手抱拳："承蒙殿下抬爱，萧某赴汤蹈火，在所不辞！"

看着这一幕，曹节顿时百思不解。

他怎么也想不明白，这个朝廷钦犯竟然短短一席话就成了齐王的座上宾，同时更不明白他到底说了什么，居然一下就获取了齐王的信任。

庚士奇没想到袁公望会突然来到齐州，而且还是在这个即将起事的节骨眼上，心里顿时有种莫名的不安。不过老哥俩毕竟多年没见，彼此也是甚为想念，于是庚士奇没有多想，便把袁公望请到了书房。

二人一番叙旧，相谈甚欢。

东拉西扯了半个多时辰后，袁公望便似不经意地提起了朝廷打压士族之事，并唉声叹气地诉说了自己的遭遇。庚士奇一听，顿时一脸苦笑，长叹道："老兄不必埋怨了，你的遭遇比我可好多了。"

袁公望故作惊讶："贤弟也被官府找麻烦了？"

"何止找麻烦？"庚士奇一提起这件事便满腔义愤，"我被齐州长史权万纪给投进大牢了，差点没死在里头！"

"居然有这种事？！"袁公望这回倒真的是有点惊诧了，"你平时就没跟这些当官的走动走动打点打点？"

"岂能没有打点？"庚士奇鼻孔里重重地哼了一声，"上至齐王李祐，下至齐州府廨的大小官员，哪尊神我没拜过？就连府廨看门的通传小吏，都没少吃我的好处。还有原齐州长史薛大鼎，跟我素有私交，在我的所有生意里头都占了一成干股，你说我跟这些当官的关系咋样？"

"既然如此，那就不该出事啊！"袁公望嘴上这么说，心里其实已经明白几分了。

庚士奇叹了口气，道："老兄有所不知，若是这个薛大鼎在，我也不至于如此狼狈。可谁曾想到，三个多月前，朝廷忽然把薛大鼎调走了，换了这个权万纪。此人生性刻薄，油盐不进，不但一来就跟齐王闹僵了，而且好像是得了朝廷授意，一上任就找我的碴，先是查封商铺，没收货品，紧接着就把我和犬子都抓了，还抄了我的宅子。"

袁公望现在终于明白庚士奇为何会与齐王联手，也终于明白权万纪为何会死得那么惨了。"那，贤弟后来又是如何脱身的？"

"后来嘛……"庚士奇略微迟疑了一下，"后来还是齐王出面，把我给保下来了。"

"你不是说这个姓权的跟齐王闹僵了吗？就算齐王出面作保，他权万纪也不会轻易答应吧？"

"齐王毕竟是堂堂皇子、一州都督，他权万纪算什么东西？胳膊岂能扭得过大腿？"

"这倒也是。"袁公望若有所思地笑了笑，"贤弟，以你的性子，这权万纪把你害得这么惨，你会轻易饶了他吗？"

庚士奇心里咯噔了一下，笑笑道："若是依我从前的性子，恐怕真饶不了他，不过现在嘛，终归是上了年纪，没有了过去的血性，凡事也都想开了，得饶人处且饶人吧！"

袁公望看着庚士奇，意识到再这么跟他绕圈已经没有意义了，迟早得捅破这层窗户纸，遂正色道："老庚，不瞒你说，我昨天在来的路上，撞见了一起刺杀案。"

庚士奇暗暗一惊，却面不改色道："哦？有这种事？谁被杀了？"

袁公望大致讲述了事情经过，但暂时隐瞒了青铜箭镞的事，然后神色凝重地看着庚士奇："老庚，咱俩的交情也不是一年两年了，你能不能实话告诉我，是谁杀了权万纪？"

庚士奇虽已察觉他神色有异，但仍故作轻松地笑道："袁兄这话从何说起？我昨天又没跟你在一块，怎么知道是谁杀了他？"

话音刚落，庚士奇整个人便僵住了。

因为他看见袁公望手上拿着一个东西，赫然正是自家独有的青铜箭镞。

"老庚，别瞒我了。"袁公望啪的一声把箭镞丢到面前的书案上，叹了口气，"事情我都已经知道了，包括你和齐王李祐打算联手造反的事，我也很清楚。"

庚士奇难以置信地看着袁公望："你怎么知道我要跟齐王联手？"

"这你就不必问了，你只需回答我，是不是真想跟齐王一块造反？"

"是！"庚士奇忽然站起身来，大声道，"不过袁兄，你的话说错了，我不是想造反，而是要举义！"

袁公望也站了起来，苦笑道："造反也好，举义也罢，老弟啊，现如今天下晏然，四海升平，你贸然起事能有胜算吗？"

"义之所在，为所当为！"庚士奇负起双手，慨然道，"大丈夫立身行事，只论是非曲直，不计利钝成败！"

"你……你糊涂！"袁公望满脸焦急，"什么叫是非曲直？在这个世上，有什么绝对的是非可言？每个人所站立场不同，看待事情的角度不同，是非便不一样了！你有你的是非，他有他的是非，到头来还不是要靠成败说话？"

庚士奇冷然一笑："正因为每个人理解的是非不同，所以你才不必劝我。我认定的是非，又岂是你可以改变的？"

袁公望语塞，半晌后又道："我知道你对今上腹诽已久，总认为他得位不正，可他在位这十多年来，大唐天下国泰民安，这不就够了吗？你还纠缠过去的事情干什么？"

"你错了，我这次举义，并不单单是对李世民不满。老袁你想想，朝廷为何要全面打压咱们这些士族后人？不就是想对天刑盟开刀吗？既然他李世民都出招了，咱们又何须躲躲藏藏？与其坐以待毙、任人宰割，还不如放手一搏！"

"如何应对朝廷的打压，咱们可以从长计议，可你现在跟齐王那种人混在一起，不就等于自取灭亡吗？"

"我知道齐王靠不住，可仅凭我一个虚舟分舵的力量是远远不够的，所以我必须先跟他联手，等日后站稳脚跟再做打算。"庾士奇说完，忽然看向袁公望，"老袁，我希望你也能跟我站在一起，咱们兄弟再度并肩，一定能打下一片天，到时候再设法联络其他分舵，我就不信大事不成！"

袁公望一看自己劝解不成反倒要被他拉下水，顿时哭笑不得："老弟啊，这可是提着脑袋造反哪，哪有你说的这么简单？朝廷一旦大兵压境，不管是你还是齐王，都只能是螳臂挡车！"

庾士奇神色一黯，冷冷道："也罢，道不同不相为谋。既然咱们谁也说服不了谁，那老兄请自便吧，我也不留你了。"

袁公望无奈，最后跺了跺脚，长叹一声："兄弟，老哥我言尽于此，你……你好自为之吧。"说完，大踏步走出了书房。

庾士奇看着他离去的背影，神情有些复杂。

就在袁公望的身影消失在外面长廊的时候，屏风后忽然转出一个人来，竟然是戴着面具的冥藏。

"先生。"庾士奇听见动静，赶紧转身见礼。

冥藏是天刑盟的主舵，王弘义又是王羲之后人，所以各分舵舵主在他面前自然是要恭敬三分。

"虚舟啊，舞雩现在可是什么都知道了，你居然就这么放他走？"王弘义凝视着门外的长廊，冷冷道。

"先生，我了解老袁，他是个讲义气的兄弟，跟我又有过命的交情，他是不会出卖我的。"

"事关重大，一着不慎便会满盘皆输！"王弘义语气严厉，"你把我请到齐州来，让我跟你共举义旗，我可不想被你的掉以轻心和哥们义气害死！"

武德末年，庾士奇在一次执行任务时曾与王弘义有过交集。由于二人都对李世民极度不满，所以颇有相知之感，于是私下确立了彼此间的联络方式，并约定若遇大事，必相互支援。大约一个月前，庾士奇与齐王因对付共同的敌人权万纪而联手，并制订了除掉权万纪、一同起事的计划。随后，庾士奇担心力量过于薄弱，便通过此前确立的秘密联络渠道，写了一封密信，邀王弘义前来齐州主持大计。

王弘义见信后，起先扔到一旁不予理睬，因为这事对他并没有什么明显的好处，而且他也不相信齐王这种纨绔子弟能翻起什么大浪。可后来转念一想，齐州一旦乱起来，便能吸引李世民和朝廷的注意力，这将有利于他在长安策划阴谋；此外，祸乱李唐天下也是他一直以来的心愿和目标，无论齐王和庾士奇最终能不能把局面搞大，至少帮他先造起反来，就等于捅了李世民一刀，他王弘义又何乐而不为？

所以，王弘义最后还是决定介入这个乱局，并于三天前来到了齐州。

此刻，听着王弘义的训斥，庾士奇内心极其矛盾，既担心被袁公望坏了大事，又实在不忍心对他下手，一时间竟彷徨无措。

就在这时，前院忽然传来一片嘈杂的叫骂声和打斗声，庾士奇大吃一惊，下意识地看了王弘义一眼，便快步跑出了书房。

王弘义无声地冷笑了一下，背起双手，不紧不慢地跟了出去。

庭院里，孤身一人的袁公望已经被数十人团团围住。围困他的人有韦老六及其手下，还有庾士奇之子庾平及其手下。昨日带人追杀权万纪的人，正是庾平。

庾士奇惊慌地跑过来，见此情景，不由得愣在当场。

袁公望持刀在手，一边警惕地看着韦老六等人，一边弯曲食指在嘴里打了一个响亮的呼哨。这是他和手下的联络暗号。然而呼哨响过，整座庾宅却一片沉寂，没有任何响应的迹象。

"袁公望，别费劲了，你的人这会儿睡得正香呢！"韦老六冷笑道。

庾士奇闻言，忍不住瞪着庾平："平儿，怎么回事？你小子都干了些什么？"

庾平低下头，不敢答言。

"别骂令郎了。"戴着面具的王弘义缓缓走过来，"是我的主意。"

方才袁公望和他的人一进庾宅，王弘义便授意庾平款待袁的手下，并在酒菜中下了蒙汗药。此刻，那十几个人早已昏迷且一个个都被捆了起来。

"冥藏？！"袁公望万万没料到王弘义会出现在这里，不禁一脸惊愕。他虽然从未见过王弘义，但至少认得他脸上的青铜面具。

"舞雩，虽说咱俩没打过交道，可你既然认出我了，不是应该称呼我一声'先生'吗？"王弘义眼中露出倨傲之色。

袁公望冷哼一声："你不配！"

"哦？我又没得罪过你，可瞧你这样，好像挺恨我的，能告诉我为什么吗？"

"你当年逼迫盟主、企图窃夺天刑盟大权的'事迹'，袁某早已如雷贯耳，相信本盟的其他兄弟也绝不陌生！"

王弘义呵呵一笑："我还以为是什么呢，原来不过是这种老掉牙的说辞。当年那个老糊涂一看李世民夺了皇位，便命组织沉睡，这不是自毁长城的愚蠢之举吗？我是不忍心看着组织就此没落，不得已才挺身而出，目的也是想重振本盟声威，怎么就被你说得那么不堪呢？"

"冥藏，你别再自欺欺人了。"袁公望冷笑，"重振本盟声威？你想重振的，不过是你们琅琊王氏和你个人的声威吧？"

"本盟乃先祖王羲之一手创建，我重振琅琊王氏有错吗？"

"没错。可你若是想利用本盟万千兄弟，去做你个人野心的牺牲品，那我袁公望头一个不答应！"

王弘义盯着他，沉默了一会儿，忽然转了话题："行了袁公望，我也不跟你扯这些没用的了，我现在只问你一个问题，你不在扬州好好卖你的丝绸，跑到齐州来干什么？"

"无可奉告！"袁公望梗着脖子大声道。

王弘义眼中射出一道寒光："你不说，会有人替你说的。"然后便给了韦老六一个眼色。

韦老六和十几个手下立刻一拥而上，对袁公望展开围攻。庾平及其手下也想冲上去，却被庾士奇严厉的目光制止住了。

袁公望虽然老当益壮，一把刀挥得虎虎生风，但终究寡不敌众，在砍倒了对方三个人后，还是被十几把刀同时架在了脖子上。

"庾士奇，你醒醒吧！跟着冥藏和齐王造反，你是不会有好下场的！"袁公望被按跪在地上，怒目圆睁，扯着嗓子大喊。

庾士奇内心无比纠结，不敢面对袁公望的目光，只好背过身去。

袁公望还想再喊什么，韦老六突然手握刀柄往他头上狠狠一砸，袁公望两眼一闭，瘫软了下去……

齐州城北的一条深巷中，有一座毫不起眼的普通民宅。没有人知道，这是玄甲卫在齐州城的许多秘密据点之一。约莫午时时分，木门吱呀一声打开，身着便装的桓蝶衣走了出来。红玉跟在她身后也想出来，被她拦住了："你别跟了，我想一个人走走。"

红玉有些担忧："蝶衣姐，眼下这齐州城说乱就乱了，你还一个人到处瞎走，万一要是……"

"行了，别跟个老太婆一样碎碎叨叨。"桓蝶衣不耐烦道，"我都快闷死了，出去透透气，马上就回来。"说完，也不等红玉做何反应，转身就走了。

红玉无奈，看着她的背影消失在巷子转角，叹了口气。

她知道，导致桓蝶衣如此烦闷的原因只有一个，就是萧君默。

自从在江陵城与萧君默分手之后，无论是玄甲卫还是桓蝶衣，便都彻底失去了他的消息。裴廷龙在江陵只成功抓获了回波舵主谢吉，其他人全都逃得无影无踪。最让裴廷龙恼怒的，便是萧君默等人竟然在玄甲卫的密切监视和重重包围之下脱身而去，逃之夭夭了。虽然抓住了谢吉，但裴廷龙却没能从他嘴里抠出什么有价值的东西，随后只好依据此前掌握的情报，率部赶到了智永和辩才曾隐居过的越州兰渚山，希望能在那里找到萧君默等人的行踪，可最后还是一无所获。

对此结果，裴廷龙自然是既懊恼又沮丧，而桓蝶衣则是在心里暗暗庆幸。可在庆幸的同时，对萧君默的思念和牵挂却又与日俱增，让她不堪承受。

一个多月前，他们在越州接到了皇帝密诏。令他们大感意外的是，皇帝居然在诏书中命裴廷龙暂时搁置萧君默案，立刻率部赶往齐州，暗中联络齐州长史权万纪，同时严密监视齐王，以防有变。随后，他们奉旨赶到了齐州，与权万纪接上了头，才知道他已向皇帝呈递了多份密奏状告齐王，并与齐王闹到了水火不容的地步。权万纪表示留在齐州非常危险，齐王随时可能会对他下手，遂一再坚持要亲自回朝面奏皇帝，正式弹劾齐王。裴廷龙经过多日调查，基本证实了权万纪的判断，便在昨日派了二十几个部下护送他回京。

为了避免被齐王察觉，裴廷龙一进齐州便将部下化整为零，让他们分别入驻十几个据点，于是桓蝶衣和红玉便被分配到了城北的这处"民宅"。也许是桓蝶衣在江陵放跑萧君默之事多少引起了裴廷龙的猜疑，所以自从到了齐州后，他便有意无意地把桓蝶衣给晾起来了，几乎没让她参与任何行动。桓蝶衣对齐州事态的了解，基本都是来自罗彪。

由于思念萧君默，加上每天无所事事，桓蝶衣深感烦闷，只好不时出门闲逛，有时与红玉一起，有时则独自一人。

此刻，兴许是城中居民都在吃午饭的缘故，整条巷子行人甚少，显得空寂清冷。桓蝶衣信步走在深巷中，忽然感觉身后好像有一双眼睛在盯着自己。她不动声色地紧走了几步，拐过一个弯，立刻把后背贴在墙上，右手紧紧握住了龙首刀的刀柄。

后面的脚步声极其轻微，但却稳步靠近。

三步，两步，一步。

唰的一声，龙首刀寒光一闪，瞬间抵在了这名跟踪者的喉咙上。

跟踪者戴着斗笠，笠檐压得很低。他被刀逼着靠在了墙上，双手张开，似乎在示意自己对她并无威胁。

"什么人？为何鬼鬼祟祟……"桓蝶衣话音未落，整个人便呆住了。

萧君默抬起脸庞，微笑地看着她："几个月不见，身手又进步了嘛。"

乍一看见他，连日的思念之情和突如其来的惊喜让桓蝶衣止不住就红了眼眶，持刀的手也跟着颤抖了起来。

"每次看见我都哭鼻子，这可不是什么好习惯。"萧君默尽量克制着内心的伤感，仍旧笑着道。

"你还说！我恨不得杀了你，一了百了！"桓蝶衣说着，竟然真的往他头上划了一刀。

萧君默赶紧缩头，刀刃从斗笠的顶上削过，居然把上面的尖角给削掉了。萧君默摘下斗笠一看，吐了吐舌头："天哪，你还真下得了手？"

"我恨你，我恨你，我恨你……"桓蝶衣一边似撒娇又似泄愤地低声喊着，一边举刀连刺。

萧君默左闪右躲，顷刻之间，身后的墙面已经被龙首刀刺出了十几个小窟窿，黄土簌簌掉落。等桓蝶衣发泄得差不多了，萧君默才高举双手，笑嘻嘻道："好了好了，我投降，我投降还不成吗？求桓大队正手下留情，手下留情。"

桓蝶衣愤愤地收刀入鞘，白了他一眼："老实交代，你怎么跑到齐州来了？"

"说来话长。"萧君默挠挠头。

"那就长话短说。"

"行，长话短说。其实，我来这里的目的，跟你们一样。"

"跟我们一样？"桓蝶衣诧异，"你怎么知道我们来这里做什么？"

"我当然知道。"萧君默一笑，"而且我还知道，裴廷龙昨天派了二十几个兄弟护送齐州长史权万纪回京，对不对？"

桓蝶衣蹙眉："你连这都知道？"

"我甚至还知道……权万纪死了，还有咱们玄甲卫的那些兄弟。"

桓蝶衣一震，难以置信地看着他："你说什么？！"

萧君默苦笑了一下，把自己昨夜在泰山脚下遭遇的事情原原本本告诉了她。

桓蝶衣听得目瞪口呆。

"眼下齐州的形势万分危急，齐王随时可能起兵。我今天来找你，就是想拜托你两件事。"

"什么事？"

萧君默从怀中掏出一封信函："这是我写给圣上的一封密奏，请师傅他老人家转呈圣上。麻烦你动用玄甲卫的渠道，以最快的速度将它送到长安。"

"这里面写着什么？"桓蝶衣瞥了一眼，见信封的封口上特意使用了火漆封蜡，显然是不希望任何人拆阅。

"主要是告知朝廷现在齐州的具体情势，请朝廷即刻制定相应的平叛方略。另外，也有我个人的一些想法……"

"个人想法？"桓蝶衣不解，"什么想法？"

"我想尽最大努力，阻止齐王的这场叛乱，省得朝廷用兵。"

"什么？！"桓蝶衣顿时哭笑不得，"你早就是泥菩萨过河自身难保了，还有闲情操心这事？"

"谁让我碰上了呢？"萧君默笑了笑，"就好像你看见一间屋子马上要着火了，肯定会想办法赶紧把火扑灭，是吧？"

桓蝶衣知道他一直是个尽忠社稷、心忧天下的人，便没再说什么，把信封揣进怀里："我今天就把它送出去。可我不明白，就凭你一人之力，如何阻止齐王叛乱？"

"这就是我要拜托你的第二件事。"萧君默不假思索道，"你回头就去告诉裴廷龙，说今晚我要约你见面，让他带人来抓我。"

"你说什么？！"桓蝶衣完全被他搞晕了，"叫裴廷龙来抓你？"

萧君默神秘一笑："对，这事可能还得让你受点委屈……"接着便把自己的整个计划低声对她说了一遍。

桓蝶衣听得一脸惊诧，却又不得不佩服，半晌后才道："真的必须这么做吗？难道就没别的办法了？"

"现在想什么办法都来不及了。"萧君默神情凝重，"非常时刻，只能采取非常手段。是成是败，就看今夜这一搏了！"

当裴廷龙听说萧君默竟然来到了齐州，并约桓蝶衣今晚见面时，几乎不敢相信自己的耳朵。而更让他感到惊疑的，是桓蝶衣居然会把这个消息告诉他。

"蝶衣，我说句实话，你别怪我多心。"裴廷龙斟酌着措辞，"这一路追逃，虽然你也很尽心，但我看得出来，你心里……还是挂念着他。可你现在，怎么忽然就……"

桓蝶衣苦笑了一下："是的，不瞒将军，一直以来，我心里的确忘不了他。可最近闲来无事，我便把这件事情彻底想清楚了，萧君默终归是个朝廷钦犯，我跟他……不可能有未来，何况身为玄甲卫，我更不能徇私。所以，思前想后，我还是决定将此事禀报将军。"

裴廷龙闻言，心里不禁一阵激动。能听她亲口说出这些话，真是让他意想不到。

"萧君默有没有说，他为何会来齐州？"

桓蝶衣摇摇头："我只是接到了他写的一张纸条，约定今晚戌时在城北孔庙见面，其他情况一概不知。"

裴廷龙想了想："那好吧，你回去准备一下。今晚的行动，我会把弟兄们全都叫上，这回一定不能再让他逃掉！"

桓蝶衣走后，薛安不无疑虑地对裴廷龙道："将军，您不觉得这事有些蹊跷吗？"

裴廷龙眉头微蹙："是有些蹊跷。不过，我倒宁可相信她。"

"为什么？"

"如果她说的是真话，萧君默今晚就插翅难飞了；就算她撒了谎，萧君默没来，对咱们也没什么损失，不就是白跑一趟吗？"

"话虽如此，可是……"

"你是担心萧君默会耍什么心眼？"

"是。这家伙一向诡计多端，万一他要是做个什么局来害您呢？"

裴廷龙冷哼了一声："做局？就凭他一个丧家犬一样的逃犯，我就不信他还能玩出什么花样。"

薛安想了想，没再说什么。

"通知弟兄们，做好准备，今晚全体出动，务必活捉萧君默！"

"遵命。"

齐州孔庙的规模不小，前后共有三进，第一进是遍植柏树的庭园，第二进是供奉孔子的大成殿，第三进是藏书楼。大成殿前有一片不小的庭院，院中坐落着一尊高约一丈的孔子塑像；大殿两边是东西两庑，面阔各八间。

月上柳梢，庭院中一片寂静，只有夏虫在院角的草丛中发出阵阵呢喃。

桓蝶衣站在孔子像前，仔细地留意着周遭的动静。

忽然，一个黑影从前院的柏树上跃起，一个兔起鹘落，掠过戟门，稳稳落在庭院中，然后径直走到了桓蝶衣面前。

清朗的月光下，可以看出来人正是萧君默。

"你约我来此，想做什么？"桓蝶衣冷冷道。

"蝶衣，咱们这么长时间没见了，你难道一点都不想念我吗？"萧君默的声音不高不低，既足以让想听的人听见，又不显得过于刻意。

"我想念的是过去那个尽忠社稷的师兄，而不是现在这个乱臣贼子。"

"你既已不念旧情，为何还要答应来见我？"

"正因为我念及旧情，才想劝你悬崖勒马。"

"悬崖勒马？"萧君默似乎苦笑了一下，"即便我现在回头，不也同样难逃一死吗？"

"不一样。"

"有什么不一样？"

"如果你现在回头，纵然是死，也不至于留下身后骂名；倘若你执迷不悟，那你不但会死无葬身之地，还将被所有人唾弃。"

萧君默冷笑："人都死了，身后名还有什么意义？"

话音刚落，东庑的一间房门突然打开，裴廷龙背着双手走了出米，朗声大笑道："萧君默，亏你也是饱读圣贤书的人，当着孔夫子的面，这种毫无廉耻的话你也说得出口？一个士人若连名誉都不顾惜，他还有什么资格配称孔孟之徒？"

与此同时，薛安、罗彪、红玉等数十名便衣玄甲卫从东西两庑冲了出来，个个持刀在手，将萧君默围在当中。罗彪和红玉显然是被迫参与行动，眼中充满了无奈之色。

萧君默做出一副万般惊愕之状，死死盯着桓蝶衣："你出卖我？！"

"我是在履行职责，奉圣上之命捉拿钦犯。"桓蝶衣面无表情。

"萧君默，面对现实吧！"裴廷龙一脸得意，"一个男人犯了错却怪罪到女人头上，这得有多无耻！"

萧君默看着他，忽然露出一个奇怪的笑容："裴廷龙，你一向自视甚高，可数月来却屡屡失手，一次次让我从你眼皮子底下逃掉；如今皇上派你来齐州监视齐王，可你来了这么多天，却一直处于被动状态，根本没想出任何办法扭转危局。你自己说说，你配当这个玄甲卫右将军吗？你对得起朝廷给你的高官厚禄吗？就算你今晚抓了我，可齐州城一旦变天，你恐怕也自身难保了，到头来无非是跟我死在一块而已，你有什么好得意的？"

　　裴廷龙显然被戳到了痛处，脸上一阵红一阵白，咬牙切齿道："即便如此，那也是你死在我前头！而且你死了是罪有应得，我死了就是光荣殉职！"

　　"你就这么自信，我一定会死在你前头？"萧君默嘴角仍然保持着若有若无的笑意，眼中泛起一丝狡黠的光芒，同时右手微动，突然打了一个清脆的响指。

　　裴廷龙终于从这声响指中察觉到了危险，唰地抽出佩刀，下意识环顾了周遭一眼，刚要给薛安等人下令，忽然，数百名全副武装的齐王府兵分别从前面的柏树园和后面的藏书楼蜂拥而出，冲进庭院，对玄甲卫形成了一个更大的包围圈。

　　紧接着，大成殿的殿门訇然打开，曹节等人打着火把、提着灯笼，簇拥着齐王李祐大步而出，然后走过宽阔的露台，站在台阶上居高临下地看着裴廷龙等人。

　　一时间，局面彻底反转。

　　除了桓蝶衣之外，裴廷龙和玄甲卫的所有人都被这突如其来的一幕惊呆了。

第二十二章

夜宴

李祐背着双手，不无得意地大笑了几声，道："裴廷龙，你到齐州这么些天了，也没来跟本王打声招呼，未免太不懂规矩了吧？"

裴廷龙和薛安对视一眼，无奈地意识到自己果然掉进了萧君默所做的局中，可他无论如何也想不明白，萧君默怎么会跟齐王李祐搞到了一起。

"殿下，卑职奉圣上之命，暗中调查长史权万纪和您之间的矛盾纠纷，为此不便与您公开见面，还望殿下见谅。"裴廷龙俯首，躬身一揖道。

此时齐王尚未公然造反，他也只能以尊卑之礼相见。

"哦？那你都调查出什么结果了？"李祐斜着眼问。

"回殿下，卑职经过一番细致调查，发现权万纪对您的指控多属子虚乌有，故而已经暗中派人将他押解回京，由圣上和朝廷发落。"

"是吗？"李祐呵呵一笑，"这么说，本王还得感谢你帮我洗清冤屈了？"

"这是卑职职责所在，殿下不必言谢。"

"既然你已经查出权万纪在诬告我，那你就更应该来向本王禀明实情，可你却偷偷把他送回了长安，这不合规矩吧？你眼里还有我这个齐王吗？"

"回殿下，玄甲卫行事，向来有自己的一套办法，卑职也只是按照本卫的惯例办事，并非有意欺瞒殿下。"

"呵呵，裴廷龙，你的口才还真不错，怪不得年纪轻轻就当上了从三品的将军，看来也不全是凭你那个姨丈的裙带关系嘛！"

344

听着齐王的冷嘲热讽,裴廷龙心中自然极为愤懑,可眼下受制于人,也不敢发作,只好硬着头皮道:"殿下谬赞了,卑职只是实话实说,谈不上什么口才。"

"好了,闲言少叙。既然你现在跟本王见面了,那就随本王回府吧,也让本王尽一尽地主之谊。"

裴廷龙面露难色:"多谢殿下好意,但是卑职现在刚刚抓捕到一名逃亡已久的朝廷钦犯,必须立刻将他押解回京,所以……"

"钦犯?你指的是萧君默吗?"

"正是。"

"那你可能要失望了,萧郎现在是本王的座上宾,岂能随你回京?至于他钦犯的身份嘛,本王自会向父皇上奏,请父皇赦免他。"

裴廷龙一愣,越发想不通齐王为何要护着萧君默:"对不起殿下,赦不赦免是将来的事,至少目前萧君默还是钦犯,卑职必须将他绳之以法。"

"这么说,你是不想给本王面子了?"李祐脸色一沉,"既如此,那就别怪本王不客气了!"

此言一出,正在紧张对峙的双方人马顿时躁动了起来,有三名站在最外围的玄甲卫甚至跟齐王府兵交上了手,转眼便砍倒了六七名府兵。正在这时,从庭院四周的高处竟然同时射来数十支利箭,顷刻便将那三名甲士射成了刺猬。

裴廷龙等人大惊失色,定睛一看,无论是大成殿、戟门还是东西两庑的房顶上,居然全都埋伏着弓箭手。

"裴廷龙,我劝你还是放弃抵抗,跟齐王殿下合作吧。"萧君默开口道,"现在,不仅是这庙里的数百名府兵和近百个弓箭手围着你们,孔庙之外,至少还有三千名士兵封锁了四面八方的所有街道。你若是顽抗,只能害弟兄们白白丢掉性命,这又是何苦呢?"

裴廷龙未及答言,桓蝶衣忽然一脸义愤地抢着道:"萧君默,你这个卑鄙无耻的小人!原来这一切都是你的奸计,都怪我瞎了眼!"说着竟拔刀出鞘,抢上前去急攻萧君默。裴廷龙原以为她是和萧君默串通好了,见状不禁又有些迷惑。可此刻情势危急,已不容细想。他迅速给了薛安一个眼色,然后同时出招,三人一起对萧君默展开了围攻。

既然眼下萧君默已经与齐王联手,那就只有挟持他才机会突出重围。

与此同时,罗彪、红玉等人也纷纷与府兵打了起来,双方展开了一场混战。

萧君默以一敌三,却显得从容不迫、游刃有余。他一边接招一边道:"裴廷龙,识时务者为俊杰,你就不要再做无谓的挣扎了。你现在投降,说不定齐王还能赏你个一官半职。"

裴廷龙恼羞成怒，挥刀急刺，也不知桓蝶衣是有意还是无意，竟然在眼前晃了一下。裴廷龙怕误伤她，赶紧收刀。就在这个间隙，萧君默突然出招，将他手上的刀撞飞了出去，旋即把刀横在了他的脖子上。

薛安和桓蝶衣大吃一惊，同时愣在当场。

李祐看着这一幕，嘴角露出了一丝狞笑。

"裴廷龙，还不叫弟兄们收手？"萧君默微笑道。

裴廷龙怒目圆睁，梗着脖子不说话。

"薛安、蝶衣，都把刀扔掉。"萧君默看着他们，"叫弟兄们照做。"

薛安和桓蝶衣无奈地对视一眼，几乎同时把刀扔在了地上。然后薛安依言喊了几声，罗彪等人回头一看，无不惊愕，旋即纷纷放下兵器。府兵们一拥而上，用刀逼住了他们。

李祐哈哈大笑，一边拊掌一边走下台阶："萧郎，你真不愧是本王的诸葛先生啊，略施小计便铲除了本王的心腹大患，本王一定要重重赏你！"

跟在一旁的曹节闻言，忍不住撇了撇嘴。

"李祐，你身为皇子，竟然罔顾君亲，带头造反！"裴廷龙扯着嗓子大喊，"你一定不得好死！"

李祐闻言，脸上的肌肉抽搐了一下，突然抽刀，冲着裴廷龙直刺过来。萧君默立刻把裴廷龙往旁边一拉，挺身挡在他面前："殿下不可！"

李祐生生顿住，怒道："为何不可？"

"殿下息怒。"萧君默忙道，"留着他们还有用。"

李祐盯着他，目光狐疑："萧君默，你不会是还顾念着同僚之情吧？"

"哪能呢？"萧君默一笑，"我的意思是，咱们一旦起事，朝廷必定发兵，到时候，这些人就是咱们手上最重要的筹码。"

李祐眉头微蹙，慢慢把刀放了下来。

"请殿下冷静想想，这帮人都是什么身份？"萧君默接着道，"裴廷龙是长孙无忌的妻甥，桓蝶衣是李世勣的外甥女，薛安是大理寺少卿薛正义的侄子，还有其他那些人，几乎个个都跟朝中大臣扯得上关系。您想想，一旦两军对垒，他们是不是咱们的挡箭牌？只要他们的小命在咱们手上，朝廷岂能不投鼠忌器？"

李祐听罢，沉默了一会儿，旋即收刀入鞘，拍了拍萧君默的肩膀："萧郎，从现在起，你就是本王的长史了。在这齐州城里，除了本王之外，你可以号令所有人！"

"多谢殿下！"

萧君默把裴廷龙交给了几名府兵，旋即大声宣布了他就任长史后的第一道命令："弟兄们辛苦了，把这些人都押起来，咱们打道回府，今晚殿下要犒劳大伙！"

众府兵发出欢呼。

李祐哈哈大笑，大步朝外走去。曹节既羡且妒地盯了萧君默一眼，赶紧打着灯笼跟了上去。

萧君默和桓蝶衣暗暗交换了一下眼色。

在齐州的这盘大棋上，萧君默已经成功地落下了第二子。接下来，只要再稳稳落下一子，这盘棋他就赢定了。

"先生，萧君默也到齐州来了！"

庾士奇府中，韦老六严刑拷打袁公望及其手下，终于从其中一人嘴里掏出了有价值的情报，急忙禀报王弘义。

王弘义和庾士奇正坐在堂上说话，闻言同时一怔。

"萧君默？"庾士奇一脸迷惑，"他是何人？"

"怎么可能？"王弘义顾不上理会庾士奇，盯着韦老六道，"他为何会来齐州？"

"听那家伙说，萧君默是跟袁公望一块来的，而且还说……"韦老六欲言又止。

"说什么？！"王弘义不耐烦了。

"他说，萧君默现在已经是……是本盟的盟主了。"

王弘义顿时一震，难以置信地盯着韦老六，然后和庾士奇对视了一眼，旋即哑然失笑："萧君默居然成了咱们的盟主？！"

"这……这到底是怎么回事？"庾士奇一头雾水。他连萧君默是谁都不知道，更别提什么盟主了。

王弘义简要介绍了一下萧君默的情况，庾士奇恍然："既然救了左使，那他对本盟也算是有功之人了。"

"虚舟！"王弘义不悦，"你怎么也糊涂了？辩才跟智永那个老糊涂是一路货色，救他对本盟有什么好处？他们一心想要解散天刑盟，萧君默就是他们的帮凶，哪来什么功劳？！"

庾士奇知道失言，连连点头称是。

"萧君默现在何处？"王弘义赶紧问韦老六。

"那家伙说他们一进城，萧君默就跟他们分手了，去了哪里只有袁公望知道。"

"那就让袁公望开口！"

"先生，袁公望又臭又硬，已经被弟兄们打得昏死过去了……"

"把他弄醒，接着给我打！"

"先生……"庾士奇心里早已对袁公望充满了愧疚，此时更是不忍，忙道，"恕我直言，老袁已经一把年纪了，实在经不起这么折腾。再说了，这个萧君默跟咱们要做的大事并无直接关系，何必为此人耽误工夫？"

王弘义想了想，终于缓下脸色，又问韦老六："那家伙还说了什么？"

"他说，跟他们从扬州出来的还有一些人。"

"谁？"

"东谷分舵的郗岩，还有辩才之女，哦不，还有……还有大小姐。"

王弘义一听，腾地从坐榻上跳了起来，又惊又喜道："你怎么不早说？她现在何处？也在齐州吗？"

"不，听说跟郗岩一起住在泰山脚下的吟风客栈，没到齐州来。"

王弘义眉头深锁，激动地在堂上走来走去。庾士奇看着他，再度困惑不已：他们说的这个女子一会儿是"辩才之女"，一会儿又是"大小姐"，到底是何人？而且据他所知，王弘义膝下并无子女，只有一个养女苏锦瑟，那他们现在说的这个"大小姐"又是从哪儿冒出来的？

"老六！"王弘义站定了，眼里闪烁着兴奋的光芒，"你带上弟兄们，连夜赶过去，务必把桑儿给我毫发无损地带回来！"

"是。"韦老六立刻转身走出了正堂。

"先生，这位桑儿小姐是……"庾士奇实在止不住好奇。

"说来话长……"王弘义心不在焉地应着，似乎在焦灼地思考什么，紧接着忽然喊了一声，"老六，等等！"

韦老六已经走出了正堂门口，闻言又折返回来。

王弘义又沉吟片刻，像是下定了什么决心，猛然对庾士奇道："虚舟，对不住了，我恐怕得先走一步。"

庾士奇大为惊诧，站起身来："这……这是为何？"

"方才提到的桑儿，是我失散多年的亲生女儿，如今好不容易找到了，我绝不能再让她从我身边离开。所以，我必须亲自去一趟。"

"可，可在这个节骨眼上……"庾士奇仍然反应不过来。

"天底下没有任何事情比找回我女儿更重要！"王弘义决然道，"齐州的事情，你自己看着办吧，我就不掺和了。"说完便带着韦老六大步朝外走去。

庾士奇满脸愕然，紧追了上去："先生，先生，请留步，听我说两句……"

快步走到庭院中时，王弘义才生生停住脚步，回过身道："虚舟，实话告诉你吧，那个萧君默是个厉害角色，如今他既已来到齐州，你和齐王想干的事情恐怕会横生波折，搞不好大伙都得玩完！所以，你干脆跟我一道走，去长安，咱们要干就干大的！至于齐州这个烂摊子，就让齐王自个收拾去吧！"

庾士奇先是一怔，继而苦笑，最后反倒平静了下来，深长一揖："既然先生另有要事，那庾某就不耽误先生了。先生请便，恕庾某不能远送。"

王弘义看着他，轻声一叹，然后拱了拱手，转身走进了夜色之中。

庾士奇定定地站在月光下，一时间竟有些恍惚。

他知道，自己绝对不可能像王弘义这样来去自如、说走就走，因为他已经陷得太深了。无论是与齐王通谋造反，还是派儿子去刺杀权万纪，都是族诛的大罪，就算现在罢手，终究是罪责难逃。所以，即使明知道这场谋反成功的可能性很小，他也只能一条道走到黑了——放手一搏总还有一线生机，临阵退缩就只能坐以待毙！

沉思良久，庾士奇凄然一笑，迈着沉重的步伐走向了后院。

他准备去看望一下袁公望，赶紧找医师给他治伤，然后还要连夜去一趟齐王府，跟齐王最后商定一下起事的时间和具体步骤。

齐王府的正堂上，灯火通明。

适才，李祐接受了萧君默的提议，对王府和齐州府廨的文武官员发出了召集令，打算以聚宴为名，对他们进行起事前的最后一次动员。

此时，官员们正陆续前来，尚未全部到齐，一旁的下人们进进出出，忙着端菜上酒。李祐和萧君默坐在上首，正在对酌，有说有笑。萧君默已换上一身威严的长史官服，看上去容光焕发、神采奕奕，与之前那个栖栖惶惶、席不暇暖的"逃犯"判若两人。

"殿下，"萧君默扫了一眼堂上的情况，"趁客人还没到齐，属下想先去提审一下裴廷龙，尽快挖出潜伏在府中的玄甲卫细作。"

李祐赞赏地点点头："萧郎做事，果然雷厉风行，本王有你这么一个左膀右臂，何愁大事不成！"

萧君默客气了几句，又道："另外，属下初来乍到，对本府情况还不熟悉，想四处走走，顺便检视一下本府的门禁、武库等重要关节，加强防范，以策万全，不知殿下能否允准？"

李祐大手一挥："本王说了，现如今的齐州城，除了本王，所有人全都听你号令，你要做什么尽管放手去做，不必事事都跟本王禀报了。"

"多谢殿下信任，那属下就去了。"

"嗯，快去快回。"

萧君默躬身一揖，快步朝门口走去。此时有七八个官员已经入座，正三三两两交头接耳，见萧君默过来，纷纷起身见礼，免不了一番阿谀奉承。萧君默敷衍了一下，瞥见一名年轻武官正坐在靠近门口的一张食案边，双目微闭，旁若无人，便走上前去，微微咳了一声。武官睁眼一看，慌忙起身行礼："卑职见过萧长史。"

萧君默打量了一下他的装束："你是参军？"

"是，卑职是兵曹参军，杜行敏。"

"正好！"萧君默微微一笑，"我正打算到府里四处走走，杜参军既然分管军防门禁等务，不妨给我当个向导？"

"卑职遵命。"杜行敏恭敬道。

王府后院有一座地牢，二十几名玄甲卫都被关在此处。

裴廷龙被单独关押在走道尽头的最后一间牢房中。他披头散发，身体和四肢被麻绳捆得结结实实，正歪躺在角落里打盹。牢门铁链叮叮当当响起来时，裴廷龙眼睛微睁，看见萧君默和另一人走了进来，便往地上啐了口唾沫，然后把眼睛又闭上了。

"裴将军还在生我的气？"萧君默走过来，蹲在他面前，饶有兴味地看着他。

裴廷龙一言不发。

"得了得了，男子汉大丈夫，别遇见个事就垂头丧气，要心存希望嘛！"萧君默索性一屁股坐在潮湿的地上，"我被你追杀了那么久，好几次命悬一线，不也都咬牙挺过来了？做人得有韧性，哪能输了一次就认栽？"

裴廷龙闻言，蓦然想起了长孙无忌的教诲，便慢慢睁开眼睛："萧君默，你这个为虎作伥的小人！一时得志有什么好猖狂的？等到朝廷大兵压境，你和齐王瞬间就会被碾为齑粉！"

萧君默笑了笑，头也不回道："杜参军，这家伙口出狂言，诅咒咱们殿下呢。你说，要不要把他舌头割下来，拿去给殿下下酒吃？"

杜行敏一怔，支吾着不知该如何回答。

裴廷龙闻言，眼中立刻露出惊恐之色。

"怎么，才要你一条舌头就怕了？"萧君默呵呵一笑，"我还以为你会大义凛然、视死如归呢！"

裴廷龙又惊又怒，想说什么，却不敢再开口了。

"行了，时间紧迫，不跟你闲扯了。"萧君默忽然正色道，"裴廷龙，圣上当时下诏让你来齐州监视齐王，有没有告知你玄甲卫埋在齐王府的暗桩？"

裴廷龙听出他的口气有点不对，心中狐疑，却仍绷着脸不说话。

此时，站在萧君默身后的杜行敏一听，脸色骤变，暗暗从袖中摸出一条牛皮绳，两头一拽，把绳子绷得笔直，慢慢举到了萧君默的头上。

杜行敏手法娴熟，整个过程毫无声息，显然没少用这条绳子勒人。

裴廷龙不知道这个姓杜的是哪一路的，但敌人的敌人便是朋友，心中不由得大为庆幸，遂不动声色地盯着萧君默，尽量不让自己的目光上移，以免被他察觉。

"孤狼，你最好不要轻举妄动。"萧君默淡淡一笑，仿佛脑后长了眼睛，"首先，你不是我的对手；其次，就算侥幸杀了我，你也逃不出齐王府；最后，万一真的杀了我，就没人可以阻止齐王的叛乱了。"

杜行敏和裴廷龙同时一惊，都被萧君默的这番话弄迷糊了。

最惊骇的是杜行敏，因为"孤狼"正是他的代号——这是只有玄甲卫大将军李世勣才知道的代号，萧君默如何得知？！

"狼跋其胡，载疐其尾。"萧君默缓缓吟道。

这是接头暗号，语出《诗经》。

杜行敏又是一震，脱口而出："封狼居胥，禅于姑衍。"

这句对应的暗号出自西汉名将霍去病的典故：汉武帝元狩四年春，霍去病率部深入漠北两千余里，大破匈奴左贤王部，歼敌七万余人，随后分别在狼居胥山举行祭天的封礼，在姑衍山举行祭地的禅礼，后人遂以"封狼居胥"代指赫赫战功。

萧君默居然知道他的代号，且能说出如此绝密的接头暗号，不由得让杜行敏大为震惊，也令他对萧君默的真实身份和意图产生了极大的困惑。

同样困惑的还有裴廷龙，他已经完全看不懂萧君默的路数了。

萧君默起身，拍了拍身上的泥土，对二人道："二位，眼下情势危急，我就长话短说了。我昨天经过泰山，恰好遇见齐州长史权万纪被人刺杀，通过一些蛛丝马迹，我推断齐王有谋反意图，于是决定深入虎穴，一探究竟，而今日一早进入齐王府后，事实也证明了我的猜测。所以，我就想了一个计策，一边取得齐王的信任，一边让裴兄你和弟兄们趁机潜入王府……"

"你等等！"裴廷龙有些反应不过来，"你是说，权万纪已经死了？"

"对，尸体就躺在我面前，还有段队正那帮兄弟。"

"是齐王干的？"裴廷龙又惊又怒。

"当然。除了他还能有谁？"萧君默暂时不想提及庾士奇，因为那会把事情搞得太复杂，而且不是眼下的当务之急。

"你说你想取得齐王信任，然后你就设计把我和弟兄们抓了？"

"我话还没说完。"萧君默一笑，"你到齐州这么些日子了，一直处于被动状态，时时躲避齐王的搜捕，尚且自顾不暇，如何制止齐王？所以我只好出此下策，表面上是把你们抓进来，实际上是让你和弟兄们名正言顺地进入齐王府，以便咱们展开行动……"

"我去你的萧君默！"裴廷龙气急败坏，"你用这么损的办法，是想借齐王的刀来杀我吧？"

萧君默目光凌厉地盯着他："裴廷龙，你现在多说一句废话，咱们就多一分危险。万一被齐王发现，我大不了一走了之，可你走得了吗？！"

裴廷龙语塞，只好悻悻闭上了嘴。

"萧……萧将军。"杜行敏本来想叫"萧长史"，一想又觉不妥，只好用他原来的"郎将"职务称呼他，"我不太明白，你……你怎么知道我的身份？"

"这你就不必问了，日后有机会再跟你解释。"萧君默道，"其实我白天就可以跟你接头了，但是以我目前逃犯的身份，我担心无法取得你的信任，这样对咱俩都很危险，所以便决定在行动前的最后一刻再跟你接头。"

"你是咱们的人，我怎么不知道？"裴廷龙盯着杜行敏。

杜行敏微微苦笑："我的身份在本卫属于最高机密，通常只有大将军一人知晓。"

裴廷龙恍然，旋即冷笑："我懂了，李世勣根本不信任我，所以虽然派我来齐州执行任务，却连这里埋着一名暗桩都不告诉我。"

"裴廷龙，大将军也有他的苦衷。"萧君默道，"万一孤狼提前暴露，日后想要平定齐王，朝廷手中就没有任何筹码了。"

杜行敏闻言，顿觉有理，遂连连点头。

裴廷龙却依旧冷笑："萧君默，既然孤狼的身份属于最高机密，那李世勣怎么又透露给你了呢？"

萧君默突然上前，一把揪住他的衣领："裴廷龙，现在咱们三个，还有蝶衣、罗彪他们几十号人，可都是站在悬崖边上了！你要是再像个娘们一样尽扯这些没用的，信不信我让孤狼先把你收拾了，省得你耽误大事？！"

裴廷龙嗫嚅了一下，终于没再开口。

"萧将军，你赶紧下令吧，咱们该怎么做？"杜行敏焦急道。

萧君默把裴廷龙扔回角落，反问道："你手底下有没有可以信任的人？"

"将军放心，我手下起码有近百个兄弟都跟我一条心，而且向来对齐王不满，绝不想跟着他造反，这些人都可用。"

"这就好办了。"萧君默道，"你回头带上他们，首要任务是占领府中武库，记住要智取，别闹出太大动静，尽量避免双方伤亡。控制武库后，万一齐王的人反扑，你便一把火把它烧了，给齐王来个釜底抽薪！另外，分兵去控制各处门禁，封锁内外，严禁任何人员出入。"

"是。那齐王那边呢？"

"齐王就交给我了。"萧君默说着，瞥了地上的裴廷龙一眼，"把他解开吧。"

杜行敏随即解开了裴廷龙身上的绳索。裴廷龙活动着筋骨，看向萧君默的目光依然还有几分敌意。

"裴廷龙，咱们所有人能不能活着走出齐州城，就看今晚这一搏了。"萧君默看着他，"你要是不想死的话，就照我说的做，咱们联手拿下齐王。至于你我之间的恩怨，日后有的是时间慢慢算。你说呢？"

裴廷龙沉默了一会儿，点点头："成交。"

两匹骏马在黑夜的驿道上疾驰。

骑者是楚离桑和绿袖。

后面有十几骑紧紧追赶，他们便是郗岩及其手下。

从昨天傍晚萧君默不告而别之后，楚离桑在客栈里就坐不住了。她找了郗岩多次，想说服他一起到齐州与萧君默会合，却无一例外地遭到了郗岩的拒绝。楚离桑知道，如果不是出了什么大事，萧君默绝对不会抛下她。她也知道，萧君默之所以给郗岩下了死令，不许她离开客栈，目的也是保护她，不让她卷入危险之中。

可楚离桑却绝不愿当一个处处被人保护的小女人，她更希望能与萧君默共同面对危难，哪怕是共同面对死亡！

昨晚她彻夜未眠，一直在回忆这一路上和萧君默患难与共、生死相依的一幕幕，也一直在担心他的安危。今天一早，忍无可忍的楚离桑就跟郗岩翻脸了，试图以武力摆脱他的控制。不料郗岩早有防备，竟然暗中在她和绿袖吃的早饭里下了药，把她们迷倒了，然后将二人反锁在了房间内，并派人严加看守。

两人被迷晕，居然一觉睡到了傍晚。楚离桑醒来后，假装腹痛难忍，故意让绿袖大喊大叫，吸引看守进来，然后将其打倒，抢了两匹马逃出客栈，往齐州方向飞奔。郗岩发觉，慌忙带上手下在后面拼命追赶。

此刻，两人估摸着才跑出二十多里地，便渐渐被郗岩等人追上了，前后相距已不过六七丈远。楚离桑正寻思着该如何脱身，忽见夜色中迎面驰来一彪人马，遂灵机一动，大喊救命。绿袖会意，也跟她一起扯着嗓子大喊。

楚离桑想，不管前方来人是官是民，听见两名女子在旷野中奔驰着大喊救命，一般都会伸出援手。只要他们把郗岩拦下来，她们就有机会脱身了。

转瞬间，对方人马已到眼前。令楚离桑万万没想到的是，对方数十骑竟然在驿道上一字排开，拦住了她们的去路。

楚离桑和绿袖勒住缰绳，面面相觑。

尽管黑灯瞎火，难以辨清对方身份，可如此架势已足以证明来者不善，楚离桑不禁对自己的大意深感懊悔。

就在这时，前方的黑暗中忽然传来一个似曾相识的声音："桑儿，是你吗？"
楚离桑的脑子嗡地一声，一下子便僵住了。

来人分明是王弘义！可他为何会出现在这里？！

此时郗岩也已带人赶了上来，策马挡在她身前，沉声道："楚姑娘，你快回客栈，这里让我来对付。"

话音刚落，对方数十骑便已冲了过来，只听王弘义大喊："桑儿别怕，爹来救你了！"

郗岩和绿袖同时惊愕地看着楚离桑，不明白她什么时候又冒出了一个爹。楚离桑苦笑，对郗岩道："让郗先生见笑了。他是冥藏，一直误认为我是他失散多年的女儿。"

"冥藏？"郗岩一惊，"他怎么也到了这里？"
楚离桑依旧苦笑："也许，这就叫冤家路窄吧！"
说话间，对方已经杀到。郗岩和楚离桑同时抽刀，迎了上去……

萧君默回到正堂的时候，所有大小官员均已到齐。齐王李祐隆重地向众人正式介绍这位新任的齐州长史，官员们纷纷上前敬酒道贺，免不了又是一番阿谀奉承。

热闹了一阵后，李祐低声问萧君默："裴廷龙那小子招了吗？"
萧君默摇摇头："还没有。我是打算先礼后兵，如若他明天还是抵死不招，咱们就每隔一个时辰杀他一个手下，看他能挺多久。"

李祐微微一怔，咧嘴笑道："那些人可都是你过去的同僚，你就下得了手？"

萧君默冷冷一笑："过去是同僚没错，可前一阵他们追杀我的时候，可一点也没手软。"

李祐点点头，似乎很能理解他的心情。忽然，李祐注意到杜行敏没跟萧君默一块回来，便跟他问起。萧君默道："属下担心武库防范不严，便让杜参军过去再检视一下，以防万一。"李祐显得挺满意："不错，还是你想得周到。"

武库是典军的职责范围。曹节在旁一听，顿时有些不悦，哂笑道："萧长史的确是周到，才来不到一天，就把分内的分外的、该想的不该想的全都想到了，卑职真是佩服。"

萧君默笑而不语。

他知道，曹节说出这么没水平的话，根本无须自己出言反驳，齐王自会修理他。果不其然，曹节话音刚落，李祐便斜着眼道："曹节，你这话就不对了！萧郎现在是本王的长史，本王的事就是他的事，什么叫分内分外？什么叫该想不该想？你说话怎么就不过过脑子？来，跟萧长史敬酒赔罪！"

曹节拉长了脸，不情不愿地举起酒盅。

萧君默淡淡一笑，抬手止住他："曹典军，我让杜参军去检视武库，只是出于安全考虑，并非针对任何人，请你不要误会。再说了，咱们都是为殿下做事，理应同心同德，岂能强分彼此呢？这杯酒，还是让我敬你吧。来，我先干为敬！"说完便将手中的酒一饮而尽，对曹节亮出了杯底。

"痛快！"李祐一拍食案，大笑道，"还是萧郎有度量，本王就喜欢你这种人！"

曹节无奈，勉强挤出一丝笑容，把酒喝了。

在场众官员看到齐王心情大好，也就放开肚皮吃喝，大堂上一时觥筹交错，欢声笑语。萧君默一边跟李祐及众官员推杯换盏、谈笑风生，一边暗暗留意着堂外的动静。

之前在地牢里，他跟裴廷龙、杜行敏一起制订了行动计划：

一、由杜行敏带人夺取武库，同时控制各处门禁、隔绝内外；

二、由裴廷龙率桓蝶衣、罗彪等玄甲卫摸到正堂外，悄悄解决掉周围的岗哨和守卫，包围正堂；

三、由萧君默在堂上稳住齐王及众官员，一旦接到裴廷龙得手的暗号，立刻出手挟持齐王；

四、萧君默与裴廷龙等人里应外合，迫使所有官员倒戈，放弃齐王，重新归顺朝廷。

确定行动方案后，他们三人合力放倒了几个牢房看守，然后将桓蝶衣、罗彪等二十多人解救了出来，随即按计划分头展开行动……

此刻，萧君默在心里估算了一下时间，觉得裴廷龙他们应该已经得手了，可是，他却一直没有听到事先约定好的暗号——斑鸠叫声。

堂上，酒过三巡，众人皆已微醺。李祐见气氛酝酿得差不多了，便示意萧君默讲话，对众人进行起事前的最后一次动员。

萧君默清了清嗓子，准备说些套话敷衍一下，可就在这时，正堂门口忽然出现一名满身鲜血的府兵，他跌跌撞撞想跑进来，却被门口的侍卫给拦住了。见此情景，堂上众人无不大吃一惊。萧君默也是神色一凛，意识到行动可能出岔子了，只不过到底是杜行敏还是裴廷龙出了问题，现在还无从判断。

李祐圆睁双眼，厉声道："让他进来！"

两名侍卫立刻架着那个伤兵走上堂来。那人伤得极重，跑到这里似乎已经耗光了最后一点元气，脑袋耷拉着，一双脚几乎是在地面拖行，在身后留下两道长长的血迹。曹节认出他是驻守武库的队正邱三，慌忙跑上去，揪住他的衣领："说，到底出什么事了？"

邱三嚅动着嘴唇，有气无力地说了句什么，然后头往下一勾，显然是咽气了。

曹节猛然转身，唰地抽出佩刀指着萧君默，大喊道："把他拿下！"

此时李祐两侧站着四名带刀侍卫，闻声一愣，想动又不敢动，只好齐齐望向李祐。在场众官员更是被这突如其来的一幕惊呆了。李祐眉头紧锁，看了看一脸从容的萧君默，又看了看气急败坏的曹节，沉声道："曹节，你到底听见了什么？"

曹节上前几步，大声道："殿下，此人是驻守武库的队正邱三，他刚才说，杜行敏带人占领了武库，他的人都被杜行敏杀了。"

李祐浑身一震，立刻给了侍卫一个眼色。四名侍卫当即抽刀，同时架到了萧君默的脖子上。李祐死盯着他："萧君默，对此你做何解释？"

萧君默淡然一笑："殿下，为何杜行敏杀了邱三，就要由我来解释？"

如今事态不明，裴廷龙他们又迟迟没有就位，萧君默也只能先设法自保并尽力拖延时间了。而在如此危急的情势下，他所能想到的唯一办法，只能是把水搅浑。

"萧君默！你到现在还敢狡辩？"曹节抢过话头，"邱三是我安排的人，一直负责防守武库；杜行敏是你派过去的，结果却把我的人杀了，你和杜行敏难道不是想造殿下的反吗？"

"为什么杜行敏杀邱三，就等于是我要造殿下的反？"萧君默仍旧微笑道，"如果邱三该杀呢？如果杜行敏检视武库的时候，发现了什么严重问题，邱三情急之下想杀人灭口，却反被杜行敏所杀？或者杜行敏刚要检视武库，邱三担心事情败露就狗急跳墙呢？假如是类似情况，那我是不是也可以怀疑你和邱三想造殿下的反？"

李祐一听，眉头蹙得更深了，不由得转脸看着曹节。

曹节一下就蒙了："你、你血口喷人！好好的武库能有什么问题？"

"可能存在的问题多了。比如军资器械以次充好，比如监守自盗造成亏空，甚至不排除里面的金银、铜钱、绢帛被人挪用侵吞！实话告诉你曹节，你之前长年担任分管武库的旅帅，可以做手脚的地方太多了，而我根本就信不过你，所以才会让杜参军去检视武库。"

萧君默下午在城里随便走了走，跟几个父老聊了聊天，便听说曹节在城里至少有五处房产，在城外也有几千亩良田。萧君默一想，这些事情齐王不可能不知情，既然放任不管，就说明齐王要的只是听话的奴才，而不是德才兼备的手下，至于说这个奴才贪不贪，他可能根本就无所谓。

"萧君默，你别欺人太甚！"曹节暴跳如雷，"你才来不到一天，凭什么就怀疑到我头上？你有什么证据？"

"曹典军，你是什么人，殿下心里清楚，我就不在这里揭你的老底了。"萧君默冷笑，转向李祐，"可我想提醒殿下的是，一个人贪墨成性并不可怕，可怕的是他故意用贪墨来掩藏他的真实身份，然后在关键时刻，对殿下发起致命一击！"

此言一出，不光是李祐，在场众人皆变了脸色。

李祐满腹狐疑："你这话什么意思？"

"殿下别忘了，潜伏在您身边的玄甲卫细作至今尚未暴露。现在的齐王府里，除了我是刚来的之外，其他任何人都有嫌疑，其中自然也包括曹典军。"

"既然任何人都有嫌疑，你凭什么光揪着他不放？"

"我有三点怀疑他的理由。其一，方才我去地牢提审裴廷龙，居然在他身子底下发现了一枚小小的刀片，而我随后问了看守，得知今晚把裴廷龙押回来时，最后一个离开地牢的，便是曹节；其二，就是刚才大家都看到的，我派杜行敏去检查武库，结果邱三却跟他打了起来，此事在我看来，分明是武库存在问题，邱三狗急跳墙；其三，大家可以好好看看，在这大堂之上，除了殿下身边的侍卫，有谁随身携带兵器的？不管是我还是诸位同人，都按规矩把兵器留在了堂外，唯独曹节一个人没有解下佩刀，我不禁想问曹典军，你这么做意欲何为？"

这三条理由，第一条当然是萧君默随口编的，不过现在谁也无法戳穿；第二点其实略为牵强，因为杜行敏与邱三刀兵相见，疑点至少一人一半；不过他紧接着抛出的第三条理由，却足以把众人的注意力全都吸引过去——当时官员聚宴，通常都不能携带兵器，萧君默和其他官员也的确在进门时都把随身武器解下来了，然而此刻，曹节手上却分明握着一把明晃晃的横刀。

李祐闻言，这才注意到在场众人中，的确只有曹节一人携带武器，不禁脸色一沉，给了侍卫一个眼色。四名侍卫立刻丢下萧君默，冲上去卸了曹节的刀，其中两名侍卫一左一右按住了他。

"殿下，殿下，您听我解释！"曹节急得脸红脖子粗，"卑职是怀疑萧君默来者不善，所以才不敢解下兵器，为的是万一他有不轨企图好保护您啊！"

"曹节，"萧君默呵呵一笑，"殿下身边足足有四位带刀侍卫，怎么也轮不到你来保护吧？你这理由是不是太蹩脚了？"

至此，萧君默已经成功把水搅浑，暂时解除了自身的危险，但他却迟迟没有听见裴廷龙的暗号，也不知他们现在身在何处，遭遇了什么；还有，杜行敏那边既然跟邱三明刀明枪干上了，那即便占领了武库，也肯定会遭到其他府兵的强力反扑；而在此大堂之上，自己虽然栽赃给了曹节，但危险并未彻底解除，在一人面对这么多敌人的情况下，就更谈不上要按计划挟持齐王了。

看来，今晚的行动凶多吉少，恐怕随时可能失败。萧君默暗暗打定主意，如果过一会儿裴廷龙他们还不出现，他或许只能走最后一步——拼尽全力杀死齐王，即便跟他同归于尽也在所不惜！因为一旦干掉齐王，齐州这些官员便会群龙无首，这场叛乱自然会胎死腹中，那么即使赔上自己这条性命，也是值得的。

此刻，唯一让萧君默感到遗憾的，是不能与楚离桑见上最后一面……

第二十三章 虚舟

天上乌云四合，月光不知何时已经消隐。

漆黑的旷野上，两拨人马仍在混战。地上躺着二十多具尸体，其中十多具是王弘义一方的，七八具是郗岩一方的。

自从确认对方是楚离桑后，王弘义便大喜过望，一直好言相劝，想让楚离桑跟他走，可回答他的却只有劈面而来的凌厉刀光。王弘义被迫接招，却一边格挡一边劝诱，不断提及自己与楚英娘年轻时的种种往事，试图感化楚离桑。

楚离桑自始至终一言不发，只一意挥刀猛攻，然而王弘义说的那些话，还是令她忍不住心潮起伏、泪湿眼眶。王弘义察觉，心中暗喜，又道："桑儿，爹对不起你娘，更对不起你，爹现在想赎罪，你就不能给爹一个机会？"

"你要是真想赎罪，就让你的人把刀放下！"楚离桑终于愤然开口，攻势却丝毫未曾减弱。

"只要你答应跟爹走，爹就放过他们。"王弘义左闪右避。

楚离桑心中一动，不由得暗暗衡量了一下目前的形势：郗岩这边只剩下五六个人在苦战，再打下去很可能全军覆没，而绿袖则躲在自己身后尖叫连连，好几次险些被王弘义的人抓住。如果自己拒不答应王弘义，那他们今天十有八九会命丧此地。

思虑及此，楚离桑只好生生顿住，收起手中刀，冷然道："好，我跟你走。"

而今之计，也只能先答应他，日后再做打算了。

王弘义闻言，不禁喜出望外，当即命韦老六等人罢手。

郗岩方才一直想靠近楚离桑，无奈始终被韦老六死死缠住，此刻忽见对方停手，不觉愕然。"郗先生，"楚离桑走到他面前，黯然道，"我刚才骗了你，冥藏他……他确实是我的生父。现在我改变主意了，我想跟他走。你们赶紧去齐州吧，一定要找到萧郎，保护好他，然后跟他说，我……我很好，让他不要惦记我。"

说着，楚离桑的眼泪已经潸然而下。

郗岩又惊又疑："楚姑娘，盟主让我保护你，我怎么能走呢？你是不是被冥藏胁迫了？我郗岩绝不能眼睁睁看着你……"

"你不必说了，是我自愿的。"楚离桑抹了抹眼角，冷冷打断他，"你赶紧带弟兄们走吧，现在就走！"

郗岩满脸错愕，一时竟不知该怎么办。

唰的一声，楚离桑抽刀横在自己颈前，决然道："老郗，我数三下。一！"

郗岩大惊失色，连连摆手："好好，我走我走，你别冲动！"嘴上这么说，可脚却不动。

"二！"

郗岩更慌了，不得不招呼手下连退数步，各自牵过坐骑的缰绳，却仍然看着楚离桑。

"把她也带走。"楚离桑忽然一指身旁的绿袖。

绿袖一听，眼泪立刻夺眶而出："娘子你，你好没良心，又要赶我走！"

楚离桑强忍着内心的痛苦，沉声道："跟着我就是个死！"

"我不怕，就算死也要跟你死在一起！"绿袖带着哭腔大喊，然后从地上抓起一把刀，也学着楚离桑的样子横在脖子上，"你不带我走，我现在就死！"

楚离桑凄然一笑，无奈地对郗岩道："罢了，你们走吧。"

绿袖一听，终于破涕为笑。

郗岩和手下仍旧站着不动。

"你还不走，是想等我喊三吗？！"楚离桑厉声一喊，手上一用力，刀锋瞬间陷入了皮肤里。

夜色虽然漆黑，但一旁的王弘义还是看见了她的动作，心里大为紧张，怒道："郗岩，你聋了吗，还不赶快滚？！"

郗岩万般无奈，恨恨跺了跺脚，带着手下们一起翻身上马，然后绕着楚离桑走了几圈，最后沉沉一叹，拍马朝齐州方向而去。

楚离桑缓缓放下手里的刀，目送着郗岩等人消失在凄迷的夜色之中。

旷野上大风呜咽，把她的鬓发和衣袂吹得一片凌乱。可她的身体却凝然不动，仿若化成了一尊石雕。王弘义几次想走上前跟她说话，却还是忍住了。他知道此刻楚离桑的内心正在流血，而他说的任何一句话都无异于在她伤口上撒盐，所以只能沉默。一旁的绿袖也压抑着心里的种种困惑，异乎寻常地保持着安静。

楚离桑就这么久久遥望着北方的夜空，然后她的眼前竟然幻化出了一片美丽的花海。那是一片姹紫嫣红的鸢尾花的海洋，她看见自己在花丛中放肆地奔跑和呼喊，而萧君默则站在身后远远地看着她。

他的脸上依旧是一抹云淡风轻的笑容，那么沉静又那么温暖。

他的眼神依旧像是空山幽谷中的一泓秋水，那么深邃又那么清澈。

楚离桑面对夜空笑了，笑得幸福而苍凉。

一弯新月从乌云中重新探出头来。寂冷的月光照见她苍白的脸庞，也照见了她眼角的一滴清泪。

齐王府的正堂上，曹节正在拼命跳脚，破口大骂萧君默。李祐听得不耐烦，吼了他一声，曹节只好悻悻闭嘴。

"萧君默，照你的意思，曹节带刀上堂，就是准备对本王实施'致命一击'喽？"李祐斜着眼问。

萧君默笑了笑："也可以这么说。不过依我看，曹节真正厉害的手段，其实还不是当面举刀，而是背后插刀。"

"背后插刀？！"

"是的。殿下您想想，咱们一旦起事，最需要的东西不就是武库里的兵器和金帛吗？假如曹节利用他的职权，暗中把武库掏空，给咱们来个釜底抽薪，那咱们还拿什么起事？所以说，这才是真正的致命一击！"

就在萧君默说完这句话的时候，窗外忽然响起了一阵咕咕咕的斑鸠叫声。他不禁暗暗松了一口气。既然暗号出现，就说明裴廷龙他们已经解决掉了正堂周围的岗哨，随时可以杀进来了。

"萧君默！你这个卑鄙无耻的小人！你说的都是无凭无据的栽赃陷害……"曹节怒目圆睁，奋力挣扎，无奈却被那两名侍卫死死按着。

"吵什么吵，给老子闭嘴！"李祐霍然起身，"全都跟我走，我倒要看看武库到底出了什么问题！"

这是挟持齐王的最后机会。

要是让他走出正堂，再四下召集府兵，今晚的行动就功亏一篑了！

萧君默心念电转，忽然挺身上前："殿下，现在去武库太危险了！您想，曹节先任旅帅，后任典军，若他真是奸细的话，府中不知有多少他的人。所以属下认为，在彻底查清他的党羽之前，您不宜亲身涉险！"

李祐止住了脚步，阴沉地盯着他："那你说该怎么办？难道在此之前，本王就哪儿都去不了，只能待在这儿吗？府里到底有多少奸细，一时半会儿怎么查？"

萧君默佯装略为思忖，旋即目光一亮："殿下，我倒有一计，可以很快就把这些人查清楚。"

"说！"

"这个……"萧君默瞥了瞥堂上众官员，"请殿下恕罪，属下此计，恐怕只能对您一个人说。"

李祐一听，眼中蓦然射出一道寒光，死死钉在萧君默脸上，像是要把他看穿。

"殿下，您千万别听他的！"曹节又喊了起来，"这家伙阴狠毒辣、诡计多端……"

"把他的嘴给老子堵上！"李祐怒吼。

两名侍卫立刻找了条麻布塞进了曹节嘴里。

"殿下，您要是不放心，可以让侍卫抓着我的膀子，然后我到您面前说。"萧君默诚恳地道。

李祐又看了他一会儿，终于缓下脸色，瞥了余下两名侍卫一眼。二人会意，立刻一左一右抓着萧君默的手臂，把他带到了李祐面前。

萧君默凑近李祐，刚要开口说什么，忽然一脸惊恐地看着李祐身后的屏风，大喊道："殿下小心！"

李祐慌忙转身，那两名侍卫也下意识地顺着萧君默的目光望去。就在这一瞬间，萧君默的双手同时抓住了两名侍卫腰间的佩刀，唰唰抽出，紧接着将双刀分别插入二人的脚板，然后往前一蹿，跃过食案，右手刀架在了李祐的脖子上，左手刀则笔直地指向堂上众人。

这一连串动作行云流水，只发生在瞬息之间，等那两名侍卫发出哀号，众人回过神来之际，齐王已经完全落入萧君默手中，局面顷刻便被他控制了。曹节和那两名侍卫惊骇之余，连忙持刀冲了过来，却被萧君默用刀一指，只好停在一丈开外，不敢轻举妄动。

"萧君默，原来背后插刀的人是你！"李祐一边惊恐地看着眼皮底下的横刀，一边咬牙切齿道。

"殿下，收手吧，现在收手只是谋反未遂，回朝向皇上请罪，兴许还能从宽发落。"萧君默淡淡道。

"你放屁！"李祐怒目圆睁，"姓萧的，在本王地盘上你也敢造次？你就不怕本王一声令下就把你剁成肉酱？！"

"这是你的地盘没错，"萧君默一笑，"可惜现在归我管了。"说完，他猛然抬脚，踹翻了面前的一张食案，案上的杯盘酒菜哐哐啷啷倾覆一地。

这是他与裴廷龙事先约定的暗号，表明他已成功挟持齐王。

声音一响，正堂两侧的所有窗户几乎被同时撞开，桓蝶衣、红玉、罗彪等十几名玄甲卫纷纷破窗而入，把在场数十名手无寸铁的官员全都逼住了。与此同时，裴廷龙、薛安带着六七个手下迅速干掉了门口的几名侍卫，然后大踏步走了进来。

见此情景，李祐、曹节等人不禁目瞪口呆、惊愕莫名。

"连环计？！"李祐惨然一笑，"萧君默，你还真是处心积虑啊！"

至此，齐王李祐才终于看清萧君默是在下一盘什么样的棋。

"殿下过奖了。"萧君默哂笑道，"若不是你全力配合，我再处心积虑也没用。"

说话间，裴廷龙等人已经走了过来。此时四名侍卫中两人已经倒地不起，剩下那两个对视一眼，硬着头皮冲了上去，却不过几个回合便被砍倒在地。裴廷龙径直走到李祐面前，忽然扭头盯了曹节一眼。曹节战战兢兢地握着刀，下意识地退了几步。

"裴廷龙，你来晚了。"萧君默道，"我差点被你害死。"

"遇到了几拨巡逻队，耽搁了一下。"裴廷龙捡起地上的一只酒壶，仰头灌了几口，咂巴着嘴，"你在这儿好吃好喝，还发什么牢骚？"

"你这么羡慕我，早知道这活就该你来干。"萧君默说着，把李祐推了过去。

裴廷龙赶紧一把抓住。

李祐目眦欲裂，拼命挣扎："姓萧的，姓裴的，你们要是敢伤老子一根毫毛，老子……"

话音未落，裴廷龙的刀柄已经砸在了他的头上，李祐只觉眼前一黑，旋即颓然倒地，晕了过去。

萧君默扔掉手里的两把刀，往前走了几步，面朝惊恐万状的众官员，朗声道："诸位，我知道你们的本意也不想造反，只是被齐王胁迫而已。现在我就跟诸位交个底吧，本府的武库和各处门禁已经被我们控制，齐王殿下和曹典军看样子也不能发号施令了，诸位若是愿意弃暗投明，重新归顺朝廷，现在就是你们最后的机会。若愿听从萧某劝告，就请诸位把你们的官帽摘下来，以表心志吧。"

众官员面面相觑，愣了好一会儿，接着就有两三个率先摘下帽子，扔到了地上，然后其他人便陆陆续续跟着做了。不消片刻，堂上数十名官员的帽子已经横陈一地。

萧君默满意地点点头，然后看着不知所措的曹节："曹典军，还舍不得你的官帽吗？"

曹节终于崩溃，把刀和帽子一块扔掉，趴在地上不停磕头："萧将军大人不记小人过，我是鬼迷心窍误入歧途，被齐王给蒙骗了，还请将军明察，请将军恕罪……"

"恕不恕你的罪，我做不了主，得看皇上和朝廷的意思。"萧君默淡淡道，又转向众官员，"诸位，这几天只能委屈你们在地牢待着了，等到皇上的旨意下来，你们才能重新接受朝廷的甄别和委任。"

随后，薛安带着手下把李祐、曹节及众官员都押了出去。桓蝶衣走上前来，和萧君默四目相对。两人心中都感慨万千，一时竟不知该说什么。

突然，裴廷龙手腕一翻，把刀尖对准了萧君默的喉咙："萧君默，齐王的事摆平了，现在该算算咱俩的账了！"

桓蝶衣、罗彪和红玉大惊失色，同时抽刀对准了裴廷龙。此刻堂上还有五六名玄甲卫，见状也拔刀围住了他们三个，场面顿时又紧张了起来。

萧君默看着裴廷龙，淡淡一笑："裴廷龙，你就这么想要我的命？"

"你的命是圣上和朝廷想要的，不是我。"

"裴廷龙！"桓蝶衣厉声道，"若没有萧郎，齐州这场叛乱能这么快平定吗？就算之前有罪，也已经将功折罪了。他现在是朝廷的有功之臣，你还想算什么账？！"

"他是不是有功之臣，我说了不算，你说了也不算！"裴廷龙刚才一看到桓蝶衣凝视萧君默的目光，心中就忍不住醋意翻涌，加上这数月追逃所积累的满腔怨气，更令他恨不得把萧君默碎尸万段。

"裴廷龙，你以为摆平了齐王，齐州这摊子烂事就算完了吗？"萧君默冷冷道，"齐王背后是否隐藏着江湖势力，你知不知道？万一有的话，你能对付得了吗？所以我劝你，别这么急着跟我算账，等我把这个烂摊子收拾干净了，咱俩再过招也还不迟。于公于私，这么做都对你有利，不是吗？"

裴廷龙闻言，眉头皱了皱，在心里权衡了一番利弊，最后终于把刀放了下来，恨恨地瞪了萧君默一眼，大步走了出去。其他那几个手下赶紧跟着他走了。

桓蝶衣、罗彪和红玉这才松了口气。罗彪走过来，握拳捶了一下萧君默的肩膀，眼里闪着泪光，粗声粗气道："老大，你这几个月可把弟兄们害惨了！"

萧君默笑着还了他一拳："上百号人都抓不住我一个，你小子还有脸说！"

罗彪嘿嘿一笑："不是弟兄们无能，是那姓裴的窝囊，就他那两下子，岂能抓得住你？"

桓蝶衣和红玉看着他们，忍不住也笑了，但眼圈却都有些泛红。

就在这时，杜行敏忽然匆匆走了进来，似乎有什么要紧事。萧君默拍了拍罗彪的肩膀，示意他们稍等，然后迎了上去："怎么了？"

杜行敏低声道："庾士奇和他儿子庾平来了。"

萧君默眉头一蹙："就他们两个？"

"是。"

"让他们进来。"

庾士奇父子走进正堂的时候，所有人都回避了，只有萧君默一人站在屏风前，背对着门口站着。

方才他们二人来到齐王府门口时，立马便感觉气氛不对。庾平劝父亲赶紧走，可庾士奇思忖片刻后，却若无其事，仍命门口府兵通报。然后，二人在门口足足等了半个多时辰，才有一队全副武装的府兵带他们进了府邸——与其说这队府兵是在带路，不如说是在押送。

一路上，庾士奇观察了一下府内的情况，心中已然明白了什么。看庾平异常紧张，庾士奇镇定自若地道："平儿，记住爹的话，待会儿不管发生什么，你都要马上回去，带上一家老小赶紧走，有多远走多远。从此无论是庙堂还是江湖，都与咱们庾家了不相干！听明白了吗？"

庾平一愣，越发惊惧："爹，您说这些什么意思？要走咱也要一块走！"

"能一块走自然是好。"庾士奇苦笑了一下，"倘若不能，你就要担起责任来，保护好一家老小。"

随后，二人被带到了杜行敏面前，然后又在前院等了片刻，才被带到了正堂。进门之前，杜行敏拿走了他们的佩刀。

一走进来，看见堂上扔了一地的官帽，庾士奇便忍不住苦笑。形势已经一览无余——齐王估计是栽了，所有官员很可能也都倒戈了，而奇迹般地在短短一天内做到这件事的人，无疑就是此刻站在堂上的这个年轻人！

看来，冥藏急于抽身是对的，如今的事态果然不出他的预料。他那么急着离开齐州，除了去找他所谓的亲生女儿之外，似乎还有一个原因，就是出于对这个年轻人的恐惧。此刻，庾士奇不由得好奇心大起：一个能让久经江湖、心狠手辣的冥藏都如此畏惧的人，一个在一天之间便能彻底倾覆齐王府的人，到底是何方神圣？！

"这位可是萧君默先生？"虞士奇在十步开外站定，开言道。

"不敢称先生，叫我萧郎好了。"萧君默转过身来，笑了笑，"您就是虚舟先生？"

"'先生'二字，在下亦不敢当。"虞士奇道，"在下听说，萧郎现在已经是本盟的盟主了，不知消息是否属实？"

萧君默哈哈一笑："这件事嘛，既可以说是，也可以说不是。"

"哦？此话怎讲？"

"萧某之所以不揣浅陋当这个盟主，只是为了阻止冥藏祸乱天下；一旦完成使命，萧某即刻让贤，绝不恋栈。"

"冥藏先生是王羲之后人，前盟主智永的侄孙，一心要光大本盟，重振本盟声威，岂能说他祸乱天下？"

"光大本盟没有错，可不能不择手段。"

"何谓不择手段？"

"滥杀无辜，迫害良善，违抗盟主遗命，追杀左使辩才，背弃本盟宗旨；策划阴谋，危害社稷，企图篡位夺权，唯恐天下不乱！如此种种，虚舟先生难道概不知情？"

虞士奇当然知道冥藏是什么样的人。他会跟冥藏走到一起，首先是对今上李世民都有不满之心，其次无非也就是相互利用而已。如今听到萧君默这番话，他也无言反驳。沉默片刻后，虞士奇问道："敢问萧郎，齐王殿下现在何处？"

"地牢。"萧君默直言不讳。

虞士奇苦笑不语，旁边的虞平却一脸惊愕。

"那萧郎是不是打算把我们父子也投入地牢？"虞士奇问。

"虚舟先生，只要你现在回头，我可以帮你想办法，尽量减轻罪责。"

"哦？"虞士奇有些意外，"你为何要帮我？"

"我既然忝为盟主，就有责任帮助本盟兄弟。还有，要对抗冥藏，也需要天刑盟上下齐心协力。"

"我懂了。你的意思，是要让我听命于你？"

"听不听命，随先生自择，我不强求。"

"倘若我听命于你，你是要让我去杀冥藏、去维护李世民吗？"虞士奇的嘴角带着讥嘲的笑意。

"我不想杀任何人，但如果有人一心作恶，我便不能袖手旁观。"萧君默迎着他的目光，"另外，我也不会刻意去维护谁，若一定要说维护，那我维护的也只是本盟的宗旨和使命，还有天下的太平和百姓的安宁。"

庾士奇心里微微一动。凭着多年的江湖阅历，他知道这个年轻人说的是真话。即使并不完全认同他的看法，庾士奇也不得不承认：这个年轻人身上似乎具有一种无形的足以摄受人心的力量。

他不知道这种力量来自何方。也许，当一个人发自内心地把"守护天下、守护百姓"视为自己的使命乃至信仰，那他自然就会具有这种力量吧？

"萧郎刚才说可以帮我，不知打算怎么帮？毕竟齐州长史权万纪是我杀的，跟齐王联手谋反也是事实，你如果帮我，不就是欺瞒朝廷吗？"

"朝廷也不见得任何时候都是对的。"萧君默冷然一笑，"就说这次打压士族的事吧，上自皇上和朝廷，下至权万纪和地方官员，我各种借口要把士族后人置于死地，既不论具体情由，也不按律法办事，这便是不义。既然朝廷不义在先，那先生杀权万纪也好，与齐王联手也罢，便都是迫不得已的自保之策，虽说触犯了律法，但实属情有可原。所以，我便可以在能力所及的范围内帮助先生。在我看来，这便是义。即使为此欺瞒朝廷，又有何妨？孟子说嫂溺叔援，君子当善于权变，不就是此意吗？"

听完这番话，庾士奇不禁大为感佩。

他时常抱憾当今之世没有春秋时代那样的义士，但眼前的萧君默，却俨然有着他最仰慕的侠义之风。然而，即便萧君默真心要帮他，他却不敢坦然领受。因为杀人偿命本来就是天经地义的事，纵然萧君默可以设法帮他脱罪，可庾士奇却不想昧了自己的良心，更不愿因此而连累萧君默。

"萧郎心怀苍生、义薄云天，请受老朽一拜！"庾士奇双手抱拳，猛然跪了下去。旁边的庾平见状，也赶紧跟着跪了。

萧君默一惊，连忙上前去扶："先生不必如此，快快请起！"

"盟主……"庾士奇终于改口，却仍坚持跪着，"老朽惭愧，纵然想追随盟主，恐也是有心无力了。老朽自己做下的事情，必然要自己承担，只是有一事相求，还望盟主应允。"

"你先起来，起来再说。"

庾士奇慢慢站了起来，却突然毫无预兆地向后急退了五六步，同时从袖中抽出一把匕首，抵在了自己脖子上。

萧君默和庾平大惊失色，都想冲上去阻拦，庾士奇却大喊道："都别过来！"二人只好生生顿住脚步，满脸忧急地看着他。

"老庾！"萧君默正色道，"没什么事是不能解决的，你把刀放下，咱们慢慢商量。"

"不，此事只能老朽自己解决。"庾士奇凄然一笑，"老朽阖家上下三十多口人，如今却因一念之差犯下杀人谋反之罪，若朝廷追究下来，恐无人可以幸免。而今之计，老朽只有自我了断，请盟主将老朽人头交给朝廷，就说首恶已惩，万望朝廷宽宥，勿再株连无辜。倘能因此免我庾家灭门之祸，老朽便可含笑于九泉了。若有来世，老朽一定追随盟主左右，以效犬马之劳！"说完，庾士奇掉转刀尖，对着自己心口狠狠插了进去。

这一插用力极猛，刀刃完全没入身体，只剩刀柄露在外面。

萧君默和庾平同时冲上去，扶住了缓缓倒下的庾士奇。

"爹！"庾平抱着父亲，声泪俱下。

"平儿……"鲜血从庾士奇的胸口和嘴里不停涌出，"记住……爹说的话，赶快走，远离庙堂……和江湖……"

言毕，庾士奇的头往旁边一歪，停止了呼吸。

庾平紧紧抱着尸体，哭得撕心裂肺。

萧君默万万没想到庾士奇会走这一步，一时也有些犯蒙，不禁愣在当场。不知道过了多久，庾平已然哭得声音嘶哑，萧君默才拍了拍他的肩膀："人死不能复生，庾郎节哀。"

"盟主……"庾平红肿着双眼，"我爹说要把人头交给朝廷，你……你会这么做吗？"

"怎么可能？！"萧君默苦笑了一下，"放心吧，我不会干这种事的，你把老人家遗体带回去，好生安葬吧。"

"那，朝廷那边，你如何交代？"

"你只要照你爹的吩咐去做，赶紧带上家人躲得远远的，其他事情我自会处置。"

庾平黯然点头。

"对了，"萧君默忽然想起什么，"袁公望还在你府上吗？"

一提起他，庾平便面有愧色："袁老伯他，他是在我家中，不过……伤得挺重。"

"他受伤了？"萧君默惊诧，"为何会受伤？"

庾平嗫嚅了一下："是，是被冥藏的人拷打的。"

"你说什么？冥藏？！"萧君默越发惊愕，"他也到齐州来了？"

庚平点点头，遂把父亲约冥藏前来，然后冥藏抓捕并拷打袁公望的事情简略说了，最后道："不过，他几个时辰前便突然离开了。"

萧君默眉头紧锁："又走了？知道什么原因吗？"

庚平摇摇头，片刻后忽然想了起来："对了，我听我爹说，好像袁老伯的一个手下供出了什么，然后冥藏就带人急匆匆走了。"

萧君默浑身一震，睁大眼睛看着庚平："说清楚，冥藏到底听到了什么？"

"好像是……是说去找他亲生女儿什么的……"

庚平话音未落，萧君默便像一阵风似的冲了出去，瞬间消失在了门口。

齐州城的各个城门已悉数被玄甲卫接管。

此时，桓蝶衣和红玉正在南门处理相关事宜，黑暗中突然冲出一匹骏马，以近乎疯狂的速度朝门洞飞驰而来。桓蝶衣一惊，立刻下令守门士兵拦截。士兵们不敢怠慢，旋即并肩组成一个长枪阵，一整排闪着寒光的枪头齐齐指向来人。

"来者何人？"桓蝶衣拔刀出鞘，厉声喝道，"速速下马，报上身份！"

对方却置若罔闻，依旧风驰电掣地疾驰而来。

五丈，四丈，三丈……最后的时刻，马上骑士才发出一声叱喝："都给我闪开！"

桓蝶衣认出了声音，慌忙对士兵们大喊："闪开！"

长枪阵迅速朝两边分开，萧君默拍马从中间飞掠而过，转眼便被城外浓墨般的夜色吞没了。

红玉一脸惊骇地看着萧君默消失的地方，喃喃道："蝶衣姐，萧将军这是怎么了？"

桓蝶衣同样凝望着远处的黑暗，只说了一个字："追！"

破晓时分，萧君默在齐州城南五十余里处与郗岩等人迎面相遇。

一看见郗岩的神色，萧君默便意识到发生了什么。他僵坐在马上，感觉自己的心在沉沉地往下坠，仿佛身体里面藏着一个无底的深渊，可以让心无止境地坠落。郗岩万分难过地跪在马前，一五一十地讲述了事情经过，然后狠狠地抽自己耳光。萧君默让两个手下按住了他，黯然道："我知道你尽力了，不怪你。"一辈子都很少流眼泪的硬汉郗岩一听，竟然呜呜地哭了起来。

此刻，萧君默也多么想放肆地哭一场，可他的眼中却没有泪水。

因为哭是需要力气的，而他现在只觉得浑身的力气都被抽空了。

天上不知何时下起了淅淅沥沥的小雨，雨水很快打湿了萧君默的睫毛，让他看上去也像是在哭泣的样子。萧君默就想，老天爷你还真是应景，我哭不出来你就来帮我这个忙。

驿道旁有一座小山岗，萧君默信马由缰地来到岗上，朝着灰沉沉的西边天际极目远眺。他知道楚离桑一定是被王弘义掳回了长安，可他却不知道她现在走到了哪一片天空下，也不知道那里的天空有没有下雨，还有那里的雨水是否打湿了她的睫毛。

郗岩说王弘义竟然是楚离桑的亲生父亲，萧君默既有些猝不及防又感到在意料之中。因为这就很好地解释了之前他曾发现的种种疑点。萧君默猜想楚离桑一定是在天目山的时候便知道了这件事，然而她却一直隐瞒着没有告诉他——她宁可自己独自忍受这个巨大的痛苦，也不愿告诉他真相，不愿乱了他对抗冥藏的意志和决心。

一想到这里，萧君默感觉自己连呼吸都疼痛了起来。

一个女子为了帮助你完成使命，竟然付出了这么大的牺牲，而你却不顾一切地把她扔在这里，任由她被那个魔鬼一般的亲生父亲掳走。

萧君默在心里不停地骂自己浑蛋。他真想把郗岩他们全都叫过来，让他们轮流抽自己耳光……

雨越下越大。萧君默无意间回眸，看见桓蝶衣正呆呆地站在山岗下望着他，大雨已经将她淋得浑身湿透。

也许是桓蝶衣的出现瞬间把他拉回了现实。萧君默抹了一把脸上的雨水，最后遥望了西边的天空一眼，然后缓缓策马走下了山岗。

等着我桑儿，在长安等我。

世上没有任何人可以把你从我身边夺走，哪怕是你的亲生父亲。

世上也没有任何力量可以把我们分开，哪怕是血火和刀剑，哪怕是死亡……